Das Buch

Als erfolgreicher junger Romanschriftsteller kehrt Ben Mears an den Ort seiner Kindheit zurück, um in der Abgeschiedenheit dieser ruhigen amerikanischen Kleinstadt ein Buch zu schreiben. Fast gleichzeitig taucht ein Unbekannter auf, der für sich und seinen Kompagnon ein seit Jahrzehnten leerstehendes Haus mietet, dessen einstige Besitzer auf mysteriöse Weise ums Leben gekommen waren. Und wieder geschehen seltsame Dinge: nachts brennen geheimnisvolle Lichter im Fenster, ein Hund wird ermordet, ein Kind verschwindet... »Stephen King versteht es meisterhaft, die eisige Hand nach dem Herzen des Lesers auszustrecken, immer dichter webt er den Schleier des Unbehagens, immer mehr entfernt er sich von der Realität, die anfangs noch ganz greifbar schien. Er schlägt dabei keinen Märchenton an, läßt keinen Zweifel, daß der Zuschauer an die geschilderten Vorgänge auch tatsächlich glauben soll, daß das Böse an sich existiert und danach trachtet, alles hinabzuziehen. Wer sich an den Tod der Sharon Tate erinnert und an die Umtriebe der Manson-Bande, der findet zwischen Kings Phantasie und der Wahrheit von Kriminalakten wirklich wenig Unterschied.« (Die Presse, Wien)

Der Autor

Stephen King, geboren in Maine, USA, gilt seit dem Erscheinen des vorliegenden Romans, mit dem der junge Autor zum Auflagenmillionär wurde, als einer der wichtigsten Vertreter der modernen phantastischen Literatur. In deutscher Sprache erschienen ist 1977 sein Roman ›Carrie‹, der auch verfilmt wurde.

Stephen King:
Brennen muß Salem!
Roman

Deutsch von Ilse Winger und
Christoph Wagner

Deutscher
Taschenbuch
Verlag

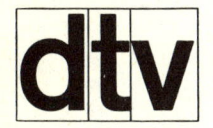

dtv

Für Naomi Rachel King
»... promises to keep.«

Ungekürzte Ausgabe
Oktober 1981
Deutscher Taschenbuch Verlag GmbH & Co. KG,
München
Lizenzausgabe mit freundlicher Genehmigung des
Paul Zsolnay Verlags GmbH, Wien · Hamburg
© 1975 Stephen King
Titel der Originalausgabe: ›Salem's Lot‹
© 1979 der deutschsprachigen Ausgabe: Paul Zsolnay
Verlag GmbH, Wien · Hamburg · ISBN 3-552-03108-1
Umschlaggestaltung: Celestino Piatti
Gesamtherstellung: C. H. Beck'sche Buchdruckerei,
Nördlingen
Printed in Germany · ISBN 3-423-01877-1

Vorbemerkung

Niemand schreibt einen langen Roman wirklich ganz und gar allein. So sei es mir also gestattet, einigen Leuten eingangs zu danken, die mir bei der Niederschrift dieses Buches geholfen haben. So etwa G. Everett McCutcheon von der Hampden Academy, der mir zahlreiche Anregungen gab und mich immer wieder zur Weiterarbeit ermutigte. Ärztliche Beratung auf seinem Spezialgebiet gewährte mir Dr. John Pearson, Amtsarzt und Leichenbeschauer von Pebnobscot County. Sehr geholfen hat mir auch Pater Renald Hallee von der katholischen St. John's Church in Bangor, Maine. Nicht zuletzt wäre auch meine Frau zu nennen, mit ihrer immer wachen, immer unbestechlichen Kritik.

Obgleich die Landschaft und die Städte rund um Salems Lot durchaus real sind, gibt es Salems Lot nur in der Phantasie des Autors, und jede Ähnlichkeit zwischen den Gestalten dieses Buches und lebenden Persönlichkeiten ist zufällig und unbeabsichtigt.

S. K.

Prolog

Fast alle Leute hielten den Mann und den Jungen für Vater und Sohn.

In einem alten Citroën durchquerten sie das Land in südwestlicher Richtung und benutzten zumeist kleine Nebenstraßen. Bevor sie ihr Ziel erreichten, hielten sie dreimal an: zuerst in Rhode Island, wo der große Mann mit dem schwarzen Haar in einer Textilfabrik arbeitete; dann in Youngstown, Ohio, wo er drei Monate lang in einer Traktorenfabrik am Fließband stand. Schließlich in einer kleinen Stadt in Kalifornien, wo er in einer Tankstelle arbeitete und kleine ausländische Autos reparierte.

Wo immer sie anhielten, kaufte er eine Zeitung aus Maine namens ›Portland-Press-Herald‹ und suchte nach Nachrichten über eine kleine Stadt im südlichen Maine – Jerusalem's Lot. Von Zeit zu Zeit fand er den Namen erwähnt.

Als sie Central Falls auf Rhode Island erreichten, hatte er den Entwurf für einen Roman fertig geschrieben und sandte ihn seinem Agenten. Vor Tausenden von Jahren war er ein recht erfolgreicher Autor gewesen, damals, bevor die Dunkelheit sich über sein Leben gesenkt hatte. Der Agent legte den Entwurf seinem letzten Verleger vor, der freundliches Interesse zeigte, aber nicht gewillt war, eine Vorauszahlung zu leisten. »›Bitte‹ und ›danke‹«, sagte er zu dem Jungen, bevor er den Brief zerriß, »das bekommt man noch umsonst.« Er sagte es ohne Bitterkeit und begann das Buch trotzdem zu schreiben.

Der Junge sprach wenig. Sein Gesicht behielt immer einen angespannten Ausdruck, und seine Augen waren dunkel – als schweiften sie über eine trostlose Landschaft in seinem Innern. In den Gaststuben und bei den Tankstellen, wo sie anhielten, war er höflich, sonst nichts. Der Junge schien den großen Mann nicht aus den Augen lassen zu wollen und schien beunruhigt zu sein, wenn der Mann auf die Toilette ging. Der Junge weigerte sich auch, über die Stadt namens Jerusalem's Lot zu sprechen, obwohl der Mann das Gespräch von Zeit zu Zeit dorthin lenkte; der Junge wollte auch keinen Blick auf die Portland-Zeitungen werfen, die der Mann absichtlich herumliegen ließ.

Als das Buch geschrieben war, lebten sie in einem kleinen Haus am Strand, abseits der Überlandstraße. Sie gingen viel schwimmen; der Pazifik war wärmer und freundlicher als der

Atlantik. Der Pazifik brachte keine Erinnerungen. Allmählich wurde der Junge sehr sonnengebräunt.

Obwohl sie sich drei ordentliche Mahlzeiten und ein festes Dach über dem Kopf leisten konnten, begann der Mann, sich über ihr Leben Sorgen zu machen. Er gab dem Jungen Unterricht, und der Junge schien in bezug auf Erziehung nichts zu versäumen (er war aufgeweckt und las gern, wie der große Mann es in seiner Jugend getan hatte), aber der Mann fand, daß es nicht gut tat, Salem's Lot völlig aus dem Gedächtnis des Jungen zu streichen. Manchmal in der Nacht begann der Junge zu schreien und warf die Bettdecke auf den Boden.

Aus New York kam ein Brief. Der Agent teilte mit, daß Random House zwölftausend Dollar Vorauszahlung biete und das Buch vermutlich vom Buchklub angenommen werden würde. Ob der Mann damit einverstanden sei?

Er war es.

Der Mann verließ seinen Job bei der Tankstelle und überquerte mit dem Jungen die Grenze.

Los Zapatos – es bedeutet »Die Schuhe«, ein Name, der dem großen Mann gefiel – war ein kleines Dorf, nicht weit vom Meer entfernt. Kaum ein Tourist verirrte sich dorthin. Es gab keine gute Straße, keinen Ausblick auf den Ozean und keine historischen Sehenswürdigkeiten. In der Tienda krochen die Küchenschaben umher, und die einzige Hure des Ortes war eine fünfzig Jahre alte Großmutter.

Nachdem sie die Staaten verlassen hatten, legte sich eine beinahe unirdische Stille über ihr Leben. Kaum ein Flugzeug überflog die Gegend, es gab keine Überlandstraßen und im Umkreis von hundert Kilometer besaß niemand einen elektrischen Rasenmäher (oder legte Wert auf einen solchen). Sie hatten ein Radio, doch war, was es von sich gab, ein Lärm ohne Bedeutung; die Nachrichten wurden allesamt in jenem überseeischen Spanisch gesprochen, das der Junge allmählich lernte, das für den Mann aber unverständlich blieb und immer bleiben sollte. Die Musik schien nur aus Opernfragmenten zu bestehen. Abends hörten sie manchmal Popmusik aus den USA, aber der Empfang war schlecht. Das einzige Motorengeräusch, das man hin und wieder hörte, war von einem Motorpflug, den ein Farmer besaß. Wenn der Wind richtig wehte, drang sein unregelmäßiger, tuckernder Lärm wie ein geisterhaftes Geräusch an ihr

Ohr. Sie pumpten das Wasser mit der Handpumpe aus dem Brunnen.

Ein-, zweimal im Monat gingen sie zur Messe in die kleine Kirche im Ort. Keiner von beiden verstand die Zeremonie, aber sie gingen trotzdem hin. Die Hitze war lähmend, und während der Mann den bekannten Liedern lauschte, döste er manchmal ein. Eines Sonntags kam der Junge auf den kleinen hinteren Balkon, wo der Mann seinen neuen Roman schrieb, und erklärte zögernd, er habe mit dem Priester gesprochen und ihn gefragt, ob er in die Kirche aufgenommen werden könne. Der Mann nickte und fragte den Jungen, ob sein Spanisch gut genug sei, um dem Unterricht zu folgen. Der Junge meinte, das werde kein Problem sein.

Einmal in der Woche fuhr der Mann sechzig Kilometer weit, um die Portland-Zeitung zu kaufen, die immer eine Woche alt und manchmal gelb vom Urin der Hunde war. Zwei Wochen nachdem ihm der Junge von seiner Absicht erzählt hatte, fand der Mann einen langen Artikel über Salem's Lot und eine Stadt in Vermont namens Momson. Im Laufe des Artikels wurde der Name des Mannes erwähnt.

In der vagen Hoffnung, der Junge werde die Zeitung lesen, ließ sie der Mann liegen. Der Artikel beunruhigte ihn aus den verschiedensten Gründen. Anscheinend war in Salem's Lot noch nicht alles vorüber.

Einen Tag später kam der Junge mit der Zeitung in der Hand zu ihm, schlug sie auf und wies auf die Überschrift – ›Geisterstadt in Maine?‹.

»Ich habe Angst«, sagte er.

»Ich auch«, erwiderte der Mann.

Geisterstadt in Maine?
Von John Lewis

Jerusalem's Lot ist eine kleine Stadt östlich von Cumberland und dreißig Kilometer nördlich von Portland. Es ist nicht die erste Stadt in der amerikanischen Geschichte, die schlicht und einfach verschwindet, und vermutlich nicht die letzte, aber sie ist sicherlich eine der merkwürdigsten unter ihnen. Im amerikanischen Südwesten sind Geisterstädte nicht selten; dort entstanden in der Nähe von Gold- und Silberminen fast über Nacht Ortschaften und Siedlungen, die ebenso rasch wieder verschwanden, wenn die Funde nicht mehr ergiebig waren. Leere Geschäfte, Hotels, Spielsalons und Häuser blieben zurück und verfielen inmitten des Schweigens der Wüste.

In New England aber ist der einzige Parallelfall zu Jerusalem's Lot – oder Salem's Lot, wie die Bewohner es oft nennen – eine kleine Stadt in Vermont namens Momson. Während des Sommers von 1923 scheinen Momson und seine dreihundertzwölf Einwohner sozusagen fortgeblasen worden zu sein. Die Häuser und einige Geschäftsgebäude im Stadtzentrum sind noch vorhanden, aber sie sind seit jenem Sommer vor zweiundfünfzig Jahren unbewohnt. Da und dort wurden die Möbel mitgenommen, aber die meisten Häuser sind noch möbliert, als sei plötzlich inmitten des Alltags ein großer Sturm aufgekommen, der alle Menschen wegblies. In einem Haus ist der Tisch für das Abendbrot gedeckt, auf ihm steht in der Mitte ein Strauß längst verwelkter Blumen. In einem andern Haus sind die Betten gemacht, als sei man im Begriff, schlafen zu gehen. Im Warenhaus fand man auf dem Verkaufstisch ein verrottetes Baumwolltuch liegen, und in der Kasse waren 1.22 Dollar markiert. In der Kassenlade lagen fünfzig Dollar.

Die Leute der Umgebung erzählen den Touristen, die Stadt werde von Geistern heimgesucht und deshalb sei sie jetzt unbewohnt. Ein wahrscheinlicherer Grund dürfte es aber sein, daß Momson in einem verlassenen Winkel des Bundesstaates und weit entfernt von einer Hauptstraße liegt.

Das gleiche gilt für Jerusalem's Lot.

Laut einer Zählung von 1970 hatte Lot eintausenddreihundertneunzehn Einwohner – genau siebenundsechzig Seelen mehr als bei einer zehn Jahre vorher erfolgten Zählung. Es war eine freundliche Stadt, von ihren früheren Bewohnern kurz »the Lot« genannt, ein Ort, in dem sich wenig von Bedeutung ereignete. Das einzige, worüber die Leute sprachen, wenn sie sich im Park oder auf dem Wochenmarkt trafen, war das Feuer im Jahr 1951, als ein achtlos weggeworfenes Streichholz einen der größten Waldbrände der Vereinigten Staaten ausgelöst hatte.

Wenn jemand die Absicht hatte, seinen Ruhestand in einer kleinen Provinzstadt zu verbringen, wo jeder seinen Nachbarn in Frieden ließ und das größte Ereignis der Woche ein Damentee war, dann war Salem's Lot die richtige Wahl. Die demographische Verteilung war nicht anders als in den meisten ländlichen Kleinstädten: viele alte Leute, wenige Arme, eine Menge junger Leute, die der Reihe nach die Gegend verließen, um nie mehr zurückzukehren.

Doch vor etwa einem Jahr geschah etwas in Salem's Lot, das ungewöhnlich war. Leute begannen zu verschwinden. Die meisten von ihnen verschwanden natürlich nicht im wörtlichen Sinne. Der Gendarm Parkins Gillespie zum Beispiel lebt bei seiner Schwester in Kittery. Charles James, der Besitzer der Tankstelle, hat jetzt eine Werkstatt in Cumberland. Pauline Dickens ist nach Los Angeles übersiedelt, und Rhoda Curless arbeitet auf einer Missionsstation in Portland. Diese Liste ließe sich noch lange weiterführen.

Das Rätselhafte an allen diesen fortgezogenen Leuten ist ihre Abneigung – oder ihre Unfähigkeit – über Salem's Lot und über das, was sich dort ereignet hat, zu sprechen. Parkins Gillespie sah den Schreiber dieser Zeilen bloß an, zog eine Zigarette hervor und sagte: »Ich beschloß einfach, fortzugehen.« Charles James behauptet, sein Geschäft sei zugrundegegangen, als immer mehr Menschen fortzogen; Pauline Dickens, die als Kellnerin in einem Café gearbeitet hatte, ließ die schriftliche Anfrage des Reporters unbeantwortet. Und Miss Curless weigert sich, von Salem's Lot zu sprechen.

Manches läßt sich mit ein wenig Phantasie und einigen Nachforschungen erklären. Lawrence Crockett zum Beispiel, ein Grundstücksmakler, der mit Frau und Tochter verschwand, hatte sich in eine Anzahl dubioser Geschäfte und Grundstücksspekulationen eingelassen. Die Royce McDougalls hatten zu Anfang des Jahres ihren kleinen Sohn verloren, und vermutlich hielt sie nicht mehr viel in dieser Stadt.

Trotzdem bleiben einige Fragen offen. Henry Petrie, seine Frau und sein Sohn sind verschwunden, und Mr. Petrie, Angestellter einer Versicherungsgesellschaft, war vermutlich nicht einer jener Menschen, die oft ihren Wohnsitz wechseln. Der Leichenbestatter, die Bibliothekarin, die Friseuse – sie alle gehören zu jenen, die nicht mehr da sind. Die Länge der Liste ist beunruhigend.

In den Orten der Umgebung hat das Geflüster, das eines Tages zur Legende wird, bereits begonnen. Man sagt, Salem's Lot werde von Geistern heimgesucht. Manchmal sollen bunte Lichter gesehen worden sein, die über der Starkstromleitung tanzten, und wenn man die Vermutung ausspricht, die Bewohner von Salem's Lot seien wohl von UFOs entführt worden, findet das niemand komisch. Man flüstert auch von einer Gruppe junger Leute, die schwarze Messen zelebriert und damit vielleicht den Zorn Gottes auf die Stadt gelenkt hätten. Andere erinnern sich an die jungen Männer, die in Houston »verschwanden« und drei Jahre später in grausigen Massengräbern gefunden wurden.

Ein Besuch von Salem's Lot läßt die vielen Gerüchte begreiflich erscheinen. Nicht ein einziges Geschäft ist offen. Als letztes schloß Spencers Apotheke. Das Eisenwarengeschäft, Barlow und Strakers Möbelladen, das Excellent-Café und sogar die Stadtverwaltung – alle sind sie mit Brettern verschlagen. Die neue Volksschule ist leer. Es gibt keine Kinder in Salem's Lot. Nur verlassene Läden und Geschäfte, leere Häuser, überwucherte Rasen, unbenützte Straßen.

Andere Personen, welche die Polizei gern finden oder von denen sie wenigstens etwas hören möchte, sind unter anderen Pater Donald Callahan, der Priester von St. Andrew; Mabel Werts, eine Witwe, die in der Kirchengemeinde eine prominente Stellung einnahm; Eva Miller, die eine kleine Pension führte...

Zwei Monate nach dem Zeitungsartikel wurde der Junge in die Kirche aufgenommen. Er ging zur ersten Beichte – und beichtete alles.

Der Dorfpfarrer war ein alter Mann mit weißem Haar. Ein Netz von Falten und Fältchen überzog sein Gesicht, aus dem die Augen mit erstaunlicher Lebenslust und Neugierde hervorblickten. Es waren blaue Augen. Sehr irisch. Als der große Mann in sein Haus kam, saß der Priester gerade auf der Veranda und trank Tee. Neben ihm stand ein städtisch gekleideter Mann.

Der Mann sagte steif: »Ich bin Jesús Muñoz. Pater Gracón hat mich gebeten, zu dolmetschen. Niemand wird erfahren, was hier gesprochen wurde. Ist Ihnen das recht?«

»Ja.« Der große Mann schüttelte Muñoz die Hand und begrüßte Gracón. Gracón antwortete auf Spanisch und lächelte. Er besaß nur noch fünf Zähne, doch sein Lächeln war fröhlich.

»Haben Sie Lust auf eine Tasse Tee? Es ist grüner Tee. Sehr erfrischend«, fragte er.

»Das wäre reizend.«

Nach dem Austausch der üblichen Floskeln sagte der Priester: »Der Junge ist nicht Ihr Sohn.«

»Nein.«

»Er beichtete seltsame Dinge. Wahrhaftig, seit ich Priester bin, habe ich niemals eine seltsamere Beichte gehört.«

»Das überrascht mich nicht.«

»Er weinte«, sagte Pater Gracón und nippte an seinem Tee. »Es war ein tiefes, ein schreckliches Weinen. Es kam aus dem Keller seiner Seele. Muß ich die Frage stellen, die diese Beichte in meinem Herzen auslöst?«

»Nein«, sagte der große Mann ruhig. »Das müssen Sie nicht, er spricht die Wahrheit.«

Gracón nickte, noch bevor Muñoz übersetzt hatte. Sein Gesicht wurde ernst. Er beugte sich vor, faltete die Hände und sprach lange Zeit. Muñoz hörte aufmerksam zu; sein Gesicht blieb ausdruckslos. Als der Priester geendet hatte, sagte Muñoz: »Er sagt, es gäbe seltsame Dinge auf dieser Welt. Vor vierzig Jahren brachte ihm ein Bauer eine Eidechse, die schrie, als sei sie eine Frau. Er hat einen Mann mit Stigmata gesehen, dessen Hände und Füße am Karfreitag zu bluten begannen. Er sagt, das Ganze sei eine schreckliche Sache, eine dunkle Sache. Sie ist ernst. Für Sie und den Jungen. Besonders für den Jungen. Es frißt ihn auf. Er sagt ...«

Gracón unterbrach. »Er fragt, ob Sie verstehen, was Sie in diesem New Jerusalem getan haben.«

»Jerusalem's Lot«, sagte der große Mann. »Ja, ich verstehe es.«

»Er fragt, was Sie zu tun beabsichtigen.«

Der große Mann schüttelte langsam den Kopf. »Ich weiß es nicht.«

Wieder sprach Gracón. »Er sagt, er will für Sie beten.«

Eine Woche später wachte der Mann schweißgebadet aus einem Alptraum auf und rief den Namen des Jungen.

»Ich geh zurück«, sagte er.

Unter der Sonnenbräune wurde der Junge blaß.

»Kannst du mich begleiten?« fragte der Mann. »Hast du mich lieb?«

»Ja, bei Gott. Ja.«

Der Junge begann zu weinen, und der große Mann nahm ihn in die Arme.

Er konnte nicht mehr einschlafen. In der Dunkelheit lauerten Gesichter, und wenn der Wind einen Ast gegen das Dach blies, fuhr der Mann zusammen.

Jerusalem's Lot.

Er schloß die Augen, und alles kam aus der Erinnerung zurück. Fast konnte er den Briefbeschwerer sehen; jene Kugeln, in denen es schneit, wenn man sie schüttelt.

Salem's Lot ...

ERSTER TEIL
DAS MARSTENHAUS

1
Ben (I)

Ben Mears fuhr auf der Überlandstraße nach Norden. Als er Portland hinter sich gelassen hatte, begann er eine nicht unangenehme Erregung in der Magengegend zu verspüren. Man schrieb den 5. September 1975, und der Sommer feierte gerade sein großes Finale.

Er fuhr langsam und hielt Ausschau nach vertrauten Dingen. Zuerst sah er gar nichts und versuchte, sich gegen eine bevorstehende Enttäuschung zu wappnen. *Damals warst du sieben. Seitdem sind fünfundzwanzig Jahre vergangen. Orte ändern sich. Und Menschen.*

Damals hatte es die Überlandstraße 295 noch nicht gegeben. Wenn man von Salem's Lot nach Portland fahren wollte, mußte man die Straße 12 nach Falmouth nehmen und dann die Nummer 1. Die Zeiten hatten sich geändert.

Hör auf damit.

Aber es war schwer, aufzuhören. Es war schwer, aufzuhören, wenn –

Ein Junge auf einem schweren Motorrad raste an ihm vorüber. Hinter dem Jungen saß ein Mädchen mit roter Jacke. Ben stieg hart auf die Bremse und legte beide Hände auf die Hupe. Das Mädchen winkte ihm nach.

Diese Kinder. Diese verfluchten Kinder. Erinnerungen wollten ihn bedrängen. Erinnerungen aus der jüngsten Vergangenheit. Er trieb sie fort. Seit zwei Jahren hatte er kein Motorrad mehr angerührt. Er würde nie mehr eines fahren.

Auf der rechten Seite flog etwas Rotes an ihm vorüber, und als er hinblickte, erfüllte ihn freudiges Wiedererkennen. Auf einem Hügel stand eine große rote Scheune mit einem weißen spitzen Dach – auch aus der Entfernung konnte man den Wetterhahn glänzen sehen. Den hatte es immer schon gegeben. Er hatte sich nicht verändert. Als er nach Cumberland kam, sah er mehr und mehr vertraute Dinge. Er fuhr über den Royal River, wo sie als Kind Aale und Hechte gefischt hatten. Durch die Bäume konnte er einen flüchtigen Blick auf Cumberland Village werfen. Und in der Ferne sah er den Wasserturm, auf dem in riesigen Lettern zu lesen war: »Haltet Maine sauber.« Tante Cindy hatte immer gesagt, jemand sollte »Bringt Geld« darunter schreiben.

Ben Mears Erregung wuchs. Er begann rascher zu fahren und wartete auf den Wegweiser. Fünf Kilometer später kam er:
Straße 12 Jerusalem's Lot.
Eine plötzliche Dunkelheit umfing Ben Mears und löschte seine fröhliche Laune wie Sand ein Feuer. Diese dunklen Augenblicke überkamen ihn seit (er versuchte, Mirandas Namen auszusprechen, aber er konnte es nicht) der bösen Zeit, und er hatte sich daran gewöhnt, die Schatten zu vertreiben. Aber diesmal überfiel es ihn mit besonderer Gewalt.

Was tat er hier? Warum kehrte er in eine Stadt zurück, in der er vier Jahre lang als Kind gelebt hatte? Was erwartete er sich davon, durch die Straßen zu gehen, die er als Junge gekannt hatte und die jetzt vermutlich asphaltiert und von den Bierdosen der Touristen gesäumt waren? Der Zauber war vorbei, alles war vorbei seit jenem Abend, als er die Kontrolle über das Motorrad verlor, und der gelbe Möbelwagen kam, und größer und größer wurde. Und der Schrei seiner Frau Miranda, als –

Zu seiner Rechten sah er die Ausfahrt, und einen Augenblick lang überlegte er, ob er nicht lieber zurückfahren sollte. Aber wohin zurück? Nach Hause? Lächerlich. Wenn er jemals ein Zuhause gehabt hatte, dann war es hier. Auch wenn es nur für vier Jahre gewesen war.

Er blinkte und bog in die Straße 12 ein. Sein Blick streifte über den Horizont. Und was er dort sah, ließ ihn auf die Bremse springen. Der Citroën blieb mit einem Ruck stehen.

Tannen und Föhren bedeckten den sanften Hügel im Osten. Von hier konnte man die Stadt nicht sehen. Nur die Bäume. Und in der Ferne, wo die Bäume sich gegen den Himmel abzeichneten, das spitze Dach des Marstenhauses.

Fasziniert starrte er hinüber, während sein Gesicht die gegensätzlichsten Empfindungen kaleidoskopartig widerspiegelte.

»Bei Gott, es steht noch immer da«, murmelte er vor sich hin.
Er blickte auf seine Arme. Er hatte Gänsehaut.

Absichtlich machte er einen Umweg und näherte sich der Stadt von Westen her. Erstaunlich, wie wenig sich hier geändert hatte. Es gab etliche neue Häuser, die er nicht kannte, und eine Taverne namens Dell am Stadtrand, aber es gab immer noch das alte Schild, das den Weg zum Müllabladeplatz wies, und die Straße war immer noch ungepflastert. Der Bauernhof der Familie Griffen schien, abgesehen von einer größeren Scheune, unverändert zu sein, und Ben Mears fragte sich, ob die Griffen noch immer ihre eigene Milch in Flaschen abfüllten und verkauften.

Damals hatte die Farm ein großes Schild mit dem Markennamen: »Sonnenmilch von der Griffen-Farm«, und darunter war eine lachende Kuh zu sehen gewesen. Er lächelte. In Tante Cindys Haus hatte er viel von dieser Milch auf seine Cornflakes geschüttet.

Er bog in die Brook Street ein und fuhr die steile Straße auf den Marstenhügel hinauf. Von dort oben konnte man das Stadtzentrum sehen, und zur Linken lag das Marstenhaus. Er fuhr an den Straßenrand und stieg aus.

Hier war alles wie früher. Nichts hatte sich verändert.

Die Hausfront war der Stadt zugewandt. Die riesigen, mit Brettern verschlagenen Fenster gaben dem Gebäude jenes unheimliche Aussehen alter Häuser, die lange Zeit unbewohnt geblieben sind. Der Verputz war abgebröckelt, alle Mauern sahen gleichmäßig grau aus.

Stürme hatten viele Schindeln fortgerissen, und ein schwerer Schneefall hatte die westliche Ecke des Daches eingedrückt, so daß es aussah, als hätte es einen Buckel. Rechts hatte man auf einem Pfosten ein »Betreten verboten«-Schild angenagelt.

Ben Mears verspürte ein starkes Verlangen, den verwachsenen Pfad zur Eingangstür entlang zu gehen. Vielleicht hineinzugehen, wenn das Tor nicht verschlossen war.

Wie hypnotisiert starrte er auf das Haus. Das Haus starrte gleichgültig zurück.

Man ging durch die Halle, atmete den Geruch faulender Tapeten ein und hörte Mäuse umherhuschen. Es würde immer noch eine Menge Kram auf dem Boden liegen und man könnte irgend etwas davon einstecken. Vielleicht einen Briefbeschwerer. Am Ende der Halle könnte man die Treppe hinaufgehen. Es waren vierzehn Stufen. Genau vierzehn. Stand man oben, sah man am Ende des Ganges eine geschlossene Tür. Man könnte den Gang entlang gehen, die Tür würde immer näher kommen, immer größer werden. Man könnte die Hand auf die verrostete Türklinke legen ...

Ben Mears wandte sich vom Haus ab und atmete schwer. Noch nicht. Später vielleicht, aber jetzt noch nicht. Vorläufig genügte es, zu wissen, daß alles noch da war. Vielleicht würde er das Marstenhaus mieten. Die Küche könnte sein Schreibzimmer werden, und im Wohnzimmer könnte er schlafen. Aber er würde nicht die Treppe hinaufgehen.

Nur wenn es unbedingt sein mußte.

Er stieg in seinen Wagen und fuhr den Hügel hinab nach Jerusalem's Lot.

2
Susan

Er saß auf einer Bank im Park und wurde gewahr, daß das Mädchen ihn beobachtete. Es war ein hübsches Mädchen mit einem Seidenschal über dem blonden Haar.

Im Augenblick las sie ein Buch, aber neben ihr lag ein Notizblock und etwas, das aussah wie ein Kohlestift. Man schrieb Dienstag, den 16. September; es war der erste Schultag, und wie durch ein Wunder waren die lärmenden Besucher aus dem Park verschwunden. Übrig blieben einige Mütter mit ihren Kleinkindern, etliche alte Männer, die neben dem Kriegerdenkmal saßen, und dieses Mädchen im wechselnden Schatten einer alten knorrigen Ulme.

Sie blickte von ihrem Buch auf und sah ihn an. Ein Ausdruck der Verwunderung flog über ihre Züge. Sie stand auf, überlegte es sich aber und setzte sich wieder.

Er ging zu ihr und sagte freundlich: »Hallo. Kennen wir einander?«

»Nein«, erwiderte sie. »Das heißt ... Sie sind Benjamin Mears, nicht wahr?«

»Stimmt.« Er sah sie fragend an.

Sie lachte verlegen. Ganz offensichtlich gehörte sie nicht zu den Mädchen, die im Park mit fremden Männern sprechen.

»Ich dachte, ich sehe ein Gespenst.« Sie hob ihr Buch in die Höhe. »Leihbibliothek, Jerusalem's Lot« war auf dem Einband gestempelt. Das Buch war sein zweiter Roman, ›Tanz in den Lüften‹. Das Mädchen zeigte Ben Mears dessen Fotografie auf der Rückseite. Das Gesicht sah jugendlich und furchtbar ernst aus.

»Aus solchen Zufallsbegegnungen sind Dynastien entstanden«, sagte er, und es sollte nach einem Spaß klingen, aber die Bemerkung hing in der Luft, als sei sie eine Prophezeiung. Noch Jahre später sollte er sich an diesen Augenblick erinnern; als sei damals aus dem großen Kuchen der Zeit ein kleines besonderes Stück herausgeschnitten worden.

Sie lachte und reichte ihm das Buch: »Wollen Sie es für mich signieren?«

»Ein Buch aus der Leihbibliothek?«

»Ich werde es der Bibliothek ersetzen.«

Er öffnete das Buch und fragte: »Wie heißen Sie?«
»Susan Norton.«
Ohne nachzudenken, schrieb er rasch: »Für Susan Norton, dem hübschesten Mädchen im Park. Alles Liebe. Ben Mears.«
»Jetzt müssen Sie es stehlen«, sagte er und gab ihr das Buch zurück. »›Tanz in den Lüften‹ wird leider nicht mehr aufgelegt.«
»Einer jener Büchersuchdienste wird es schon für mich finden.« Sie zögerte, und diesmal sah sie ihn länger an. »Das Buch ist wirklich sehr gut.«
»Danke. Wenn ich es in die Hand nehme, frage ich mich immer, wieso es gedruckt wurde.«
Sie lachten beide, und damit wurde alles viel einfacher. Später dachte er oft, wie natürlich es sich ergeben hatte. Wie selbstverständlich.
Dieser Gedanke war jedoch niemals angenehm. Er beschwor das Bild eines Schicksals herauf, das keineswegs blind war, sondern bewußt und darauf bedacht, die hilflosen Sterblichen zwischen den gewaltigen Mühlsteinen des Universums zu zerreiben, um aus ihnen etwas Unbekanntes zu formen.
»Ich habe auch ›Conways Tochter‹ gelesen. Es hat mir besonders gut gefallen. Aber vermutlich hören Sie das sehr oft.«
»Erstaunlich selten«, sagte er ehrlich. Miranda hatte ›Conways Tochter‹ auch gern gehabt, aber die meisten seiner literarischen Freunde waren kühl geblieben, und die Kritik hatte es verrissen. Handlung war nicht mehr gefragt. Masturbation war modern.
»Haben Sie das letzte Buch gelesen?«
»›Billy sagt, nur so weiter‹? Noch nicht. Miss Coogan vom Drugstore behauptet, es sei ziemlich gewagt.«
»Zum Teufel, es ist beinahme puritanisch«, sagte Ben. »Die Sprache ist deutlich, aber wenn man über ungebildete Jungen vom Land schreibt, kann man nicht ... Sagen Sie, darf ich Sie auf ein Eis einladen? Ich hätte Lust darauf.«
Ein drittes Mal sah sie ihn prüfend an. Dann aber lächelte sie fröhlich. »Gern. Sehr gern. Bei Spencer bekommt man recht gute Eiscreme.«

»Ist das Miss Coogan?«
Er wies auf eine große, magere Frau mit einer roten Schürze über dem weißen Arbeitsmantel.

»Ja. Sie ist an jedem Donnerstagnachmittag in der Leihbibliothek.«

Sie saßen auf roten Ledersitzen an der Theke. Von ihren Plätzen konnten sie hinüber in den Warteraum des Autobusses sehen. Ein einsamer junger Air-Force-Pilot saß verdrossen neben seinen Koffern.

»Er scheint nicht sehr gern dort hinzufahren, wo er hinfahren muß, nicht wahr?« sagte sie, seinem Blick folgend.

»Vermutlich ist sein Urlaub zu Ende«, sagte Ben. Jetzt wird sie fragen, ob ich beim Militär war, dachte er.

Statt dessen sagte sie: »Eines Tages werde ich auch diesen Bus nehmen. Und vermutlich ebenso niedergeschlagen dreinsehen wie dieser Junge.«

»Wohin?«

»Wahrscheinlich New York. Um endlich selbständig zu werden.«

»Und warum bleiben Sie nicht hier?«

»Ich bin gern hier. Aber meine Eltern, wissen Sie, sie entlassen mich nicht aus ihren Fittichen. Und außerdem ist es für ein junges Mädchen schwierig, in Lot eine Karriere zu machen.«

»Was für eine Art von Job suchen Sie?«

Sie zuckte die Achseln. »Ich habe an der Boston University den *Bachelor of Art* gemacht. Vielleicht nimmt mich ein Verleger. Oder eine Zeitschrift... Vielleicht eine Reklameabteilung. Solche Leute brauchen immer jemanden, der zeichnen kann. Das kann ich. Ich habe eine ganze Mappe voll.«

»Haben Sie irgendwelche Angebote?« fragte er freundlich.

»Nein... nein. Aber...«

»Ohne ein Angebot fährt man nicht nach New York«, sagte er. »Das müssen Sie mir glauben. Sie werden sich die Schuhsohlen ablaufen.«

Sie lächelte betrübt. »Vermutlich haben Sie recht.«

»Haben Sie hier schon etwas verkauft?«

»Oh ja.« Sie lachte. »Mein bis heute größter Verkauf erfolgte an die Cinex Corporation. Die hat in Portland ein neues Kino eröffnet und mir zwölf Blätter abgekauft, die jetzt im Vorraum hängen. Man gab mir siebenhundert Dollar. Damit habe ich mein kleines Auto angezahlt.«

»Sie sollten in New York ein Hotelzimmer für eine Woche bestellen und sich tunlichst sechs Monate vorher bei allen Verlegern ansagen. Um Gottes willen, fahren Sie nicht aufs Geratewohl in eine Stadt wie New York.«

»Und wie ist das bei Ihnen?« fragte sie und stocherte in ihrer Eiscreme. »Was tun Sie in der blühenden Gemeinde Jerusalem's Lot?«

Er zuckte die Achseln. »Ich versuche einen neuen Roman zu schreiben.«

Sofort war sie Feuer und Flamme. »In Lot? Worüber? Warum gerade hier? Sind Sie –«

Er blickte sie ernst an. »Sie tropfen.«

»Ich? Oh, ja. Pardon.« Sie wischte den Fleck mit der Serviette ab. »Ich wollte mich nicht in Ihre Privatsachen mischen. Üblicherweise bin ich nicht so neugierig.«

»Keine Ursache, sich zu entschuldigen«, sagte er. »Alle Schriftsteller lieben es, über ihre Bücher zu reden. Manchmal, wenn ich im Bett liege, erfinde ich ein ›Playboy‹-Interview mit mir. Reine Zeitverschwendung. Die kümmern sich nur um Autoren, deren Bücher bei den Studenten beliebt sind.«

Der junge Air-Force-Pilot stand auf. Ein Greyhound Bus fuhr vor und hielt an.

»Als Kind habe ich vier Jahre in Salem's Lot gelebt. Mit meiner Tante Cindy. Mein Vater starb, wissen Sie, und meine Mutter hatte ... hatte eine Art von Nervenzusammenbruch. Also schickte sie mich zu Tante Cindy. Einen Monat nach dem großen Feuer setzte mich Tante Cindy in einen Bus und schickte mich zu meiner Mutter zurück.« Er sah sein Gesicht im Spiegel hinter der Theke. »Ich weinte im Bus, als ich von meiner Mutter fortfuhr, und ich weinte im Bus, als ich von Tante Cindy und Jerusalem's Lot fortfuhr.«

»Ich bin in dem Jahr des großen Feuers auf die Welt gekommen«, sagte Susan. »Einmal ist etwas Ungeheures hier passiert, und ich habe es einfach verschlafen.«

Ben lachte. »Also sind Sie sieben Jahre älter als ich dachte.«

»Wirklich?« Sie sah erfreut aus. »Danke für das Kompliment. Ich glaube, das Haus Ihrer Tante ist damals abgebrannt.«

»Ja«, erwiderte er. »Ich erinnere mich noch sehr gut an jene Nacht. Einige Männer mit Pumpen auf dem Rücken kamen zur Tür und sagten, daß wir fortgehen müßten. Es war überaus aufregend. Tante Cindy hüpfte herum und verstaute alle möglichen Gegenstände in ihrem Hudson. Mein Gott, was für eine Nacht!«

»War sie versichert?«

»Nein. Aber das Haus war nur gemietet, und wir brachten beinahe alle wertvollen Dinge zum Auto, außer dem Fernsehapparat. Wir versuchten, ihn hochzuheben, aber wir konnten ihn nicht einmal wegschieben. Es war ein Video King mit einem winzigen Bildschirm und einem Vergrößerungsglas über der Bildröhre. Geradezu teuflisch für die Augen. Wir bekamen ohnedies nur eine Station – eine Menge ländlicher Musik, landwirtschaftliche Berichte und Kitty, den Clown.«

»Und Sie sind hierher zurückgekommen, um ein Buch zu schreiben?«

Ben antwortete nicht sofort. Miss Coogan öffnete Kartons mit Zigarettenpäckchen und füllte diese in die Regale neben der Kasse. Der junge Pilot stand neben der Tür und wartete auf den Buslenker.

»Ja«, sagte Ben. Er drehte sich um und sah ihr zum erstenmal voll ins Gesicht. Sie hatte sehr hübsche Züge; blaue Augen und eine hohe, sonnengebräunte Stirn. »Haben Sie in dieser Stadt Ihre Kindheit verbracht?« fragte er.

»Ja.«

Er nickte. »Dann wissen Sie es ja. Ich war auch als Kind in Salem's Lot, und ich habe diese Zeit niemals vergessen. Als ich jetzt zurückkam, fuhr ich aus Angst, es könnte sich verändert haben, beinahe weiter.«

»Hier verändert sich nichts«, sagte sie, »jedenfalls nicht viel.«

»Als Kind habe ich oft mit den Gärtnerjungen gespielt. Beim Teich oder unten beim Sumpf spielten wir ›Piraten‹ oder ›Räuber und Gendarm‹. Nachdem ich Tante Cindy verlassen hatte, wurden die Zeiten ziemlich hart für meine Mutter und mich. Als ich vierzehn war, nahm Mutter sich das Leben, aber da war ich schon lange kein Kind mehr. Meine Kindheit war hier. Und ist es immer noch. Die Stadt hat sich nicht sehr verändert. Wenn man die Hauptstraße betrachtet, so ist es, als sähe man durch eine dünne Eisschicht – wie durch jene Eisplatten, die man im November von der städtischen Zisterne abnehmen konnte, wenn man zuerst die Ränder löste –, und durch diese Eisschicht sieht man seine Kindheit. Alles ist ein wenig verschwommen und trüb, und an manchen Stellen sieht man nichts, aber das meiste ist doch noch vorhanden.«

Er hielt erstaunt inne. Er hatte eine Rede gehalten.

»Sie sprechen, wie Sie in Ihren Büchern schreiben«, sagte sie.

Er lachte. »So habe ich noch nie gesprochen. Jedenfalls nicht laut.«

»Was haben Sie angefangen, nachdem Ihre Mutter ... nachdem sie starb?«

»Mich da und dort herumgetrieben«, erwiderte er kurz. »Essen Sie Ihre Eiscreme.«

Gehorsam tat sie es.

»Einige Dinge haben sich verändert«, sagte sie nach einer Weile. »Mr. Spencer ist gestorben. Erinnern Sie sich an ihn?«

»Natürlich. Tante Cindy kam an jedem Donnerstagabend in die Stadt, um ihre Einkäufe zu erledigen, und mich schickte sie hierher, um ein Root-Bier zu trinken. Damals kam es noch frisch aus dem Faß, echtes Rochester-Root-Bier. Sie gab mir fünf Cents, in ein Taschentuch eingewickelt.«

»Als ich hingehen durfte, kostete es bereits zehn Cents. Wissen Sie noch, was Mr. Spencer immer sagte?«

Ben beugte sich vor, ballte eine Hand zu einer arthritischen Klaue und zog in einem paralytischen Zucken den Mundwinkel herab. »Deine Blase«, flüsterte er. »Dieses Gesöff wird deine Blase zerstören, Kleiner.«

Ihr Lachen erfüllte den Raum, und Miss Coogan blickte mißbilligend auf. »Das ist ausgezeichnet! Mich nannte er allerdings Mädelchen!«

Entzückt sahen sie einander an.

»Hätten Sie Lust, heute abend ins Kino zu gehen?« fragte er.

»Gern.«

»Welches ist das nächste?«

Sie lächelte. »Das Cinex in Portland. Wo der Vorraum mit den unsterblichen Werken von Susan Norton dekoriert ist.«

»Was gibt es sonst? Welche Art von Film mögen Sie?«

»Etwas Aufregendes, wenn möglich mit einer Verfolgungsjagd im Auto.«

»Okay. Erinnern Sie sich an das Nordica? Das war hier in der Stadt.«

»Ja, sicher. Es wurde 1968 geschlossen. Als ich auf der Oberschule war, gingen wir immer zu viert hin, zwei Mädchen, zwei Jungen. Wenn der Film schlecht war, warfen wir Popcornschachteln auf die Leinwand.« Sie kicherte. »Die Filme waren fast immer schlecht.«

»Ja, sie zeigten jene alten Fortsetzungsfilme wie ›Rocket Man‹, ›Die Rückkehr von Rocket Man‹, ›Crash Callahan‹ und ›Voodoo, der Totengott‹.«

»Das war noch vor meiner Zeit.«

»Was ist mit dem Kino geschehen?«

»Jetzt hat Larry Crockett dort ein Immobilienbüro«, sagte sie. »Vermutlich war die Konkurrenz des Drive-in in Cumberland und des Fernsehens zu groß.«

Sie schwiegen einen Augenblick lang, und jeder hing seinen Gedanken nach. Die Uhr in der Greyhound Station zeigte 10 Uhr 45.

Gleichzeitig sagten sie: »Übrigens, erinnern Sie sich –«

Sie sahen einander in die Augen, und diesmal blickte Miss Coogan beide tadelnd an, als sie schallend loslachten.

Sie unterhielten sich noch eine Weile, bis Susan widerwillig erklärte, sie müsse noch Besorgungen machen, werde aber Punkt halb acht Uhr bereit sein. Als sie auseinandergingen, wunderten sich beide über die selbstverständliche, natürliche Art, in der ihre Wege einander gekreuzt hatten.

Ben schlenderte die Hauptstraße hinunter, blieb an einer Ekke stehen und blickte wie zufällig zum Marstenhaus hinüber. Es fiel ihm ein, daß das große Feuer des Jahres 1951 sich beinahe bis in den Hof des Hauses vorgefressen hatte, bevor der Wind wechselte.

Und er dachte: Vielleicht hätte es niederbrennen sollen. Vielleicht wäre das besser gewesen.

Nolly Gardener kam aus der Stadtverwaltung und setzte sich neben Parkins Gillespie auf die Treppe. Er konnte gerade noch sehen, wie Ben und Susan in den Eissalon gingen. Parkins rauchte eine Pall Mall und säuberte mit einem Taschenmesser die Fingernägel.

»Das ist der Schreiber, nicht wahr?« fragte Nolly.

»Ja.«

»War Susan Norton mit ihm?«

»Ja.«

»Das ist aber interessant«, meinte Nolly. Ein Polizistenstern glänzte großartig an seiner Brust. Er hatte ihn sich selbst gekauft, denn die Stadt kam für den Stern eines zweiten Polizisten nicht auf. Parkins besaß natürlich einen Stern, trug ihn aber in der Tasche, etwas, was Nolly nicht begreifen konnte. Natürlich wußte jeder in der Stadt, daß Parkins ein Polizist war, aber schließlich gab es so etwas wie Tradition. Und es gab so etwas wie Verantwortung. War man ein Hüter des Gesetzes, so hatte man an beides zu denken.

»Glaubst du, daß er ein richtiger Schriftsteller ist, Park?«

»Natürlich. Drei seiner Bücher sind in der Bibliothek zu haben.«

»Wahr oder erfunden?«

»Erfunden.« Parkins legte das Messer weg und seufzte.

»Floyd Tibbits wird es nicht gern sehen, wenn jemand mit seinem Mädchen geht.«

»Sie sind ja nicht verheiratet«, erwiderte Parkins. »Und Susan ist großjährig.«

»Floyd wird es trotzdem nicht gern haben.«

»Floyd kann sich meinetwegen aufhängen«, sagte Parkins. Er trat seine Zigarette auf der Stufe aus, nahm aus der Tasche eine Pastillendose, gab den Zigarettenstummel hinein und steckte die Dose wieder ein.

»Wo wohnt dieser Kerl?«

»In Evas Pension«, sagte Parkins. »Letzthin schaute er zum Marstenhaus hinauf. Sein Gesicht hatte einen komischen Ausdruck.«

»Komisch? Warum?«

»Eben komisch.« Parkins nahm seine Zigaretten aus der Tasche.

»Dann ging er zu Larry Crockett. Wollte das Haus mieten.«

»Was, das *Marstenhaus*?«

»Ja.«

»Spinnt er?«

»Möglich.« Parkins verscheuchte eine Fliege von seinem linken Knie und schaute zu, wie sie summend in das helle Morgenlicht flog. »Der alte Larry Crockett war in letzter Zeit ziemlich beschäftigt. Ich habe gehört, daß er die alte Wäscherei verkauft hat. Schon vor einer ganzen Weile.«

»Was, diese alte Bude?«

»Ja.«

»Wer kann die kaufen wollen?«

»Weiß nicht.«

»Na ja.« Nolly stand auf und rückte seinen Gürtel zurecht. »Ich werde mich ein wenig in der Stadt umsehen.«

»Tu das«, sagte Parkins und zündete die nächste Zigarette an.

»Kommst du mit?«

»Kaum. Ich werde noch eine Weile hier sitzen bleiben.«

»Okay. Bis gleich.«

Nolly ging die Stufen hinunter und fragte sich (nicht zum erstenmal), wann Parkins sich entschließen werde, den Dienst zu quittieren. Dann würde er, Nolly, endlich zum ersten Polizisten aufrücken. Wie, um Himmels willen, konnte man Verbrechen aufspüren, wenn man die ganze Zeit über auf den Stufen der Stadtverwaltung saß?

Parkins beobachtete Nollys Verschwinden mit einem vagen Gefühl der Erleichterung. Nolly war ein braver Kerl, aber schrecklich eifrig. Parkins nahm sein Taschenmesser, öffnete es und fuhr fort, die Nägel zu bearbeiten.

Jerusalem's Lot bekam 1765 das Stadtrecht, ganze fünfundfünfzig Jahre bevor Maine ein Bundesstaat wurde.

Ihren eigenartigen Namen verdankte die Stadt einem eher prosaischen Vorfall. Einer der frühesten Bewohner der Gegend war ein mürrischer Bauer namens Charles Tanner gewesen. Er hielt Schweine, und eine große Sau hörte auf den Namen Jerusalem. Eines Tages brach Jerusalem aus ihrem Verschlag aus, entkam in den nahen Wald, wurde wild und bösartig. Noch Jahre später verscheuchte Tanner alle Kinder von seinem Anwesen mit den Worten: »Wenn euch euer Leben lieb ist, dann hütet euch vor Jerusalem's Los.« Tanners ständige Warnung gab der Stadt ihren Namen. Die Geschichte beweist wenig, außer vielleicht, daß in Amerika sogar ein Schwein unsterblich werden kann.

Die Hauptstraße, die ursprünglich Portland Post Road hieß, wurde 1896 nach Elias Jointer benannt. Jointer war sechs Jahre lang (bis zu seinem Tod durch Syphilis) Mitglied des Repräsentantenhauses und die bedeutendste Persönlichkeit, deren sich Salem's Lot rühmen konnte – ausgenommen Jerusalem, das Schwein, und Pearl Ann Butts, die 1907 nach New York durchbrannte und ein Ziegfeld Girl wurde.

Brock Street und Jointer Avenue trafen genau in der Stadtmitte im rechten Winkel aufeinander; die Stadt selbst war beinahe rund, und die beiden Hauptstraßen teilten sie in vier Sektoren. Der nordwestliche Sektor war der am stärksten bewaldete Teil der Stadt. Er war auch höher gelegen, obwohl nur jemand aus dem Mittelwesten ihn als hochgelegen bezeichnet hätte. Die müden alten Hügel fielen sanft zur Stadt ab, und auf einem von ihnen lag das Marstenhaus.

Der Großteil des nordöstlichen Sektors war offenes Land – Heu und Alfalfa. Hier floß der Royal River, ein alter Fluß, der sich in schimmernden Windungen bis zur Nordgrenze der Stadt hinschlängelte, wo unter der dünnen Erdschicht harter Granit lag. Hier hatte er sich im Laufe von Millionen Jahren sein Bett durch zwanzig Meter hohe Felsklippen gebahnt.

Der südöstliche Teil war der hübscheste. Auch hier stieg das Land ein wenig an, aber es gab keine Spuren des großen Feuers und keine verbrannte Erde, wie sie nach jedem Brand zurückbleibt. Das Land auf beiden Seiten der Griffen Road gehörte Charles Griffen, dem Besitzer der größten Milchfarm südlich von Mechanic Falls, und von dem Schoolyard Hill konnte man Griffens riesige Scheune mit dem Aluminiumdach sehen, das in der Sonne glänzte wie ein gewaltiger Heliograph. Es gab noch andere Farmen, und viele Leute, die in Portland oder Lewiston arbeiteten, hatten sich hier ihre Häuser gebaut.

Was es in der Welt an Kriegen, Katastrophen und Regierungskrisen gab, erfuhr man in Salem's Lot zumeist aus dem Fernsehen. Ja –: einer der Potter-Jungen fiel in Vietnam, und Bowies Sohn kehrte mit einem künstlichen Fuß heim – er war auf eine Landmine getreten –, aber er bekam eine Stellung im Postamt, und damit war *das* in Ordnung. Die Kinder trugen ihr Haar länger und kämmten sich nicht mehr ordentlich wie ihre Väter. Aber man nahm kaum davon Notiz. Als man im Gymnasium keine Uniformen mehr verlangte, schrieb Aggie Corliss einen Brief an die Zeitung. Aber Aggie schrieb seit Jahren jede Woche einen Brief an die Zeitung, zumeist über den Fluch des Alkohols und manchmal auch über das Wunder religiöser Erweckung.

Manche Kinder nahmen »Stoff«, aber Alkohol war das größere Problem. Seit die Altersgrenze für den Ausschank von Alkohol herabgesetzt worden war, fanden sich eine Menge Teenager bei Dell's ein. Dann rasten sie auf ihren Motorrädern nach Hause, und hin und wieder fand einer den Tod.

Von diesen Dingen abgesehen, war das Wissen um die Krisen im Land jedoch eher akademischer Natur. Die Uhren in Jerusalem's Lot gingen anders. In einer so netten Kleinstadt konnte nichts Böses geschehen. Dort nicht.

Ann Norton stand am Bügelbrett, als ihre Tochter mit einer gefüllten Einkaufstasche hereinstürmte, der Mutter ein Buch mit dem Bild eines hageren Mannes zuwarf und sofort zu erzählen begann.

»Langsam«, sagte Ann. »Dreh den Fernseher ab und dann erzähl mir.«

Susan würgte die Stimme des Ansagers ab und berichtete ihrer Mutter über das Zusammentreffen mit Ben Mears. Mrs. Norton versuchte, ruhig und verständnisvoll zuzuhören, obwohl bei der Erwähnung eines neuen jungen Mannes in ihr sofort die gelben Warnlichter aufblinkten. Es war schwer, sich vorzustellen, daß Susan alt genug für einen Mann sei. Heute leuchteten die Warnlichter besonders hell.

»Das klingt recht aufregend«, bemerkte Ann Norton.

»Er war wirklich nett«, sagte Susan. »Und ganz natürlich.«

»Oh, meine Füße«, stöhnte Mrs. Norton, stellte das Bügeleisen hin und ließ sich in den Schaukelstuhl neben dem großen Fenster fallen. Sie nahm eine Zigarette und zündete sie an. »Bist du sicher, daß er in Ordnung ist, Susie?«

Susan lächelte ein wenig abwehrend. »Natürlich bin ich sicher. Er sieht aus wie ... ach, ich weiß nicht – wie ein Professor oder so jemand.«

»Man behauptet, der verrückte Massenmörder sah aus wie ein Gärtner«, sagte Mrs. Norton nachdenklich.

»Elchscheiße«, sagte Susan fröhlich. Dieser Ausdruck irritierte ihre Mutter jedesmal.

»Zeig mir das Buch.« Ann Norton streckte die Hand aus.

Susan gab es ihr und dachte plötzlich an die Schilderung einer homosexuellen Vergewaltigung im Zuchthaus.

»›Tanz in den Lüften‹«, sagte Ann Norton sinnend und begann das Buch durchzublättern. Susan wartete resigniert.

Die Fenster waren offen, eine sanfte Vormittagsbrise bewegte die gelben Vorhänge in der Küche. Es war ein hübsches Haus, ein solider Ziegelbau, im Winter recht mühsam zu heizen, aber im Sommer kühl wie eine Felsgrotte. Das Haus lag auf einer kleinen Anhöhe, und von dem Fenster, an dem Mrs. Norton saß, konnte man bis zur Stadt sehen. Die Aussicht war angenehm, und im Winter, wenn man über die weiten, unberührten Schneefelder sah, war sie sogar großartig.

»Ich glaube, ich habe in einer Portland-Zeitung eine Kritik darüber gelesen. Sie war nicht sehr gut.«

»Mir gefällt es«, sagte Susan ruhig. »Und mir gefällt er.«

»Vielleicht wird er auch Floyd gefallen«, meinte Mrs. Norton mit unschuldiger Miene. »Du solltest die beiden miteinander bekanntmachen.«

Susan fühlte Ärger aufsteigen und war wütend darüber. Sie hatte gedacht, daß sie und ihre Mutter die stürmischen Auseinandersetzungen nun hinter sich hätten, aber es schien alles wieder von vorne zu beginnen. Wieder war es der alte Streit zwischen Susans eigener Identität und dem Erfahrungsschatz der Mutter. Es war, als nähme man eine alte Strickarbeit wieder auf.

»Über Floyd haben wir oft genug gesprochen, Mutter. Du weißt, daß es mit ihm nichts Ernstes ist.«

»Die Kritik sagt, es gäbe auch einige ziemlich schmutzige Gefängnisszenen. Jungen, die es mit Jungen treiben.«

»Ach, Mutter, um Himmels willen, was weiter?«

»Kein Grund, zu fluchen«, sagte Mrs. Norton ungerührt. Sie gab das Buch zurück und schnippte die Asche ihrer Zigarette in einen keramischen Aschenbecher, der die Form eines Fisches hatte. Sie hatte ihn von einer ihrer Freundinnen bei der Frauenhilfe bekommen, und er hatte Susan immer irritiert, ohne daß sie ganau sagen hätte können, warum. Es schien ihr irgendwie obszön zu sein, in den Mund eines Fisches Asche zu streuen.

»Ich werde die Einkäufe auspacken«, sagte Susan und stand auf.

Mrs. Norton sagte ruhig: »Ich meinte nämlich, wenn du und Floyd heiraten –«

Susans Gereiztheit steigerte sich zu kochender Wut. »Woher nimmst du das, zum Teufel? Habe ich jemals so etwas erwähnt?«

»Ich habe angenommen –«

»Du hast etwas Falsches angenommen«, sagte sie hitzig und nicht ganz ehrlich. Ihre Beziehung zu Floyd hatte sich in den letzten Wochen jedoch tatsächlich abgekühlt.

»Wenn man mit demselben Jungen eineinhalb Jahre lang ausgeht, so habe ich angenommen«, fuhr die Mutter leise und unbeirrt fort, »bedeutet das etwas, das über Händchenhalten hinausgeht.«

»Floyd und ich sind mehr als Freunde«, erklärte Susan.

Ein Wortwechsel, der ungesagt blieb, hing in der Luft.

Hast du mit Floyd geschlafen?
Geht dich nichts an!
Was bedeutet dir dieser Ben Mears?
Geht dich nichts an.
Wirst du dich in ihn verlieben und etwas Unbedachtes tun?
Geht dich nichts an.
Ich liebe dich, Susie. Dein Vater und ich, wir lieben dich.

Und darauf gab es keine Antwort. Keine Antwort. Und deshalb war New York – oder irgendeine andere Stadt – so wichtig.

Am Schluß prallte man immer gegen die Barrikade elterlicher Liebe wie gegen die Wände einer Gummizelle. Die Tatsache dieser Liebe machte jede weitere sinnvolle Diskussion unmöglich und raubte dem bisher Gesagten jeden Sinn.

»Schon gut«, sagte Mrs. Norton leise und drückte ihre Zigarette aus.

»Ich gehe hinauf«, sagte Susan.

»Kann ich das Buch haben, wenn du es fertig gelesen hast?«

»Wenn du willst.«

»Ich möchte ihn kennenlernen«, sagte Ann Norton.

Susan zuckte die Achseln.

»Wirst du heute spät nach Hause kommen?«

»Ich weiß es nicht.«

»Was soll ich Floyd sagen, wenn er anruft?«

Wieder überkam Susan heller Zorn. »Sag ihm, was du willst.« Sie hielt inne. »Das tust du ja sowieso.«

»Susan!«

Susan ging nach oben, ohne sich umzudrehen.

Mrs. Norton blieb sitzen und starrte zum Fenster hinaus, ohne etwas zu sehen. Dann stand sie auf und begann wieder zu bügeln. Als sie fand, daß Susan bereits in ihre Arbeit versunken sein müsse, ging sie zu dem Telefon in der Speisekammer und rief Mabel Werts an. Im Laufe des Gesprächs erwähnte sie, sie habe von Susie gehört, daß ein berühmter Schriftsteller in der Stadt weile, und Mabel schnupfte auf und meinte, es müsse sich wohl um den Mann handeln, der ›Conway's Daughter‹ geschrieben habe, und Mrs. Norton bejahte und Mabel sagte, das sei kein Roman, sondern schlicht und einfach Pornographie. Mrs. Norton erkundigte sich, ob der Mann in einem Motel wohne oder –

Nein, er wohne in der Stadt, in Evas Pension. Mrs. Norton empfand große Erleichterung. Eva Miller war eine brave Witwe, die keine unkorrekten Dinge dulden würde. Ihre Vorschriften bezüglich der Damenbesuche waren einfach und strikt: »Wenn es sich um Ihre Mutter oder Schwester handelt, in Ordnung. Wenn nicht, können Sie mit Ihrem Besuch in der Küche sitzen.« Über diese Hausregel wurde nicht diskutiert.

Fünfzehn Minuten später, nachdem sie ihr Hauptanliegen kunstvoll mit viel Geschwätz verbrämt hatte, hing Mrs. Norton ab. Susan, dachte sie, oh Susan, ich will doch nur das Beste für dich. Kannst du das nicht einsehen?

Sie fuhren von Portland zurück, und es war noch gar nicht spät – erst kurz nach elf Uhr.

Der Film hatte ihnen gefallen, aber sie waren vorsichtig, wie zwei Menschen, denen die Grenzen des andern noch unbekannt sind. Jetzt fiel ihr die Frage der Mutter ein und sie sagte: »Wo wohnst du? Mietest du eine Wohnung?«

»Ich wohne in einem kleinen Loch im dritten Stock bei Eva.«

»Das ist aber schrecklich! Dort oben muß es ja hundert Grad haben!«

»Ich mag die Hitze«, sagte er. »Ich arbeite gut, wenn es heiß ist. Ich zieh' das Hemd aus, schalte das Radio ein und trink' literweise Bier. Bis jetzt habe ich täglich zehn Seiten geschrieben. Überdies wohnen dort ein paar schrullige alte Käuze. Und wenn man dann schließlich hinunter auf die Veranda geht und den frischen Wind spürt . . . himmlisch!«

»Trotzdem«, meinte sie zweifelnd.

»Ich dachte daran, das Marstenhaus zu mieten«, sagte er beiläufig. »Hab' mich sogar danach erkundigt. Aber es ist verkauft.«

»Das *Marstenhaus*? Um Himmels willen, wer –?«

»Das habe ich mich auch gefragt. Man hat mir manchmal nachgesagt, ich hätte eine Schraube locker, aber ich dachte ohnedies nur daran, es zu mieten. Der Grundstücksmakler wollte mir nicht sagen, wer das Haus gekauft hat. Das scheint ein großes Geheimnis zu sein.«

»Vielleicht wollen irgendwelche Ortsfremde ein Ferienhotel daraus machen«, sagte Susan. »Aber wer immer es auch sein mag, auf jeden Fall ist er verrückt. Ein Haus renovieren ist eine schöne Sache – das würde ich liebend gern einmal versuchen –, aber dieses Haus ist jenseits von allem. Das Gebäude war bereits eine Ruine, als ich ein Kind war. Ben, warum, um Himmels willen, möchtest du dort wohnen?«

»Warst du schon einmal im Haus drin?«

»Nein. Aber ich hab' einmal durchs Fenster hineingeschaut. Warst du drin?«

»Ja. Einmal.«

»Ein unheimlicher Ort, nicht?«

Sie schwiegen, und beide dachten an das Marstenhaus. Diese Reminiszenzen hatten nichts von der pastellfarbenen Nostalgie anderer Erinnerungen. Zwar hatten der Skandal und das Unglück, die mit dem Haus verbunden waren, vor ihrer Geburt stattgefunden, aber Kleinstädte haben ein gutes Gedächtnis und geben ihre Horrorgeschichten zeremoniell von einer Generation an die nächste weiter.

Die Geschichte von Hubert Marsten und seiner Frau Birdie war tatsächlich eine schreckliche. Hubie war in den zwanziger Jahren Präsident einer großen Transportfirma in New England gewesen – einer Firma, die, so sagte man, ihre besten Geschäfte nach Mitternacht machte: mit Whiskyschmuggel von Kanada nach Massachusetts.

1928 hatte Hubie sich als wohlhabender Mann mit seiner Frau nach Salem's Lot zurückgezogen. Ein Jahr später verlor er im großen Börsenkrach den größten Teil seines Geldes.

In den vier Jahren zwischen dem Börsenkrach und Hitlers Machtergreifung lebte das Ehepaar völlig zurückgezogen im Marstenhaus. Man sah sie lediglich an Mittwochnachmittagen, wenn die beiden in die Stadt kamen, um ihre Einkäufe zu erledigen. Larry McLeod, der damals Postbote war, erzählte, daß die Marstens täglich vier Zeitungen bekamen. Marsten erhielt auch jeden Monat einen Scheck von der Transportfirma. Larry sagte, er habe das festgestellt, indem er den Umschlag etwas verschoben und durch das Adressenfenster in den Brief geschaut habe.

Es war auch Larry, der die beiden im Sommer 1939 fand. So viele Zeitungen und Magazine hatten sich im Postfach angesammelt, daß kein Platz mehr für neue war. Larry nahm die Post aus dem Briefkasten am Gartenzaun heraus und wollte sie zwischen die Außen- und die Innentür des Hauses legen.

Es war August, zu Anfang der Hundstage, und das Gras vor dem Haus ging Larry bis zu den Knien. Der Zaun war von Geißblattranken überwachsen, und dicke Bienen schwärmten um die wachsweißen Blüten. Damals sah der Besitz trotz des hohen Grases noch respektabel aus, und man fand allgemein, daß Hubie sich das schönste Haus von Salem's Lot habe bauen lassen.

Dem Bericht zufolge, den sich die Damen der Stadt bald danach, atemlos vor Entsetzen, zuflüsterten, nahm Larry einen merkwürdigen Geruch wahr, als er sich dem Haus näherte. Ein Geruch nach verdorbenem Fleisch. Larry klopfte an die Eingangstür und erhielt keine Antwort. Er schaute durch die Glastür, konnte jedoch in der Dunkelheit nichts erkennen. Statt die Glastür zu öffnen, ging Larry um das Haus herum, und das war sein Glück. Er versuchte die Hintertür, fand sie offen und trat in die Küche. In einer Ecke lag Birdie Marsten mit gespreizten Beinen und nackten Füßen. Der halbe Kopf war von einem aus nächster Nähe abgegebenen Schuß zerschmettert. (»Fliegen«, pflegte Audrey Hersey an dieser Stelle zu ergänzen, und sie sprach mit gelassener Autorität, »Larry sagte, die Küche sei voll von Fliegen gewesen. Sie summten herum, setzten sich auf die... Sie wissen, was ich meine, und flogen wieder fort. Fliegen.«)

Larry wandte sich auf den Fersen um und lief in die Stadt zurück. Er holte Norris Varney, der damals Polizist war, und zwei, drei andere Leute. Gemeinsam fuhren sie zum Haus zurück.

Niemand aus der Stadt hatte das Haus jemals betreten, und was man vorfand, war für sie alle wahrhaftig erstaunlich. Als sich die Aufregung gelegt hatte, erschien sogar im ›Portland Telegraph‹ ein Artikel darüber. Hubert Marstens Haus war nämlich angefüllt mit Ramsch und Plunder; enge gewundene Gänge führten durch vergilbte Stöße von Zeitungen und Berge von alten Büchern.

Jackson Hersey nahm ein Exemplar der ›Saturday Evening Post‹ in die Hand und fand an jede Seite eine Dollarnote angeheftet.

Norris Varney stellte fest, wie gut es war, daß Larry die Hintertür benutzt hatte. Die Mordwaffe war an einen Stuhl angebunden, der Lauf zeigte genau auf die Eingangstür. Das Gewehr war geladen und an den Abzug ein Strick geknüpft, der durch die Halle zur Türklinke führte.

(»Das Gewehr war geladen«, pflegte Audrey an dieser Stelle zu sagen. »Ein kleiner Ruck, und Larry wäre geradewegs in den Himmel gefahren.«)

Es gab auch andere, weniger tödliche Fallen. Ein zwanzig Kilo schweres Bündel Zeitungen lag genau über der Tür zum Eßzimmer. Eine der Stufen an der Treppe in den ersten Stock war aus der Halterung gelöst und hätte jeden, der auf sie trat, einen gebrochenen Knöchel kosten können. Es zeigte sich sehr bald, daß Hubie Marsten mehr gewesen war als ein Sonderling; offensichtlich war er ein Wahnsinniger gewesen.

Sie fanden ihn im ersten Stock, in seinem Schlafzimmer am Ende des Ganges. Er hing von einem Balken herab. (Susan und ihre Freundinnen unterhielten sich damit, einander mit den Geschichten, die sie von den Erwachsenen gehört hatten, zu erschrecken. Amy Rawcliffe hatte im Hof eine kleine Holzhütte, und hier schlossen die Kinder sich ein, saßen im Dunkeln, erzählten einander schreckliche Geschichten über das Marstenhaus und schmückten sie mit allen schauerlichen Details aus, die ihnen einfielen. Auch jetzt, achtzehn Jahre danach, wirkte allein der Gedanke an das Marstenhaus auf Susan wie ein böser Zauber und beschwor mit schmerzlicher Klarheit das Bild von kleinen Mädchen herauf, die eng aneinandergeschmiegt in Amys Holzhütte saßen und einander an den Händen hielten. Und Amy sagte mit furchterregender Stimme: »Sein Gesicht war ganz aufgedunsen, und aus seinem Mund hing eine schwarze Zunge, auf der Fliegen herumkrochen.«)

». . . Ort.«

»Was? Bitte, entschuldige.« Es kostete Susan eine beinahe physische Anstrengung, wieder in die Gegenwart zurückzukehren.

»Ich sagte, es sei ein gespenstischer Ort.«

»Erzähl mir, wie und wann du ins Haus gegangen bist.«

Er lachte ohne Fröhlichkeit. »Es begann eigentlich als Kinderspiel. Vielleicht war es auch gar nicht mehr. Denk daran, es war im Jahr 1951, und Kinder mußten sich damals noch etwas einfallen lassen. Klebestoff inhalieren, das hatte man noch nicht erfunden. Ich lief mit Davie Barclay, Charles James, Harold Rauberson und Floyd Tibbits herum –«

»Mit Floyd?« fragte sie erstaunt.

»Ja. Kennst du ihn?«

»Ich habe ihn oft getroffen«, sagte sie, hatte Angst, daß ihre Stimme seltsam klingen könnte, und fuhr rasch fort: »Sonny James ist immer noch hier. Ihm gehört die Tankstelle. Harold Rauberson ist an Leukämie gestorben.«

»Sie waren alle ein, zwei Jahre älter als ich. Und sie hatten einen Klub. Einen sehr exclusiven Klub. Nur ›Verdammte Piraten‹ mit mindestens drei Empfehlungen durften um Aufnahme ansuchen.« Er wollte es leichthin sagen, aber etwas von der alten Verbitterung lag unter den Worten begraben. »Ich war hartnäckig. Ich wollte nur eins auf der Welt: auch ein ›Verdammter Pirat‹ werden ... zumindest damals. Endlich gaben sie nach und sagten mir, ich könne beitreten, wenn ich die Aufnahmebedingungen erfülle. Wir würden alle zusammen zum Marstenhaus gehen, und ich solle hineingehen und etwas herausbringen. Als Beute.« Er grinste, aber sein Mund war trocken.

»Und was geschah?«

»Ich bin durch ein Fenster eingestiegen. Das Haus war immer noch mit altem Plunder angeräumt, noch nach zwölf Jahren. Während des Krieges hatten sie die Zeitungen weggetragen, alles übrige aber dortgelassen. Auf dem Tisch in der Eingangshalle lag eine jener Glaskugeln – weißt du, was ich meine? Meistens ist drinnen ein kleines Haus, und wenn man die Kugel schüttelt, dann schneit es. Ich steckte sie ein, aber ich verließ das Haus nicht sogleich. Ich wollte mich als wirklich mutig erweisen. Also ging ich hinauf. In das Zimmer, wo er sich erhängt hatte.«

»Mein Gott«, sagte sie.

»Greif ins Handschuhfach und gib mir bitte eine Zigarette. Eigentlich will ich nicht mehr rauchen, aber dafür brauch' ich jetzt eine.«

Sie gab ihm eine Zigarette und drückte den Anzünder nieder.

»Das Haus stank. Du kannst dir nicht vorstellen, wie es stank. Schimmel und Verwesung und ein ranziger Geruch wie nach schlechtgewordener Butter. Und nach Ratten. Langsam kroch ich die Treppe hinauf, ein kleiner, neunjähriger Junge, halb verrückt vor Angst. Das Haus knarrte und hüllte mich ein, und hinter dem Verputz konnte ich Lebewesen hören, die hin und her eilten. Fortwährend glaubte ich, hinter mir Tritte zu hören. Ich hatte Angst, mich umzudrehen, weil ich dann vielleicht Hubie Marsten sehen würde, der mit der Schlinge in der Hand hinter mir herstolperte – sein Gesicht ganz schwarz.«

Ben Mears' Hände verkrampften sich um das Lenkrad. Seine Stimme hatte jegliche Gelassenheit verloren. Die Intensität seiner Erinnerung erschreckte Susan. Im Licht des Armaturenbrettes hatte er die Züge eines Mannes, der durch ein verhaßtes Land reist, das er nicht für immer verlassen kann.

»Oben angekommen, nahm ich meinen ganzen Mut zusammen und lief den Gang entlang zu diesem Zimmer. Meine Absicht war, hineinzulaufen, irgend etwas auch von dort mitzunehmen und möglichst rasch wieder zu verschwinden. Die Tür am Ende des Ganges war geschlossen. Ich sah die Tür näher und näher kommen, ich sah die versilberte Türklinke. Ich drückte sie nieder, und das Geräusch der Tür, die sich gesenkt hatte, glich dem Schrei einer schmerzgepeinigten Frau. Wäre ich vernünftig gewesen, hätte ich mich vermutlich umgedreht und wäre davongelaufen. So aber nahm ich die Klinke in beide Hände und riß die Türe auf. Vor mir baumelte Hubie von einem Balken herab; sein Körper zeichnete sich gegen das Licht ab, das durchs Fenster fiel.«

»Nein, Ben, nein –« sagte sie nervös.

»Doch, ich sag' dir die Wahrheit«, beharrte er. »Die Wahrheit, wie sie ein neunjähriger Junge sah und an die sich der

Mann vierundzwanzig Jahre später erinnert. Hubie hing dort, und sein Gesicht war nicht schwarz. Es war grün. Die Augen hielt er geschlossen. Seine Hände waren aschfahl ... und sehr häßlich. Dann öffnete er die Augen.«

Ben inhalierte tief, dann warf er die Zigarette aus dem Fenster.

»Ich stieß einen Schrei aus, den man wahrscheinlich meilenweit hören konnte. Und dann rannte ich. Ich fiel die Treppe hinunter, stand auf, lief ins Freie und die Straße entlang. Etwa einen Kilometer weiter unten erwarteten mich die anderen Kinder. Da bemerkte ich, daß ich die Glaskugel noch immer in der Hand hatte. Ich besitze sie heute noch.«

»Du glaubst doch nicht wirklich, daß du Hubert Marsten gesehen hast, Ben?« In der Ferne konnte sie das gelbe blinkende Licht im Zentrum der Stadt sehen und war froh darüber.

Nach einer langen Pause sagte er: »Ich weiß es nicht.« Er sagte es ungern und widerwillig, als hätte er lieber »nein« geantwortet und das Gespräch damit beendet. »Vermutlich war ich so erregt, daß alles eben nur eine Halluzination war. Andererseits mag etwas Wahres an der Vorstellung sein, daß Häuser die Emotionen, die in ihnen erlebt wurden, speichern, daß sie sozusagen damit aufgeladen werden. Vielleicht kann die richtige Person, zum Beispiel ein neunjähriges Kind mit viel Phantasie, als Katalysator wirken und die aktive Manifestation von ... von irgend etwas auslösen. Ich spreche nicht unbedingt von Gespenstern. Eine Art von psychischer Television, dreidimensional, vielleicht sogar lebendig. Von einem Monster, wenn du willst.«

Sie nahm eine Zigarette und zündete sie an.

»Jedenfalls ließ ich viele Wochen lang beim Einschlafen das Licht brennen, und zeit meines Lebens habe ich vom Öffnen und Schließen dieser Tür geträumt. Wann immer ich unter Streß stehe, kommt der Traum.«

»Wie schrecklich.«

»Nein, es ist nicht schrecklich, zumindest nicht sehr«, sagte er. »Wir alle haben unsere schlechten Träume.« Er wies auf die stillen Häuser, an denen sie entlangfuhren. »Manchmal wundere ich mich, daß die Holzplanken dieser Häuser nicht aufschreien über die furchtbaren Dinge, die in dort drinnen geträumten Träumen geschehen.« Er hielt inne. »Komm mit mir zu Evas Pension, wir können noch eine Weile auf der Veranda sitzen. Laut Hausordnung darf ich dich nicht hineinbitten, aber ich

habe ein paar Colaflaschen und einen Schluck Baccardi in meinem Zimmer, wenn du Lust auf einen Drink hast.«
»Gern.«
Die hintere Veranda war weiß gestrichen, und die drei geflochtenen Stühle schauten auf den Fluß. Der Fluß selbst war wie ein Traum. Ein Spätsommermond hatte sich in den Bäumen auf dem anderen Ufer verfangen und einen silbernen Pfad über das Wasser gezaubert. Susan konnte das leise Plätschern des Wassers hören, das über die Schleusen des Dammes hinunterlief.
»Setz dich. Ich bin gleich zurück.«
Er schloß leise die Tür hinter sich, und sie setzte sich in einen der Schaukelstühle.
Sie mochte Ben Mears trotz seiner seltsamen Art. An Liebe auf den ersten Blick glaubte sie nicht, obwohl sie der Meinung war, daß ein Begehren auf den ersten Blick (das man gemeinhin Verliebtheit nannte) oft vorkam. Ben war nicht der Mann, über den man Hymnen in sein Tagebuch schreibt. Dazu war er zu mager und zu blaß. Er sah introvertiert aus, und seine Augen ließen kaum jemals seine Gedanken erraten. Sein schwarzes dichtes Haar sah aus, als wäre es mit den Fingern frisiert und nicht mit einem Kamm.
Und diese Erzählung –
Seine beiden Bücher verrieten nichts von derlei morbiden Gedanken. ›Conway's Daughter‹ handelte von einer Pfarrerstochter, die von zu Hause fortläuft, sich einer Gruppe von Hippies anschließt und dann per Autostop quer durch Amerika fährt. ›Air Dance‹ war die Geschichte von Frank Buzzey, einem entflohenen Sträfling, der in einem anderen Bundesstaat ein neues Leben als Mechaniker beginnt und letztlich wieder verhaftet wird. Beide waren fröhliche, klare Bücher, unberührt von Hubie Marstens baumelndem Schatten.
Der Gedanke ließ ihren Blick vom Fluß fort- und zum Haus auf dem Hügel hinüberschweifen.
»Hier«, sagte er. »Ich hoffe, ich habe das Richtige gebracht.«
»Schau zum Marstenhaus«, sagte sie.
Er tat es. Oben brannte ein Licht.

Sie hatten die Gläser geleert, und Mitternacht war vorüber, der Mond beinahe verschwunden. Sie hatten über dieses und jenes geplaudert, und dann sagte Susan unvermittelt: »Ich mag dich, Ben. Ich mag dich sehr gern.«

»Ich mag dich auch. Und ich bin erstaunt ... nein, so meine ich es nicht. Erinnerst du dich an den dummen Witz, den ich im Park gemacht hab'? Das alles scheint mehr als ein Zufall zu sein.«

»Ich möchte dich wiedersehen, wenn du willst.«

»Ich will.«

»Aber hab Geduld mit mir. Vergiß nicht, ich bin ein Kleinstadtmädchen.«

Er lächelte. »Das klingt nach Hollywood. Hollywood im guten Sinn. Soll ich dich jetzt küssen?«

»Ja«, sagte sie ernsthaft, »ich glaube, das kommt als nächstes dran.«

Er saß in einem Schaukelstuhl neben ihr, und ohne die leichte Hin- und Herbewegung aufzuhalten lehnte er sich zu ihr hinüber und küßte sie auf den Mund. Seine Lippen waren fest, und sie spürte einen schwachen Geschmack von Tabak und Rum.

Auch Susan begann zu schaukeln, und die gemeinsame Bewegung machte den Kuß zu etwas Neuem. Er wurde stärker und schwächer und wieder stärker. Sie dachte: Er probiert mich aus. Der Gedanke erregte sie, und sie wandte sich ab, bevor der Kuß zu weit führen konnte.

»Möchtest du morgen zu uns zum Abendbrot kommen?« fragte sie. »Meine Eltern freuen sich bestimmt, dich kennenzulernen.«

»Hausmannskost?«

»Natürlich.«

»Mit dem größten Vergnügen. Seit ich hier eingezogen bin, ernähre ich mich von Fernsehmahlzeiten.«

»Sechs Uhr? Man ißt hier früh.«

»In Ordnung. Und jetzt bringe ich dich nach Hause.«

Auf dem Rückweg schwiegen sie, bis Susan das schwache Licht sah, das ihre Mutter immer brennen ließ, wenn sie nicht zu Hause war.

»Wer wohl dort oben ist?« fragte sie und schaute zum Marstenhaus hinüber.

»Vermutlich der neue Besitzer«, sagte Ben gleichmütig.

»Das Licht sieht nicht nach elektrischem Licht aus«, überlegte sie. »Zu gelblich, zu schwach.«

»Vielleicht haben sie noch keinen Strom.«

»Vielleicht. Aber für gewöhnlich ruft man das E-Werk an, bevor man in ein Haus einzieht.«

Er antwortete nicht.

»Ben«, sagte sie plötzlich, »handelt dein neues Buch vom Marstenhaus?«

Er lachte und küßte sie auf die Nasenspitze. »Es ist spät.«

»Ich wollte dich nicht ausfragen.«

»Schon gut. Vielleicht ein andermal ... bei Tag.«

»Okay.«

»Ins Haus mit dir, Mädchen. Morgen um sechs?«

Sie sah auf die Uhr. »Heute um sechs.«

»Gute Nacht, Susan.«

»Gute Nacht.«

Sie stieg aus und lief rasch den Weg zum Haus hinauf, dann drehte sie sich um und winkte, während er wegfuhr. Bevor sie hineinging, schrieb sie auf den Bestellzettel für den Milchmann: »Saurer Rahm«. Mit gebackenen Kartoffeln würde er dem Abendbrot eine etwas festlichere Note geben.

Bevor sie das Haus betrat, warf sie einen letzten Blick auf das Marstenhaus.

Ohne das Licht anzudrehen, zog Ben sich in seiner kleinen Kammer aus und kroch nackt ins Bett. Sie war ein nettes Mädchen, das erste nette Mädchen seit Mirandas Tod.

Er ließ seine Gedanken schweifen. Kurz bevor er einschlief setzte er sich nochmals auf und blickte an seiner Schreibmaschine vorbei durchs Fenster. Er hatte Eva Miller absichtlich um dieses Zimmer gebeten, nachdem er mehrere andere besichtigt hatte, weil man von hier zum Marstenhaus sehen konnte.

Dort oben brannte immer noch ein Licht.

Zum ersten Mal seit seiner Ankunft in Jerusalem's Lot hatte er wieder den alten Traum. Und der Traum war ebenso lebhaft und schrecklich wie kurz nach dem tödlichen Motorradunfall Mirandas. Den Gang entlang laufen, ein schrecklicher Schrei, die ächzende Tür, die baumelnde Gestalt, die plötzlich sich öffnenden verquollenen Augen ... Und er selbst, der sich mit der qualvollen Langsamkeit eines Traumes zur Tür wendet –

Und die Tür ist verschlossen.

3
Jerusalem's Lot (I)

Die Stadt erwacht nicht langsam. Die Arbeit wartet nicht. Schon vor Sonnenaufgang, wenn über dem Land noch die Dunkelheit liegt, regt sich in der Stadt das Leben.

4 Uhr.

Die beiden Griffen-Jungen – der achtzehnjährige Hal und der vierzehnjährige Jack – haben bereits mit dem Melken begonnen. Der Stall ist blitzsauber, weiß getüncht, glänzend. Jack schiebt einen Haufen Heu in den ersten der vier Ställe. Hal öffnet den Schuppen und zieht die Melkmaschinen heraus.

Er ist kein sehr aufgeweckter Junge, sondern eher mürrisch und verschlossen, und an diesem Tag ist er besonders verärgert. Gestern abend hat er mit seinem Vater eine unangenehme Aussprache gehabt. Hal will nicht mehr zur Schule gehen. Er haßt die Schule. Er haßt die Langweile, die er dort empfindet, er haßt den Zwang, fünfzig Minuten hintereinander stillsitzen zu müssen, und er haßt alle Gegenstände, mit Ausnahme des handwerklichen Unterrichts. Englisch ist zum Verrücktwerden, Geschichte ist dumm, Mathematik völlig unverständlich. Und alle diese Gegenstände sind doch ganz unwichtig, das ist das Schlimmste daran. Den Kühen ist es gleichgültig, ob man in grammatikalisch richtigen Sätzen spricht oder die Zeiten verwechselt, es ist ihnen auch gleichgültig, wie der Kommandant der verdammten Armee während des verdammten Bürgerkrieges hieß, und was die Mathematik betrifft, so kann doch auch sein eigener Vater zwei Fünftel und ein Viertel nicht addieren. Deshalb beschäftigt er ja auch einen Buchhalter. Und den muß man sich einmal anschauen! Hat das College gemacht und arbeitet immer noch für einen ungebildeten Mann wie es sein Vater ist. Überdies hat ihm sein Vater wieder und wieder gesagt, daß das Geheimnis eines erfolgreichen Geschäftes (und eine Molkerei ist ein Geschäft wie jedes andere) keineswegs in Büchern zu finden sei; die Leute kennen – das war das Geheimnis. Sein Vater hat niemals etwas anderes als ›Reader's Digest‹ gelesen, und trotzdem verdient er 16000 Dollar im Jahr. Die Menschen kennen. Ihnen die Hand schütteln, den Vornamen ihrer Frau wissen und sich erkundigen, wie es ihr geht. Nun, auch Hal kennt die Menschen. Es gibt solche, die man herumkommandieren kann, und solche, mit denen das nicht geht. Von ersteren gibt es zehnmal mehr als von letzteren.

Leider gehört sein Vater in die zweite Kategorie.

Hal blickt über die Schulter zu Jack, der langsam und vor sich hin träumend Heu in die Ställe schiebt. Jack ist der Bücherwurm. Vaters Liebling. Der elende kleine Scheißer.

»Los«, ruft Hal. »Mach weiter mit dem Heu!«

Schule. Zum Teufel mit der Schule.

Die nächsten neun Monate dehnen sich vor Hals innerem Auge wie eine endlose Gruft.

Halb fünf Uhr.

Irwin Purinton, der Milchmann, beginnt seine Runde in Brock Street. Im August war er einundsechzig, und zum erstenmal schien sein Ruhestand in greifbare Nähe gerückt zu sein. Dann würde er seinen Hund nehmen, eine Promenadenmischung namens Doc, und aufs Land ziehen. Dann würde er jeden Tag bis neun Uhr schlafen und niemals mehr einen Sonnenaufgang mitansehen müssen. Vor dem Norton-Haus hält er an, füllt seine Tragtasche mit den Bestellungen – Orangensaft, zwei Kartons Milch, ein Dutzend Eier – klettert auf den Lieferwagen und stellt fest, daß seine Knie heute weniger schmerzen. Es wird ein schöner Tag werden. In Susans kindlicher Schrift ist der üblichen Bestellung etwas hinzugefügt: »Bitte eine Flasche sauren Rahm. Danke.«

Purinton geht zum Auto und holt den Rahm. Also doch wieder einer jener Tage, an denen jeder einen Extrawunsch hat.

Im Osten wird der Himmel heller, auf den Feldern zwischen dem Norton-Haus und der Stadt glänzen die Tautropfen wie Diamanten.

5 Uhr 15.

Eva Miller ist bereits seit einer Viertelstunde wach. Sie hat sich einen Fetzen umgehängt, der einem Morgenrock gleicht, an den Füßen trägt sie rosa Pantoffeln. Sie kocht ihr Frühstück – vier Spiegeleier, acht Scheiben Speck. Dieses Mahl wird sie mit zwei Scheiben Toast und etwas Jam verzehren, dazu ein Glas Orangensaft und zwei Tassen Kaffee trinken. Sie ist eine große, robuste Frau, aber um Fett anzusetzen, arbeitet sie zuviel.

Als sie sich eben zu Tisch setzen will, geht die Hintertür auf.
»Hallo Win, wie geht's?«
»Mittelmäßig. Die Knie tun immer ein wenig weh.«
»Ärmster. Kannst du heute einen halben Liter mehr Milch und eine große Flasche Limonade dalassen?«
»Natürlich«, sagt er resignierend. »Ich wußte, daß heute so ein Tag sein würde.«
Sie widmet sich ihren Eiern und ignoriert seinen Kommentar. Um Viertel vor sechs, nachdem sie ihre zweite Tasse Kaffee geleert hat und eine Chesterfield raucht, klatscht der ›Press-Herald‹ gegen die Hausmauer und fällt in die Rosenbüsche. Das geschieht in dieser Woche schon zum dritten Mal; der Kilby-Junge schlägt wirklich alle Rekorde. Anscheinend schadet das Zeitungaustragen seinem Verstand. Nun, die Zeitung mag bleiben, wo sie ist. Durch die Fenster fallen die ersten zartgoldenen Sonnenstrahlen. Es ist die schönste Zeit des Tages, eine Zeit des Friedens.
Ihre Mieter dürfen den Herd und den Kühlschrank benützen – das ist, ebenso wie das wöchentliche Wechseln der Wäsche, im Preis inbegriffen –, und sehr bald werden nun Grover Verrill und Mickey Sylvester diesen Augenblick des Friedens stören. Sie werden herunterkommen und in aller Eile ihren Teller Corn-flakes verschlingen, bevor sie in die Textilfabrik drüben in Gates Falls gehen, wo sie beide arbeiten.
Als hätten ihre Gedanken die beiden herbeigezwungen, hört sie ein Rauschen in der Toilette des zweiten Stocks und dann den schweren Tritt von Sylvesters Arbeitsstiefeln auf der Treppe.
Sie steht mühsam auf und geht die Zeitung holen.

6 Uhr fünf.
Das Gejammer des Babys durchbrach Sandy McDougalls Morgenschlaf, und sie stand mit beinahe geschlossenen Augen auf, um nach dem Kind zu sehen. »Kuckuck, Kuckuck«, sagte sie.
Das Baby hörte sie und schrie lauter. »Halt den Mund«, rief die Mutter, »ich komme ja schon.«
Sandy ging durch den engen Korridor in die Küche. Sie war ein Mädchen, das bereits jeden jugendlichen Reiz verloren hatte, falls sie dergleichen je besessen hatte. Sie nahm Randys Flasche aus dem Kühlschrank, wollte sie wärmen, überlegte es sich

aber anders. Wenn du so dringend nach der Flasche verlangst, kannst du sie auch kalt trinken.

Sie ging ins Kinderzimmer und betrachtete emotionslos den Säugling. Er war zehn Monate alt, sah aber kränklich und blaß aus. Erst seit vier Wochen kroch er ein wenig herum. Vielleicht hatte er Kinderlähmung oder sonst irgend etwas.

Sandy war siebzehn Jahre alt, und für dieses bläßliche Etwas hatte sie die Oberschule verlassen, ihre Freunde verloren, ihre Hoffnung, ein Mannequin zu werden, begraben. Für dieses Baby und für einen Mann, der den ganzen Tag über in der Mühle arbeitete und abends mit seinen Kumpanen trinken oder Karten spielen ging.

Der Kleine brüllte jetzt aus Leibeskräften.

»Halt die Fresse«, schrie Sandy zurück und warf dem Säugling plötzlich die Flasche an den Kopf. Unter dem Haaransatz des Babys erschien ein roter Kreis. Wie einen alten Fetzen hob Sandy das Kind aus der Wiege.

»Halt den Mund, halt den Mund!« Sie schlug zweimal zu, bevor sie sich wieder in der Hand hatte und Randys Schmerzensschreie in ein Wimmern übergingen.

»Es tut mir leid«, murmelte sie. »Jesus, Maria, es tut mir leid. Geht's dir wieder gut, Randy? Wart einen Moment, Mutti wird dich sauber machen.«

Als sie mit einem nassen Fetzen zurückkam, waren Randys Augen so verschwollen, daß er sie nicht mehr öffnen konnte. Aber er nahm die Flasche und trank. Als sie mit dem feuchten Tuch über sein Gesicht fuhr, lächelte er sie aus seinem zahnlosen Mund an.

Roy werde ich sagen, daß er vom Wickeltisch gefallen ist. Roy wird mir glauben. Lieber Gott, laß es ihn glauben.

6 Uhr 45.

Die meisten Männer von Salem's Lot waren auf dem Weg zur Arbeit. Mike Ryerson gehörte zu den wenigen, die in der Stadt arbeiteten. Im städtischen Register wurde er als Gärtner geführt, aber eigentlich hatte er die drei Friedhöfe der Stadt zu betreuen. Im Sommer war er damit vollauf beschäftigt, aber auch im Winter konnte er nicht nur auf der faulen Haut liegen, wie manche Leute dachten.

Heute wollte er das Gras in Harmony Hill mähen und etwas an der Mauer ausbessern. Harmony Hill war sein Lieblingsfriedhof; er war hübsch und schattig, und eines Tages wollte Mike selbst dort begraben sein – so ungefähr in hundert Jahren.

Mike war siebenundzwanzig und hatte drei Jahre College hinter sich. Vielleicht würde er eines Tages das Studium auf dem College zu Ende bringen. Mike war ein sympathischer, gutaussehender Kerl, der keine Schwierigkeiten hatte, Samstag abends bei Dell oder in Portland ein Mädchen zu finden. Manche von ihnen waren allerdings schockiert, wenn sie von seinem Beruf hörten, was Mike ganz und gar nicht verstehen konnte. Es war eine angenehme Arbeit, kein Chef sah einem über die Schulter, und man war den ganzen Tag über an der Luft, unter freiem Himmel. Was war schon dabei, wenn er einige Gräber aushob oder Carl Foremans Leichenwagen lenkte? Jemand mußte es ja schließlich tun. Nach Mikes Ansicht gab es nur eins, das noch natürlicher war als der Tod, und das war Sex.

Der Friedhof lag oben auf der Anhöhe. Fröhlich vor sich hinpfeifend fuhr Mike die Straße hinauf, hielt aber plötzlich an.

Auf dem schmiedeeisernen Gitter hing der Körper eines toten Hundes, und der Boden darunter war feucht von Blut.

Mike stieg aus dem Lieferwagen, lief zum Gitter, zog seine Arbeitshandschuhe an und hob den Kopf des Hundes hoch. Er starrte in die verglasten Augen von Doc, Win Purintons kleinem Hund. Jemand hatte das Tier wie ein Stück rohes Fleisch auf einen der Gitterstäbe gespießt. Fliegen krochen träge über den Kadaver.

Mike versuchte, den kleinen Körper von der Eisenspitze zu lösen, und Übelkeit überkam ihn bei den ekelhaften Geräuschen, die sein Bemühen begleiteten. Mit Friedhofsvandalismus war er vertraut, aber so etwas hatte er noch nie erlebt.

Er überlegte, ob er den toten Hund in die Stadt zu Parkins Gillespie bringen solle, und entschied, daß dies wenig Sinn hätte. Mike konnte den armen Doc in die Stadt mitnehmen, wenn er zum Mittagessen dorthin zurückfuhr – nicht, daß er im Augenblick freilich großen Hunger verspürt hätte.

Er schloß das Tor auf und sah auf seine Handschuhe, die blutbeschmiert waren. Er würde die Eisenstäbe des Gitters säubern müssen. Er fuhr durch das Tor und parkte seinen Wagen, ohne vor sich hinzupfeifen. Das war kein guter Tag.

9 Uhr.

Weasel Craig rollte im wahrsten Sinn des Wortes aus seinem Bett. Die Sonnenstrahlen, die durch das Fenster im zweiten Stock fielen, blendeten ihn, und sein Kopf schmerzte. Einen Stock über sich hörte er Ben auf der Schreibmaschine klopfen. Du meine Güte, ein Mann, der tagaus, tagein vor sich hin tippte, mußte wirklich total verrückt sein.

Weasel stand auf und ging zum Kalender, um festzustellen, ob heute die Arbeitslosenunterstützung fällig war. Nein. Heute war Mittwoch.

Weasels Kater war weniger schlimm als für gewöhnlich. Bis zur Sperrstunde war Weasel bei Dell's herumgesessen, aber die zwei Dollar, die er bei sich gehabt hatte, hatten nur für einige Gläser Bier gereicht. Geht bergab mit mir, dachte er, und rieb eine Seite seines Gesichts.

Er zog das Unterhemd an, das er im Sommer und im Winter trug, zog seine grünen Arbeitshosen an und öffnete den Schrank, um sein Frühstück herauszuholen – eine Flasche warmes Bier für hier heroben und eine Schachtel Haferflocken für unten. Er haßte Haferflocken, aber er hatte der Witwe versprochen, ihr beim Säubern des Teppichs zu helfen, und vermutlich hatte sie noch einige andere Arbeiten für ihn.

Es machte ihm nichts aus – nicht wirklich –, aber es war ein Abstieg, verglichen mit den Tagen, als er noch mit Eva Miller das Bett teilte.

Ihr Mann war 1959 in der Sägemühle tödlich verunglückt, und das war irgendwie komisch gewesen, wenn man einen so schrecklichen Unfall komisch nennen konnte. Damals waren sechzig oder siebzig Menschen in der Sägemühle beschäftigt, und Ralph Miller hatte gute Aussichten, Präsident des Unternehmens zu werden.

Das Unglück war komisch, weil Ralph Miller seit 1952 keine Maschine mehr angerührt hatte; seit er vom Werkmeister zum Büroangestellten avanciert war. Das war ein großer Sprung, und Weasel nahm an, daß Ralph ihn verdient hatte.

Sieben Jahre später fiel er, während er einigen Besuchern aus Massachusetts die Fabrik zeigte, in eine Schnitzelmaschine.

Weasel besah sich in dem mit Wasser bespritzten Spiegel und kämmte sein weißes Haar, das trotz seiner siebenundsechzig Jahre noch schön und voll war. Es schien der einzige Teil von ihm zu sein, dem der Alkohol guttat. Dann zog Weasel sein khakifarbenes Arbeitshemd an, nahm den Karton mit Haferflocken unter den Arm und ging hinunter.

Kaum hatte er die sonnige Küche betreten, als sich die Witwe bereits wie ein Geier auf ihn stürzte.

»Sag, würdest du so gut sein und nach dem Frühstück das Treppengeländer einlassen, Weasel? Hast du Zeit?« Sie hielten beide die freundliche Fiktion aufrecht, daß er alle diese Dinge ihr zu Gefallen tat und nicht als Bezahlung für sein Zimmer, das vierzehn Dollar pro Woche kostete.

»Natürlich, Eva.«

»Und der Teppich im Wohnzimmer –«

»Muß gereinigt werden. Ja, ich weiß.«

»Wie geht es heute deinem Kopf?« Die Frage klang kühl und unbeteiligt, aber er spürte das Mitgefühl unter der Oberfläche.

»Kopf ist in Ordnung«, sagte er und stellte Wasser für die Haferflocken auf.

»Du bist gestern spät nach Hause gekommen; darum frage ich.«

»Du spionierst mir nach, nicht wahr?« Er sah sie belustigt an und stellte befriedigt fest, daß sie noch immer wie ein Schulmädchen erröten konnte. Obwohl seit neun Jahren nichts mehr zwischen ihnen vorgefallen war.

»Also Ed –«

Sie war die einzige, die ihn immer noch so nannte. Für alle übrigen war er einfach Weasel. Nun, ihm sollte es recht sein.

»Entschuldige«, brummte er. »Heute bin ich mit dem falschen Fuß aufgestanden.«

»Soviel ich hören konnte, bist du eher aus dem Bett gefallen.« Weasel grunzte bloß. Er kochte und verzehrte die verhaßten Haferflocken, dann nahm er eine Dose Möbelpolitur und einen Fetzen und verschwand, ohne sich umzudrehen.

Oben ging das Geklopfe auf der Schreibmaschine pausenlos weiter. Vinnie Upshaw, dessen Zimmer gegenüber jenem des Schriftstellers lag, hatte berichtet, daß dieser jeden Morgen um neun Uhr beginne, bis Mittag schreibe, um fünfzehn Uhr wieder anfange, bis achtzehn Uhr schreibe, um einundzwanzig Uhr *wieder* beginne und erst gegen Mitternacht aufhöre. Weasel konnte sich nicht vorstellen, wie jemandem so viele Wörter einfielen.

Aber Ben schien ein netter Kerl zu sein, und vielleicht würde er bei Gelegenheit ein oder mehrere Glas Bier bei Dell's zahlen. Weasel hatte gehört, daß Schriftsteller gern und viel tränken.

Methodisch begann er das Geländer zu polieren und dachte wieder an die Witwe. Nach dem Tod ihres Mannes hatte sie aus diesem Haus eine Pension gemacht und damit Erfolg gehabt. Schließlich arbeitete sie ja auch wie ein Pferd. Aber sie mußte ihren Mann im Bett sehr vermißt haben. Der Schmerz ging vorüber, die Leere blieb. Und wie gern hatte sie es dann getan!

Damals, im Jahr 1962, nannten ihn die Leute noch Ed. Er hatte einen guten Job bei B & M, und eines Nachts im Januar war es geschehen.

Er hielt in der Arbeit inne und sah zu dem schmalen Fenster hinaus. Es war von hellem, töricht goldenem Sommerlicht erfüllt, von einem Licht, das den kalten Herbst und den noch kälteren Winter, die bald folgen würden, auszulachen schien.

Nachdem es geschehen war, lagen sie in der Dunkelheit des Schlafzimmers nebeneinander, und sie weinte und erklärte ihm, daß sie etwas Schlechtes getan hätten. Er erklärte ihr, es sei nichts Schlechtes, und überdies sei es ihm gleichgültig, ob es falsch oder richtig gewesen war. Draußen blies ein kalter Nordwind um das Haus, ihr Zimmer aber war warm und beschützend, und dann schliefen sie ein und lagen beisammen wie die Löffel in einer Bestecklade.

Ach Gott, die Zeit war wie ein Strom, und er fragte sich, ob der Schreiberling *das* wußte.

Wieder begann Weasel mit weit ausholenden Bewegungen das Geländer zu polieren.

10 Uhr.

In der Stanley-Street-Schule war gerade Pause.

Richie Boddin, Muskelprotz der Schule, betrat den Hof, und seine Augen suchten den neuen Jungen, der in der Mathematikstunde alle Antworten gewußt hatte. In *seine* Schule kam kein Neuling, ohne zu erfahren, wer hier der Boß war. Ganz besonders nicht ein so lästiger Liebling der Lehrer, wie dieser Neue es war.

Richie war elf Jahre alt und wog siebzig Kilo. Er war groß und wußte es. Manchmal bildete er sich ein, der Boden zittere unter seinen Füßen, wenn er seine Schritte setzte. In Kürze würde er Camel rauchen, wie sein Vater.

Seine Mitschüler hatten Todesangst vor ihm, und die Kleinen blickten zu ihm auf wie zu einem Abgott. Das alles gefiel ihm außerordentlich.

Und dort stand jetzt Petrie, der neue Schüler.

»Hallo!« schrie Richie.

Jeder außer Petrie drehte sich um. Jedes Augenpaar drückte Erleichterung aus, als es wahrnahm, daß Richie nicht in seine Richtung blickte.

»He, du.«

Mark Petrie wandte sich um und sah Richie an. Marks Brille blitzte in der Morgensonne. Er war ebenso groß wie Richie, aber er war schlank, und sein Gesicht sah wehrlos und grüblerisch aus.

»Sprichst du mit mir?«

»Sprichst du mit mir?« äffte ihn Richie im höchsten Falsett nach. »Du klingst wie ein Schwuler, weißt du das?«

»Nein, das wußte ich nicht«, sagte Mark Petrie.

Richie machte einen Schritt vorwärts. »Ich bin sicher, du lutschst. Ich bin sicher, du lutschst deinen haarigen Schwanz.«

»Wirklich?« Marks Höflichkeit wurde aufreizend.

»Ja, ich hab' gehört, daß du lutschst. Nicht nur einmal in der Woche. Bei dir muß es täglich sein.«

Die Kinder kamen näher, um zu sehen, wie Richie den neuen Jungen fertigmachte.

»Was willst du eigentlich?« fragte Mark Petrie. Er sah Richie an, als hätte er soeben einen interessanten neuen Käfer entdeckt.

»Was willst du eigentlich?« äffte Richie nach, wieder im Falsett. »Ich will gar nichts. Ich hörte nur, du seist ein fetter, ekelhafter Schwuler.«

»Wirklich?« fragte Mark, immer noch gelassen. »Und ich habe gehört, daß du ein großer Haufen Dreck bist. Das hab' ich gehört.«

Totenstille. Die andern Jungen hielten den Atem an (keiner von ihnen hatte noch erlebt, wie jemand sein eigenes Todesurteil unterzeichnete). Richie war so verblüfft, daß er Mark ebenso angaffte wie die andern.

Mark nahm die Brille ab und gab sie einem neben ihm stehenden Jungen. »Bitte halt sie.« Der Junge nahm die Brille und starrte Mark wortlos an.

Richie griff an. Es war ein langsamer, schwerer Angriff ohne jede Grazie. Ein Angriff voll von Selbstvertrauen, von Lust, niederzuschlagen, zu vernichten. Richie holte zu einem gewaltigen Schlag aus, der diesen schwulen Jungen direkt in die Fresse treffen und seine Zähne fliegen lassen würde wie Klaviertasten.

Mark Petrie duckte sich und sprang gleichzeitig zur Seite. Der Schlag ging über seinen Kopf hinweg ins Leere. Die Kraft seines eigenen Schlages ließ Richie aus dem Gleichgewicht geraten, und Mark brauchte nur einen Fuß auszustrecken, um ihn zu Fall zu bringen.

»Aaaaah«, riefen die zuschauenden Kinder.

Mark wußte ganz genau, daß er arg zusammengeschlagen werden würde, wenn der große schwere Junge wieder auf die Beine käme. Mark war beweglich, aber Beweglichkeit allein nützte wenig in einem Kampf auf dem Schulhof. Auf der Straße wäre es jetzt an der Zeit, zu laufen, den langsameren Verfolger hinter sich zu lassen, sich umzudrehen und die Zunge herauszustrecken. Aber hier war keine Straße, und Mark war sich darüber im klaren, daß er gewinnen mußte, um nicht weiterhin von diesem ekelhaften Kerl drangsaliert zu werden.

Diese Überlegungen schossen in einem Bruchteil von Sekunden durch Marks Kopf.

Er sprang auf Richies Rücken.

Richie stöhnte. Wieder rief die Menge »Aaah«. Mark packte Richies Arm und verdrehte ihn hinter dessen Rücken. Richie schrie auf.

»Sag Onkel«, befahl Mark.

Richies unflätige Antwort hätte sogar einem Matrosen imponiert.

Mark riß Richies Arm bis zu den Schulterblättern hoch, und wieder schrie Richie schmerzgepeinigt auf. In ihm tobten Empörung, Angst und Verwunderung. So etwas war ihm noch nie widerfahren. Undenkbar, daß ein ekelhafter schwuler Junge da auf seinem Rücken saß, ihm den Arm verdrehte und ihn angesichts seiner Untertanen vor Schmerz schreien machte.

»Sag Onkel«, wiederholte Mark.

Richie gelang es, auf die Knie zu kommen; wie ein Mann, der ohne Sattel reitet, preßte Mark seine Knie in Richies Flanken. Beide waren mit Staub bedeckt. Richies Gesicht war gerötet, seine Augen quollen hervor, und auf seiner Wange zeigte sich eine Kratzwunde.

Er versuchte vergeblich, Mark über die Schulter zu werfen, und Mark riß wieder Richies Arm hoch. Diesmal schrie Richie nicht. Er wimmerte.

»Sag Onkel, oder ich brech' dir den Arm.«

Richie begann zu schluchzen und warf seine Schultern von einer Seite auf die andere. Doch dieser widerliche Scheißkerl war nicht abzuschütteln. Richies Unterarm wurde eisig, die Schulter dagegen brannte wie Feuer.

»Herunter mit dir, du Hurensohn! Du kämpfst unfair!«

»Sag Onkel.«

»Nein!«

Richie verlor das Gleichgewicht und fiel mit dem Gesicht in den Staub. Der Schmerz in seinem Arm war lähmend. Schmutz geriet ihm in den Mund. Schmutz geriet ihm in die Augen. Er hatte vergessen, daß er jemals *groß* gewesen war. Er hatte vergessen, daß der Boden unter seinen Schritten zu erzittern pflegte. Er hatte vergessen, daß er demnächst Camel rauchen würde.

»Onkel! Onkel! Onkel!« schrie Richie. Er hatte das Gefühl, stundenlang »Onkel« schreien zu können, wenn er nur seinen Arm frei bekäme.

»Sag: Ich bin ein Arschloch.«

»Ich bin ein Arschloch«, schrie Richie in den Staub hinab.

Mark Petrie ließ ihn frei und trat zurück.

Richie stand auf. Er sah sich um. Niemand blickte ihm in die Augen. Alle wandten sich ab, irgendeiner Tätigkeit zu, die sie vorhin unterbrochen hatten. Richie war allein und konnte es kaum fassen, wie rasch ihn der Ruin ereilt hatte.

Ein Mädchen lachte – ein hohes, spöttisches Lachen, das mit grausamer Klarheit in der Morgenluft hing.

Richie sah nicht einmal auf, um festzustellen, wer es war, der ihn da auslachte.

11 Uhr 15.

Dud Rogers konnte in der Ferne das leise Rattern von Mike Ryersons Rasenmäher hören. Aber dieses Geräusch würde bald von dem Knistern der Flammen ausgelöscht werden.

Dud bekleidete seit 1956 den Posten eines Müllabfuhrwartes, und bei den jährlich stattfindenden Gemeinderatsversammlungen wurde er jedesmal einstimmig wieder für diesen Posten gewählt.

Dud hatte einen Buckel und einen merkwürdig schiefen Kopf, so daß er aussah, als hätte Gott ihm eine letzte ungeduldige Drehung verpaßt, bevor er ihn in die Welt hinausließ.

Seine Arme – er hatte richtige Affenarme, die beinahe bis zu seinen Knien reichten – waren erstaunlich stark. Es waren vier Männer notwendig gewesen, um den Boden der alten Eisenwarenhandlung in den Lastwagen einzuladen, und die Reifen des

Lastwagens hatten sich merklich gesenkt. Aber herausgehoben hatte ihn Dud Rogers, mit herausquellenden Venen auf Stirn und Hals, ganz allein.

Dud *liebte* den Müll. Er liebte es, die Kinder zu verjagen, die hierherkamen, um Flaschen zu zerschlagen, und er liebte es, die Müllabfuhrwagen dorthin zu dirigieren, wo der Müll gerade abgeladen werden sollte. Er liebte es auch, den Müll zu durchsuchen, ein Privileg, das ihm als Aufseher zukam. Vermutlich verspotteten ihn die Leute, wenn er sich mit seinen hohen Stiefeln und den Lederhandschuhen durch die Berge von Abfall kämpfte, eine Pistole im Halfter, einen Sack über der Schulter und das Taschenmesser in der Hand. Die Leute sollten ruhig spotten. Es machte ihm nichts aus. Immer wieder fand er Kupferdrähte, manchmal ganze Motoren mit intakten Kupfergehäusen, und für Kupfer zahlte man in Portland einen guten Preis. Es gab auch alte Schreibtische, Sofas und Stühle, die man herrichten und dem Antiquitätenhändler an der Überlandstraße verkaufen konnte. Dud übervorteilte die Händler, und die Händler übervorteilten die Touristen. So drehte sich die Welt im Kreis, und das war gut so.

Ja, der Müll war eine feine Sache. Der Müll war Disneyland und Shangri La in einem.

Aber das Beste daran war das Feuer – und die Ratten.

Sonntag und Mittwoch morgens ebenso wie Montag und Freitag abends zündete Dud einen Teil des Mülls an. Die abendlichen Feuer waren die schönsten. Er liebte das qualmige braunrosige Glühen, das aus den Plastiksäcken, aus den Zeitungspaketen und aus den Schachteln erblühte. Die morgendlichen Feuer aber waren besser wegen der Ratten.

Dud saß in seinem Lehnstuhl, sah zu, wie das Feuer um sich griff und grauer Rauch in die Luft stieg, hielt seine Pistole in der Hand und wartete auf die Ratten.

Wenn sie hervorkamen, kamen sie in Scharen. Sie waren groß und schmutziggrau und hatten rosa Augen. Kleine Fliegen und Mücken hüpften auf ihren Flanken. Die Ratten schleiften ihre Schwänze hinter sich her wie rosa Drähte. Dud liebte es, Ratten abzuknallen.

Da. Diese große fette war George Middler, Besitzer der Eisenwarenhandlung. Hielt etwas im Maul, das wie Hühnerleber aussah.

»So, da hast du es, George, erledigt«, sagte Dud und drückte ab.

Die nächste Ratte war diese kleine Nutte Ruthie, die keinen Büstenhalter trug und immer kicherte, wenn sie Dud ansah. Bum. Leb wohl, Ruthie.

Die Ratten rasten auf die andere Seite des Müllplatzes, aber bevor sie in Sicherheit waren, hatte Dud noch sechs von ihnen erledigt. Nicht schlecht für einen Morgen.

Er ging näher und sah, wie Zecken die Kadaver verließen wie ... wie ... wie Ratten ein sinkendes Schiff.

Diese Vorstellung fand er besonders komisch, und er warf seinen seltsam schiefen Kopf zurück, lehnte sich tief in den Lehnstuhl und lachte laut, als das Feuer mit seinen gierigen, orangefarbenen Fingern durch den Müll kroch.

Das Leben war eine großartige Sache.

12 Uhr mittag.

Die Sirene der Stadt heulte zwölf Sekunden lang; sie zeigte den Beginn des Nachmittags und der Mittagspause in den drei Schulen an. Lawrence Crockett, der zweite Stadtrat von Salem's Lot und Besitzer des Crockett's Southern Maine Versicherungs- und Immobilienbüros, legte das Buch, in dem er gerade gelesen hatte, beiseite (›Die Sexsklaven des Satans‹) und richtete seine Uhr nach der Sirene. Er holte eine Tafel *Bin um dreizehn Uhr zurück* und hängte sie an die Tür. Seine tägliche Routine veränderte sich nie. Er ging ins Excellent-Café, aß zwei Cheeseburger, trank eine Tasse Kaffee, beobachtete Paulines Beine und rauchte eine Zigarre.

An der Ecke blieb er stehen und blickte zum Marstenhaus hinüber. Dort stand nahe der Einfahrt ein Auto. Irgendwo in der Brust verspürte Crockett so etwas wie leise Beunruhigung. Vor einem Jahr hatte er gemeinsam mit der städtischen Wäscherei das Marstenhaus verkauft. Es war das merkwürdigste Geschäft seines Lebens gewesen – und er hatte immerhin einige merkwürdige Geschäfte getätigt. Vermutlich war der Besitzer des Wagens dort oben ein Mann namens R. T. Straker. Und am heutigen Morgen hatte Crockett denn auch in der Post eine Nachricht von Straker gefunden.

Straker war vor einem Jahr an einem warmen Julinachmittag in Crocketts Büro gekommen, war aus dem Auto gestiegen und, bevor er eintrat, einen Augenblick lang auf dem Gehsteig stehengeblieben – ein hochgewachsener Mann in einem Anzug mit Weste. Sein kahler Kopf glich einem Golfball, die schwarzen Augenbrauen waren zwei gerade Striche, und die Augenhöhlen sahen wie dunkle Löcher aus, die man aus dem knochigen Gesicht herausgemeißelt hatte. In der Hand trug er eine dünne schwarze Aktentasche.

Larry war allein in seinem Büro, als Straker kam; die Sekretärin, ein Mädchen aus Falmouth, mit dem wohlgeformtesten Busen, den man jemals gesehen hatte, arbeitete nachmittags bei einem Anwalt in Gates Falls.

Der kahlköpfige Mann setzte sich auf einen Stuhl, legte die Aktentasche auf die Knie und starrte Larry Crockett an. Strakers Gesicht war völlig ausdruckslos, und das störte Larry.

»Womit kann ich Ihnen dienen?« fragte Larry.

»Ich möchte in Ihrer hübschen Stadt ein Wohnhaus und ein Geschäftslokal kaufen«, sagte der kahlköpfige Mann. Er sprach mit einer gleichmütigen, tonlosen Stimme, die Larry an das Tonband des telefonischen Wetterberichts erinnerte.

»Ausgezeichnet«, sagte Larry. »Wir haben einige schöne Grundstücke anzubieten –«

»Das ist nicht nötig«, unterbrach ihn der Mann mit der Glatze. »Das Geschäftslokal befindet sich hinter dem städtischen Bürohaus gegenüber dem Park.«

»Ja, das kann ich Ihnen anbieten. Es war eine Wäscherei, die im Vorjahr in Konkurs ging. Es hat eine ausgezeichnete Lage, wenn Sie –«

»Das Wohnhaus«, unterbrach ihn der Mann mit der Glatze, »wird in der Stadt als das Marstenhaus bezeichnet.«

Larry war zu lange im Geschäft, um seine ungeheure Verblüffung zu zeigen. »Tatsächlich?«

»Ja. Mein Name ist Straker. Richard Throckett Straker. Alle Papiere werden auf meinen Namen ausgestellt.«

»Gut«, sagte Larry. Diesem Mann war es ernst, das schien ziemlich sicher zu sein. »Für das Marstenhaus werden vierzehntausend verlangt, obwohl mein Klient vielleicht dazu bewogen werden kann, mit dem Preis etwas herunterzugehen. Die Wäscherei –«

»Ich bin autorisiert, einen Dollar zu bezahlen.«

»Einen –?« Larry legte den Kopf zur Seite, wie ein Mann, der nicht recht verstanden hat.

»Ja. Bitte um Ihre Aufmerksamkeit.«

Strakers lange Finger öffneten die Aktentasche und entnahmen ihr eine blaue Mappe.

Larry Crockett sah Straker stirnrunzelnd an.

»Lesen Sie das durch. Damit sparen wir Zeit.«

Larry öffnete die Mappe und las das erste Schriftstück mit der Miene eines Mannes, der einen Narren nicht vor den Kopf stoßen möchte. Seine Augen bewegten sich von links nach rechts und blieben plötzlich an etwas hängen.

Straker lächelte kühl, zog eine flache goldene Tabatiere hervor und zündete sich eine Zigarette an.

Während der nächsten Minuten herrschte Schweigen. Dann hob Larry den Kopf. Sein Gesicht war blaß und verschreckt. »Das ist ein Witz. Wer steckt da dahinter? John Kelly?«

»Ich kenne keinen John Kelly. Ich mache keine Witze.«

»Diese Papiere ... der Kaufvertrag für das Grundstück ... der Anspruch auf das Land ... Mein Gott, Mann, wissen Sie nicht, daß dieses Grundstück eineinhalb Millionen Dollar wert ist?«

»Sie irren«, erwiderte Straker kalt, »es ist vier Millionen wert. Und wenn das geplante Shopping-Zentrum fertig ist, wird es noch wesentlich mehr wert sein.«

»Was wollen Sie?« fragte Larry. Seine Stimme klang heiser.

»Ich habe Ihnen bereits gesagt, was ich will. Mein Partner und ich beabsichtigen, in der Stadt ein Geschäft aufzumachen. Wir haben die Absicht, im Marstenhaus zu wohnen.«

»Was für ein Geschäft? Mörder-Kommanditgesellschaft?«

Straker lächelte ungerührt. »Ein ganz gewöhnliches Möbelgeschäft. Mit einigen besonderen Antiquitäten für Sammler. Auf diesem Gebiet ist mein Partner Fachmann.«

»Quatsch«, sagte Larry grob. »Sie können das Marstenhaus für achteinhalb und das Geschäft für sechzehn haben. Das muß Ihr Partner wissen. Und Sie müßten beide wissen, daß diese Stadt nicht der richtige Platz für einen Antiquitätenhandel ist.«

»Mein Partner ist über alles, was er beginnt, gründlich informiert«, sagte Straker. »Er weiß, daß diese Stadt an einer Überlandstraße liegt, die bei Touristen sehr beliebt ist. Mit diesen Leuten werden wir ins Geschäft kommen. Aber das soll nicht Ihre Sorge sein. Sind die Papiere in Ordnung?«

»Es scheint so. Aber ich werde mich nicht übervorteilen lassen, ganz gleichgültig, was Sie sagen und wollen.«

»Natürlich nicht.« In Strakers Stimme schwang kalte Verachtung mit. »Soviel ich weiß, haben Sie einen Anwalt in Boston. Einen gewissen Francis Walsh.«

»Woher wissen Sie das?« rief Larry.

»Das ist unwichtig. Zeigen Sie ihm die Papiere. Er wird ihre Richtigkeit bestätigen. Das Grundstück, auf dem das Shopping-

Zentrum gebaut werden soll, wird unter drei Bedingungen Ihnen gehören.«

»Aha«, sagte Larry erleichtert. »Bedingungen. Jetzt kommen wir endlich zur Sache. Schießen Sie los.«

»Erstens. Sie werden mir das Marstenhaus und die Wäscherei für einen Dollar verkaufen. Das Haus gehört einer Immobilienfirma in Bangor. Die Wäscherei gehört der Portland-Bank. Ich bin überzeugt, daß beide einverstanden sein werden, wenn Sie die Differenz auf den niedrigsten akzeptablen Preis bezahlen. Natürlich abzüglich Ihrer Kommission.«

»Woher haben Sie Ihre Informationen?«

»Das geht Sie nichts an, Mr. Crockett. Bedingung zwei. Sie werden über diese Transaktion kein Wort verlieren. Kein Wort. Falls man Sie fragt, wissen Sie nur, daß wir hier ein Geschäft eröffnen wollen. Das ist überaus wichtig.«

»Ich schwatze nicht.«

»Trotzdem möchte ich die Wichtigkeit dieser Bedingung betonen. Es mag eine Zeit kommen, Mr. Crockett, in der sie von dem glänzenden Geschäft, das Sie heute abgeschlossen haben, jemandem erzählen möchten. Falls Sie das tun, werde ich es erfahren. Ich werde Sie ruinieren. Verstanden?«

»Das klingt nach einem billigen Kriminalfilm«, sagte Larry. Er schien äußerlich unbewegt, aber im Innern verspürte er Angst aufsteigen. Die Worte »Ich werde Sie ruinieren« waren mit der gleichen Selbstverständlichkeit geäußert worden wie »Guten Tag, wie geht es Ihnen?«. Und woher wußte dieser Kerl von Frank Walsh? Nicht einmal seine Frau wußte von Frank Walsh.

»Verstehen Sie mich, Mr. Crockett?«

»Ja«, sagte Larry, »ich bin gewohnt, den Mund zu halten.«

Straker produzierte wieder sein unterkühltes Lächeln. »Ich weiß, deshalb verhandle ich ja mit Ihnen.«

»Und die dritte Bedingung?«

»Das Haus bedarf der Renovierung. Mein Partner will diese Arbeiten selbst durchführen. Aber Sie werden sein Agent sein. Von Zeit zu Zeit wird man mit Wünschen an Sie herantreten. Ich werde Leute brauchen, die einzelne Dinge ins Haus oder ins Geschäft schaffen. Auch darüber werden Sie nicht sprechen. Sie werden alle Transporte und sonstigen Dienstleistungen bezahlen und die Rechnungen aufheben. Man wird Ihnen alle Ausgaben vergüten. Einverstanden?«

Wie er Straker versichert hatte, war Larry gewöhnt, nicht

über seine Geschäfte zu sprechen. Er galt als der beste Pokerspieler in Cumberland. Obwohl er jetzt äußerlich ruhig erschien, war er in Wahrheit aufs höchste erregt. Was dieser verrückte Mensch ihm anbot, war das Geschäft seines Lebens. Vielleicht war der Boß dieses Kerls einer jener schrulligen Millionäre, die ...

»Mr. Crockett, ich warte.«

»Ich stelle ebenfalls zwei Bedingungen«, sagte Larry.

»Ach?« Straker zeigte höfliches Interesse.

Larry hob die blaue Mappe auf. »Erstens müssen diese Papiere geprüft werden.«

»Natürlich.«

»Zweitens, wenn Sie dort oben irgend etwas Illegales tun, dann will ich nichts davon wissen. Damit meine ich –«

Aber er wurde unterbrochen. Straker warf den Kopf zurück und stieß ein seltsam kaltes und gefühlloses Lachen aus.

»Habe ich etwas Komisches gesagt?« fragte Larry, ohne die Andeutung eines Lächelns.

»Ach ... oh ... natürlich nicht, Mr. Crockett. Sie müssen mich entschuldigen. Mich amüsierten Ihre Worte aus ganz privaten Gründen. Was wollten Sie sagen?«

»Diese Renovierungen. Ich werde nichts beschaffen, was mich kompromittieren könnte. Wenn Sie dort oben LSD oder Sprengstoff für eine radikale Bande fabrizieren, dann ist das Ihre Sache.«

»Einverstanden«, sagte Straker. Das Lächeln war verschwunden. »Sind wir handelseinig?«

Und mit einem merkwürdigen Gefühl des Widerwillens hatte Larry geantwortet: »Vorausgesetzt, daß diese Papiere in Ordnung sind, ja.«

Die Papiere waren in Ordnung. Straker war wenige Tage später wiedergekommen, und Larry hatte den Vertrag unterschrieben. Er verspürte dabei einen üblen Geschmack im Mund; zum ersten Mal hatte er seinen persönlichen Grundsatz mißachtet: Wo man ißt, dort scheißt man nicht. Als Straker die Urkunden über den Besitz des Marstenhauses und der Wäscherei in seine Aktentasche schob, wußte Larry, daß er sich diesem Mann und dessen Partner, einem Mr. Barlow, ausgeliefert hatte.

Der August ging vorüber, es wurde Herbst, es wurde Winter, und nichts geschah. Im Frühling hatte Larry beinahe schon die Transaktion vergessen.

Aber vor einer Woche war dieser Schriftsteller Mears dahergekommen und hatte sich erkundigt, ob er das Marstenhaus mieten könne. Als er hörte, daß es verkauft sei, hatte er Larry so merkwürdig angesehen.

Und gestern hatte er von Straker ein Schild mit der Weisung zugeschickt bekommen, es im Geschäft aufzuhängen. Auf dem Schild stand nur: »Eröffnung noch diese Woche. Barlow und Straker. Elegante Möbel. Ausgewählte Antiquitäten. Ihr Besuch wird uns freuen.«

Und jetzt stand ein Auto vor dem Marstenhaus. Larry starrte immer noch hinauf, als ihn jemand am Ärmel zupfte: »Schlafen Sie, Larry?«

Es war Parkins Gillespie, der an der Ecke stand und sich gerade eine Zigarette anzündete.

»Nein«, sagte Larry und lachte nervös. »Ich dachte nach.«

Als sie gemeinsam die Straße überquerten, dachte Lawrence Crockett an alte Geschichten vom Pakt mit dem Teufel.

13 Uhr.

Susan Norton betrat den Frisiersalon, lächelte Babs Griffen, der Besitzerin, zu und sagte: »Gott sei Dank, daß Sie für mich Zeit haben.«

»Um die Wochenmitte ist das kein Problem«, sagte Babs und drehte den Ventilator an. »Schrecklich schwül, nicht? Vermutlich kommt am Nachmittag ein Gewitter.«

Susan sah zum Himmel auf, der tiefblau war. »Glauben Sie wirklich?«

»Ja. Wie wollen Sie das Haar, Schatz?«

»Ganz natürlich«, sagte Susan und dachte an Ben Mears. »So, als wäre ich nicht einmal in der Nähe eines Friseurs gewesen.«

»Meine Liebe«, sagte Babs seufzend, »das wollen alle.«

Ihr Atem roch nach Kaugummi mit Früchten, und Babs fragte Susan, ob sie gesehen habe, daß in der alten Wäscherei ein Möbelgeschäft eröffnet werde. Ziemlich teure Sachen, soweit man das sehen könne, aber wäre es nicht hübsch, eine kleine Sturmlampe zu finden, die zu jener in ihrer Wohnung paßte? Ach, sie war so froh, daß sie die Farm verlassen hatte und in die Stadt gezogen war, und war das nicht ein angenehmer Sommer gewesen?

15 Uhr.

Bonnie Sawyer lag auf dem großen Doppelbett in ihrem Haus in der Deep Cut Road. Es war ein richtiges Haus, kein Trailer-Heim, ein richtiges Haus mit Fundamenten und mit einem Keller. Bonnies Mann Reg verdiente als Automechaniker in Buxton eine ganze Menge Geld.

Abgesehen von einem durchsichtigen blauen Höschen war Bonnie nackt, und sie schaute ungeduldig auf den Wecker neben dem Bett: fünfzehn Uhr, zwei Minuten. Wo blieb er?

Als hätte ihre Ungeduld ihn herbefohlen, öffnete sich die Schlafzimmertür, und Corey Bryant lugte herein.

»Ist die Luft rein?« flüsterte er. Corey war zweiundzwanzig und arbeitete seit zwei Jahren bei einer Telephongesellschaft. Dieses Verhältnis mit einer verheirateten Frau – und besonders mit einer Sexbombe wie Bonnie Sawyer, die man 1973 zur Miss Cumberland-County gewählt hatte – machte ihn gierig und nervös.

Bonnie lächelte ihn mit ihren hübschen Jackettkronen an. »Wenn sie nicht rein wäre, hättest du ein Loch im Bauch, durch das man fernsehen könnte«, sagte sie.

Auf Zehenspitzen betrat er das Zimmer. Bonnie kicherte und öffnete die Arme. »Ich mag dich wirklich, Corey. Du bist lieb.«

Coreys Blick fiel auf den dunklen Schatten unter dem blauen Höschen, und jetzt fühlte er sich nicht mehr nervös, sondern nur sehr erregt. Er vergaß, auf den Zehenspitzen zu gehen, warf sich auf Bonnie, und als sie sich vereinigten, begann irgendwo im Wald eine Grille zu zirpen.

16 Uhr.

Ben Mears lehnte sich zurück. Sein Nachmittagspensum war erledigt. Er hatte auf seinen Spaziergang im Park verzichtet, um abends mit gutem Gewissen zu Susans Eltern gehen zu können. Beinahe den ganzen Tag hatte er ohne Unterbrechung an seinem Schreibtisch verbracht.

Jetzt stand er auf, streckte sich und hörte, wie die Wirbel in seinem Rückgrat knisterten. Sein Oberkörper war schweißbedeckt. Er trat zum Schrank am Bettende, nahm ein frisches Handtuch heraus und wollte ins Badezimmer gehen, um sich zu duschen, bevor die andern von der Arbeit nach Hause kamen und das Badezimmer belagerten.

Er warf das Handtuch über die Schulter, wandte sich zur Tür

und ging unvermittelt zum Fenster zurück. Etwas nahm seinen Blick gefangen. Nicht die Stadt; die döste in der Nachmittagssonne dahin, und der Himmel hatte jenes besondere Tiefblau, das es nur an schönen Spätsommertagen in New England gibt.

Er blickte über die zweistöckigen Häuser hinweg, deren flache Betondächer er sehen konnte, und über den Park, wo die Kinder jetzt nach Schulschluß sich ausruhten, kleine Kämpfe austrugen oder auf dem Fahrrad fuhren; über den nordwestlichen Teil der Stadt, wo die Brock Street hinter dem ersten bewaldeten Hügel verschwand. Sein Blick schweifte weiter zu der Waldlichtung, wo die Brock Street und die Burns Road in einem »T« zusammentrafen, und hinauf zu dem Platz, wo das Marstenhaus stand.

Von hier aus gesehen, war es eine perfekte Miniatur, ein Puppenhaus. Das gefiel ihm. Solange das Haus solche Dimensionen hatte, konnte man damit fertig werden. Man brauchte nur die Hand zu heben und konnte es hinter der Handfläche verschwinden lassen.

In der Einfahrt stand ein Wagen.

Immer noch stand Ben da, mit dem Handtuch über der Schulter, blickte bewegungslos auf das Haus und spürte, wie sich in seinem Magen ein Gefühl der Furcht einnistete, das er nicht zu analysieren vermochte. Man hatte zwei der herabgefallenen Fensterläden wieder eingehängt; das gab dem Haus ein blindes, abweisendes Aussehen, das es vorher nicht gehabt hatte.

Seine Lippen bewegten sich, als formten sie tonlose Worte, die niemand – auch er selbst nicht – verstehen konnte.

17 Uhr.

Matthew Burke verließ, die Aktentasche in der Linken, die Oberschule und ging über den fast leeren Parkplatz, an dessen Ende sein alter Chevy stand. Das Auto hatte noch die Schneereifen vom vergangenen Jahr.

Burke war dreiundsechzig Jahre alt und hatte noch zwei Jahre bis zu seiner Pensionierung; trotzdem unterrichtete er noch alle Klassen in englischer Literaturgeschichte und fand sogar Zeit für andere schulische Aktivitäten. Im Herbst wollte man ein Stück aufführen, und er hatte soeben die Lesung einer Komödie in drei Akten mit dem Titel ›Charleys Problem‹ beendet. Er hatte ein Dutzend Schüler gefunden, die bereit waren, ihre

Rollen auswendig zu lernen (um sie dann in tödlich monotonem Tonfall herunterzuleiern), und drei Jungen, die eine Spur von Talent zeigten. Am 30. Oktober sollte das Stück zur Aufführung gelangen. Matt hatte eine Theorie entwickelt, derzufolge ein Schulstück einer Dose Campbell-Suppe gleichen sollte: langweilig, aber nicht schlecht. Jedenfalls würden alle Verwandten kommen und begeistert sein. Auch der Theaterkritiker vom ›Cumberland Ledger‹ würde anwesend sein und eine Hymne verfassen, weil er dafür bezahlt wurde, jede lokale Aufführung zu loben. Die Hauptdarstellerin (heuer war es vermutlich Ruthie Crockett) würde sich in ein anderes Ensemblemitglied verlieben und nach der Premierenfeier wahrscheinlich ihre Jungfräulichkeit verlieren.

Matt Burke war gerne Lehrer. Disziplinhalten lag ihm weniger, und damit hatte er sich alle Chancen vergeben, es jemals bis zum Direktor zu bringen. Aber das störte ihn nicht. Er hatte in kalten Klassenzimmern, inmitten von umherfliegenden Papierdrachen und Wurfgeschossen Shakespeares Sonette gelesen; er hatte sich auf Reißnägel gesetzt und sie geistesabwesend weggefegt, während er der Klasse befahl, Seite 467 aufzuschlagen; er hatte Schubladen geöffnet, um Aufsatzhefte herauszunehmen und statt dessen Grillen, Frösche und einmal eine einen Meter lange schwarze Schlange gefunden.

Wie ein einsamer alter Seefahrer die sieben Meere, so hatte er die Weiten der englischen Sprache durchstreift, vom Hauptsatz bis zum Gerundium, von Chaucer bis zu Steinbeck. Seine Finger hatten eine gelbliche Färbung angenommen, nicht vom Nikotin, sondern vom Kreidestaub; und auch dieser war das Zeichen einer Leidenschaft.

Die Kinder liebten und verehrten ihn nicht. Aber viele von ihnen lernten, ihn zu respektieren, und einige wenige lernten von ihm, daß jede echte Hingabe an eine Sache, sei sie auch noch so exzentrisch oder bescheiden, etwas Bemerkenswertes sein kann. Er liebte seine Arbeit.

Jetzt stieg er in sein Auto ein, gab zuviel Gas, überschwemmte den Vergaser, wartete und startete nochmals. Er suchte im Radio die Rock and Roll-Station von Portland und drehte den Ton zur vollen Lautstärke auf. Rock and Roll gefiel ihm.

Er besaß ein kleines Haus an der Taggart Stream-Straße und hatte kaum jemals Besucher. Er hatte nicht geheiratet, und außer einem Bruder in Texas, der nie von sich hören ließ, besaß er keine Verwandten. Er war ein einsamer Mensch, aber die Einsamkeit hatte ihn nicht zu einem Sonderling gemacht.

Bei der Ampel an der Kreuzung von Jointer Avenue und Brock Street blieb er stehen, dann fuhr er zu seinem Haus. Die Schatten waren schon lang, und das letzte Tageslicht hatte eine seltsame Wärme angenommen – flach und golden flimmerte es wie das Licht auf einem impressionistischen Gemälde. Burke blickte nach links, sah das Marstenhaus – und blickte nochmals hin.

»Die Fensterläden«, sagte er laut in die Beatmusik hinein. »Die Fensterläden sind wieder da.«

Er warf einen Blick in den Rückspiegel und sah, daß ein Auto in der Einfahrt geparkt war.

»Wohnt jemand dort oben?« Die Frage war an niemanden Bestimmten gerichtet, und Burke fuhr weiter.

18 Uhr.

Susans Vater, Bill Norton, der erste Stadtrat von Salem's Lot, stellte erstaunt fest, daß Ben Mears ihm gefiel – sogar sehr gut gefiel. Bill war ein großer kräftiger Mann mit schwarzem Haar, wie ein Lastwagen gebaut und auch Mitte der Fünfzig noch nicht fett. Er hatte die Oberschule verlassen, um zur Marine zu gehen, und hatte sich dort emporgearbeitet. Er war kein aggressiver Anti-Intellektueller wie es manche sind, die es vielleicht hätten weiter bringen können, aber für die »Kunstjünger«, wie er die langhaarigen Kerle mit den sanften Augen bezeichnete, die Susan dann und wann ins Haus brachte, hatte er keine Sympathien. Wie sie sich anzogen und wie sie ihre Haare trugen, das war ihm gleichgültig. Was ihn ärgerte, war, daß keiner von ihnen so etwas wie Lebensernst zu besitzen schien. Auch von Floyd Tibbits, dem Jungen, mit dem Susan seit einem Jahr herumzog, war er wesentlich weniger begeistert als seine Frau. Aber Floyd war wenigstens nicht unsympathisch. Floyd hatte einen guten Job bei der Falmouth Bank, und Bill Norton stufte ihn als »halbwegs seriös« ein. Und er stammte aus Salem's Lot. Das traf jedoch in einem gewissen Sinne auch auf Mears zu.

»Bitte mach keine Witze über Kunstjünger, Papa«, sagte Susan und stand auf, als die Türglocke schellte. Susan trug ein hellgrünes Sommerkleid, das frisch frisierte Haar hatte sie mit einem Tuch nach hinten gebunden.

Bill lachte. »Ich nenne sie so, wie sie mir vorkommen, Susie-

Liebling. Jedenfalls werde ich dich nicht in Verlegenheit bringen ... das mache ich doch nie, oder?«

Sie lächelte ein wenig nervös und öffnete die Haustür.

Der Mann, der mit ihr zurückkam, sah schlank und beweglich aus, mit einem gutgeschnittenen Gesicht und einer schwarzen Haartolle, die frisch gewaschen zu sein schien. Was er anhatte, gefiel Bill: einfache Blue jeans und ein weißes Hemd mit aufgekrempelten Ärmeln.

»Ben, das ist mein Vater, das ist meine Mutter – Bill und Ann Norton. Das ist Ben Mears.«

»Hallo, ich freue mich, Sie kennenzulernen.«

Er lächelte Mrs. Norton mit einer Spur von Zurückhaltung zu, und sie sagte: »Hallo, Mr. Mears. Das ist das erste Mal, daß wir einen Schriftsteller kennenlernen. Susan war *riesig* aufgeregt.«

»Keine Sorge. Ich zitiere nicht aus meinen Büchern.« Wieder lächelte er.

»Hallo«, sagte Bill und wälzte sich aus seinem Lehnstuhl. Sein Händedruck war kräftig. Aber Mears Hand zuckte nicht zurück, wie er es von den anderen jungen Leuten gewohnt war, und das gefiel Bill. Er begann seinen zweiten Test.

»Wollen Sie ein Bier? Ich habe draußen eins kalt gestellt.« Er wies auf den kleinen Innenhof. Kunstjünger pflegten Bier abzulehnen. Die meisten von ihnen »haschten« und wollten ihr wertvolles Bewußtsein nicht durch Bier trüben.

»Ja, ein Bier wäre gut«, sagte Ben, und sein Lächeln wurde zu einem breiten Grinsen. »Auch zwei oder drei.«

Bill lachte schallend. »Okay, Sie sind mein Mann. Gehen wir.«

Beim Klang seines Lachens schien zwischen den beiden Frauen, die einander sehr ähnlich waren, eine merkwürdige Kommunikation stattzufinden. Ann Norton runzelte die Brauen, während Susans Stirn sich glättete – wie durch Telepathie schien sich ein Bündel unausgesprochener Sorgen von der einen zu der anderen verlagert zu haben.

Ben folgte Bill auf die Veranda. Auf einem Stuhl in der Ecke stand eine Kühltruhe, angefüllt mit Bierdosen. Bill nahm eine Dose heraus und warf sie Ben zu, der sie mit einer Hand auffing.

»Hübsch ist es hier draußen«, sagte Ben und deutete auf den offenen Grill. Es war eine einfache Ziegelkonstruktion, und über dem Rost hing ein Schimmer von Hitze.

»Ich habe ihn selbst gebaut«, sagte Bill.

Ben nahm einen tiefen Zug und rülpste; auch das wurde positiv vermerkt.

»Susie findet Sie großartig«, sagte Norton.

»Sie ist ein liebes Mädchen.«

»Ein gutes, ordentliches Mädchen«, fügte Norton hinzu und rülpste nachdenklich. »Sie sagt, Sie hätten drei Bücher geschrieben.«

»Ja, das stimmt.«

»Verkaufen die Bücher sich gut?«

»Das erste schon«, sagte Ben, nichts weiter. Bill Norton nickte zufrieden; ein Mann, der nicht alles hinausposaunte, gefiel ihm.

»Wollen Sie mir beim Grillen der Hamburger und der Würstchen helfen?«

»Natürlich.«

»Sie müssen die Würste einschneiden, damit sie nicht platzen. Wissen Sie das?«

»Ja.« Grinsend zeichnete Ben mit seinem Zeigefinger diagonale Schnitte in die Luft.

»Nehmen Sie den Sack Holzkohle und ich bringe das Fleisch. Und vergessen Sie nicht, Ihr Bier mitzunehmen.«

»Ganz bestimmt nicht.«

Bevor er ins Haus ging, blieb Bill einen Augenblick lang stehen und blickte Ben Mears fragend an. »Sind Sie ein seriöser Kerl?« fragte er.

Ben lächelte ein wenig bitter. »Ja, das bin ich wahrscheinlich.«

Bill nickte. »Das ist gut«, sagte er und verschwand ins Haus.

Babs Griffens Wettervorhersage erwies sich als völlig falsch, und das Abendbrot im Hof verlief ungestört. Ein leichter Wind kam auf und hielt, mit dem Rauch des Holzkohlenfeuers, die spätsommerlichen Mücken fern. Die Frauen räumten Besteck und Papierteller beiseite, kamen zurück, um auch ein Bier zu trinken, und sahen zu, wie Ben von Bill beim Badminton geschlagen wurde. Eine Revanche lehnte Ben mit einem bedauernden Blick auf die Uhr ab.

»Zu Hause wartet ein Buch auf mich«, sagte er. »Ich muß noch sechs Seiten schreiben. Wenn ich weiter trinke, werde ich morgen nicht lesen können, was ich geschrieben habe.«

Susan begleitete ihn zum Gartentor; er war zu Fuß von der Stadt herüber gekommen. Bill nickte zufrieden, während er das Feuer löschte. Ben hatte gesagt, daß er seriös sei, und Bill war bereit, ihm zu glauben. Ben hatte keine großen Reden geschwungen, aber jeder Mann, der nach dem Abendbrot wieder an die Arbeit ging, würde eines Tages etwas erreichen.

Ann Norton war nicht ganz so zufrieden.

19 Uhr.

Zehn Minuten nachdem Delbert Markey, Besitzer und Wirt von Dell, sein großes neues Schild aufgehängt hatte, parkte Floyd Tibbits sein Auto vor dem Lokal.

Auf dem Schild stand in ein Meter großen Buchstaben DELL'S, und statt des Apostrophs hatte man ein Whiskyglas gezeichnet.

Draußen war das Sonnenlicht einer purpurnen Dämmerung gewichen, und bald würde sich in den Talsohlen Bodennebel bilden. In etwa einer Stunde würden die Stammgäste erscheinen.

»Hi, Floyd«, sagte Dell und nahm eine Bierdose aus dem Kühlschrank. »Angenehmen Tag gehabt?«

»Mittelprächtig«, erwiderte Floyd. »Aber das Bier schaut gut aus.«

Floyd war ein großer Mann mit einem gepflegten sandfarbenen Bart; im Augenblick trug er graue Hosen und ein Sportsakko – seine Uniform für die Bank. Er arbeitete in der Kreditabteilung, und sein Job gefiel ihm in jener beiläufigen Art, die über Nacht in Langeweile umschlagen kann. Aber da war Suze – ein prächtiges Mädchen. Früher oder später würde sie ihm gehören, und dann würde er vermutlich ernsthaft an die Zukunft denken müssen.

Er legte einen Dollarschein auf die Theke, leerte ein Glas Bier und ließ es wieder füllen. Im Augenblick war außer ihm der einzige Barbesucher ein junger Kerl in der Uniform der Telefongesellschaft –, wohl der Bryant-Junge, dachte Floyd. Der andere saß an einem Tisch, trank Bier und lauschte einem sentimentalen Liebeslied aus dem Musikautomaten.

»Was gibt's Neues in der Stadt?« fragte Floyd und wußte bereits die Antwort. Nichts wirklich Neues. Vielleicht war jemand betrunken im Gymnasium erschienen, viel mehr war ganz gewiß nicht passiert.

»Jemand hat den Hund deines Onkels getötet.«

Floyd, der soeben einen tiefen Schluck tun wollte, hielt inne. »Was, Onkel Wins Hund Doc?«

65

»Ja.«

»Überfahren?«

»Nein, ich glaube nicht. Mike Ryerson fand ihn. Mike war in Harmony Hill, um das Gras zu mähen, und Doc hing an einem der Stäbe des Friedhofgitters. Aufgespießt.«

»Hurensöhne!« sagte Floyd fassungslos.

Dell nickte ernst, zufrieden mit der Wirkung seiner Worte. Er wußte noch etwas, worüber die Stadt an diesem Abend sprach – daß nämlich Floyds Mädchen mit diesem Schreiber gesehen worden war, der bei Eva wohnte. Aber das sollte Floyd selbst herausfinden.

»Ryerson brachte den toten Hund zu Parkins Gillespie«, erzählte Dell. »Gillespie meinte, daß der Hund vielleicht schon tot gewesen sei und daß irgendwelche Kinder ihn zum Spaß aufgespießt hätten.«

»Gillespie kann seinen Arsch nicht von einem Loch im Boden unterscheiden.«

»Richtig. Und ich werde dir sagen, was ich glaube.« Dell lehnte sich auf seinen dicken Armen über die Theke. »Ich glaube, es waren tatsächlich Kinder, aber vielleicht war es kein Spaß, sondern etwas Ernsteres. Sieh dir einmal das an.« Er griff unter die Theke und legte Floyd eine Zeitung hin.

Floyd las die Überschrift: ›Teufelsanbeter entweihen Kirche in Florida.‹ Offenbar war eine Gruppe von Kindern nach Mitternacht in eine katholische Kirche eingedrungen und hatte dort heidnische Riten zelebriert.

Sie hatten den Altar entweiht, obszöne Worte auf die Kirchenstühle gekritzelt, und auf den Stufen zum Chor hatte man Blutspuren festgestellt. Eine Laboratoriumsanalyse hatte ergeben, daß ein Teil des Blutes von Tieren stammte, das meiste aber menschliches Blut war. Der Polizeiinspektor von Clewiston erklärte, daß man bis jetzt noch keine Hinweise auf die Täter habe.

Floyd legte die Zeitung fort. »Teufelsanbeter bei uns? Aber Dell! Du siehst Gespenster.«

»Die Kinder werden immer verrückter«, sagte Dell eigensinnig. »Wenn das so weitergeht, werden sie auf Griffins Weide Menschenopfer darbringen. Noch ein Bier?«

»Nein, danke«, sagte Floyd, »ich werde Onkel Win besuchen und nachsehen, wie es ihm geht. Er hat diesen Hund geliebt.«

»Ich lass' ihn grüßen«, sagte Dell und verstaute die Zeitung wieder unter der Theke, »und es tut mir schrecklich leid seinetwegen.«

Floyd ging zur Tür und sagte scheinbar ins Leere: »Aufgespießt haben sie ihn? Bei Gott, wer das getan hat, der sollte mir unterkommen.«

»Teufelsanbeter«, sagte Dell. »Jedenfalls würde es mich nicht überraschen. Ich weiß nicht, was heutzutage in die Menschen gefahren ist.«

Floyd ging. Der Bryant-Junge warf eine Zehn-Cent-Münze in den Automaten und jemand begann zu singen ›Begrabt die Flasche mit mir‹.

19 Uhr 30.

»Du kommst mir rechtzeitig nach Hause«, sagte Marjorie Glick zu ihrem ältesten Sohn Danny. »Morgen ist Schule. Dein Bruder hat um Viertel vor neun Uhr im Bett zu sein.«

Danny trat von einem Fuß auf den andern. »Ich weiß überhaupt nicht, warum ich ihn mitnehmen muß.«

»Du mußt ihn nicht mitnehmen«, sagte Marjorie mit hinterhältiger Freundlichkeit. »Du kannst ohne weiteres auch zu Hause bleiben.«

Sie wandte sich wieder zum Küchentisch, wo sie einen Fisch ausnahm, und Ralphie streckte die Zunge heraus. Danny ballte die Hand zur Faust, doch sein miserabler kleiner Bruder lachte.

»Wir kommen bald zurück«, murrte Danny und verließ, gefolgt von Ralphie, die Küche.

»Um neun.«

»Okay, okay.«

Im Wohnzimmer saß Tony Glick vor dem Fernsehschirm. »Wohin geht ihr?«

»Zu dem neuen Mitschüler, zu Mark Petrie«, sagte Danny.

»Ja«, sagte Ralphie, »wir wollen uns ... seine *elektrische Eisenbahn anschauen.*«

Draußen begann es zu dunkeln. Während die Jungen den Hof überquerten, bemerkte Danny: »Ich sollte dich verprügeln, du Mistfratz.«

»Dann sag' ich es«, erwiderte Ralphie kühl. »Dann werde ich sagen, warum du in Wirklichkeit hingehen willst.«

»Du Biest«, sagte Danny gottergeben.

Von ihrem Haus führte ein Pfad den Abhang hinunter zum Wald. Es war eine Abkürzung zu Mark Petries Haus an der

Jointer Avenue. Tannennadeln und Zweige knisterten unter ihren Füßen. Irgendwo im Wald sang ein Ziegenmelker, rund um die Jungen zirpten die Grillen.

Danny hatte den Fehler begangen, seinem kleinen Bruder zu erzählen, daß Mark einen kompletten Satz von Monstern aus Plastik besaß – den Wolfsmann, Dracula, Frankenstein, den wahnsinnigen Arzt und sogar ein Gruselkabinett. Ihre Mutter fand, all dieses Zeug könnte einen auf schlechte Gedanken bringen oder das Gehirn vergiften, und so hatte sich Dannys Bruder sofort in einen Erpresser verwandelt. Er war wirklich ein miserabler kleiner Kerl.

»Du bist miserabel, weißt du das?« sagte Danny.

»Ich weiß es«, antwortete Ralphie stolz. »Was heißt das übrigens: miserabel?«

Sie waren beim Crockett-Bach angelangt, der langsam in seinem Kiesbett dahinplätscherte. Danny hüpfte über die Steinplatten.

»Ich stoß' dich hinein!« rief Ralphie voll frohgemuter Bosheit hinter ihm. »Paß auf, Danny, ich stoß' dich!«

»Wenn du mich stößt, dann stoß' ich dich in den Treibsand, du Lauser«, sagte Danny.

Sie erreichten das andere Ufer. »Hier gibt es keinen Treibsand«, murmelte Ralphie, hielt sich aber dennoch knapp hinter seinem Bruder.

»Wirklich nicht?« fragte Danny drohend. »Vor wenigen Jahren kam ein Kind im Treibsand um. Ich hörte, wie man im Laden davon sprach.«

»Ja?« Ralphies Augen weiteten sich.

»Ja«, sagte Danny. »Es verschwand schreiend und weinend, und sein Mund war voll von Sand.«

»Hör auf«, sagte Ralphie ängstlich. Es war jetzt beinahe dunkel, und der Wald war voll sich bewegender Schatten. »Wir wollen heraus aus diesem Wald.«

Sie kletterten das andere Ufer hinauf und glitten ein wenig aus auf den vielen Tannennadeln.

Der Junge, von dem Danny im Laden gehört hatte, war der zehnjährige Jerry Kingfield. Vielleicht war er tatsächlich schreiend und rufend im Treibsand untergegangen, jedenfalls hatte ihn niemand gehört. Er war vor sechs Jahren vom Fischen nicht mehr zurückgekommen. Manche Leute gaben dem Treibsand die Schuld, andere glaubten, daß ihn ein Wüstling getötet habe. Es gab überall Wüstlinge.

»Man sagt, der Junge geistere immer noch hier herum«, erklärte Danny feierlich, ohne seinem Bruder mitzuteilen, daß die Sümpfe fünf Kilometer weiter südlich lagen.

»Hör auf, Danny«, bat Ralph ängstlich. »Nicht ... nicht in der Dunkelheit.«

Die Bäume knisterten und ächzten. Der Ziegenmelker hatte aufgehört zu singen. Irgendwo hinter ihnen schnellte ein Zweig zurück. Das Tageslicht war beinahe vom Himmel verschwunden.

»Hin und wieder«, fuhr Danny geheimnisvoll fort, »wenn ein kleines schlimmes Kind in der Dunkelheit unterwegs ist, flattert das Gespenst von den Bäumen herab, ein gräßliches Gesicht, mit Treibsand bedeckt –«

»Danny, *hör auf.*«

Jetzt klang die Stimme des kleinen Bruders flehentlich, und Danny schwieg. Beinahe begann er sich selbst zu fürchten. Die Bäume waren dunkel, waren finstere Gestalten, die sich langsam in der nächtlichen Brise bewegten, aneinander rieben, ächzten.

Zu ihrer Linken schnellte ein anderer Zweig zurück.

»Danny, ich fürcht' mich«, flüsterte Ralphie.

»Sei nicht dumm«, sagte Danny, »komm.«

Sie gingen weiter. Die Tannennadeln knisterten unter ihren Füßen. Danny sagte sich, daß er keine zurückschnellenden Zweige höre. Daß er nichts höre, außer ihren eigenen Schritten. In seinen Schläfen hämmerte das Blut. *Noch zweihundert Schritte, und wir sind auf der Straße. Und wenn wir heimgehen, bleiben wir auf der Straße, damit sich der Kleine nicht fürchtet. In einer Minute werden wir die Straßenlampen sehen und werden uns dumm vorkommen, weil wir Angst hatten.*

Ralphie schrie auf.

»Ich seh' es. Ich seh' das Gespenst! Ich seh' es!«

Wie ein heißes Eisen durchfuhr Danny das Entsetzen. Am liebsten wäre er gelaufen, aber Ralphie klammerte sich an ihn.

»Wo?« flüsterte Danny und vergaß, daß ja er es war, der das Gespenst erfunden hatte. »Wo?« Er blickte angestrengt in den Wald, fürchtete sich vor dem, was er sehen könnte – und sah nichts als Dunkelheit.

»Jetzt ist es fort – aber ich sah es ... ihn. Ich hab' Augen gesehen. Oh, Danny –« Er stammelte.

Danny nahm den Bruder an der Hand, und sie gingen weiter. Dannys Beine schienen jetzt aus zehntausend Radiergummis zu bestehen. Seine Knie zitterten. Ralphie drängte sich eng an ihn heran und schob ihn beinahe vom Weg.

»Es beobachtet uns«, flüsterte Ralphie.

»Hör zu, ich werde nicht –«

»Nein, Danny. Wirklich. Kannst du es nicht *fühlen?*«

Danny blieb stehen. Und er fühlte tatsächlich etwas und wußte, daß sie nicht mehr allein waren. Eine große Stille hatte sich über den Wald gesenkt. Es war eine böse Stille. Vom Wind bewegte Schatten umfingen sie.

Danny roch etwas Wildes. Aber nicht mit der Nase. *Es gibt keine Gespenster, aber es gibt Perverse. Sie fahren in schwarzen Autos, bleiben stehen, bieten den Kindern Bonbons an, folgen ihnen in den Wald ...*

Und dann ...

»Lauf«, befahl Danny heiser.

Aber Ralphie stand zitternd neben ihm. Schreckgelähmt. Er umklammerte Dannys Hand. Seine Augen starrten in den Wald, und dann weiteten sie sich.

»Danny?«

Ein Ast knackte.

Danny drehte sich um und sah dorthin, wo sein Bruder hinsah.

Die Dunkelheit umfing ihn.

21 Uhr.

Mabel Werts war eine enorm fette Frau von vierundsiebzig Jahren, und ihre Füße waren bereits sehr unzuverlässig. Sie war eine Art von Archiv für alles, was die Stadt betraf, und ihr Gedächtnis reichte über fünf Jahrzehnte zurück – sie wußte um Todesfälle, Ehebruch, Diebstahl und Wahnsinn. Sie lebte in der Stadt und für die Stadt, und in einem gewissen Sinne verkörperte sie die Stadt; eine dicke Witwe, die jetzt nur noch selten ausging und die meiste Zeit am Fenster verbrachte, das Telefon in der einen, das japanische Fernglas in der andern Hand. Die Kombination dieser beiden Dinge machte sie zu einer Spinne, die im Zentrum eines Kommunikationsnetzes saß, das sich über die ganze Stadt ausbreitete.

Da sich nichts Besseres bot, hatte sie gerade das Marstenhaus beobachtet, als auf der linken Seite der Terrasse ein Fensterladen geöffnet wurde und ein goldener Lichtstrahl herausfiel, der ganz gewiß nicht von einer elektrischen Glühbirne stammte.

Eine Sekunde lang sah Mabel den Kopf und die Schultern eines Mannes sich gegen das Licht abzeichnen. Eine merkwürdige Erregung überkam sie.

Dann rührte sich nichts mehr im Marstenhaus.

Was sind das für Leute, die sich so kurz zeigen, daß man sie nicht einmal richtig ansehen kann, dachte Mabel ärgerlich.

Sie legte den Feldstecher weg und nahm das Telefon zur Hand. Zwei Stimmen unterhielten sich über den Ryerson-Jungen, der Puringtons Hund gefunden hatte.

Mabel saß ganz still und atmete flach durch den Mund, um nicht zu verraten, daß sie mithörte.

23 Uhr 59.

Der Tag war am Verlöschen. Die Häuser schliefen in der Dunkelheit. Aus dem Excellent-Café fiel mildes Licht auf den Gehsteig. Dieser und jener lag daheim noch wach – Win Purington zum Beispiel legte eine Patience, weil ihn der Kummer um seinen toten Hund nicht schlafen ließ –, aber die meisten Leute schliefen bereits den Schlaf der Gerechten.

Auf dem Friedhof von Harmony Hill stand eine nachdenkliche Gestalt neben dem Gitter und wartete. Als der Mann zu sprechen begann, klang seine Stimme leise und gepflegt.

»O mein Vater, erhöre mich jetzt. Herr der Fliegen, erhöre mich jetzt. Jetzt bringe ich dir verdorbenes Fleisch dar. Ich habe dir ein Opfer gebracht. Mit meiner Linken bringe ich es dir dar. Gib mir hier, auf diesem dir geweihten Boden ein Zeichen. Ich warte auf ein Zeichen, um deine Arbeit zu beginnen.«

Die Stimme erstarb. Ein schwacher Wind war aufgekommen; er brachte das Seufzen und Flüstern der Blätter und Gräser und wehte von dem Müllhaufen auf der Straße einen Geruch nach Aas heran.

Nichts rührte sich außer dem leichten Wind. Eine Weile stand die Gestalt still und gedankenverloren da. Dann bückte sie sich und hatte ein Kind im linken Arm.

»Das bringe ich dir dar.«

Es wurde unaussprechlich.

4
Danny Glick und die andern

Als Danny und Ralphie Glick gegangen waren, Mark Petrie zu besuchen, hatte man ihnen eingeschärft, spätestens um neun Uhr abends zu Hause zu sein. Als sie um zehn Uhr noch nicht zurück waren, rief Marjorie Glick bei den Petries an. Nein, sagte Mrs. Petrie, die Jungen waren nicht da. Sie seien auch gar nicht gekommen. Vielleicht sollte Marjories Mann mit Henry sprechen. Mrs. Glick übergab ihrem Mann den Hörer und spürte, wie sich ihr Magen angstvoll zusammenzog.

Die Männer besprachen die Angelegenheit. Ja, die Jungen hatten den Waldweg genommen. Nein, der kleine Bach war zu dieser Jahreszeit, besonders nach dem schönen Wetter, ganz seicht. Nicht mehr als knöcheltief. Henry schlug vor, daß er mit einer starken Taschenlampe losziehen werde, Mr. Glick solle die Suche von seinem Haus aus beginnen. Tony stimmte zu und dankte Mr. Petrie für dessen Hilfe. Vielleicht hatten die Jungen einen Fuchsbau gefunden oder sie rauchten irgendwo Zigaretten. Tony hing den Hörer auf und tröstete seine Frau; sie hatte Angst. Er beschloß, daß die Jungen, wenn er sie gefunden hätte, eine Woche lang nicht würden sitzen können.

Doch bevor Glick den Garten verließ, taumelte Danny zwischen den Bäumen hervor und brach neben dem Gartengrill zusammen. Danny war verwirrt und sprach sehr langsam. Fragen beantwortete er nur mühsam und nicht immer klar. Auf seinen Hemdärmeln waren Grashalme, und ein paar herbstliche Blätter lagen auf seinem Haar.

Er sagte seinem Vater, daß er und Ralphie den Weg durch den Wald genommen hätten. Bei den Steinplatten hätten sie den Crockett-Bach überquert und seien ohne Schwierigkeiten ans andere Ufer gelangt. Dann habe Ralphie begonnen, von Gespenstern im Wald zu sprechen und behauptet, er könne ein Gesicht sehen. Danny habe es mit der Angst zu tun bekommen. Nein, er glaube weder an Gespenster noch an Märchen vom wilden Mann, aber er glaube, etwas in der Dunkelheit gehört zu haben.

Was hätten sie dann getan?

Danny glaubte, sich zu erinnern, daß sie Hand in Hand weitergegangen seien. Ganz sicher war er sich dessen nicht. Ralphie habe gejammert und Danny habe versucht, ihn zu trösten: sie seien nur noch hundert Schritte von der Straße entfernt gewesen. Dann sei etwas Böses geschehen.

Was? Was war das Böse?

Danny wußte es nicht.

Sie fragten ihn aus, drangen in ihn, forderten eine Antwort. Danny schüttelte nur langsam und verständnislos den Kopf. Ja, er wußte, daß er sich erinnern sollte, aber es ging nicht. Nein, es ging nicht. Nein, er sei nicht gestolpert oder hingefallen. Nur . . . alles sei dunkel gewesen. Sehr dunkel. Das nächste, woran er sich erinnern konnte, war, daß er allein auf dem Weg gelegen sei, Ralphie war verschwunden.

Parkins Gillespie erklärte, es habe keinen Sinn, in der Nacht einen Suchtrupp auszuschicken. Vermutlich habe sich der kleine Junge eben verirrt. Parkins ging mit Nolly Gardener, Tony Glick und Henry Petrie den Weg ab und sprach von Zeit zu Zeit in ein Megaphon.

Am nächsten Morgen starteten die Polizei von Cumberland und von Maine eine koordinierte Suchaktion auf dem gesamten Gebiet. Vier Tage lang streiften sie durch die Gegend, und Mr. und Mrs. Glick wanderten durch die Wälder und riefen unermüdlich den Namen ihres Kindes. Umsonst.

Man baggerte den Taggart Stream und den Royal River aus. Ohne Erfolg.

Am Morgen des vierten Tages weckte Marjorie Glick, verzweifelt und hysterisch, ihren Mann. Danny war auf dem Weg ins Badezimmer zusammengebrochen. Eine Ambulanz brachte ihn ins Spital. Die erste Diagnose lautete: schwerer, verzögerter Schock.

Der diensthabende Arzt nahm Mr. Glick beiseite.

»Hatte Ihr Sohn jemals asthmatische Anfälle?«

Mr. Glick schüttelte den Kopf.

»Rheumatisches Fieber?«

»Danny? Nein . . . niemals.«

»Hat man während des letzten Jahres einen TB-Hauttest gemacht?«

»TB? Hat denn mein Junge TB?«

»Mr. Glick, wir suchen nur –«

»Margie, komm bitte hierher!«

Marjorie Glick stand auf und kam langsam durch den Gang heran. Ihr Gesicht war fahl, ihr Haar schlecht gekämmt. Sie sah wie eine Frau aus, die gerade einen schweren Anfall von Migräne durchzustehen hat.

»Hat man Danny in der Schule einem TB-Hauttest unterzogen?«

»Ja«, sagte Marjorie tonlos. »Zu Schulbeginn. Keine Reaktion.«

»Hustet er in der Nacht?«

»Nein.«

»Klagt er über Schmerzen in der Brust oder in den Gelenken?«

»Nein.«

»Schmerzen beim Urinieren?«

»Nein.«

»Irgendwelche Blutungen?«

»Nein.«

Der Arzt lächelte und nickte. »Wir möchten ihn gerne hier behalten, um weitere Tests zu machen.«

»Natürlich«, sagte Tony. »Natürlich. Wir sind versichert.«

»Seine Reaktionen sind überaus langsam«, sagte der Arzt. »Wir werden einige Röntgenaufnahmen machen, eine Rückenmarkprobe, eine Zählung der weißen Blutkörperchen –«

Marjorie Glicks Augen weiteten sich langsam. »Hat Danny Leukämie?« flüsterte sie.

»Mrs. Glick, ich glaube –«

Aber sie hatte das Bewußtsein verloren.

Ben Mears gehörte zu den Freiwilligen von Salem's Lot, die nach Ralphie Glick suchten, und für seine Mühe bekam er nichts anderes als viele Kletten an seiner Hose und einen schlimmen Heuschnupfen.

Am dritten Tag der Suche kam Ben in Evas Küche, bereit, eine Dose Ravioli zu essen und ins Bett zu fallen. Er fand Susan Norton vor, die am Herd stand und ein Fleischgericht zubereitete. Die Männer, die von der Arbeit heimgekommen waren, saßen um den Tisch herum, gaben vor, sich zu unterhalten, und gafften Susan an – sie trug ein an der Taille geknüpftes kariertes Hemd und abgeschnittene Schnürlsamthosen.

»Hallo, was tust du hier?« fragte Ben.

»Dir etwas Ordentliches kochen, bevor du zu einem Schatten wirst«, sagte Susan, und Eva, die im Hinterzimmer bügelte, lachte laut.

»Sie kocht prima«, sagte Weasel. »Ich hab' ihr zugeschaut.«

»Wenn du noch länger zuschaust, werden dir die Augen aus dem Kopf fallen«, spottete Grover Verrill und grinste.

Susan deckte die Schüssel zu, schob sie ins Rohr und trat mit Ben auf die Veranda hinaus. Flammend rot ging die Sonne unter.

»Glück gehabt?«

»Nein. Nichts.« Er zog ein zerdrücktes Zigarettenpaket aus der Tasche und zündete eine Zigarette an.

»Du riechst, als hättest du in Eau de Cologne gebadet«, sagte sie.

»Das hätte allerdings wenig geholfen.« Er streckte den Arm aus und zeigte ihr die vielen geschwollenen Insektenstiche und halb geheilten Kratzer. »Diese verdammten Moskitos und diese ekelhaften Dornenbüsche!«

»Was glaubst du, Ben, was ist mit dem Kind geschehen?«

»Weiß Gott.« Er inhalierte den Rauch. »Vielleicht hat sich jemand an den größeren Bruder herangeschlichen, ihm einen Sandsack auf den Kopf gehauen und den kleineren entführt.«

»Glaubst du, daß der Kleine tot ist?«

Ben sah Susan an, um festzustellen, ob sie eine ehrliche oder nur eine tröstliche Antwort wollte. Er nahm ihre Hand. »Ja«, sagte er brüsk. »Ich glaube, das Kind ist tot. Es gibt da noch keine absolute Gewißheit, aber ich glaube es.«

Sie schüttelte langsam den Kopf. »Ich hoffe, du irrst dich. Meine Mutter und einige andere Frauen waren bei Mrs. Glick. Sie ist halb verrückt und ihr Mann ebenfalls. Und Danny wandert herum wie ein Gespenst.«

»Hm«, sagte Ben. Er schaute zum Marstenhaus hinüber und hörte nicht recht zu. Die Läden waren geschlossen; sie würden sich erst später öffnen. Nach Einbruch der Dunkelheit. Ben verspürte ein seltsames Frösteln bei dem Gedanken.

». . . abends?«

»Hm? Entschuldige, bitte.« Er sah sie an.

»Ich sagte, mein Vater möchte, daß du morgen abend zu uns kommst. Hast du Zeit?«

»Wirst du zu Hause sein?«

»Natürlich«, sagte sie und sah ihn an.

»Gut. Gern.« Er wollte ihren Blick erwidern – im Lichte der untergehenden Sonne sah sie bezaubernd aus –, aber seine Augen wurden von dem Haus wie von einem Magneten angezogen.

»Es zieht einen, nicht wahr?« sagte sie. Unheimlich, wie sie seine Gedanken lesen konnte.

»Ja, wirklich.«

»Ben, wovon handelt dein neues Buch?«

»Noch nicht«, sagte er. »Wart noch ein wenig. Ich sag' es dir, sobald ich das kann. Es ... es muß sich erst herauskristallisieren.«

Genau in diesem Augenblick wollte sie sagen: Ich liebe dich, wollte es mit der gleichen Selbstverständlichkeit sagen, mit der es ihr plötzlich bewußt geworden war, aber sie hielt die Worte zurück. Sie wollte es nicht sagen, während er dorthin blickte ... zum Marstenhaus.

Lawrence Crockett saß in seinem Büro und gab vor, die Morgenpost zu studieren, als das Telefon klingelte. Lawrence hatte an seinen geschäftlichen Aufstieg in Salem's Lot gedacht und an jenen kleinen glänzenden Wagen in der Einfahrt des Marstenhauses. Und an einen Pakt mit dem Teufel.

Schon bevor er den Vertrag mit Straker abgeschlossen hatte, war Lawrence Crockett ohne Zweifel der reichste Mann in Salem's Lot gewesen und einer der reichsten im County von Cumberland, obwohl nichts in seinem Büro darauf hinwies.

Das Büro war alt, verstaubt, von zwei gelben Glaskugeln, mit Fliegendreck darauf, schwach erleuchtet. Auf dem altmodischen Schreibtisch lagen Papiere, Akten, Bleistifte und Briefe. Auf der einen Seite stand ein Leimtopf, auf der andern ein mit Familienbildern geschmückter gläserner Briefbeschwerer. Abgesehen von drei feuerfesten Aktenschränken aus Stahl und dem Schreibtisch der Sekretärin, war das Zimmer kahl.

Es gab jedoch Bilder.

Fotos und Schnappschüsse gab es überall – zusammengeheftet, in Stößen oder an irgendeine Oberfläche geklebt. Einige waren Polaroidfotos, andere Kodakfarbfotos, bereits etliche Jahre alt, die meisten aber waren verblichene gelbliche Schwarzweißaufnahmen, manche davon fünfzehn Jahre alt. Unter jedem Foto stand eine mit Maschine geschriebene Legende: Schönes Landhaus! Herrliche Lage auf dem Hügel! Taggart Stream Road, $ 32000,– eine Okkasion! Herrliches Bauernhaus, Burns Road. – Es sah nach einem kläglichen Geschäft aus, und das war es auch, bis Larry Crockett zu der Überzeugung kam, daß Trailer das Geschäft der Zukunft seien. In jenen längst vergangenen Tagen verstanden die Leute unter Trailer noch diese komischen silbernen Dinger, die man an das Auto anhing, um in den Yellowstone-Park zu fahren, um dort Frau und Kinder vor dem großen Geysir zu fotografieren. In jenen fernen Tagen ahnte kaum jemand – ahnten nicht einmal die Hersteller der Trailer –, daß jene silberfarbenen Dinger einmal zu fahrenden Häusern werden würden.

Larry wußte es auch nicht. Aber er ging ins Rathaus, studierte die Baugesetze und fand sie zufriedenstellend. Zwischen den Zeilen sah er tausend und abertausend Dollar. Er nahm Hypotheken und einen Kredit auf, und kaufte drei Trailer. Keine herzigen silbernen Dinger, sondern große Monster, innen mit Holz verkleidet und mit einem Badezimmer ausgestattet. Dort, wo das Land am billigsten war, kaufte er für jeden Trailer zweihundert Quadratmeter, setzte die Monster auf billige Fundamente und versuchte, sie zu verkaufen. Nachdem er den anfänglichen Widerstand der Leute, in einem Heim zu wohnen, das aussah wie ein Schlafwagen, überwunden hatte, waren die Trailer innerhalb von drei Monaten verkauft, und sein Verdienst betrug an die zehntausend Dollar.

Damals, als Straker sein Büro betrat, war Crockett bereits zwei Millionen Dollar wert. Er hatte sie mit Grundstücksspekulationen in vielen benachbarten Städten verdient (aber nicht in Salem's Lot; man scheißt nicht, wo man ißt, war Crocketts Motto). Seine Überzeugung, daß der Trend zu Trailern und mobilen Häusern enorm anwachsen werde, hatte sich als richtig erwiesen. Er scheffelte Geld.

Crockett selbst hatte seine Lebensgewohnheiten auch nach dem Geschäftsabschluß mit dem etwas beängstigenden Mr. Straker nicht geändert. Sein Büro betrat kein modischer Dekorateur, um es neu einzurichten. Er wollte keine Klimaanlage, sondern blieb seinem elektrischen Ventilator treu. Er trug immer noch die gleichen, ein wenig schäbigen Anzüge oder ein Sportjackett. Er rauchte die gleichen billigen Zigarren und ging Samstag abends zu Dell, um dort ein Bier zu trinken und eine Partie Billard zu spielen. Er beschäftigte sich immer noch mit dem Immobilienhandel, wurde zum Beirat des Stadtrates gewählt und konnte seine jährlichen Bilanzen so frisieren, daß sie stets ein kleines Defizit aufwiesen. Abgesehen vom Marstenhaus, hatte er drei Dutzend andere ziemlich verfallene Häuser in der Umgebung an der Hand. Damit ließen sich einige gute

Geschäfte machen. Aber Larry hatte es mit dem Verkauf nicht eilig. Schließlich verdiente er genug.

Vielleicht sogar mehr als genug. Manchmal fragte er sich, ob er sich nicht in zu viele dunkle Geschäfte eingelassen hatte. Straker hatte versprochen, daß er sich melden werde. Seitdem waren vierzehn Monate vergangen. Was würde geschehen, wenn ...?

In diesem Augenblick klingelte das Telefon.

»Mr. Crockett«, sagte die bekannte akzentfreie Stimme.
»Spricht dort Straker?«
»Jawohl.«
»Soeben habe ich an Sie gedacht. Gedankenübertragung.«
»Wie amüsant, Mr. Crockett. Ich brauche Sie, bitte.«
»Das dachte ich mir.«
»Sie werden einen Lastwagen auftreiben. Einen großen. Vielleicht von einer Möbelspedition. Der Wagen muß heute um Punkt sieben Uhr am Hafen stehen. Beim Zollhaus. Zwei Leute sollten genügen.«
»In Ordnung.« Larry zog einen Notizblock zu sich heran und schrieb: »H. Peters, R. Snow. Spätestens achtzehn Uhr.«
»Es ist etwa ein Dutzend Kisten wegzuschaffen. Alle Kisten bis auf eine gehören ins Geschäft. Diese eine enthält ein überaus wertvolles Hepplewhite-Buffet. Ihre Leute werden sie an der Größe erkennen. Sie soll ins Haus geschafft werden. Verstanden?«
»Ja.«
»Ihre Leute sollen die Anrichte in den Keller stellen. Ihre Leute können durch den Eingang unterhalb des Küchenfensters ins Haus kommen. Verstanden?«
»Ja. Also die Anrichte –«
»Und noch etwas, bitte. Besorgen Sie fünf starke Yale-Schlösser. Ich nehme an, Sie kennen Yale-Schlösser?«
»Natürlich. Was –«
»Ihre Leute werden, wenn sie das Geschäft verlassen, den hinteren Eingang verschließen. Sie werden die Schlüssel zu den fünf Schlössern auf den Tisch im Keller legen. Wenn Ihre Leute das Haus verlassen, werden sie sämtliche Türen und den Schuppen mit Schlössern versehen. Verstanden?«
»Ja.«

»Danke, Mr. Crockett. Bitte, befolgen Sie alle Anweisungen genau. Guten Tag.«
»Augenblick, bitte –«
Die Leitung war tot.

Es war zwei Minuten nach neunzehn Uhr, als der große Lastwagen vor dem Lagerhaus im Hafen von Portland anhielt.
»Zum Teufel, es ist kein Mensch da«, sagte Royal Snow, nahm den letzten Schluck aus einer Flasche Pepsi und warf die Flasche auf den Boden des Autos. »Man wird uns für Einbrecher halten und verhaften.«
»Doch, dort ist jemand«, sagte Hank Peters, »ein Polizist.«
Es war kein Polizist, er war ein Nachtwächter. Er richtete den Strahl seiner Taschenlampe auf die beiden. »Ist einer von euch Lawrence Crewcut?«
»Crockett«, verbesserte Royal. »Er hat uns geschickt; wir wollen ein paar Kisten abholen.«
»Gut«, sagte der Nachtwächter. »Kommt mit ins Büro, ihr müßt eine Rechnung unterschreiben.«
Royal Snow folgte dem Mann in das kleine Büro, wo eine Kaffeemaschine gluckste. Der Nachtwächter kramte in Papieren, übergab Royal eine Rechnung und sagte: »Bitte, unterschreib hier.«
Royal unterschrieb.
»Paßt auf, wenn ihr ins Lager geht. Macht Licht. Es gibt dort Ratten.«
»Ich hab' noch keine Ratte gesehen, die davor nicht reißaus genommen hätte«, sagte Royal und schwang seinen Fuß mit dem schweren Arbeitsstiefel in die Höhe.
»Es sind Hafenratten«, erwiderte der Nachtwächter unbeeindruckt. »Die haben schon größere Männer als dich in die Flucht geschlagen.«
Royal ging zur Tür des Lagerhauses, und der Nachtwächter blickte ihm nach. »Paß auf«, sagte Royal zu Peters. »Der Alte sagt, es gibt da eine Menge Ratten.«
Royal fand den Lichtschalter und drehte ihn an. Es lag etwas in der Luft – ein Geruch nach Salz, verrottetem Holz und Nässe –, das keine Fröhlichkeit aufkommen ließ. Das, und der Gedanke an Ratten.
Die Kisten standen in der Mitte des Raumes.
»Nun, das sieht ja nicht allzu schlimm aus«, sagte Royal. Er

studierte die Kopie der Rechnung und verglich sie mit den Kisten. »Ja, alles in Ordnung.«

»Es gibt Ratten«, sagte Hank. »Hörst du sie?«

»Ja, widerliche Biester. Ich hasse sie.«

Einen Augenblick lang schwiegen beide und lauschten dem Quietschen und dem Getrappel, das aus dem Dunkel zu ihnen drang.

»Also los«, sagte Royal. »Hieven wir das große Baby da zuerst hinauf, damit es uns nicht im Weg ist, wenn wir zum Geschäft kommen.«

»Okay.«

Sie gingen zu der größten Kiste, und Royal zog sein Taschenmesser hervor. Mit einer raschen Bewegung löste er das braune Kuvert, das an einer Seite angeklebt war.

»He, glaubst du, wir sollten –?«

»Wir müssen doch sicher sein, daß wir das Richtige aufladen. Wenn wir etwas verwechseln, macht uns Larry die Hölle heiß.« Er entnahm dem Kuvert eine Rechnung und sah sie an.

»Was steht drauf?« fragte Hank.

»Heroin«, sagte Royal ernst, »zweihundert Pfund. Außerdem zweitausend Pornohefte aus Schweden –«

»Gib her.« Hank nahm ihm die Rechnung aus der Hand. »Anrichte«, las er. »Wie Larry uns gesagt hat. Aus London.«

»Irgendwas stinkt da«, sagte Royal.

»Ja; du!«

»Nein, Scheiße. Auf dem Zettel ist kein Stempel vom Zoll. Weder auf der Kiste noch auf dem Umschlag, noch auf der Rechnung, nirgends ein Stempel.«

»Vielleicht haben sie unsichtbare Tinte benützt, die nur unter einem besonderen Licht lesbar wird.«

»Solange ich im Hafen gearbeitet habe, hat niemand so etwas benützt. Da wurde jedes Frachtgut mindestens hundertmal gestempelt.«

»Vielleicht sollten wir hineinschauen –«

»Quatsch. Los, pack zu.«

Royal zuckte die Achseln. Sie hoben die Kiste hoch, und drinnen bewegte sich etwas. Die Kiste war sehr schwer.

Ächzend hievten sie die Kiste auf den hydraulischen Heber, und Hank schaltete ihn ein. Als der Heber die Höhe des Wagenbodens erreicht hatte, kletterten sie hinauf und schoben die Kiste in das Wageninnere.

Irgend etwas an der Kiste mißfiel Royal. Es war nicht nur das

Fehlen des Zollstempels. Es war etwas anderes. Etwas Undefinierbares.

»Los«, rief Hank, »laden wir die andern Kisten!«

Die andern Kisten waren ordnungsgemäß gestempelt. Royal verglich sie mit seiner Packliste und hakte auf der Liste die Collies ab.

»Wer wird all den Kram kaufen?« fragte Royal, als sie fertig waren. »Ein polnischer Schaukelstuhl, eine deutsche Uhr, ein Spinnrad aus Irland ... Du lieber Gott, ich bin überzeugt, daß sie ein Vermögen dafür verlangen werden.«

»Touristen«, sagte Hank, »Touristen kaufen alles. Diese Leute aus Boston und New York ... Sie kaufen auch einen Sack Kuhmist, wenn es ein alter Sack ist.«

»Mir gefällt diese große Kiste nicht«, sagte Royal. »Sie ist so seltsam.«

Schweigend fuhren sie nach Salem's Lot zurück. Hank stieg aufs Gaspedal. Ihm gefiel dieser Auftrag ebensowenig wie Royal.

Sie kamen beim Geschäft an und fanden die Hintertüre offen, wie Larry es angekündigt hatte. Royal versuchte erfolglos, Licht zu machen.

»Das ist ja hübsch«, knurrte er, »wir müssen den ganzen Kram in der Finsternis abladen. Sag, riecht es hier nicht auch so komisch?«

Hank schnüffelte. Ja, der Geruch war unangenehm, aber er wußte nicht recht, woran er ihn erinnerte.

»Vermutlich ist hier lange nicht gelüftet worden«, sagte er.

So rasch sie konnten, luden sie die Kisten ab, und eine halbe Stunde später schloß Royal mit einem Seufzer der Erleichterung die Hintertür zu und legte eines der neuen Yale-Schlösser vor.

»Die Hälfte des Auftrags wäre erledigt«, sagte er.

»Die leichtere«, erwiderte Hank. Er blickte zum Marstenhaus hinauf; es war dunkel, die Fensterläden waren verrammelt. »Ich fahr' nicht gern dort hinauf, und ich schäm' mich nicht, es zu sagen. Wenn es irgendwo spukt, dann dort oben. Die zwei Kerle, die dort wohnen wollen, müssen verrückt sein. Vermutlich zwei Schwule.«

Sie warfen einen letzten Blick auf die große Kiste, dann schlug Hank die hintere Wagentüre zu und setzte sich ans Steuerrad. Eine Minute später lag das Marstenhaus vor ihnen – dunkel und bedrohlich. Royal fühlte, wie Furcht in seinen Bauch kroch.

»Himmel, ist das ein gespenstischer Platz«, murmelte Hank. »Wer möchte hier wohnen?«

»Ich weiß es nicht. Siehst du irgendein Licht hinter den Läden?«

»Nein.«

Das Haus schien sich ihnen entgegen zu neigen, als erwarte es ihre Ankunft. Hank fuhr die Einfahrt hinauf und weiter zum hinteren Tor. Hank verspürte eine Angst, wie er sie nicht einmal in Vietnam erlebt hatte, obwohl er dort beinahe immer Angst gehabt hatte. Aber das war eine rationale Angst gewesen. Jetzt war es etwas Vages, Traumhaftes, das ihm Furcht einflößte. Gespenster? Nein, er glaubte nicht an Gespenster, nicht nach Vietnam.

Endlich hatte er den Rückwärtsgang gefunden. Er fuhr den Lastwagen zurück, bis dieser knapp vor der Kellertür stand. Die verrostete Tür war offen, und in dem roten Schein der Hecklichter schienen die flachen Stufen geradewegs zur Hölle zu führen.

»Mensch, das gefällt mir nicht«, sagte Hank. Er versuchte zu lächeln, aber es wurde eine Grimasse.

»Mir auch nicht.«

Sie sahen einander an, und die Angst senkte sich wie ein schweres Gewicht auf sie herab. Aber sie waren keine Kinder mehr, sie konnten einen Auftrag nicht deswegen unerledigt lassen, weil sie eine unerklärliche Furcht verspürten.

Hank stellte den Motor ab, sie gingen um den Lastwagen herum und öffneten den Laderaum.

Da stand die Kiste. Breit, schwer, stumm.

»Mein Gott, ich will sie nicht da hinunterbefördern!« Hank Peters schluchzte fast.

»Los«, sagte Royal, »sehen wir zu, daß wir fertig werden.«

Langsam schoben sie sich mit ihrer Last die Treppe hinunter, und das schreckliche Gewicht legte sich auf sie wie ein Stein.

Die Stufen waren glitschig. Zweimal rutschte Royal aus und schrie verzweifelt: »He, paß auf, um Himmels willen!«

Dann waren sie endlich unten. Der Plafond des Kellers war niedrig, und sie mußten sich bücken, um die Anrichte zu tragen.

»Stellen wir sie ab«, stöhnte Hank, »ich kann nicht mehr.«

Plötzlich schien der Keller von unheimlichen Geräuschen erfüllt zu sein. Vielleicht waren es wieder Ratten. Vielleicht aber war es etwas noch viel Schlimmeres.

Sie liefen die Treppen hinauf, und Royal schlug die Kellertür hinter sich zu.

Sie saßen im Lastwagen, und Hank startete den Motor, als Royal ihn am Arm packte.

»Hank, wir haben vergessen, die Schlösser vorzulegen.«

Beide starrten auf den Haufen neuer Schlösser, die von einem Stück Draht zusammengehalten wurden. Hank griff in die Tasche und zog einen Schlüsselbund mit fünf neuen Schlüsseln hervor. Jeder hatte ein kleines beschriftetes Schild; einer war für die Tür des Geschäfts bestimmt, vier für hier.

»Mein Gott«, sagte er, »und wenn wir morgen wiederkommen –?«

»Kommt nicht in Frage«, sagte Royal, »das weißt du ganz genau.«

Sie stiegen wieder aus und spürten, wie der kühle Abendwind über ihre schweißbedeckten Stirnen strich. »Du schließt die hintere Tür«, sagte Royal, »ich kümmere mich um die vordere Tür und um den Schuppen.«

Sie trennten sich. Hank ging mit klopfendem Herzen zur hinteren Tür. Alle jene Geschichten von Hubie Marsten, über die sie als Kinder gelacht, und der Spruch, den sie hinter den Mädchen hergerufen hatten, kamen ihm wieder in den Sinn: »Paßt auf und habet acht! Hubie holt euch heut nacht, paßt auf...«

Er fuhr zusammen und ließ ein Schloß zu Boden fallen. »Warum erschreckst du mich so. Hast du...?«

»Ja. Aber wer geht in den Keller zurück und legt die Schlüssel auf den Tisch?«

»Ich weiß nicht«, sagte Hank tonlos, »ich weiß nicht.«

»Werfen wir eine Münze?«

Royal warf eine Münze in die Luft. »Kopf«, sagte er.

Royal fing die Münze auf und legte sie auf seinen Arm. Der Adler glänzte matt.

»Mein Gott«, sagte Hank unglücklich. Aber er nahm den Schlüsselbund und die Taschenlampe und öffnete wieder die Kellertür.

Der Strahl der Taschenlampe fiel auf den Tisch. Auf dem staubigen karierten Tischtuch saß eine riesige Ratte und bewegte sich nicht, als der Lichtstrahl sie traf. Sie saß auf ihren fetten Schenkeln und schien zu grinsen.

»Schsch, Ratte!«

Die Ratte sprang von der Tischplatte und trottete fort. Jetzt zitterte Hanks Hand und der Lichtstrahl fiel einmal auf ein altes Faß, einmal auf einen Stoß Zeitungen, einmal –

Er richtete die Taschenlampe wieder auf die Zeitungen und hielt den Atem an, als er etwas neben den Zeitungen liegen sah.

Ein Hemd ... war das ein Hemd? Zusammengerollt wie ein alter Fetzen. Das dahinter könnten Blue jeans sein. Und etwas, das aussah wie ...

Etwas schnappte hinter ihm.

In panischem Schrecken warf er die Schlüssel auf den Tisch, drehte sich um und rannte. Als er an der Kiste vorbeikam, sah er, was das Geräusch verursacht hatte. Eines der Aluminiumbänder war aufgesprungen und zeigte jetzt wie ein Finger gegen die niedere Decke.

Hank taumelte die Treppe hinauf, schlug die Tür hinter sich zu, hing das Schloß vor und lief zum Wagen. Sein Atem ging stoßweise und flach wie der Atem eines verwundeten Hundes. Vage hörte er Royals Frage, was da unten denn geschehen sei, dann legte er den Gang ein, stieg aufs Gaspedal, fuhr mit heulendem Motor um das Haus und weiter, weiter, bis zu Lawrence Crocketts Büro in der Stadt.

Auf einmal aber, unterwegs, begann er so zu zittern, daß er stehenbleiben mußte.

»Was war dort unten los?« fragte Royal zum zweitenmal. »Was hast du gesehen?«

»Nichts«, sagte Hank Peters. »Ich habe nichts gesehen, und ich will es niemals wiedersehen.«

Larry Crockett war im Begriff, sein Büro zu schließen und nach Hause zu fahren, als es an der Tür klopfte und Hank Peters hereinkam. Er sah immer noch verstört aus.

»Hast du etwas vergessen, Hank?« fragte Larry. Als sie vom Marstenhaus zurückkamen, hatte er jedem der beiden zehn Dollar in die Hand gedrückt und durchblicken lassen, daß es besser wäre, wenn sie nicht zuviel über ihren abendlichen Auftrag redeten.

»Ich muß es Ihnen sagen«, stotterte Hank jetzt. »Ich kann mir nicht helfen. Ich muß einfach.«

»Natürlich«, sagte Larry. Er öffnete die oberste Schreibtischlade, entnahm ihr eine Flasche Johnnie Walker und schüttete zwei Gläser voll. »Was bedrückt dich?«

Hank nahm einen kräftigen Schluck und verzog sein Gesicht zu einer Grimasse.

»Als ich diese Schlüssel auf den Kellertisch legte, bemerkte ich etwas. Es sah aus wie alte Kleider. Ein Hemd, und vielleicht Jeans. Und Turnschuhe. Ich glaube, es waren Turnschuhe, Larry!«

Larry zuckte die Achseln und lächelte. »Weiter.« Er vermeinte, ein großes Stück Eis auf seiner Brust zu spüren.

»Der kleine Glick-Junge trug Jeans. Das hat die Zeitung geschrieben. Jeans und ein rotes Hemd und Turnschuhe. Larry, wenn –«

Larry lächelte immer noch. Aber sein Lächeln war völlig erstarrt.

Hank schluckte krampfhaft. »Wenn diese Kerle, die das Marstenhaus und das Geschäft gekauft haben, den Glick-Jungen beseitigt hätten?« So. Jetzt war es heraus.

Lächelnd sagte Larry: »Vielleicht hast du auch eine Leiche gesehen?«

»Nein – nein. Aber –«

»Das wäre eine Sache für die Polizei«, sagte Larry Crockett. Er füllte Hanks Glas, und seine Hand zitterte gar nicht. »Dann würde ich sofort mit dir zu Parkins fahren ... Aber so etwas ...« Er schüttelte den Kopf. »Das kann eine Menge Dreck aufwirbeln. Zum Beispiel, daß du und diese Kellnerin bei Dell's ... sie heißt Jackie, nicht?«

»Wovon, zum Teufel, sprechen Sie?« Hanks Gesicht war schneeweiß.

»Und man würde bestimmt deine unehrenhafte Entlassung aus der Armee ausgraben. Aber tu deine Pflicht, Hank. Tu, was du nicht lassen kannst.«

»Ich habe keine Leiche gesehen«, flüsterte Hank.

»Das ist gut«, sagte Larry lächelnd. »Und vielleicht hast du auch keine Kleider gesehen. Vielleicht waren es wirklich nur ... Fetzen?«

»Fetzen«, wiederholte Hank Peters heiser.

»Du kennst ja diese alten Häuser. Da liegt alles mögliche herum. Vielleicht hast du ein altes Hemd gesehen, das man als Putzfetzen verwendet hat.«

»So ist es«, sagte Hank. Zum zweitenmal leerte er sein Glas. »Sie sehen die Dinge so, wie man sie sehen soll, Larry.«

Crockett zog seine Brieftasche hervor und legte fünf Zehn-Dollar-Scheine auf den Tisch.

»Wofür ist das?«

»Ich habe vergessen, dich unlängst für den Brennan-Job zu bezahlen. Du solltest mich an solche Sachen erinnern, Hank. Du weißt, mein schlechtes Gedächtnis!«

»Aber Sie haben doch –«

»Ja«, unterbrach ihn Larry lächelnd. »Du kannst mir heute abend etwas erzählen und morgen habe ich es total vergessen. Ist das nicht ein Jammer?«

»Ja«, flüsterte Hank. Seine Hand zitterte, als er die Scheine nahm und in seine Brusttasche stopfte.

»Nimm die Flasche mit«, forderte Larry ihn auf, aber Hank war bereits an der Tür. Er blieb nicht stehen.

Larry lehnte sich zurück. Er schenkte sich noch einen Drink ein. Seine Hand war ruhig. Er nahm den Drink, und dann noch einen und dann noch einen. Er dachte an einen Pakt mit dem Teufel. Endlich läutete das Telefon. Er nahm den Hörer in die Hand. Hörte.

»Es ist erledigt«, sagte Larry Crockett.

Er hängte den Hörer auf. Und goß sich noch einen Drink ein.

In den frühen Morgenstunden erwachte Hank Peters aus einem Traum; riesige Ratten waren aus einem offenen Grab gekrochen, aus einem Grab, in dem der grüne, verwesende Leichnam des Hubie Marsten lag. Um Marstens Hals war ein Hanfstrick geknüpft. Peters war schweißgebadet, und als seine Frau ihn am Arm berührte, schrie er auf.

Das Lebensmittelgeschäft von Milt Crossen befand sich an der Ecke von Jointer Avenue und Railroad Street, und wenn es regnete und man nicht im Park sitzen konnte, trafen sich dort alle alten Leute. Während der langen Winter waren die Alten täglich im Laden zu sehen.

Als Straker in seinem Packard, Modell 1939 – oder war es 1940? –, vorfuhr, war es nur ein wenig neblig, und Milt und Pat Middler führten gerade ein langes Gespräch über die Frage, ob Judy, die Freundin von Freddy Overlock, 1957 oder 1958 davongelaufen sei. Sie waren sich beide darin einig, daß sie mit dem Salatverkäufer von Yarmouth durchgebrannt sei, und sie waren sich ebenso einig darin, daß der Salatmensch keinen roten Heller wert gewesen sei, aber abgesehen von diesen Punkten, gingen ihre Meinungen auseinander.

Alle Gespräche verstummten, als Straker den Laden betrat.

Er schaute die Anwesenden an – Milt und Pat Middler und Joe Crane und Vinnie Upshaw und Clyde Corliss – und lächelte ohne Freundlichkeit. »Guten Tag, meine Herren«, sagte er.

Milt Crossen stand auf und band seine Schürze sorgsamer als gewöhnlich um. »Was darf es sein?«

»Ich möchte Fleisch kaufen«, erklärte Straker.

Er kaufte ein Roastbeef, ein Dutzend Koteletts, einige Hamburger und ein Pfund Kalbsleber. Außerdem Mehl, Zucker, Bohnen und ein paar Laibe Brot.

Sein Einkauf vollzog sich in tiefster Stille. Die Stammkunden des Ladens saßen um den großen Ofen, den Milts Vater in einen Ölofen umgebaut hatte, rauchten, schauten zum Himmel empor und beobachteten den Fremden aus dem Augenwinkel.

Als Milt die Einkäufe in einen großen Karton gepackt hatte, zahlte Straker bar – mit einer Zwanzig- und einer Zehn-Dollar-Note. Er nahm den Karton unter den Arm und schenkte der Runde nochmals sein eisiges Lächeln.

»Guten Tag, meine Herren«, sagte er und ging.

Joe Crane stopfte seine Pfeife. Clyde Corliss räusperte sich geräuschvoll und spuckte eine Portion Speichel, gemischt mit Kautabak, in die verbeulte Schale neben dem Ofen. Vinnie Upshaw zog seinen alten Apparat zum Zigarettenstopfen aus der Weste, füllte ihn mit Tabak und schob mit seinen von Arthritis gekrümmten Fingern ein Zigarettenpapier ein.

Sie schauten zu, wie der Fremde den Karton in den Kofferraum hob. Alle wußten, daß der Karton ungefähr fünfzehn Kilo wiegen mußte, und sie hatten alle gesehen, daß Straker ihn trug, als sei er ein Federkissen. Straker ging zum Fahrersitz, stieg ein und fuhr die Jointer Avenue entlang. Das Auto fuhr den Hügel hinauf, bog nach links in die Brooks Road ein, verschwand und tauchte kurz darauf wieder hinter den Bäumen auf. Auf diese Entfernung sah es wie ein Spielzeug aus. Es bog in die Einfahrt des Marstenhauses ein, dann verlor man den Wagen aus den Augen.

»Ein seltsamer Kerl«, sagte Vinnie. Er steckte seine Zigarette in den Mund, entfernte einige Tabakkörner und entnahm seiner Westentasche ein großes Küchenzündholz.

»Das muß einer von den Leuten sein, die das Geschäft gekauft haben«, meinte Joe Crane.

»Und auch das Marstenhaus«, fügte Vinnie hinzu.

Clyde Corliss furzte.

Pat Middler zupfte mit großer Konzentration an einer Warze auf seinen Handflächen. Fünf Minuten vergingen.

»Glaubt ihr, daß aus dem Geschäft etwas werden wird?« fragte Clyde in die Runde.

»Möglich«, erwiderte Vinnie. »Im Sommer könnten sie Erfolg haben. So etwas ist heutzutage schwer vorauszusagen.«

Allgemeines Gemurmel, beinahe Seufzer der Zustimmung.

»Ein kräftiger Bursche«, sagte Clyde.

»Ja«, sagte Vinnie. »Es war ein 39er Packard und nicht die Spur von Rost.«

»Nein, das war ein 40er Modell«, widersprach Clyde.

»Der 40er Packard hatte keine Blendleisten. Es war ein 39er.«

»Da irrst du dich.«

Wieder vergingen fünf Minuten. Sie sahen, daß Milt die Zwanzig-Dollar-Note studierte, die er von Straker erhalten hatte.

»Ist das Falschgeld, Milt?« erkundigte sich Pat. »Hat dir der Kerl Falschgeld angehängt?«

»Nein, aber schau.« Milt schob die Note über die Theke, und alle starrten sie an. Sie war viel größer als die üblichen Scheine.

Pat hielt sie gegen das Licht, prüfte sie und drehte sie um. »Sie stammt aus der Serie E, nicht wahr, Milt?«

»Ja«, erwiderte Milt. »Diese Scheine werden seit 45 oder 50 Jahren nicht mehr ausgegeben. Ich könnte mir vorstellen, daß die Note in einem Münzengeschäft in Portland einiges wert ist.«

Pat reichte den Schein herum, jeder prüfte ihn und hielt ihn je nach Kurzsichtigkeit näher oder weiter vom Auge gegen das Licht. Joe Crane gab den Schein zurück, und Milt legte ihn zu seinen Schecks.

»Tatsächlich ein komischer Patron«, sagte Clyde nachdenklich.

»Ja«, sagte Vinnie und schwieg.

Dann fuhr er fort: »Es war doch ein 39er. Mein Halbbruder Vic hatte einen. Es war sein erstes Auto. Er kaufte es 1944, gebraucht. Eines Morgens ließ er das ganze Öl aus, und alle Kolben waren kaputt.«

»Ich glaube, es war ein Modell 1940«, sagte Clyde, »denn ich erinnere mich an einen Kerl, der Sessel flocht, er kam sogar ins Haus und –.«

So floß die Diskussion dahin und zeichnete sich mehr durch

Schweigen als durch Reden aus – wie ein Schachspiel, das brieflich ausgetragen wird. Und der Tag schien stillzustehen und niemals zu enden, und Vinnie begann mit genußvoller arthritischer Langsamkeit eine neue Zigarette zu drehen.

Ben schrieb, als es an der Tür klopfte, und er bezeichnete die Stelle, bevor er aufstand und öffnete. Es war kurz nach fünfzehn Uhr, am Mittwoch, dem 24. September. Der Regen hatte allen Plänen, weiter nach Ralphie Glick zu suchen, ein Ende gemacht. Man war übereingekommen, daß die Suche abgeschlossen sei. Der Glick-Junge war verschwunden ... für immer verschwunden.

Ben öffnete die Tür; Parkins Gillespie trat ein. In der einen Hand hielt er eine Zigarette, in der andern ein Taschenbuch. Ben stellte amüsiert fest, daß es ›Conways Tochter‹ war.

»Kommen Sie nur herein, Inspektor«, sagte er. »Es ist naß da draußen.«

»Ja, ein wenig«, sagte Parkins, »das richtige Wetter für eine Septembergrippe. Ich trage immer Galoschen. Manche Leute lachen mich aus, aber dafür habe ich seit 1944 in Frankreich keine Grippe mehr gehabt.«

»Kann ich etwas für Sie tun?«

»Nun, meine Frau hat das gelesen ...« Er hielt das Buch in die Höhe. »Sie dachte, Sie könnten vielleicht Ihren Namen hineinschreiben oder so etwas.«

Ben nahm das Buch. »Soviel mir Weasel Craig erzählt hat, ist Ihre Frau seit vierzehn Jahren tot.«

»Tatsächlich?« Parkins sah keineswegs erstaunt aus. »Dieser Weasel schwatzt zuviel. Eines Tages wird er sein Maul zu weit aufreißen und selber hineinfallen.«

Ben schwieg.

»Könnten Sie vielleicht *mir* etwas hineinschreiben?«

»Mit Vergnügen.« Ben nahm einen Kugelschreiber vom Arbeitstisch und schrieb: »Beste Wünsche für Inspektor Gillespie von Ben Mears, 24. 9. 1975.« Er gab das Buch zurück.

»Vielen Dank«, sagte Parkins, ohne nachzusehen, was Ben geschrieben hatte. »Das ist das einzige Buch mit Widmung, das ich besitze.«

»Sind Sie hierhergekommen, um mich auszufragen?« fragte Ben.

»Sie sind ein kluger Kerl«, sagte Parkins. »Ich hatte das Gefühl, ich sollte ein, zwei Fragen an Sie richten.«
»Was möchten Sie wissen?«
»Vor allem, wo Sie am letzten Mittwochabend gewesen sind.«
»An dem Abend, an dem Ralphie Glick verschwand?«
»Richtig.«
»Werde ich verdächtigt, Inspektor?«
»Nein, Sir. Ich habe keine Verdächtigen. Das ist, sozusagen, nicht meine Linie. Schnellfahrer oder Betrunkene aufhalten, Kinder aus dem Park jagen, bevor sie zu randalieren beginnen, das ist schon eher mein Geschäft. Ich schau' mich eben da und dort um.«
»Und wenn ich Ihnen nichts sagen möchte?«
Parkins zuckte die Achseln. »Das ist Ihre Angelegenheit.«
»Ich habe mit Susan und ihren Eltern zu Abend gegessen. Dann mit ihrem Vater Badminton gespielt.«
»Und ich wette, daß er Sie geschlagen hat. Wann sind Sie nach Hause gegangen?«
Ben lachte, aber es klang nicht sehr lustig. »Sie gehen aufs Ganze, was?«
»Wissen Sie«, sagte Parkins, »wenn ich einer jener berühmten New Yorker Detektive wäre, wie man sie in Fernsehfilmen sieht, dann würde ich glauben, daß Sie etwas zu verbergen haben, weil Sie meinen Fragen so geschickt ausweichen.«
»Nichts ist zu verbergen«, sagte Ben, »ich habe es lediglich satt, der Fremde in der Stadt zu sein. Ich mag es nicht, wenn man auf der Straße mit dem Finger auf mich zeigt. Und jetzt glauben Sie, ich hätte Ralphie Glicks Skalp in meinem Schrank.«
»Nein, das glaube ich keineswegs.« Er sah Ben scharf an. »Ich will Sie nur eliminieren. Wäre ich der Meinung, Sie hätten irgend etwas mit irgend etwas zu tun, dann wären Sie jetzt auf der Wachstube.«
»Okay«, sagte Ben, »ich verließ die Nortons gegen Viertel nach sieben. Ich ging ein wenig spazieren, und als es dunkel wurde, kam ich nach Hause, schrieb zwei Stunden lang und ging zu Bett.«
»Um wieviel Uhr waren Sie hier?«
»Ich würde sagen, etwa um Viertel nach acht.«
»Leider ergibt das kein so gutes Alibi, wie ich gehofft hätte. Sind Sie unterwegs jemandem begegnet?«
»Nein«, sagte Ben, »niemandem.«

Parkins ließ einen undefinierbaren Brummton hören und ging zur Schreibmaschine. »Worüber schreiben Sie?«

»Das geht Sie nichts an«, sagte Ben, und seine Stimme wurde scharf. »Ich wäre Ihnen dankbar, wenn Sie Ihre Augen und Ihre Finger davon nehmen würden. Außer, Sie haben einen Haussuchungsbefehl.«

»Sie sind ein wenig empfindlich, nicht? Für einen Mann, der möchte, daß seine Bücher gelesen werden.«

»Wenn das Manus dreimal umgeschrieben und wenn es lektoriert worden ist, wenn die Fahnen durchgesehen sind und das Buch letztlich in Druck gegangen ist, dann werde ich dafür sorgen, daß Sie vier Exemplare davon erhalten. Mit Widmung. Jetzt im Augenblick sind das noch private Aufzeichnungen.«

Parkins lächelte und wandte sich vom Schreibtisch ab.

»Soll mir recht sein. Jedenfalls glaube ich nicht, daß das hier ein schriftliches Geständnis oder etwas ähnliches ist.«

Ben erwiderte das Lächeln. »Mark Twain sagt, ein Roman sei das umfassende Geständnis eines Mannes, der niemals etwas verbrochen hat.«

Parkins ging zur Tür. »Ich werde Sie nicht mehr belästigen, Mr. Mears. Ich danke Ihnen für das Gespräch und möchte hinzufügen, daß Sie meiner Ansicht nach den Glick-Jungen niemals gesehen haben. Aber es gehört zu meinem Job, da und dort Erkundigungen einzuziehen.«

Ben nickte. »Verstanden.«

»Und Sie sollten wissen, wie die Dinge in einer Kleinstadt liegen; Sie bleiben der Fremde, bis Sie zwanzig Jahre hier gelebt haben.«

»Ich weiß. Es tut mir leid, wenn ich unfreundlich war. Aber nach einer Woche vergeblichen Suchens nach dem Jungen –« Ben schüttelte den Kopf.

»Ja«, sagte Parkins. »Es ist schlimm für seine Mutter. Sehr schlimm. Passen Sie auf.«

»Natürlich«, sagte Ben.

»Sind Sie mir nicht böse?«

»Nein.« Ben hielt inne, dann sagte er: »Würden Sie mir etwas verraten?«

»Gern, wenn ich es weiß.«

»Wo haben Sie das Buch her? Ehrlich!«

Parkins Gillespie lächelte.

»Es gibt da jemanden in Cumberland, der eine ganze Scheune voll von alten Möbeln besitzt. Er verkauft auch Taschenbücher;

das Stück zu zehn Cents. Er hatte fünf Exemplare von diesem Buch.«

Ben warf den Kopf zurück und lachte laut. Parkins Gillespie ging lächelnd, eine Zigarette zwischen den Lippen, hinaus. Ben trat ans Fenster und beobachtete den Gendarmen, der aus dem Haus trat und die Straße überquerte. Gillespie vermied es sorgfältig, mit seinen schwarzen Galoschen in die Pfützen zu treten.

Parkins blieb stehen und betrachtete die Auslage des neuen Geschäftes, bevor er an dessen Tür klopfte. Solange hier noch die städtische Wäscherei gewesen war, hatte man nichts anderes sehen können als etliche Frauen mit Lockenwicklern, die Waschpulver in die Maschinen schütteten oder Kleingeld zurückbekamen; die meisten von ihnen kauten Kaugummi wie Kühe ihre Büschel Gras. Aber gestern war ein Innenarchitekt aus Portland hier gewesen, und das Geschäft hatte sich beachtlich verändert.

Hinter der Glasscheibe stand jetzt ein mit einem hellgrünen Teppich bedecktes Podium. Man hatte zwei Scheinwerfer installiert, und sie warfen ein sanftes Licht auf die drei Gegenstände, die in der Auslage zu sehen waren: eine Uhr, ein Spinnrad und ein altmodisches Buffet aus Kirschholz. Vor jedem Stück stand eine kleine Staffelei mit einem diskreten Preisschild. Mein Gott, würde jemand bei klarem Verstand sechshundert Dollar für ein Spinnrad zahlen, wenn man eine Singer-Nähmaschine für 48,95 bekam?

Parkins seufzte und klopfte an.

Eine Sekunde später wurde die Tür geöffnet, als hätte der neue Besitzer nur auf Parkins gewartet.

»Inspektor«, sagte Straker mit einem dünnen Lächeln, »wie nett von Ihnen, vorbeizukommen!«

»Ich bin nur ein einfacher Polizist«, sagte Parkins und streckte die Hand aus. »Parkins Gillespie. Ich freue mich, Sie kennenzulernen.«

»Richard Throckett Straker«, sagte der glatzköpfige Mann.

Parkins sah sich um. Das ganze Geschäft war mit Spannteppichen ausgelegt und wurde soeben auch tapeziert. Der Geruch von Leim war angenehm, aber darunter schien ein anderer Geruch vorhanden zu sein, ein unangenehmer Geruch. Parkins konnte ihn nicht identifizieren. Er wandte seine Aufmerksamkeit wieder Straker zu.

»Was kann ich an diesem schönen Tag für Sie tun?« fragte Straker.

Parkins sah zum Fenster hinaus; es regnete immer noch in Strömen.

»Eigentlich nichts, ich kam bloß, um Hallo zu sagen. Und Ihnen viel Erfolg zu wünschen.«

»Wie nett von Ihnen. Wollen Sie Kaffee? Oder ein Glas Sherry?«

»Nein, danke. Ich kann mich nicht lange aufhalten. Ist Mr. Barlow da?«

»Mr. Barlow ist auf einer Einkaufsreise in New York. Er wird erst um den 10. Oktober zurückkommen.«

»Dann werden Sie also ohne ihn eröffnen. Übrigens: wie lautet der Vorname von Mr. Barlow?«

Strakers Lächeln war wie eisgekühlt. »Fragen Sie das in Ihrer offiziellen Funktion . . . Inspektor?«

»Nein. Ich bin nur neugierig.«

»Mein Partner heißt Kurt Barlow. Wir haben in London und Hamburg zusammengearbeitet. Das hier« – er deutete auf das Lokal – »ist für unseren Ruhestand. Bescheiden, aber geschmackvoll. Wir lieben beide alte Sachen, und wir hoffen, uns in der Gegend hier einen Namen zu machen. Halten Sie das für möglich, Inspektor?«

»Vermutlich ist alles möglich. Jedenfalls wünsch' ich Ihnen viel Glück.«

Er ging zur Tür, blieb stehen und fragte beiläufig: »Wie gefällt Ihnen übrigens das alte Haus?«

»Man muß viel renovieren. Aber wir haben Zeit.«

»Sie haben keine Jungen dort oben gesehen?«

Straker runzelte die Stirn. »Jungen?«

»Ich meine: Kinder«, erklärte Parkins geduldig. »Manchmal belästigen sie Neuankömmlinge. Werfen Steine oder treiben anderen Unfug.«

»Nein«, sagte Straker. »Keine Kinder.«

»Wir scheinen eins verloren zu haben.«

»Tatsächlich?«

»Ja«, sagte Parkins ernst. »Man nimmt an, daß wir ihn nicht wiederfinden werden. Nicht lebendig.«

»Wie bedauerlich«, sagte Straker vage.

»Ja, nicht wahr. Wenn Sie etwas hören sollten . . .«

»Dann würde ich natürlich sofort Meldung machen.« Wieder lächelte Straker sein unterkühltes Lächeln.

»Danke«, sagte Parkins. Er öffnete die Tür und schaute resigniert in den Regen. »Sagen Sie Mr. Barlow, daß ich mich freuen werde, ihn kennenzulernen.«

»Das werde ich ihm ganz gewiß ausrichten. *Ciao.*«

Parkins drehte sich erstaunt um: »Tschau?«

Wieder lächelte Straker. »Das ist ein bekannter italienischer Ausdruck für ›Auf Wiedersehen‹.«

»Ach nein, wirklich? Man lernt jeden Tag etwas Neues. Wiedersehen.«

Er schloß die Tür hinter sich und trat in den Regen hinaus. »Ich hab' den Ausdruck jedenfalls nicht gekannt.« Seine Zigarette war durchweicht. Er warf sie fort.

Aus seinem Geschäft schaute ihm Straker durch das Auslagenfenster nach.

Straker beobachtete, wie Parkins die Straße hinaufging. Jetzt lächelte Straker nicht mehr.

Als Parkins in sein Büro zurückgekehrt war, nahm er den Telefonhörer zur Hand und wählte eine Nummer in Portland.

»FBI Portland. Agent Hanrahan. – – – Hier spricht Parkins Gillespie. Bei uns wird ein Junge vermißt.«

»Ich weiß«, erwiderte Hanrahan, »Ralph Glick. Neun Jahre, einen Meter zwanzig groß, schwarzes Haar, blaue Augen. Fand man Hinweise auf Kidnapping?«

»Nichts dergleichen. Könnten Sie einige Leute für mich überprüfen?«

Hanrahan bejahte.

»Der erste ist Benjamin Mears. Schriftsteller. Schrieb ein Buch namens ›Conways Tochter‹. Die beiden andern gehören zusammen. Kurt Barlow und –.«

»Schreibt sich dieser Kurt mit K oder C?« unterbrach ihn Hanrahan.

»Das weiß ich nicht.«

»Macht nichts. Weiter.«

Parkins redete schwitzend weiter. Wenn er sich mit einem Vorgesetzten unterhalten mußte, kam er sich immer ganz klein und häßlich vor. »Der andere heißt Richard Throckett Straker. Throckett mit Doppel-t am Schluß. Und Straker, so wie man es ausspricht. Die beiden handeln mit Antiquitäten. Haben soeben hier einen kleinen Laden eröffnet. Straker behauptet, er habe bereits in London und Hamburg mit Barlow gearbeitet.«

»Verdächtigen Sie diese Leute im Fall Glick?«

»Bis jetzt weiß ich nicht einmal, ob wir einen Fall haben. Aber die drei sind alle etwa gleichzeitig hier in der Stadt aufgetaucht.«

»Glauben Sie, es besteht eine Verbindung zwischen diesem Mears und den andern beiden?«

Parkins lehnte sich zurück und starrte aus dem Fenster. »Das«, sagte er, »gehört zu den Dingen, die ich gern wissen möchte.«

An klaren kühlen Tagen machen die Telefondrähte ein merkwürdiges summendes Geräusch, als würden sie von dem Geschwätz vibrieren, das sie übermitteln. Es ist ein Ton, der sich mit nichts vergleichen läßt – der einsame Ton von Stimmen, die durch den Raum fliegen. Die Telefonpfosten sind grau und verwittert, Frost und Tauwetter haben ihnen ein verlottertes Aussehen verliehen. Sie sind nicht stramm wie jene Telefonpfosten, die in Beton verankert sind. Ihre Basis ist von Teer geschwärzt, wenn sie an gepflasterten Straßen stehen, und staubbedeckt, wenn sie die Landstraßen säumen. Vögel – Krähen und Spatzen und Stare – sitzen auf den singenden Drähten, und vielleicht spüren sie die fremdartigen menschlichen Töne durch ihre Krallen hindurch. Die Stadt hat kein Gefühl für Geschichte, aber ein Gefühl für Zeit, und die Telefondrähte scheinen das zu wissen. Legt man die Hand an einen Mast, so kann man tief drinnen im Holz die Schwingungen der Drähte spüren, als wären Seelen darin eingesperrt und kämpften, um da wieder herauszukommen.

»... und er hat mit einer Zwanzig-Dollar-Note bezahlt, Mabel. Einer ganz alten, großen. Clyde sagt, seit 1930 habe er keine solchen Noten mehr gesehen. Er war...«

»... Ja, er ist ein merkwürdiger Mann, Evvie. Ich hab' ihn durch mein Fernglas beobachtet. Er hat hinter dem Haus mit einem Schubkarren hantiert. Er wohnt ganz allein dort oben...«

»Crockett könnte Näheres wissen, aber er sagt nichts. Er war schon immer...«

»... Schriftsteller bei Eva. Ich frag' mich, ob Floyd Tibbits weiß, daß...«

»... verbringt sehr viel Zeit in der Bibliothek. Loretta Starcher sagt,...«

»sie sagt, er heiße ...«

»... Ja, Straker, Mr. R. T. Straker. In der Auslage steht ein alter Schrank, für den er achthundert Dollar verlangt. Stell dir vor ...!«

»... komisch, er kommt, und der kleine Glick-Junge ...«

»... du glaubst doch nicht etwa ...?«

»... Nein, aber es *ist* merkwürdig. Übrigens, hast du noch das Rezept für ...«

Die Drähte summen. Und summen. Und summen.

23. 9. 1975

Name: Glick Daniel
Adresse: Brock-Straße, Jerusalem's Lot, Maine 04270
Alter: 12, Geschlecht: männlich, Rasse: weiß
Eingeliefert: 22. 9. 1975 von: Anthony H. Glick (Vater)
Symptome: Schock, partieller Gedächtnisverlust, Übelkeit, Appetitlosigkeit, Verstopfung, allgemeiner Schwächezustand
Tests (siehe Beiblatt):
1. Tuberkulose-Hauttest: neg.
2. Tuberkulose: Sputum und Urin: neg.
3. Diabetes: neg.
4. Blutsenkung: normal
5. Hämoglobin: 45 Prozent
6. Rückenmarktest: neg.
7. Lungenröntgen: neg.
Mögliche Diagnose: Perniziöse Anämie, primär oder sekundär. Vorhergehende Prüfung zeigt 86 Prozent Hämoglobin. Sekundäre Anämie unwahrscheinlich. Keine Krankengeschichte von Geschwüren, Hämorrhoiden et al. Differentialzählung der Zellen neg. Primäre Anämie verbunden mit schwerem Schock wahrscheinlich. Empfohlen wird Röntgenuntersuchung mit Bariumeinlauf, um evtl. innere Blutungen festzustellen, doch Vater sagt, keinerlei Unfälle. Ebenfalls empfohlen: täglich Dosis von Vitamin B 12.
Entlassung möglich.

G. M. Gorby
behandelnder Arzt

Am 24. September um ein Uhr morgens kam die Krankenschwester in Danny Glicks Zimmer, um ihm seine Medikamente zu verabreichen. Sie blieb in der Tür stehen. Das Bett war leer.

Ihre Augen glitten vom Bett hinab zu dem weißen Bündel auf dem Boden. »Danny?« sagte sie.

Sie trat näher und dachte: Er wollte ins Badezimmer gehen, und das war zuviel für ihn. Das ist alles.

Sie drehte ihn behutsam um und ihr erster Gedanke, bevor sie seinen Tod feststellte, war: Die B12-Spritzen haben geholfen; er sieht jetzt besser aus als bei seiner Einlieferung.

Dann fühlte sie das kalte Fleisch an seinem Handgelenk, spürte keinen Puls und lief zur Oberschwester, um einen Todesfall auf der Station zu melden.

5
Ben (II)

Am 25. September war Ben abermals bei den Nortons zum Abendbrot eingeladen. Es war ein Donnerstag, und wie immer, gab es Frankfurter und Bohnen. Bill Norton grillte die Würstchen auf dem Holzkohlengrill im Hof, dann saßen alle vier um den Picknicktisch, rauchten und unterhielten sich über die Chancen des Rugbyteams.

Etwas in der Luft hatte sich, wenn auch kaum merklich, verändert; man fror noch nicht, nicht einmal in Hemdsärmeln, aber man ahnte bereits das Herannahen des Frostes. Irgendwo wartete der Herbst und war Tag für Tag bereit, in Erscheinung zu treten. Die Blätter der großen alten Eiche vor Eva Millers Pension färbten sich bereits rot.

In Bens Beziehungen zu den Nortons hatte sich nichts geändert. Susans Zuneigung zu ihm war offenherzig, klar und natürlich. Und er mochte sie sehr gern. Bei Bill fühlte er eine wachsende Sympathie, die nur durch das unterbewußte Tabu gebremst wurde, das jeder Vater in Gegenwart eines Mannes verspürt, der mehr um der Tochter als um seinetwillen zu Besuch kommt. Wenn man einen andern Mann mag und ehrlich ist, dann spricht man mit ihm ungeniert über Frauen oder Politik. Aber es fällt dir schwer, einem Mann gegenüber völlig aufgeschlossen zu sein, der vermutlich die Defloration deiner Tochter beabsichtigt.

Ann Norton verhielt sich weiterhin zurückhaltend. Susan hatte Ben von ihrer Verbindung mit Floyd Tibbits erzählt und von der Meinung ihrer Mutter, daß das Problem eines Schwiegersohnes damit glatt und einfach gelöst sei. Floyd war eine bekannte Größe; er war »verläßlich«. Ben Mears aber war aus dem Nichts aufgetaucht und konnte jeden Tag wieder dorthin verschwinden, vielleicht sogar mit Susans Herz in der Tasche. Die Mutter mißtraute dem kreativen Mann infolge einer instinktiven, kleinstädtischen Abneigung (einer Abneigung, die Edward Arlington Robinson oder Sherwood Anderson sofort erkannt hätten), und Ben hatte den Verdacht, daß sie in ihrem Innersten eine feste Überzeugung hegte: Schriftsteller waren Päderasten oder sexuell Besessene; manchmal auch potentielle Mörder, Selbstmörder oder Verrückte; mit einer ausgeprägten

Neigung, jungen Mädchen ein Paket zu schicken, das ihr linkes Ohr enthielt. Daß Ben an der Suche nach Ralphie Glick teilgenommen hatte, erhöhte ihr Mißtrauen, statt es zu beschwichtigen, und Ben hatte das Gefühl, daß es kaum eine Chance gab, Ann Norton für sich zu gewinnen. Er fragte sich, ob sie etwas von Parkins' Besuch in seinem Zimmer wußte.

Mit diesen Überlegungen war Ben beschäftigt, als Ann sagte: »Schrecklich ist das, mit dem Glick-Jungen.«

»Ralphie? Ja«, sagte Bill.

»Nein, mit dem älteren. Er ist tot.«

Ben fuhr auf. »Wer? Danny?«

»Er starb gestern in den Morgenstunden.« Ann war erstaunt, daß die Männer nichts davon wußten. Die ganze Stadt sprach von nichts anderem.

»Ich hörte es im Eissalon«, sagte Susan. Sie suchte unter dem Tisch nach Bens Hand. »Wie haben es die Glicks aufgenommen?«

»Ebenso wie ich es aufnehmen würde«, sagte Ann ruhig. »Sie sind fast wahnsinnig.«

Nun, sie haben Grund genug dazu, dachte Ben. Noch vor zehn Tagen verlief ihr Leben in gewohnten Bahnen; jetzt war die Familie zerstört. Es lief Ben kalt über den Rücken.

»Glaubst du, daß der andere Junge jemals wieder lebend auftaucht?« Bill wandte sich an Ben.

»Nein«, erwiderte Ben. »Ich glaube, er ist auch tot.«

»Ähnlich jenem Fall damals in Houston«, sagt Susan. »Wenn er tot ist, dann wäre es besser, sie fänden ihn nicht. Wer kann nur einem kleinen wehrlosen Jungen so etwas angetan haben –?«

»Die Polizei stellt immer noch Nachforschungen an«, sagte Ben, »befragt sexuell Abwegige und so weiter.«

»Wenn sie den Kerl finden, sollten sie ihn an den Daumen aufhängen«, sagte Bill Norton. »Spielen wir Badminton, Ben?«

Ben stand auf. »Nein, vielen Dank. Ich muß heute noch arbeiten.«

Ann Norton zog die Brauen hoch und schwieg.

»Wie geht es dem neuen Buch?« erkundigte sich Bill.

»Gut«, erwiderte Ben kurz. »Begleitest du mich bis zur Stadt, Susan? Wir könnten bei Spencer's ein Eis essen.«

»Ach, ich weiß nicht recht«, unterbrach Ann rasch. »Nach Ralphie Glick und all dem wäre es mir lieber –«

»Mama, ich bin erwachsen«, sagte Susan. »Und die Straße ist bis hierher beleuchtet.«

»Ich bring' dich natürlich wieder heim«, sagte Ben.

»Geht in Ordnung«, sagte Bill. »Du machst dir zu viele Sorgen, Mutter.«

»Ja, vermutlich. Junge Leute wissen immer alles am besten, nicht wahr?« Sie lächelte schwach.

»Ich hol' rasch meine Jacke«, murmelte Susan und verschwand. Sie trug einen roten Faltenrock, der ihre Schenkel recht mangelhaft bedeckte, und als sie die Treppe hinauflief, konnte man viel von ihren Beinen sehen. Ben sah ihr nach und wußte, daß Ann ihn beobachtete. Ihr Mann löschte das Holzkohlenfeuer.

»Wie lange beabsichtigen Sie hierzubleiben, Ben?« fragte Ann mit höflichem Interesse.

»Jedenfalls bis das Buch fertig ist«, erwiderte er. »Für die Zeit danach weiß ich nichts Genaues. Es ist hübsch hier am Morgen, und die Luft ist gut.« Er lächelte Ann an. »Vielleicht bleibe ich länger.«

Sie erwiderte sein Lächeln. »Im Winter wird es sehr kalt hier, Ben. Schrecklich kalt.«

Susan kam, eine leichte Jacke über die Schultern gehängt, die Treppe herunter. »Fertig? Ich werde eine Schokolade trinken. Auch wenn das schädlich für den Teint ist.«

»Dein Teint wird es überleben«, sagte Ben und wandte sich an Mr. und Mrs. Norton: »Nochmals vielen Dank.«

»Kommen Sie wieder, wann immer Sie Lust haben«, sagte Bill. »Wie wäre es mit morgen abend? Bringen Sie einen Karton Bier mit. Und dann werden wir uns über diesen verdammten Yastrzemski amüsieren.«

»Das wäre lustig«, erwiderte Ben, »aber was machen wir nach dem zweiten Schlag?«

Bills herzliches Lachen folgte ihnen noch, als sie um die Hausecke bogen.

»Ich möchte eigentlich nicht zu Spencer's«, sagte sie, während sie den Abhang hinunterschlenderten. »Gehen wir lieber in den Park.«

»Haben Sie keine Angst vor Landstreichern, Madam?«

»Bei uns in Salem's Lot müssen alle Landstreicher um neunzehn Uhr zu Hause sein. Und jetzt ist es genau zwanzig Uhr drei Minuten.«

Sie hatten noch nicht den Fuß des Hügels erreicht, und schon hatte die Dunkelheit sie eingehüllt. Im Licht der Straßenlampen wurden ihre Schatten länger und kürzer.

»Ihr habt sympathische Landstreicher hier«, sagte er. »Treibt sich niemand nach Einbruch der Dunkelheit im Park herum?«

»Hin und wieder gehen unsere Jungen mit ihren Mädchen hin, wenn sie zu wenig Geld haben, um sich ein Drive-in zu leisten«, sagte sie und zwinkerte ihm zu. »Also schau nicht hin, wenn du hinter einem Busch Schatten siehst, die sich bewegen.«

Der Park war schattig und verträumt, die verschlungenen Wege verschwanden unter den Bäumen, der kleine Teich schimmerte im Widerschein der Straßenlichter.

Sie gingen rund um das Kriegerdenkmal mit seiner langen Namensliste. Die ältesten Namen stammten aus dem Revolutionskrieg, die jüngsten, unter dem Krieg von 1812 eingemeißelt, aus Schlachten in Vietnam. Aus diesem letzten Konflikt stammten sechs Namen, und die neu eingemeißelten Buchstaben sahen aus wie eine frische Wunde. Diese Stadt hat einen falschen Namen, sie sollte »Zeit« heißen, überlegte Ben. Als ob die Handlung eine natürliche Folge des Gedankens sei, sah er über die Schulter, und sein Blick suchte das Marstenhaus, aber dessen schwarze Umrisse wurden vom Rathaus verdeckt.

Sie folgte seinem Blick und runzelte die Stirn. Während sie die Jacken auf das Gras breiteten und sich niedersetzten, sagte Susan: »Mama erzählte, daß Parkins Gillespie bei dir war.«

»Er ist ein netter Kerl«, sagte Ben.

»Mutter hat dir bereits den Prozeß gemacht und das Urteil gesprochen.« Das war leichthin gesagt, aber etwas Ernsteres schwang mit.

»Deine Mutter mag mich nicht, stimmt's?«

»Stimmt«, sagte Susan und hielt Bens Hand fest. »Es war Abneigung auf den ersten Blick. Und das ist schade.«

»Macht nichts«, sagte er, »dafür hab' ich anderswo einen Stein im Brett.«

»Bei Vater?« Sie lächelte. »Er erkennt es an, wenn jemand Format hat.« Ihr Lächeln verschwand. »Ben, wovon handelt dein neues Buch?«

»Das ist nicht leicht zu sagen.« Er zog seine Sandalen aus und steckte die Zehen in das taufeuchte Gras.

»Wechsle bitte nicht das Thema.«

»Nein, ich will es dir sagen.« Zu seinem Erstaunen stellte er fest, daß Susan recht hatte. Eine nicht vollendete Arbeit war für ihn bisher immer wie ein Kind, ein schwaches Kind gewesen, das man beschützen mußte. Miranda hatte er weder von ›Conways Tochter‹ noch vom ›Tanz in den Lüften‹ erzählt, obwohl Miranda besonders neugierig gewesen war. Aber bei Susan war das merkwürdigerweise anders.

»Laß mich nachdenken, wie ich es dir sagen soll.«

»Kannst du mich küssen, während du nachdenkst?« fragte sie und legte sich zurück. Er sah, wie kurz ihr Kleid war.

»Ich fürchte, das wird mein Nachdenken stören«, sagte er leise. »Probieren wir es.«

Er beugte sich über sie und küßte sie. Seine Hand lag leicht auf ihrer Taille. Zum ersten Mal spürte er ihre Zunge; Susan drehte sich ein wenig, um seinen Kuß besser erwidern zu können, und das leise Rascheln ihres Kleides schien ihm laut zu sein, erregend laut.

Seine Hand glitt höher und ihre weiche, volle Brust wölbte sich darin. Er hatte das Gefühl, sechzehn Jahre jung zu sein, aufregende sechzehn Jahre, und noch lag alles vor ihm ausgebreitet, frohgemut und problemlos.

»Ben?«

»Ja.«

»Willst du mich haben?«

»Ja«, sagte er. »Ich will dich.«

»Hier im Gras«, sagte sie.

»Ja.«

Mit großen dunklen Augen sah sie zu ihm auf. Sie sagte: »Mach es gut.«

»Ich will es versuchen.«

»Langsam«, sagte sie. »Langsam. Langsam. Jetzt...«

Sie wurden zu Schatten in der Dunkelheit.

»Oh, Susan.«

Zuerst schlenderten sie ziellos durch den Park, dann gingen sie in Richtung Brock-Straße.

»Tut es dir leid?« fragte er.

Sie sah zu ihm auf und lächelte ohne Vorbehalt. »Nein. Ich bin froh.«

»Gut.«

Sie gingen eine Zeitlang Hand in Hand, ohne zu sprechen.

»Dein Buch?« fragte sie dann. »Du wolltest mir von deinem Buch erzählen, bevor wir so angenehm unterbrochen wurden.«

»Das Buch handelt vom Marstenhaus«, sagte er leise. »Anfangs wollte ich nur über diese Stadt schreiben, zumindest glaubte ich das. Ich habe Nachforschungen über Hubie Marsten angestellt, weißt du. Er war ein Gangster. Die Speditionsfirma war nichts als eine Fassade.«

Sie sah Ben verwundert an. »Wie hast du das herausgefunden?«

»Zum Teil erfuhr ich es von der Polizei in Boston, zum Teil von einer Frau namens Minella Corey, Birdie Marstens Schwester. Sie ist heute neunundsiebzig und erinnert sich nicht, was sie am selben Tag gefrühstückt hat, aber alles was vor 1940 geschah, das weiß sie.«

»Und sie erzählte dir –«

»Alles, was sie wußte. Sie lebt in einem Altersheim in New Hampshire, und ich glaube, es hat sich seit Jahren niemand Zeit genommen, ihr zuzuhören. Ich fragte sie, ob Hubert Marsten in Boston tatsächlich ein Mörder auf Bestellung gewesen sei – das ist die Meinung der Polizei –, und sie nickte. »Wie viele?« fragte ich. Sie hielt ihre Finger hoch und fuhr mit der Hand hin und her. »Können Sie meine Finger zählen?«

»Mein Gott.«

»1927 hatte das Bostoner Gangster-Syndikat keine Verwendung mehr für Hubert Marsten. Man hatte ihn zweimal festgenommen, einmal in Boston und einmal in Malden. In Boston ging es um einen internen Gangsterkrieg und Marsten wurde nach zwei Stunden wieder entlassen. In Malden ging es um etwas anderes; ein elfjähriger Junge war ermordet worden. Man hatte ihm die Eingeweide aus dem Leibe gerissen.«

»Ben«, sagte Susan, und ihre Stimme klang, als sei ihr übel.

»Marstens Arbeitgeber haben ihn dann freibekommen – vermutlich wußte er, wo ein paar Leichen begraben lagen –, aber das war das Ende seiner Karriere in Boston. Er zog nach Salem's Lot als pensionierter Angestellter einer Speditionsfirma, der jeden Monat seinen Scheck erhielt. Marsten ging nur selten aus. Zumindest wird das behauptet.«

»Was meinst du damit?«

»Ich habe in der Bibliothek die alten Nummern der Lokalzeitung durchgelesen; zwischen 1928 und 1939 verschwanden vier Kinder. Das ist in einer ländlichen Gegend nicht so ungewöhnlich. Kinder verlaufen sich und manchmal sterben sie an Erschöpfung. Manchmal werden sie in einer Kiesgrube verschüttet. So etwas kommt vor.«

»Glaubst du, daß es so war?«

»Ich *weiß* es nicht. Aber ich weiß, *daß keines dieser vier Kinder jemals gefunden wurde.* Hubert und Birdie lebten elf Jahre lang in jenem Haus, und die Kinder verschwanden. Mehr weiß ich nicht. Aber ich denke sehr viel an diesen Jungen aus Malden. Kennst du ›Die Gespenster vom Hill-Haus‹ von Shirley Jackson?«

»Ja.«

Er zitierte halblaut: »Und was immer dort ging, es ging allein.« Du hast gefragt, wovon mein Buch handelt. Im Grunde handelt es von der immer wiederkehrenden Macht des Bösen.«

Sie legte ihre Hand auf seinen Arm. »Du glaubst doch nicht, daß Ralphie Glick ...«

»Vom rachsüchtigen Geist des Hubert Marsten, der jedes dritte Jahr bei Vollmond zum Leben erwacht, gefressen wurde?«

»So etwas Ähnliches.«

»Wenn du beruhigende Worte hören willst, so bist du bei mir an der falschen Adresse. Vergiß nicht, ich bin das Kind, das im ersten Stock die Schlafzimmertür geöffnet und Marsten von einem Balken baumeln gesehen hat.«

»Das ist keine Antwort.«

»Nein, aber ich will dir noch etwas erzählen, bevor ich dir sage, was ich mir denke. Etwas, das Minella Corey sagte. Sie behauptet, es gäbe böse Menschen auf der Welt, durch und durch böse Menschen. Manchmal hören wir von ihnen, meistens bleiben sie aber im Dunkeln. Sie sagt, es sei ihr Fluch, während ihres Lebens von zwei solchen Menschen gewußt zu haben. Der eine war Hitler, der andere ihr Schwager Hubert Marsten.« Ben hielt inne. »Sie sagt, sie sei zu dem Zeitpunkt, als Hubie ihre Schwester erschoß, vierhundert Kilometer weit entfernt, in Cape Cod, gewesen. Sie habe dort für eine wohlhabende Familie als Haushälterin gearbeitet. Es war an einem Nachmittag, um Viertel nach drei Uhr, und Minella machte gerade in einer Holzschüssel Salat an. Da durchfuhr »wie ein Blitzstrahl« ein stechender Schmerz ihren Kopf und sie hörte einen Schuß. Sie fiel zu Boden. Als sie wieder aufstand, waren zwanzig Minuten vergangen. Sie sah in die Salatschüssel und schrie auf. Die Schüssel schien voll von Blut zu sein.«

»Mein Gott«, murmelte Susan.

»Einen Augenblick später war alles wieder normal. Kein Kopfweh, und in der Schüssel nur Salat. Aber Minella sagt, sie wußte damals – sie *wußte* –, daß ihre Schwester erschossen worden sei.«

»Das ist ihre unbeweisbare Geschichte?«

»Ja, unbeweisbar. Andererseits ist Minella keine Betrügerin, sondern eine vernünftige alte Frau. Aber das beschäftigt mich gar nicht so sehr. Man weiß heute ziemlich viel über außersinnliche Wahrnehmungen. Die Vorstellung, daß Birdies Tod sich über vierhundert Kilometer ihrer Schwester mitgeteilt hat, ist für mich nicht halb so schwer anzunehmen als das Gesicht des Bösen – das wahrhaft grauenvolle Gesicht –, das ich manchmal in den Umrissen jenes Hauses dort oben zu sehen glaube.

Du hast gefragt, was ich denke. Ich werde es dir sagen. Ich glaube, daß es relativ leicht ist, die Existenz von Telepathie oder Telekinese zur Kenntnis zu nehmen. Der Vorstellung aber, daß das Böse, das Menschen getan haben, weiterlebt, ist viel beunruhigender.«

Er blickte zum Marstenhaus auf und sprach sehr langsam.

»Ich glaube, dieses Haus ist Hubert Marstens Denkmal für das Böse. Eine Art von übernatürlichem Fanal, wenn du willst. Vielleicht enthält das Haus in seinen alten, morschen Knochen die Essenz all des Bösen, das Hubie getan hat.«

»Und jetzt ist es wieder bewohnt.«

»Und wieder ist jemand verschwunden.« Er wandte sich ihr zu und nahm ihr Gesicht in seine Hände. »Weißt du, das ist etwas, womit ich nicht gerechnet habe, als ich hierherkam. Ich dachte, das Haus sei vielleicht niedergerissen, aber keinen Augenblick lang dachte ich, daß es verkauft sein könnte. Ich spielte mit dem Gedanken, es zu mieten ... vielleicht, um meinem kindlichen Schrecken ins Auge zu sehen. Oder einfach nur, um in dieser ungemütlichen Atmosphäre ein Horror-Buch zu schreiben, das mir Millionen einbringt. Jedenfalls fühlte ich mich Herr der Lage; ich war kein neunjähriger Junge mehr, der schreiend vor einem Trugbild davonläuft, vor etwas, das vielleicht nur in seinem eigenen Gehirn existiert. Aber jetzt ...«

»Jetzt was, Ben?«

»Jetzt ist es bewohnt«, brach es aus ihm hervor, und er schlug mit der Faust in die Handfläche. »Ich bin *nicht* Herr der Lage. Ein kleiner Junge ist verschwunden, und ich weiß dafür keine Erklärung. Vielleicht hat es nichts mit dem Haus zu tun, aber ... ich glaube, es hat.« Die letzten vier Worte fielen langsam wie Tropfen.

»Gespenster? Lemuren?«

»Nicht unbedingt. Vielleicht ein harmloser Kerl, der als Kind das Haus bewundert und es jetzt gekauft hat ... und ein Besessener wurde.«

»Weißt du etwas von dem neuen –« begann sie ängstlich.

»Von dem neuen Mieter? Nein, das sind alles nur Vermutungen. Aber wenn es tatsächlich das Haus ist, dann wäre mir ein Besessener lieber als etwas anderes.«

»Was?«

»Als das, was man einen bösen Menschen nennt.«

Ann Norton beobachtete sie vom Fenster aus. Vor einer Weile hatte sie den Drugstore angerufen. Nein, hatte Miss Coogan mit einer gewissen Schadenfreude gesagt, nein, sie sind nicht hier. Sie waren überhaupt nicht hier.

Wo warst du, Susan? Susan, wo bist du gewesen?

Ann Nortons Mund verzog sich zu einer häßlichen Grimasse der Hilflosigkeit.

Geh weg, Ben Mears. Geh weg und laß mein Kind in Ruhe.

Als sie sich von ihm trennte, sagte Susan: »Du mußt etwas Wichtiges für mich tun, Ben.«

»Was immer ich kann.«

»Sprich mit keinem Menschen in der Stadt über diese Dinge. Mit niemandem.«

Er lächelte ohne Fröhlichkeit. »Mach dir keine Sorgen. Es gehört nicht zu meinen dringenden Wünschen, für verrückt gehalten zu werden.«

»Schließt du dein Zimmer bei Eva ab?«

»Nein.«

»Dann tu es.« Sie sah ihn ruhig an. »Du mußt bedenken, daß man dich verdächtigt.«

»Du auch?«

»Vielleicht täte ich es, wenn ich dich nicht lieben würde.«

Und dann war sie fort, lief den Weg hinauf und ließ ihn verstört zurück, verstört vor allem von ihren letzten Worten.

Als er in die Pension zurückkehrte, stellte er fest, daß er weder imstande war, zu arbeiten, noch zu schlafen. Für beides war er zu erregt. Also ließ er seinen Citroën warmlaufen und fuhr nach einem Moment der Unschlüssigkeit zu Dell's.

Das Lokal war voll, rauchig und laut. Die Musik, eine Band aus dem Westen, die sich »Rangers« nannte, spielte ihre Version von ›Noch niemals warst du so fern von mir‹. Was der Gruppe an Qualität fehlte, ersetzte sie durch Lautstärke. Auf der Tanzfläche drehten sich etwa vierzig Paare, die meisten von ihnen in Blue jeans.

Auf den Hockern vor der Bar saßen Bauarbeiter und Angestellte der Sägemühle. Sie tranken alle aus den gleichen Gläsern Bier und trugen alle die gleichen Arbeitsstiefel mit Crêpesohlen.

Zwei oder drei Kellnerinnen mit hoch aufgetürmten Frisuren – sie trugen weiße Blusen, auf denen in Goldlettern ihre Namen standen (Jackie, Toni, Shirley) – eilten zwischen den Tischen und den Logen hin und her. Hinter der Bar schenkte Dell das Bier aus, und am Ende der Theke mischte ein Mann mit einem Kopf wie ein Falke und Brillantine auf den Haaren die Cocktails. Während er den Alkohol maß und ihn mit anderen Ingredienzen in einen silbernen Shaker goß, blieb sein Gesicht vollkommen ausdruckslos.

Ben drängte sich zur Theke durch, und jemand rief: »Ben, wie geht's dir, Alter?«

Ben drehte sich um und sah Weasel Craig, der an einem Tisch nahe der Theke saß, vor sich ein halbleeres Glas.

»Hallo, Weasel«, sagte Ben und setzte sich zu ihm. Ben war froh, ein bekanntes Gesicht zu sehen, und er mochte Weasel.

»Hast du dich entschlossen, das Nachtleben kennenzulernen?« Weasel lächelte und klopfte Ben auf die Schulter. »Wie gefällt dir die neue Musik?«

»Nicht schlecht. Trink dein Glas aus, bevor das Bier schal wird. Ich zahl' das nächste.«

»Darauf hab' ich den ganzen Abend lang gewartet. Jackie!« rief Weasel. »Bring meinem Freund hier einen Krug Bier. Budweiser!«

Jackie brachte den Krug auf einem Tablett, das voll von in Bier schwimmenden Münzen war, und stellte ihn auf den Tisch. Die Muskeln ihres rechten Armes wölbten sich wie bei einem Preisboxer. Sie schaute den Dollar an, als sei er eine neue Art von Küchenschabe. »Das macht einen Dollar vierzig«, sagte sie.

Ben legte einen zweiten Geldschein auf den Tisch. Jackie nahm die zwei Dollar, fischte aus der Lache auf ihrem Tablett sechzig Cents, warf sie auf den Tisch und erklärte: »Weasel Craig, wenn du so schreist, dann klingt das, als würde man einem Hahn den Kragen umdrehen.«

»Du bist schön, mein Schatz«, sagte Weasel. »Das hier ist Ben Mears. Er schreibt Bücher.«

»Freut mich«, sagte Jackie.

Sie verschwand im Zwielicht.

Ben schenkte sich ein Glas ein, dann füllte Weasel das seine gekonnt bis zum Rand. Der Schaum drohte, herabzutropfen, zog sich aber im letzten Moment zusammen. »Auf dein Wohl, Freund.«

Ben hob das Glas und trank.

»Wie geht's der Schreiberei?«

»Ganz gut, Weasel.«

»Ich hab' dich mit dem kleinen Norton-Mädchen gesehen. Sie ist ein süßer Käfer. Eine Bess're find'st du nit.«

»Ja, sie ist —«

»*Matt!*« brüllte Weasel so laut, daß Ben beinahe sein Glas fallen ließ. Mein Gott, dachte er, Weasel kreischt tatsächlich wie ein Hahn, der dieser Welt Lebewohl sagt.

»Matt Burke!« Weasel winkte eifrig; ein weißhaariger Mann hob grüßend die Hand und kämpfte sich einen Weg durch die Menge. »Das ist jemand, den du kennenlernen solltest«, sagte Weasel zu Ben. »Matt Burke ist ein Prachtstück von einem Hurensohn.«

Der Mann, der auf sie zukam, sah aus, als sei er um die Sechzig. Er war groß, trug ein sauberes Flanellhemd ohne Krawatte, und sein Haar, das ebenso weiß war wie das Haar Weasels, war kurz geschnitten.

»Hallo, Weasel«, sagte er.

»Wie geht's dir, Freund?« fragte Weasel. »Ich möcht', daß du Ben Mears kennenlernst, der bei Eva wohnt. Schreibt Bücher. Netter Kerl.« Er blickte Ben an. »Matt und ich sind miteinander aufgewachsen, aber er hat eine Erziehung genossen, und ich genieße den Alkohol«, grinste Weasel.

Ben stand auf und gab Matt Burke die Hand. »Freut mich.«

»Ich habe eines Ihrer Bücher gelesen, Mr. Mears. ›Tanz in den Lüften‹!«

»Nennen Sie mich Ben. Ich hoffe, es hat Ihnen gefallen.«

»Offenbar gefiel es mir wesentlich besser als den Kritikern«, sagte Matt und setzte sich. »Ich glaube, es wird mit der Zeit mehr Anhänger finden. Wie geht's, Weasel?«

»Ausgezeichnet«, erwiderte Weasel. »Besser als je zuvor. *Jackie*!« brüllte er. »Bring Matt ein Glas.«

»Du wirst wohl noch warten können, alter Nußknacker«, schrie Jackie zurück, und an den benachbarten Tischen wurde gelacht.

»Sie ist ein reizendes Mädchen«, sagte Weasel. »Sie ist die Tochter von Maureen Talbot.«

»Ja«, sagte Matt. »Jackie war bei mir in der Schule. In der Klasse, die 1971 fertig wurde. Ihre Mutter war in der Klasse von 1951.«

»Matt ist Englischlehrer an der Oberschule«, sagte Weasel zu Ben. »Ihr beide werdet viel miteinander zu reden haben.«

»Ich erinnere mich an ein Mädchen namens Maureen Talbot«, sagte Ben. »Sie holte die Wäsche von meiner Tante ab und brachte sie sauber gefaltet in einem geflochtenen Korb wieder zurück. Der Korb hatte nur einen Henkel.«

»Sind Sie aus dieser Stadt, Ben?«

»Als Kind lebte ich etliche Jahre lang hier. Bei meiner Tante Cynthia.«

»Cindy Stowens?«

»Ja.«

Jackie kam mit einem frischen Glas, und Matt schenkte sich ein. »Die Welt ist tatsächlich rund. Ihre Tante war in der Oberstufe, als ich in Salem's Lot zu lehren begann.«

»Sie starb 1972.«

»Das tut mir leid, zu hören.«

»Sie hatte einen leichten Tod«, sagte Ben und füllte sein Glas. Die Band hatte ihre Nummer beendet, und die Spieler wanderten zur Theke.

»Sind Sie nach Jerusalem's Lot zurückgekommen, um ein Buch über uns zu schreiben?« fragte Matt.

Im Geiste sah Ben ein Warnlicht aufleuchten.

»In einem gewissen Sinn, vielleicht«, sagte er.

»Nun, damit hätte diese Stadt einen guten Biographen gefunden. ›Tanz in den Lüften‹ war ein schönes Buch. Ich glaube, diese Stadt könnte Stoff für ein anderes gutes Buch liefern. Einmal dachte ich daran, es selbst zu schreiben.«

»Warum taten Sie es nicht?«

Matt lächelte – ein offenes Lächeln ohne eine Spur von Bitterkeit oder Zynismus. »Mir fehlt etwas Wesentliches: Talent.«

»Glauben Sie das nicht«, sagte Weasel, während er sein Glas wieder füllte. »Unser Matt hat eine Menge Talent. Schullehrer ist ein feiner Beruf. Niemand weiß Schullehrer richtig zu schätzen, aber sie sind ...«, er schwankte auf seinem Stuhl ein wenig hin und her, während er nach dem richtigen Wort suchte. Offenbar war er bereits sehr betrunken, »das Salz der Erde«, beendete er seinen Satz, nahm einen Schluck Bier, schnitt eine Grimasse und stand auf. »Bitte mich zu entschuldigen.«

Er entfernte sich, torkelte durch die Menge und rief diesen und jenen beim Namen. Irgendwie glich er einer Kugel, die auf einem Brett mit Hindernissen hin und her gestoßen wird, bis sie schließlich im Ziel landet.

»Dieses Wrack war einmal ein ordentlicher Mann«, sagte Matt und hielt einen Finger hoch. Beinahe augenblicklich erschien daraufhin eine Kellnerin und sprach ihn mit Mr. Burke an. Sie war ein wenig schockiert darüber, daß ihr alter Englischlehrer hier mit Leuten wie dem Trunkenbold Weasel Craig beisammensaß.

»Ich mag Weasel«, sagte Ben. »Ich habe so das Gefühl, daß früher einmal eine Menge in ihm gesteckt ist. Was ist mit ihm geschehen?«

»Ach, das ist keine dramatische Geschichte«, erwiderte Matt. »Er hat sich dem Alkohol verschrieben. Jedes Jahr ein wenig mehr. Im Zweiten Weltkrieg wurde er bei Anzio ausgezeichnet. Ein Zyniker könnte sagen, sein Leben hätte mehr Sinn gehabt, wenn er dort gefallen wäre.«

»Ich bin kein Zyniker«, sagte Ben. »Ich mag ihn auch jetzt noch. Aber ich glaube, heute werde ich ihn nach Hause bringen müssen.«

»Das wäre nett von Ihnen. Ich komme ab und zu hierher, um die Musik zu hören. Ich liebe laute Musik. Besonders, seit mein Gehör nachläßt. Wie ich erfahren habe, interessieren Sie sich für das Marstenhaus. Werden Sie darüber schreiben?«

Ben fuhr zusammen. »Wer hat Ihnen das gesagt?«

Matt lächelte. »Presseleute würden sagen: ich erfuhr es aus für gewöhnlich gut informierter Quelle – Loretta Starcher war es. Sie ist die Bibliothekarin unserer lokalen Zitadelle für Literatur. Sie waren mehrmals dort und haben in alten Zeitungen Artikel über einen ganz bestimmten Skandal nachgelesen. Sie gab Ihnen auch zwei Bücher über verübte Verbrechen, die Abschnitte über dieses Thema enthielten. Übrigens, der Artikel von Lubert ist gut – er kam 1946 nach Salem's Lot und recherchierte selbst hier, aber das Kapitel von Snow beruht auf reinen Vermutungen.«

»Ich weiß«, sagte Ben automatisch.

Die Kellnerin stellte einen frischen Krug Bier auf den Tisch, und Ben hatte plötzlich die Vision eines unangenehmen Bildes: Ein Fisch schwimmt unauffällig und unbeobachtet (so meint er) zwischen Plankton und Seetang umher. Doch die Sache hat einen Haken: der Fisch befindet sich in einem Aquarium.

Matt zahlte bei der Kellnerin und sagte dann: »Was dort oben geschah, war eine häßliche Sache. Und es blieb im Bewußtsein der Stadt haften. Natürlich werden Geschichten von Mord und Totschlag mit besonderem Genuß von Generation zu Generation weitergegeben. Aber ich glaube, in diesem Falle spielt noch etwas anderes mit; vielleicht hat es mit den geographischen Gegebenheiten zu tun.«

»Ja«, sagte Ben, wider seinen Willen interessiert. Der Lehrer hatte eine Ansicht geäußert, die seit dem Tag seiner Ankunft in der Stadt – oder vielleicht schon vorher – in seinem Unterbewußtsein vorhanden war. »Es steht auf diesem Hügel über der Stadt wie – wie eine Art von düsterem Idol.« Ben lachte, um der Bemerkung kein Gewicht zu geben, doch ihm schien es, als habe er etwas von seinen heimlichsten Gedanken preisgegeben, als habe er einem Fremden ein Fenster zu seiner Seele geöffnet. Daß Matt Burke ihn jetzt prüfend ansah, verstärkte noch dieses Gefühl.

»Das ist Talent«, sagte Matt.

»Wie bitte?«

»Sie haben es sehr präzise ausgedrückt. Seit beinahe fünfzig Jahren hat das Marstenhaus auf uns und unsere kleinen Missetaten und Lügen und Sünden herabgeschaut. Wie ein Idol.«

»Vielleicht hat es auch das Gute gesehen«, meinte Ben.

»In Kleinstädten ist nicht sehr viel Gutes vorhanden. Eher Gleichgültigkeit und gelegentlich eine Prise Bosheit, oft aber bewußte Gemeinheit. Ich glaube, Thomas Wolfe hat Tausende von Seiten mit diesem Thema gefüllt.«

»Und ich glaubte, Sie seien kein Zyniker.«

»Das haben *Sie* behauptet, nicht ich.« Matt lächelte und nippte an seinem Bier. Die Band entfernte sich wieder von der Theke, der Sänger nahm seine Gitarre und begann, sie zu stimmen.

»Jedenfalls haben Sie meine Frage nicht beantwortet. Handelt Ihr neues Buch vom Marstenhaus?«

»Ja, ich glaube schon, in einem gewissen Sinn.«

»Mir scheint, ich frage Sie aus. Verzeihen Sie.«

»Macht nichts«, sagte Ben, dachte an Susan und hatte ein unangenehmes Gefühl. »Wo bleibt Weasel? Er ist schon recht lange fort.«

»Darf ich Sie trotz unserer kurzen Bekanntschaft um einen großen Gefallen bitten? Natürlich kann ich es mehr als gut verstehen, wenn Sie ablehnen.«

»Gern«, sagte Ben. »Worum geht es?«

»Ich unterrichte eine Klasse in moderner Literatur«, sagte Matt. »Es sind intelligente Kinder, und ich würde ihnen gerne jemanden vorstellen, der sein Brot mit Worten verdient. Jemanden, der die Worte nimmt und ihnen Substanz gibt.«

»Mit dem größten Vergnügen«, sagte Ben und fühlte sich absurderweise geschmeichelt. »Wie lange dauert denn eine Unterrichtsstunde?«

»Fünfzig Minuten.«

»Nun, in einer so kurzen Zeitspanne kann ich die Kinder vermutlich nicht allzu sehr langweilen.«

»Ich muß sagen, mir gelingt das oft ganz gut«, erwiderte Matt. »Aber ich bin überzeugt, daß Sie die Kinder nicht langweilen werden. Wie wäre es mit kommender Woche?«

»Gut. Sagen Sie den Tag und die Stunde.«

»Dienstag? In der letzten Schulstunde? Sie ist von elf Uhr bis zehn Minuten vor zwölf. Niemand wird Sie auspfeifen, aber ich nehme an, daß Sie einige Mägen werden knurren hören.«

»Ich werde mir Watte für die Ohren mitnehmen.«

Matt lachte. »Ich freue mich sehr. Wenn es Ihnen recht ist, treffen wir einander im Sekretariat.«

»Gut. Haben Sie –«

»Mr. Burke!« Das war Jackie, die Kellnerin. »Weasel ist auf der Toilette ohnmächtig geworden. Könnten Sie –«

»Du meine Güte. Ben, würden Sie –«

»Natürlich.«

Sie standen auf und gingen durch das Lokal. Die Musik hatte wieder zu spielen begonnen.

Der Abort roch nach Urin und Chlor. Weasel saß an die Wand gelehnt zwischen zwei Pissoirs, und ein Soldat pißte in das eine, nur wenige Zentimeter von Weasels rechtem Ohr entfernt.

Weasels Mund stand offen und Ben dachte, wie furchtbar alt er aussah, alt und zerstört von einer grausamen Macht, die kein Mitleid kannte.

»Kommen Sie«, sagte Matt. »Können Sie einen Arm um ihn legen, sobald dieser Herr sich erleichtert hat?«

»Ja«, sagte Ben. Er sah den Mann in Uniform an, der sich bei seiner Verrichtung Zeit ließ. »Könntest du dich vielleicht beeilen, Freund?«

»Warum? *Der Meine* ist gar nicht in Eile.«

Trotzdem zog er den Reißverschluß zu und trat von dem Pissoir zurück, so daß die beiden anderen näherkommen konnten.

Ben schlang einen Arm um Weasels Rücken, legte eine Hand unter seine Achsel und hob ihn hoch. Der völlig bewußtlose Weasel hatte das Gewicht eines Mehlsacks. Matt legte Weasels anderen Arm um die eigenen Schultern, und gemeinsam trugen sie den Ohnmächtigen zur Tür.

»Da kommt Weasel«, rief jemand, und es wurde gelacht.

»Dell sollte ihn halten«, sagte Matt, etwas atemlos. »Dell weiß genau, wie diese Dinge enden.«

Sie gingen durch die Tür zum Ausgang und die Holztreppe hinunter zum Parkplatz.

»Vorsicht«, murmelte Ben. »Lassen Sie ihn nicht fallen. Dort, in der letzten Reihe steht mein Citroën.«

Sie trugen Weasel zum Auto. Die Luft war jetzt merklich kühler geworden, und morgen würden die Blätter dunkelrot sein. Weasel ließ ein Grunzen hören, sein Kopf wackelte hin und her.

»Können Sie ihn ins Bett bringen, wenn Sie zu Hause sind?« fragte Matt.

»Ich glaube schon.«

»Gut. Schauen Sie, man kann hinter den Bäumen das Dach des Marstenhauses sehen.«

Matt hatte recht; der Dachfirst ragte über den dunklen Tannenwald empor und die von Menschen geschaffene geometrische Form verdeckte die Sterne am Rande der sichtbaren Welt.

Ben öffnete die Wagentür und sagte: »So, jetzt übernehme ich ihn.«

Er setzte Weasel auf den Beifahrersitz und schloß die Tür. Weasels Kopf fiel gegen das Fenster. Die Scheibe verlieh ihm ein abgeflachtes, groteskes Aussehen.

»Dienstag um elf Uhr?«

»Ich komme verläßlich.«

»Danke. Und danke, daß Sie Weasel geholfen haben«, sagte Matt und streckte die Hand aus. Ben schüttelte sie.

Ben startete den Citroën und fuhr zur Stadt zurück. Sobald das Neonlicht des Lokals hinter den Bäumen verschwunden war, wurde die Straße einsam und schwarz. Ben dachte: Jetzt sind die Straßen von Gespenstern heimgesucht.

Weasel brummte und grunzte neben ihm, und Ben fuhr zusammen.

Warum hatte er das gedacht?

Keine Antwort.

Er öffnete das vordere Fenster, so daß die kalte Nachtluft direkt auf Weasel blies; als sie bei Eva Miller angekommen waren, hatte Weasel etwas wie vages Bewußtsein wiedererlangt.

Ben führte den stolpernden Mann in die schwach beleuchtete Küche. Weasel brummte vor sich hin: »Sie ist ein braves Mädchen, Jack, und verheiratete Frauen, die wissen ... wissen ...«

Aus dem Vorraum glitt ein Schatten herein; es war Eva in einem alten Morgenrock, das Haar voll von Lockenwicklern und mit einem dünnen Netz bedeckt. Ihr Gesicht war blaß, die Nachtcreme verlieh ihm ein gespenstisches Aussehen.

»Ed«, sagte sie. »Oh, Ed ... du treibst es immer weiter, nicht?«

Beim Klang ihrer Stimme öffnete Weasel ein wenig die Augen und ein Lächeln legte sich über seine Züge. »Weiter und weiter«, krächzte er. »Weißt du das nicht besser als alle andern?«

»Können Sie ihn in sein Zimmer bringen?« fragte Eva Ben.

»Ja, ohne weiteres.«

Er packte Weasel und schleifte ihn die Treppe hinauf und in sein Zimmer. Die Tür war unverschlossen, Ben trug Weasel hinein. Kaum lag er auf seinem Bett, fiel er auch schon in tiefen Schlaf.

Ben blieb einen Augenblick lang stehen und sah sich um. Der Raum war sauber, beinahe steril; mit einer Pedanterie, die an eine Kaserne erinnerte, war alles aufgeräumt. Als Ben dem schlafenden Mann die Schuhe ausziehen wollte, sagte Eva Miller hinter ihm: »Lassen Sie das nur, Mr. Mears. Gehen Sie ruhig auf Ihr Zimmer.«

»Aber man sollte ihn –«

»Ich werde ihn ausziehen.« Ihr Gesicht war ernst, würdevoll und traurig. »Ich werde ihn ausziehen und mit Alkohol abreiben, das hilft gegen den Kater von morgen früh. Ich hab' das schon oft getan. Sehr oft getan.«

»Gut«, sagte Ben und ging, ohne sich umzusehen, in sein Zimmer hinauf. Er zog sich langsam aus, überlegte, ob er unter die Dusche gehen solle, und entschied sich dagegen. Er legte sich ins Bett, sah zur Decke hinauf und konnte lange Zeit nicht einschlafen.

6
Salem's Lot (II)

Herbst und Frühling kommen nach Jerusalem's Lot mit der gleichen Plötzlichkeit wie in den Tropen Sonnenaufgang und -untergang. Der Übergang von einer Jahreszeit zur anderen dauert oft nicht länger als einen Tag. In New England ist der Frühling allerdings nicht die schönste Jahreszeit, er ist zu kurz, zu ungewiß, zu unverläßlich.

Doch wenn der Herbst kommt und dem Sommer einen Tritt gibt, wie er das stets an irgendeinem Tag um Mitte September tut, dann verweilt er ein wenig wie ein Freund, den man vermißt hat. Er läßt sich nieder, wie der alte Freund sich in seinem Lieblingsstuhl niederläßt, die Pfeife anzündet und den Nachmittag mit Geschichten anfüllt von Orten, an denen er gewesen, und von Dingen, die er getan hat.

Er bleibt während des ganzen Oktober und in seltenen Jahren bis in den November hinein. Tag für Tag ist der Himmel von einem strahlend harten Blau, und die Wolken, die über ihn segeln – stets von Westen nach Osten –, sind ruhige weiße Schiffe mit grauen Kielen. Schon zu Tagesbeginn bläst der Wind und läßt nicht nach. Er treibt dich vorwärts, wenn du eine Straße entlang gehst, und wirbelt die Blätter auf, die in bunten Haufen herabgefallen sind. Der Wind berührt dich an einer Stelle, die tiefer liegt als das Mark deiner Knochen. Mag sein, daß er etwas Uraltes in der menschlichen Seele berührt, eine Saite zum Schwingen bringt, die sagt: Zieh fort oder stirb – zieh fort oder stirb.

In diesem Jahr kam der erste Herbsttag (der wirkliche Herbstbeginn, im Gegensatz zum Herbstbeginn nach dem Kalender) am 28. September, an dem Tag, an dem Danny Glick auf dem Harmony-Hill-Friedhof begraben wurde.

An der Einsegnung in der Kapelle hatte nur die Familie teilgenommen, aber zur Beerdigung kam beinahe die ganze Stadt – die Klassenkameraden, die Neugierigen und die alten Leute, für die der Besuch eines Begräbnisses beinahe zwanghaft wird, während das Alter langsam das Totenhemd auch für sie webt.

In einem langen Zug kamen die Autos die Burns Road herauf. Trotz der Helle des Tages hatten alle die Lichter aufgeblendet. Zuvorderst kam Carl Foremans Leichenwagen, die Hinterfenster voll von Blumen, dann folgte der alte Mercury von Tony Glick. In den nächsten vier Autos saßen Familienangehörige, einige von ihnen waren sogar von weither, aus Tulsa in Oklahoma gekommen. Weitere Teilnehmer der langen Parade waren: Mark Petrie (der Junge, den Ralphie und Danny besuchen wollten, als Ralphie verschwand) mit Vater und Mutter; Richie Boddin und Familie; Mabel Werts im Auto von Mr. und Mrs. William Norton (sie saß im Wagenfond und erzählte fortwährend von Begräbnissen, die sie erlebt hatte, bis zurück zum Jahre 1930); Lester Durham und dessen Frau Harriet; Eva Miller mit ihren Busenfreundinnen Loretta Starcher und Rhoda Curless; Parkins Gillespie und sein Assistent Nolly Gardener im Polizeiauto der Stadt; Lawrence Crockett und seine mißmutige Frau; Charles Rhodes, der Autobuschauffeur, der alle Begräbnisse aus Prinzip besuchte; Charles Griffen mit seiner Familie.

Mike Ryerson und Royal Snow hatten am frühen Morgen das Grab ausgeschaufelt und hatten über die ausgeschaufelten Erdschollen Streifen von Plastikgras gelegt. Mike hatte ein ewiges Licht angezündet, wie die Glicks es verlangt hatten. Mike erinnerte sich, daß Royal ihm an diesem Morgen verändert vorkam. Üblicherweise riß Royal während der Arbeit faule Witze, aber an diesem Morgen war er schweigsam, beinahe mürrisch gewesen. Vielleicht ein Katzenjammer, dachte Mike.

Vor fünf Minuten, als Carls Leichenwagen den Hügel heraufgekommen war, hatte Mike die Tore geöffnet und einen Blick auf die eisernen Spitzen geworfen, wie er es immer tat, seit er den Hund dort oben gefunden hatte. Dann ging er zu dem frisch ausgeschaufelten Grab, wo Pater Callahan wartete. Der Pater trug eine Stola um die Schultern, das Buch in seiner Hand war bei der »Totenmesse für Kinder« aufgeschlagen. Mike wußte, daß dies hier die »dritte Station« genannt wurde. Die erste war das Totenhaus, die zweite war die kleine katholische Kapelle, die letzte Harmony Hill. Schluß der Vorstellung.

Ein Frösteln überkam Mike, und während er auf das hellgrüne Plastikgras hinabsah, fragte er sich, warum es zu jedem Begräbnis dazugehörte. Es sah genau nach dem aus, was es war: nach einer billigen Imitation des Lebendigen, die diskret schwere braune Erdklumpen bedeckt.

»Sie kommen, Pater«, sagte er.

Callahan war ein großer Mann mit stechend blauen Augen und einer rötlichen Haut. Sein Haar hatte die Farbe von grauem Stahl. Ryerson, der seit seinem sechzehnten Lebensjahr nicht mehr in der Kirche gewesen war, mochte ihn von allen Pfarrern der Stadt am liebsten.

John Groggins, der Methodistenpriester, war ein alter, eingebildeter Hypokrit, und Patterson, der Mormonenpfarrer, war vollkommen verrückt. Bei einem Begräbnis des Diakons der Kirche – das lag etwa zwei, drei Jahre zurück – hatte Patterson sich doch tatsächlich auf dem Boden herumgewälzt. Callahan aber war für einen Papisten doch recht nett; seine Begräbnisse waren ruhig und tröstlich, und immer sehr kurz. Ryerson hatte seine Zweifel, ob Callahan all diese roten Äderchen auf den Wangen und um die Nase herum nur vom Beten hatte, aber wen ging es etwas an, wenn Callahan gelegentlich zu tief ins Glas schaute? Wie die Zeiten waren, schien es geradezu ein Wunder zu sein, daß nicht alle Geistlichen im Narrenhaus endeten.

»Danke, Mike«, sagte Callahan und schaute zu dem hellen Himmel hinauf. »Das wird hart werden, heute.«

»Vermutlich. Wie lange?«

»Höchstens zehn Minuten. Ich werde den Schmerz der Eltern nicht noch verlängern. Es liegt ja noch genug vor ihnen.«

»O. k.«, sagte Mike und ging auf den hinteren Teil des Friedhofs zu. Er würde dort über die Steinmauer springen, in den Wald gehen und sein Lunchpaket verzehren. Aus langer Erfahrung wußte er, daß keine trauernde Familie während der dritten Station den Totengräber in seiner schmutzigen Arbeitskleidung sehen will. Das würde das leuchtende Bild von Unsterblichkeit und himmlischen Chören, das der Pfarrer entwarf, trüben.

Nahe der hinteren Mauer blieb Mike stehen und bückte sich, um einen Grabstein anzusehen, der vornüber gefallen war. Mike stellte ihn wieder auf und verspürte ein leises Schaudern, als er den Schmutz von der Inschrift wischte:

HUBERT BARCLY MARSTEN
6. Oktober 1889
12. August 1939
Der Engel des Todes, der die
bronzene Lampe hinter dem goldenen Tor hält,
hat dich in dunkle Gewässer geführt.

Und darunter, beinahe ausgelöscht von sechsunddreißig Jahreszeiten des Frostes und des Taus:

Gott gebe, daß er in Ruhe liegen möge.

Immer noch beunruhigt und noch immer nicht wissend, warum, kehrte Mike Ryerson in den Wald zurück, setzte sich an den Bach und verzehrte seinen Lunch.

Die Sargträger, zwei Onkel und zwei Vettern des toten Jungen, hatten den Sarg in das Grab hinuntergelassen. Marjorie Glick, in schwarzem Mantel und schwarzem Hut mit Schleier, stützte sich auf den Arm ihres Vaters; in der Hand hatte sie eine schwarze Tasche, die sie an sich preßt hielt, als wäre das ein Rettungsring. Tony Glick stand ein wenig von ihr entfernt. Sein Gesicht hatte einen völlig verlorenen Ausdruck.

Callahan sprengte Weihwasser auf den Sarg und in das Grab.

»Laßt uns beten«, sagte der Pater. Die Worte flossen voll und melodisch aus seinem Mund, wie sie es immer taten, ob Regen war, ob Sonnenschein, ob er zuviel getrunken hatte oder ob er nüchtern war. Die Trauergemeinde senkte die Köpfe.

»Wir übergeben den Leib der Erde und empfehlen den kleinen Daniel in die Hand des himmlischen Vaters. Gesät wird in Schwachheit, auferweckt in Herrlichkeit. Herr Jesus Christus, wir bitten dich für unseren Mitbruder Daniel. Schenke ihm Heimat bei dir, wo jeder Schmerz in Freude verwandelt wird. Laß Daniel deine Stimme hören. Denn du bist gut und ein Freund der Menschen. Dir gebührt Ehre und Lobpreis in Ewigkeit.«

»Amen«, murmelte die Trauergemeinde. Tony Glick sah sich mit weit aufgerissenen Augen um. Seine Frau preßte ein Taschentuch an den Mund.

Callahan blätterte in seinem Gebetbuch. In der dritten Reihe des Halbkreises, der sich um das Grab gebildet hatte, schluchzte eine Frau heiser auf. Irgendwo sang ein Vogel.

»Laßt uns für unseren Mitbruder Daniel zu Jesus Christus beten, der da spricht: Ich bin die Auferstehung und das Leben; wer an mich glaubt, wird leben, auch wenn er stirbt; und jeder, der lebt und an mich glaubt, wird in Ewigkeit nicht sterben. Herr, du hast geweint, als dein Freund Lazarus starb. Tröste uns in unserem Schmerz.«

»Wir bitten dich, erhöre uns«, sagte die Gemeinde.

»Du erweckst die Toten zum Leben; schenk unserem Mitbruder Daniel das ewige Leben.«

»Wir bitten dich, erhöre uns«, antwortete die Gemeinde. Irgend etwas schien in Tony Glicks Augen zu dämmern.

»Im Wasser und im Heiligen Geist wurdest du getauft. Der Herr vollende an dir, was er in der Taufe begonnen hat.«

»Wir bitten dich, erhöre uns.«

Marjorie Glick schwankte leise wimmernd hin und her.

»Tröste uns in unserem Schmerz über den Tod unseres Bruders, laß den Glauben unseren Trost sein und das ewige Leben unsere Hoffnung. Herr, wir bitten dich, erhöre uns.«

Er schlug das Gebetbuch zu. »Lasset uns beten, wie der Herr uns zu beten gelehrt hat«, sagte er leise. »Vater unser, der du bist in dem Himmel –«

»Nein!« schrie Tony Glick und stürzte nach vorn. »Niemand wird Dreck auf meinen Jungen werfen!«

Hände griffen nach ihm, um ihn zurückzuhalten. Sie kamen zu spät. Einen Augenblick lang schwankte er am Rande des Grabes, dann rutschte der künstliche Grasteppich ab, fiel in das Loch und landete mit einem schrecklichen, schweren Aufschlag auf dem Sarg.

»Danny, komm sofort da heraus!« brüllte Tony.

»Oh, mein Gott«, sagte Mabel Werts und preßte ihr schwarzes Seidentuch an die Lippen. Ihre Augen wurden hell und gierig und speicherten den Vorfall, wie ein Eichhörnchen Nüsse für den Winter speichert.

»Danny, zum Teufel, hör auf, Blödsinn zu machen!«

Pater Callahan nickte zwei Sargträgern zu, und sie beugten sich über das Grab, aber es mußten drei weitere Männer, einschließlich Parkins Gillespie, eingreifen, bevor man Glick, schreiend und um sich schlagend, aus dem Grab ziehen konnte.

»Danny, hör jetzt endlich auf! Du hast deine Mutter erschreckt! Dafür wirst du eine Tracht Prügel bekommen! Laßt mich in Ruhe! Laßt mich in Ruhe ... Ich will meinen Jungen ... laßt mich los, ihr elenden Kerle ... o mein Gott –!«

»Vater unser, der du bist in dem Himmel –« begann Callahan von neuem, und andere Stimmen fielen ein.

»– geheiligt werde dein Name, dein Reich komme –«

»Danny, komm zu mir, hörst du mich? *Hörst du mich?*«

»– im Himmel, also auch auf Erden. Gib uns heute unser tägliches Brot und vergib uns –«

»*Daaannnyyy –*«

»– und führe uns nicht in Versuchung, sondern erlöse uns von dem Bösen, Amen.«

»Er ist nicht tot«, schluchzte Tony Glick. »Er kann nicht tot sein. Er ist zwölf Jahre alt.« Mit tränenüberströmtem Gesicht stolperte Tony vorwärts, obwohl ihn die Männer zurückhielten. Vor Callahan fiel er auf die Knie und faßte mit erdverschmutzten Händen nach des Paters Soutane. »Bitte geben Sie mir meinen Jungen zurück. Bitte treiben Sie keinen Scherz mit mir.«

Sanft nahm Callahan Tonys Kopf in beide Hände. »Lasset uns beten; Herr, wir bitten dich, stehe den trauernden Eltern bei. Du hast dieses Kind in der Taufe als dein Kind angenommen und ihm das ewige Leben geschenkt. Erweise auch uns dein Erbarmen und laß uns teilhaben an der unvergänglichen Freude. Durch Christus, unseren Herrn, Amen.«

Er hob den Kopf und sah, daß Marjorie Glick in Ohnmacht gefallen war.

Als alle fortgegangen waren, kam Mike Ryerson zurück und setzte sich an den Rand des offenen Grabes, um sein letztes Sandwich zu verzehren und um auf Royal Snow zu warten.

Das Begräbnis hatte um sechzehn Uhr stattgefunden, und jetzt war es fast siebzehn Uhr. Die Schatten wurden länger, die Sonnenstrahlen fielen jetzt durch die großen Eichen im Westen ein. Wo war dieser verflixte Royal?

Mikes Sandwich war mit Bologneser Wurst und mit Käse belegt – sein Lieblingssandwich. Alle belegten Brote, die Mike sich machte, waren Lieblingssandwiches; das war einer der Vorteile des Junggesellendaseins. Mike steckte den letzten Bissen in den Mund und wischte sich die Hände ab.

Jemand beobachtete ihn.

Er fühlte es plötzlich und mit absoluter Sicherheit. Mit weit aufgerissenen Augen blickte er auf dem Friedhof umher.

»Royal? Royal, bist du da?«

Keine Antwort. Der Wind seufzte in den Bäumen, und in den sich bewegenden Schatten der Ulmen konnte man Hubert Marstens Grabstein sehen. Plötzlich fiel Mike Wins Hund ein, und wie der auf dem eisernen Gitter aufgespießt gehangen war.

Augen. Ausdruckslos. Beobachtend.

Dunkelheit, überrasch mich nicht hier...!

Mike sprang auf, als hätte jemand laut gesprochen.

»Zum Teufel mit dir, Royal.« Er sprach die Worte leise vor sich hin. Jetzt glaubte er nicht mehr, daß Royal in der Nähe war oder überhaupt kommen würde. Er würde alles allein tun müssen, und es würde lange dauern. Sehr lange.

Er machte sich an die Arbeit und versuchte nicht, die Angst zu verstehen, die ihn überkommen hatte. Er fragte sich auch nicht, warum diese Arbeit, die ihn bisher nie beirrt hatte, ihm jetzt auf einmal so schwer fiel.

Mit raschen, sparsamen Griffen zog er den künstlichen Grasteppich weg, rollte ihn ein und trug ihn zum Lieferwagen, der vor dem Tor geparkt war. Kaum hatte er den Friedhof verlassen, hörte das ekelhafte Gefühl, beobachtet zu werden, auf.

Mike nahm den Spaten aus dem Wagen, ging zurück und zögerte. Er starrte auf das offene Grab. Seltsam. Es schien ihn zu verspotten.

Jetzt fiel ihm auf, daß das Gefühl, beobachtet zu werden, aufgehört hatte, als er den Sarg nicht mehr hatte sehen können. Plötzlich glaubte er, Danny Glick mit offenen Augen auf dem kleinen Seidenkissen liegen zu sehen. Nein – das war töricht. Man schloß den Toten stets die Augen. Er hatte Carl Foreman oft genug dabei zugesehen. »Natürlich kleben wir sie zu«, hatte Foreman einmal gesagt. »Schließlich wollen wir nicht, daß die Leiche der Trauergemeinde zublinzelt!«

Mike begann Erde auf den Mahagonisarg zu schaufeln. Bei dem dumpfen Laut, den das Aufschlagen der Schollen verursachte, wurde Mike beinahe übel. Er streckte sich und sah zerstreut auf die Kränze ringsum. Verdammte Verschwendung. Schon morgen würden die welken Blütenblätter überall umherliegen. Warum nicht das Geld der Krebsforschungsgesellschaft geben oder dem Roten Kreuz? Das hätte wenigstens einen Sinn.

Wieder warf er eine Schaufel auf den Sarg, wieder ruhte er aus.

Die Schatten waren jetzt noch länger geworden. Mike schaute zum Marstenhaus hinauf. Die Fensterläden waren geschlossen. Die Ostseite des Hauses sah direkt auf das Eisentor des Friedhofes herab. Dort, wo der Hund –

Er zwang sich, eine neue Schaufel Erde in das Loch zu werfen. *Hör auf, mich anzusehen.*

Irgendwo – im ›National Enquirer‹ oder sonstwo – hatte er einmal gelesen, ein Ölmillionär aus Texas habe in seinem Testament bestimmt, daß er in einem funkelnagelneuen Cadillac begraben werden wolle. Man war seinem Wunsch nachgekommen. Ein Bagger schaufelte eine entsprechende Grube aus und ein Kran hob das Auto hinein. Überall im Land gab es Leute, die in uralten Autos herumfuhren, die mit Draht und Spucke zusammengehalten wurden, und so ein reiches Schwein ließ sich am Lenkrad eines Zehntausend-Dollar-Autos begraben ...

Mike beugte sich über seine Arbeit und versuchte, das Denken auszuschalten. Das Geräusch der auf den Sarg fallenden Erde wurde schwächer. Der Sargdeckel war nun mit Erde bedeckt, die in kleinen, braunen Bächen hinablief.

Plötzlich zuckte Mike zusammen und wich einen Schritt zurück. Nachdenklich schüttelte er den Kopf. Er war fast – aber nur fast – in Trance, zumindest schien es so. Jenes Gefühl, beobachtet zu werden, war nun viel stärker. Er blickte gegen den Himmel und stellte erschrocken fest, wie stark die Dunkelheit bereits hereingebrochen war. Nur das oberste Stockwerk des Marstenhauses glänzte noch im Sonnenlicht. Auf Mikes Uhr war es jetzt achtzehn Uhr zehn. Du lieber Gott, jetzt arbeitete er schon eine Stunde lang und hatte noch nicht einmal ein halbes Dutzend Schaufeln voll Erde in dieses Loch geworfen.

»Hör auf, mich anzuschauen.« Mike Ryerson sagte es laut und spürte, wie sein Herz schlug. Plötzlich überkam ihn der Wunsch, von diesem Ort wegzulaufen, einfach die Straße hinunter zur Stadt zu laufen. Mit größter Mühe beherrschte er sich.

Alles nur Hokuspokus. Welcher Friedhofsarbeiter würde nicht manchmal solchen Halluzinationen erliegen? Es war wie aus einem dieser verdammten Horrorfilme, das Kind eingraben zu müssen, mit seinen zwölf Jahren und seinen weit aufgerissenen Augen –.

»Aufhören, du lieber Himmel!« rief er und sah mit wirrem Blick zum Marstenhaus hinauf. Jetzt lag nur mehr das Dach des Hauses in der Sonne. Es war ein Viertel nach achtzehn Uhr.

Danach begann Mike rascher zu arbeiten, schaufelte und schaufelte, und versuchte, an nichts zu denken. Aber das Gefühl, beobachtet zu werden, schien stärker und nicht schwächer zu werden, und jede Schaufel Erde schien schwerer zu sein als die vorhergehende, deren Ladung in kleinen braunen Bächen bis hinunter zum Schnappschloß rieselte.

Er warf zwei weitere Ladungen Erde hinein und hielt inne.

Ein Schnappschloß?

Warum, im Namen Gottes, machte jemand ein Schloß an einen Sarg? Glaubten sie vielleicht, jemand werde versuchen, da hineinzugelangen? Das mußte es wohl sein. Sicherlich dachte doch niemand daran, jemand könnte versuchen, von da drinnen wieder herauszukommen –?

Der Sarg war jetzt vollständig bedeckt, man sah jedoch noch, wie sich seine Umrisse abhoben.

Das katholische Totengebet fiel ihm ein – wie einem manchmal eben solche Dinge ohne besonderen Anlaß einfallen. Er hatte gehört, wie Callahan es gesprochen hatte, während er unten am Bach etwas gegessen hatte. Das, und die hilflosen Schreie des Vaters ...

... Laßt uns für unseren Bruder zu unserem Herrn Jesus Christus beten, der gesagt hat ...

(O mein Vater, gib mir ein Zeichen.)

Mike hielt inne und starrte in das Grab. Es war tief, sehr tief. Die Schatten der herannahenden Nacht hatten sich bereits hineinverkrochen wie etwas Lebendiges. Unmöglich, daß Mike noch vor Einbruch der Dunkelheit mit seiner Arbeit fertig wurde, unmöglich!

Ich bin die Auferstehung und das Leben.

(Herr der Fliegen, gib mir ein Zeichen.)

Ja, die Augen waren offen. Deshalb fühlte er sich beobachtet. Carl hatte nicht genügend Klebestoff benutzt, der Glick-Junge starrte Mike an. Man mußte etwas tun ...

... und jeder Mensch, der an mich glaubt ...

(Jetzt bringe ich dir verdorbenes Fleisch.)

Die Erde wieder wegschaufeln, das war es. Sie wegschaufeln, den Sarg mit der Schaufel aufbrechen und diese gräßlichen, starren Augen schließen. Mike hatte keinen Klebestoff, aber er hatte zwei Münzen in der Tasche. Silber. Ja, Silber war es, was der Junge brauchte.

Die Sonne war jetzt auch vom Marstenhaus weggewandert und berührte nur noch die höchsten Spitzen der Tannen im Westen der Stadt. Sogar mit geschlossenen Läden schien das Haus Mike anzustarren.

Plötzlich sprang Mike Ryerson in das Grab und begann, es wieder auszuschaufeln. Wie in kleinen braunen Explosionen kam die Erde herausgeflogen. Endlich stieß der Spaten auf Holz. Mike kniete vor dem Sarg und schlug auf das Messingschloß ein.

Unten beim Bach hatten die Frösche zu quaken begonnen, und irgendwo in der Nähe ließ ein Ziegenmelker seinen schrillen Ruf erschallen.

Achtzehn Uhr fünfzig.

»Was tue ich?« fragte sich Mike. »Was, um Himmels willen, tue ich denn da?«

Er kniete auf dem Sargdeckel und versuchte, zu überdenken, was er tat ... Aber etwas in seinem Innern trieb ihn zur Eile an. Schnell, schnell, die Sonne geht unter –

Dunkelheit, überrasch mich nicht hier.

Noch einmal hob Mike den Spaten und ließ ihn auf das Schloß herabsausen. Etwas schnappte, das Schloß ging in Stücke.

Mit einem letzten Schimmer der Vernunft sah Mike einen Augenblick lang auf; sein Gesicht war von Schweiß bedeckt und mit Schmutz beschmiert, die Augen quollen wie zwei weiße Kugeln daraus hervor.

Der Abendstern zeigte sich am Himmel.

Ächzend schwang Mike sich aus dem Grab, legte sich der Länge nach nieder und versuchte, den Sargdeckel hochzuheben. Der Deckel schwang nach oben, ließ zuerst das rosa Seidenkissen sehen, dann einen Arm und dann ... das Gesicht.

Mike hielt den Atem an.

Die Augen waren offen. Mike hatte es gewußt. Weit offen standen die Augen, und sie waren nicht glasig. Im letzten Licht der Dämmerung schienen sie von einer boshaften Lebendigkeit erfüllt zu sein. Das Gesicht des Jungen zeigte keine Totenblässe; die Wangen waren rosig, beinahe strotzend von Vitalität.

Mike versuchte, seine Augen von diesem funkelnden, eisigen Blick zu lösen, aber es gelang ihm nicht.

»Jesus Christus –« murmelte er.

Die Sonne verschwand hinter dem Horizont.

Mark Petrie arbeitete in seinem Zimmer an einem Modell des Frankenstein-Monsters und hörte gleichzeitig dem Gespräch seiner Eltern im Wohnzimmer zu. Marks Zimmer lag im zweiten Stock eines Bauernhauses, das die Eltern an der South Jointer Avenue gekauft hatten. Obwohl das Haus jetzt eine moderne Ölheizung besaß, war der alte Kamin, der früher die Wärme des Küchenofens in den zweiten Stock geleitet hatte, immer noch vorhanden. Jetzt diente er einem neuen Zweck – er diente Mark als Schallröhre.

Obwohl die Eltern einen Stock tiefer, im Wohnzimmer saßen, klang es, als ob sie sich vor Marks Türe unterhielten.

Mit zwölf Jahren war Mark Petrie etwas kleiner als der Durchschnitt und sah eher zart aus. Doch er bewegte sich mit einer Leichtigkeit und Grazie, die bei Jungen seines Alters, die zumeist nur aus Knien und Ellbogen bestehen, keineswegs häufig ist. Er hatte eine helle, fast milchweiße Haut, und Züge, die jetzt noch ein wenig mädchenhaft wirkten; später einmal würde man sie als scharf geschnitten bezeichnen. Marks Äußeres hatte ihm bereits vor dem Zwischenfall mit Richie Boddin im Schulhof Schwierigkeiten bereitet, und er hatte alsbald das Problem »analysiert«. Raufer waren zumeist groß, häßlich und ungeschickt. Sie flößten ihrer Umwelt Angst ein, weil sie verletzen konnten und mit schmutzigen Tricks kämpften. Hatte man keine Angst, ein wenig verletzt zu werden, und war man bereit, ebenfalls schmutzig zu kämpfen, dann konnte man mit einem Raufer fertig werden. Richie Boddin war der erste, der seine Theorie bestätigt hatte. Er hatte sich sogar mit dem Raufbold der Kittery-Elementary-School eingelassen. (Was eine Art von Sieg bedeutete; der Raufer von Kittery hatte, blutig geschlagen, aber ungebrochen, seinen Schulkameraden verkündet, daß er und Mark Petrie schließlich Freunde geworden seien. Mark, der diesen Raufbold aus Kittery für ein dummes, ekliges Stück Scheiße hielt, widersprach ihm nicht. Er wußte, was Diskretion ist.) Mit Raufbolden zu diskutieren war sinnlos. Verletzen, das war die einzige Sprache, die von den Richie Boddins der ganzen Welt verstanden wurde, und deshalb – so meinte Mark – hatte man es auf der Welt so schwer. Nach dem Kampf mit Richie hatte man ihn nach Hause geschickt und sein Vater war sehr böse gewesen, bis Mark ihm sagte, daß Hitler doch im Grunde genau so gewesen sei wie Richie Boddin. Darüber mußte sein Vater unbändig lachen, und auch die Mutter kicherte.

Jetzt sagte June Petrie: »Glaubst du, es hat ihn sehr berührt?«

»Schwer zu sagen.« Der Vater schwieg einen Augenblick lang, und Mark wußte, daß er sich jetzt eine Pfeife anzündete. »Er hat ein echtes Pokergesicht.«

»Aber stille Wasser sind tief.« Sie hielt inne. Die Mutter sagte immer Sachen, wie »stille Wasser sind tief«, oder »Morgenstund hat Gold im Mund«. Mark liebte seine Eltern sehr, aber manchmal schienen sie ihm so schwerfällig zu sein wie manche Bücher in der Bibliothek ... und ebenso verstaubt.

»Sie waren auf dem Weg zu Mark«, nahm seine Mutter den Faden wieder auf, »um mit seiner elektrischen Eisenbahn zu spielen ... und jetzt ist der eine tot und der andere ist verschwunden. Mach dir nichts vor, Henry. Der Junge fühlt etwas.«

»Er steht mit beiden Beinen auf der Erde«, sagte Mr. Petrie. »Wie immer seine Gefühle sind, er kann sie beherrschen.«

Mark klebte dem Frankenstein-Monster den linken Arm in die Achselhöhle. Es war ein spezielles Modell, das in der Dunkelheit grün leuchtete, nicht anders als der Plastik-Jesus, den er in der Sonntagsschule als Geschenk bekommen hatte, weil er den ganzen 119. Psalm auswendig gewußt hatte.

»Ich denke mir manchmal, wir hätten noch ein Kind haben sollen«, sagte sein Vater. »Unter anderem wäre es auch gut für Mark gewesen.«

Darauf die Mutter, spöttisch: »An Versuchen hätte es ja nicht gemangelt, mein Lieber.«

Sein Vater murmelte etwas vor sich hin.

Im Gespräch seiner Eltern entstand eine lange Pause. Mark wußte, daß sein Vater jetzt im ›Wall Street Journal‹ blätterte. Seine Mutter hielt vermutlich einen Roman von Jane Austen in der Hand, oder vielleicht einen von Henry James. Sie las diese Romane wieder und wieder, und Mark ging es absolut nicht ein, wie man ein Buch öfter als einmal lesen konnte.

»Glaubst du, kann man ihn in den Wald hinterm Haus gehen lassen?« fragte seine Mutter unvermittelt. »Man behauptet, es gäbe irgendwo Treibsand –«

»Meilenweit von hier entfernt.«

Mark entspannte sich ein wenig und klebte dem Monster den zweiten Arm an. Er hatte den ganzen Tisch voll von Horror-Figuren, und jedesmal wenn ein neues Monster hinzukam, wurde die gesamte Szene neu gestellt. In Wahrheit wollten Danny und Ralphie damals kommen, um sich diese Figuren anzusehen, als ...

»Ich glaube, man kann ihn gehen lassen«, sagte sein Vater. »Natürlich nicht nach Einbruch der Dunkelheit.«

»Jedenfalls hoffe ich, daß er nach diesem Begräbnis keine Alpträume bekommt.«

Mark konnte beinahe sehen, wie sein Vater die Achseln zuckte. »Der arme Tony Glick ... Aber Schmerz und Tod gehören zum Leben. Jeder muß das einmal erfahren.«

»Vielleicht.« Wieder eine lange Pause. Was kommt jetzt? Vielleicht: »Jeder Schritt im Leben ist ein Schritt dem Tod entgegen«? Mark klebte das Monster auf seine Basis; sie war ein Grabhügel mit einem Stein im Hintergrund. »Ob arm oder reich, der Tod macht alle gleich. Vielleicht werde *ich* Alpträume haben.«

»Tatsächlich?«

»Dieser Mr. Foreman ist beinahe ein Künstler. Der Junge sah aus, als schlafe er nur. Als könne er jeden Moment die Augen aufschlagen und ... ich verstehe nicht, warum die Leute sich mit einem Gottesdienst vor dem offenen Sarg quälen. Es ist ... geradezu heidnisch.«

»Nun, jetzt ist jedenfalls alles vorüber.«

»Ja. Er ist ein guter Junge, nicht wahr, Henry?«

»Mark? Der Beste.«

Mark lächelte.

»Was gibt's im Fernsehen?«

»Ich werde nachsehen.«

Offenbar war das ernste Gespräch nun beendet. Mark stellte seine Figur zum Trocknen ans Fenster. In etwa einer Viertelstunde würde seine Mutter heraufrufen und ihn ins Bett schikken. Er nahm seinen Pyjama aus der obersten Lade und zog sich aus.

Seine Mutter machte sich übrigens ganz unnötige Sorgen über seinen Seelenzustand. Mark war nicht besonders sensibel und hatte auch keinerlei Grund dazu; abgesehen von seiner Grazie und seiner Geschicklichkeit war er ein durchaus normaler, recht robuster Junge. Seine Familie gehörte dem gehobenen Mittelstand an und tendierte auf der gesellschaftlichen Stufenleiter nach oben. Seine Eltern führten eine gesunde Ehe, bestimmt von inniger Liebe, aber auch von ein wenig Langeweile. In Marks Leben hatte es bislang kein traumatisches Erlebnis gegeben. Die Raufereien in der Schule hatten keine Narben hinterlassen; er vertrug sich mit seinen Kameraden, und im großen und ganzen wollte er das gleiche, was sie alle wollten.

Wenn es etwas gab, das ihn von den andern unterschied, so war es seine Distanziertheit, seine kühle Selbstkontrolle. Sie waren nicht anerzogen, sondern angeboren. Als sein Hund Chopper unter ein Auto geraten war, hatte er darauf bestanden, seine Mutter zum Tierarzt begleiten zu dürfen. Und als der Arzt sagte: »Der Hund muß eingeschläfert werden, mein Junge. Verstehst du, warum?«, hatte Mark geantwortet: »Sie werden ihn nicht einschläfern, Sie werden ihn töten, nicht wahr?« Der Tierarzt bejahte das. Mark küßte seinen Hund und sagte dem Tierarzt, er möge nun tun, was notwendig sei. Mark war sehr traurig, aber er weinte nicht. Seine Mutter weinte drei Tage lang, und dann versank Chopper für sie in die ferne Vergangenheit; für Mark aber würde er nie Vergangenheit sein. Das ist der Vorteil dessen, der nicht weint. Weinen ist, als würde man alles auf die Erde pissen.

Das Verschwinden Ralphie Glicks, später Dannys Tod, hatten ihn wohl betroffen gemacht, er verspürte aber keinerlei Furcht. Er hatte jemanden im Geschäft sagen hören, daß Ralphie wahrscheinlich einem Perversen in die Hände gefallen sei. Mark wußte, was ein Perverser war. Sie taten etwas, um ihre Gelüste zu befriedigen, und, wenn sie damit fertig waren, erwürgten (in Comic-Heften gurgelten die gewürgten Opfer immer »Arrrrrrggggh«) und verscharrten sie einen in einer Sandgrube oder unter den Brettern eines leerstehenden Schuppens. Sollte ihm so ein Perverser jemals Bonbons anbieten, würde er ihm einen Tritt gegen die Hoden versetzen und wie der Blitz davonrennen.

»Mark?« rief jetzt seine Mutter von unten.

»Ich zieh' mich schon aus«, sagte er und lächelte.

»Vergiß nicht, die Ohren zu waschen.«

»Nein, ich vergesse es nicht.«

Er ging hinunter, um seinen Eltern Gute Nacht zu sagen. Bevor er sein Zimmer verließ, warf er noch einen Blick auf den Tisch mit den Monstern: Dracula mit offenem Mund, so daß man seine Fänge sah; er bedrohte ein Mädchen, das auf der Erde lag, während der verrückte Doktor gerade eine Dame folterte und Mr. Hyde einem alten Manne nachschlich, der sich auf dem Heimweg befand.

Den Tod verstehen? Natürlich. Tod ist, wenn die Monster gewinnen.

Roy McDougall kam um zwanzig Uhr dreißig nach Hause, ließ den Motor seines alten Ford noch zweimal aufheulen und stellte ihn dann ab. Der Auspuff spuckte, und die Blinklichter funktionierten nicht. Ein Auto, ein Leben. Das Kind weinte drinnen im Haus, und Sandy schrie auf das Kind ein. Gute, alte Ehe.

Er stieg aus und stolperte über eine der Steinplatten, mit denen er im letzten Sommer den Weg zur Straße hatte pflastern wollen.

»Scheiße«, murmelte er und blickte erbost auf den Gegenstand, der sein Schienbein zerschunden hatte. Roy war ziemlich

betrunken. Um fünfzehn Uhr hatte er zu arbeiten aufgehört, und seitdem war er bei Dell's gesessen und hatte mit seinen Kumpanen Hank Peters und Budy Mayberry getrunken. Hank war sonderbar in letzter Zeit; er schien die Absicht zu haben, alles was er besaß, zu versaufen. Roy wußte, was Sandy von seinen Kumpanen hielt. Nun, sie sollte sich nur aufregen. Wer will einem Mann, der die ganze Woche geschuftet hat, Samstag, Sonntag ein paar Gläser mißgönnen? Und woher nahm Sandy überhaupt das Recht, sich so aufzuspielen? Sie saß den ganzen Tag über zu Hause und hatte nichts anderes zu tun, als die Zimmer aufzuräumen, mit dem Postmann zu schwatzen und aufzupassen, daß das Baby nicht in den Backofen kroch. Übrigens hatte sie den Kleinen in letzter Zeit vernachlässigt. Sogar vom Wickeltisch war er kürzlich heruntergefallen.
Wo warst du?
Ich habe ihn gehalten, Roy. Er bewegt sich so heftig.
Er bewegt sich so heftig. Das war es also.
Er ging hinauf zur Tür und schnaufte noch immer. Sein Bein schmerzte an der Stelle, an der er sich angeschlagen hatte. Nicht, daß er von *ihr* so etwas wie Verständnis erwartete. Was trieb sie denn, während er sich in diesem Scheißjob als Vorarbeiter die Seele aus dem Leib schwitzte? Las irgendwelche religiöse Zeitschriften – und lutschte Weichselbonbons, oder schwatzte mit ihren Freundinnen am Telefon – und lutschte Weichselbonbons, oder schaute sich diese Kitschorgien im Fernsehen an – und lutschte Weichselbonbons. Ihr Hintern war schon voll von Pickeln, wie ihr Gesicht. Bald würde man das eine vom andern nicht mehr unterscheiden können.
Roy öffnete die Tür und trat ein.
Der Anblick traf ihn unvorbereitet und direkt; wie der Schlag mit einem nassen Handtuch schnitt es durch seinen Bierdunst; Sandy hielt das nackte schreiende Baby im Arm. Aus der Nase des Kindes floß Blut. Sandys Bluse war mit Blut beschmiert, und sie sah Roy über die Schulter voll von Angst und Überraschung an. Die Windel des Säuglings lag auf dem Boden.
Randy, der unter den geröteten Aufschürfungen rund um die Augen totenblaß war, hob flehentlich seine Hand.
»Was ist hier los?« fragte Roy langsam.
»Nichts, Roy. Er ist nur –«
»Du hast ihn geschlagen«, sagte Roy tonlos. »Er hat beim Wickeln nicht stillgehalten und deshalb hast du ihn geschlagen.«

»Nein«, widersprach sie rasch. »Er hat sich die Nase angehauen. Das ist alles.«

»Ich sollte dich windelweich prügeln, du beschissenes Weibsstück«, sagte Roy.

»Roy, es war nur die *Nase* –«

Roys Schultern fielen herab. »Was gibt's zum Abendbrot?«

»Würstchen. Sie sind angebrannt.« Sandy zog die Bluse aus den Jeans, um Randys Nase damit abzuwischen. Roy konnte das Fett rund um ihre Taille sehen. Nach dem Baby war sie aus den Fugen gegangen.

»Ich werde Randy die Flasche geben«, sagte Sandy und stand auf.

»Und mir das Abendbrot.« Er zog die Arbeitsjacke aus. »Mein Gott, ist das hier ein Saustall! Was tust du nur den ganzen Tag über? Vögeln?«

»Roy«, sagte sie schockiert. Dann kicherte sie. Die Wut, die sie gepackt hatte, als das Kind nicht stillhalten wollte, war verflogen.

»Roy?«

»Hmm? Was?«

»Es ist vorbei.«

»Was ist vorbei?«

»Du weißt, was. Hast du Lust? Heute abend?«

»Klar«, sagte er. »Klar.« Und dachte: Was für ein Leben ...!

Nolly Gardener hörte Rock 'n' Roll-Musik, als das Telefon läutete. Parkins legte das Kreuzworträtsel beiseite und sagte: »Dreh das ab.«

»Hallo?« sagte Parkins.

»Hier spricht Tom Hanrahan. Ich habe die Informationen, die Sie verlangt haben.«

»O. k.«, sagte Parkins, »was haben Sie festgestellt?«

»Ben Mears wurde nach einem tödlichen Verkehrsunfall im Mai 1973 im Staat New York vorgeladen. Es wurde keine Anklage erhoben. Motorradunfall. Seine Frau Miranda tot. Zeugen gaben an, daß er langsam fuhr. Alkoholprobe negativ. Vermutlich nasse Fahrbahn. Politisch eher links. Beteiligte sich 1966 an einem Friedensmarsch in Princeton. Sprach 1967 auf einer Anti-Vietnam-Versammlung in Brooklyn. Teilnahme am Friedensmarsch nach Washington in den Jahren 1968 und 1970. Verhaftung während eines anderen Friedensmarsches nach San Francisco im November 1971. Das ist alles, was wir über ihn wissen.«

»Was weiter?«

»Kurt Barlow. Britischer Staatsbürger. Naturalisiert. In Deutschland geboren. Floh 1938, angeblich vor der Gestapo, nach England. Etwa siebzig Jahre alt. Seit 1946 Import-Export-Geschäft in London. Lebt zurückgezogen. Sein Partner Straker führt alle Verhandlungen für ihn.«

»Weiter.«

»Straker ist seit Geburt britischer Staatsbürger. Achtundfünfzig Jahre. Beide haben vor eineinhalb Jahren um ein Visum für die USA angesucht, um hier eine Weile zu leben. Das ist alles, was wir wissen. Außer, daß sie vermutlich Schwule sind.«

»Ja«, seufzte Parkins. »Ungefähr, was ich mir dachte.«

»Übrigens konnten wir keine Verbindung zwischen Mears und den beiden andern feststellen.«

»O. k. – Danke.«

Er legte den Hörer auf und starrte ihn nachdenklich an.

»Wer war das, Park?« Nolly fragte es, während er das Radio wieder einschaltete.

»Das Café Excellent. Sie haben keine Schinkenbrote mehr. Nur noch Käsetoast und Eiersalat.«

»Ich hab' noch ein bißchen Himbeercreme in meiner Lade, wenn du das möchtest.«

»Nein, danke«, sagte Parkins. Er seufzte wieder.

Der Müll glomm noch immer.

Dud Rogers schlenderte den Müllplatz entlang und schnupperte nach dem Gestank des schwelenden Mülls. Unten lagen zerbrochene Flaschen, darüber türmte sich schichtenweise pulverisierte, schwarze Asche. Rund um den Müll glosten riesige Kohlenhaufen im Wind und erinnerten Dud an ein gewaltiges rotes Auge, das sich öffnete und schloß ... das Auge eines Riesen. Hin und wieder gab es eine schwache Explosion, als explodierte eine Aerosoldose oder eine Neonröhre.

Als Dud heute frühmorgens den Müll angezündet hatte, waren viele Ratten hervorgekommen, mehr als er jemals gesehen hatte. Er erschoß ganze drei Dutzend, und seine Pistole war heiß, als er sie endlich in den Halfter zurücksteckte. Es waren Riesenbiester, einige von ihnen waren gut vierzig Zentimeter lang. Es amüsierte ihn, wie ihre Anzahl anzuwachsen oder zu schrumpfen schien, je nachdem, was gerade für ein Jahr war. Es hatte wohl etwas mit dem Wetter zu tun. Wenn sie sich so weitervermehrten, würde er wieder mit dem Streuen von Giftpulver beginnen müssen. (Seit 1964 mußte er das nämlich nicht mehr tun.)

Jetzt sah er wieder eine; sie kroch unter den Sägeblöcken hervor, die als Feuerbarriere dienten.

Dud zog die Pistole heraus, entsicherte sie und zielte sorgfältig. »Leb wohl, Ratz«, sagte Dud und schoß.

Die Ratte fuhr zusammen.

Dud ging hinüber und stieß sie mit seinem schweren Stiefel an. Die Ratte biß noch einmal schwach ins Oberleder und zuckte müde mit den Flanken.

»Biest«, sagte Dud Rogers und zertrat ihr den Kopf.

Er hockte sich nieder und betrachtete sie, als er sich plötzlich dabei ertappte, daß er an Ruthie Crockett dachte, das Mädchen, das keinen Büstenhalter trug. Wenn sie einen dieser hautengen Wollpullis trug, konnte man ganz deutlich ihre Brustwarzen sehen, wie sie sich durch die Reibung an der Wolle aufrichteten. Wenn ein Mann dieser Brustwarzen habhaft werden und sie nur ein wenig streicheln könnte, nur ein wenig, dann würde die Schlampe wohl auf Touren kommen wie eine Rakete...

Er packte die Ratte beim Schwanz und schwang sie wie ein Pendel. »Was würdest du sagen, wenn du die gute alte Ratte in deinem Schmuckdöschen finden würdest, Ruthie?« Der Gedanke mit seiner unbeabsichtigten Doppeldeutigkeit amüsierte ihn. Er kicherte mit hoher Stimme und schüttelte seinen etwas schief gewachsenen Kopf.

Er warf die Ratte in großem Bogen auf den glühenden Müll, und während er sich umdrehte, erblickte er eine Gestalt – etwa fünfzig Schritte zu seiner Rechten, eine große, überaus schlanke Silhouette. Dud wischte die Hände an seinen grünen Hosen ab, zog die Hosen hoch und schlenderte näher.

»Der Müllplatz ist geschlossen, Mister.«

Der Mann wandte sich ihm zu. Das Gesicht, das Dud in dem roten Schein des sterbenden Feuers sah, wirkte nachdenklich. Der Mann hatte hohe Backenknochen und weißes Haar mit einigen eisengrauen Strähnen darin. Er trug es über seine spiegelglatte Stirn nach hinten gekämmt, wie einer von jenen Konzertpianisten. Die Augen starrten in die glühende Asche und spiegelten sie wider, so daß sie blutunterlaufen wirkten.

»Tatsächlich?« fragte der Mann, und obwohl das Wort perfekt ausgesprochen war, vernahm man einen leichten Akzent. Er sprach etwa so wie ein Franzose oder vielleicht wie ein Mitteleuropäer. »Ich kam, um das Feuer anzusehen. Es ist schön.«

»Ja«, sagte Dud. »Wohnen Sie hier in der Nähe?«

»Ich bin vor kurzem in Ihre schöne Stadt gezogen. Schießen Sie viele Ratten?«

»Eine ganze Menge, ja. Im Augenblick gibt es Millionen dieser kleinen Hurensöhne hier. Sagen Sie, sind Sie nicht der Mann, der das Marstenhaus gekauft hat?«

»Raubtiere«, sagte der Mann und verschränkte die Hände im Rücken. Dud stellte erstaunt fest, daß der Mann ganz formell angezogen war, mit Anzug, Weste und allem Zubehör. »Ich liebe die Raubtiere der Nacht. Die Ratten ... die Eulen ... die Wölfe. Gibt es hier Wölfe?«

»Nein«, erwiderte Dud. »Vor zwei Jahren hat man in Durham ein, zwei Coyoten geschossen. Und dann gibt's noch ein Rudel wilder Hunde – für die Jagd –.«

»Hunde«, sagte der Fremde mit verächtlicher Miene. »Niedrige Tiere, die schon beim Klang eines fremden Schrittes zu heulen beginnen und sich verkriechen. Zu nichts gut als zum Winseln. Man sollte sie alle schlachten, sage ich. Schlachtet sie alle!«

»Gut, gut, meine Meinung ist das ja nicht«, sagte Dud und trat ängstlich einen Schritt zurück. »Es ist immer gemütlich, wenn jemand hier heraus kommt, aber, wie dem auch sei, dieser Müllplatz schließt an Sonntagen um achtzehn Uhr, und jetzt ist es zwanzig Uhr dreißig –.«

»Offenbar.«

Der Fremde machte jedoch keinerlei Anstalten, zu gehen. Dud überlegte, daß er den übrigen Stadtbewohnern nun etwas voraus habe. Jedermann wollte wissen, was hinter diesem Straker steckte, und er war nun der erste, der das in Erfahrung gebracht hatte, ausgenommen Larry Crockett vielleicht, der ein schlauer Fuchs war. Das nächste Mal, wenn er in die Stadt kam, um bei diesem George Middler mit dem Quadratschädel neue Patronen zu kaufen, würde er so ganz nebenbei sagen: Ich hab' da gestern nacht diesen neuen Typ getroffen, rein zufällig. Wen? Ach, du weißt schon. Den Kerl, der das Marstenhaus gekauft hat. Ganz netter Kerl. Spricht ein bißchen wie ein Europäer.

»Gibt es Gespenster in dem alten Haus?« fragte er, als der Mann keine Anstalten machte, zu verschwinden.

»Gespenster?« Der Mann lächelte, und dieses Lächeln hatte etwas sehr Beunruhigendes. Es war das Lächeln eines Haifisches. »Nein, keine Gespenster.« Er legte eine schwache Betonung auf das letzte Wort, als gäbe es dort oben etwas, das viel schlimmer war.

»Nun ... es wird spät ... Sie sollten jetzt wirklich gehen, Mister –?«

»Aber es ist nett, mit Ihnen zu plaudern«, sagte der Mann, und zum erstenmal wandte er sein Gesicht Dud voll zu und sah ihm in die Augen. Die Augen des Mannes lagen weit auseinander, und der matte Feuerschein gab ihnen einen roten Rand. Man konnte von diesen Augen nicht wegschauen, obwohl es doch unhöflich ist, jemandem ins Gesicht zu starren. »Es macht Ihnen doch nichts aus, wenn wir uns noch ein wenig unterhalten?«

»Nein, eigentlich nicht«, sagte Dud; seine eigene Stimme schien nun von weither zu kommen. Die Augen des andern schienen sich auszudehnen, zu wachsen, bis sie zu dunklen, von Feuer umflackerten Gruben wurden, Gruben, in denen man glaubte, ertrinken zu müssen.

»Danke«, sagte der Mann. »Sagen Sie mir ... stört Sie Ihr Buckel bei der Arbeit?«

»Nein«, sagte Dud und glaubte immer noch, weit fort zu sein. Vage dachte er: Ich freß einen Besen, wenn der mich nicht hypnotisiert. Genauso wie damals jener Kerl auf dem Jahrmarkt ... wie hieß er doch nur? Mephisto. Er versetzte einen in Trance und ließ einen alle möglichen komischen Dinge tun – gackern wie ein Huhn, oder umherlaufen wie ein Hund, oder erzählen, was einem am sechsten Geburtstag alles passiert ist. Er hypnotisierte den alten Reggie Sawyer. Du lieber Himmel, war das ein Spaß ...

»Stört er Sie vielleicht in anderer Beziehung?«

»Nun ... ja ...« Fasziniert starrte Dud in die Augen des Fremden.

»Nur Mut«, sagte dessen Stimme, sanft und schmeichelnd. »Wir sind doch Freunde, nicht wahr? Sagen Sie es mir.«

»Nun ja ... Mädchen ... wissen Sie, Mädchen ...«

»Natürlich«, sagte der Mann verständnisvoll. »Die Mädchen lachen Sie aus, nicht wahr? Die ahnen nichts von Ihrer Männlichkeit, von Ihrer Stärke.«

»So ist es«, flüsterte Dud. »Sie lachen. *Sie* lacht.«
»Wer ist *sie*?«
»Ruthie Crockett. Sie ... sie ...« Der Gedanke flog fort. Es machte nichts aus. Nichts machte mehr etwas aus, außer diesem Frieden. Diesem kühlen, vollkommenen Frieden.
»Sie macht Witze? Kichert hinter der vorgehaltenen Hand? Stößt ihre Freundinnen an, wenn Sie vorübergehen?«
»Ja ...«
»Aber Sie wollen sie haben«, beharrte die Stimme. »Stimmt's?«
»O ja ...«
»Sie werden sie haben. Dessen bin ich sicher.«
Das war etwas ... etwas sehr Angenehmes. Von weit her schien Dud süße Stimmen zu hören, die aufreizende Worte sangen. Silberglocken ... weiße Gesichter ... Ruthie Crocketts Stimme. Beinahe konnte er Ruthie sehen. Sie hob mit den Händen ihre Brüste und flüsterte: »Küß sie, Dud ... beiß sie ... saug ...!«
Es war wie ein Ertrinken. Wie ein Ertrinken in den rotgeränderten Augen des Fremden. Und als der Fremde sich näherte, wußte Dud alles und hieß, was da sich näherte, willkommen, und als der Schmerz kam, war er hell wie Silber, grün wie ein stilles Wasser in großer Tiefe.

Seine Hand zitterte. Statt die Flasche mit den Fingern zu umklammern, stieß er sie vom Tisch auf den Teppich. Sie schlug dumpf auf, und der gute Scotch ergoß sich über die grüne Fläche.
»Scheiße!« sagte Pater Donald Callahan und bückte sich, um die Flasche aufzuheben, bevor alles ausgeronnen war. In Wirklichkeit war aber nicht mehr viel zu verlieren. Er stellte das, was übriggeblieben war, mit ordentlichem Abstand vom Rand wieder auf die Tischplatte zurück und wankte in die Küche, um unter dem Abwaschbecken einen Putzlappen und die Flasche mit dem Reinigungsmittel zu suchen. Es wäre unausdenkbar, wenn Mrs. Curless einen Whiskyfleck unter dem Arbeitstisch fände. Ihre verständnis- und mitleidsvollen Blicke waren nicht auszuhalten an den langen grauen Vormittagen, besonders, wenn man sich ohnedies flau fühlte –.
Das wird wieder ein Kater werden!
Ja, ein Kater, sehr gut. Man soll der Wahrheit unter allen

Umständen ins Gesicht sehen. Wenn man die Wahrheit kennt, macht sie frei. Kämpfen muß man für die Wahrheit.

Er fand eine Flasche mit irgend etwas darin, das sich E-VAP nannte, und trug das Zeug in den Studierraum. Er torkelte überhaupt nicht. Fast überhaupt nicht. Schau her, du Trunkenbold, ich gehe jetzt diese schöne weiße Linie entlang, genau bis zu dem Licht am Ende.

Callahan war ein gewichtiger Dreiundfünfzigjähriger. Sein Haar war silbrig, seine Augen waren von einem wunderbar aufrichtigen Blau (nun freilich waren sie von winzigen roten Äderchen durchzogen), umgeben von typisch irischen Lachfältchen. Ein entschlossener Zug um den Mund, noch entschlossener das Kinn mit dem Grübchen. Wenn Callahan morgens in den Spiegel sah, dachte er mitunter, daß er mit sechzig sein Priesterdasein aufgeben und nach Hollywood gehen sollte, um dort Spencer Tracy darzustellen.

Er bückte sich hinab zum Whiskyfleck, warf einen Blick darauf, las die Gebrauchsanweisung auf dem Flaschenetikett und goß zwei Verschlußkappen voll E-VAP darüber. Der Fleck verfärbte sich sofort weiß und begann zu schäumen. Callahan starrte etwas verstört auf diesen Vorgang und zog nochmals die Gebrauchsanweisung zu Rate.

»Auf wirklich schwierige Flecken«, las er laut mit seiner kraftvollen und melodiösen Stimme, die ihn in seiner Pfarre nach den endlos langen, mit locker gewordenem Gebiß vorgetragenen Predigten des alten Pater Hume so beliebt bei seiner Gemeinde machte, »sieben bis zehn Minuten lang einwirken lassen.«

Er ging hinüber zum Fenster seines Arbeitszimmers, das auf die Elm Street hinaussah und den Blick auf die St. Andrews-Kirche auf der gegenüberliegenden Seite freigab.

Schon gut, dachte er. Hier bin ich also, am Sonntag, des Nachts, und schon wieder betrunken.

Vergib mir, Vater, denn ich habe gesündigt.

Wenn man langsam trank und dabei arbeitete (während der langen, einsamen Abende arbeitete Pater Callahan an seinen Aufzeichnungen. Er arbeitete schon seit sieben Jahren daran, und es sollte ein Buch über die katholische Kirche in Neu-England werden. Hin und wieder vermutete er jedoch, daß er dieses Buch nie vollenden werde können), so bemerkte man eben kaum, wie man allmählich immer betrunkener wurde. Man konnte seine Hand dazu erziehen, nicht zu bemerken, wie das Gewicht der Flasche zusehends abnahm. Tatsache war jedoch, daß seine Aufzeichnungen und sein Hang zum Alkoholismus zur selben Zeit begonnen hatten. (Genesis 1,1: »Im Anfang war der Scotch, und Pater Callahan sagte: Es werde ein Buch!«)

Meine letzte Beichte liegt schon mindestens einen Tag zurück.
Es war dreiundzwanzig Uhr dreißig. Als Callahan zum Fenster hinaussah, war es draußen stockfinster. Nur die Straßenbeleuchtung durchbrach die Dunkelheit und bildete vor der Kirche einen Lichtkegel, in den nun alsbald Fred Astaire hineintanzen konnte, mit Zylinder, Smoking, Gamaschen und weißen Schuhen, um sein Stöckchen durch die Luft zu wirbeln. An seiner Seite wird Ginger Rogers steppen, und Fred wird der Melodie des ›Kozmic E-VAP-Blues‹ mit ihr Walzer tanzen.

Callahan preßte die Stirn an das Glas. Die Züge seines schönen Gesichts, das in gewisser Hinsicht auch sein Fluch war, verzerrten sich zu von Mühsal gezeichneten Falten.

Ich bin betrunken, und ich bin ein miserabler Priester, mein Vater.

Mit geschlossenen Augen konnte er die Düsternis des Beichtstuhls sehen, konnte fühlen, wie seine Finger das Fenster zurückschoben, und wie sich der Schleier über den Geheimnissen des menschlichen Herzens lüftete. Er konnte den Firnis und die alten Samtpolster auf den Betstühlen förmlich riechen, und den Schweiß alter Männer; er schmeckte Spuren von alkalischen Salzen in seinem Speichel.

Vergib mir, Vater.
(Ich habe das Auto meines Bruders zuschanden gefahren, ich habe in Mrs. Sawyers Fenster gestarrt, als sie sich gerade auszog, ich habe gelogen, ich habe betrogen, ich bin obszönen Gedanken nachgegangen, ich habe meine Frau geschlagen, ich, ich, ich, ...)

Denn ich habe gesündigt.
Er öffnete die Augen und stellte fest, daß Fred Astaire noch immer nicht erschienen war. Um Mitternacht vielleicht. Die Stadt schlief. Außer –.

Er schaute hinauf. Ja, *dort* brannte noch Licht.

Er dachte an die kleine Bowie – nein, McDougall hieß sie jetzt –, als sie mit ihrer kurzatmigen kleinen Stimme bekannte, sie habe ihr Baby geschlagen. Als er sie fragte, wie oft, konnte er fühlen (er konnte es geradezu hören), wie ihr Gehirn auf vollen Touren arbeitete und aus einem Dutzendmal fünfmal machte, und aus hundertmal ein Dutzend. Traurige Rechtfertigung für ein menschliches Wesen. Er hatte einst das Baby getauft. Randall Fratus McDougall. Gezeugt auf den Hintersitzen von Royce McDougalls Auto, wahrscheinlich während einer Spätvorstellung im Autokino. Armes, schreiendes kleines Ding. Er hätte gerne gewußt, ob Bowie ahnte, daß er am liebsten mit beiden Händen durch das Beichtgitter gegriffen hätte, um die Seele auf der anderen Seite zu packen, wie sehr sie sich auch wand und drehte, um sie zusammenzuquetschen, bis sie schrie. Deine Buße sind sechs Hiebe auf den Kopf und ein ordentlicher Tritt in den Hintern. Steh auf und sündige nicht mehr.

»Einfältig«, sagte er.

Aber da war mehr als nur Einfalt in diesem Beichtstuhl. Es kam nicht von selbst, was ihn so krank machte und ihn in die Arme jenes ständig größer werdenden »Clubs der vereinigten katholischen Schnapspriester und Ritter der Whiskyflasche« trieb. Es war die Monotonie der Seelsorgearbeit, die den Pendelzug mit all seiner Last an läßlichen Sünden in Richtung Himmel antrieb. Es war die Erkenntnis des Bösen durch eine Kirche, die sich mehr denn je mit sozialen Übeln befaßte. Da war die Buße für rosenkranzbetende ältere Damen, deren Eltern noch aus Europa gekommen waren. Da war die Allgegenwart des Bösen im Beichtstuhl, so wirklich wie der Geruch der alten Plüschpolster. Aber da war auch ein gesichtsloses, undefinierbares Böses, das weder Gnade noch Entrinnen kannte. Die Faust im Gesicht des Babys, der mit einem Klappmesser aufgeschlitzte Autoreifen, die Wirtshausrauferei, die in den Weihnachtsäpfeln versteckten Rasierklingen, abgeschmackte Zeichen dessen, was der menschliche Geist mit seinen unerforschlichen Möglichkeiten alles auskotzen kann. Meine Herrschaften, nicht wahr, bessere Gefängnisse werden die Situation ändern. Bessere Polizisten. Bessere Fürsorgestellen. Bessere Geburtenkontrolle. Bessere Sterilisationstechniken. Bessere Abtreibungen. Meine Herren, wenn wir diesen Fötus, dieses blutige Gewirr von Armen und Beinen stückweise aus dem Mutterleib herausholen, dann wird er niemals heranwachsen und eine alte Lady mit einem Hammer erschlagen. Meine Damen, wenn wir, nicht wahr, diesen Mann auf den elektrischen Stuhl setzen und grillen, wie ein Schweinskotelett im Mikrowellenherd, dann wird er sicherlich keinen kleinen Jungen mehr zu Tode quälen. Landsleute, wenn das Rassenhygienegesetz durch ist, dann kann ich euch garantieren, daß ihr nie wieder –.

Scheiße.
Die Wahrheit seines Zustands war Callahan seit einiger Zeit zunehmend klarer geworden, etwa seit drei Jahren. Diese Erkenntnis hatte an Sicherheit gewonnen, wie das Bild aus einem Filmprojektor, das so lange adjustiert wird, bis jede Linie klar erkennbar und scharf ist. Er hatte sich nach einer Herausforderung gesehnt, wie sie jene progressistischen Priester hatten: Rassendiskriminierung, Emanzipation, die Schwulenbewegung; Armut, Krankheit, Kriminalität. Sie verursachten in Callahan ein schlechtes Gefühl. Die einzigen sozial engagierten Priester, mit denen er sich geistig verbunden fühlte, waren jene gewesen, die sich militant gegen den Vietnamkrieg gestellt hatten. Nun, da ihr Engagement nicht mehr notwendig war, saßen sie herum und diskutierten über Friedensmärsche wie alte Ehepaare über ihre Hochzeitsreise. Aber Callahan gehörte weder zu den progressistischen Priestern noch zu den reaktionären. Er fand sich mit der Rolle eines Traditionalisten ab, der den Grundlagen seiner Existenz mißtraute. Er wollte eine Division in der Armee anführen, aber in wessen Armee? Gott, Recht, Tugend, das meinte dasselbe – im Kampf gegen das radikal Böse. Er wollte Befehle und Schlachtpläne, er hatte es satt, in der Kälte vor den Supermärkten zu stehen und Flugblätter über den Salatboykott und den Weintraubenstreik zu verteilen. Er wollte dem radikal Bösen entgegentreten, ihm seine Tarnkappe herunterreißen, jeden Zug seines Antlitzes klar erkennen. Er wollte seinen Kampf mit dem radikal Bösen aufnehmen, Körper an Körper, wie Muhammed Ali mit Joe Frazier gekämpft hatte oder Jakob mit dem Engel. Er wollte einen fairen Kampf, unbehindert von aller Politik, die ihr Mäntelchen nach dem Wind richtete. All das wollte er, seit er Priester geworden war, und diese Berufung hatte ihn mit vierzehn Jahren getroffen, als er sich für den heiligen Stephanus begeistert hatte, den ersten christlichen Märtyrer, der gesteinigt worden war und im Angesicht des Todes Christus erblickt hatte. Der Himmel war eine schwache Belohnung, verglichen mit dem Kampf – und vielleicht auch dem Untergang im Dienste des Herrn.

Aber es gab keine Schlachten. Es gab nur Scharmützel ohne Sieger. Und das Böse trug nicht nur ein einziges Gesicht, sondern viele. Alle waren sie leer, und den meisten tropfte der Geifer vom Kinn. Das zwang ihn zu dem Schluß, daß es kein Böses in der Welt gäbe, sondern nur jenseits der Welt *den* Bösen. In solchen Augenblicken vermutete Callahan, daß Hitler nur ein Bürokrat und Satan selbst nur ein Geisteskranker mit einem verborgenen Sinn für Humor sei – einer von jener Art, die es unbeschreiblich lustig findet, Seemöwen mit Brotkrümeln zu füttern, in die man zuvor eine Knallerbse gesteckt hat.

Die große soziale, moralische und spirituelle Schlacht des Jahrhunderts reduzierte sich auf Sandy McDougall, die ihr rotznasiges Kind schlug, und das Kind würde erwachsen werden und sein eigenes Kind schlagen, und so ging das endlos weiter. Mutter Gottes, Maria, voll der Gnaden, hilf mir, diese Rallye zu gewinnen!

Es war mehr als nur einfältig. Es war erschreckend in seinen Konsequenzen für jeden Versuch, das Leben zu definieren und vielleicht auch den Himmel zu erklären. Was war das denn, der Himmel? Ein Casino in der Kirche, eine ewige Fahrt durch Vergnügungsparks oder ein Grand-Prix-Rennen auf paradiesischen Autobahnen?

Callahan schaute auf die Uhr an der Wand. Es war sechs Minuten nach Mitternacht. Und immer noch kein Zeichen von Fred Astaire. Aber das E-VAP hatte Zeit genug zum Einwirken gehabt. Nun würde er es mit dem Staubsauger entfernen und Mrs. Curless würde ihn nicht mit ihrer mitleidigen Miene anstarren. Das Leben konnte weitergehen. Amen.

7
Matt

Am Dienstag ging Matt nach der dritten Stunde hinauf ins Sekretariat, wo Ben Mears bereits auf ihn wartete.

»Hallo«, sagte Matt. »Sie sind früh dran.«

Ben stand auf und schüttelte ihm die Hand. »Das liegt in meiner Familie, glaube ich. Die Kinder werden mich ja nicht fressen?«

»Aber gewiß nicht«, sagte Matt. »Gehen wir.«

Er war ein wenig überrascht. Ben trug einen gutaussehenden Sportmantel und elegante graue Hosen. Und gute Schuhe, die nicht den Eindruck machten, als wären sie schon oft getragen worden. Matt hatte seiner Klasse auch schon andere Literaten vorgestellt, und sie hatten Alltagskleidung getragen oder irgend etwas eher Obskures. Vor einem Jahr hatte Matt eine recht bekannte Dichterin, die gerade an der Portland-Universität einen Vortrag hielt, gebeten, tags darauf zu seiner Klasse über Lyrik zu sprechen. Sie war in einer Fischerhose und in hohen Stiefeln aufgekreuzt. Es schien das eine unterbewußte Art zu sein, dem Publikum mitzuteilen: schaut mich an, ich habe das System nach seinen eigenen Spielregeln geschlagen. Ich komme und gehe wie der Wind.

Matts Bewunderung für Ben wuchs bei diesem Vergleich. Nach mehr als dreißig Jahren Lehrtätigkeit wußte Matt, daß niemand das System besiegen oder das Spiel mit ihm gewinnen konnte und daß nur Grünschnäbel glaubten, sie seien obenauf.

»Das Gebäude ist hübsch«, sagte Ben und sah sich um, während sie in die Halle hinuntergingen. »Verglichen mit meiner alten Schule ist das wie Himmel und Hölle. Die Fenster sahen dort wie Schießscharten aus.«

»Das ist schon der erste Fehler«, sagte Matt. »Sie dürfen niemals von einem ›Gebäude‹ sprechen. Es handelt sich hier um eine ›Anlage‹. Schultafeln sind ›visuelle Hilfen‹. Und die Kinder sind ein ›homogener Körper von koedukational ausgebildeten Studenten in der Pubertätsphase‹.«

»Wie schön für sie«, sagte Ben und grinste.

»Ist es das nicht in der Tat? Sind Sie aufs College gegangen, Ben?«

»Ich hab's versucht. Geisteswissenschaften. Aber jedermann

schien dort nur auf Teufel komm raus beweisen zu müssen, was für ein Intellektueller er *nicht* sei, um nur ja bekannt und beliebt zu werden. Ich hab' mich schließlich verdrückt. Als ›Conways Tochter‹ erschien, lud ich Coca-Cola-Kisten auf Lieferwagen.«

»Erzählen Sie das den Kindern. Es wird sie interessieren.«

»Sie sind gerne Lehrer?« sagte Ben.

»Wahrscheinlich bin ich es gerne. Es wäre wohl auch eine sinnlose Plackerei gewesen, wenn ich es nicht gern wäre.«

Die Pausenglocke ertönte und drang überlaut durch den Korridor, der jetzt leer war, abgesehen von einem Studenten, der langsam an einer Bogentür mit der Aufschrift »Handarbeitsraum« vorbeischlenderte.

»Wie steht es bei Ihnen mit Drogen?«

»Jede Menge. Wie in jeder anderen Schule auch. Bei uns ist das Hauptproblem allerdings der Alkohol.«

»Nicht Marihuana?«

»Ich glaube nicht, daß das ein Problem ist. Das ist auch die Meinung der Direktion. Ich weiß sogar, daß unser pädagogischer Leiter – im übrigen einer der besten seines Fachs – nicht davor zurückschreckt, einen Joint zu rauchen, wenn er ins Kino geht. Ich selbst hab' es übrigens auch schon einmal versucht. Der Effekt ist ganz gut, nur bekomme ich davon Magenverstimmung.«

»*Sie* haben auch?«

»Pssst! Hier haben die Wände Ohren. Da ist auch schon meine Klasse.«

»Das kann ja heiter werden.«

»Sie brauchen sich nicht aufzuregen«, sagte Matt und führte Ben hinein. »Guten Morgen, Freunde«, sagte er zu den etwa zwanzig Studenten, die Bill prüfend anstarrten. »Das ist Mr. Ben Mears.«

Zuerst dachte Ben, es sei das falsche Haus.

Er war ganz sicher, daß Matt Burke, als er zum Abendbrot eingeladen hatte, von einem kleinen grauen Haus, gleich nach dem großen Ziegelbau, gesprochen hatte, doch aus dem Haus, vor dem Ben jetzt stand, ertönte laute Rock 'n' Roll-Musik.

Ben betätigte den verrosteten Messingklopfer, bekam keine Antwort und klopfte nochmals. Jetzt wurde die Musik etwas leiser und eine Stimme, die unverkennbar Matt gehörte, rief: »Es ist offen! Kommen Sie nur herein!«

Ben trat ein und sah neugierig um sich. Die Eingangstür führte direkt in einen kleinen Wohnraum, der mit billigen frühamerikanischen Möbeln eingerichtet war und von einem unglaublich alten Fernsehapparat dominiert wurde. Die Musik kam aus einer Quadrophonieanlage.

Matt mit rot-weiß karierter Schürze erschien in der Küchentür. Ein Geruch von Spaghetti folgte ihm.

»Entschuldigen Sie den Lärm«, sagte er, »ich bin ein wenig schwerhörig und stelle den Apparat deshalb immer auf sehr laut.«

»Gute Musik.«

»Ich bin schon seit langem ein Rock-Fan. Köstliche Musik. Sind Sie hungrig?«

»Ja«, sagte Ben. »Danke für die Einladung. Seit ich in Salem's Lot bin, wurde ich öfter eingeladen als in den letzten fünf Jahren.«

»Ja, es ist eine freundliche Stadt. Ich hoffe, es macht Ihnen nichts aus, in der Küche zu essen. Vor ein paar Monaten kam ein Antiquitätenhändler hier vorbei und zahlte mir hundert Dollar für meinen Eßtisch. Ich hatte noch keine Zeit, mir einen andern zu besorgen.«

»Es macht mir nicht das geringste aus. Ich komme aus einer Familie von Küchenessern.«

Die Küche war von peinlicher Sauberkeit. Auf dem Herd brodelte ein Spaghettiragout und daneben dampfte ein Topf mit Pasta asciutta. Auf einem kleinen Tisch standen Teller, die nicht zusammenpaßten, und die Trinkgefäße waren Marmeladegläser, wie Ben belustigt feststellte. Alle Hemmungen, die man üblicherweise gegenüber einem Fremden verspürt, verschwanden.

»In dem Kästchen oberhalb des Abwaschbeckens finden Sie Bourbon, Rye und Wodka«, sagte Matt, »Soda- und Mineralwasser stehen im Kühlschrank. Mehr habe ich leider nicht.«

»Bourbon und Wasser sind genau das Richtige für mich.«

»Bedienen Sie sich. Ich werde unterdessen dieses Zeug servieren.«

Während er seinen Drink mixte, sagte Ben: »Ihre Schüler haben mir gefallen. Sie haben gute Fragen gestellt. Harte Fragen, aber gute.«

»Wo bekommen Sie denn Ihre Ideen her?« fragte Matt, indem er Ruthie Crocketts jungmädchenhaftes Lispeln imitierte, das sexy klang.

»Die ist eine Nummer!«

»Das ist sie. Da ist auch noch eine Flasche Lancer in der Kühlbox, hinter der Ananasdose. Ich habe sie extra für Sie erstanden.«

»Das hätten Sie nicht tun sollen –«

»Ach, lächerlich, Ben. Bestsellerautoren sieht man bei uns in Lot nicht jeden Tag.«

»Das ist wohl ein wenig übertrieben.«

Ben leerte seinen Drink, erhielt von Matt einen Teller mit Spaghetti und drehte sich davon eine Gabel voll.

»Bravo«, sagte er »Eccellente.«

»Natürlich«, bemerkte Matt.

Ben blickte auf seinen Teller, den er mit erstaunlicher Geschwindigkeit geleert hatte. Schuldbewußt wischte er den Mund ab.

»Mehr?«

»Einen halben Teller noch, bitte. Die Spaghetti sind ausgezeichnet.«

Matt brachte ihm einen gehäuften Teller. »Wenn wir das nicht aufessen, frißt die Katze den Rest. Sie ist ein miserables Tier. Sie wiegt bereits zehn Kilo und kann sich zu ihrem Fressen nur noch hinrollen.«

»Mein Gott, wieso hab' ich sie übersehen?«

Matt lächelte. »Sie ist gerade unterwegs. Ist Ihr neues Buch ein Roman?«

»Halb, halb«, erwiderte Ben. »Um ehrlich zu sein, ich muß Geld verdienen. Kunst ist schön und gut, aber ich hätte Lust, einmal wirklich Geld zu machen.«

»Und wie sind die Aussichten?«

»Eher trübe«, sagte Ben.

»Gehen wir ins Wohnzimmer«, schlug Matt vor. »Die Stühle sind altmodisch, aber bequemer als diese schrecklichen Küchenschemel. Haben Sie genug gehabt?«

»Diese Frage ist ein Scherz.«

Matt legte einen Stoß Platten auf und begann umständlich eine lange Wasserpfeife in Gang zu setzen. Von Rauchwolken umgeben, betrachtete er Ben.

»Nein«, sagte er. »Von hier aus können Sie es nicht sehen.«

Ben drehte sich abrupt um. »Was?«

»Das Marstenhaus. Ich wette einen Taler, daß Sie danach Ausschau hielten.«

Ben lachte verlegen. »Ich wette lieber nicht.«

»Spielt Ihr Buch in einer Stadt wie Salem's Lot?«

»Ja, in einer Stadt wie – und mit Leuten wie –« Ben nickte. »Es geschieht eine Reihe von Sexualmorden. Das Buch wird mit einem Mord beginnen, und ich will ihn ganz genau, mit allen Details, vom Anfang bis zum Ende beschreiben. Den Leser richtig eintauchen. Ich war im Begriff, diesen Teil zu skizzieren, als Ralphie Glick verschwand. Das gab mir ... einen ungeten Schock.«

»Und Sie basieren das Buch auf jene Dinge, die hier in der Stadt während der dreißiger Jahre geschehen sind?«

Ben sah Matt scharf an. »Sie wissen davon?«

»Oh, natürlich. Viele der älteren Bewohner erinnern sich. Ich war damals noch nicht hier, aber Mabel Werts und Milt Crossen und Glynis Mayberry waren hier. Einige von ihnen haben bereits Schlüsse gezogen.«

»Was für Schlüsse?«

»Ben, die Schlüsse liegen doch wohl auf der Hand, nicht?«

»Vermutlich. Als das Haus zum vorletztenmal bewohnt war, verschwanden in einem Zeitraum von zehn Jahren vier Kinder. Jetzt ist es, nach sechsunddreißig Jahren Pause, wieder bewohnt, und schon verschwindet Ralphie Glick.«

»Halten Sie das für einen Zufall?«

»Ich glaube schon«, erwiderte Ben vorsichtig. In seinen Ohren klangen Susans warnende Worte. »Aber es ist seltsam. Um irgendeinen Vergleich zu haben, studierte ich die Lokalzeitung von 1939 bis 1970. Drei Kinder verschwanden. Eines lief fort, und man fand den Jungen später als Arbeiter in Boston – er war sechzehn und sah älter aus. Ein anderes Kind wurde einen Monat nach seinem Verschwinden aus dem Fluß gefischt. Und eines fand man nahe der Landstraße in Gates, offenbar das Opfer einer Fahrerflucht. Jeder Fall fand eine Erklärung.«

»Vielleicht wird man für das Verschwinden des Glick-Jungen auch noch eine Erklärung finden.«

»Vielleicht.«

»Aber Sie glauben es nicht. Was wissen Sie von diesem Straker?«

»Überhaupt nichts«, sagte Ben. »Ich bin gar nicht sicher, ob ich ihn kennenlernen will. Ich habe ein brauchbares Konzept für dieses Buch, mit einer bestimmten Vorstellung vom Marstenhaus und seinen Bewohnern. Wenn ich jetzt feststellen müßte, daß Straker ein ganz gewöhnlicher Geschäftsmann ist – und vermutlich ist er das –, dann stört das mein Bild.«

»Ich glaube kaum, daß er das ist. Wissen Sie, er hat gestern sein Geschäft eröffnet. Susie Norton und ihre Mutter gingen hin und eine ganze Menge anderer Damen ebenfalls. Sogar Mabel Werts humpelte vorbei. Der Mann soll sehr beeindruckend sein. Überall elegant angezogen, völlig kahlköpfig und sehr charmant. Wie ich höre, hat er bereits einiges verkauft.«

Ben grinste. »Großartig. Hat irgend jemand seinen Partner gesehen?«

»Angeblich ist der auf Einkaufsreise.«

»Warum angeblich?«

Matt zuckte die Achseln. »Ich weiß nicht recht. Wahrscheinlich ist die ganze Sache durchaus in Ordnung, aber das Haus geht mir auf die Nerven. Es ist, als hätten die beiden es sich eigens ausgesucht. Wie Sie selbst gesagt haben, es sitzt dort oben auf dem Hügel wie ein böses Götzenbild.«

Ben nickte.

»Und überdies ist wieder ein Kind verschwunden. Und Ralphies Bruder Danny; mit zwölf Jahren gestorben. Todesursache: perniziöse Anämie.«

»Was ist daran merkwürdig? Es ist natürlich sehr traurig –«

»Mein Arzt ist ein junger Kerl namens Jimmy Cody, Ben. Er war mein Schüler, ein großer Lausbub, aber heute ist er ein guter Arzt. Was ich Ihnen jetzt sage, ist natürlich nur ein Gerücht.«

»O. k.«

»Ich ging wegen einer Untersuchung zu Cody und erwähnte gesprächsweise, wie schrecklich der Tod von Danny Glick für die Eltern sei, da doch eben auch der jüngere Bruder verschwunden ist. Jimmy erzählte mir, daß George Gorby, der behandelnde Arzt, ihn zugezogen habe. Der Junge war tatsächlich anämisch. Das Hämoglobin bei einem seines Alters sollte etwa 85 bis 98 Prozent betragen. Danny hatte lediglich 45 Prozent.«

»Donnerwetter«, sagte Ben.

»Man gab Danny B12-Injektionen und Kalbsleber, und sein Zustand besserte sich zusehends. Man wollte ihn am nächsten Tag entlassen. Und plötzlich fiel er tot um.«

»Mabel Werts sollten Sie davon lieber nichts erzählen«, sagte Ben. »Sonst wird sie im Park Indianer mit vergifteten Pfeilen aufstöbern.«

»Ich habe zu keinem Menschen darüber gesprochen, außer zu Ihnen. Und ich werde auch zu niemandem davon sprechen.

Übrigens, Ben, ich würde an Ihrer Stelle auch nicht viel über das Thema Ihres Buches sprechen. Wenn Loretta Starcher Sie danach fragt, sagen Sie ihr, Sie schrieben über Architektur.«

»Das hat mir bereits jemand anderer geraten.«

»Offenbar Susan Norton.«

Ben sah auf die Uhr und stand auf. »Apropos Susan –«

»Der balzende Auerhahn«, sagte Matt. »Übrigens muß ich in der Schule nachsehen. Wir ändern den dritten Akt einer Schulaufführung, einer Komödie von großer sozialer Bedeutung. Sie heißt ›Charleys Problem‹.«

»Was ist sein Problem?«

»Mitesser«, sagte Matt und grinste.

Matt zog einen verwaschenen Schulkittel an, und gemeinsam gingen sie zur Tür. Ben fand, daß Matt eher einem alternden Sporttrainer glich als einem Englischlehrer – wenn man von seinem Gesicht absah, das intelligent und zugleich verträumt war, irgendwie auch unschuldig.

»Hören Sie zu«, sagte Matt, als sie ins Freie traten, »was haben Sie am Freitag abend vor?«

»Ich weiß noch nicht«, sagte Ben. »Vielleicht gehen Susan und ich ins Kino. Das ist so ungefähr das einzige Vergnügen, das die Stadt bietet.«

»Mir fällt etwas anderes ein«, sagte Matt. »Vielleicht könnten wir ein Dreier-Komitee bilden, zum Marstenhaus fahren und den neuen Hausherrn begrüßen. Im Namen der Stadt, natürlich.«

»Natürlich«, sagte Ben. »Das wäre ja nur recht und billig, nicht wahr?«

»Ja, ein ländlicher Willkommensgruß«, stimmte Matt zu.

»Ich werde es Susan heute abend vorschlagen. Sicherlich ist sie damit einverstanden.«

»Gut.«

Matt hob die Hand und winkte, während Bens Citroën langsam davonfuhr. Ben hupte zweimal zum Gruß, dann verschwanden die Hecklichter seines Autos hinter dem Hügel.

Eine ganze Weile stand Matt vor seinem Haus, die Hände in der Jackentasche, den Blick zum Haus auf dem Hügel gewandt.

Am Donnerstag gab es keine Theaterprobe, und Matt fuhr gegen neun Uhr zu Dell's auf zwei, drei Bier. Da dieser verdammte Jimmy Cody sich weigerte, ihm Schlafmittel zu verschreiben, mußte er sich selbst etwas verschreiben.

Wenn keine Musik spielte, war es bei Dell's eher leer. Matt sah nur drei Personen, die er kannte: in einer Ecke Weasel Craig mit einem Bier vor sich; Floyd Tibbits mit bewölkter Stirn (er hatte mit Susan Norton während dieser Woche dreimal gesprochen, zweimal telefonisch und einmal persönlich, doch keines dieser Gespräche war nach seinem Wunsch verlaufen); und Mike Ryerson, der allein in einer Loge saß.

Matt ging zur Theke, wo Dell Gläser polierte und gleichzeitig einem Fernsehkrimi zusah.

»Hallo, Matt, wie geht's?«

»Ganz gut. Ein stiller Abend.«

Dell zuckte die Achseln. »Ja. Im Drive-in zeigen sie zwei Western-Filme. Damit kann ich nicht konkurrieren. Glas oder Krug?«

»Krug.«

Dell schenkte ein, schnitt den Schaum ab und fügte einen kleinen Schluck hinzu. Matt zahlte, und nach kurzem Zögern setzte er sich zu Mike. Mike hatte, wie die meisten jungen Leute in Salem's Lot, Matts Englischunterricht besucht und Matt hatte Freude an ihm gehabt. Mit einer durchschnittlichen Begabung hatte Mike überdurchschnittliche Arbeit geleistet, weil er fleißig war und immer wieder fragte, wenn er etwas nicht begriff. Überdies besaß er Humor und eine sympathische individuelle Note, die ihn zu einem Klassenliebling machten.

»Hallo, Mike«, sagte Matt. »Kann ich mich zu dir setzen?«

Mike Ryerson sah auf, und Matt verspürte einen Schock, als hätte er einen elektrischen Schlag erhalten. Matts erster Gedanke war: *Rauschgift. Schwere Drogen.*

»Natürlich, Mr. Burke. Setzen Sie sich.« Mikes Stimme klang apathisch. Seine Haut war kalkig weiß, unter den Augen lagen tiefe Schatten. Die Augen selbst waren übergroß und fiebrig. Im Halbdunkel des Lokals bewegten sich Mikes Hände langsam wie Gespenster über den Tisch. Vor ihm stand ein unberührtes Glas Bier.

»Wie geht es dir, Mike?« Matt schenkte sich ein Glas Bier ein und beherrschte seine Hände, die zittern wollten.

Sein Leben war immer in angenehmer Gleichförmigkeit verlaufen; graphisch dargestellt: in einer Linie ohne besondere Höhen und Tiefen (und selbst die wenigen Kurven waren seit dem Tod seiner Mutter vor dreizehn Jahren kaum noch erwähnenswert), und eines dieser Dinge, die ihn störten, war das tragische Ende, das viele seiner Schüler nahmen. Billy Royko war in Vietnam zwei Monate vor dem Waffenstillstand bei einem Hubschrauberzusammenstoß umgekommen; Sally Greer, eines der hübschesten und aufgewecktesten Mädchen, die er je unterrichtet hatte, wurde von ihrem betrunkenen Freund ermordet, als sie mit ihm Schluß machen wollte; Gary Coleman hatte durch eine mysteriöse Erkrankung am Sehnerv das Augenlicht verloren; Buddy Mayberrys Bruder, der einzige gute Junge innerhalb dieses ganzen obskuren Clans, ertrank am Old-Orchard-Strand. Und dann die Drogen, dieser Tod auf Raten! Nicht alle von denen, die ins Wasser der Lethe wateten, nahmen notwendigerweise auch ein Bad darin, aber es gab ihrer genug – Kinder, für die ihre Träume so wichtig wurden wie für andere das Eiweiß.

»Wie es mir geht?« sagte Mike langsam. »Ich weiß es nicht, Mr. Burke. Nicht sehr gut.«

»In was für einer Scheiße bist du, Mike?« fragte Matt freundlich.

Mike sah ihn verständnislos an.

»Rauschgift?« fragte Matt. »Stoff? LSD? Oder sind es –«

»Ich nehme kein Rauschgift«, erwiderte Mike. »Ich glaube, ich bin krank.«

»Ist das wahr?«

»Nie hab' ich Rauschgift genommen«, sagte Mike, und die Worte schienen ihn eine furchtbare Anstrengung zu kosten. »Höchstens Hasch, und das hab' ich seit vier Monaten nicht gehabt. Ich bin krank ... krank, ich glaube, ich bin es seit Montag. Am Sonntag abend bin ich draußen auf dem Friedhof eingeschlafen. Erst Montag, frühmorgens, bin ich wieder aufgewacht.« Langsam schüttelte er den Kopf. »Ich fühlte mich hundeelend. Und seither ist es mit jedem Tag schlimmer geworden.« Er seufzte, und der Atemzug schien ihn zu schütteln wie ein totes Blatt an einem herbstlichen Baum.

Besorgt beugte Matt sich zu ihm. »Und das war nach Danny Glicks Begräbnis?«

»Ja.« Mike hob den Kopf. »Als alle heimgegangen waren, kam ich zurück, aber der Scheißkerl – entschuldigen Sie, Mr. Burke – aber Royal Snow erschien nicht. Ich hab' lange auf ihn gewartet, und da muß mir schlecht geworden sein, weil alles nachher ... oh, mir tut der Kopf so weh. Ich kann nicht nachdenken.«

»Woran erinnerst du dich, Mike?«

»Erinnern?« Mike starrte in die goldenen Tiefen seines Bierglases und beobachtete die Schaumblasen.

»Ich erinnere mich an Gesang«, sagte er. »Den süßesten Gesang, den ich jemals gehört habe. Und an ein Gefühl wie ... wie Ertrinken. Aber es war angenehm. Außer den Augen. Diesen *Augen*!«

Er preßte die Ellenbogen an sich und zitterte.

»Wessen Augen?« fragte Matt und beugte sich vor.

»Sie waren rot. Ein furchtbares Rot.«

»*Wessen* Augen?«

»Ich kann mich nicht erinnern. Keine Augen. Alles geträumt.« Mike schob es von sich weg. Matt konnte das beinahe sehen. »Sonst kann ich mich an nichts erinnern. Montag, frühmorgens, wachte ich, auf dem Boden liegend, auf, und zuerst war ich so erschöpft, daß ich nicht einmal aufstehen konnte. Die Sonne wurde dann stärker, und ich hatte Angst, einen Sonnenbrand zu bekommen. Ich ging zum Bach im Wald. Das war anstrengend. So anstrengend. Dort, am Bach, bin ich wieder eingeschlafen. Ich schlief bis ... oh, bis vier oder fünf Uhr.« Er versuchte ein armseliges Lachen. »Und ich war voll von Blättern, als ich aufwachte. Fühlte mich aber ein wenig besser. Ich stand auf und ging zu meinem Lieferwagen.«

Er fuhr sich mit der Hand über das Gesicht. »Ich muß den Glick-Jungen noch Sonntag nachts eingescharrt haben. Komisch, ich kann mich nicht einmal daran erinnern.«

»Eingescharrt?«

»Das Grab war schon voll mit Erde, Royal hin oder her. Da waren auch schon die Rasenstücke eingesetzt und alles. Gute Arbeit. Kann mich aber nicht daran erinnern, sie gemacht zu haben. Ich muß wirklich krank gewesen sein.«

»Wo warst du am Montag abend?«

»Zu Hause. Wo sonst?«

»Wie hast du dich am Morgen des Dienstag gefühlt?«

»Da bin ich einfach nicht aufgewacht. Den ganzen Tag hab' ich durchgeschlafen. Erst am Abend war ich wieder munter.«

»Und wie hast du dich dann gefühlt?«

»Schrecklich. Beine wie Gummi. Ich versuchte, ein Glas Wasser zu holen, und fiel beinahe hin. Auf dem Weg in die Küche mußte ich mich da und dort anhalten.« Er runzelte die Stirn. »Zum Abendbrot hatte ich eine Büchse Fleisch mit Gemüse, aber ich konnte sie nicht essen. Schon vom Hinsehen wurde mir ganz übel. Wie wenn man einen Riesen-Kater hat, und jemand zeigt einem etwas Eßbares.«

»Du hast gar nichts gegessen?«

»Ich versuchte es, doch kam das Essen wieder hoch. Dann ging es mir ein wenig besser. Ich ging eine Weile spazieren. Und dann legte ich mich wieder ins Bett.« Seine Finger fuhren alten Bierringen auf dem Tisch nach. »Bevor ich zu Bett ging, hatte ich Angst. Wie ein kleines Kind, das sich vor dem bösen Wolf fürchtet. Ich ging herum und kontrollierte, ob alle Fenster geschlossen seien. Und ich ließ das Licht brennen.«

»Und gestern frühmorgens?«

»Hmm? Nein ... Gestern bin ich erst abends um neun Uhr aufgestanden.« Wieder versuchte er sein klägliches Kichern. »Ich dachte, wenn das so weitergeht, schlafe ich tagein-tagaus. Und das tut man ja bekanntlich, wenn man tot ist.«

Matt schaute Mike besorgt an. Floyd Tibbits stand auf, warf eine Münze in die Musikbox und begann, Songs auszuwählen.

»Komisch«, sagte Mike, »mein Schlafzimmerfenster war offen, als ich aufstand. Ich muß es selbst geöffnet haben. Ich träumte ... jemand sei am Fenster gewesen und ich sei aufgestanden ... um ihn einzulassen. Wie man einen alten Freund einläßt, der friert oder ... Hunger hat.«

»Wer war es?«

»Ach, es war ja nur ein Traum, Mr. Burke.«

»Aber wer war es im Traum?«

»Ich weiß nicht. Ich wollte essen, doch schon der Gedanke verursachte mir Übelkeit.«

»Was hast du dann getan?«

»Ich sah fern. Dann ging ich wieder ins Bett.«

»Hast du die Fenster verschlossen?«

»Nein.«

»Und hast den ganzen Tag geschlafen?«

»Gegen Abend bin ich aufgewacht.«

»Schwach?«

»Und wie.« Mike fuhr mit der Hand über sein Gesicht. »Ich fühl' mich so elend!« rief er mit erstickter Stimme. »Es ist eine Grippe, nicht wahr? Ich bin doch nicht ernstlich krank?«

»Ich weiß es nicht«, erwiderte Matt.

»Ich dachte, ein Glas Bier würde mich aufheitern, aber ich kann es nicht trinken. Die letzte Woche ... sie war wie ein böser Traum. Und ich hab' Angst. Schreckliche Angst.« Er legte die schmalen Hände über die Augen, und Matt sah, daß Mike weinte.

»Mike?«

Keine Antwort.

»Mike. Ich möchte, daß du heute abend zu mir kommst und in meinem Gastzimmer schläfst. Einverstanden?«

»Gut. Mir ist alles gleich.« Apathisch wischte Mike sich über die Augen.

»Komm, gehen wir.«

Als Matt an die Tür klopfte, sagte Mike Ryerson: »Kommen Sie nur herein.« Matt brachte einen Pyjama. »Vielleicht ist er zu groß –«

»Brauch' ich nicht, Mr. Burke. Ich schlaf' in der Unterhose.«

Matt fiel auf, wie schrecklich blaß Mikes ganzer Körper war.

»Dreh den Kopf nach der Seite, Mike.«

Folgsam drehte Mike den Kopf.

»Mike, woher hast du diese Male?«

Mike berührte seinen Hals unterhalb des Kiefers. »Ich weiß nicht.«

Matt ging zum Fenster. Der Schnapper war geschlossen. Von draußen preßte sich die Dunkelheit gegen das Glas. »Ruf mich, wenn du *irgend etwas* in der Nacht brauchst, Mike.«

»Gut.«

Zögernd, mit dem Gefühl, es gäbe dort noch anderes zu tun, verließ Matt das Zimmer.

Er schlief überhaupt nicht, und das einzige, was ihn davon abhielt, Ben anzurufen, war die Gewißheit, daß in der Pension schon alle schliefen.

Matt beobachtete, wie die Leuchtzeiger seines Weckers von dreiundzwanzig Uhr dreißig auf null Uhr zu wanderten. Das Haus war unnatürlich still.

Was du denkst, ist Wahnsinn.

Doch Matts Verdacht wurde immer stärker. Bei ihm, dem literarisch gebildeten Mann, war es natürlich das erste gewesen, was ihm in den Sinn gekommen war, als Jimmy Cody ihm Danny Glicks Fall erzählte. Er und Cody hatten gemeinsam darüber gelacht. Vielleicht war das nun die Strafe für dieses Lachen.

Kratzer? Diese Male waren keine Kratzer. Das waren Bißwunden.

Natürlich hatte man gelernt, daß es derlei Dinge nicht gibt. Diese Dinge aus Coleridges ›Cristabel‹ oder Bram Stokers ›Märchen vom Bösen‹ waren nur Ausgeburten der Phantasie. Natürlich gab es Monster; das waren die Männer, die ihre Finger am Drücker von Thermonuklearwaffen in sechs Ländern hatten, die Flugzeugentführer, die Massenmörder, die Kindesmißhandler. Aber doch nicht solche. Man wußte es besser. Das Teufelsmal auf der Brust einer Frau ist ein Muttermal. Der Mann, der aus dem Grab wiederaufersteht und im Leichenhemd vor der Tür steht, ist ein Fall von lokomotorischer Ataxie, von Scheintod. Das Gespenst, das in der Ecke eines Kinderzimmers zittert und schlottert, ist ein vom Windzug bewegter Haufen Decken.

Er war beinahe weißgeblutet.

Kein Ton aus Mikes Zimmer. Vermutlich schlief der Gast wie ein Sack. Matt stand auf, knipste das Licht an und ging zum Fenster. Im kalten Mondlicht konnte er das Dach des Marstenhauses sehen.

Ich habe Angst.

Es war schlimmer; Matt hatte Todesangst. Was waren die alten Schutzmittel gegen eine unaussprechliche Gefahr? Knoblauch, ein Kruzifix, eine Hostie, rinnendes Wasser.

Leise, aber deutlich klangen die Worte, von Mike Ryerson gesprochen, durch das stille Haus: »*Ja, komm herein.*«

Matts Atem stockte, dann stieß er einen tonlosen Schrei aus. Sein Magen schien zu Blei zu werden. Was, um Himmels willen, wurde da in sein Haus eingeladen?

Ein ganz leiser Laut, als der Fensterriegel sich öffnete. Dann das Reiben von Holz an Holz, als das Fenster geöffnet wurde.

Matt könnte jetzt laufen. Laufen, die Bibel aus dem Eßzimmer holen, zurücklaufen, die Tür zum Gästezimmer aufreißen und die Bibel hochhalten: *Im Namen des Vaters, des Sohnes und des Heiligen Geistes befehle ich dir, zu verschwinden* –

Aber wer war dort oben?

Ruf mich, wenn du irgend etwas brauchst.

Ich kann nicht, Mike. Ich bin ein alter Mann. Ich habe Angst.

Dunkelheit hüllte Matts Denken ein und sandte ihm furchtbare Bilder, die inmitten von Schatten tanzten. Weiße Gesichter, riesige Augen, scharfe Zähne, Gestalten, die mit langen dürren Händen nach ihm griffen, nach ...

Er stöhnte auf und bedeckte das Gesicht mit den Händen.

Auch wenn die Tür zu seinem eigenen Zimmer aufgegangen wäre, er hätte jetzt nicht aufstehen können. Die Angst lähmte ihn, und er wünschte nur, daß er niemals zu Dell's gegangen wäre.

Ich habe Angst.

Und während er in der schrecklichen Stille des Hauses unbeweglich auf seinem Bette saß, hörte er das süße, böse Gelächter eines Kindes – und dann das Saugen.

ZWEITER TEIL

8
Ben (III)

Jemand mußte schon eine ganze Weile geklopft haben, denn Ben vermeinte das Echo des Klopfens zu hören, während er sich langsam aus dem Schlaf kämpfte. Draußen war es dunkel, und als Ben nach der Uhr griff, warf er sie zu Boden.

»Wer ist da?« rief er.

»Ich bin es, Eva, Mr. Mears. Ein Anruf für Sie.«

Ben stand auf, zog eine Hose an und öffnete die Tür. Draußen stand Eva Miller in einem weißen Bademantel und ihr Gesicht hatte die Verletzlichkeit eines Menschen, der noch nicht ganz erwacht ist. Sie sahen einander an, und Ben dachte: *Wer ist krank? Wer ist gestorben?* »Ein Ferngespräch?«

»Nein, es ist Matthew Burke.«

Diese Nachricht brachte nicht die erwartete Erleichterung. »Wie spät ist es?«

»Kurz nach vier Uhr. Mr. Burkes Stimme klingt sehr erregt.«

Ben ging hinunter und nahm den Hörer. »Hier spricht Ben, Matt.«

Matt atmete schwer. »Können Sie herüberkommen, Ben?«

»Ja, gut. Was ist los? Sind Sie krank?«

»Nicht am Telefon. Bitte, kommen Sie.«

»In zehn Minuten bin ich bei Ihnen.«

»Ben?«

»Ja.«

»Haben Sie ein Kruzifix? Oder ein Christophorus-Medaillon? Irgend etwas derartiges?«

»Nein. Ich bin – ich war Baptist.«

»Macht nichts. Kommen Sie rasch.«

Ben hängte auf und lief die Treppe hinauf. Eva stand da, die Hand auf den Treppenpfosten gestützt, das Gesicht aufgelöst vor Aufregung und Unentschlossenheit. Einerseits wollte sie Neues erfahren, sich aber anderseits nicht in die Angelegenheiten ihres Mieters einmengen.

»Ist Mr. Burke krank, Mr. Mears?«
»Er sagt, nein. Er bat mich nur ... Sind Sie katholisch?«
»Mein Mann war katholisch.«
»Haben Sie vielleicht ein Kruzifix im Haus oder einen Rosenkranz?«
»Ja, das Kruzifix meines Mannes. Ich könnte ...«
»Würden Sie bitte ...?«
Sie latschte mit ihren pelzgefütterten Pantoffeln den abgetretenen Streifen auf dem Teppich entlang.

Ben ging in sein Zimmer, zog ein Hemd an und schlüpfte barfüßig in seine Schuhe. Als er herauskam, stand Eva mit einem Kruzifix in der Hand an der Tür. »Vielen Dank«, sagte er.

»Hat Mr. Burke darum gebeten?«
»Ja.«
Sie runzelte die Stirn und wurde ein wenig wacher. »Burke ist nicht katholisch. Ich glaube nicht, daß er überhaupt zur Kirche geht.«
»Er hat mir nichts erklärt.«
Eva gab Ben das Kruzifix. »Bitte, achten Sie darauf, es hat einen großen Wert für mich.«
»Das versteh' ich. Natürlich.«
»Ich hoffe, Mr. Burke ist nicht krank. Er ist ein braver Mann.«

Ben ging hinunter. Da er nicht gleichzeitig das Kreuz halten und nach seinen Autoschlüsseln suchen konnte, hängte er das Kruzifix um seinen Hals. Das Silber lag angenehm auf seiner Brust, und während er in den Wagen stieg, war er sich dessen kaum bewußt, daß er einen Trost verspürte.

Das untere Stockwerk war hell erleuchtet, und als Bens Scheinwerfer über die Hausfront strichen, öffnete Matt die Tür.

Ben war auf das Schlimmste gefaßt, aber Matts Gesichtsausdruck gab Ben dennoch einen Schock. Matt war totenblaß und sein Mund zitterte. »Gehen wir in die Küche«, sagte Matt.

Als Ben eintrat, streifte das Licht in der Halle das Kreuz auf seiner Brust.
»Ach, Sie haben eines mitgebracht.«
»Es gehört Eva Miller. Was ist los, Matt?«
Matt wiederholte: »In der Küche.« Als sie an den Stufen vorbeikamen, die zum zweiten Stock führten, warf er einen Blick hinauf, schien aber gleichzeitig zurückzuschaudern.

Auf dem Küchentisch, an dem sie vor kurzem noch Spaghetti gegessen hatten, befanden sich drei Gegenstände: eine Schale Kaffee, eine alte Bibel und ein Revolver.

»Also, was gibt's, Matt? Sie sehen furchtbar aus.«

»Vielleicht hab' ich alles nur geträumt, aber dem Himmel sei Dank, daß Sie hier sind.« Matt hatte den Revolver in die Hand genommen und drehte ihn unruhig hin und her.

»Hören Sie auf, mit dem Ding da herumzuspielen. Ist er geladen?«

Matt legte den Revolver weg. »Ja, er ist geladen. Aber er würde wenig nützen ... außer, ich richtete ihn gegen mich selbst.« Matt lachte, und es klang, als zerriebe man Glas.

»Hören Sie auf damit.«

Die Härte in seiner Stimme durchbrach den sonderbar starren Blick seiner Augen. Er schüttelte den Kopf, nicht wie jemand, der etwas verneinen möchte, sondern eher auf jene Weise, mit der einige Tiere ihren Körper durchschütteln, wenn sie aus dem kalten Wasser kommen. »Oben liegt ein toter Mann«, sagte er.

»Wer?«

»Mike Ryerson. Der Stadtgärtner.«

»Sind Sie sicher, daß er tot ist?«

»Ich bin dessen sicher, obwohl ich nicht oben war. Ich hab' mich nicht getraut. Denn, anders herum betrachtet, ist er vielleicht gar nicht tot.«

»Matt, was Sie sagen, klingt völlig verrückt.«

»Glauben Sie, daß ich das nicht weiß? Ich rede Unsinn und ich denke Wahnsinn. Aber außer Ihnen konnte ich niemanden rufen. In ganz Salem's Lot sind Sie der einzige Mensch, der vielleicht...« Matt schüttelte den Kopf und begann von neuem: »Wir sprachen kürzlich von Danny Glick.«

»Ja.«

»Und daß er vielleicht an perniziöser Anämie gestorben ist.«

»Ja.«

»Mike hat ihn begraben. Und Mike hat Purintons Hund auf dem Friedhofsgitter aufgespießt gefunden. Gestern abend traf ich Mike Ryerson bei Dell's und –«

»– und ich konnte nicht hineingehen«, schloß er seinen Bericht. »Ich konnte einfach nicht. Und ich saß beinahe vier Stunden lang auf meinem Bett. Dann schlich ich hinunter wie ein Dieb und rief Sie an. Was halten Sie davon?«

Ben hatte das Kruzifix weggenommen; nun spielte er mit dessen feingliedriger Kette, die das dämmerige Licht widerspiegelte. Es war fast fünf Uhr, und im Osten kam am Himmel bereits die Morgendämmerung herauf. Das Neonlicht verlor allmählich an Intensität.

»Ich glaube, wir sollten ins Gästezimmer hinaufgehen und nachsehen, was los ist.«

»Jetzt, während es heller wird, erscheint mir alles wie ein böser Traum.« Matt lachte gequält. »Hoffentlich. Hoffentlich schläft Mike wie ein Kind.«

»Gehen wir nachsehen.«

Matt sah Ben fragend an.

»Natürlich«, sagte Ben und legte das Kruzifix um Matts Hals.

»Es hilft mir tatsächlich.« Matt lachte verlegen. »Glauben Sie, wird man es mir lassen, wenn man mich zum Friedhof bringt?«

»Wollen Sie den Revolver mitnehmen?« fragte Ben.

»Nein, ich glaube nicht.«

Sie gingen hinauf, Ben voran. Oben war eine schmale Vorhalle, die in zwei Richtungen führte. An dem einen Ende stand die Tür zu Matts Schlafzimmer offen. Ein schwacher Lichtstrahl fiel von der Leselampe hinaus auf den orangefarbenen Teppich.

»Unten, am anderen Ende«, sagte Matt.

Ben ging die Vorhalle hinunter und stand vor der Tür zum Gästezimmer. Er glaubte nicht an die monströsen Dinge, die Matt angedeutet hatte, doch als er vor der Tür des Gästezimmers stand, überkam ihn eine Welle der Angst.

Du öffnest die Tür, und er hängt von einem Balken, das Gesicht verschwollen und schwarz, die Augen offen, und sie schauen dich an, und sie sind froh, daß du kamst –

Diese Erinnerung hatte die Stärke einer sinnlichen Wahrnehmung, und einen Augenblick lang war Ben wie gelähmt. Er konnte den Geruch von Mörtel und den intensiven Gestank von Tieren, die im Mauerwerk nisteten, förmlich riechen. Es war ihm, als ob die gefirnißte Holztür zu Matt Burkes Gästezimmer zwischen ihm und den Geheimnissen der Hölle stehe.

Dann drehte er den Messingknopf und stieß die Tür auf. Matt war hinter ihm und preßte Evas Kruzifix an sich.

Das Gästezimmer schaute nach Osten und am Horizont ging gerade die Sonne auf ... Ihre ersten schwachen Strahlen fielen durch das Fenster auf das weiße Leintuch, das Mike Ryerson bis zum Hals bedeckte.

Ben sah Matt an und nickte. »Es geht ihm gut«, flüsterte er. »Er schläft.«

Matt sagte tonlos: »Das Fenster steht offen. Es war geschlossen, als ich ging. Dessen bin ich ganz sicher.«

Bens Blick fiel auf das tadellos gebügelte Leintuch und auf einen kleinen, bereits getrockneten Blutfleck.

»Ich glaube nicht, daß er atmet«, sagte Matt.

Ben tat zwei Schritte und blieb stehen. »Mike? Wach auf, Mike.«

Keine Antwort. Mikes Augen waren geschlossen. Sein Haar fiel in leichten Locken über die Stirn, und Ben dachte, daß er in diesem zarten Licht mehr als gutaussehend war; er war schön wie eine griechische Statue. Seine Wangen leuchteten rosig, und von der tödlichen Blässe, die Matt erwähnt hatte, war nichts zu sehen.

»Natürlich atmet er«, sagte Ben ein wenig ungeduldig. »Er schläft nur sehr tief. Mike –« Er schüttelte Ryerson sanft. Mikes linker Arm fiel herab und die Handknöchel klopften auf den Boden, als heischten sie Einlaß.

Matt nahm Mikes schlaffen Arm und preßte den Daumen gegen das Handgelenk. »Kein Puls.« Er wollte die Hand loslassen, erinnerte sich jedoch an das fürchterliche, krachende Geräusch, das die Fingerknöchel produziert hatten, und legte den Arm quer über Ryersons Brust. Er wäre sofort wieder heruntergefallen, doch Matt verzog sein Gesicht und legte ihn ein zweites Mal zurück. Jetzt blieb der Arm liegen.

Ben wollte es nicht glauben. Mike schlief. Mußte schlafen. Die gute Farbe, die halb geöffneten Lippen, als zöge er den Atem ein. Ben berührte Ryersons Schulter und fand die Haut kühl.

Ben benetzte einen Finger und hielt ihn vor Mikes halbgeöffnete Lippen. Nichts. Kein Hauch.

Ben und Matt blickten einander an.

»Die Male am Hals?« fragte Matt.

Ben nahm Ryersons Kinn in die Hand und drehte vorsichtig Mikes Kopf zur Seite.

Mike Ryersons Hals zeigte keine Male.

Wieder saßen sie am Küchentisch. Es war halb sechs Uhr. Sie konnten das Muhen von Griffens Kühen hören, die man auf die Weide ließ.

»Glaubt man der Legende, so verschwinden die Male«, sagte Matt unvermittelt. »Wenn das Opfer stirbt, verschwinden sie.«
»Ich weiß«, sagte Ben und dachte an Stokers ›Dracula‹.
»Wir müssen einen Pfahl durch sein Herz stoßen.«
»Das sollten Sie sich zweimal überlegen«, sagte Ben und trank einen Schluck Kaffee. »Wie wollen Sie das dem Leichenbeschauer erklären? Vermutlich würde man Sie wegen Leichenschändung ins Gefängnis stecken. Oder vielleicht ins Irrenhaus.«
»Halten Sie mich für verrückt?« fragte Matt ruhig.
Ohne merkbares Zögern erwiderte Ben: »Nein.«
»Glauben Sie, was ich Ihnen von den Bißspuren sagte?«
»Ich weiß es nicht. Warum sollten Sie mich anlügen? Sie würden vermutlich nur lügen, wenn Sie ihn getötet hätten.«
»Vielleicht tat ich das«, sagte Matt und beobachtete Ben.
»Dagegen sprechen drei Erwägungen. Erstens: wo ist ein Motiv? Entschuldigen Sie, Matt, aber für die klassischen Motive wie Eifersucht oder Geld sind Sie zu alt. Zweitens: was war Ihre Methode? Für einen Giftmord sieht er zu friedlich aus.«
»Und was ist die dritte Erwägung?«
»Kein Mörder, der bei klarem Verstand ist, würde eine Geschichte wie die Ihre erfinden. Das wäre heller Wahnsinn.«
»Damit kehren wir wieder zu meinem Geisteszustand zurück«, sagte Matt seufzend. »Ich wußte es.«
»Ich glaube nicht, daß Sie verrückt sind«, sagte Ben, das erste Wort ein wenig betonend. »Sie scheinen durchaus vernünftig zu sein.«
»Aber Sie sind kein Arzt«, entgegnete Matt. »Verrückte können sehr oft Vernunft vortäuschen.«
Ben nickte. »Also, wo stehen wir?«
»Wieder am Anfang.«
»Nein, das können wir uns nicht leisten, denn oben liegt ein toter Mann, und das werden wir sehr bald melden müssen. Der Polizist wird wissen wollen, was hier geschehen ist, und ebenso der Gerichtsmediziner und der Sheriff. Matt, ist es denn nicht möglich, daß Mike schon während dieser ganzen Woche krank war – irgendeine Virusinfektion – und daß er zufällig heute nacht hier gestorben ist?«
Zum erstenmal, seit sie wieder in der Küche waren, zeigte Matt Erregung. »Ben, ich habe Ihnen erzählt, was er gesagt hat! Ich habe die Male an seinem Hals mit eigenen Augen gesehen. Und ich hörte, wie er jemanden in mein Haus einlud! Dann

hörte ich ... mein Gott, ich hörte dieses Lachen!« Matts Augen hatten wieder jenen seltsam leeren Ausdruck.

»In Ordnung«, sagte Ben. Er stand auf, ging zum Fenster und versuchte, Ordnung in seine Gedanken zu bringen. Er war verwirrt. Wie er Susan gesagt hatte, schienen einem die Dinge mitunter zu entgleiten.

»Matt, wissen Sie, was geschehen wird, wenn Sie auch nur ein Wort von dem verlauten lassen, was Sie mir da erzählen?«

Matt antwortete nicht.

»Wenn Sie vorübergehen, werden die Leute sich hinter Ihrem Rücken an die Stirn klopfen. Die kleinen Kinder werden sich Eckzähne aus Wachs ankleben und ›Buuu‹ schreien, wenn Sie kommen. Jemand wird einen dummen Vers erfinden wie ›Eins, zwei, drei; ich saug' dein Blut, dann ist's vorbei!‹ Die größeren Kinder werden es nachsagen, und Sie werden es in der ganzen Schule zu hören bekommen. Ihre Kollegen werden Ihnen befremdete Blicke zuwerfen. Und sicherlich werden sich anonyme Anrufer finden, die vorgeben, Danny Glick oder Mike Ryerson zu sein. Ihr Leben wird zu einem Alptraum werden, und längstens in sechs Monaten wird man Sie aus der Stadt vertrieben haben.«

»Das ist undenkbar. Die Leute kennen mich.«

Ben wandte sich ihm zu. »Wen kennt man? Einen freundlichen alten Kauz, der allein an der Taggart Stream Road wohnt. Schon die Tatsache, daß Sie nicht verheiratet sind, macht Sie zu einem Sonderling. Und welchen Beistand kann ich Ihnen leisten? Ich sah eine Leiche, sonst nichts. Und auch, wenn ich etwas bemerkt hätte, würde man mich ebenfalls für einen Sonderling halten. Man würde überall herumerzählen, wir seien zwei Verrückte, die nun endgültig durchgedreht hätten.«

Matt sah ihn mit wachsendem Entsetzen an.

»Ein einziges Wort, Matt, und Sie sind in Salem's Lot erledigt.«

»Also kann man gar nichts tun.«

»Oh doch. Sie haben eine interessante Theorie darüber, wer oder was Mike Ryerson getötet haben könnte. Diese Theorie läßt sich relativ leicht beweisen, respektive widerlegen. Ich bin in einer teuflischen Klemme. Einerseits glaube ich nicht, daß Sie verrückt sind, anderseits glaube ich nicht, daß Danny Glick von den Toten zurückkam und eine Woche lang Mike Ryersons Blut saugte, bevor er ihn tötete. Aber ich werde Ihre Theorie auf die Probe stellen, und Sie werden mir dabei helfen.«

»Wie?«

»Rufen Sie Ihren Arzt an. Er heißt Cody, nicht wahr? Dann benachrichtigen Sie Parkins Gillespie. Die Maschinerie soll ihren Lauf nehmen. Erzählen Sie Ihre Geschichte, als ob sie in der Nacht keinen Laut gehört hätten. Sie gingen zu Dell's und unterhielten sich mit Mike. Er erzählte Ihnen, daß er sich seit Sonntag elend fühle, und Sie luden ihn in Ihr Haus ein. Gegen halb vier Uhr morgens sahen Sie nach, wie es ihm gehe, konnten ihn nicht wachkriegen und riefen mich an.«

»Das ist alles?«

»Ja. Behaupten Sie nicht einmal, daß Mike tot ist, wenn Sie mit Cody sprechen.«

»Nicht tot –«

»Zum Kuckuck, woher wissen wir, daß er tot ist?« explodierte Ben. »Sie nahmen seinen Puls und konnten ihn nicht finden. Ich suchte seinen Atem und konnte ihn nicht feststellen. Wenn man mich daraufhin begraben wollte, dann nähme ich mir zweifellos ein Lunchpaket in den Sarg mit. Besonders, wenn ich noch so lebendig aussähe wie Mike.«

»Das beschäftigt Sie nicht weniger als mich, nicht wahr?«

»Ja, es beschäftigt mich«, gab Ben zu. »Mike sieht aus, als läge er im Wachsfigurenkabinett.«

»Gut«, sagte Matt. »Was Sie sagen, hat Hand und Fuß ... soweit das in diesem Fall überhaupt möglich ist. Ich glaube, was ich gesagt habe, muß ganz verwirrt geklungen haben.«

Ben wollte widersprechen, doch Matt winkte ab. »Aber nehmen wir an ... nur als Hypothese ..., daß mein erster Verdacht richtig ist. Erwägen Sie bitte, nur die entfernteste Möglichkeit im hintersten Winkel ihres Bewußtseins. Besteht eine Chance, daß Mike vielleicht ... zurückkehrt?«

»Wie gesagt, Ihre Theorie läßt sich leicht überprüfen. Und das ist es auch nicht, was mich wirklich beunruhigt.«

»Sondern?«

»Warten Sie. Das Wichtigste zuerst. Wir müssen logisch vorgehen. Erste Möglichkeit: Mike starb an einer Krankheit. Wie läßt sich das bestätigen oder eliminieren?«

Matt zuckte die Achseln. »Vermutlich durch den Gerichtsarzt.«

»Richtig. Und das gleiche gilt für die Möglichkeit eines Mordes. Wenn jemand Mike vergiftet oder erschossen oder erwürgt hat–«

»Nicht jeder Mord wird aufgedeckt.«

»Richtig. Trotzdem vertraue ich dem Gerichtsarzt.«

»Und wenn sein Urteil lautet: ›unbekannte Ursache‹?«

»Dann«, sagte Ben langsam, »werden wir nach dem Begräbnis zum Grab gehen und warten, ob er aufersteht. Wenn er es tut – was ich mir nicht vorstellen kann –, dann haben wir Gewißheit. Wenn er es nicht tut, sind wir mit dem konfrontiert, was mich beunruhigt.«

»Mit meinem Geisteszustand«, sagte Matt. »Ben, ich schwöre bei meiner Mutter, daß ich diese Male gesehen habe, daß ich hörte, wie das Fenster geöffnet wurde –«

»Ich glaube Ihnen«, sagte Ben ruhig.

Matt hielt inne. Er hatte den Ausdruck eines Mannes, der sich auf einen Schlag vorbereitet hat, der nicht kommt.

»Wirklich?« fragte er unsicher.

»Um es anders zu sagen. Ich weigere mich, zu glauben, daß Sie verrückt sind oder Halluzinationen haben. Ich hatte einmal ein Erlebnis ... ein Erlebnis, das mit dem verdammten Haus dort auf dem Hügel zu tun hat ... und seitdem haben Leute, deren Geschichten völlig verrückt klingen, mein ganzes Mitgefühl. Eines Tages werde ich Ihnen davon erzählen.«

»Warum nicht jetzt?«

»Weil wir keine Zeit haben. Sie müssen telefonieren und ich habe noch eine Frage an Sie. Denken Sie gründlich nach... Haben Sie irgendeinen Feind?«

»Nein, niemanden.«

»Niemanden? Vielleicht einen Ihrer ehemaligen Schüler, der heute noch einen besonderen Groll gegen Sie hegt?«

Matt, der genau wußte, wie sein Verhältnis zu den Schülern in Wirklichkeit war, lachte höflich.

»Gut«, sagte Ben, »ich glaube Ihnen.« Er schüttelte den Kopf. »Es gefällt mir nicht. Zuerst der Hund auf dem Friedhofsgitter. Dann verschwindet Ralphie Glick, sein Bruder stirbt, dann Mike Ryerson. Vielleicht hängt das alles irgendwie zusammen. Aber ... ich kann es nicht glauben.«

»Ich werde Cody zu Hause anrufen«, sagte Matt und stand auf.

»Und melden Sie sich krank in der Schule.«

»Ja«, sagte Matt und lachte verlegen. »Es wird mein erster Krankenurlaub innerhalb von drei Jahren sein. Welch ein Fest!«

Er ging ins Wohnzimmer und rief Cody an. Die Frau Dr. Codys teilte ihm mit, daß ihr Mann sich im Cumberland-Spital aufhalte. Also wählte Matt eine andere Nummer, fragte nach

Dr. Cody und begann diesem, nach kurzer Wartezeit, seine Geschichte zu erzählen.

»Jimmy wird in einer Stunde hier sein«, meldete Matt dann in der Küche.

»Gut«, sagte Ben. »Ich gehe hinauf.«

»Rühren Sie nichts an.«

Als Ben den ersten Stock erreicht hatte, konnte er Matt mit Parkins Gillespie sprechen hören. Die Worte wurden zu einem Gemurmel, während Ben durch den Vorraum ging.

Wieder überkam Ben das Gefühl eines halb erinnerten, halb eingebildeten Schreckens und er starrte die Tür zum Gastzimmer an. Er glaubte zu sehen, wie die Tür sich öffnete. Aus dem kindlichen Blickwinkel wirkt das Zimmer größer. Die Leiche liegt da wie vordem; der linke Arm hängt herunter, die linke Wange ist gegen das Kissen gepreßt. Plötzlich öffnen sich die Augen, und sie sind von einem animalischen Triumph erfüllt. Die Tür fällt zu. Der linke Arm hebt sich, die Hand wird zur Klaue, die Lippen verzerren sich zu einem wolfsähnlichen Grinsen, das die langen, scharfen Schneidezähne erkennen läßt ...

Ben machte einen Schritt vorwärts und öffnete mit verkrampften Fingern die Tür. Sie quietschte leise in den Angeln.

Der Leichnam lag, wie sie ihn verlassen hatten. Der linke Arm hing zu Boden, die linke Wange war an das Kissen gepreßt –

»Parkins kommt«, rief Matt von unten.

Ben dachte, wie recht er mit dem Ausdruck »Maschinerie« gehabt hatte.

Zuerst erschien Parkins Gillespie und sagte, daß er den Gerichtsmediziner verständigt habe.

»Der Hurensohn kommt nicht selbst, aber er schickt einen Assistenten. Hat jemand die Leiche berührt?«

»Sein Arm fiel aus dem Bett«, sagte Ben. »Ich versuchte vergeblich, den Arm wieder zurückzulegen.«

Parkins sah Ben prüfend an und sagte nichts. Ben dachte an das unheimliche Geräusch, das die Knöchel auf dem Boden gemacht hatten.

Parkins ging einige Male um den Leichnam herum. »Sind Sie sicher, daß er tot ist?« fragte er schließlich. »Haben Sie versucht, ihn aufzuwecken?«

Als nächster kam James Cody, geradewegs von einer Geburt im Cumberland. Nach dem üblichen Austausch von Höflichkeiten führte Matt die Anwesenden wieder hinauf. Wenn wir jetzt jeder ein Instrument spielen würden, dachte Ben, könnten wir dem armen Kerl ein rührendes Abschiedskonzert geben. Er fühlte, wie ihm das Lachen in der Kehle stecken blieb.

Cody zog das Leintuch weg und schaute den Körper eine Zeitlang stirnrunzelnd an. Mit einer Ruhe, die Ben erstaunte, sagte Matt Burke: »Es erinnert mich alles an das, was du über den Glick-Jungen gesagt hast, Jimmy.«

»Das war eine vertrauliche Mitteilung, Mr. Burke«, sagte Cody. »Wenn Danny Glicks Eltern draufkommen, daß Sie das gesagt haben, könnten sie Sie verklagen.«

»Würden sie gewinnen?«

»Vermutlich nicht«, sagte Jimmy und seufzte.

»Was war das mit dem Glick-Jungen?« fragte Parkins argwöhnisch.

»Nichts«, erwiderte Jimmy. »Keinerlei Zusammenhang.« Er legte das Stethoskop an, murmelte etwas, klappte ein Augenlid zurück und strahlte den Glaskörper an.

Ben sah, wie die Pupille sich zusammenzog, und sagte laut: »Du lieber Himmel.«

»Ein interessanter Reflex, nicht wahr?« sagte Jimmy. »Man kann bis zu neun Stunden nach Eintritt des Todes eine Kontraktion der Pupillen feststellen.«

»Ist er tot?« fragte Parkins und schnippte die Asche seiner Zigarette in eine leere Blumenvase. Matt zuckte zusammen.

»Natürlich ist er tot«, sagte Jimmy. Er stand auf und klopfte mit einem kleinen Hammer auf Ryersons Knie. Der Unterschenkel blieb bewegungslos.

»Kennen wir uns?« fragte Jimmy und sah Ben an.

»Nur flüchtig«, sagte Matt. »Das ist Jimmy Cody, der Quacksalber vom Dienst, und das ist Ben Mears, der Schreiber vom Dienst.«

Über die Leiche hinweg schüttelten sie einander die Hand.

»Helfen Sie mir, ihn umzudrehen, Mr. Mears.«

Etwas zögernd half Ben, den Körper auf den Bauch zu drehen. Das Fleisch war kühl, aber noch nicht kalt. Jimmy schaute prüfend auf den Rücken, dann zog er die Unterhose herunter.

»Wozu tun Sie das?« fragte Parkins.

»Die Blässe der Haut ist ein Indiz für den Zeitpunkt, an dem der Tod eingetreten ist.«

»Wäre das nicht Aufgabe des Gerichtsarztes?«

»Sie wissen doch, daß man Norbert schicken wird«, sagte Jimmy. »Und Brent Norbert hat nichts dagegen, wenn man ihm ein wenig hilft.«

»Richtig. Norbert ist nicht imstande, mit beiden Händen und einer Taschenlampe seinen eigenen Arsch zu finden«, bemerkte Parkins und warf einen Zigarettenstummel zum Fenster hinaus. »Der Rahmen Ihres Außenfensters ist hinuntergefallen, Matt. Ich sah ihn auf dem Rasen liegen, als ich vorfuhr.«

»Tatsächlich?« fragte Matt mit mühsam beherrschter Stimme.

»Ja.«

Cody hatte aus seiner Tasche ein Thermometer genommen, führte es dem Toten rektal ein und legte die Armbanduhr auf das Leintuch. Es war acht Uhr fünfundvierzig.

»Ich gehe hinunter«, sagte Matt.

»Gehen Sie nur«, sagte Jimmy. »Ich brauche noch eine Weile. Würden Sie bitte einen Kaffee machen, Mr. Burke?«

»Gern.«

Ben schloß die Tür. Seinen letzten Blick auf den Raum würde er nicht so bald vergessen: das helle, sonnige Zimmer, das saubere, zurückgeschlagene Leintuch, die goldene Armbanduhr, die helle Lichtpfeile auf die Tapete warf, und Cody selbst mit seinem flammendroten Haar, der neben der Leiche saß wie aus Stahl gestochen.

Matt machte den Kaffee, als Brenton Norbert, der Assistent des Gerichtsmediziners, in einem alten grauen Dodge ankam. Mit ihm kam ein zweiter Mann, der eine große Kamera schleppte.

»Wo ist er?« fragte Norbert.

Gillespie wies mit dem Daumen nach oben. »Jim Cody ist auch oben.«

»Du meine Güte«, sagte Norbert, »der arme Kerl muß ja schon ganz zittrig sein.« Er ging mit dem Fotografen hinauf.

Parkins schüttete Sahne in seinen Kaffee, bis dieser in die Untertasse schwappte, rührte mit dem Daumen um, wischte den Daumen an seiner Hose ab und zündete eine Zigarette an. »Wieso sind Sie hier, Mr. Mears?«

Und so begannen Ben und Matt ihre kleine Geschichte zu erzählen, und nichts von dem, was sie sagten, war eine Lüge, aber es blieb genügend ungesagt, um die beiden als Verschwörer zusammenzuschmieden. Und Ben fragte sich beunruhigt, ob er hier nur einer harmlosen Geheimnistuerei Vorschub leistete oder etwas viel Ernsterem, etwas Düsterem. Es fiel ihm ein, daß Matt gesagt hatte, er habe Ben angerufen, weil er der einzige Mensch in Salem's Lot sei, der sich eine solche Geschichte anhören würde. Was immer Matt Burkes geistige Schwächen sein mochten, ein schlechter Menschenkenner war er jedenfalls nicht. Und auch das machte Ben nervös.

Um neun Uhr dreißig war alles vorüber.

Carl Foremans Leichenwagen war gekommen, hatte Mike Ryerson fortgeschafft, und die Tatsache seines Todes gehörte jetzt der ganzen Stadt. Jimmy Cody war in seine Praxis zurückgekehrt; Norbert und der Fotograf fuhren nach Portland, um dem Gerichtsmediziner zu berichten.

Parkins Gillespie stand vor dem Haus und sah dem Leichenwagen nach. Aus seinem Mundwinkel hing die übliche Zigarette. Er wandte sich Ben zu. »Sie bleiben noch eine Weile in Salem's Lot, nicht wahr? Ich hätte Sie gerne als Zeugen bei der Gerichtsverhandlung, wenn Sie nichts dagegen haben.«

»Nein, geht in Ordnung.«

Die blaßblauen Augen des Polizisten musterten ihn prüfend. »Ich habe bei der Bundespolizei um Auskunft über Sie gebeten. Ihre Weste ist weiß.«

»Das ist gut zu wissen«, sagte Ben ruhig.

»Ich höre, daß Sie Bill Nortons Tochter des öfteren ausführen.«

»Schuldig«, sagte Ben.

»Sie ist ein nettes Mädel«, sagte Parkins, ohne zu lächeln. »Ich nehme an, daß sie Floyd Tibbits nur noch selten sieht.«

»Haben Sie nicht noch Büroarbeit zu erledigen, Park?« drängte Matt sanft.

Parkins seufzte und warf den Zigarettenstummel fort. »Natürlich. Alles in Duplikaten und Triplikaten. Ich hatte ohnedies schon alle Hände voll zu tun in den letzten Wochen. Vielleicht liegt ein Fluch auf dem alten Marstenhaus.«

Ben und Matt verzogen keine Miene.

»Also, auf Wiedersehen.« Parkins zog seine Hose hinauf und ging zum Auto. Bevor er den Wagenschlag öffnete, drehte er sich noch einmal um. »Ihr verheimlicht mir doch nichts, oder?«

»Parkins«, erwiderte Matt, »es gibt nichts zu verheimlichen. Mike ist tot.«

Gillespie sah die beiden noch einen Augenblick lang an, dann seufzte er. »Sie haben vermutlich recht. Aber es ist verdammt komisch. Der Hund, der Glick-Junge, der andere Glick-Junge und jetzt Mike. Das ist für so ein Nest am Ende der Welt normalerweise der Jahresdurchschnitt. Meine alte Großmutter pflegte zu sagen, es gäbe Dreierserien. Aber Viererserien?«

Parkins stieg ein und fuhr rückwärts aus der Einfahrt. Einen Augenblick später war er hinter dem Hügel verschwunden.

Matt seufzte herzhaft. »Das wäre überstanden.«

»Ja«, sagte Ben. »Ich bin total fertig. Und Sie?«

»Ich auch. Und ich bin völlig benommen ... wie nach einem LSD-Trip ... wenn auch das Normale verrückt ist.« Er fuhr mit der Hand über sein Gesicht. »Mein Gott, Sie müssen mich für geisteskrank halten.«

»Ja und nein«, sagte Ben. Er legte eine Hand auf Matts Schulter. »Gillespie hat recht. Irgend etwas ist im Gange. Und ich glaube immer mehr, daß es mit dem Marstenhaus zu tun hat. Abgesehen von mir, sind die Leute dort oben die einzigen Neuankömmlinge. Ich weiß, daß *ich* nichts getan habe. Bleibt es dabei, daß wir heute abend hinauffahren?«

»Wenn Sie wollen.«

»Ja. Aber Sie sollten sich jetzt hinlegen. Ich werde mit Susan sprechen, sie und ich holen Sie dann abends ab.«

»Gut.« Matt hielt inne. »Da ist noch etwas. Seit Sie eine Autopsie erwähnt haben, geht es mir im Kopf herum.«

»Was?«

»Das Lachen, das ich gehört habe – oder zu hören glaubte –, war das Lachen eines Kindes. Gräßlich und seelenlos, aber dennoch ein Kinderlachen. In Verbindung mit Mikes Erzählung ... denken Sie dabei an Danny Glick?«

»Ja, natürlich.«

»Wissen Sie, wie eine Einbalsamierung vor sich geht?«

»Nicht genau. Das Blut der Leiche wird durch eine Flüssigkeit ersetzt. Früher hat man dazu Formalin verwendet, aber ich bin überzeugt, daß man heutzutage schon raffiniertere Methoden hat. Und die Eingeweide werden entfernt.«

»Ich möchte wissen, ob das alles mit Danny geschehen ist?« sagte Matt und blickte Ben an.

»Kennen Sie Carl Foreman gut genug, um ihn vertraulich danach zu fragen?«

»Ja, ich glaube, das sollte möglich sein.«

»Dann tun Sie es unter allen Umständen.«

Sie sahen einander noch einen Augenblick lang an; in dem Blick, den sie wechselten, lag Freundlichkeit und noch etwas mehr: bei Matt war es das innere Widerstreben eines vernünftigen Mannes, der gezwungen ist, Unvernünftiges zu sagen, bei Ben eine schwer zu definierende Angst vor Kräften, die er nicht verstand.

Eva bügelte, während im Fernsehen das große Telefonspiel lief, als Ben hereinkam. Man konnte bei dem Spiel bis zu fünfundzwanzig Dollar gewinnen. Der Conférencier pickte gerade verschiedene Telefonnummern aus einer riesenhaften Glastrommel.

»Ich habe alles gehört«, sagte sie, öffnete den Kühlschrank und nahm ein Coke heraus. »Schrecklich. Armer Mike.«

»Ja, es ist traurig.« Er griff in seine Brusttasche und fischte das Kruzifix an der feinen Silberkette heraus.

»Weiß man, was –«

»Noch nicht«, sagte Ben. »Ich bin sehr müde, Mrs. Miller. Ich glaube, ich werde jetzt eine Weile schlafen.«

»Ja, Sie sollten sich niederlegen. Ihr Zimmer im dritten Stock ist jetzt, um die Mittagszeit, recht heiß, sogar in dieser Jahreszeit. Nehmen Sie ein Zimmer hier unten. Das Bettzeug ist frisch.«

»Nein, vielen Dank. Oben kenne ich schon jedes kleinste Geräusch.«

»Ja, man gewöhnt sich an solche Dinge«, sagte sie sachlich. »Warum, in aller Welt, wollte Mr. Burke Ralphs Kruzifix?«

Ben blieb, im Moment um eine Antwort verlegen, auf dem Weg zur Treppe stehen. »Ich glaube, er dachte, Mike Ryerson sei katholisch.«

Eva legte ein frisches Hemd auf den Bügeltisch. »Wie kam er auf diese Idee? Schließlich ging Mike zu ihm in die Schule. Mikes ganze Familie war protestantisch.«

Darauf wußte Ben keine Antwort. Er ging hinauf, zog sich aus und legte sich ins Bett. Rasch und schwer überkam ihn der Schlaf. Er träumte nicht.

Als er aufwachte, war es sechzehn Uhr fünfzehn. Sein Körper war schweißgebadet, aber er hatte wieder einen klaren Kopf. Die Ereignisse des Morgens erschienen ihm blaß und weit weg, Matt Burkes Phantasien hatten ihre Bedrohlichkeit verloren. Heute abend war es Bens einzige Aufgabe, Matt auf andere Gedanken zu bringen.

Ben beschloß, Susan von Spencer's aus anzurufen und sie dort zu treffen. Dann wollte er mit ihr in den Park gehen und ihr die ganze Geschichte von A bis Z erzählen. Sie konnte ihm ihre Meinung sagen, und bei Matt würde sie dann dessen Version hören und sich dabei ein Urteil bilden. Und schließlich sollten sie hinauf zum Marstenhaus. Der Gedanke verursachte ihm ein unangenehmes Gefühl in der Magengegend.

Er war so mit seinen Gedanken beschäftigt, daß er die Gestalt, die in seinem Auto saß, nicht bemerkte, bis sich die Wagentür öffnete. Einen Augenblick lang war Ben zu verblüfft, um zu reagieren. Er starrte etwas an, das er zuerst für eine lebendig gewordene Vogelscheuche hielt. Scharf und grausam erhellte die untergehende Sonne jedes Detail: den alten, tief ins Gesicht gezogenen Filzhut; die dunkle Sonnenbrille; den zerfetzten Mantel mit dem aufgestellten Kragen; die dicken grünen Gummihandschuhe.

»Wer –« war alles, was Ben hervorbringen konnte.

Die Gestalt kam näher. Hände ballten sich zu Fäusten. Ben bemerkte einen Geruch von Mottenpulver. Jemand atmete schwer.

»Sie sind der Hurensohn, der mein Mädchen gestohlen hat«, sagte Floyd Tibbits mit rauher, tonloser Stimme. »Ich werde Sie töten.«

Und während Ben immer noch versuchte, das alles in sein Gehirn aufzunehmen, schlug Floyd Tibbits zu.

9
Susan (II)

Beladen mit drei Tragtaschen aus einem Warenhaus, kehrte Susan kurz nach fünfzehn Uhr aus Portland zurück – sie hatte zwei Bilder für insgesamt achtzig Dollar verkauft und einen kleinen Einkaufsbummel gemacht; zwei neue Röcke und eine Jacke.

»Suze?« rief ihre Mutter. »Bist du das?«

»Ja. Ich habe –«

»Komm herein, Susan. Ich möchte mit dir sprechen.«

Sie erkannte den Tonfall sofort, obwohl sie ihn in dieser Schärfe seit ihrer Zeit in der Oberschule nicht mehr gehört hatte. Damals hatte es Tag für Tag Auseinandersetzungen gegeben; einmal über die Rocklänge, einmal über ihre Freunde.

Susan legte ihre Pakete weg und ging ins Wohnzimmer. Ihre Mutter war in bezug auf Ben Mears kühler und kühler geworden, und Susan nahm an, daß jetzt das mütterliche Schlußwort zu diesem Thema kommen werde.

Ihre Mutter saß strickend in dem Schaukelstuhl neben dem Fenster. Der Fernseher war abgeschaltet. Schon diese Kombination war ein schlechtes Omen.

»Ich nehme an, daß du die letzten Neuigkeiten noch nicht kennst«, sagte Mrs. Norton. Ihre Nadeln klapperten rasch und verwoben den dunkelgrünen Wollfaden in zwei ordentliche Reihen. Ein Winterschal. »Du bist heute morgen sehr früh weggefahren.«

»Die letzten Neuigkeiten?«

»Gestern nacht starb Mike Ryerson in Matthew Burkes Haus, und wer, meinst du, saß am Totenbett? Ben Mears!«

»Mike ... Ben ... was?«

Mrs. Norton lächelte grimmig. »Mabel rief mich gegen zehn Uhr an und erzählte es mir. Mr. Burke behauptet, er habe Mike gestern abend bei Dell's getroffen – was ein Lehrer in einem Nachtlokal zu tun hat, weiß ich allerdings nicht – und Mike mit nach Hause genommen, weil er so schlecht aussah. Er starb in der Nacht. Und niemand scheint genau zu wissen, was Mr. Mears dort verloren hatte!«

»Sie kennen einander«, sagte Susan zerstreut. »Das heißt, Ben und Matt verstehen sich gut ... was war mit Mike los, Mutter?«

Aber Mrs. Norton ließ sich nicht so leicht ablenken.

»Dessenungeachtet sind einige Leute der Ansicht, daß wir in Salem's Lot zu viele Aufregungen haben, seit Mr. Ben Mears hier aufgetaucht ist. Einfach zu viele Aufregungen.«

»So ein Unsinn«, explodierte Susan ärgerlich. »Sag mir, was Mike –«

»Man ist sich noch nicht schlüssig«, sagte Mrs. Norton. »Manche glauben, daß er sich beim Glick-Jungen angesteckt hat.«

»Warum hat sich sonst niemand angesteckt? Zum Beispiel seine Eltern?«

»Junge Menschen glauben immer, sie wüßten alles am besten«, bemerkte Mrs. Norton in die Luft hinein. Ihre Nadeln flogen auf und nieder.

Susan stand auf. »Ich werde in die Stadt gehen und sehen, ob –«

»Setz dich noch eine Minute«, sagte Mrs. Norton. »Ich habe dir noch etwas mitzuteilen.«

Susan setzte sich; ihr Gesicht war undurchdringlich.

»Manchmal wissen junge Menschen nicht alles, was sie wissen sollten«, sagte Ann Norton. Ihre Stimme hatte einen scheinbar tröstenden Tonfall, dem Susan sofort mißtraute.

»Was zum Beispiel, Mutter?«

»Nun, es scheint, daß Ben Mears vor etlichen Jahren einen Unfall hatte. Knapp nachdem sein zweites Buch erschienen ist. Einen Motorradunfall. Er war betrunken. Seine Frau wurde getötet.«

Susan stand auf. »Davon möchte ich nichts hören.«

»Ich erzähle es dir zu deinem eigenen Besten«, sagte Mrs. Norton ruhig.

»Wer hat dir das gesagt?« fragte Susan. Sie verspürte nichts von dem alten, ohnmächtigen Zorn, verspürte nicht mehr den Wunsch, vor der ruhigen, wissenden Stimme davonzulaufen und in ihrem Zimmer zu heulen. Sie fühlte sich kalt und weit weg, als schwebe sie irgendwo im Raum. »Es war Mabel Werts, nicht wahr?«

»Das hat nichts damit zu tun. Es ist wahr.«

»Natürlich. Und wir haben den Krieg in Vietnam gewonnen, und Christus der Herr fährt täglich zu Mittag in einem Go-Cart durch das Stadtzentrum.«

»Mears kam Mabel irgendwie bekannt vor«, sagte Ann Norton, »und deshalb hat sie die alten Zeitungen durchgeblättert –«

»Du meinst die Skandalblätter? Jene, die auf Horoskope, Autowracks und barbusige Mädchen spezialisiert sind? Mein Gott, was für eine informative Quelle!« Susan lachte bitter.

»Du mußt gar nicht obszön werden. Es stand die ganze Geschichte dort, schwarz auf weiß. Die Frau – vielleicht war es seine Frau – saß auf dem Soziussitz, das Motorrad kam ins Schleudern und fuhr senkrecht in einen Möbelwagen. Man machte einen Alkoholtest mit ihm. Gleich nach dem Unglück.« Ann betonte jedes Wort, indem sie mit der Stricknadel auf die Armlehne klopfte.

»Warum sitzt er eigentlich nicht im Gefängnis?«

»Berühmte Leute können sich immer alles richten«, sagte Ann mit ruhiger Gewißheit. »Wenn man reich genug ist, passiert einem nichts. Denk an die jungen Kennedys.«

»Wurde er verurteilt?«

»Ich sagte dir doch, daß man ihm einen –«

»Das hast du bereits gesagt. Und war er betrunken?«

»Ich sagte doch, daß er betrunken war!« Auf Anns Wangen erschienen rote Flecken. »Jemand, der nüchtern ist, wird keinem Alkoholtest unterzogen! Die Frau starb! Es war haargenau dasselbe wie in Chappaquiddick mit dem dritten Kennedy.«

»Ich werde in die Stadt ziehen«, sagte Susan ruhig. »Ich wollte es dir schon vorher sagen. Ich hätte es längst tun sollen, Mutter. Deinetwegen und meinetwegen. Ich sprach mit Babs Griffen, und sie meint, es gäbe da eine kleine Wohnung an der Sister's Lane –«

»Ach, Madam sind beleidigt«, bemerkte Mrs. Norton in die Luft. »Jemand hat ihr das reizende Bild des großen Mr. Mears zerstört, und jetzt ist sie so wütend, daß sie *spucken* könnte.« (Dieser Satz hatte früher nie seine Wirkung verfehlt.)

»Mama, was ist mit dir nur geschehen?« fragte Susan ein wenig verzweifelt. »Du bist niemals so ... so ordinär gewesen –«

Ann Nortons Kopf schnellte hoch. Ihr Strickzeug fiel zu Boden, als sie aufstand, Susan an den Schultern packte und sie schüttelte.

»Hör mir einmal zu! Ich erlaube nicht, daß du wie eine billige Nutte mit einem Weiberhelden herumziehst, der dir den Kopf verdreht. Verstehst du mich?«

Susan schlug Ann ins Gesicht.

Ann Norton blinzelte, dann riß sie in fassungslosem Erstaunen den Mund auf. Susan wollte etwas sagen, aber es blieb ihr im Hals stecken.

»Ich gehe hinauf«, sagte sie schließlich. »Spätestens Dienstag verlasse ich dieses Haus.«

»Floyd war da«, sagte Mrs. Norton. Ihr Gesicht brannte immer noch von dem Schlag.

»Zwischen Floyd und mir ist es aus«, sagte Susan tonlos. »Gewöhn dich allmählich an diesen Gedanken. Erzähl es deiner lieben Freundin Mabel. Ruf sie doch an; vielleicht erscheint es dir dann wirklicher.«

»Floyd liebt dich, Susan. Das ... das macht ihn kaputt. Er brach zusammen und erzählte mir alles. Er hat mir sein Herz ausgeschüttet.« Anns Augen glänzten bei der Erinnerung. »Schließlich weinte er wie ein kleines Kind.«

Susan fand, daß so etwas gar nicht zu Floyd paßte. Ob ihre Mutter die Geschichte erfunden hatte? Aber die Augen ihrer Mutter sagten ihr, daß dies ausnahmsweise nicht der Fall war.

»Und das wünschst du dir für mich, Mutter? Einen heulenden Bettgenossen? Oder hast du dich in die Idee von blonden Enkeln verliebt? Du wirst erst Ruhe geben, wenn ich verheiratet bin und einen Haushalt gegründet habe und wenn du meinen Mann tyrannisieren kannst. Und wer schert sich darum, was *ich* will?«

»Susan, du weißt nicht, was du willst.«

Ann sagte das mit so überzeugender Sicherheit, daß Susan einen Augenblick lang versucht war, ihr zu glauben. Sie sah ihre Mutter und sich selbst, wie sie einander starr gegenüberstanden, die Mutter neben dem Schaukelstuhl, sie selbst dicht an der Tür. Sie waren nur durch ein grünes Seil aneinander gebunden, das durch das jahrelange, unermüdliche Tauziehen allmählich zerfranst und rissig geworden war. Ein anderes Bild zeigte Susan, wie sie verzweifelt versuchte, eine große, gelblich gemaserte Forelle zu angeln, wie sie ein letztes Mal versuchte, die Forelle aus dem Wasser zu holen und in den Fischkorb zu werfen. Aber wozu? Um sie auf einem Spieß zu grillen und sie dann aufzuessen?

»Nein, Mutter. Ich weiß genau, was ich will. Ich will Ben Mears.«

Sie wandte sich auf den Fersen um und ging hinauf.

Ihre Mutter lief ihr nach und schrie: »Du kannst keine Wohnung nehmen! Du hast kein Geld!«

»Ich habe dreihundert Dollar erspart«, erwiderte Susan ruhig. »Und ich kann bei Spencer's arbeiten, wenn ich will.«

»Liebling, sei nicht bös.« Ann ging zwei Stufen hinauf. »Ich will doch nur dein Bestes –«

»Bitte hör auf damit, Mutter. Es tut mir leid, daß ich dich geschlagen habe. Das war widerlich von mir. Ich hab' dich lieb. Aber ich ziehe aus von hier. Es ist höchste Zeit, das mußt du einsehen.«

»Überleg es dir noch einmal«, sagte Mrs. Norton; sie war jetzt betrübt und erschreckt.

»Ich glaube noch immer nicht, daß ich übertrieben habe. Typen, wie diesen Ben Mears kenne ich zur Genüge. Was die wollen, ist doch immer nur –.«

»Nein. Ganz gewiß nicht.«

Susan wandte sich aufs neue um.

Ihre Mutter stieg noch eine Stufe höher und rief ihr nach: »Als Floyd hier fortging, war er in einer furchtbaren Verfassung. Er –«

Aber die Tür zu Susans Zimmer war zugefallen.

Susan legte sich auf ihr Bett – neben die Stofftiere und den Pudel mit dem Transistorradio im Bauch –, starrte die Wand an und versuchte, nicht zu denken.

An der Wand hingen etliche Posters aus dem Sierra Club, aber es war noch gar nicht lange her, daß Faltposters aus verschiedenen Popmagazinen ihr Zimmer geschmückt hatten, mit Bildern ihrer Idole Jim Morrison, John Lennon und Chuck Berry. Dachte sie an diese früheren Zeiten, so erkannte sie sich heute kaum wieder.

Sie konnte die Zeitung förmlich vor sich sehen, auf der in riesigen Balkenlettern zu lesen war: FRAU EINES JUNGEN SCHRIFTSTELLERS BEI MOTORRADUNFALL GETÖTET! IST EHEMANN SCHULD? Der Rest des Artikels bestand aus sorgsam zusammengestellten Andeutungen und Unterstellungen. Vielleicht war auch noch ein Foto dabei, das ein Fotograf aus der Ortschaft geschossen hatte, zu brutal für eine Provinzzeitung, aber gerade richtig für jemanden wie Mabel.

Und das Schlimmste war der Zweifel, der sich plötzlich in ihrem Herzen eingenistet hatte. Unsinn. Konnte jemand denn wirklich meinen, daß Ben ein eiskalter Krimineller war, bevor er hierher zurückkehrte? Daß er sein wahres Gesicht unter einer Cellophanhülle verbarg, wie eine Lieferung von neuen Weingläsern an irgendein Hotel. Unsinn. Dennoch blieben die Zweifel aufrecht. Deswegen fühlte sie mehr als nur den für ihr Alter typischen Groll gegen die Mutter. In ihrem Innern machte sich ein dunkles Gefühl breit, das an Haß grenzte.

Sie legte einen Arm über ihr Gesicht und war gerade in einen unruhigen Schlummer gefallen, als unten das Telefon klingelte und sie die Stimme ihrer Mutter hörte: »Susan, ein Anruf für dich!«

Sie ging hinunter und stellte fest, daß es kurz nach siebzehn Uhr dreißig war. Mrs. Norton stand in der Küche und kochte das Abendbrot. Der Vater war noch nicht zu Hause.

»Hallo?«

»Susan?« Die Stimme kam ihr bekannt vor, aber sie wußte nicht sofort, wem sie gehörte.

»Ja, wer spricht?«

»Hier ist Eva Miller. Ich habe schlechte Nachrichten, Susan.«

»Ist Ben etwas zugestoßen?« Ihr Mund war plötzlich ganz trocken. Mrs. Norton stand in der Küchentür, einen Kochlöffel in der Hand, und hörte zu.

»Es gab eine Schlägerei. Floyd Tibbits kreuzte hier auf –«

»Floyd!«

Susans Tonfall ließ Mrs. Norton zusammenzucken.

»– und ich sagte ihm, daß Mr. Mears schlafe. Floyd sagte ganz höflich, das mache nichts aus, aber er war sehr sonderbar angezogen. Er trug einen ganz altmodischen Mantel und einen komischen Hut, und er hielt die Hände in den Taschen verborgen. Natürlich dachte ich nicht daran, es Mr. Mears zu sagen, als der aufstand.«

»Was ist geschehen?« Susan schrie beinahe.

»Floyd hat ihn zusammengeschlagen«, sagte Eva unglücklich. »Auf dem Parkplatz, unmittelbar vor meinem Haus. Sheldon und Ed Craig gingen hinaus und zogen Floyd fort.«

»Und Ben? Ist Ben unverletzt?«

»Ich fürchte, nein.«

»Was ist ihm zugestoßen?«

»Floyd landete einen letzten Schlag, und Mr. Mears fiel hintenüber auf seinen kleinen ausländischen Wagen. Mears fiel auf den Kopf. Carl Foreman brachte ihn in die Unfallstation; Mears war bewußtlos. Mehr weiß ich nicht. Wenn du –«

Susan legte den Hörer auf, lief zum Schrank und riß ihren Mantel heraus.

»Susan, was ist los?«

»Dein netter Bursche, der Floyd Tibbits«, sagte Susan und bemerkte gar nicht, daß ihr die Tränen über das Gesicht liefen. »Er hat Ben ins Spital gebracht.«

Ohne eine Antwort abzuwarten, lief sie hinaus.

Um achtzehn Uhr dreißig war sie im Spital, saß in einem unbequemen Plastikstuhl und starrte mit leerem Blick auf eine Illustrierte. Ich bin die einzige, dachte sie. Verdammt peinlich. Sie hatte überlegt, ob sie Matt Burke benachrichtigen solle, aber die Angst, der Arzt könnte kommen und sie nicht vorfinden, ließ sie sitzen bleiben.

Auf der Uhr des Warteraumes krochen die Minuten dahin. Zehn Minuten vor neunzehn Uhr trat ein Arzt mit einem Blatt Papier in der Hand aus der Tür und sagte: »Miss Norton?«

»Ja. Wie geht es Ben?«

»Im Augenblick kann ich diese Frage noch nicht beantworten.« Er sah, wie Angst sie überfiel, und fügte hinzu: »Ich glaube, es ist nichts Ernstes, aber wir werden ihn zwei, drei Tage hierbehalten. Er hat eine Schnittwunde beim Haaransatz, mehrere Zerrungen und Prellungen und ein gewaltig blaues Auge.«

»Kann ich ihn sehen?«

»Heute abend nicht. Wir haben ihm Beruhigungsmittel gegeben.«

»Eine Minute? Bitte, nur eine Minute?«

Der Arzt seufzte. »Wenn Sie wollen, können Sie hineinschauen. Vermutlich schläft er. Sie dürfen kein Wort mit ihm sprechen, außer, er spricht zu Ihnen.«

Der Arzt führte sie in den dritten Stock, einen Gang entlang, der nach Spital roch, und zu einer Tür.

Ben lag mit geschlossenen Augen im Bett. Die Decke war bis zu seinem Kinn hochgezogen. Er war so blaß und still, daß Susan einen furchtbaren Augenblick lang überzeugt war, er sei tot; sei einfach weggeglitten, während sie unten mit dem Arzt gesprochen hatte. Dann sah sie das gleichmäßige Sich-Heben und Senken seiner Brust, und die Erleichterung, die Susan überkam, ließ sie ein wenig hin- und herschwanken. Sie betrachtete Bens Gesicht und bemerkte kaum die Folgen des Kampfes. Weiberheld, hatte ihn ihre Mutter genannt, und Susan konnte jetzt sehen, warum. Seine Züge waren kraftvoll und zugleich empfindsam. Nur das schwarze Haar war männlich im üblichen Sinn. Schwarz und schwer schien es über seinem Gesicht zu schweben, und der weiße Verband über der linken Schläfe bildete einen scharfen Kontrast dazu.

Ich liebe diesen Mann, dachte Susan. Werde wieder gesund, Ben. Werde gesund und schreibe dein Buch zu Ende, damit wir gemeinsam von hier fortgehen können – wenn du mich dann noch willst.

»Ich glaube, Sie sollten jetzt gehen«, sagte der Arzt. »Vielleicht morgen –«

Ben bewegte sich, und ein dumpfer Laut kam aus seiner Kehle. Langsam öffneten sich seine Lider und schlossen sich wieder. Er legte seine Hand über die ihre. Tränen traten in Susans Augen, und sie lächelte und drückte Bens Hand.

Er bewegte die Lippen, und sie beugte sich über ihn.

»Es gibt echte Killer in dieser Stadt, nicht wahr?«

»Ben, es tut mir so leid.«

»Ich glaube, ich habe ihm zwei Zähne ausgeschlagen, bevor er mich fertigmachte«, flüsterte Ben. »Nicht so schlecht für einen Schreiberling.«

»Ben –«

»Ich glaube, das ist genug«, sagte der Arzt. »Geben Sie den Mitteln eine Chance, zu wirken.«

Ben richtete seinen Blick auf den Arzt. »Nur noch eine Minute.«

»Das gleiche hat *sie* auch gesagt«, brummte der Arzt.

Bens Augenlider fielen wieder zu; mühsam versuchte er, sie zu öffnen. Er murmelte etwas Unverständliches.

Susan beugte sich näher zu ihm. »Was willst du, Liebling?«

»Ist es schon dunkel?«

»Ja.«

»Ich möchte, daß du ... gehst.«

»Zu Matt?«

Er nickte. »Sag ihm ... er soll dir alles erzählen. Frag ihn, ob er ... Pater Callahan kennt. Matt wird es verstehen.«

»O. k.«, sagte Susan. »Ich werde es ihm ausrichten. Du sollst jetzt schlafen. Schlaf gut, Ben.«

»O. k. Ich liebe dich.« Er murmelte noch einige Worte, dann schloß er die Augen. Sein Atem wurde tief und regelmäßig.

»Was sagte er?« fragte der Arzt.

Susan runzelte die Stirn. »Es klang wie ›Schließ die Fenster‹«, sagte sie.

Als sie hinausging, saßen Eva Miller und Weasel Craig im Wartezimmer. Eva trug einen alten Mantel mit einem braunen Pelzkragen, offensichtlich ein Prunkstück ihrer Garderobe, und Weasel war in eine viel zu große Motorradjacke gehüllt.

»Wie geht es ihm?« fragte Eva.

»Ich hoffe, er kommt wieder in Ordnung.« Susan wiederholte die Diagnose des Arztes, und Evas Gesicht entspannte sich.

»Da bin ich aber sehr froh, das zu hören. Mr. Mears ist ein so netter Mann. Niemals noch ist so etwas bei mir passiert. Und Parkins Gillespie mußte Floyd in die Ausnüchterungszelle sperren. Obwohl er gar nicht wie ein Betrunkener aussah – eher verwirrt und wie unter Drogeneinfluß.«

Susan schüttelte den Kopf. »Das klingt ganz und gar nicht nach Floyd.«

Einen Augenblick lang schwiegen alle betreten.

»Ben ist ein feiner Kerl«, sagte Weasel und streichelte Susans Hand. »Er wird ganz bald wieder gesund sein. Bestimmt.«

»Ja, gewiß«, sagte Susan und drückte Weasels Hand. »Eva, ist Pater Callahan nicht der Geistliche von St. Andrew?«

»Ja, warum?«

»Ach... nur Neugier. Ich danke euch beiden, daß ihr gekommen seid. Wenn ihr morgen wiederkommen könntet –«

»Natürlich«, sagte Weasel. »Wir kommen bestimmt, nicht wahr, Eva?« Er legte seinen Arm um ihre Mitte.

»Ja, wir kommen.«

Susan ging mit ihnen zum Parkplatz, und sie fuhren zurück nach Salem's Lot.

Matt beantwortete ihr Klopfen nicht, wie üblich, mit einem lauten »Herein«. Stattdessen sagte eine mißtrauische Stimme, die sie kaum erkannte, sehr leise: »Wer ist da?«

»Susan Norton, Mr. Burke.«

Er öffnete die Tür, und sie war zutiefst betroffen von der Veränderung, die mit ihm vorgegangen war. Er sah alt und abgehärmt aus. Einen Augenblick später sah sie, daß er ein schweres, goldenes Kreuz trug.

»Komm herein. Wo ist Ben?«

Sie teilte es ihm mit, und sein Gesicht zeigte Enttäuschung. »Ausgerechnet Floyd Tibbits hat sich entschlossen, den betrogenen Liebhaber zu spielen? Jedenfalls konnte er sich dazu keinen schlechteren Zeitpunkt aussuchen. Heute nachmittag brachte man Mike Ryerson aus Portland zurück zu Foreman, für die Begräbnisvorbereitungen. Und unser Besuch im Marstenhaus wird wohl auch aufgeschoben werden müssen.«

»Was für ein Besuch? Und was ist mit Mike?«

»Möchtest du Kaffee?« fragte Matt geistesabwesend.

»Nein, ich möchte erfahren, was los ist. Ben sagte, Sie würden es mir erzählen.«

»Das sagt sich so leicht. Aber es fällt schwer, es zu tun. Immerhin will ich es versuchen.«

»Was –«

Er hielt eine Hand hoch. »Alles der Reihe nach, Susan. Du warst letzthin mit deiner Mutter in dem neuen Geschäft.«

Susan runzelte die Brauen. »Ja, warum?«

»Kannst du mir das Geschäft und vor allem den Mann schildern, der das Geschäft führt?«

»Mr. Straker?«

»Ja.«

»Nun, er ist recht charmant«, sagte sie. »Überaus höflich ist vielleicht richtiger. Er machte Glynis Mayberry ein Kompliment über ihr Kleid und sie wurde rot wie ein Schulmädchen. Er erkundigte sich, warum Mrs. Boddin den Arm bandagiert habe, und gab ihr ein Rezept für eine Salbe. Und als Mabel hereinkam ...« Sie lachte bei der Erinnerung.

»Ja?«

»Er brachte ihr einen Stuhl«, sagte Susan, »oder besser gesagt: beinahe einen Thronsessel. Ein schweres, geschnitztes Ding aus Mahagoni. Er schleppte ihn aus einem Hinterzimmer herbei, lächelte und unterhielt sich die ganze Zeit mit den Damen. Dabei muß der Stuhl mindestens hundertfünfzig Kilo gewogen haben. Straker stellte ihn in die Mitte des Zimmers und führte Mabel dort hin. Nahm höflich ihren Arm, Sie verstehen? Und Mabel *kicherte*. Wenn Sie jemals gehört haben, wie Mabel kichert, wissen Sie alles von ihr. Dann servierte er Kaffee. Starken, guten Kaffee. Und er servierte auch allen anderen Kaffee. Sehr stark, aber sehr gut.«

»Hat er dir gefallen?« fragte Matt und beobachtete sie scharf.

»Das gehört alles dazu, nicht wahr?« fragte sie.

»Vielleicht. Ja.«

»Gut. Ich werde Ihnen eine weibliche Reaktion schildern. Er gefiel mir und er gefiel mir nicht. Bis zu einem gewissen Grad ist er sexuell anziehend. Ein älterer Herr, sehr höflich, sehr charmant, sehr gewandt. Wenn man ihn ansieht, so weiß man, daß er ein französisches Menu bestellen und den richtigen Wein dazu aussuchen kann; nicht einfach weißen oder roten Wein, sondern den Jahrgang und die Gegend. Ganz gewiß also nicht der Typ von Männern, die man ansonsten hier sieht. Aber ganz und gar nicht feminin. Geschmeidig wie ein Ballettänzer. Und natürlich ist ein Mann, der so ungeniert seine Glatze zeigt, irgendwie attraktiv.« Sie lächelte ein wenig trotzig, wußte, daß ihre Wangen sich gerötet hatten, und fragte sich, ob sie zuviel gesagt habe.

»Aber er gefiel dir auch *nicht*«, sagte Matt.

Sie zuckte die Achseln. »Das ist schwerer zu definieren. Ich glaube ... Ich glaube, unter der Oberfläche spürte ich eine gewisse Verachtung. Zynismus. Als spiele er eine bestimmte Rolle und spiele sie gut, aber als wisse er, daß er sich nicht allzusehr anstrengen müsse, um uns zu täuschen. Ein Anflug von Herablassung war auch dabei.« Sie blickte Matt unsicher an. »Und irgend etwas erschien mir grausam an ihm. Ich weiß nicht genau, warum.«

»Hat jemand etwas gekauft?«

»Nein, es wurde kaum etwas gekauft, aber das schien ihm nichts auszumachen. Mutter kaufte irgendeinen jugoslawischen Schnickschnack, und Mrs. Petrie erstand einen entzückenden kleinen Ausziehtisch. Aber das war alles, was ich gesehen habe. Er bat alle, weiterzusagen, daß er eröffnet habe, und man möge ihn doch bald wieder besuchen. Alles sehr charmant.«

»Glaubst du, er hat den Leuten gefallen?«

»Im großen und ganzen, ja«, sagte Susan und verglich im Geist die Begeisterung ihrer Mutter über R. T. Straker mit der sofortigen Ablehnung, die ihre Mutter Ben entgegengebracht hatte.

»Seinen Partner hast du nicht gesehen?«

»Mr. Barlow? Nein, der ist in New York auf Einkaufsreise.«

»So?« sagte Matt mehr zu sich selber. »Mr. Barlow, den niemand zu Gesicht bekommt.«

»Mr. Burke, glauben Sie nicht, es wäre eigentlich an der Zeit, daß Sie mir sagen, was los ist?«

Matt seufzte tief.

»Ja, ich werde es wohl versuchen müssen. Was du mir soeben gesagt hast, ist beunruhigend. Sehr beunruhigend. Es paßt alles so gut zusammen ...«

»Was? Was paßt zusammen?«

»Es beginnt damit«, sagte er, »daß ich Mike Ryerson gestern abend bei Dell's getroffen habe ... und das scheint eine Ewigkeit her zu sein.«

Als er geendet hatte, war es zwanzig Minuten nach zwanzig Uhr.

»Ich glaube, das ist alles«, sagte Matt, »und jetzt hältst du mich vermutlich für verrückt.«

»Seien Sie nicht albern«, sagte Susan. »Irgend etwas geht hier vor, aber nicht das, was Sie glauben. Das müßten Sie doch *wissen.*«

»Bis gestern abend, ja.«

»Wenn es niemand auf Sie abgesehen hat, wie Ben meinte, dann tat es Mike vielleicht selbst. Im Delirium?« Es klang nicht sehr überzeugend, aber sie fuhr trotzdem fort: »Oder Sie schliefen ein und träumten die ganze Geschichte. Ich bin manchmal, ohne es zu bemerken, eingedöst und verlor dabei ganze fünfzehn oder zwanzig Minuten.«

Er zuckte müde die Achseln. »Wie kann man eine Aussage verteidigen, die kein vernünftiger Mensch akzeptieren will? Was ich gehört habe, habe ich gehört. Ich habe nicht geschlafen. Und etwas beschäftigt mich ... beschäftigt mich sehr. Nach den Hinweisen in der alten Literatur kann ein Vampir nicht einfach ins Haus kommen und jemandes Blut saugen. Nein. Er muß eingeladen werden. Mike Ryerson lud gestern nacht Danny Glick ein. *Und ich selbst habe Mike eingeladen*!«

»Matt, hat Ben Ihnen von seinem neuen Buch erzählt?«

Er spielte mit seiner Pfeife, zündete sie jedoch nicht an. »Nur, daß es irgendwie mit dem Marstenhaus zu tun hat.«

»Hat er Ihnen von dem traumatischen Erlebnis erzählt, das er als Junge im Marstenhaus hatte?«

Er sah auf. »Im Haus? Nein.«

»Er ging als Mutprobe hinein, weil er einem Klub beitreten wollte und man von ihm verlangte, er solle etwas aus dem Haus holen. Das tat er auch, doch bevor er das Haus verließ, ging er in den zweiten Stock, in das Zimmer, wo Hubie Marsten sich erhängt hatte. Als Ben die Tür öffnete, sah er Hubie von einem Balken baumeln. Hubie öffnete die Augen. Ben rannte. Dieses Erlebnis wird er seit vierundzwanzig Jahren nicht los. Er kam nach Salem's Lot zurück, um es sich von der Seele zu schreiben.«

»Mein Gott«, sagte Matt.

»Ben hat ... eine Theorie über das Marstenhaus. Zum Teil stammt sie aus seiner eigenen Erfahrung und zum Teil aus Nachforschungen, die er über Hubie Marsten angestellt hat –«

»Hubies Hang zur Teufelsverehrung?«

Sie fuhr auf: »Woher wissen Sie das?«

Er lächelte ein wenig ingrimmig. »In einer Stadt gibt es nicht nur Geschwätz, es gibt auch Geheimnisse. Das heimliche Gerede in Salem's Lot hat mit Hubie Marsten zu tun. Nur etwa ein Dutzend ältere Leute – Mabel Werts gehört zu ihnen – sprechen darüber. Das ist lange her, Susan. Aber dennoch gibt es Geschichten, über die nicht so schnell das Gras wächst. Und es ist merkwürdig, sogar Mabel würde mit niemandem, außer mit ihrem engsten Kreis, über Hubie Marsten reden. Natürlich spricht jeder von seinem Tod. Und von dem Mord. Doch wenn man nach den zehn Jahren fragt, die er mit seiner Frau dort oben in dem Haus verbracht hat, dann erhält man keine Antwort – ganz so, als sei dieses Thema tabu. Es wurde sogar gemunkelt, daß Hubert Marsten seinen infernalischen Göttern kleine Kinder geopfert habe. Ich bin erstaunt, daß Ben soviel in Erfahrung bringen konnte. Die Verschwiegenheit, die diesen Aspekt des Marstenhauses betrifft, gleicht beinahe einem Stammestabu.«

»Was er weiß, hat er nicht in Salem's Lot in Erfahrung gebracht.«

»Das ist eine Erklärung. Seine Theorie dürfte ein alter parapsychologischer Scherz sein – daß nämlich Menschen Böses produzieren wie sie Rotz oder Exkremente produzieren, daß dieses Böse nicht verschwindet. Und daß das Marstenhaus einer Trockenbatterie des Bösen gleicht.«

»Ja, genauso hat er es ausgedrückt.« Susan sah Matt erstaunt an.

Er grinste. »Nun, wir haben anscheinend die gleichen Bücher gelesen. Und was meinst du, Susan? Gibt es in deiner Philosophie mehr als nur Himmel und Erde?«

»Nein«, erwiderte sie mit ruhiger Bestimmtheit. »Häuser sind nichts als Häuser. Und das Böse stirbt, wenn die böse Tat begangen ist.«

»Du meinst also, daß ich den labilen Ben auf einen Pfad der Geisteskrankheit führen könnte, den ich selbst schon beschritten habe?«

»Nein, natürlich nicht. Ich glaube nicht, daß Sie krank sind. Aber, Mr. Burke, stellen Sie sich doch einmal vor –«

»*Sei still.*«

Er lehnte sich vor. Sie schwieg und lauschte. Nichts... außer vielleicht einem knarrenden Balken. Sie schaute ihn fragend an, und er schüttelte den Kopf. »Was meintest du?«

»Nur, daß es für ihn, infolge einer Reihe von Umständen, kein sehr günstiger Zeitpunkt ist, die Dämonen seiner Jugend loszuwerden. Seit das Marstenhaus wieder bewohnt ist und das Geschäft eröffnet wurde, hat es eine Menge Geschwätz gegeben ... übrigens, auch über Ben selbst. Ich glaube, Ben sollte von hier fortgehen, und ich glaube, auch Ihnen würden Ferien guttun, Mr. Burke.«

Bens Bitte fiel ihr ein, Matt nach dem katholischen Geistlichen zu fragen. Sie entschied, nichts davon zu erwähnen. Es würde nur Öl in das Feuer schütten, das nach ihrer Ansicht bereits hell genug brannte. Sollte Ben sie danach fragen, so würde sie sagen, sie habe darauf vergessen.

»Ich weiß, wie verrückt das alles klingen muß«, sagte Matt. »Auch mir, der ich hörte, wie das Fenster aufging, der ich das Lachen hörte und den Fensterrahmen auf dem Rasen liegen sah, auch für mich klingt es verrückt. Aber wenn es dich erleichtert, kann ich dir sagen, daß Bens Reaktion auf die ganze Sache überaus vernünftig war. Er meinte, daß man die Theorie beweisen oder widerlegen müsse und wir sollten damit beginnen, zu –« Er hielt inne und lauschte.

Als er wieder sprach, flößte ihr die ruhige Gewißheit in seiner Stimme Furcht ein. »Jemand ist im oberen Stock.«

Sie lauschte. Nichts. »Das bilden Sie sich nur ein.«

»Ich kenne mein Haus«, widersprach er leise. »Jemand ist im Gästezimmer ... da, hörst du?«

Und diesmal hörte sie es. Das Knarren eines Brettes, wie Holz in alten Häusern manchmal ganz ohne Grund knarrt. Aber in diesem Geräusch glaubte Susan noch etwas anderes zu hören, etwas unaussprechlich Verstohlenes –.

»Ich gehe hinauf«, sagte Matt.

»Nein!«

Sie sagte das impulsiv. Sie dachte: *Wer glaubt denn heutzutage noch an Gespenster?*

»Gestern nacht hatte ich Angst, unternahm nichts und alles wurde dadurch nur noch schlimmer. Jetzt gehe ich hinauf.«

»Mr. Burke –«

Sie sprachen jetzt beide im Flüsterton. Spannung hatte ihre Körper erfaßt und machte ihre Muskeln steif. Vielleicht war jemand oben. Einer, der sich eingeschlichen hatte.

»Sprich weiter«, sagte Matt. »Hör nicht auf, zu reden, wenn ich gegangen bin. Rede, was du willst.«

Und bevor sie widersprechen konnte, ging er mit raschen Schritten zur Treppe. Nur einmal drehte er sich um, und sie konnte nichts in seinen Augen lesen. Dann begann er, die Treppe hinaufzusteigen.

Der rasche Wechsel der Situation gab ihr ein Gefühl völliger Unwirklichkeit; noch vor zwei Minuten hatten sie beide die ganze Angelegenheit in aller Ruhe diskutiert. Jetzt verspürte Susan Angst. Frage: Läßt man einen Psychologen ein Jahr oder länger allein mit einem Patienten, der glaubt, Napoleon zu sein – kommen dann schließlich zwei vernünftige Leute heraus, oder haben sie beide die rechte Hand in der Weste? Antwort: Information unzureichend.

Sie sagte: »Ben und ich wollten Sonntag nach Camden fahren – auf der Route Eins. Sie wissen, Camden ist die Stadt, wo der Film ›Peyton Place‹ gedreht wurde – aber jetzt werden wir die Fahrt wohl verschieben müssen. Es gibt in Camden eine reizende kleine Kirche...«

Sie stellte fest, daß sie ohne Schwierigkeiten vor sich hinplappern konnte, obwohl sie die Hände im Schoß so fest aneinanderpreßte, daß die Knöchel weiß wurden. Ihr Gehirn war klar und unbeeindruckt von all dem Gerede über wiedererwachende Tote und Vampire. Es war ihr Rückenmark, ein viel älteres Geflecht von Nerven und Ganglien, das die schwarzen Wellen der Angst aussandte.

Die Treppe hinaufzusteigen war das Schwerste, was Matt Burke jemals in seinem Leben getan hatte. In der Tat. Nichts war jemals auch nur annähernd so schwer gewesen. Mit Ausnahme einer einzigen Sache vielleicht.

Als Achtjähriger war er bei den Pfadfindern Mitglied einer Wölflingsgruppe gewesen. Ihr Lager befand sich eine Meile vom Haus seiner Mutter entfernt, und es war ein angenehmer Spaziergang, wenn man ihn am späten Nachmittag, also noch bei Tageslicht, zurücklegte. Auf dem Rückweg jedoch war bereits die Abenddämmerung hereingebrochen, lange Schatten legten sich allmählich über die Wege und bildeten unregelmäßige Muster – oder man mußte, wenn ein Treffen besonders aufregend gewesen war und länger gedauert hatte, in der Dunkelheit nach Hause gehen. Allein.

Allein. Das war das Schlüsselwort, das häßlichste Wort, das die Sprache kennt. Das Wort »Mörder« konnte ihm nicht das

Wasser reichen, und »Hölle« war nur ein armseliges Synonym...

Am Wegrand lag eine verfallene Kirche, ein alter methodistischer Versammlungsraum, dessen Überreste bis hinüber zu einer Wiese reichten, die voll von Frostaufbrüchen und Bodenwellen war. Ging man an den starren Fenstern, hinter denen niemand mehr wohnte, entlang, so glaubte man, zu hören, wie die eigenen Schritte plötzlich lauter wurden, und was immer man vor sich hin gepfiffen hatte, erstarrte auf den Lippen. Man begann darüber nachzudenken, wie es da drinnen wohl aussehen mochte. Die umgekippten Kirchenstühle, die vergilbten Gesangbücher, der zerbröckelnde Altar, auf dem die Mäuse ihren Sabbath feierten. Man wollte wissen, was – außer Mäusen – da drinnen denn noch zu sehen sei, Verrückte oder Monster? Vielleicht starrten sie einen jetzt gerade an, mit ihren gelben, reptilartigen Augen. Und vielleicht genügte es ihnen eines Nachts nicht mehr, nur hinauszustarren; vielleicht würde in einer Nacht das zersplitterte Tor, das nur noch an einer Scharniere hing, offen stehen, und was man dahinter erblickte, würde einen auf der Stelle in den Wahnsinn treiben.

Man konnte das weder Vater noch Mutter erklären, die ja zu den Geschöpfen des Lichts zählten. So wenig, wie man ihnen als Dreijähriger hatte erklären können, daß der Fußvorleger unter dem Gitterbett sich plötzlich in einen Haufen Schlangen verwandelt hatte, die einen mit ausdruckslosen Augen beobachteten. Kein Kind wird jemals mit diesen Ängsten fertig, dachte Matt. Wenn eine Angst nicht artikuliert werden kann, kann man sie auch nicht besiegen. Und die Ängste, die in kleinen Kinderköpfen nisten, sind viel zu komplex, als daß sie durch eine so kleine Öffnung wie den Mund heraus könnten. Früher oder später fand sich dann jemand, der einen zu all den verlassenen Spukhäusern, an denen man im Laufe eines Lebens vorbei muß, begleitete. Bis heute nacht. Bis zu dieser Nacht, in der Matt herausfand, daß keine einzige der alten Ängste überwunden war. Nur weggeschoben waren sie, verwahrt in kleinen Kindersärgen, mit einer wilden Rose am Deckel.

Er zündete kein Licht an. Er stieg die Stufen hinauf, eine nach der andern, und vermied die sechste, weil sie knarrte. Er umklammerte das Kruzifix; seine Handflächen waren klebrig und feucht.

Oben angekommen, wandte er sich leise um und blickte den Gang entlang. Die Tür zum Gästezimmer stand offen. Als er fortgegangen war, hatte er sie geschlossen. Von unten hörte er den gleichmäßigen Tonfall von Susans Stimme.

Matt ging vorsichtig, um jedes Knarren zu vermeiden, bis zur Tür. Die Basis aller menschlichen Ängste, dachte er: eine angelehnte Tür, nur ein wenig geöffnet.

Er stieß die Türe auf.

Mike Ryerson lag auf dem Bett.

Mondlicht floß durch das Fenster und versilberte das Zimmer, machte es zu einem schimmernden See der Träume. Matt schüttelte den Kopf, als wolle er klarer sehen. Beinahe schien es ihm, als habe er sich in der Zeit zurückbewegt, als sei dies wieder die vergangene Nacht. Er würde sogleich hinunter gehen und Ben anrufen, denn Ben war noch nicht im Spital –

Mike schlug die Augen auf.

Einen Augenblick lang glänzten sie im Mondlicht, silbergerändert und rot. Sie waren leer wie eine gewaschene Schultafel. Kein menschlicher Gedanke, kein menschliches Gefühl war in ihnen. *Die Augen sind die Fenster der Seele,* hatte Wordsworth gesagt. Wenn dem so war, dann schauten diese Fenster aus einem leeren Raum.

Mike setzte sich auf, das Leintuch glitt von seiner Brust, und Matt sah die groben Nähte des Pathologen, der die Spuren der Autopsie zugenäht hatte.

Mike lächelte, seine Eckzähne waren weiß und spitz. Das Lächeln selbst war nur ein Muskelreflex; es erreichte nicht die Augen. Die behielten vielmehr ihre tote Leere.

»*Sieh mich an*«, sagte Mike sehr deutlich.

Matt sah Mike an. Ja, die Augen waren völlig ausdruckslos. Aber sehr tief. Beinahe konnte man sich in diesen Augen spiegeln, konnte darin versinken, konnte die Welt vergessen, alle Ängste vergessen –

Matt trat einen Schritt zurück und schrie: »Nein! Nein!«

Und hielt das Kruzifix in die Höhe.

Was Mike Ryerson gewesen war, zischte, als habe man heißes Wasser in sein Gesicht geschüttet. Die Arme schossen hoch, als wollten sie einen Schlag abwehren. Matt kam einen Schritt näher, Ryerson wich einen Schritt zurück.

»Verschwinde!« krächzte Matt. »Ich widerrufe meine Einladung!«

Ryerson stieß einen Schrei aus, einen heulenden Schrei voll von Haß und Schmerz. Ryerson wich weiter zurück, bis er das Fenster erreichte.

»*Ich werde dich schlafen sehen wie einen Toten, Lehrer!*«

Er fiel rückwärts in die Nacht hinaus, die Hände über dem Kopf erhoben, wie ein Kunstspringer auf einem hohen Trampolin. Der blasse Körper schimmerte marmorgleich, und die schwarzen Stiche, die wie ein Y über den Torso verteilt waren, bildeten dazu einen harten, bösen Kontrast.

Matt stöhnte auf, stürzte zum Fenster und schaute hinaus. In der monddurchfluteten Nacht war nichts zu sehen – unter dem Fenster, im Licht, das aus dem Wohnzimmer fiel, tanzten Mükken, als wären sie Sonnenstaub. Sie drehten sich, formten ein Muster, das etwas erschreckend Menschenähnliches hatte, und lösten sich in Nichts auf.

Matt wandte sich um und wollte laufen. In diesem Augenblick fuhr der Schmerz in seine Brust und ließ ihn taumeln. Er krümmte sich. Der Schmerz schien in gleichmäßig pulsierenden Wellen seine Arme entlangzuströmen. Unter seinen Schultern schwang das Kruzifix hin und her.

Die Arme auf die Brust gepreßt, ging er zur Tür. Das Bild von Mike Ryerson – in der dunklen Nachtluft hängend wie ein bleicher Turmspringer – stand vor seinen Augen.

»Mr. Burke!«

»Mein Arzt heißt James Cody«, sagte Matt mit Lippen, die kalt wie Schnee waren. »Seine Nummer steht in meinem Telefonbuch. Ich glaube, ich habe einen Herzinfarkt.«

Er fiel vornüber und brach zusammen.

Susan wählte die Nummer, die neben Cody, Jimmy, *Pillendreher* stand. Die Worte waren in jenen ordentlichen Großbuchstaben geschrieben, die Susan so gut aus ihrer Schulzeit kannte. Eine weibliche Stimme antwortete, und Susan sagte: »Ist Doktor Cody zu Hause? Es ist dringend!«

»Ja«, sagte die Frau ruhig, »ich übergebe.«

»Hier Doktor Cody.«

»Hier Susan Norton. Ich bin bei Mr. Burke. Er hat eine Herzattacke.«

»Wer? *Matt Burke?*«

»Ja. Er ist bewußtlos. Was soll ich –«

»Rufen Sie sofort eine Ambulanz«, sagte Cody. »Die Nummer ist: Cumberland 841-4000. Bleiben Sie bei Matt. Decken Sie ihn zu, aber bewegen Sie ihn nicht. Verstanden?«

»Ja.«

»In zwanzig Minuten bin ich bei Ihnen.«
»Werden Sie –«
Aber das Telefon war tot, und Susan war allein.
Sie rief die Ambulanz an, und dann war sie wieder allein und wußte, daß sie zu Matt hinaufgehen mußte.

Mit einem für sie ganz ungewöhnlichen Angstgefühl starrte sie auf den Treppenaufgang. Sie ertappte sich bei dem Wunsch, daß nichts von all dem geschehen sein möge. Bis jetzt war sie Matts Wahrnehmungen und seinen Theorien völlig ungläubig gegenübergestanden – sie waren etwas, das mit der von ihr akzeptierten Wirklichkeit in Einklang gebracht werden mußte. Nicht mehr und nicht weniger. Jetzt aber war die feste Basis ihres Unglaubens zerstört und sie fühlte sich ins Bodenlose fallen.

Sie hörte in der Erinnerung Matts Stimme, und sie hörte diese furchtbare, fast lautlose Beschwörung: *Ich werde dich schlafen sehen wie einen Toten, Lehrer.* Die Stimme, die diese Worte gesprochen hatte, war nicht menschlicher gewesen als das Bellen eines Hundes.

Susan ging hinauf, zwang ihren Körper Schritt für Schritt nach oben. Das Licht im Flur half nicht viel. Matt lag, wo sie ihn verlassen hatte, sein Gesicht war seitwärts gedreht, so daß die rechte Wange auf dem fadenscheinigen Läufer lag. Sein Atem kam in harten, stoßweisen Zügen. Sie beugte sich zu ihm hinab und öffnete die obersten Knöpfe seines Hemdes; das schien sein Atmen ein wenig zu erleichtern. Dann ging sie ins Gästezimmer, um eine Decke zu holen.

Das Zimmer war kühl. Das Fenster stand offen. Das Bett war abgezogen, aber im Schrank fand sie eine Decke. Als sie wieder zurückgehen wollte, sah sie im Mondlicht, nahe dem Fenster, etwas auf dem Boden glitzern. Sie bückte sich, hob es auf und erkannte es sofort: es war ein Klassenring der Oberschule von Cumberland. Auf der Innenseite waren die Buchstaben M. C. R. eingraviert.

Michael Corey Ryerson.

In diesem Augenblick, hier in der Dunkelheit, glaubte sie. Sie glaubte alles. Ein Schrei wollte aus ihrer Kehle aufsteigen, sie erstickte ihn, aber der Ring fiel aus ihrer Hand, rollte auf den Boden und glitzerte weiter im herbstlichen Mondlicht.

10
Salem's Lot (III)

Die Stadt wußte um die Dunkelheit.

Sie wußte um die Dunkelheit, die über dem Land liegt, wenn die Erddrehung das Land vor der Sonne versteckt, und sie wußte um die Dunkelheit der menschlichen Seele.

Drei Komponenten sind es, die das Wesen der Stadt ausmachen. Da sind einmal die Menschen, die hier leben, die Häuser, die sie sich gebaut haben, um darin zu wohnen oder ihren Geschäften nachzugehen, und dann ist da noch der Boden, auf dem sie leben. Die Menschen hier kamen einst aus England und Schottland oder aus Frankreich. Es gibt natürlich auch andere, aber deren sind sehr wenige, man muß sie suchen wie eine Stecknadel im Heuhaufen. Der »Schmelztiegel der Nationen« hat hier niemals sehr viel verschmolzen. Die Häuser sind zumeist aus solidem Holz gebaut. Die älteren sind klein wie Zündholzschachteln, und es gibt zahlreiche Fassaden, hinter denen sich nichts befindet. Niemand könnte sagen, warum. Die Leute wußten über die Leere hinter den Fassaden Bescheid, genau so, wie sie wußten, daß Loretta Starcher einen ausgestopften Büstenhalter trug. Der Boden ist aus Granit und nur von einer dünnen Erdschicht bedeckt. Landwirtschaft ist hier ein undankbares, schweißtreibendes, elendes und verrücktes Geschäft. Die Egge wirft große Klumpen der Granitunterlage auf und zerbricht daran. Im Mai, sobald der Boden trocken genug ist, nimmt man seinen Lastwagen und füllt mit der ganzen Familie Dutzende Ladungen von Steinbrocken darauf, bevor man zu pflügen beginnt und die Trümmer auf einen unkrautverwachsenen Haufen ablädt, dort, wo man sie schon seit 1955 abgeladen hat, damals, als man sich zum erstenmal mit dieser verteufelt harten Arbeit anlegte. Und wenn man endlich so viel aufgeladen hat, daß einem der Dreck beim Händewaschen nicht mehr unter den Fingernägeln hervorkommen will, und wenn sich die Finger empfindungslos, geschwollen und seltsam großporig anfühlen, dann koppelt man die Egge an seinen Traktor und hat schon nach der zweiten Furche, die man geglättet hat, eine der Klingen an irgendeinem Granitblock, den man übersehen hat, zerschmettert. Während man nun eine neue Klinge einsetzt und seinen ältesten Sohn die Egge hochhalten läßt, um überhaupt von unten heran zu kommen, hört man, wie der erste Moskito des Jahres blutdürstig an den Ohren vorübersingt, mit jenem ohrenbetäubenden Singen, von dem man glaubt, es handle sich um den Ton, den Psychopathen hören, bevor sie ihre ganze Familie ausrotten; und dann rutschen die verschwitzten Finger deines Sohnes aus, und eine der übriggebliebenen Eggenklingen reißt dir den Arm auf. Wenn man nun so verzweifelt um sich blickt und plötzlich am liebsten alles aufgeben und zu trinken anfangen möchte, oder bei der Bank, auf der man eine Hypothek hat, den Konkurs anmelden, genau in diesem Augenblick, in dem man das Land haßt und die Erde einen nicht loslassen will, liebt man es auch und versteht, wie es um die Dunkelheit weiß, wie es immer darum gewußt hat. Das Land hält einen gefangen. Läßt einen nicht los, und das Haus und die Frau, in die man sich in der Oberschule verliebt hat (nur daß sie damals ein Mädchen war und man einen Dreck über Mädchen wußte, außer daß man eines hatte und ihr nachlief, und sie schrieb deinen Namen auf alle ihre Schulhefte, und zuerst fingst du sie ein und dann fing sie dich ein, und allmählich wußte weder der eine noch der andere, wer mit dem ganzen Unfug überhaupt begonnen hatte), und die Kinder, die einen in Beschlag nahmen, jene Kinder, deren Existenz in dem knarrenden Doppelbett mit dem zersplitterten Kopfende angefangen hatte. Du hast diese Kinder mit ihr gemacht, nach Einbruch der Dunkelheit – sechs Kinder, oder sieben, oder zehn. Die Bank hat dich in der Hand, der Autohändler und all die anderen, bei denen du auf Kredit eingekauft hast. Aber schließlich gehörte man der ganzen Stadt, die einen so gut kannte, wie man selbst die Brust der eigenen Frau kannte. Du weißt, wer sich am hellichten Tag in Crossens Kneipe herumtreiben wird, weil die Schuhfabrik Knapp ihm gekündigt hat, und du weißt, wessen Frau fremdgeht, noch bevor er selbst es weiß, eben jene Art von Ärger, die Reggie Sawyer jetzt hatte, dessen Frau Bonnie es mit einem Kerl von der Post- und Telegraphenverwaltung trieb; du kennst die geheimen Wege und weißt, wo du am Freitagabend mit Hank und Nolly Gardener hingehen und etliche Sechserpackungen Bier trinken kannst. Du kennst jeden Quadratmeter in der Gegend und weißt, wie man im April den Sumpf überquert, ohne bis an die Knie im Schlamm waten zu müssen. Das alles kennst du. Und es kennt dich. Man weiß, wie dein Kreuz nach einem Tag im Traktorsessel schmerzt, weiß, daß das Gewächs auf deinem Rücken nur eine Zyste war und nichts, worüber man, wie der Doktor zuerst sagte, besorgt sein muß, und wie du die Rechnungen zu bezahlen gedenkst, die am Ende des Monats hereinkommen. Man durchschaut deine Lügen sogar, wenn du dir nur selber vormachst, daß du zum Beispiel im nächsten oder übernächsten Jahr mit deiner Familie nach Disneyland fahren oder dir einen neuen Farbfernseher leisten wirst, wenn du im Herbst genügend Klafter Holz fällst, weil alles letzten Endes gut werden wird. In dieser Stadt zu leben ist ein täglicher Akt der äußersten Promiskuität, so vollständig, daß das, was du mit deiner Frau im quietschenden Bett treibst, dagegen einem Händedruck gleichkommt. Das Leben in dieser Stadt ist prosaisch, sinnfällig, und wird mit Alkohol hinuntergespült. Und in der Dunkelheit gehört die Stadt dir und du gehörst der Stadt. Zusammen mit ihr schläfst du wie ein Toter, wie die Steine auf deinem Feld. Hier gibt es kein Leben, hier stirbt man mit jedem Tag ein wenig. Wenn daher das Böse über diese Stadt hereinbricht, so ist sein Kommen fast schon vorherbestimmt, wie ein süßer Rausch. Es ist fast, als ahnte die Stadt das Ausmaß, in dem das Böse über sie kommen mußte...

Die Stadt hatte ihre Geheimnisse und hütete sie gut. Die Leute kannten sie freilich nicht alle. Sie wußten, daß Albie Cranes Frau mit einem Reisenden aus New York durchgebrannt war – oder sie glaubten, es zu wissen. Aber nachdem der Reisende die Frau verlassen hatte, schlug ihr Albie den Schädel ein, hängte einen Stein an ihre Füße und warf sie in den alten Brunnen. Zwanzig Jahre später starb dann Albie friedlich in seinem Bett – wie sein Sohn Joe im Laufe dieser Geschichte noch sterben wird. Vielleicht wird eines Tages ein Kind zu dem zwischen Brombeeren versteckten Brunnen gehen, die ausgeblichenen Bretter fortschieben und auf dem Grund das Skelett sehen.

Die Leute wissen, daß Hubie Marsten seine Frau getötet hat, aber sie wissen nicht, was er sie vorher zu tun zwang oder wie es damals zwischen ihnen war, in dieser stickigen Küche mit dem Geruch des süßen Geißblatts in der Luft, bevor Hubie seiner Frau durch den Kopf schoß. Die Leute wissen nicht, daß die Frau Hubie angefleht hatte, es zu tun.

Etliche von den älteren Frauen der Stadt – Mabel Werts etwa, Glynis Mayberry, Audrey Hersey – erinnern sich, daß Larry McLeod im Kamin verkohlte Papiere fand, aber keine von ihnen weiß, daß es die Reste einer zwölfjährigen Korrespondenz zwischen Hubert Marsten und einem österreichischen Aristokraten namens Beinsperg waren; oder daß der Briefwechsel zwischen diesen beiden durch die Vermittlung eines recht eigenartigen Buchhändlers aus Boston zustandegekommen war, der 1933 einen überaus häßlichen Tod fand; oder daß Hubie Marsten jeden Brief einzeln verbrannte, bevor er sich erhängte, daß er zusah, wie die Flammen das dicke cremefarbene Papier schwärzten und die elegante Kalligraphie auslöschten. Sie wissen nicht, daß er lächelte, während er das tat, wie Larry Crokkett jetzt lächelt, wenn er an die Grundbuchauszüge denkt, die in seinem Safe in der Portlandbank liegen.

Sie wissen, daß Coretta Simons, die Witwe des alten Jumpin Simons, einen langsamen, schrecklichen Krebstod stirbt, aber sie wissen nicht, daß hinter der Tapete des Wohnzimmers dreißigtausend Dollar versteckt sind, eine Versicherungsprämie, die sie vor Jahren erhalten und längst vergessen hat.

Sie wissen, daß im September 1951 ein Feuer die halbe Stadt niedergebrannt hat, aber sie wissen nicht, daß das Feuer gelegt war, und sie wissen nicht, daß der Junge, der es legte, die Schule mit Auszeichnung beendet und später in Wall Street hunderttausend Dollar gemacht hat.

Sie wissen nicht, daß Floyd Tibbits an jenem Freitag völlig benommen umhergewandert war und die Sonne gehaßt hatte, die er auf seiner seltsam fahlen Haut spürte; daß er sich kaum mehr erinnerte, bei Ann Norton gewesen zu sein und Ben Mears niedergeschlagen zu haben, daß er jedoch von der Dankbarkeit wußte, mit der er das Sinken der Sonne begrüßte, von der Dankbarkeit und der Vorfreude auf etwas Großartiges; oder daß Carl Foreman zu schreien versuchte und keinen Laut herausbrachte, als Mike Ryerson auf dem Metalltisch in dem Raum neben der Leichenhalle plötzlich zu zittern begann, und daß Foremans Schrei blind und tonlos blieb, als Mike die Augen öffnete und sich aufsetzte.

Oder daß der zehn Monate alte Randy McDougall sich nicht einmal wehrte, als Danny Glick durch das Fenster seines Zimmers schlüpfte, das Baby aufnahm und seine Zähne in den Hals des Kindes grub, der noch die Spuren der mütterlichen Mißhandlung zeigte.

Das sind Geheimnisse der Stadt. Und manche wird man später erfahren und manche wird man niemals erfahren. Die Stadt hütet sie alle.

Die Stadt schert sich nicht um die Werke des Teufels und nicht um die Taten Gottes oder um jene der Menschen. Die

Stadt war sich der Dunkelheit bewußt. Und der Dunkelheit gab es genug.

Sandy McDougall wußte, daß etwas nicht in Ordnung war, als sie aufwachte, aber sie wußte nicht, was. Die andere Seite des Bettes war leer; Roy hatte einen freien Tag und war mit seinen Freunden fischen gegangen. Zu Mittag würde er wieder zurück sein. Was war nicht in Ordnung?

Die Sonne. Die Sonne war nicht in Ordnung.

Sie tanzte hoch oben auf der Tapete zwischen den Schatten, die der Ahornbaum warf, der vor dem Fenster stand. Aber Randy weckte seine Mutter doch immer, bevor die Sonne hoch genug war, um die Schatten des Ahorns auf die Wand zu werfen –

Sandys erstaunte Augen fielen auf die Uhr neben dem Bett. Es war zehn Minuten nach neun Uhr.

Angst stieg auf in Sandy.

»Randy?« rief sie, und der Schlafrock wallte hinter ihr, als sie den schmalen Gang entlang lief. »Randy, Liebling?«

Das Zimmer des Babys war in Sonnenlicht getaucht, das aus dem kleinen Fenster oberhalb der Wiege fiel ... Das Fenster stand offen. Sandy hatte es geschlossen, als sie zu Bett gegangen war. Sie schloß es immer.

Die Wiege war leer.

»Randy?« flüsterte sie.

Der kleine Körper lag in einer Ecke, hingeworfen wie ein Haufen Unrat. Ein Bein stand wie ein verkehrtes Rufzeichen grotesk in die Höhe.

»Randy!«

Sie fiel neben dem Körper auf die Knie und nahm das Kind in die Arme. Seine Haut war kühl.

»Randy, mein Schatz, wach auf, Randy, wach auf –«

Die blauen Flecken waren weg. Alle weg. Sie waren über Nacht verschwunden. Das kleine Gesicht und der Körper waren makellos. Randy sah rosig aus. Zum erstenmal, seit er auf der Welt war, fand ihn Sandy schön, und sie schrie beim Anblick dieser Schönheit – einen schrecklichen, verzweifelten Schrei.

»Randy! Wach auf! Randy? –«

Mit dem Baby im Arm stand sie auf und lief den Gang zurück, und der Schlafrock rutschte von ihrer Schulter. Der hohe

Kinderstuhl stand immer noch in der Küche und davor das Tablett mit den Resten von Randys Abendmahlzeit. Sie setzte Randy in den Stuhl, auf den die Morgensonne schien. Randys Kopf fiel auf die Brust, und mit einer langsamen furchtbaren Endgültigkeit rutschte er zur Seite, bis er zwischen dem Tablett und einer Armlehne eingeklemmt war.

»Randy?« sagte die Mutter lächelnd. Ihre Augen quollen aus den Höhlen wie blaue Murmeln. Sie streichelte Randys Wangen. »Wach jetzt auf, Randy. Frühstück, Randy. Soo hungrig? Bitte – oh, lieber Gott – bitte –«

Sie drehte sich um, riß eines der Kästchen über dem Herd auf, warf ein Paket Reis um, fand ein Glas Schokoladepudding und nahm aus dem Abwaschbecken einen kleinen Plastiklöffel.

»Schau, Randys Lieblingsspeise. Schau, den schönen Schoko-Pudding. Schoko, Schoko.« Wut und Panik überkamen sie. »Wach auf!« schrie sie ihn an, und ihr Speichel näßte seine durchsichtige Haut. *Um Himmels willen, wach auf, kleiner Scheißer, wach auf!*«

Sie nahm einen Löffel voll Pudding aus dem Glas. Ihre Hand, die längst die Wahrheit wußte, zitterte so sehr, daß sie das meiste verschüttete. Den Rest schob Sandy zwischen die kleinen schlaffen Lippen, aber er fiel mit einem gräßlichen plumpsenden Geräusch auf das Tablett zurück.

»Randy«, flehte sie. »Hör auf, Mutti zu ärgern.«

Mit einem Finger öffnete sie Randys Mund und schob etwas Pudding hinein.

»So«, sagte Sandy McDougall. Ein unbeschreibliches Lächeln, voll von törichter Hoffnung, umspielte ihre Lippen. Sie lehnte sich in ihrem Küchenstuhl zurück. Jetzt würde alles in Ordnung sein. Jetzt wußte Randy, daß sie ihn immer noch liebte, und würde mit dem grausamen Spiel aufhören.

»Gut?« murmelte sie. »Schoko gut? Für Mutti lächeln? Sei Muttis braves Kind und lach.«

Mit zitternden Fingern schob sie Randys Mundwinkel nach oben. Der Schokoladepudding fiel auf das Tablett – plumps.

Sandy begann zu schreien.

Als seine Frau am Samstag morgen im Wohnzimmer hinfiel, erwachte Tony Glick.

»Margie?« rief er und kroch aus dem Bett. »Margie?«

Nach einer langen Pause antwortete sie: »Es ist nichts passiert, Tony.«

Tony saß auf der Bettkante und starrte auf seine Füße. Sein Oberkörper war nackt, und er trug eine gestreifte Pyjamahose. Die Haare waren zerrauft. Dickes schwarzes Haar, wie es seine beiden Söhne von ihm geerbt hatten. Die Leute hielten ihn für einen Juden, aber das südeuropäische Haar war sicherlich eine Auszeichnung, dachte er oft. Der Name seines Großvaters war Degliocchi gewesen. Vielleicht hatte ihm irgend jemand erzählt, daß man in Amerika mit einem kurzen und prägnanten Namen schneller vorwärtskomme, woraufhin sein Großvater den Namen gesetzlich in Glick ändern ließ, ohne zu bedenken, daß er damit nur die italienische Minderheit, der er angehörte, gegen den Schein eintauschte, Mitglied einer anderen, nämlich der jüdischen zu sein. Tony Glicks Körper war stattlich und muskulös. Sein Gesicht trug die verstörten Züge eines Mannes, der beim Verlassen eines Nachtklubs niedergeschlagen worden ist. Er hatte sich im Büro beurlauben lassen; während der letzten Woche hatte er sehr viel geschlafen. Es verging, wenn man schlief. Sein Schlaf kannte keine Träume. Er legte sich um neunzehn Uhr dreißig zu Bett und stand am nächsten Morgen um zehn Uhr auf. Zwischen vierzehn und fünfzehn Uhr schlief er wieder. Die Zeit, die zwischen Dannys Begräbnis und diesem sonnigen Samstag morgen vergangen war – fast eine Woche –, erschien ihm verschwommen und unwirklich. Die Leute brachten ihnen fortwährend etwas zu essen: Fleischtöpfe, Kuchen, Torten. Margie sagte, sie wisse nicht, wohin damit. Sie waren beide nicht hungrig. Am Mittwoch abend hatte er versucht, mit seiner Frau zu schlafen, aber beide hatten zu weinen begonnen.

Margie sah schlecht aus. Ihr Versuch, mit den Dingen fertig zu werden, bestand darin, das Haus von oben bis unten zu putzen. Mit einem manischen Eifer, der jeden Gedanken ausschloß, hatte sie alles gesäubert. Sie hatte Kleider und Spielsachen ordentlich in Kartons verpackt, um sie der Heilsarmee zu schenken. Als Tony am Donnerstag morgen aufstand, stapelten sich alle diese Kartons, säuberlich beschriftet, vor der Haustür. Niemals im Leben hatte er etwas so Schreckliches gesehen wie diese stummen Kartons. Und in seinem benommenen Zustand hatte Tony bemerkt, wie blaß Margie in den letzten Tagen geworden war.

Diese Gedanken gingen ihm im Kopf herum, als Margie nochmals hinfiel. Und dieses Mal antwortete sie nicht.

Er stand auf, latschte durch das Wohnzimmer und fand sie auf dem Boden liegen. Ihr Atem ging flach, und sie starrte mit glasigem Blick zur Zimmerdecke.

Ihr Aussehen hatte sich während der Nacht so verschlechtert, daß es wie ein scharfes Messer durch sein benebeltes Bewußtsein schnitt. Ihre Beine hatten die Farbe von Gips; die Sonnenbräune war verschwunden. Margies Mund war geöffnet, als bekäme ihre Lunge nicht genug Luft, und es fiel ihm auf, wie stark ihre Zähne hervorstachen. Oder war es nur das Licht?

»Margie, Liebling?«

Sie versuchte zu antworten und konnte es nicht. Jetzt packte ihn wirkliche Angst.

Er ging zum Telefon, um einen Arzt zu rufen, als sie sagte: »Nein ... nein ... hilf mir ... die Sonne ist so heiß ...« Sie wiederholte das mehrmals, nachdem sie verzweifelt nach Luft geschnappt hatte. Mit äußerster Anstrengung setzte sie sich auf, und das totenstille Haus war erfüllt von ihrem hörbaren Ringen um Atem.

Er hob sie auf und war bestürzt, wie leicht seine Last war. Sie wog kaum mehr als ein Bündel Heu.

»... Sofa ...«

Er trug sie auf das Sofa, fort aus der Sonne, die durch das große Fenster auf den Teppich fiel. Ihr Atem schien jetzt wieder leichter zu gehen. Sie schloß die Augen, und wieder fiel ihm die Weiße ihrer Zähne auf. Er verspürte das Verlangen, Margie zu küssen.

»Ich möchte einen Arzt rufen«, sagte er.

»Nein, es geht mir schon besser. Die Sonne ... brannte auf mich. Machte mich schwach.« Ihre Wangen hatten sich ein wenig gerötet.

»Bist du sicher?«

»Ja, es geht wieder.«

»Du hast zu viel gearbeitet, Liebes.«

»Ja«, sagte sie apathisch.

Er fuhr mit der Hand durch sein Haar. »Wir müssen uns zusammenreißen, Margie. Wir müssen. Du siehst aus ...« Er hielt inne, um sie nicht zu verletzen.

»Ich sehe furchtbar aus«, sagte sie. »Bevor ich gestern zu Bett ging, sah ich mich im Badezimmerspiegel, und ich schien kaum noch da zu sein. Einen Augenblick lang dachte ich ...« Ein Lächeln flog über ihre Lippen, »ich könne durch mich hindurch die Badewanne sehen ... Es war nicht mehr als ein Schatten übrig, und er war ... entsetzlich blaß ...«

»Ich möchte, daß Doktor Readon dich untersucht.«

Sie schien Tony nicht zu hören. »Ich hatte während der letzten Nächte einen wunderschönen Traum, Tony. So wirklich. Im Traum kommt Danny zu mir. Er sagt: ›Mutti, ich bin so glücklich, zu Hause zu sein!‹ Und er sagt ... sagt ...«

»Was sagte er?« fragte Tony sanft.

»Er sagt ... er sei nun wieder mein Baby. Wieder an meiner Brust. Und ich gab ihm zu trinken und ... ein Gefühl der Süße und ein wenig auch der Bitterkeit, wie damals, vor dem Abstillen, als er Zähne bekam und saugen wollte – ich weiß, das klingt *entsetzlich*. Als ob ich in psychiatrische Behandlung gehörte.«

»Nein«, sagte er. »Nein.«

Tony kniete neben ihr nieder, und sie legte die Arme um seinen Hals und weinte. Ihre Arme waren kalt. »Bitte keinen Arzt, Tony. Ich werde mich heute ausruhen.«

»Gut«, sagte er. Und hatte ein schlechtes Gefühl, weil er ihr nachgab.

»Es ist ein so wunderbarer Traum, Tony«, sagte sie, an seinen Hals geschmiegt. Die Bewegung ihrer Lippen und darunter die Härte ihrer Zähne wirkten erstaunlich erotisch. Er bekam eine Erektion. »Ich wollte, ich würde heute nacht wieder träumen.«

»Vielleicht wirst du träumen«, sagte er und strich über ihr Haar.

»Mein Gott, du siehst gut aus«, sagte Ben.

In dieser Spitalswelt von blassem Weiß und anämischem Grün sah Susan Norton tatsächlich sehr gut aus. Sie trug eine hellgelbe Bluse mit schwarzen Streifen und einen kurzen blauen Jeans-Rock.

»Du auch«, sagte sie und ging zu seinem Bett.

Er gab ihr einen langen Kuß, und sein Arm glitt um ihre Hüften.

»Achtung«, sagte sie und löste sich aus seinem Kuß, »dafür werfen sie dich hinaus.«

»Mich nicht.«

»Nein, mich.«

Sie sahen einander an.

»Ich liebe dich, Ben.«

»Ich dich auch.«

»Ich könnte mich jetzt gleich zu dir legen –«
»Warte, ich schlage die Decke zurück.«
»Und wie soll ich das den Schwestern erklären?«
»Sag ihnen, du gibst mir die Leibschüssel.«
Sie schüttelte lachend den Kopf und zog einen Stuhl zum Bett. »In der Stadt ist eine Menge geschehen, Ben.«
Ernüchtert sah er Susan an. »Was zum Beispiel?«
Sie zögerte. »Ich weiß nicht recht, wie ich es dir sagen soll oder was ich selbst davon halte. Ich bin verwirrt, um es gelinde auszudrücken.«
»Rück heraus damit, und dann werden wir es besprechen.«
»Wie ist dein Zustand, Ben?«
»Nicht ernst. Auf dem Wege der Besserung. Matts Arzt, ein Mann namens Cody –«
»Nein. Ich meine deine geistige Verfassung. Wieviel von diesen Dracula-Geschichten glaubst du wirklich?«
»Ach das. Hat Matt dir alles erzählt?«
»Matt ist hier im Spital. Oben in der Intensivstation.«
»*Was?*« Ben fuhr auf. »Was ist los mit ihm?«
»Herzinfarkt.«
»Herzinfarkt!«
»Doktor Cody sagt, Matts Zustand sei soweit zufriedenstellend. Matt gilt noch als gefährdet, aber das ist ja in den ersten achtundvierzig Stunden immer so. Ich war dabei, als es geschah.«
»Bitte, erzähl mir, was du weißt, Susan.«
Aus seinem Gesicht war die Freude geschwunden. Es war gespannt und aufmerksam.
»Du hast meine Frage nicht beantwortet, Ben.«
»Was ich zu Matts Erzählung meine?«
»Ja.«
»Ich will darauf antworten, indem ich sage, was du denkst. Du glaubst, das Marstenhaus habe mir so sehr den Kopf verdreht, daß ich an allen Ecken und Enden Gespenster sehe. Stimmt das ungefähr?«
»Ja, ich glaube schon. Aber so hart wollte ich es nicht ausdrücken.«
»Ich weiß, Susan. Aber ich möchte dir einmal meine Überlegungen sagen; das mag auch mir helfen, klarer zu sehen. Nach deinem Gesicht zu schließen, hat dich etwas ziemlich beeindruckt.«
»Ja ... aber ich glaube nicht daran, *ich kann nicht* –«

»Warte einen Augenblick. Das Wort *ich kann nicht* blockiert alles. Da bin ich auch steckengeblieben. Es ist eine so absolute, alles ausschließende Feststellung. *Ich kann nicht.* Ich hab' Matt nicht geglaubt, weil es solche Dinge nicht gibt. Aber wie immer ich seine Geschichte angesehen habe, sie hielt jeder Prüfung stand. Die auf der Hand liegende Erklärung ist natürlich, daß er den Verstand verloren hat, nicht wahr?«

»Ja.«

»Erschien er dir geistesgestört?«

»Nein. Nein, aber –«

»Hör auf.« Er hob abwehrend die Hand. »Du denkst schon wieder, *ich kann nicht* –«

»Ja, vermutlich.«

»Auch mir erschien Matt weder verrückt noch unvernünftig. Wir beide wissen, daß paranoide Vorstellungen oder Verfolgungswahn nicht plötzlich auftreten. Sie entwickeln sich langsam, und das dauert eine ganze Weile. Hast du jemals in der Stadt jemanden sagen gehört, bei Matt sei eine Schraube locker? Hast du jemals gehört, wie Matt davon erzählte, daß jemand ihm nach dem Leben trachte? War er jemals in irgendwelche obskuren Geschichten verwickelt, oder hat er davon gesprochen, daß man von Fluortabletten Gehirntumor bekomme? War er Mitglied irgendeiner faschistischen oder kommunistischen Bewegung? Hat er jemals ein außergewöhnliches Interesse an spiritistischen Sitzungen oder Astralleibbeschwörungen gezeigt? Glaubt er an Reinkarnation? Ist er einmal verhaftet worden?«

»Nein«, sagte sie. »Nie. Ben ... es tut mir weh, das über Matt zu sagen oder auch nur anzudeuten, aber manche Menschen werden in aller Stille verrückt. Sie werden innerlich verrückt.«

»Das glaube ich nicht«, sagte Ben ruhig. »Es gibt immer Anzeichen. Manchmal erkennt man sie vorher nicht, aber nachträglich immer. Würdest du als Geschworene Matts Zeugenaussage über einen Autounfall Glauben schenken?«

»Ja ...«

»Würdest du ihm glauben, wenn er sagt, er habe gesehen, wie irgendein Kerl Mike Ryerson umgelegt hat?«

»Ja, wahrscheinlich.«

»Aber was Matt tatsächlich sagt, das glaubst du ihm nicht.«

»Ben, ich kann einfach nicht.«

»Jetzt sagst du es wieder.« Er sah, daß sie protestieren wollte, und kam ihr zuvor. »Ich verteidige ihn nicht, Susan, ich erkläre dir nur meinen Gedankengang. O. k.?«

»O. k. Sprich weiter.«

»Mein zweiter Gedanke war, daß jemand Matt hineingelegt hat. Jemand, der ihn nicht leiden kann.«

»Ja, das habe ich auch vermutet.«

»Matt sagt, er habe keine Feinde. Ich glaube ihm.«

»Jeder Mensch hat Feinde.«

»Ja, aber es gibt Abstufungen. Vergiß nicht das Wichtigste – in diesen Fall ist ein Toter involviert. Wenn jemand Matt einen Strick drehen wollte, dann müßte er vorher Mike Ryerson ermordet haben.«

»Warum?«

»Weil die ganze Geschichte ohne Leiche keinen Sinn ergäbe. Matt aber sagt, er habe Mike ganz zufällig getroffen. Niemand hat Matt am Donnerstagabend zu Dell's bestellt. Kein anonymer Anruf. Nichts. Die Zufälligkeit der Begegnung schließt jede vorausgeplante Tat aus.«

»Und was bleibt dann noch als rationale Erklärung?«

»Daß Matt das Aufgehen des Fensters, das Lachen, das Geräusch des Saugens geträumt hat. Daß Ryerson an einer unbekannten, aber natürlichen Ursache gestorben ist.«

»Und das glaubst du auch nicht.«

»Ich glaube nicht, daß er das Aufgehen des Fensters geträumt hat. Das Fenster war offen. Und das Außenfenster lag draußen auf dem Rasen. Ich habe es gesehen und Parkins Gillespie hat es gesehen. Und ich habe noch etwas entdeckt. Matt hat an seinen Fensterläden eine Art von Sicherheitsschloß angebracht. Sie schließen zwar nach außen, aber nicht nach innen. Man kann sie von außen nicht aufkriegen ohne die Hilfe eines Schraubenziehers oder einer Maurerkelle. Und auch dann wäre es schwierig und würde Spuren hinterlassen. Ich sah aber keine Spuren. Und dann ist da noch etwas. Der Boden unter dem Fenster ist weich. Wollte man in ein Fenster des zweiten Stockwerks einsteigen, so müßte man eine Leiter benützen, und die würde Spuren hinterlassen. Aber da waren keine. Das ist es, was mich am meisten stört. Ein Fenster, das im zweiten Stock von außen geöffnet wird, und keinerlei Spuren einer Leiter darunter.«

Sie blickten einander bedrückt an.

Ben fuhr fort: »Diesen Morgen habe ich mir das Ganze nochmals durch den Kopf gehen lassen. Je mehr ich darüber nachdachte, desto logischer klang Matts Geschichte. Also klammerte ich das ›ich kann nicht‹ für eine Weile aus. Und jetzt erzählst du mir, bitte, was gestern abend bei Matt geschah. Wenn, was immer dort geschah, mein Gedankengebäude zum Einsturz bringt, wird niemand glücklicher sein als ich.«

»Das tut es nicht«, sagte Susan unglücklich. »Es macht alles nur noch schlimmer. Matt hatte gerade seine Erzählung von Mike Ryerson beendet. Da sagte er, er höre jemanden im oberen Stockwerk. Matt hatte Angst, aber er ging hinauf.« Susan faltete die Hände in ihrem Schoß und hielt sie fest zusammengepreßt, als könnte eine davon wegfliegen. »Eine kleine Weile hindurch geschah nichts ... und dann rief Matt etwas wie, daß er seine Einladung zurücknehme. Dann ... ich weiß wirklich nicht, wie ich ...«

»Erzähl weiter. Überleg nicht lang.«

»Ich glaube, jemand – jemand *anderer* – stieß einen zischenden Laut aus. Dann hörte ich einen dumpfen Fall.« Sie sah Ben verzweifelt an. »Dann hörte ich eine Stimme sagen: *Ich werde dich schlafen sehen wie einen Toten, Lehrer*. Wörtlich. Und als ich später ins Zimmer ging, um für Matt eine Decke zu holen, fand ich das.«

Sie nahm den Ring aus ihrer Blusentasche und ließ ihn in Bens Hand fallen.

Ben hielt den Ring gegen das Licht, um die Gravierung zu lesen. »M. C. R. Mike Ryerson?«

»Mike Corey Ryerson. Ich ließ den Ring fallen und zwang mich, ihn wieder aufzuheben – ich dachte, du oder Matt würdet ihn sehen wollen. Behalt ihn. Ich will den Ring nicht zurückhaben.«

»Es gibt dir ein schlechtes Gefühl?«

»Schlecht. Sehr schlecht.« Trotzig hob sie den Kopf. »Aber alle rationalen Überlegungen sprechen dagegen, Ben. Ich möchte lieber annehmen, daß Matt Mike Ryerson irgendwie ermordet und die ganze Vampirgeschichte erfunden hat. Vielleicht das Außenfenster lockerte, damit es herunterfalle. Sich im Gästezimmer als Bauchredner produzierte und den Ring absichtlich fallen ließ –«

»Und einen Herzinfarkt bekam, damit es überzeugender aussieht«, sagte Ben trocken. »Ich habe die Hoffnung auf eine vernünftige Erklärung nicht aufgegeben, Susan. Ich hoffe es und bete darum. Im Kino sind Monster sehr lustig, aber wenn sie tatsächlich herumstreunen, hört sich die Lustigkeit auf. Ich gestehe dir sogar zu, daß am Fensterladen wirklich manipuliert wurde. Eine einfache Seilschlinge, am Dach befestigt, würde den Trick erklären. Überlegen wir weiter. Matt ist ein gebildeter Mann. Vielleicht gibt es ein Gift, das Symptome wie bei Mike hervorruft – vielleicht ein schwer feststellbares Gift. Die Version von einem Gift ist allerdings nicht sehr wahrscheinlich, weil Mike so wenig gegessen hat –«

»Das weißt du ja nur von Matt.«

»Ja, aber der würde nicht lügen, weil er weiß, daß die Magenuntersuchung ein wichtiger Teil jeder Autopsie ist. Und eine Injektion hätte Spuren hinterlassen. Aber nehmen wir einmal an, dergleichen sei möglich. Und sicherlich kann einer etwas einnehmen, um eine Herzattacke zu simulieren. Aber wo bleibt das Motiv?«

Hilflos schüttelte Susan den Kopf.

»Auch wenn es ein Motiv gäbe, von dem wir nichts ahnen, warum sollte Matt eine so komplizierte und abenteuerliche Geschichte erfinden?«

»Aber das ... das ist Irrsinn, Ben.«

»Ja, wie Hiroshima.«

»Hör auf«, fuhr sie ihn plötzlich an. »Spiel nicht den sogenannten Intellektuellen. Das paßt nicht zu dir! Wir sprechen von Weibergetratsch, von Alpträumen, wie immer du es nennen willst –«

»Das ist Quatsch«, sagte er. »Um uns bricht die Welt zusammen, und du stößt dich an ein paar Vampiren.«

»Salem's Lot ist meine Stadt«, sagte sie eigensinnig. »Wenn hier etwas geschieht, dann ist es wirklich und nicht Philosophie.«

»Ich bin ganz deiner Meinung«, sagte er und berührte den Verband um seinen Kopf. »Und dein Ehemaliger hat einen kräftigen Schlag.«

»Das tut mir wirklich leid. Von dieser Seite habe ich Floyd nie gekannt. Ich begreife es einfach nicht.«

»Wo ist er jetzt?«

»In der Ausnüchterungszelle. Parkins Gillespie sagte meiner Mutter, er müßte Floyd eigentlich dem Sheriff überstellen, wolle aber warten, ob du Anklage gegen ihn erheben willst.«

»Würde es dir etwas ausmachen?«

»Nicht das geringste«, sagte sie ruhig.

»Ich werde keine Anklage erheben.«

Sie zog die Brauen hoch.

»Aber ich möchte mit ihm sprechen.«

»Über uns?«

»Nein, darüber, warum er mit einem Mantel, einem Hut, Sonnenbrille und Gummihandschuhen zu mir kam.«

»*Was?*«

Er sah sie an. »Es war ein sonniger Tag. Die Sonne fiel auf ihn. Und ich glaube, er mochte das nicht.«

Wortlos sahen sie einander an. Es gab – so schien es ihnen – nichts mehr zu diesem Thema zu sagen.

Als Nolly das Frühstück aus dem Excellent-Café brachte, fand er Floyd tief schlafend vor. Nolly hielt es für herzlos, Floyd nur wegen eines erkalteten Spiegeleies und wegen einiger Scheiben ranzigen Specks zu wecken. Also aß Nolly das Frühstück selbst und trank auch den Kaffee. Doch als er Floyd den Lunch brachte und dieser immer noch schlief und seine Lage nicht gewechselt hatte, wurde es Nolly ein wenig unheimlich. Er stellte das Tablett auf den Boden und trommelte mit einem Löffel gegen die Gitterstäbe.

»Hallo! Floyd! Wach auf, ich bringe dir was zu essen!«

Floyd wachte nicht auf, und Nolly nahm den Schlüsselbund aus der Tasche, um die Türe der Zelle aufzuschließen. Bevor er den Schlüssel in das Schloß steckte, blieb Nolly unschlüssig stehen, den Löffel in der einen, den Schlüsselbund in der andern Hand. In einem Magazin hatte er einmal etwas über einen schweren Jungen gelesen, der sich krank gestellt hatte und dann entkommen war. Nolly hielt Floyd Tibbits durchaus nicht für einen besonders schweren Jungen, aber immerhin hätte Floyd um ein Haar diesen Mears ins Jenseits befördert.

Nolly war ein großer Mann, dessen weit aufgeknöpfte Hemden an warmen Tagen immer Schweißflecken unter den Achselhöhlen aufwiesen. Er war ein leidenschaftlicher Bowling-Spieler und an den Wochenenden Stammgast in allen Bars und Motels von Portland, von denen er eine Liste hatte, die er in seiner Brieftasche gleich neben der Gottesdienstordnung seiner Heimatpfarre aufbewahrte. Er war ein freundlicher Mann, ein Naturbursche ohne besonderes Reaktionsvermögen, der aber auch nicht sehr schnell aus der Fassung zu bringen war. Trotz all dieser nicht zu unterschätzenden Vorteile war er geistig nicht besonders wendig und stand nun schon geraume Zeit vor den Gitterstäben, auf die er mit dem Löffel klopfte, ohne zu wissen, wie er in seinem Bestreben, Floyd wieder zum Leben zu erwekken, fortfahren sollte. Wenn Floyd sich nur bewegen oder schnarchen oder irgendeine Reaktion zeigen wollte! Er überlegte, ob er nicht lieber Parkins anrufen sollte, als dieser persönlich hinter ihm auftauchte.

»Was, zum Teufel, treibst du da, Nolly?«

Nolly wurde rot. »Floyd rührt sich nicht, Park. Ich hab' Angst, daß er vielleicht krank ist.«

»Und du glaubst, wenn du mit dem Löffel auf das Gitter trommelst, wird ihm besser werden?« Parkins trat neben Nolly und schloß die Tür auf.

»Floyd?« Er schüttelte Floyds Schulter. »Bist du –«

Floyd fiel von der schmalen Bettstatt auf den Boden.

»Verdammt«, bemerkte Nolly. »Er ist tot, nicht wahr?«

Parkins schien Nolly nicht zu hören und starrte auf Floyds unheimlich gelöstes Gesicht. Langsam dämmerte es Nolly, daß Parkins aussah, als hätte ihn jemand tödlich erschreckt.

»Was ist los, Park?«

»Nichts«, sagte Parkins. »Nur ... bitte, verschwinden wir von hier.« Und dann fügte er leise hinzu: »Mein Gott, ich wollte, ich hätte ihn nicht berührt.«

Nolly starrte mit wachsendem Grauen auf Floyds Leiche.

»Wach auf«, sagte Parkins. »Wir müssen den Arzt holen.«

Am späten Nachmittag fuhren Franklin Boddin und Virgil Rathburn mit einem uralten Lieferwagen zu dem alten Holztor am Ende der Burne Road, drei Kilometer hinter dem Friedhof von Harmony Hill. Sie saßen in Franklins Chevroletlaster, Baujahr 1957, einem Vehikel, das unter Präsident Eisenhower elfenbeinweiß geglänzt hatte, jetzt aber eine Farbe zwischen Scheißebraun und Rostschutzmittel hatte. Sie kamen monatlich einmal mit einer Fuhre Müll hierher, die im wesentlichen aus leeren Bierdosen, leeren Weinflaschen und leeren Wodkaflaschen bestand.

»Geschlossen«, sagte Franklin Boddin und blinzelte, um die an das Tor genagelte Tafel zu entziffern. »Heute ist doch Samstag, oder nicht?«

»Natürlich«, sagte Virgil Rathburn. Virgil hatte allerdings keine blasse Ahnung, ob es Dienstag oder Samstag war. Er war so betrunken, daß er nicht einmal wußte, welchen Monat man schrieb.

»Der Müllabladeplatz ist Samstag nicht geschlossen, oder?« fragte Franklin.

Anstelle einer Tafel sah er deren drei. Er blinzelte noch einmal hin. Auf allen drei Tafeln stand »Geschlossen«. Die Schrift war rostrot und kam todsicher aus der Farbdose, die in Dud Rodgers Geräteschuppen stand.

»War Samstag noch nie geschlossen«, sagte Virgil, schwang die Bierflasche zum Gesicht, verfehlte seinen Mund und schüttete das Bier auf seine linke Schulter.

»Geschlossen«, wiederholte Franklin, schaltete den ersten Gang ein, fuhr krachend durch das geschlossene Tor und weiter, bis zu dem großen Platz, wo der Müll abgeladen wurde.

Franklin fuhr die ausgefahrene, zerfurchte Spur hinauf. Der Wagen mit seiner ausgeleierten Federung ratterte wie verrückt. Flaschen fielen von der Ladefläche und zerbrachen. Seemöwen stoben aufgeschreckt in die Luft und zogen dort ihre Kreise.

Einige hundert Meter hinter dem Haupteingang endete die Straße auf einer größeren Lichtung. Das war der Müllhaufen. Die dicht verzweigten Erlen und Ahornbäume gaben den Blick auf ein großes flaches Areal roher Erde frei, das durch den dauernden Gebrauch eines alten Bulldozers von Furchen und Rinnen durchzogen war. Der Bulldozer parkte nun neben Duds Baracke. Hinter dem flachen Areal befand sich die Kiesgrube, wo der Müll verarbeitet wurde. Dort dehnten sich Schmutz und Abfälle, Glasbruch, Flaschen und Aluminiumdosen in gigantischen Dünen aus.

Nach einer Weile hielt der Lieferwagen an. »Er hat einen sitzen, das ist es.«

»Ich habe nicht gewußt, daß Dud soviel trinkt«, sagte Virgil, während er eine leere Flasche aus dem Fenster warf und eine neue aus der braunen Tasche am Boden hervorholte. Er öffnete die Flasche an der Türklinke, und das Bier schäumte, durchgeschüttelt von den vielen Bodenwellen, über und ergoß sich über seine Hand.

»Alle Buckligen trinken«, sagte Franklin weise. Er warf einen Blick aus dem Fenster, stellte fest, daß er nichts sah, und wischte seinen Hemdärmel an dem zerkratzten und angelaufenen Glas ab. »Wir werden ihn finden. Vielleicht ist er drinnen.«

Er ließ den Wagen nach hinten rollen und stellte den Motor ab. Plötzlich war alles still. Außer den ruhelos kreischenden Möwen war das Schweigen perfekt.

»Ist das eine Stille«, murmelte Virgil.

Sie stiegen aus und gingen zurück zur Ladefläche.

»Dieser verdammte Bucklige; hier sieht's aus, als hätte er die ganze Woche hindurch nichts verbrannt«, sagte Franklin und stieg auf die Bremse. Sie kletterten aus dem Lieferwagen, öffneten die Ladeklappe und ließen sie mit lautem Krach herabfallen. Die Möwen, die am anderen Ende des Platzes auf Futtersuche waren, flogen schimpfend und schreiend auf. Wortlos begannen die beiden abzuladen. Grüne Plastiksäcke flogen durch die klare Luft und rissen beim Aufprall auseinander. Es war ein gewohnter Job für die beiden. Sie waren jener Teil der Stadt, den wenige Touristen gesehen hatten (oder sehen wollten), erstens, weil die Stadt sie in stillschweigendem Übereinkommen ignorierte, und zweitens, weil sie im Lauf der Zeit etwas wie Schutzfarbe angenommen hatten. Wenn man Franklins Lastkraftwagen auf der Straße begegnete, vergaß man ihn in dem Augenblick, in dem er aus dem eigenen Rückspiegel verschwunden war. Erblickte man zufällig die Hütte, aus deren blechernem Kamin eine Rauchfahne in den Novemberhimmel stieg, so übersah man es. Sah man Virgil irgendwo mit einer Flasche billigen Wodkas in der braunen Tasche herauskommen, grüßte man ihn und konnte sich auch schon nicht mehr erinnern, mit wem man da soeben gesprochen hatte; das Gesicht war bekannt, aber der Name war einem entfallen. Franklins Bruder war Derek Boddin, der Vater Richies (des entthronten Rauferkönigs). Derek hatte beinahe vergessen, daß Franklin noch immer am Leben war und in der Stadt wohnte. Franklin war weniger als ein schwarzes Schaf. Seine Existenz war völlig verblaßt.

Nun, da der Lastwagen leer war, öffnete Franklin eine letzte Dose – klack! – und schlüpfte in die grünen Arbeitshosen.

»Suchen wir Dud«, sagte er. Sie kletterten vom Wagen herunter, wobei Virgil über seine eigenen Schuhbänder stolperte und zu Boden fiel. »Herrgott, nichts mehr wert, was heute alles erzeugt wird«, sagte er ärgerlich. Dann gingen sie zu Duds Hütte aus Teerpappe. Die Tür war geschlossen.

»Dud!« schrie Franklin. »Hallo, Dud Rogers!« Er schlug einmal an die Tür, und die ganze Hütte wackelte. Der Türhaken an der Innenseite sprang auf, und die Türe öffnete sich. Die Hütte war leer und von einem süßlich-fauligen Geruch erfüllt. Die beiden sahen einander an und schnitten eine Grimasse.

»Hurensohn«, sagte Virgil. »Schlimmer als fauliges Fleisch.«

Doch die Hütte war peinlich sauber. Duds Sonntagshemd hing an einem Haken über dem Bett, der wacklige Küchenstuhl war an den Tisch herangeschoben, und das Bett so sorgfältig gemacht wie bei der Armee.

»Ich werde kotzen, wenn wir hier nicht verschwinden«, sagte Virgil. Sein Gesicht war grünlich-weiß.

Franklin, dem es nicht besser ging, verließ den Raum und schloß die Tür.

Sie schauten über den Platz, der still und verlassen war wie eine Mondlandschaft.

»Frank?«

»Die Tür war von innen geschlossen. Wie ist er herausgekommen?«

Verwundert drehte Franklin sich um und starrte die Hütte an. Durch das Fenster, wollte er sagen und verschluckte es. Das Fenster war ja nur ein mit Plastik verklebtes Viereck und wahrhaftig nicht groß genug, um Dud mit seinem Buckel hindurchzulassen.

»Macht auch nichts«, sagte Frank mürrisch, »wenn er nichts von uns haben will, soll ihn der Teufel holen. Gehen wir fort von hier.«

Sie gingen zurück zum Wagen, und Franklin fühlte, daß etwas durch die Schutzschicht seiner Trunkenheit hindurch in sein Inneres drang – etwas, woran er sich später nicht mehr erinnern konnte – oder wollte: das schauerliche Gefühl, daß hier etwas Entsetzliches vorgefallen sein müsse. Es war, als ob der Müll zu leben begonnen hätte und daß dieses Leben zwar noch unbemerkt, aber voll von schrecklicher Vitalität war.

»Ich seh' auch keine Ratten«, sagte Virgil plötzlich.

Es waren keine Ratten da. Nur Möwen. Franklin versuchte, sich zu erinnern, ob er jemals den Müllabladeplatz ohne Ratten gesehen hatte. Nein, nie. Und das gefiel ihm auch nicht.

»Vielleicht hat er Gift gelegt, Frank?«

»Gehen wir«, sagte Franklin. »Zum Teufel, verschwinden wir. Und zwar rasch.«

Nach dem Nachtessen erhielt Ben die Erlaubnis, Matt Burke zu besuchen. Es wurde ein kurzer Besuch; Matt schlief. Aber man hatte das Sauerstoffzelt entfernt, und die Oberschwester sagte Ben, daß Matt morgen vermutlich wach und imstande sein werde, Besuch zu empfangen.

Ben dachte, wie hager und gezeichnet Matts Gesicht aussah – zum erstenmal war es das Gesicht eines alten Mannes. Er sah verletzlich und wehrlos aus, wie er da so still in dem weißen Spitalsbett lag. Wenn alles wahr ist, dachte Ben, dann tun dir diese Leute hier keinen Gefallen. Wenn alles wahr ist, dann befinden wir uns in einer Zitadelle des Unglaubens, wo Alpträume mit Lysol und Skalpell und Chemotherapie behandelt werden, nicht mit Pfahl und Bibel und wildem Thymian. Die hier sind glücklich mit ihren Herz-Lungen-Maschinen und Injektionen und Einläufen mit Bariumlösung. Wenn die Wirklichkeit ein Loch haben sollte, dann wissen sie es hier nicht und es kümmert sie auch nicht.

Er ging zum Kopfende des Bettes und drehte Matts Kopf vorsichtig zur Seite. Die Haut des Halses zeigte keine Male.

Ben zögerte einen Augenblick lang, dann ging er zum Schrank und öffnete ihn. Er sah Matts Kleider und, über einen Haken gehängt, das Kruzifix, das Matt getragen hatte, als Susan ihn besuchte. Es hing an einer Filigrankette, die von dem matten Licht einen warmen Glanz erhielt.

Ben nahm das Kruzifix aus dem Schrank und hing es Matt um den Hals.

»Was machen Sie da?«

Eine Krankenschwester war mit einem Wasserkrug und der Leibschüssel hereingekommen.

»Ich hänge ihm sein Kruzifix um«, sagte Ben.

»Ist er katholisch?«

»Er wurde es«, sagte Ben ernst.

Es war bereits dunkel, als es an der Küchentür des Sawyer-Hauses klopfte. Leise lächelnd ging Bonnie Sawyer zur Tür. Sie trug eine kurze Schürze, hohe Stöckelschuhe und sonst nichts.

Als sie die Türe öffnete, weiteten sich Corey Bryants Augen.

»Bo«, stotterte er, »Bon...Bonnie?«

»Was hast du, Corey?« Sie legte einen Arm auf den Türpfosten, um ihre Brüste im günstigen Winkel zu zeigen.

»Mein Güte, Bonnie, und wenn es jemand anderer gewesen wäre?«

»Der Mann vom Telefon vielleicht?« fragte sie kichernd. Sie nahm seine Hand und legte sie auf das feste Fleisch ihrer Brust. »Was wollen Sie ablesen? Wollen Sie meinen Empfang kontrollieren, Herr Telefonmann?«

Mit einem Grunzen, das eine Spur von Verzweiflung enthielt,

zog er sie an sich, legte seine Hände auf ihre Hinterbacken, und ihre gestärkte Schürze knisterte zwischen ihnen.

Er hob sie auf und warf die Tür hinter sich zu. Den Weg zum Schlafzimmer mußte sie ihm nicht zeigen; er kannte ihn.

»Bist du sicher, daß er nicht nach Hause kommt?« fragte Corey.

Ihre Augen glänzten in der Dunkelheit. »Wen können Sie nur meinen, Herr Telefonmann? Doch nicht meinen geliebten Gatten...? Er ist in Vermont.«

»Zieh das Ding aus«, sagte er und wies auf die Schürze.

»Zieh du's mir aus«, sagte sie. »Sicher kennst du dich mit Knoten aus, Telefonmann.«

Er beugte sich über sie. In ihrer Nähe fühlte er sich wie ein hungriges Kind, das einen vollen Teller sieht, und seine Hände zitterten, als elektrisiere ihre Haut die ganze Luft rings um sie her. Seine Gedanken kamen nicht mehr von ihr los. Sie hatte sich in seinem Innern so fest verankert wie ein Ekzem an der Innenseite der Wange, das durch das Hin- und Herbewegen der Zunge immer aufs neue spürbar wird. Sie geisterte sogar durch seine Träume mit ihrer goldenen Haut, und das war entsetzlich aufregend. Ihr Erfindungsgeist kannte keine Grenzen.

»Jetzt auf die Knie«, befahl sie. »Knie dich nieder.«

Unbeholfen ließ er sich auf die Knie fallen, kroch zu ihr und griff nach den Schürzenbändern. Sie legte ihre Füße mit den hohen Stöckelschuhen auf seine Schultern. Er küßte die Innenseite ihrer Schenkel; das Fleisch war fest und warm unter seinen Lippen.

»Das ist gut, Corey, sehr gut, tu weiter so –«

»Das ist aber eine nette Überraschung.«

Bonnie Sawyer schrie.

Corey Bryant blickte verwirrt auf.

In der Tür lehnte Reggie Sawyer; ein Gewehr, den Lauf auf den Boden gerichtet, hing locker über seine Schulter.

Corey spürte einen warmen Strahl, als seine Blase sich öffnete.

»Also stimmt es«, sagte Reggie erstaunt. »Jetzt muß ich diesem Quatschkopf Mickey Sylvester eine Kiste Budweiser bezahlen.«

Bonnie fand zuerst die Sprache wieder.

»Reggie, bitte, hör zu. Es ist nicht so, wie du glaubst. Er hat die Tür aufgebrochen. Er war wie verrückt –«

»Halt den Mund, Schlampe.« Reggie lächelte. Es war ein

sanftes Lächeln. Reggie war ziemlich groß. Er trug denselben stahlblauen Anzug wie vor etwa zwei Stunden, als er Bonnie geküßt hatte.

»Hören Sie zu«, sagte Corey schwach. »Bitte töten Sie mich nicht. Auch wenn ich es verdiene. Bitte töten Sie mich nicht. Sie wollen doch deshalb nicht ins Gefängnis kommen. Schlagen Sie mich –«

»Steh auf«, sagte Reggie Sawyer, immer noch lächelnd. »Deine Hosentür ist offen.«

»Hören Sie, Mr. Sawyer –«

»Nenn mich ruhig Reggie«, sagte Reggie mit mildem Lächeln.

»Reggie, es ist nicht so, wie du denkst, er hat mich vergewaltigt –«

Reggie sah sie an, und sein Lächeln war voll von erschreckender Güte. »Wenn du noch ein Wort sagst, fährst du in den Himmel. Mit spezieller Luftpost.«

Bonnie begann aufs neue zu jammern. Ihr Gesicht hatte eine joghurtähnliche Farbe angenommen.

»Mr. Sawyer ... Reggie ...«

»Sie heißen Bryant, oder nicht? Ihr Vater war Pete Bryant, ja?«

Corey nickte wie verrückt mit dem Kopf, um seiner Zustimmung Ausdruck zu verleihen. »Ja, das ist richtig. Richtig. Aber, hören Sie zu –«

»Ich habe ihm immer Heizöl verkauft, wenn ich zu Jim Webber gefahren bin«, sagte Reggie und lächelte freundlich über diese Erinnerung. »Das war fünf Jahre bevor ich dieser Superhure hier begegnet bin. Weiß dein Daddy, daß du hier bist?«

»Nein, Sir, es würde ihm das Herz brechen. Sie können mich k. o. schlagen, aber wenn Sie mich töten, und mein Vater erfährt davon, dann wette ich, daß er auf der Stelle tot umfällt, und Sie sind für zwei verantwortlich –«

»Nein, ich bin überzeugt, er weiß wirklich nichts davon. Komm mit ins Wohnzimmer!«

Corey folgte Reggie ins Wohnzimmer. Coreys Beine waren wie aus Gummi. Er fühlte, wie zwischen seinen Schulterblättern etwas zu jucken begann. Hier würde Reggie anlegen, genau zwischen Coreys Schulterblättern. *Ich möchte wissen, ob ich noch lange genug leben werde, um zu sehen, wie meine Eingeweide an die Mauer spritzen –.*

»Dreh dich zu mir«, befahl Reggie.

Corey wandte sich ihm zu.

213

Corey begann zu schluchzen. Er wollte gar nicht weinen, aber er wußte nicht, wie er es hätte abstellen können. Schließlich war es ja auch schon ganz egal, ob er heulte oder nicht. Er hatte sich bereits naß gemacht.

Das Gewehr hing nicht mehr über Reggies Schulter. Der Doppellauf wies direkt in Coreys Gesicht.

»Weißt du, was du getan hast?« fragte Reggie. Das Lächeln war verschwunden. Sein Gesicht wurde ernst.

Corey antwortete nicht. Es war eine dumme Frage. Er heulte.

»Du hast mit der Frau eines andern geschlafen.«

Corey nickte, und die Tränen liefen über seine Wangen.

»Weißt du, was mit solchen Kerlen geschieht, wenn man sie erwischt?«

Corey nickte.

»Nimm den Lauf des Gewehrs, Corey. Ganz leicht. Denk ... denk, es wären die Brustspitzen meiner Frau.«

Corey legte eine zitternde Hand auf den Lauf. Das Metall fühlte sich kühl an. Ein langer, verzweifelter Schrei kam aus Coreys Kehle. Er war jenseits von Jammern und Flehen.

»Steck den Lauf in den Mund, Corey. Ja, gut. Dein Mund ist groß genug. Laß den Lauf ruhig hineingleiten. Von dergleichen verstehst du doch etwas?«

Der Lauf berührte Coreys Gaumen; der Stahl hatte einen öligen Geschmack.

»Schließ die Augen, Corey.«

Corey schloß die Augen.

Sein Schließmuskel öffnete sich. Er bemerkte es kaum.

Reggie drückte ab. Die Hämmer fielen mit einem klick-klick gegen das leere Magazin.

Corey fiel bewußtlos zu Boden.

Reggie schaute einen Augenblick lang auf ihn hinab, dann drehte er das Gewehr um, so daß der Kolben oben war, und wandte sich dem Schlafzimmer zu: »Jetzt komm ich zu dir, Bonnie.«

Bonnie Sawyer schrie.

Corey Bryant taumelte die Deep Cut Road entlang. Er stank. Seine Augen waren glasig und blutunterlaufen. Am Kopf hatte er dort, wo er auf den Boden gefallen war, eine große Beule. Seine Stiefel machten ein schleppendes und schlurfendes Geräusch. Er versuchte, an nichts anderes als an dieses Geräusch zu denken und daran, daß sein Leben ganz plötzlich und vollständig ruiniert war.

Reggie Sawyer hatte immer noch gelächelt, als er Corey zur Tür hinausgeschoben hatte. Aus dem Schlafzimmer hatte man Bonnies Schluchzen gehört. »So, jetzt gehst du wie ein braver Junge die Straße entlang. Und dann nimmst du den Bus nach Boston. Sollte ich dich jemals wieder hier sehen, so bring' ich dich um. Sie ist jetzt geheilt. Ein paar Wochen lang wird sie Jeans und langärmelige Blusen tragen müssen, aber ihrem Gesicht ist nichts geschehen. Und du verschwindest aus Salem's Lot, bevor du wieder sauber bist und auf den Gedanken kommst, du könntest ein Mann sein.«

Und jetzt ging Corey die Straße entlang, um das zu tun, was Reggie befohlen hatte. Von Boston könnte Corey dann nach Süden fahren ... Er hatte etwas mehr als 1000 gesparte Dollar auf der Bank. Seine Mutter hatte ihn immer für sehr sparsam gehalten. Er konnte sich das ganze Geld auszahlen lassen, davon leben, bis er einen Job gefunden hatte, und damit beginnen, diese Nacht zu vergessen. Es würde allerdings jahrelang dauern, bis er den Geschmack des Gewehrlaufes und den Gestank seiner eigenen Scheiße in den Hosen verdrängt hätte.

»Hallo, Mr. Bryant.«

Corey unterdrückte einen Schrei und starrte in die Dunkelheit. Seine Augen sahen einen Schatten an der Mauer. Einen Schatten, der die Umrisse eines Mannes hatte, aber da war etwas ... etwas ...

»Wer sind Sie?«

»Ein Freund, der viel sieht, Mr. Bryant.«

Der Schatten trat vor, und Corey sah einen Mann mittleren Alters mit einem schwarzen Schnurrbart und tiefliegenden, glänzenden Augen.

»Sie wurden mißhandelt, Mr. Bryant.«

»Woher wollen Sie das wissen?«

»Ich weiß viel. Das gehört zu meinem Geschäft. Zigarette?«

»Danke.« Corey steckte die angebotene Zigarette zwischen die Lippen. Der Fremde gab ihm Feuer, und solange das Streichholz brannte, sah Corey, daß die Backenknochen des Fremden hoch und slawisch waren, seine Stirn bleich und knochig, sein dunkles Haar flach zurückgekämmt. Dann erlosch das Streichholz, und Corey saugte den brennenden Rauch in die Lungen ein. Es waren italienische Zigaretten, aber immerhin besser als gar keine. Corey begann, sich zu beruhigen.

»Wer sind Sie?« fragte er nochmals.

Der Fremde lachte, ein unerwartet volles Lachen, das von der schwachen Brise davongetragen wurde wie der Rauch von Coreys Zigarette.

»Namen!« sagte er. »Ach, ihr Amerikaner wollt immer Namen wissen!«

»Sie sind ein Ausländer, nicht wahr?« fragte Corey.

»Ich komme aus vielen Ländern; aber mir scheint dieses Land... diese Stadt voll von Ausländern zu sein. Von schönen Ausländern, vitalen, lebendigen. Wissen Sie, wie schön die Leute in Ihrer Stadt sind, Mr. Bryant?«

Corey kicherte ein wenig verlegen. Der andere begann aus voller Kehle zu lachen, und Corey bemerkte, wie er selber plötzlich miteinstimmte. Das Lachen kam aus seiner Kehle wie ein etwas verspäteter hysterischer Anfall.

»Fremde, ja«, sagte der andere, »aber schöne, vitale, lebendige. Sie haben niemals Hunger und Not kennengelernt. Sie glauben, Traurigkeiten zu kennen, aber es ist die Traurigkeit eines Kindes, das an seinem Geburtstag die Eiscreme verschüttet hat. Sie sind überhaupt nicht... wie heißt das in eurer Sprache? Überhaupt nicht degeneriert. Sie vermischen ihr Blut untereinander und ohne Unterlaß. Glauben Sie das nicht auch? Sehen Sie es?«

»Ja«, sagte Corey. Denn wenn er dem Fremden in die Augen sah, konnte er sehr viel sehen. Alles war wunderbar. Die Zigarette entglitt unbemerkt seinen Fingern und glomm auf der Straße weiter.

»Vielleicht bin ich schon einmal an einer Landgemeinde wie dieser vorbeigekommen«, sagte der Fremde nachdenklich. »Vielleicht, als ich gerade zu einer eurer großen und übervölkerten Städte unterwegs war. Bah!« Plötzlich streckte er sich, und seine Augen blitzten. »Was versteh' ich denn von Städten? Soll ich mich an der erstbesten Kreuzung überfahren lassen? Oder an der verschmutzten Luft ersticken? Oder mich mit tölpelhaft verschlagenen und blöden Dilettanten einlassen, die mir im Grunde ja doch nur – feindlich gesinnt sind? ... Jawohl, feindlich gesinnt. Wie soll ein armer Landbewohner wie ich mit der hohlen Blasiertheit einer Großstadt, noch dazu einer amerikanischen Großstadt, fertig werden? Nein, nein, und noch einmal nein. Ich *scheiße* auf eure Städte.«

»O ja!« flüsterte Corey.

»So bin ich also hierhergekommen. Dieses Land... dieses

Land ist ein erstaunliches Paradoxon. Wenn ein Mensch anderswo Tag für Tag mehr ißt, als gut für ihn ist, dann wird er fett... schläfrig... apathisch. Aber es scheint, daß man in diesem Land um so aggressiver wird, je mehr man besitzt. Wie Mr. Sawyer. Er hat so viel und mißgönnt Ihnen die Krumen von seinem Tisch. Ist es nicht so?«

»Ja«, sagte Corey. Barlows Augen waren so groß und so mitfühlend. Es war alles eine Frage von –

»Es ist alles eine Frage der Perspektive, nicht wahr?«

»Ja!« rief Corey aus. Der Mann hatte das richtige Wort ausgesprochen.

»Ein Bürger von Salem's Lot erzählte mir vor langer Zeit zum ersten Mal von dieser Stadt. Leider weilt er nicht mehr unter den Lebenden. Die Leute hier sind reich und blutvoll, Menschen voll von Aggressionen und Dunkelheiten, so notwendig für... es gibt kein englisches Wort dafür. Können Sie mir folgen?«

»Ja«, flüsterte Corey.

»Die Leute hier haben sich von der Vitalität, mit der sie die Natur ausgestattet hat, noch nicht mit Mauern aus Beton und Zement abgeriegelt. Sie tauchen ihre Hände noch ins Wasser des Lebens. Sie erhalten ihre ganze Lebenskraft aus der Erde. Ist es nicht so?«

Der Fremde lachte freundlich und legte eine Hand auf Coreys Schulter. »Sie sind ein guter Junge. Ein starker, feiner Junge. Ich glaube nicht, daß Sie diese schöne Stadt verlassen wollen?«

»Nein...«, flüsterte Corey, doch kamen ihm plötzlich Zweifel. Die Angst war wieder da. Aber dieser Mann würde ihn beschützen.

»Und du wirst sie nicht verlassen. Niemals.«

Zitternd, wie angewurzelt, blieb Corey stehen, als Barlow sich zu ihm beugte.

»Und du wirst Rache nehmen an jenen, die genießen, während andere bedürftig sind.«

Corey Bryant sank in einen großen vergessenden Strom, und dieser Strom war die Zeit und sein Wasser war rot.

Es war einundzwanzig Uhr, als das Telefon neben Bens Bett klingelte. Es war Susan, und sie konnte ihre Stimme nur mühsam beherrschen.

»Ben, Floyd Tibbits ist tot. Er starb gestern nacht in seiner

Zelle. Doktor Cody meint, akute Anämie. Aber ich *kenne* Floyd! Er hatte einen zu *hohen* Blutdruck. Deshalb war er untauglich.«

»Langsam«, sagte Ben und setzte sich auf.

»Noch etwas. Das zehnmonatige Kind von McDougall ist gestorben. Man hat die Mutter in Gewahrsam genommen.«

»Weißt du, wie das Baby gestorben ist?«

»Mrs. Evans ging hinüber, als sie Sandra McDougall schreien hörte. Mrs. Evans erzählte meiner Mutter, daß alles an dem Kind in Ordnung zu sein schien ... außer eben, daß es tot war.«

»Und Matt und ich liegen hier und können nichts unternehmen«, sagte Ben mehr zu sich als zu Susan. »Beinahe, als wäre es so geplant.«

»Noch etwas. Carl Foreman ist verschwunden, und auch die Leiche von Mike Ryerson.«

»Ich glaube, das ist es«, hörte er sich sagen. »Jetzt ist es soweit. Morgen verschwinde ich von hier.«

»Wird man dich so bald fortlassen?«

»Ich werde sie nicht fragen.« Er sagte es wie geistesabwesend; seine Gedanken waren bereits beim nächsten Thema.

»Besitzt du ein Kruzifix?«

»Ich?« Es klang erstaunt und ein wenig amüsiert. »Mein Gott, nein.«

»Ich mache keinen Spaß, Susan. Es ist mir bitter ernst. Kannst du jetzt, um diese Zeit, noch ein Kruzifix auftreiben?«

»Nun, da wäre vielleicht Marie Boddin. Ich könnte hingehen –«

»Nein. Geh nicht auf die Straße. Bleib im Haus. Mach dir selbst ein Kreuz, und wenn es nur zwei zusammengeklebte Stäbe sind. Laß es nahe deinem Bett liegen.«

»Ben, ich glaube das immer noch nicht. Vielleicht geht ein Irrer um, der *glaubt*, ein Vampir zu sein, aber –«

»Glaub, was du willst, aber mach ein Kreuz.«

»Aber –«

»Machst du es? Mir zuliebe?«

Widerwillig: »Ja, Ben.«

»Kannst du morgen gegen neun ins Spital kommen?«

»Ja.«

»Gut. Wir werden hinaufgehen und Matt informieren. Und dann werden wir beide mit Dr. Cody sprechen.«

Sie sagte: »Er wird dich für verrückt halten, Ben. Ist dir das klar?«

»Ja, vermutlich. Aber nach Einbruch der Dunkelheit sieht alles realer aus, nicht wahr?«

»Ja«, sagte sie leise. »Mein Gott, ja.«

Ohne bestimmten Grund dachte er an Miranda und an Mirandas Tod; das Motorrad, der nasse Fleck, das Schleudern, Mirandas Schreckensschrei und der Lastwagen, der größer und größer wurde, während sie auf ihn zuschlitterten.

»Susan?«

»Ja.«

»Bitte paß auf dich auf. Bitte.«

Als sie aufgehängt hatte, starrte er auf den Fernsehschirm, ohne die Komödie mit Doris Day, die eben begann, wirklich zu sehen. Er fühlte sich nackt und schutzlos. Er hatte kein Kreuz. Seine Augen wanderten zum Fenster, das nur Dunkelheit zeigte. Die alte kindliche Furcht vor der Dunkelheit überfiel ihn; er schaute auf den Fernsehschirm, wo Doris Day einem Pudel ein Schaumbad gab, und hatte Angst.

Die Leichenhalle in Portland ist ein kühler, antiseptischer Raum, der zur Gänze mit grünen Fliesen ausgekleidet ist. Boden und Wände zeigen ein mattes, die Decke ein etwas helleres Grün. An den Wänden befinden sich viereckige Türen, die aussehen wie große Schließfächer auf einem Bahnhof. Auf das alles werfen lange parallele Leuchtstoffröhren ein kühles, neutrales Licht. Das Interieur ist nicht eben anregend, aber soviel man weiß, hat sich noch keiner der Kunden beklagt.

Am Samstag abend um Viertel vor zweiundzwanzig Uhr rollten zwei Gehilfen eine Bahre mit der Leiche eines Homosexuellen herein, den man in einer Bar erschossen hatte. Es war die erste Leiche dieses Abends. Zwischen ein Uhr und drei Uhr würden dann die Unfallopfer kommen.

Buddy Bascomb wollte gerade einen Witz erzählen, als er mitten im Satz innehielt und auf die Schließfachtüren M bis Z starrte. Zwei von ihnen standen offen.

Buddy Bascomb und Bob Greenberg verließen die Leiche und liefen zu den Türen. Bob las das Namensschild an der ersten Tür:

Tibbits, Floyd Martin
Geschlecht: m.
Eingeliefert: 4. 10. 1975
Autops. vorauss.: 5. 10. 1975

Signatur: J. M. Cody M. D.

Bob drückte den Griff an der Innenseite der Tür hinunter, und die Bahre rollte heraus. Leer.

»He«, schrie er Bascomb zu. »Dieses Scheißding ist leer. Wer, zum Teufel –«

»Ich saß die ganze Zeit am Schreibtisch«, sagte Buddy. »Es ging niemand an mir vorbei. Das kann ich beschwören. Es muß geschehen sein, während Carty Dienst hatte. Was steht bei dir?«

McDougall, Randall. Was heißt die Abkürzung inf.?«

»Kind«, sagte Buddy matt. »Ich fürchte, wir sitzen in der Scheiße.«

Etwas hatte ihn aufgeweckt.

Er lag still in der Dunkelheit und sah zur Decke.

Ein Lärm. Irgendein Lärm. Aber das Haus war still.

Jetzt wieder. Ein Kratzen.

Mark Petrie drehte sich im Bett um und blickte auf das Fenster; mit wilden, rotgeränderten Augen starrte ihn Danny Glick an. Dannys Haut war totenblaß, etwas Dunkles schien um Mund und Kinn geschmiert zu sein. Als Danny bemerkte, daß Mark herübersah, lächelte er und zeigte seine langen, scharfen Zähne.

»Laß mich herein«, flüsterte die Stimme, und Mark war nicht sicher, ob die Worte durch die dunkle Luft zu ihm gedrungen waren oder ob sie nur in seinem Kopf existierten.

Mark spürte, daß er erschrak – sein Körper spürte es, bevor der Verstand es wahrnahm. Niemals noch hatte Mark solche Angst gehabt, nicht einmal damals, als er zu ertrinken glaubte. In Sekundenschnelle erfaßte sein in vieler Beziehung noch sehr kindlicher Verstand die Situation. Er war in Todesgefahr – und mehr.

»Laß mich herein, Mark. Ich möchte mit dir spielen.«

Das grausige Etwas vor dem Fenster konnte sich nirgends anhalten. Marks Zimmer war im ersten Stock, und es gab kein Fensterbrett. Aber irgendwie hing dieses Etwas in der Luft ... oder vielleicht preßte es sich an die Schindeln wie ein dunkles Insekt.

»Mark ... endlich bin ich gekommen, Mark. Bitte ...«

Natürlich. Man muß sie einladen. Mark wußte das aus seinen Monstermagazinen, jenen Magazinen, die seine Mutter nicht mochte.

Er sprang aus dem Bett und fiel beinahe zu Boden. Jetzt erst wußte er, daß Furcht für seinen Zustand ein zu mildes Wort war. Auch Schrecken drückte nicht aus, was er fühlte. Das blasse Gesicht vor dem Fenster versuchte zu lächeln, aber es hatte zu lange in der Dunkelheit gelegen, um sich noch an ein Lächeln erinnern zu können. Was Mark sah, war eine zuckende Fratze.

Doch wenn er dem Etwas in die Augen schaute, war es gar nicht so schlimm. Wenn man in die Augen schaute, verging die Angst, und man wußte, daß man nur das Fenster öffnen und Danny sagen mußte: »Komm herein, Danny!« Dann würde man sich nicht mehr fürchten, denn dann wäre man mit Danny vereint und mit allen andern. Man wäre –

Nein, so fangen sie einen ja!

Mark riß seine Augen los, und es kostete ihn seine ganze Willenskraft, den Blick zu lösen.

»Mark, laß mich ein! Ich befehle es! *Er* befiehlt es!«

Mark ging auf das Fenster zu. Es gab keine Möglichkeit, dieser Stimme zu widerstehen. Als Mark sich der Scheibe näherte, begann das Gesicht des kleinen Jungen draußen vor Gier zu zucken. Von Erde geschwärzte Fingernägel kratzten am Fenster.

An irgend etwas denken. Rasch. Rasch.

»Es grünt so grün«, flüsterte Mark heiser, »wenn Spaniens Blüten blühn.« Vergeblich preßte er seine Fäuste gegen den Fensterstock, aber das Gespenst verschwand nicht.

Danny Glick zischte ihn an.

»Mark, öffne das Fenster.«

»Wiener Wäschermadeln waschen weiße Wäsche.«

»Das Fenster, Mark, *er* befiehlt es.«

Marks Widerstand wurde immer schwächer. Die flüsternde Stimme bemerkte das, und der Befehl wurde immer dringlicher. Marks Blick fiel auf seinen Schreibtisch mit den Monsterfiguren –

Und dann weiteten sich seine Augen. Auf dem Plastikfriedhof stand ein kleines Kreuz.

Ohne eine Sekunde zu überlegen, packte Mark das Kreuz, hielt es fest in der Faust und sagte laut: »Komm herein.«

Dannys Gesicht verschwamm zu einem Ausdruck hämischen Triumphs. Das Fenster wurde aufgeschoben, und Danny tat zwei Schritte. Kalte weiße Hände legten sich auf Marks Schultern. Den Kopf wie ein Hund zur Seite geneigt, entblößte Danny die schimmernden Eckzähne.

Mark schwang das Plastikkreuz und preßte es an Danny Glicks Wange.

Der Schrei war gräßlich, unirdisch ... und tonlos. Sein Echo erklang nur in den Windungen von Marks Gehirn und in den Kammern seiner Seele. Aus dem triumphierenden Lächeln um Dannys Mund wurde eine Fratze der Verzweiflung. Einen Augenblick lang stieg Rauch aus dem blassen Fleisch auf, dann verschwand die Kreatur durch das Fenster.

Es war vorbei, als ob es nicht geschehen wäre.

Durch den Kamin hörte Mark das Anknipsen der Lampe im Schlafzimmer der Eltern und die Stimme seines Vaters: »Was, zum Teufel, war das?«

Zwei Minuten später wurde die Tür zu seinem Zimmer geöffnet, aber es blieb Mark noch Zeit, die Dinge in Ordnung zu bringen.

»Sohn?« sagte Henry Petrie leise, »bist du wach?«

»Ich glaube«, antwortete Mark verschlafen.

»Hattest du einen bösen Traum?«

»Ich ... glaube, ja. Ich erinnere mich nicht.«

»Du hast im Schlaf gerufen.«

»Verzeih.«

»Kein Grund, sich zu entschuldigen.« Der Vater zögerte, dann sagte er, in der Erinnerung an ein kleines Kind im blauen Schlafanzug, das viel mehr Mühe gemacht hatte, aber viel leichter zu verstehen gewesen war: »Möchtest du einen Schluck Wasser?«

»Nein, danke, Vati.«

Henry Petrie sah sich kurz im Zimmer um und begriff nicht die zitternde Angst, die ihn hatte erwachen lassen und die immer noch spürbar war – die Ahnung eines Unglücks, dem man haarscharf entgangen war. Ja, alles schien in Ordnung zu sein. Das Fenster war geschlossen. Nichts war umgefallen.

»Mark, ist etwas nicht in Ordnung?«

»Nein, Vater.«

»Dann ... gute Nacht.«

Die Tür wurde leise geschlossen. Mark entspannte sich. Ein Erwachsener und vielleicht auch ein etwas jüngeres oder älteres Kind hätten jetzt vermutlich einen hysterischen Anfall bekommen. Mark aber spürte die Angst allmählich von sich abfallen, und das Gefühl, das blieb, war ähnlich, wie wenn man sich an einem kühlen Tag nach dem Schwimmen vom Wind trocknen läßt. Und als die Angst vergangen war, nahm das Schlafbedürfnis ihren Platz ein.

Bevor er sich ganz dem Schlaf überließ, dachte Mark – nicht zum erstenmal – über die Merkwürdigkeiten der Erwachsenen nach. Sie tranken Alkohol oder nahmen Schlafmittel, um die Ängste zu vertreiben und um schlafen zu können. Aber ihre Ängste waren so zahm und häuslich: die Arbeit, das Geld, was wird der Lehrer sagen, wenn Jenny kein hübsches Schulkleid hat, liebt meine Frau mich noch, wer sind meine Freunde. Was war das alles, verglichen mit den Ängsten, denen ein Kind in seinem Bett ausgeliefert ist – ohne Hoffnung, daß jemand es wirklich verstehen kann, außer einem andern Kind? Für das Kind, das Nacht für Nacht mit dem Ding unter dem Bett oder im Keller fertig werden muß, gibt es keine Psychiatrie und keine Gruppentherapie. Es muß Nacht für Nacht den gleichen einsamen Kampf kämpfen, und die einzige Kur ist jene allmähliche Verknöcherung der Phantasie, die man als das Erwachsensein bezeichnet.

Diese Gedanken gingen Mark – kürzer und einfacher ausgedrückt – durch den Kopf. In der vergangenen Nacht hatte Matt Burke ein dunkles Erlebnis gehabt, und die Folge seiner Angst war eine Herzattacke gewesen. Heute nacht hatte Mark das gleiche Erlebnis, und zehn Minuten später lag er tief schlafend in seinem Bett; seine Rechte hielt das Plastikkreuz noch locker umfaßt. So groß ist der Unterschied zwischen Männern und kleinen Jungen!

11
Ben (IV)

Es war Sonntag morgen, zehn Minuten nach neun Uhr – ein heller, sonniger Morgen – und Ben begann sich Sorgen um Susan zu machen, als das Telefon neben seinem Bett klingelte.

»Wo bist du?«

»Entspann dich. Ich bin oben bei Matt Burke. Er läßt dich um das Vergnügen deiner Gesellschaft bitten, sobald es dir paßt.«

»Warum bist du nicht –«

»Ich sah bei dir zur Tür herein. Du hast geschlafen wie ein kleines Kind.«

»Man bekommt hier schwere Schlafmittel, damit sie einem in der Nacht verschiedene Organe für reiche Millionäre stehlen können«, sagte er. »Wie geht's Matt?«

»Komm herauf und überzeug dich selbst.« Bevor sie noch den Hörer aufgelegt hatte, zog er bereits seinen Morgenrock an.

Matt sah besser aus, beinahe verjüngt. Susan saß in einem hellblauen Kleid an seinem Bett, und Matt hob grüßend die Hand, als Ben eintrat. »Nimm dir einen von diesen Felsblöcken.«

Ben zog einen abscheulich unbequemen Spitalsstuhl zum Bett und setzte sich. »Wie fühlen Sie sich?«

»Viel besser. Schwach, aber besser. Gestern abend hat man mir den Infusionsschlauch aus dem Arm genommen, und heute bekam ich bereits ein pochiertes Ei zum Frühstück. Wie im Altersheim.«

Ben gab Susan einen flüchtigen Kuß und sah auf ihrem Gesicht eine angespannte Ruhe, als sei es von einem feinen Draht zusammengehalten.

»Gibt es etwas Neues, seit du mich gestern anriefst?«

»Ich habe nichts gehört. Gegen sieben Uhr bin ich aus dem Haus gegangen, und Sonntag wacht die Stadt etwas später auf.«

Ben sah Matt an. »Sind Sie imstande, über unsere Probleme zu sprechen?«

»Ich glaube schon«, meinte Matt und drehte sich ein wenig; das Kreuz, das Ben ihm umgehängt hatte, glitzerte. »Übrigens, vielen Dank dafür. Es ist ein großer Trost, auch wenn ich es nur bei Woolworth gekauft habe.«

»Wie ist Ihr Zustand?«

»Er stabilisiert sich; das waren jedenfalls Dr. Codys Worte, als er mich gestern am späten Nachmittag untersuchte. Laut EKG war es nur eine kleine Herzattacke, kein Infarkt. Cody sagt, daß solche Attacken oft durch einen großen Schock ausgelöst werden. Ich hielt den Mund. War das richtig?«

»Ausgezeichnet. Aber die Dinge haben sich weiterentwickelt. Susan und ich werden heute zu Dr. Cody gehen und ihn über alles informieren. Wenn er nicht sofort meine Entlassungspapiere unterzeichnet, schicken wir ihn zu Ihnen.«

»Von mir wird er einiges zu hören bekommen«, sagte Matt drohend. »Dieser lästige Kerl verbietet mir meine Pfeife.«

»Hat Susan Ihnen erzählt, was sich in Salem's Lot seit Freitag nacht ereignet hat?«

»Nein. Sie wollte warten, bis wir alle beisammen wären.«

»Würden Sie mir, bevor Susan berichtet, genau erzählen, was in Ihrem Haus geschehen ist?«

Über Matts Gesicht fiel ein Schatten, und einen Augenblick lang war die Maske der Rekonvaleszenz verschwunden. Ben sah den alten Mann, den er am Vortag schlafend angetroffen hatte.

»Wenn Sie sich noch nicht gut genug fühlen –«

»Nein, nein. Ich bin in Ordnung. Muß es sein, wenn nur die Hälfte von dem, was ich vermute, wahr ist.« Er lächelte bitter. »Ich hielt mich immer für einen kühlen Denker, den nichts so leicht erschüttern kann. Es ist erstaunlich, wie sehr der Verstand bemüht ist, etwas zu verdrängen, das er nicht mag oder für bedrohlich hält. Wie die magische Tafel, die wir als Kinder hatten. Wenn man nicht mehr mochte, was man gezeichnet hatte, brauchte man die Tafel nur aus der Hülle herauszuziehen und die Zeichnung verschwand.«

»Dennoch war die Zeichnung auf der schwarzen Unterlage für immer eingraviert«, sagte Susan.

»Ja«, er lächelte sie an. »Eine hübsche Metapher für den Zusammenhang zwischen Bewußtem und Unbewußtem.« Er schaute zu Ben hinüber. »Susan hat es Ihnen doch schon einmal erzählt.«

»Ja, aber –«

»Natürlich. Ich wollte nur sichergehen, daß ich auf die Vorgeschichte verzichten kann.

Mit gleichmäßiger Stimme erzählte er seine Geschichte und hielt nur inne, als eine Schwester kam und ihm ein Glas Ginger Ale offerierte. Während er weiter berichtete, sog er von Zeit zu

Zeit an dem dünnen Strohhalm. Ben bemerkte, daß die Eiswürfel in Matts Glas leise klirrten, als er zu schildern begann, wie Mike hintenüber aus dem Fenster verschwand. Doch seine Stimme behielt den gleichmäßig ruhigen Ton, den sie ohne Zweifel auch im Schulunterricht hatte. Ben fand, nicht zum erstenmal, daß Matt ein bewundernswerter Mann war.

Als Matt geendet hatte, entstand eine kurze Pause.

»Also«, sagte er dann, »was haltet ihr, die ihr nichts mit eigenen Augen gesehen habt, von meinem Bericht?«

»Wir haben gestern eine ganze Weile darüber gesprochen«, sagte Susan. »Ben wird es Ihnen sagen.«

Etwas schüchtern legte Ben alle seine vernünftigen Erklärungen dar, um sie sofort wieder zunichte zu machen. Als er das Außenfenster, den weichen Rasen und das Fehlen jedes Anzeichens einer Leiter oder von Fußspuren erwähnte, applaudierte Matt.

»Bravo! Ein echter Detektiv!«

Matt sah Susan an. »Und Sie, Miss Norton, die so gut gegliederte Aufsätze geschrieben hat, was ist Ihre Meinung?«

Sie schaute auf ihre Hände herab, die eine Falte ihres Kleides hielten, dann wieder zu ihm hin. »Gestern hat Ben mir einen Vortrag über die linguistische Bedeutung des Satzes ›Ich kann nicht‹ gehalten, also werde ich diesen Satz vermeiden. Aber es fällt mir schwer, zu glauben, daß in Salem's Lot Vampire ihr Unwesen treiben, Mr. Burke.«

»Wenn man es so einrichten kann, daß die Diskretion gewahrt bleibt, bin ich bereit, mich einem Lügentest zu unterziehen«, sagte Matt leise.

Ihre Wangen röteten sich. »Nein – bitte mißverstehen Sie mich nicht. Ich bin überzeugt, daß in der Stadt irgend etwas vorgeht. Etwas ... Schreckliches. Aber ... das ...«

Er legte seine Hand auf die ihre. »Das verstehe ich sehr gut, Susan. Willst du mir trotzdem einen Gefallen tun?«

»Wenn ich kann.«

»Wir – alle drei – wollen einmal davon ausgehen, daß diese Sache real sei. Bleiben wir bei dieser Annahme, bis – *und nur bis* – sie widerlegt werden kann. Das ist eine wissenschaftliche Methode. Ben und ich haben bereits Möglichkeiten besprochen, wie man die Hypothese überprüfen kann. Niemand hofft mehr als ich, daß wir sie widerlegen können.«

»Aber Sie glauben nicht daran?«

»Nein«, sagte er leise. »Nach einem langen Selbstgespräch steht mein Entschluß fest: Ich glaube, was ich gesehen habe.«

»Wir wollen die Frage von Glauben oder Unglauben einmal beiseite lassen«, schlug Ben vor, »im Augenblick ist sie irrelevant.«

»Einverstanden«, sagte Matt. »Wie lauten Ihre Vorschläge für unseren Plan?«

»Nun«, sagte Ben, »ich würde Sie gern zum Leiter der Forschungsabteilung machen. Mit Ihrem Wissen sind Sie dazu außerordentlich gut geeignet. Und überdies sind Sie hier festgenagelt.«

Matts Augen sprühten, wie sie über Codys Tücke, ihm seine Pfeife zu verbieten, gesprüht hatten. »Sobald die Bibliothek offen ist, werde ich Loretta Starcher anrufen. Sie wird Bücher in einem Schubkarren herbringen müssen.«

»Heute ist Sonntag«, erinnerte Susan. »Die Bibliothek ist geschlossen.«

»Für mich wird man sie öffnen«, sagte Matt zuversichtlich.

»Verschaffen Sie sich alles, was mit dem Thema irgendwie zu tun hat«, sagte Ben. »Psychologische ebenso wie medizinische und mystische Literatur. Einfach alles.«

»Ich werde mir über alles Notizen machen.« Er sah die beiden an. »Zum erstenmal, seit ich hier aufwachte, fühle ich mich wieder wie ein Mann. Was werdet ihr tun?«

»Zuerst Doktor Cody. Er hat sowohl Ryerson wie Floyd Tibbits untersucht. Vielleicht können wir ihn überreden, Danny Glick zu exhumieren.«

»Würde er so etwas tun?« Susan wandte sich an Matt.

Matt sog an seinem Strohhalm, bevor er antwortete. »Der Jimmy Cody, der bei mir in der Klasse war, wäre sofort dazu bereit. Er war ein aufgeschlossener Junge. Was das Medizinstudium aus ihm gemacht hat, weiß ich nicht.«

»Das alles erscheint mir zu kompliziert«, wandte Susan ein. »Besonders, zu Doktor Cody zu gehen und eine totale Ablehnung zu riskieren. Warum gehen Ben und ich nicht einfach zum Marstenhaus? Das hatten wir ja schon vor einer Woche geplant.«

»Ich werde dir sagen, warum nicht«, erwiderte Ben. »Weil wir davon ausgehen, daß das alles Realität ist.«

»Ich dachte, Vampire schlafen untertags?«

»Was immer Straker sein mag, ein Vampir ist er nicht«, sagte Ben, »es sei denn, die alten Legenden sind völlig falsch. Straker hat sich sehr oft bei Tag sehen lassen. Im besten Fall würden wir als Eindringlinge abgewiesen werden. Im schlimmsten Falle könnte er uns gewaltsam bis zum Einbruch der Dunkelheit festhalten; sozusagen als kleinen Imbiß für Dracula!«

»Für Barlow?« fragte Susan.

Ben zuckte die Achseln. »Warum nicht? Die Geschichte mit der Einkaufsreise nach New York klingt zu gut, um wahr zu sein.«

Der Ausdruck ihrer Augen blieb skeptisch, aber sie schwieg.

»Und was wollt ihr tun, wenn Cody euch auslacht?« fragte Matt. »Immer vorausgesetzt, daß er nicht sofort eine Zwangsjacke bestellt.«

»Dann gehen wir in der Dämmerung zum Friedhof«, sagte Ben. »Um Dannys Grab zu beobachten.«

Matt richtete sich ein wenig auf. »Versprechen Sie mir, vorsichtig zu sein. Ben, bitte versprechen Sie es mir.«

»Natürlich«, sagte Susan beruhigend. »Wir werden beide nur so klirren vor lauter Kreuzen.«

»Macht keine Witze«, murmelte Matt. »Hättet ihr gesehen, was ich sah –« Er wandte sich ab und blickte zum Fenster hinaus auf die sonnenbeschienenen Blätter einer Erle und den hellen Himmel.

»Mir ist nicht nach Scherzen zumute«, sagte Ben. »Wir werden alle Vorsichtsmaßnahmen treffen.«

»Geht zu Pater Callahan«, sagte Matt. »Er soll euch Weihwasser und vielleicht eine unkonsekrierte Hostie geben.«

»Was für ein Mensch ist der Pater?« fragte Ben.

Matt zuckte die Achseln. »Ein wenig seltsam ist er. Vermutlich ein Trinker. Aber jedenfalls gebildet und höflich. Vielleicht leidet er ein wenig unter dem Joch der Progressiven.«

»Sind Sie sicher, daß ... daß Pater Callahan trinkt?« fragte Susan ungläubig.

»Nicht sicher«, sagte Matt. »Aber ich hörte, er sei im Alkoholladen von Yarmouth ein regelmäßiger Kunde.«

»Könnte man mit ihm sprechen?« fragte Ben.

»Ich weiß nicht. Ich glaube, Sie sollten es versuchen.«

»Dann kennen Sie ihn überhaupt nicht?«

»Nein, nicht sehr gut. Er schreibt an einer Geschichte der katholischen Kirche in Neuengland und weiß eine ganze Menge über die Dichter des sogenannten ›Goldenen Zeitalters‹ – Whittier, Longfellow, Russell, Holmes, diese Art. Ich habe ihn im vergangenen Jahr eingeladen, in meinem Literaturgeschichtsunterricht zu sprechen. Er hat eine gute Auffassungsgabe – meine Studenten haben ihn sehr gemocht.«

»Ich werde ihn aufsuchen«, sagte Ben, »und meinem Riecher vertrauen.«

Eine Schwester schaute ins Zimmer, und einen Augenblick später kam Jimmy Cody, ein Stethoskop um den Hals.

»Stört ihr meinen Patienten?« fragte er freundlich.

»Nicht halb so sehr wie Sie«, murrte Matt. »Ich will meine Pfeife.«

»Das geht nicht«, sagte Cody und las das Krankenblatt.

»Verdammter Quacksalber«, brummte Matt.

Cody zog an dem grünen Vorhang, der auf einer C-förmigen Stahlschiene um das Bett lief. »Ich muß leider bitten, daß ihr euch für einen Augenblick entfernt. Wie geht es Ihrem Kopf, Mr. Mears?«

»Bisher scheint dort nichts ausgeronnen zu sein.«

»Haben Sie von Floyd Tibbits gehört?«

»Susan erzählte es mir. Wenn Sie nach Ihrer Visite Zeit hätten, würde ich gerne mit Ihnen sprechen.«

»Ich werde Sie als letzten Patienten besuchen – etwa gegen elf Uhr.«

»Vielen Dank.«

Cody zog wieder am Vorhang. »Und wenn Sie und Susan uns jetzt entschuldigen würden –«

Der Vorhang wurde endgültig zugezogen. Dahinter hörten sie Cody sagen: »Wenn ich Sie das nächste Mal in Narkose habe, werde ich voraussichtlich Ihre Zunge und die Hälfte Ihres Vorderhirns herausnehmen.«

Susan und Ben lächelten einander an, wie es junge Paare zu tun pflegen, wenn sie in der Sonne stehen und alles sonst in Ordnung ist; dann verschwand das Lächeln beinahe gleichzeitig aus ihren Gesichtern. Einen Augenblick lang fragten sich nämlich beide, ob sie nicht gänzlich verrückt seien.

Als Jimmy Cody endlich in Bens Zimmer kam, war es zwanzig Minuten nach elf Uhr, und Ben begann: »Worüber ich mit Ihnen sprechen wollte –«

»Zuerst der Kopf, dann die Unterhaltung.« Vorsichtig teilte Cody Bens Haarschopf und sagte: »Das wird ein wenig weh tun.« Er nahm den Verband ab, und Ben fuhr in die Höhe.

»Eine gewaltige Beule«, sagte Cody im Plauderton und legte einen etwas kleineren Verband an.

Er leuchtete in Bens Augen und klopfte mit einem Gummihammer auf sein linkes Knie. Ben fragte sich, ob es derselbe Hammer war, den Cody bei Mike Ryerson verwendet hatte.

»Scheint alles soweit in Ordnung zu sein«, sagte Cody und räumte seine Instrumente weg.

»Wie war der Mädchenname Ihrer Mutter?«

»Ashford«, sagte Ben. Als er das erste Mal wieder zu Bewußtsein kam, hatte man ihn etwas Ähnliches gefragt.

»Ihr erster Lehrer?«

»Mrs. Parkins. Die mit den gebleichten Haaren.«

»Zweiter Vorname des Vaters?«

»Merton.«

»Schwindelanfälle oder Erbrechen?«

»Nein!«

»Fremdartige Gerüche, Farben oder etwas dergleichen wahrgenommen?«

»Nein, nein, nein. Ich fühle mich wohl.«

»Das habe ich zu entscheiden«, sagte Cody bissig. »Sehen Sie manche Dinge doppelt?«

»Nicht seit meiner letzten Whiskyflasche.«

»In Ordnung«, sagte Cody. »Ich erkläre Sie durch die Wunder der modernen Medizin und die Härte Ihres Kopfes für gesund. Was beschäftigt Sie sonst? Vermutlich der kleine McDougall-Junge und Tibbits. Ich kann Ihnen nur das sagen, was ich auch Parkins Gillespie gesagt habe. Erstens: Ich bin froh, daß nichts in die Zeitungen gekommen ist; für eine kleine Stadt genügt ein Skandal pro Jahrhundert. Zweitens: Ich habe keine Ahnung, wer eine so perverse Sache getan haben könnte. Jedenfalls niemand aus der Stadt. Wir haben unsere Narren, aber das –«

Er hielt inne, als er die erstaunten Gesichter Susans und Bens sah. »Ihr wißt nichts? Habt ihr nichts gehört?«

»Was gehört?« fragte Ben.

»Es klingt nach Boris Karloff. Jemand hat gestern nacht die beiden Toten aus der Leichenhalle von Portland gestohlen.«

»Oh, du lieber Gott«, sagte Susan. Sie brachte die Worte nur mit Mühe hervor.

»Was ist los?« fragte Cody, plötzlich beunruhigt. »Wißt ihr etwas darüber?«

»Ich beginne es zu glauben«, sagte Ben.

Mittag war vorüber, als sie ihre Erzählung beendet hatten. Eine Krankenschwester hatte Ben den Lunch gebracht; der stand unberührt auf einem Tablett neben dem Bett.

Das letzte Wort war gesagt. Als einziges Geräusch blieb das Klirren von Gläsern und Besteck, das durch die halboffene Tür drang, weil hungrigere Patienten ihre Mahlzeit einnahmen.

»Vampire«, sagte Jimmy Cody. Und dann: »Ausgerechnet Matt Burke. Da ist es nicht leicht, das Ganze einfach wegzuwischen.«

Ben und Susan schwiegen.

»Und ihr wollt, daß ich den Glick-Jungen exhumiere.«

Cody nahm eine Flasche Aspirin aus seiner Tasche und warf sie Ben zu. »Aspirin«, sagte er. »Nehmen Sie es hin und wieder?«

»Oft.«

»Mein Vater nannte es die beste Krankenschwester eines Arztes. Wissen Sie, wie es wirkt?«

»Nein«, sagte Ben. Er kannte Cody nicht gut genug, um zu wissen, was er für gewöhnlich zeigte oder verbarg, aber Ben war auch überzeugt, daß nur wenige seiner Patienten ihn so kannten, wie er jetzt war: das jugendliche Gesicht von Gedanken und Überlegungen überschattet. Ben wollte Codys Stimmung nicht stören.

»Ich weiß es auch nicht. Niemand weiß es. Es ist gut gegen Kopfweh und Arthritis und Rheumatismus. Wir wissen auch über diese Leiden nicht sehr viel. Warum tut der Kopf weh? Im Gehirn gibt es keine Schmerzpunkte. Wir wissen, daß die chemische Zusammensetzung von Aspirin jener von LSD gleicht; warum hilft das eine gegen einen Schmerz im Kopf, während das andere den Kopf mit Blumen füllt? Zum Teil verstehen wir das alles nicht, weil wir nicht wirklich wissen, was das Gehirn ist. Auch der beste Arzt der Welt steht auf einer kleinen Insel inmitten eines Meeres von Ignoranz. Wir klappern, wie die Primitiven, mit unseren Medizinmännerstöcken, töten Hühner rituell und lesen Botschaften in ihrem Blut. Weiße Magie. Natürlich würden meine Professoren sich die Haare raufen, wenn sie mich das sagen hörten. Einige von ihnen hat es ja schon gestört, daß ich Landarzt in Maine wurde.« Er lächelte. »Sie würden Anfälle bekommen, wenn sie wüßten, daß ich eine Exhumierung des Glick-Jungen verlangen werde.«

»Werden Sie das tun?« fragte Susan, ehrlich erstaunt.

»Was kann es schaden? Wenn er tot ist, ist er tot. Wenn nicht, dann habe ich etwas, worüber der nächste Mediziner-Kongreß Kopf stehen wird. Ich werde vorgeben, daß ich bei dem Glick-Jungen nach Anzeichen von Enzephalitis schauen möchte. Das ist die einzige vernünftige Erklärung, die mir einfällt.«

»Wäre das nicht auch tatsächlich möglich?« fragte Susan hoffnungsvoll.

»Verdammt unwahrscheinlich.«

»Wann könnten Sie die Untersuchung frühestens vornehmen?« fragte Ben.

»Vermutlich morgen.«

»Wie wird er aussehen?« fragte Ben. »Ich meine . . .«

»Ja, ich weiß, was Sie meinen. Der Junge wurde nicht einbalsamiert?«

»Nein.«

»Und es ist eine Woche her?«

»Ja.«

»Wenn der Sarg geöffnet wird, entströmt ihm Gas und ein ziemlich unangenehmer Geruch. Der Körper mag aufgedunsen sein. Das Haar wird länger sein – es wächst noch erstaunlich lang weiter, und ebenso die Fingernägel. Die Augen sind sicherlich eingefallen.«

Susan versuchte vergeblich, einen Ausdruck wissenschaftlicher Sachlichkeit beizubehalten. Ben war froh, daß er seinen Lunch nicht gegessen hatte.

»Es mag etwas geben, das schlimmer ist als Verwesung«, sagte er ruhig. »Angenommen, Sie finden keines dieser Anzeichen. Angenommen, die Leiche sieht genau so aus wie am Tag der Bestattung. Was dann? Stoßen Sie einen Pfahl durch sein Herz?«

»Nun, ich glaube, soweit wird es nicht kommen. Wenn die Leiche in einem solchen Zustand sein sollte, würde sie ohne Zweifel zu einer ausführlichen Untersuchung in die Klinik von Maine gebracht werden. Dort könnte ich meine Untersuchung verzögern, bis es dunkel . . . und jedes Phänomen beobachten, das dann eintritt.«

»Und wenn er erwacht?«

»Das kann ich mir ebensowenig vorstellen wie Sie.«

»Ich kann es mir besser und besser vorstellen«, sagte Ben ingrimmig. »Darf ich dabeisein, wenn das alles geschieht – falls es geschieht?«

»Das läßt sich einrichten.«

»Gut«, sagte Ben. Er stieg aus dem Bett und ging zum Schrank, in dem seine Kleider hingen. »Ich werde –«

Susan kicherte, und Ben drehte sich um. »Was?«

Cody grinste. »Spitalsnachthemden haben die Tendenz, hinten auseinanderzufallen, Mr. Mears.«

»Zum Teufel«, sagte Ben und griff instinktiv nach hinten, um sich zu bedecken. »Nennen Sie mich ruhig Ben.«

»Und damit«, sagte Cody, »werden Susan und ich vom Schauplatz abtreten. Wir warten unten in der Cafeteria auf Sie. Susan und ich haben heute nachmittag noch etwas zu tun.«

»Und zwar?«

»Wir müssen die Glicks von der Enzephalitisgeschichte informieren. Wenn Sie wollen, stelle ich Sie als meinen Kollegen vor. Sie sagen kein Wort, streichen Ihr Kinn und schauen gelehrt drein.«

»Brauchen Sie die Erlaubnis der Eltern für eine Exhumierung?«

»Theoretisch nein, praktisch ja. Die Eltern könnten, wenn sie dagegen sind, die Sache verzögern.« Er hielt inne und sah die beiden an. »Und damit komme ich zu dem Punkt, der mich am meisten beunruhigt. Danny Glick ist die einzige Leiche, die wir haben. Alle andern haben sich in Dunst aufgelöst.«

Gegen dreizehn Uhr dreißig kamen Ben und Jimmy Cody zum Glick-Haus. Tony Glicks Auto stand in der Einfahrt, doch im Haus rührte sich nichts. Als niemand auf ihr Klopfen reagierte, gingen sie über die Straße zu einem kleinen Fertighaus. Auf dem Postkasten stand *Dickens*. Ein Cockerspaniel wedelte, als sie näherkamen.

Pauline Dickens, Kellnerin und Mitbesitzerin des Excellent-Café, öffnete ihnen die Tür.

»Hallo, Pauline«, sagte Jimmy. »Wissen Sie vielleicht, wo die Glicks sind?«

»Soll das heißen, daß Sie noch nichts *wissen*?«

»Was sollen wir wissen?«

»Mrs. Glick ist heute in den Morgenstunden gestorben. Tony Glick brachte man ins Krankenhaus von Maine. Er hat einen Nervenzusammenbruch.«

Ben warf Cody einen Blick zu. Jimmy sah aus, als habe man ihm einen Schlag in den Magen versetzt.

Ben faßte sich rascher. »Wohin hat man die Leiche gebracht?«

»Vor einer Stunde habe ich mit Mabel Werts telefoniert, und sie sagte, Parkins Gillespie werde sie zur jüdischen Bestattungsanstalt in Cumberland bringen. Weil niemand weiß, wo Carl Foreman steckt.«

»Vielen Dank«, sagte Cody langsam.

»Schreckliche Sache«, sagte Pauline und sah zu dem leeren Haus auf der andern Straßenseite hinüber. Tony Glicks Auto hockte in der Einfahrt wie ein großer, staubiger Hund, den man angekettet und vergessen hatte. »Wenn ich abergläubisch wäre, hätte ich Angst.«

»Angst wovor, Pauline?« fragte Cody.

»Ach ... nur so.« Sie lächelte vage. Ihre Finger berührten eine dünne Kette um ihren Hals. Dort hing ein Christophorus-Medaillon.

Sie saßen wieder im Auto.

»Und was jetzt?« fragte Ben schließlich.

»Es wäre eine Chance«, sagte Jimmy. »Der jüdische Leichenbestatter heißt Maury Green. Vielleicht sollten wir nach Cumberland fahren. Vor neun Jahren wäre Greens Junge beinahe im Sebago-See ertrunken. Ich war zufällig mit einer Freundin dort und habe den Jungen künstlich beatmet. Sozusagen seinen Motor wieder in Gang gebracht. Green ist mir zu Dank verpflichtet. Vielleicht sollten wir das ausnützen.«

»Es wird uns kaum helfen. Vermutlich hat der Gerichtsmediziner die Leiche bereits für die Autopsie, oder wie immer man das nennt, geholt.«

»Das bezweifle ich. Vergessen Sie nicht, heute ist Sonntag. Der Gerichtsmediziner wird irgendwo draußen im Wald Steine klopfen. – Er ist Amateurgeologe. Norbert. – Sie erinnern sich an Norbert?«

Ben nickte ...

»Norbert sollte eigentlich telefonisch erreichbar sein, aber er ist nicht zuverlässig. Vermutlich hat er den Hörer abgelegt. Wenn wir jetzt zu Maury Greens Friedhofsbüro hinaufgehen, haben wir eine reelle Chance, daß der Leichnam noch bis zum Einbruch der Dunkelheit dort liegt, ohne von jemandem angefordert zu werden.«

»Also gut«, sagte Ben, »fahren wir hin.«

Es fiel ihm ein, daß er Pater Callahan aufsuchen wollte, aber dieser Besuch mußte eben warten. Die Dinge folgten einander jetzt sehr rasch. Zu rasch für seinen Geschmack. Phantasie und Realität gingen ineinander über.

Schweigend fuhren sie bis zur Auffahrt auf die Überlandstraße, jeder mit seinen Gedanken beschäftigt. Ben überlegte, was Cody in der Klinik gesagt hatte. Carl Foreman verschwunden. Die Leichen von Floyd Tibbits und dem McDougall-Baby verschwunden – unter den Augen von zwei Aufsehern. Mike Ryerson nicht auffindbar und Gott weiß, wer sonst noch. Wie viele Leute in Salem's Lot konnten verschwinden, ohne daß jemand sie vermißte ... eine Woche ... zwei Wochen ... einen Monat lang? Zweihundert? Dreihundert? Bens Handflächen wurden naß.

»Das wird langsam zu einem paranoiden Alptraum«, sagte Jimmy. »Unter einem akademischen Gesichtswinkel betrachtet, ist das Unheimlichste daran, wie leicht eine Kolonie von Vampiren entstehen kann – immer vorausgesetzt, daß es einen ersten gibt. Salem's Lot besitzt keine Industrie, in der ein Anstieg des unentschuldigten Fernbleibens auffallen würde. Die Schulen werden von Kindern aus drei umliegenden Städten besucht; wen stört es, wenn die Absenzlisten länger werden? Viele Leute gehen nach Cumberland in die Kirche, viele gehen überhaupt nicht.«

»Tja«, sagte Ben. »Danny Glick infiziert Mike. Mike infiziert ... ach, ich weiß nicht, vielleicht Floyd. Das McDougall-Baby infiziert ... seinen Vater? Seine Mutter? Wie geht es ihnen? Hat jemand nachgesehen?«

»Sie gehören nicht zu meinen Patienten. Dr. Plowman wäre derjenige, der sie aufsuchen und das Verschwinden ihres Kindes bekanntmachen müßte. Aber ich weiß nicht, ob er es getan hat.«

»Man sollte sie aufsuchen«, sagte Ben gequält. »Wir laufen Gefahr, uns immer im Kreis zu bewegen. Niemand weiß, was in den Häusern hinter zugezogenen Gardinen geschieht. Die Leute könnten im Bett liegen ... oder wie ein Besen in einem Schrank lehnen ... unten in den Kellern ... und warten, bis die Sonne untergeht. Und bei jedem Sonnenaufgang sind weniger Menschen auf der Straße. Jeden Tag weniger.« Er schluckte.

»Regen Sie sich nicht zu sehr auf«, sagte Jimmy, »es ist noch nichts bewiesen.«

»Die Beweise häufen sich«, gab Ben zurück. »Wenn wir es

mit einem bekannten Bezugssystem zu tun hätten – zum Beispiel mit dem Ausbruch einer Typhusepidemie –, so wäre bereits die ganze Stadt in Quarantäne.«

»Das bezweifle ich. Sie vergessen, daß nur eine einzige Person tatsächlich etwas *gesehen* hat.«

»Aber das war nicht der Dorftrottel.«

»Wenn seine Geschichte sich herumspräche, würde man ihn steinigen.«

»Wer würde das tun? Jedenfalls nicht Pauline Dickens. Die würde am liebsten magische Zeichen auf ihre Tür malen.«

Den Rest der Strecke legten sie wortlos zurück. Greens Leichenhalle befand sich im nördlichen Teil von Cumberland. Jimmy stellte den Motor ab und blickte zu Ben hinüber. »Bereit?«

»Ja, ich glaube.«

Sie stiegen aus.

Ihre Auflehnung war stärker und stärker geworden, und gegen vierzehn Uhr hatte sie einen Entschluß gefaßt. Susan hatte beschlossen, noch an diesem Nachmittag zum Marstenhaus zu fahren.

Sie ging hinunter und steckte ihr Notizbuch ein. Ann Norton stand in der Küche, und der Vater verfolgte auf dem Fernsehschirm ein Basketball-Spiel.

»Wohin gehst du?« fragte Mrs. Norton.

»Nur eine Spazierfahrt.«

»Abendbrot ist um sechs. Sieh zu, daß du rechtzeitig zurück bist.«

»Spätestens um fünf.«

Sie verließ das Haus und ging zum Auto, ihrem stolzesten Besitz – nicht nur, weil es ihr erstes war, sondern auch, weil sie es mit dem Erlös ihrer Bilder bezahlt hatte (oder beinahe bezahlt hatte, korrigierte sie sich; sechs Raten waren noch offen). Es war ein viertüriger Vega, der nun schon fast zwei Jahre alt war. Susan fuhr ihn im Rückwärtsgang vorsichtig aus der Garage und winkte flüchtig ihrer Mutter zu, die ihr aus dem Küchenfenster nachsah. Der Bruch zwischen ihnen war noch immer spürbar. Unausgesprochen. Nicht geglättet. Die früheren Streitigkeiten, so bitter sie oft gewesen waren, hatten sich immer gelegt; das Leben ging weiter, und die Zeit heilte die Wunden, die dann bis zur nächsten Auseinandersetzung geschlossen blieben, wenn der alte Groll wieder hervorkam und neue Klagen sich den früheren anschlossen. Aber diesmal war die Kluft endgültig, es war der totale Krieg. Manche Wunden ließen sich nicht bandagieren; es blieb nur die Amputation übrig. Susan hatte bereits ihre Sachen gepackt. Ihr Auszug war überfällig.

Sie fuhr die Brock Street entlang und verspürte ein wachsendes Gefühl der Freude und des Tatendranges, als sie die Häuser hinter sich zurückließ. Susan war ein ehrliches, gradliniges Mädchen, und die Ereignisse der vergangenen Tage hatten sie verstört und verwirrt. Jetzt wollte sie das Steuer in die Hand nehmen.

Beim Weideland von Charly Smith blieb sie stehen und ging auf eine große Rolle Schneegitter zu, die auf dem Boden lag und auf den Winter wartete. Ein Gefühl der Absurdität überkam Susan, als sie einen Stab herauslöste, einen natürlichen Pfahl von einem Meter Länge, oben sorgfältig zugespitzt. Sie trug ihn zum Auto und legte ihn auf den Hintersitz. Verstandesmäßig wußte sie, warum sie es tat (sie hatte genug Filme gesehen, um zu wissen, daß man einen Vampir pfählen muß), aber sie überlegte keinen Augenblick lang, ob sie auch imstande wäre, die Brust eines Menschen zu durchbohren, wenn sich dies als notwendig erweisen sollte.

Vor dem kleinen Laden, in dem ihr Vater die ›Sunday Times‹ zu kaufen pflegte, hielt sie nochmals an. Sie erinnerte sich an einen Schaukasten mit billigem Schmuck neben der Kasse.

Sie kaufte eine Zeitung, wählte ein kleines Kruzifix und bezahlte beides dem fetten Ladenbesitzer, der kaum den Blick vom Fernsehschirm wandte.

Hinter den Wolken kam die Sonne hervor; ihre Strahlen fielen durch die Bäume und zauberten helle und dunkle Flecken auf die Straße. An einem solchen Tage kann man an ein gutes Ende aller Dinge glauben, dachte sie.

Nach etwa sieben Kilometern fiel die Straße ein wenig ab, um dann an der westlichen Seite des Marstenhügels steil anzusteigen. Sie wand sich in vielen Kurven durch das dichtbewaldete Gebiet im Nordwesten der Stadt, das Sonnenlicht des späten Nachmittags lag nur noch über Teilen der Landschaft. Hier draußen gab es keine Häuser und Bungalows mehr. Der größte Teil des Landes gehörte einer Papierfabrik, die sich auf die Herstellung von Toilettenpapier spezialisiert hatte. Der Straßenrand war alle hundert Meter mit Verbotsschildern gesäumt. Als sie an der Abzweigung, die zur Müllhalde führte, vorbeifuhr, überfiel Susan plötzlich ein Gefühl der Angst. Auf diesem dämmrigen Straßenstück schienen ihr Vorstellungen, die sie sonst verworfen hätte, durchaus möglich. Sie bemerkte, wie sie – nicht zum erstenmal in ihrem Leben – wissen wollte, warum jemand das verfallene Haus eines Selbstmörders kaufte und dann die Fensterläden schloß, um nicht zuviel Sonne hereinzulassen. Sie konnte zwischen den Bäumen den Giebel des Marstenhauses erkennen.

Sie parkte das Auto am Beginn der Steigung und stieg aus. Einen Augenblick lang zögerte sie, dann nahm sie den Pfahl und hängte das Kruzifix um den Hals. Sie fand sich immer noch absurd, aber nicht halb so absurd, als sie sich vorgekommen wäre, wenn ein Bekannter sie mit dem Pfahl eines Schneezaunes in der Hand die Straße hinaufmarschieren gesehen hätte.

Hallo, Suze, wohin gehst du?

Ach, bloß zum Marstenhaus, um einen Vampir zu töten. Aber ich muß mich beeilen, denn um achtzehn Uhr essen wir Abendbrot.

Sie beschloß, die Abkürzung durch den Wald zu nehmen.

Zwischen den Föhren wurde es kühler und dunkler. Der Boden war mit alten Nadeln wie von einem Teppich bedeckt, und der Wind pfiff durch die Wipfel. Irgendwo lief ein kleines Tier durch das Unterholz. Plötzlich fiel ihr auf, daß es, wenn sie links einbog, ein Fußmarsch von nicht einmal einem Kilometer zum Harmony-Hill-Friedhof wäre, falls sie beweglich genug war, über die hintere Mauer zu klettern.

So leise wie möglich bahnte Susan sich einen Weg durch Brombeeren und Gestrüpp. Als sie den Kamm des Hügels erreicht hatte, sah sie zwischen dem immer dünner werdenden Gezweige das Haus – seine der Stadt abgewandte Seite. Und im selben Augenblick begann Susan Angst zu verspüren. Einen bestimmten Grund dafür gab es nicht, aber die Furcht glich jener (beinahe wieder vergessenen), die sie in Matt Burkes Haus empfunden hatte. Susan war ziemlich sicher, daß niemand sie hören könne, und der Tag war noch hell; aber die Angst war da, wie ein Gewicht. Sie schien aus einem Teil ihres Gehirns zu kommen, von dem sie nichts wußte und der so uralt war wie der Blinddarm. Ihre Freude war dahin, ihr Tatendrang geschwunden. Jene Horrorfilme fielen ihr ein, in denen die Heldin über eine enge Treppe auf den Dachboden klettert, um nachzusehen, was die arme alte Mrs. Cobham so erschreckt hat, oder in einen dunklen Keller voll von Spinnweben hinabsteigt – und man selbst sitzt bequem neben seinem Freund im Zuschauerraum und denkt sich: *Diese dumme Gans ... so etwas würde ich nie tun!* Und hier war sie nun und tat genau dasselbe. Sie begann zu verstehen, wie tief die Kluft zwischen dem menschlichen Groß- und Mittelhirn geworden war; wie das Großhirn einen zwang, etwas zu tun, ohne auf die Warnungen des instinktsicheren Mittelhirns zu hören, das in seiner Beschaffenheit etwa dem Hirn eines Krokodils gleicht. Das Großhirn trieb einen voran, bis die Tür zum Dachboden weit offen stand und man sich von Angesicht zu Angesicht mit dem greulichsten Schrecken befand, oder bis man durch die Luke in den Keller starrte und sah, daß –

Sie verdrängte die düsteren Gedanken und stellte fest, daß sie schwitzte. Und all das beim Anblick eines Hauses mit geschlossenen Fensterläden. Du mußt aufhören, so kindisch zu sein, sagte sie sich. Du gehst dort hinauf und erforschst den Platz, das ist alles. Vom vorderen Hof aus kannst du dein Zuhause sehen. Was kann denn schon geschehen, wenn man in Sichtweite seines eigenen Hauses ist?

Dessenungeachtet duckte sie sich und umfaßte den Pfahl etwas fester; als der Schutz der Bäume immer kärglicher wurde, kroch sie auf den Knien weiter. Drei bis vier Minuten später war sie soweit vorwärtsgekommen, wie es möglich war, ohne gesehen zu werden. Von ihrem Standort hinter Pinien und Wacholdergestrüpp konnte sie die Westfront des Hauses sehen, an der sich ein dichtes Gewirr von Holunderstauden emporrankte, deren Blätter sich bereits herbstlich verfärbt hatten. Das Sommergras war gelb geworden, reichte aber immer noch bis an die Knie. Niemand hatte sich die Mühe gemacht, es abzumähen.

Plötzlich durchbrach Motorengeräusch die Stille. Das Herz klopfte ihr bis zum Hals. Einen Augenblick später wurde in der Einfahrt ein schwarzer Wagen sichtbar, der in die Straße einbog und stadtwärts fuhr. Bevor der Wagen verschwand, konnte sie den Lenker ganz deutlich erkennen: Seinen großen kahlen Schädel, seine tiefliegenden Augen. Straker. Auf dem Weg zu seinem Laden.

Jetzt konnte sie erkennen, daß die meisten Fensterläden ausgebrochene Querlatten hatten. Gut. Sie würde zum Haus kriechen, durch die Läden schauen und sehen, was es zu sehen gab. Vermutlich nicht mehr als ein Haus, das sich im ersten Stadium einer langwierigen Renovierung befand. Arbeiten an der Stukkatur, die gerade in Angriff genommen wurden, vielleicht neue

Tapeten, Werkzeuge, Leitern und Eimer. Alles ungefähr so romantisch wie ein Fußballspiel im Fernsehen.

Aber die Angst war immer noch da.

Sie stieg aus unbekannten Tiefen auf, spülte jede Logik hinweg und füllte Susans Mund mit einem Geschmack von oxydiertem Kupfer.

Sie wußte bereits, daß jemand hinter ihr stand, bevor noch die Hand auf ihre Schulter fiel.

Es war beinahe schon dunkel.

Ben stand von dem hölzernen Klappstuhl auf, ging zum Fenster und warf einen Blick auf den Rasen hinter der Bestattungsanstalt. Es war Viertel vor neunzehn Uhr, die abendlichen Schatten wurden länger. Trotz der vorgerückten Jahreszeit war das Gras noch grün, und Ben nahm an, daß der Leichenbestatter versuchte, es so zu erhalten, bis es vom Schnee bedeckt wurde. Ein Symbol des fortbestehenden Lebens, trotz des sterbenden Jahres. Ben fand das ungewöhnlich deprimierend und wandte sich vom Fenster ab.

»Ich wollte, ich hätte eine Zigarette«, sagte er.

»Sie sind gesundheitsschädlich«, sagte Jimmy automatisch, ohne sich umzuwenden. Auf einem kleinen Portable sah er sich das Sonntagabendprogramm an.

»Aber ich möchte auch eine. Ich habe es aufgegeben, als der Primarius vor zehn Jahren die große Anti-Nikotin-Kampagne startete. Schlecht für die Werbung. Aber ich wache heute noch auf und greife nach der Packung auf meinem Nachttisch.«

»Ich dachte, Sie hätten es aufgegeben?«

»Aus demselben Grund verwahre ich auch eine Flasche Scotch in der Küchenkredenz. Das stärkt die Willenskraft, mein Sohn.«

Ben schaute auf die Uhr. Achtzehn Uhr siebenundvierzig. Die Samstagzeitungen hatten den Sonnenuntergang für neunzehn Uhr zwei, Ortszeit, vorausgesagt.

Jimmy hatte alles sehr ordentlich erledigt. Maury Green war ein kleiner Mann, dessen ernster, fragender Gesichtsausdruck sich bei ihrer beider Anblick in ein breites, freundliches Lächeln verwandelt hatte.

»Schalom, Jimmy!« rief er. »Gut, Sie zu sehen. Wo hatten Sie sich versteckt?«

»Ich habe die Welt vor dem Schnupfen bewahrt«, erwiderte

Jimmy, während Green seine Hand schüttelte. »Ich möchte Ihnen einen sehr lieben Freund vorstellen. Maury Green, Ben Mears.«

Mit beiden Händen umfaßte Maury Bens Hand. Seine Augen funkelten hinter den schwarzgeränderten Brillengläsern. »Schalom. Jeder von Jimmys Freunden ... und so weiter. Kommt beide herein. Ich könnte Rachel rufen –«

»Bitte nicht«, sagte Jimmy. »Wir möchten Sie um einen Gefallen bitten. Einen großen Gefallen.«

Green blickte Jimmy prüfend an. »Einen großen Gefallen?« spottete er freundlich. »Und warum? Nur weil Sie geholfen haben, daß mein Sohn als Drittbester seiner Klasse graduieren wird? Was immer Sie wollen, Jimmy.«

Jimmy wurde rot. »Ich tat nur, was jeder getan hätte, Maury.«

»Ich will nicht mit Ihnen streiten«, sagte Green. »Was haben Sie und Mr. Mears auf dem Herzen? Hatten Sie einen Unfall?«

»Nein, nichts dergleichen.«

Green hatte die beiden in eine kleine Küche hinter dem Gebetsraum geführt und stellte Kaffee auf.

»Hat der Gerichtsmediziner Mrs. Glick schon geholt?«

»Nein, nichts von ihm gehört«, sagte Maury und stellte Zucker und Milch auf den Tisch. »Wahrscheinlich kommt der Mann um elf Uhr nachts und wird verwundert sein, daß ich nicht mehr da bin, um ihn einzulassen.« Er seufzte. »Die arme Frau. So eine Tragödie in einer einzigen Familie! Und sie sieht so reizend aus. War sie Ihre Patientin, Jimmy?«

»Nein«, sagte Jimmy. »Aber Ben und ich ... wir möchten heute bei ihr wachen, Maury. Unten in der Aufbahrungshalle.«

Green, der nach der Kaffeekanne greifen wollte, hielt inne.

»Bei ihr wachen? Sie meinen, sie untersuchen?«

»Nein«, sagte Jimmy ruhig. »Nur bei ihr wachen.«

»Machen Sie einen Scherz?« Maury sah Jimmy scharf an. »Nein, wie ich sehe, nicht. Warum wollen Sie das tun?«

»Das kann ich nicht beantworten, Maury.«

»Ach.« Er schenkte Kaffee ein, setzte sich zu ihnen und nahm einen Schluck.

»Hat sie etwas? Etwas Ansteckendes?«

Jimmy und Ben wechselten einen Blick.

»Nicht im üblichen Sinn des Wortes«, sagte Jimmy schließlich.

»Und Sie wollen, daß ich meinen Mund halte, eh?«

»Ja.«
»Und wenn der Gerichtsmediziner kommt?«
»Norbert? Den können Sie mir überlassen«, sagte Jimmy. »Ich werde ihm sagen, daß Dr. Readon mich gebeten habe, nach Anzeichen einer infektiösen Enzephalitis zu suchen. Norbert wird das nie kontrollieren.«
Green nickte. »Norbert weiß kaum, wie man eine Uhr kontrolliert.«
»Es geht also in Ordnung, Maury?«
»Natürlich. Ich dachte, Sie sprächen von einer großen Bitte.«
»Vielleicht ist sie größer, als Sie denken.«
»Wenn ich meinen Kaffee getrunken habe, werde ich nach Hause gehen und sehen, was Rachel für ein Sonntagsmahl produziert hat. Hier ist der Schlüssel. Schließen Sie ab, wenn Sie gehen, Jimmy.«
Jimmy steckte den Schlüssel in die Tasche. »Natürlich. Und vielen Dank, Maury.«
»Gern. Aber tun Sie mir, bitte, auch einen Gefallen.«
»Mit Vergnügen. Was?«
»Schreiben Sie es für die Nachwelt nieder, falls die Glick etwas sagen sollte!« Er begann zu kichern, sah dann den Ausdruck auf den Gesichtern der Männer und hörte abrupt auf.

Es war fünf Minuten vor neunzehn Uhr. Ben spürte, wie Spannung sich seines Körpers bemächtigte.
»Sie könnten ebensogut aufhören, auf die Uhr zu starren«, sagte Jimmy. »Die geht deshalb nicht rascher.«
Schuldbewußt wandte Ben den Blick ab.
»Ich bezweifle, daß Vampire – falls es sie überhaupt gibt – beim offiziellen Sonnenuntergang auferstehen«, sagte Jimmy. »Da ist es noch nicht dunkel.«
Trotzdem stand er auf und schaltete den Fernsehapparat ab.
Wie eine schwere Decke legte sich die Stille über den Raum. Sie saßen in Greens Arbeitszimmer; die Leiche von Marjorie Glick lag auf einem rostfreien Stahltisch mit Fußbügeln, die man verstellen konnte. Ben dachte an die Tische in Entbindungssälen.
Als sie gekommen waren, hatte Jimmy das Leichentuch zurückgeschlagen und eine kurze Untersuchung vorgenommen. Mrs. Glick trug einen burgunderfarbenen Morgenmantel und gestrickte Pantoffeln.

»Was meinen Sie?« hatte Ben gefragt.

»Ich werde mich nicht festlegen, wenn in den nächsten drei Stunden so oder so eine Entscheidung fallen sollte. Aber ihr Zustand ist dem von Mike Ryerson erstaunlich ähnlich – keine Leichenblässe, kein Einsetzen von rigor mortis.« Dann hatte er das Tuch zurückgelegt und nichts mehr gesagt.

Plötzlich fragte Jimmy: »Wo ist Ihr Kreuz?«

Ben fuhr zusammen: »Kreuz? Mein Gott, ich habe keines.«

»Sie waren niemals Pfadfinder«, sagte Jimmy und öffnete seine Tasche. »Ich hingegen, bin ›allzeit bereit‹.«

Er nahm zwei Spachteln heraus und band sie mit einem Heftpflaster in einem rechten Winkel zusammen.

»Segnen Sie es«, sagte er zu Ben.

»Was? Ich kann das doch nicht ... ich weiß gar nicht, wie man das tut.«

»Dann erfinden Sie etwas«, sagte Jimmy, und sein freundliches Gesicht sah plötzlich angespannt aus. »Sie sind Schriftsteller. Um Gottes willen, beeilen Sie sich. Ich glaube, etwas bereitet sich vor. Fühlen Sie es nicht auch?«

Und Ben fühlte es. Etwas schien sich in dem purpurnen Dämmerlicht zusammenzuziehen, noch unsichtbar, schwer jedoch und irgendwie elektrisch. Bens Mund war ausgetrocknet, und er mußte seine Lippen befeuchten, bevor er sprach.

»Im Namen des Vaters und des Sohnes und des Heiligen Geistes.«

Mit plötzlicher Sicherheit sprudelten die Worte hervor.

»Der Herr ist mein Hirte«, sagte er und die Worte fielen in den dunkelnden Raum wie Steine in einen tiefen See.

Das Atmen fiel schwer. Bens Körper war von Gänsehaut bedeckt, und sein Nackenhaar begann sich aufzustellen.

Das Leintuch, das Marjorie Glick bedeckte, begann zu zittern. Eine Hand kam zum Vorschein, und die Finger drehten und krümmten sich.

»Mein Gott, sehe ich das tatsächlich?« flüsterte Jimmy. Sein Gesicht war blaß geworden, und die Sommersprossen stachen hervor wie Spritzer auf einer Glasscheibe.

»– behüte mich alle Tage meines Lebens«, schloß Ben. »Jimmy, sieh das Kreuz an.«

Das Kreuz leuchtete und tauchte Bens Hand in ein märchenhaftes Licht.

In der Stille sprach eine langsame, rauhe Stimme, und es klang knirschend wie aneinandergeriebene Porzellanscherben: »Danny?«

Die Gestalt unter dem Laken setzte sich auf. In dem dunklen Zimmer bewegten sich Schatten, huschten hin und her.

»*Danny, wo bist du, Liebling?*«

Das Laken glitt von Marjories Gesicht und fiel in ihren Schoß.

Im Halbdunkel glich das Gesicht von Marjorie Glick einer fahlen, mondähnlichen Scheibe, nur von den dunklen Löchern ihrer Augen durchbrochen. Jetzt erblickte das Wesen Ben und Jimmy; der Mund öffnete sich zu einem häßlichen Grinsen. Die letzten matten Strahlen des Tageslichts ließen die Zähne schimmern.

Marjorie schwang die Beine vom Tisch; einer der Pantoffeln fiel herab.

»Bleib sitzen!« sagte Jimmy zu Ben. »Keine Bewegung.«

Das Wesen antwortete mit einem dunklen, hundeähnlichen Knurren, glitt vom Tisch herunter, schwankte und ging auf die Männer zu. Ben bemerkte, daß er in diese Augenhöhlen starrte, und riß sich los davon. Dort, in den Augenhöhlen, lagen schwarze Welten, von roten Blitzen durchzuckt, und es war zu begreifen, daß man darin ertrinken und dies auch noch genießen konnte.

»Sieh ihr Gesicht nicht an«, befahl Ben Jimmy.

Ohne nachzudenken, wichen sie vor dem Wesen zurück, ließen sich zu dem schmalen Gang treiben, der zur Treppe führte.

»Versuch es mit dem Kreuz, Ben.«

Beinahe hatte er darauf vergessen. Jetzt hielt er es in die Höhe, und es funkelte. Mrs. Glick ließ ein Zischen hören und bedeckte das Gesicht mit den Händen. Ihre Züge schienen sich zusammenzuziehen, sich zu krümmen und zu winden wie ein Schlangennest. Sie taumelte rückwärts.

»Jetzt haben wir sie«, schrie Jimmy.

Das Kreuz vor sich haltend, ging Ben auf Marjorie zu. Vergeblich versuchte sie, es fortzustoßen. Ihre Hand glich einer Klaue. Ben hielt ihr das Kreuz entgegen, und ihrer Kehle entrang sich ein markerschütternder Schrei.

Alles weitere wurde für Ben zu einem Alptraum. Obwohl er noch Ärgeres erleben sollte, sah er während der folgenden Tage und Nächte unaufhörlich die gleiche Szene vor sich: wie sie

Marjorie Glick auf den Tisch zurücktrieben, vor dem das Bettlaken und ein Pantoffel lagen.

Marjorie zog sich widerwillig zurück, und ihre Augen wanderten unaufhörlich zwischen dem verhaßten Kreuz und einer Stelle auf Bens Hals hin und her. Die Laute, die sie ausstieß, waren ein unmenschliches Kauderwelsch, ein gutturales Gegrunze, und es war etwas so Blindwütiges in ihrem Rückzug, daß sie aussah wie ein riesenhaftes, schwerfällig kriechendes Insekt. Hätte ich nicht dieses Kreuz, sie würde meinen Hals mit ihren Nägeln aufreißen und das hervorschießende Blut trinken, gierig wie ein Mann in der Wüste, der am Verdursten ist. Sie würde baden in meinem Blut.

Jimmy war nicht mehr neben ihm; er umkreiste Marjorie von links. Sie sah ihn nicht. Ihre Augen fixierten Ben, nur Ben – dunkel, haßerfüllt... und voll von Furcht.

Als sie sich dem Tisch näherte, warf Jimmy von hinten beide Arme um ihren Hals. Sie stieß einen hohen pfeifenden Ton aus und wand sich unter seinem Griff. Ben sah, wie Jimmy an ihrer Schulter ein Stück Haut wegkratzte. Es kam kein Blut, der Kratzer war wie ein lippenloser Mund. Und dann geschah das Unglaubliche: Sie schleuderte Jimmy von sich, quer durch das Zimmer. Im Fallen fegte Jimmy den Portable vom Tisch und landete in einer Ecke.

Im Bruchteil einer Sekunde war sie bei ihm, riß seinen Kragen auf, und Ben sah ihre geöffneten Kiefer, als sie sich auf Jimmy stürzte.

Jimmy Cody schrie – den gellenden verzweifelten Schrei eines Verdammten.

Ben warf sich über Marjorie und fiel beinahe über den Fernsehapparat, der auf dem Boden lag, hörte stoßweises Atmen und das widerliche Geräusch von schmatzenden Lippen.

Einen Augenblick lang sein Kreuz vergessend, riß er ihren Kopf empor. Ihre Augen waren weit geöffnet und glänzend, Kinn und Lippen waren von Blut beschmiert, das schwarz aussah in der nun fast totalen Finsternis.

Marjories Atem roch nach unaussprechlicher Fäulnis. Wie in Zeitlupe sah Ben ihre Zunge über die Lippen streichen.

Als ihre Arme ihn umfassen wollten, riß er das Kreuz hervor. Das runde Ende einer der Spachteln traf sie am Kinn – und fuhr nach oben, ohne Widerstand im Fleisch zu finden. Bens Augen wurden von einem Lichtstrahl geblendet, den er nicht sah. Da war der Geruch von verbranntem Fleisch, und ein Schmerzensschrei drang aus ihrer Kehle. Er spürte mehr als er sah, daß sie sich nach hinten warf, über den Fernsehapparat stolperte und zu Boden fiel. Mit der Schnelligkeit eines Wiesels sprang sie wieder auf die Füße, die Augen halb geschlossen vor Schmerz, aber immer noch von diesem wahnwitzigen Hunger erfüllt. Das Fleisch ihres Unterkiefers war verkohlt. Sie fauchte ihn an.

»Komm, du Bestie«, stieß er hervor. »Komm nur, komm.«

Er hielt das Kreuz hoch und trieb sie in eine Ecke am andern Ende des Zimmers. Dort würde er ihr das Kreuz durch die Stirn treiben.

Doch kaum berührte ihr Rücken die Wand, da brach sie auch schon in ein hohes, kicherndes Lachen aus, das ihn erschaudern ließ.

»Auch jetzt kann man lachen! Auch jetzt wird dein Kreis kleiner!«

Vor seinen Augen schien ihr Körper zu wachsen und durchsichtig zu werden. Einen Augenblick lang dachte er, sie sei noch da und lache ihn aus, doch da fiel das Licht der Straßenlaterne auf eine leere Wand. Wie Rauch hatte Marjorie sich aufgelöst.

Sie war verschwunden.

Und Jimmy schrie.

Ben drehte das Licht an und wandte sich Jimmy zu. Jimmy war jedoch schon aufgesprungen und preßte die Hände an seinen Hals. Seine Finger waren rot.

»Sie hat mich *gebissen*«, brüllte er. »O Gott, sie hat mich gebissen.«

Ben ging zu ihm und versuchte, ihn am Arm zu berühren, aber Jimmy stieß Ben von sich.

»Rühr mich nicht an! Ich bin unrein.«

»Jimmy –«

»Gib mir meine Tasche, Ben. Mein Gott, ich spür' es da drin. Ich spür', wie es arbeitet. *Um Himmels willen, meine Tasche!«*

Ben holte die Tasche und gab sie ihm. Jimmys Gesicht war totenblaß, aus der Wunde am Hals quoll Blut. Jimmy setzte sich auf den Tisch, öffnete die Tasche, nahm ein Desinfektionsmittel heraus, schüttete den Inhalt der Flasche über die Wunde, den Tisch, seine Hose. Einmal schrie er auf. Aber die Hand, mit der er die Flasche hielt, zitterte nicht.

»Jimmy, was kann ich –«

»Warte noch«, murmelte Jimmy. »Ich glaub', es wird besser. Wart, wart –«

Er warf die Flasche weg; sie zerbrach auf dem Boden. Die Wunde war jetzt deutlich sichtbar. Ben sah nicht eine, sondern zwei Bißwunden nahe der Halsschlagader.

Jimmy zog eine Injektionsnadel und eine Ampulle aus der Tasche. Er füllte die Nadel und gab sie Ben.

»Tetanus«, sagte Jimmy. »Gib es mir. Hier.« Er streckte den Arm aus.

»Jimmy, du wirst ohnmächtig werden.«

»Nein, tu's nur.«

Ben nahm die Nadel, sah Jimmy fragend an und stieß zu.

Jimmys Körper spannte sich wie eine Stahlfeder. Dann begann er sich allmählich zu entspannen. Ben sah, daß Tränen über Jimmys schweißnasses Gesicht liefen.

»Leg mir das Kreuz um«, sagte er. »Wenn ich noch immer unrein bin, wird es ... wird es irgend etwas tun.«

»Glaubst du?«

»Ja. Als du hinter ihr her warst, sah ich auf, und ich wollte mich auf *dich* stürzen. Gott steh mir bei, so war es. Und ich sah dieses Kreuz und ich ... ich wollte erbrechen.«

Ben hing das Kreuz um Jimmys Hals. Nichts geschah. Der Glanz – wenn das Kreuz jemals einen Glanz gehabt hatte – war verschwunden. Ben nahm das Kreuz wieder fort.

»O. k.«, sagte Jimmy, »mehr können wir nicht tun. Kannst du meinen Hals verbinden?«

»Ich denk' schon«, sagte Ben.

Jimmy reichte ihm die Mullbinde und die Operationsschere. Als er sich bückte, um eine Bandage anzulegen, sah er, daß die Haut rund um die Wunden ein häßliches Rot, wie von geronnenem Blut, angenommen hatte. Jimmy erschauderte, als er die Bandage sanft über die Wunde legte.

»Einige Minuten lang glaubte ich, wahnsinnig zu werden«, sagte Jimmy, »wahnsinnig im klinischen Sinn. Ihre Lippen auf mir ... ihr Biß ... Und als sie es tat, war es angenehm, Ben! Das ist das Teuflische. Ich hatte eine Erektion dabei. Kannst du dir das vorstellen? Wenn du sie nicht fortgezogen hättest, würde ich ... hätte ich sie ...«

»Laß gut sein«, sagte Ben.

»Es gibt noch etwas, was ich tun muß und nicht gern tue.«

»Was ist das?«

»Sieh mich einen Augenblick lang an.«

Ben hatte den Verband angelegt und lehnte sich nun zurück, um Jimmy anzusehen.

»Was –?«

Plötzlich schlug Jimmy zu. Ben sah nichts als Sterne, taumelte ein paar Schritte zurück und ließ sich fallen. Er schüttelte den Kopf und sah, wie Jimmy auf ihn zukam. Angsterfüllt griff er nach dem Kreuz und dachte: »Du Esel, du verdammter blöder Esel –«

»Alles in Ordnung?« fragte Jimmy. »Es tut mir sehr leid, aber es ist ein wenig leichter, wenn man nicht weiß, was geschieht.«

»Was, zum Teufel –?«

Jimmy setzte sich neben Ben auf den Boden. »Ich werde dir eine Geschichte erzählen, und ich bin sicher, Maury Green wird sie bezeugen. Damit behalte ich meine Praxis, und wir beide wandern weder ins Gefängnis noch ins Narrenhaus ... Dabei interessiert mich das im Augenblick sogar weniger, als daß ich frei bleiben möchte, um diese ... Sache, oder wie immer du es nennen willst, zu bekämpfen. Begreifst du das?«

»So ungefähr«, sagte Ben, griff nach seinem Unterkiefer und zuckte zusammen. Auf seinem Kinn war ein dicker Knoten.

»Während wir Marjorie Glick untersuchten«, sagte Jimmy, »brach jemand hier ein. Dieser Jemand schlug dich nieder, und ich wurde während des Handgemenges gebissen. Das ist alles, woran wir uns erinnern können. *Alles.* Verstanden?«

Ben nickte.

»Der Kerl trug einen dunklen Mantel, vielleicht blau oder grau, und eine Wollhaube. Mehr hast du nicht gesehen. O. k.?«

»Hast du jemals daran gedacht, deine Praxis aufzugeben und Romane zu schreiben?«

Jimmy lächelte. »Ich werde nur in Augenblicken extremer Selbstsucht erfinderisch. Kannst du dir die Geschichte merken?«

»Natürlich. Und ich halte sie sogar für glaubhaft. Schließlich ist das nicht die erste Leiche, die in den letzten Tagen verschwunden ist.«

»Hoffentlich. Der Bezirkssheriff ist wesentlich heller als Parkins Gillespie. Wir müssen vorsichtig sein. Schmück die Geschichte nicht allzusehr aus.«

»Glaubst du, daß jemand von den Offiziellen beginnt, einen Zusammenhang zwischen all diesen Vorfällen zu ahnen?«

Jimmy schüttelte den Kopf. »Nicht die geringste Wahrscheinlichkeit. Wir werden uns allein durchschlagen müssen. Und vergiß nicht, von jetzt an sind wir Kriminelle.«

Kurz darauf rief er Maury Green und den Bezirkssheriff Homer McCaslin an.

Ben kam um halb ein Uhr nachts in Evas Pension zurück und bereitete sich in der verlassenen Küche eine Tasse Kaffee. Er trank sie langsam und ließ im Geist die Ereignisse der letzten Stunden mit der Intensität eines Mannes Revue passieren, der mit knapper Not einem tödlichen Sturz entgangen ist.

Der Bezirkssheriff war ein großer, beinahe kahlköpfiger Mann. Er kaute Tabak. Er bewegte sich langsam, seine Augen aber registrierten alles. Aus seiner Hüftasche zog er ein riesiges abgegriffenes Notizbuch hervor und aus seiner grünen Wollweste eine alte Füllfeder. Er befragte Ben und Jimmy, während zwei seiner Assistenten nach Fingerabdrücken suchten und fotografierten. Maury Green hielt sich stumm im Hintergrund und warf nur dann und wann einen erstaunten Blick auf Jimmy.

Warum waren die beiden in Greens Bestattungsanstalt gekommen?

Diese Frage parierte Jimmy und erzählte die Enzephalitisgeschichte.

Hatte der alte Doktor Readon davon gewußt?

Nein. Jimmy hatte es für besser gehalten, eine Untersuchung vorzunehmen, bevor er irgend etwas davon erwähnte. Doktor Readon war manchmal zu redselig.

McCaslin stellte noch ein paar Fragen, und Ben dachte schon, sie hätten alle Hürden genommen, als McCaslin sich an ihn wandte und fragte: »Und was haben Sie damit zu tun, Mears? Sie sind kein Arzt.«

McCaslins aufmerksame Augen blinzelten freundlich. Jimmy öffnete den Mund, aber der Sheriff befahl ihm mit einer Handbewegung, zu schweigen.

Wenn McCaslins plötzliche Frage den Zweck verfolgt hatte, bei Ben einen schuldbewußten Ausdruck hervorzurufen, so hatte sie ihr Ziel verfehlt. Ben war viel zu erschöpft, um eine Reaktion zu zeigen. Bei einer falschen Aussage ertappt zu werden, regte ihn nach dem, was schon geschehen war, nicht allzusehr auf. »Ich bin ein Schriftsteller, kein Arzt. Ich schreibe Romane. Im Augenblick schreibe ich einen Roman, in dem eine der Figuren Sohn eines Leichenbestatters ist. Ich wollte etwas von dem Milieu kennenlernen. Deshalb begleitete ich Jimmy. Er sagte mir, er wolle mir lieber nichts über den Grund seines Ausflugs hierher anvertrauen, und ich fragte auch nicht danach.«

Er kratzte sich an der Wange, aus der sich ein kleiner, runder Mitesser herausgestülpt hatte. »Ich bekam mehr zu sehen, als ich eigentlich erwartet hatte.«

Bens Antwort schien McCaslin weder zu erfreuen noch zu mißfallen.

»Das kann man wohl sagen. Sie haben ›Conways Tochter‹ geschrieben, oder nicht?«

»Ja.«

»Meine Frau hat einen Abschnitt daraus in irgendeiner Frauenzeitschrift gelesen; ich glaube im ›Cosmopolitan‹, hat sich totgelacht. Ich habe auch einen Blick hineingeworfen und konnte nichts Komisches daran finden, daß ein junges Mädchen wegen Drogensucht ausflippt.«

»Nein«, sagte Ben und schaute McCaslin aufrichtig in die Augen. »Auch ich habe daran nichts Lustiges gefunden.«

»Man sagt, daß das Buch, von dem Sie gerade sprachen, in Lot spielt?«

»Ja.«

»Vielleicht geben Sie das Manuskript Moe Green, bevor es in Druck geht«, bemerkte McCaslin. »Damit er die kritischen Stellen unter die Lupe nimmt.«

»Das Kapitel ist noch nicht geschrieben«, sagte Ben. »Ich recherchiere immer, bevor ich zu schreiben beginne. Es ist leichter so.«

McCaslin schüttelte den Kopf. »Wißt ihr, eure Geschichte klingt wie eines jener Fu-Mandschu-Bücher. Irgendwer bricht hier ein, überwältigt zwei kräftige Männer und verschwindet mit der Leiche einer Frau, die an einer unbekannten Todesursache starb.«

»Hören Sie zu, Homer –« begann Jimmy.

»Nennen Sie mich nicht Homer«, sagte McCaslin. »Das mag ich nicht. Ich mag die ganze Geschichte nicht. Diese Enzephalitis ist ansteckend, nicht wahr?«

»Ja, sie ist infektiös«, sagte Jimmy vorsichtig.

»Und trotzdem haben Sie diesen Schriftsteller mitgenommen? Obwohl Sie wußten, daß die Frau vielleicht eine ansteckende Krankheit hatte?«

Jimmy zuckte die Achseln und sagte ärgerlich: »Ich stelle Ihr berufliches Können nicht in Frage, Sheriff. Sie müssen sich auf das meine verlassen. Die Ansteckungsgefahr bei Enzephalitis ist minimal. Eine Gefährdung war weder für ihn noch für mich gegeben. Und im übrigen – wäre es nicht an der Zeit, herauszufinden, wer Mrs. Glicks Leichnam verschwinden ließ – oder amüsiert es Sie einfach, uns zu verhören?«

McCaslin holte einen tiefen Seufzer aus seinem beachtlichen Bauch, schloß sein Notizbuch und ließ es wieder in den Tiefen seiner Tasche versinken. »Ja, Jimmy, wir werden Nachforschungen anstellen. Ich glaube zwar nicht, daß viel dabei herauskommen wird, außer, der Dieb taucht von selbst wieder auf – falls es einen Dieb gegeben hat, was ich bezweifle.«

Jimmy hob fragend die Brauen.

»Sie lügen mich an«, sagte McCaslin geduldig. »Ich weiß es, meine Assistenten wissen es, vermutlich weiß es auch der alte Maury. Ich weiß nicht, *wieviel* von Ihrer Geschichte Lüge ist – aber ich weiß, daß ich nicht *beweisen* kann, daß ihr lügt, solang ihr beide bei der gleichen Geschichte bleibt. Ich könnte euch beide einsperren lassen. Aber es würde Sie nur ein Telefongespräch kosten, und sogar das dümmste Greenhorn von Rechtsanwalt, frisch von der Universität, würde euch wieder herausholen. Und dabei bin ich überzeugt, daß Ihr Anwalt kein Greenhorn ist, oder?«

»Nein«, sagte Jimmy. »Das ist er nicht.«

»Sie werden beide noch ganz schöne Unannehmlichkeiten bekommen, wenn ich das Gefühl nicht loswerde, daß Sie deshalb lügen, weil Sie etwas Ungesetzliches getan haben.« Er trat auf das Pedal des Abfallkübels neben dem Tisch des Leichenbestatters. Der Deckel sprang auf, und McCaslin leerte den Inhalt seiner Pfeife hinein. Maury Green sprang zur Seite.

»Möchte vielleicht einer von euch seine Geschichte noch korrigieren? Das ist nämlich eine ernste Angelegenheit. Wir hatten vier Tote in der Stadt, und alle vier sind verschwunden. Ich möchte wissen, was hier vorgeht.«

»Wir haben Ihnen alles gesagt, was wir wissen«, sagte Jimmy mit ruhiger Bestimmtheit. Er sah McCaslin ins Gesicht. »Wenn wir Ihnen mehr sagen könnten, würden wir es tun.«

McCaslin gab den Blick ebenso ernst zurück. »Sie haben eine Scheißangst«, sagte er. »Sie und der Schreiber, alle beide. Sie sehen aus, wie manche Kerle in Korea ausgesehen haben, die man von der Front zurückbrachte.« Die Assistenten sahen einander an. Ben und Jimmy schwiegen.

McCaslin seufzte wieder. »Dann verschwindet jetzt. Ich wünsche euch morgen um zehn Uhr in meinem Büro zu sehen, um eure Aussagen zu Protokoll nehmen zu können. Solltet ihr um zehn Uhr nicht da sein, lasse ich euch von einer Polizeistreife holen.«

»Das wird nicht nötig sein«, sagte Ben.

McCaslin schaute ihn traurig an und schüttelte den Kopf. »Sie sollten sich besser überlegen, was für Bücher Sie schreiben.«

Ben stand vom Tisch auf, spülte die Kaffeetasse im Abwaschbecken und warf einen Blick durch das Fenster in die nächtliche Dunkelheit. Was geschah dort draußen? War Marjorie Glick endlich mit ihrem Sohn vereint? Was tat Mike Ryerson? Floyd Tibbits? Carl Foreman?

Ben wandte sich um und stieg die Treppe hinauf.

Er ließ die Tischlampe brennen, das Kreuz aus Spachteln lag auf dem Tisch, nahe der rechten Hand Bens. Sein letzter Gedanke, bevor der Schlaf ihn übermannte, galt Susan. War sie in Sicherheit?

zu den Ästen zurück. Einen Augenblick später konnte er die Gestalt
12
Mark

Als er zum erstenmal irgendwo, weit weg, das Zurückschnellen von Ästen hörte, kroch er hinter den großen Stamm einer Tanne und wartete, wer sich zeigen würde. *Sie* konnten bei Tage ja nicht hervorkommen, aber das hieß nicht, daß *sie* nicht Leute hatten, die ihnen halfen. Mark war diesem Straker in der Stadt begegnet, und Straker jedenfalls hatte Augen wie eine Kröte, die sich auf einem Felsen sonnt. Er sah aus, als könne er einem kleinen Kind den Arm brechen und dabei lächeln.

Mark berührte die schwere Pistole seines Vaters in der Tasche. Kugeln halfen nichts gegen *sie* – außer vielleicht Silberkugeln –, aber ein Schuß zwischen die Augen würde immerhin diesen Straker erledigen.

Marks Blick fiel sekundenlang auf den zylindrischen Gegenstand, der, in ein Handtuch eingewickelt, gegen einen Baum lehnte. Hinter ihrem Haus gab es einen Holzstoß; er und sein Vater hatten im Sommer die Eschenhölzer mit einer Kreissäge zerkleinert. Henry Petrie war ein methodisch denkender Mann, und Mark wußte, daß jedes der Hölzer knapp einen Meter lang war. Sein Vater wußte die richtige Länge, wie er wußte, daß auf den Herbst der Winter folgt und daß helles Eschenholz lang und sauber im Kamin des Wohnzimmers brennen würde.

Mark wußte andere Dinge. An diesem Sonntag morgen, während Vater und Mutter ihren Spaziergang machten, hatte Mark eines der Hölzer genommen und es mit einer Pfadfinderhacke zugespitzt.

Mark sah jetzt Farben aufleuchten und wich enger hinter den Baum zurück. Einen Augenblick später konnte er die Gestalt erkennen, die den Hügel hinaufkletterte. Es war ein Mädchen. Erleichterung überkam ihn, gemischt mit Enttäuschung. Das war kein Handlanger des Teufels, das war Mr. Nortons Tochter.

Mark sah genauer hin. Auch *sie* trug einen Pfahl! Als sie näherkam, unterdrückte Mark mühsam ein bitteres Lachen – ein Stück von einem Schneezaun, das war es, was sie hatte. Zwei Schläge mit einem kleinen Hammer, und die Latte wäre zersplittert.

Sie ging an dem Baum zu seiner Rechten vorbei. Als sie näherkam, schlüpfte er vorsichtig hinüber zu dem Baum, der links von ihr stand, wobei er vermied, an Zweigen anzustreifen, die krachen und ihn verraten könnten. Schließlich hatte er es geschafft; sie zeigte ihm ihren Rücken, während sie, den Hügel hinauf, der Waldlichtung zuging.

Nortons Tochter stieg sehr vorsichtig bergan, stellte Mark befriedigt fest. Das war gut. Abgesehen von der dummen Schneelatte, hatte sie offenbar eine Ahnung, worauf sie sich da einließ.

Wenn sie jedoch noch ein Stück weitermarschierte, würde sie Ärger bekommen. Straker war zu Hause. Mark war schon seit zwölf Uhr dreißig hier, und er hatte gesehen, wie Straker auf die Auffahrt herausgekommen war, die Straße hinabgesehen hatte und wieder hineingegangen war. Mark versuchte, sich eine Meinung darüber zu bilden, was er tun würde, wenn die Rechnung, die er aufgestellt hatte, nicht aufging, wenn nämlich das Mädchen jetzt alle Dinge durcheinanderbrachte.

Vielleicht machte sie es ohnedies richtig. Sie blieb hinter einer Hecke stehen und bückte sich, während sie das Haus beobachtete. Mark überlegte. Offenbar war sie informiert. Wieso, war gleichgültig. Aber sie würde diese lachhafte Latte nicht mit sich tragen, wenn sie gar nichts ahnte. Er dachte, daß es seine Pflicht sei, hinaufzugehen und sie zu warnen, da Straker da war und seine Augen offenhielt. Wahrscheinlich hatte sie auch keine Feuerwaffe bei sich, nicht einmal eine so kleine wie er selbst.

Mark überlegte, wie er sich bemerkbar machen könnte, ohne daß sie laut aufschrie, als er Strakers Auto hörte. Sie fuhr zusammen, und einen Augenblick lang fürchtete Mark, sie würde auf und davon laufen, aber dann duckte sie sich wieder auf den Boden, so eng, als habe sie Angst, er könne unter ihr davonfliegen. Sie hat Mut, auch wenn sie dumm ist, dachte Mark beifällig.

Strakers Auto fuhr im Rückwärtsgang die Auffahrt hinab – von dort, wo sie war, konnte sie das sicherlich alles viel besser überblicken; Mark konnte nur das schwarze Dach des Packards sehen – der Wagen zögerte einen Augenblick lang und fuhr dann die Straße zur Stadt hinab.

Mark beschloß, daß sie gemeinsame Sache machen sollten. Alles war besser, als allein zu diesem Haus zu gehen. Mark hatte bereits die giftige Atmosphäre gespürt, die das Haus einhüllte, hatte sie schon von weither gespürt.

Mark tat einige Schritte und legte die Hand auf Susans Schulter. Er fühlte, wie ihr Körper steif wurde, wußte, daß sie im Begriffe war, aufzuschreien, und sagte: »Schrei nicht. Ich bin's.«

Sie schrie nicht, sie atmete tief aus und schaute ihn an. Ihr Gesicht war weiß. »Wer bist du?«

Er setzte sich zu ihr. »Ich heiße Mark Petrie. Ich kenn' dich; du bist Susan Norton. Mein Vater kennt deinen Vater.«

»Petrie? ... Henry Petrie?«

»Ja, das ist mein Vater.«

»Was tust du hier?« Ihre Blicke musterten ihn, als sei sie noch nicht ganz imstande, seine Gegenwart zu begreifen.

»Das Gleiche wie du. Nur wird dein Pfahl nichts nützen. Er ist zu ... zu zart.«

Sie sah ihre Zaunlatte an und wurde rot. »Ach das. Ich hab' das im Wald gefunden und ... dachte, jemand könnte darüber stolpern ...«

Ungeduldig unterbrach er sie: »Du bist gekommen, um den Vampir zu töten, nicht wahr?«

»Woher hast du diese Idee? Vampire und dergleichen?«

Er sagte sachlich: »Gestern nacht versuchte mich ein Vampir zu holen. Es ist ihm beinahe gelungen.«

»Das ist absurd. Ein großer Junge wie du sollte wissen...«

»Es war Danny Glick.«

Sie zuckte zusammen, als hätte er sie geschlagen. Ihre Blicke trafen sich. »Erfindest du etwas, Mark?«

»Nein«, sagte er und erzählte in kurzen und einfachen Sätzen seine Geschichte.

»Und du bist ganz allein hierhergekommen?« fragte sie, als er geendet hatte. »Du hast das geglaubt und bist allein hierhergekommen?«

»Geglaubt?« Er sah sie mit ehrlichem Erstaunen an. »Natürlich habe ich es geglaubt. Ich habe es doch erlebt.«

Darauf gab es keine Antwort, und plötzlich schämte Susan sich ihres Zweifels (nein, Zweifel war ein zu freundliches Wort) an Matts Geschichte und Bens zögernder Bejahung.

»Und wieso bist du hier?«

Einen Augenblick lang zögerte sie, dann sagte sie: »Etliche Leute in der Stadt glauben, daß es in diesem Haus einen Mann gebe, den niemand gesehen hat. Und daß er ein ... ein ...« Sie konnte das Wort immer noch nicht aussprechen, aber Mark nickte verstehend. Auch nach einer so kurzen Bekanntschaft erschien er Susan als ein recht außergewöhnlicher Junge.

Alles weglassend, was sie sonst noch hätte hinzufügen können, sagte sie schlicht: »Also bin ich hierhergekommen, um es festzustellen.«

Er wies auf ihren Pfahl. »Und hast das mitgebracht, um ihn damit zu töten?«

»Ich weiß nicht, ob ich dazu imstande wäre.«

»Ich schon«, sagte Mark lässig. »Nach allem, was ich gestern nacht sah. Danny war vor meinem Fenster ... er sah aus wie ein großes Insekt. Und seine Zähne ...« Mark schüttelte den Kopf und schob den Alptraum weg, wie ein Geschäftsmann den Gedanken an einen bankrotten Kunden wegschiebt.

»Wissen deine Eltern, daß du hier bist?« fragte Susan und wußte bereits die Antwort.

»Nein«, sagte er, als sei das selbstverständlich. »Sie haben einen Ausflug an die Küste gemacht.«

»Du bist ein ganzer Kerl.«

»Nein, das bin ich nicht«, sagte er, unberührt von ihrer Bewunderung. »Aber *ihn* werde ich fertigmachen.« Er blickte zu dem Haus hinüber.

»Bist du sicher –«

»Ganz sicher. Kannst du nicht *fühlen*, wie schlecht er ist? Macht es dir nicht Angst, auch nur zum Haus hinzuschauen?«

»Ja«, sagte sie, entwaffnet. Seine Logik war die eiserne Logik der Pubertierenden, und zum Unterschied von Bens oder Matts männlicher Logik hatte sie absolute Überzeugungskraft.

»Wie werden wir es anstellen?« fragte Susan und übertrug so Mark automatisch die Führung.

»Einfach hinaufgehen und einbrechen«, sagte er. »Ihn finden, ihm den Pfahl – meinen Pfahl – durchs Herz stoßen und wieder fortgehen. Vermutlich ist er im Keller. Sie mögen dunkle Plätze. Hast du eine Taschenlampe?«

»Nein.«

»Verdammt. Ich auch nicht.« Einen Augenblick lang fuhren seine Füße ziellos in den Blättern umher. »Wahrscheinlich hast du auch kein Kreuz?«

»Doch«, sagte Susan, zog die Kette aus ihrer Bluse und zeigte sie ihm. Er nickte und zog seine Kette aus dem Hemd hervor.

»Hoffentlich kann ich sie zurücklegen, bevor meine Eltern kommen«, sagte er besorgt. »Ich nahm sie aus der Schmuckschatulle meiner Mutter.« Er blickte um sich. Die Schatten waren länger geworden, und beide überkam das Verlangen, zu warten, zu warten.

»Sieh nicht in seine Augen, wenn wir ihn finden«, sagte Mark. »Weißt du ein Gebet auswendig?«

Sie gingen durch die Büsche und über den ungepflegten Rasen auf das Marstenhaus zu.

»Das Vaterunser –«

»Ja, das genügt. Das kann ich auch. Wir werden es gemeinsam sprechen. Während wir den Pfahl hineinstoßen.«

Er sah ihren Gesichtsausdruck und drückte ihre Hand. Seine Selbstsicherheit war nahezu unheimlich. »Wir *müssen* es tun. Nach der letzten Nacht gehört ihm wahrscheinlich schon die halbe Stadt. Wenn wir zuwarten, gehört sie ihm ganz. Jetzt wird es immer rascher gehen.«

»Nach der letzten Nacht?«

»Ich habe es geträumt«, sagte Mark. Seine Stimme war ruhig, doch seine Augen wurden dunkel. »Ich träumte, daß sie zu den Häusern gingen und um Einlaß baten. Manche Leute wußten es, wußten es in ihrem Innersten, aber sie ließen sie dennoch ein. Denn das fällt leichter, als zu denken, daß so etwas Furchtbares Wirklichkeit sein könnte.«

»Nur ein Traum«, murmelte sie.

»Ich möchte wetten, daß eben jetzt eine Menge Leute bei vorgezogenen Vorhängen und herabgelassenen Jalousien im Bett liegen und sich fragen, ob sie eine Verkühlung oder eine Grippe haben. Sie fühlen sich schwach und benommen. Sie wollen nichts essen. Allein beim Gedanken an Essen möchten sie erbrechen.«

»Woher weißt du das alles?«

»Ich lese die Monster-Zeitschriften«, sagte er, »und wenn möglich sehe ich mir auch die Filme an. Für gewöhnlich muß ich allerdings meiner Mutter sagen, daß ich Walt-Disney-Filme anschaue.«

Sie waren an der Seitenfront des Hauses angelangt. *Nun sind wir schon eine ganze Mannschaft von Vampirismus-Gläubigen*, dachte Susan. Ein alter Lehrer, der über seinen Büchern halb verrückt geworden ist, ein von Alpträumen aus der Kindheit besessener Schriftsteller, ein kleiner Junge, der im Kino und durch Dreigroschenromane einen Fortbildungskurs in Sachen Vampirismus absolviert hat. Und ich? Glaube ich wirklich daran?

Sie glaubte daran.

Mark hatte Recht gehabt; je näher man dem Haus kam, desto unmöglicher wurde es, das Unglaubliche nicht zu glauben. Alle

Gedanken, ja das Gespräch selbst wurden von einer inneren Stimme übertönt, und diese Stimme schrie: *Gefahr! Gefahr!* in Worten, die keine Worte waren. Herzschlag und Atmung wurden rascher, die Haut war eiskalt. Die Augen schienen ungewöhnlich scharf zu sehen und jeden Kratzer, jeden Farbfleck an der Mauer wahrzunehmen. Und das alles war durch kein äußeres Ereignis ausgelöst worden, durch keine bewaffneten Männer, keine großen, knurrenden Hunde, keinen Geruch nach Feuer. Nach unendlich langem Schlaf war ein Wächter aufgewacht, der hellsichtiger war als die fünf Sinne.

Susan lugte durch einen Spalt in den Fensterläden. »So etwas! Sie haben ja überhaupt nichts verändert«, sagte sie beinahe ärgerlich. »Alles ist voll von Dreck.«

»Heb mich hinauf. Ich möchte auch etwas sehen.«

Sie verschränkte die Hände und ließ ihn in das Wohnzimmer des Marstenhauses schauen. Er sah abgelöste Tapeten, eine dicke Staubschicht auf dem Boden, Spinnweben an der Decke.

Bevor Susan protestieren konnte, hatte er mit seinem Pfahl das Schloß zerschlagen; die Läden öffneten sich ein wenig.

»Achtung!« protestierte sie. »Du solltest nicht –«

»Was wollen wir sonst tun? Vielleicht an der Tür klingeln?«

Er schob den Fensterladen zu seiner Rechten seitwärts und zerbrach eine der staubigen Wellglasscheiben. Drinnen klirrte es. Ihr Herz schlug wild vor Angst. Sie spürte einen intensiven Geschmack auf ihrer Zunge.

»Wir können immer noch davonlaufen«, sagte sie, mehr zu sich selbst.

Er sah auf sie herab, und in seinem Blick lag keine Verachtung – nur Offenheit und eine Angst, die größer war als die ihre. »Wenn du gehen willst, mußt du gehen«, sagte er.

»Nein, ich will nicht.« Sie versuchte, etwas zu schlucken, das ihr im Hals steckte, und es gelang nicht. »Eil dich, du wirst schwer.«

Er schlug das Fensterglas ein, nahm den Pfahl in die andere Hand und öffnete von innen den Fensterriegel. Der quietschte leise, und dann war der Weg frei.

Sie ließ ihn herab, und beide schauten einen Augenblick lang wortlos auf das Fenster. Dann tat Susan einen Schritt, stützte ihre Hände auf das rauhe Fensterbrett und schwang sich hinauf. Die Angst lag in ihrem Bauch wie eine schwere Schwangerschaft. Jetzt wußte sie endlich, was Matt Burke empfunden hatte, als er die Treppe zum Gästezimmer hinaufstieg – zu was immer ihn dort erwartete.

Sie hatte Angst, bewußt oder unterbewußt. In Form einer simplen Gleichung dargestellt, waren Ängste das Unbekannte. Um diese Gleichung zu lösen, brauchte man sich nur der einfachsten Rechenregeln zu bedienen, wie zum Beispiel: unbekannt = ein knarrendes Brett (oder was auch immer), knarrendes Brett = nichts, wovor man Angst haben müßte. Einige Ängste waren natürlich berechtigt. (Man fährt nicht mit dem Auto, wenn man getrunken hat, man streichelt keine kläffenden Hunde, man fährt mit Jungen, die man nicht kennt, nicht auf einen dunklen Parkplatz, und so weiter.) Aber bis jetzt hatte sie nicht gewußt, daß Ängste etwas Unbegreifliches, Apokalyptisches, Lähmendes waren. Diese Gleichung war unauflösbar. Jeder Schritt vorwärts wurde zu einer heroischen Tat.

Sie ließ sich auf den staubigen Fußboden hinabgleiten und sah sich um. Ein Geruch war da. Fast sichtbar strömte er aus allen Poren der Wände. Sie versuchte, sich einzureden, das sei nur verfaulter Mörtel und der angehäufte Unrat all der Tiere, die hinter der herabfallenden Vertäfelung genistet hatten. Aber der Geruch war schärfer als Tiergestank. Er ließ an Tränen denken, an Erbrechen und Finsternis.

»He«, rief Mark leise. Seine Hände lagen auf dem Fensterbrett. »Hilf mir, bitte.«

Susan lehnte sich aus dem Fenster, faßte Mark unter den Achseln und zog ihn herein. Als er auf dem Teppich aufsprang, gab es ein dumpfes Geräusch, dann war das Haus wieder still.

Sie lauschten dieser Stille, waren gebannt von ihr. Nichts gab es außer dieser großen, toten Stille und dem Pochen des eigenen Blutes in den Ohren.

Dennoch wußten sie es beide. Sie waren nicht allein.

»Komm«, sagte er. »Sehen wir uns um.« Er umklammerte seinen Pfahl, und einen kurzen Augenblick lang sah er sehnsüchtig zum Fenster zurück.

Langsam ging Susan in den Vorraum, und Mark folgte ihr. Vor der Tür stand ein schmaler Tisch, auf dem ein Buch lag. Er schlug es irgendwo auf und fuhr zusammen. Das Bild eines nackten Mannes, der den Körper eines Kindes jemandem entgegenhielt, den man nicht sah. Man hatte dem Kind die Gedärme entfernt. Er legte das Buch nieder – der Einband kam ihm unangenehm bekannt vor –, und sie gingen den Gang entlang zur Küchentür. Hier wurden die Schatten dunkler. Die Sonne war zur andern Hausseite gewandert.

»Riechst du es?« fragte er.

»Ja.«

»Hier ist es stärker, nicht wahr?«

»Ja.«

Er erinnerte sich an den Kühlraum, den seine Mutter in ihrem früheren Haus eingerichtet hatte und in dem vor einem Jahr drei Körbe mit Tomaten faulig geworden waren. Der Geruch war wie dieser hier, es war der Geruch von Tomaten, die in Fäulnis übergehen.

Susan flüsterte: »Mein Gott, ich fürcht' mich so.«

Er suchte nach ihrer Hand und hielt sie fest.

Das Küchenlinoleum war alt und durchlöchert. Vor der Porzellanspüle war es schwarz. In der Mitte des Raums stand ein großer Tisch und darauf waren ein Teller, ein Messer, eine Gabel und ein Stück rohe Wurst.

Die Tür zum Keller war angelehnt.

»Dort müssen wir hinein«, sagte Mark.

Durch die angelehnte Tür fiel kein Licht; die Zungen der Dunkelheit schienen sich hungrig nach der Küche zu strecken und auf die Nacht zu warten, um den Raum ganz zu verschlingen. Dieses kleine Stück Dunkelheit war gräßlich, und das, was es verbergen mochte, war unaussprechlich. Hilflos und bewegungslos stand Susan neben Mark.

Dann machte er einen Schritt, öffnete die Tür und schaute hinunter. Sie sah einen Muskel an seinem Kiefer zucken.

»Ich glaube –« begann er. Sie hörte etwas hinter sich und wandte sich um. Es war Straker. Er grinste.

Mark drehte sich um und versuchte, an Straker vorbeizukommen. Strakers Faust krachte auf Marks Kinn, und der wußte nichts mehr.

Als Mark wieder zu sich kam, wurde er eine Treppe hinaufgetragen – aber es war nicht die Kellertreppe. Er öffnete ganz vorsichtig die Augen, während er seinen Kopf immer noch hängen ließ. Ein Treppengeländer ... der zweite Stock. Er konnte es genau erkennen. Die Sonne war noch nicht untergegangen. Ein wenig Hoffnung.

Sie waren oben angekommen, und plötzlich ließen ihn Strakers Arme los. Mark fiel schwer zu Boden und schlug mit dem Kopf auf.

»Glaubst du nicht, ich weiß es, wenn jemand sich verstellt, junger Herr?« fragte Straker. Vom Fußboden aus gesehen, schien er mindestens drei Meter groß zu sein. Der kahle Schädel glänzte in der Dämmerung. Schreckerfüllt sah Mark das Seil um Strakers Schulter.

Mark griff nach der Tasche, in der er die Pistole gehabt hatte.

Straker warf den Kopf zurück und lachte. »Ich habe mir erlaubt, die Pistole zu entfernen, junger Herr. Kleine Jungen sollten keine Waffen tragen ... sie sollten auch keine jungen Damen in Häuser führen, in die sie nicht eingeladen sind.«

»Was haben Sie mit Susan Norton gemacht?«

Straker lächelte. »Ich brachte sie dorthin, wo sie hinwollte. In den Keller. Später, wenn die Sonne untergegangen ist, wird sie den Mann treffen, um dessentwillen sie hierherkam. Auch du wurst ihn treffen, vielleicht schon heute nacht, vielleicht morgen nacht. Vielleicht überläßt er dich auch dem Mädchen ... doch ich glaube eher, er wird dich selbst vornehmen. Das Mädchen mag andere Freunde haben, einige davon mischen sich in fremde Angelegenheiten. Wie du selbst.«

Mark sprang mit beiden Füßen gegen Strakers Unterleib. Straker wich zur Seite wie ein Tänzer. Gleichzeitig traf sein Fuß genau in Marks Nieren.

Mark biß sich auf die Lippen und krümmte sich. Straker kicherte. »Los, junger Herr. Aufstehen.«

»Ich ... ich kann nicht.«

»Dann kriech«, sagte Straker verächtlich. Wieder stieß er zu, und diesmal traf er Mark in den Schenkel. Der Schmerz war schlimm, aber Mark biß die Zähne zusammen. Es gelang ihm, aufzustehen.

Sie gingen den Gang entlang bis zur letzten Tür. Der Schmerz in den Nieren ließ nach. »Was werden Sie mit mir tun?«

»Abbinden wie einen Truthahn, junger Herr. Später, wenn mein Gebieter sich mit dir unterhalten hat, wirst du frei sein.«

»Wie die andern?«

Straker lächelte.

Als Mark in das Zimmer trat, in dem Hubert Marsten sich erhängt hatte, geschah etwas Merkwürdiges mit ihm. Die Angst verschwand nicht, aber sie hörte auf, alle andern Gedanken zu verdrängen. Er empfand sich wie eine Glühlampe, die plötzlich aus einer unbekannten Quelle Energie erhielt.

Das Zimmer war häßlich. Herabhängende Tapeten, Staub, Stöße von Zeitschriften, eine eiserne Bettstatt. Durch die geschlossenen Fensterläden fiel wenig Licht ein, und Mark nahm an, daß bis zum Einbruch der Dunkelheit noch eine Stunde vergehen müsse.

In den fünf Sekunden, die er brauchte, um die Mitte des Zimmers zu erreichen, wo Straker ihn stehenbleiben hieß, überlegte Mark blitzschnell drei mögliche Lösungen für seine Situation.

Erstens: Er raste plötzlich durchs Zimmer und sprang durch Fenster und Läden ins Freie wie der Held in einem Westernfilm. In einer Variante dieses Films sah er sich auf einem alten Mähdrescher landen und sein Leben aufgespießt auf einer rostigen Klinge beenden, in einer andern Version sah er sich an die Fensterläden krachen, die dem Anprall standhielten. Mit zerfetzten Kleidern, vom Fensterglas zerschnitten und blutend, zöge Straker ihn dann zurück.

Zweite Möglichkeit: Straker ließ ihn, auf dem Boden liegend, gefesselt zurück. Vergeblich versuchte er sich zu befreien, bis er schließlich Schritte auf der Treppe hörte. Jemand kam, der tausendmal ärger war als Straker.

Dritte Möglichkeit: Er versuchte den Trick, den er während des letzten Sommers in einem Buch über Houdini gelesen hatte. Houdini war einstmals ein berühmter Zauberkünstler, der imstande gewesen war, aus Gefängniszellen, vernagelten Kisten und Banksafes zu entkommen. Er konnte auch alle Fesseln sprengen. Wenn ein Freiwilliger aus dem Publikum ihn zu fesseln versuchte, spannte er alle Muskeln an und atmete tief ein. Dann entspannte er sich vollkommen und bekam damit ein wenig Spielraum. Ganz langsam, ohne in Panik zu geraten, lockerte er die Stricke – der Körper sonderte Schweiß ab, und auch das half – bis Houdini schließlich frei war. Im Buch klang das alles ganz einfach.

»Dreh dich um«, befahl Straker, »jetzt werde ich dich fesseln, und du wirst dich nicht bewegen. Wenn du dich bewegst, drück' ich dir das rechte Auge aus. Verstanden?«

Mark nickte. Er holte tief Atem und spannte alle Muskeln an.

Straker warf den Strick über einen der Deckenbalken.

»Niederlegen«, befahl Straker.

Mark gehorchte.

Straker band Marks Hände an dessen Rücken fest, machte

eine Schlinge, zog sie über Marks Hals und knotete sie zu einem Henkersknoten. »Du wirst an demselben Balken gefesselt, an dem sich der Freund und Gönner meines Herrn erhängt hat. Fühlst du dich geschmeichelt?«

Mark grunzte, und Straker lachte laut. Er führte den Strick zwischen Marks Beinen hindurch und riß an. Mark stöhnte.

Straker kicherte mit monströser Fröhlichkeit. »Ach, deine Juwelen schmerzen? Das wird nicht lange dauern. Du wirst ein asketisches Leben führen, mein Junge. Ein langes, langes Leben.«

Er band das Seil um Marks stramme Schenkel und machte den Knoten fest, wickelte es noch einmal um Marks Knie und dann noch einmal um dessen Fußknöchel. Mark fühlte den Zwang, zu atmen, aber er hielt den Atem beharrlich an.

»Sie zittern ja, junger Herr«, sagte Straker spöttisch. »Ihr Körper ist verschnürt, ihr Fleisch ist weiß – aber es wird noch weißer werden! Sie brauchen sich doch nicht zu fürchten. Mein Meister ist ein Muster an Güte. Man bringt ihm sehr viel Liebe entgegen, gerade hier, in Ihrer Heimatstadt. Es ist alles nur wie ein kleiner Stich, wie eine Spritze beim Arzt, dann folgt Entzücken. Und später werden Sie wieder freigelassen. Sie werden Vater und Mutter wiedersehen, ja? Sie werden sie sehen, wenn sie schlafen.«

Straker stand auf und blickte milde auf Mark herab. »Jetzt werde ich mich für eine Weile von dir verabschieden, junger Herr. Ich muß mich um deine reizende Begleiterin kümmern.«

Straker schlug die Tür hinter sich zu, und ein Schlüssel knarrte im Schloß. Als er die Treppe hinunterging, atmete Mark aus und lockerte mit einem tiefen Seufzer seine Muskeln.

Die Stricke, die ihn banden, lockerten sich – aber nur ein wenig.

Er lag regungslos und konzentrierte sich. Sein Geist arbeitete noch immer mit derselben rauschhaften Geschwindigkeit. Aus seiner Lage konnte er quer über den buckligen, unebenen Fußboden hinüber zum Eisenbett sehen. Er konnte die Wand dahinter sogar sehr gut sehen. Die Tapete hatte sich an dieser Stelle gelöst und lag unter dem Stahlrahmen wie ein Stück abgeworfene Schlangenhaut. Mark verdrängte alle unnützen Gedanken aus seinem Bewußtsein. Houdinis Buch sprach davon, daß Konzentration das Um und Auf sei. Keine Gefühle, wie Angst, Beklemmung oder Panik, waren dem Bewußtsein gestattet. Der Körper mußte vollkommen entspannt sein. Und die Befreiung mußte im Bewußtsein vollzogen sein, bevor sich noch ein einziger Finger krümmte.

Mark starrte auf die Zimmerwand, und Minuten verstrichen.

Als sich sein Körper völlig entspannt hatte, sah er sich auf die Wand projiziert – einen kleinen Jungen in einem blauen T-Shirt und Jeans. Der Junge lag auf der Seite, die Hände am Rücken gebunden. Um den Hals des Jungen lag eine Schlinge, und jeder unüberlegte Befreiungsversuch würde diese Schlinge engerziehen, bis dem Jungen die Luft ausging.

Er starrte auf die Wand.

Die Figur dort begann sich unendlich langsam zu bewegen, obwohl er selbst ja stillelag. Er hatte einen Grad der Konzentration erreicht, wie ihn Fakire und Jogis erreichen, die imstande sind, tagelang ihre Zehen oder ihre Nasenspitze zu betrachten; das Stadium von Medien, die in Trance Tische schweben machen. Er dachte nicht an Straker und nicht an die untergehende Sonne. Er sah weder den Fußboden noch das Eisenbett, sah nicht einmal die Wand. Er sah nur den Jungen, eine perfekte Figur, deren sorgfältig kontrollierte Muskeln einen winzigen Tanz vollführten.

Er starrte auf die Wand.

Endlich begann er seine Handgelenke in Halbkreisen zu bewegen. Er beeilte sich nicht. Er starrte auf die Wand.

Schweiß strömte aus seinen Poren, und seine Handgelenke bewegten sich jetzt ein wenig leichter. Die Halbkreise wurden zu Dreiviertelkreisen.

Fünf Minuten vergingen. Äußerste Konzentration erlaubte Mark eine partielle Kontrolle seines vegetativen Nervensystems. Aus seinen Poren floß mehr Schweiß, als die winzigen Bewegungen gerechtfertigt hätten, die er vollführte. Seine Hände wurden ölig.

Jetzt bewegte er die Arme. Die Schlinge wurde enger, aber er spürte, wie der Strick an einer Hand abwärts zu rutschen begann. Erregung erfaßte ihn, und er hörte sofort auf, sich zu bewegen, bis jede Emotion vergangen war. Auf – nieder, auf – nieder, jedesmal gewann er einen Zentimeter. Und plötzlich war seine rechte Hand frei.

Er ließ sie ruhig liegen und bewegte vorsichtig die Finger, bis sie sich gelockert hatten. Dann glitt die linke Hand aus der Fessel.

Einen Augenblick lang schloß er die Augen. Jetzt durfte er –

so sagte sein Buch – nicht glauben, daß er gewonnen habe. Jetzt mußte er mit noch größerer Geduld vorgehen.

Auf die linke Hand gestützt, griff er mit der Rechten nach der Schlinge um seinen Hals. Sogleich wurde ihm klar, daß er bei dem Versuch, sie zu lösen, beinahe ersticken und seine Hoden, die jetzt schon schmerzten, noch mehr zusammenpressen würde.

Mark holte tief Atem und machte sich an die Arbeit. Endlos lang, so schien es ihm, widerstand der Knoten seinen Versuchen. Er zog und zerrte, und schließlich spürte er ein Lockerwerden. Einen Augenblick lang wurde der Druck in der Leistengegend beinahe unerträglich, dann warf er die Schlinge mit einem harten Ruck über den Kopf, und der Schmerz ließ nach.

Mark setzte sich auf und umfaßte mit beiden Händen seine gequälten Hoden. Als der Schmerz erträglicher wurde, blickte Mark zum Fenster hinüber. Das einfallende Licht hatte die Farbe von blassem Ocker angenommen – der Sonnenuntergang war nahe. Und die Tür war verschlossen.

Langsam stand Mark auf und rieb seine gefühllosen Schenkel.

Von unten herauf drang ein Geräusch an sein Ohr: Schritte. Er schaute von Panik ergriffen auf, und seine Nasenlöcher öffneten sich weit. Er humpelte zum Fenster hinüber und versuchte, es hochzuschieben. Es war zugenagelt, und auf dem Fensterbrett stapelten sich verrostete Zehnpennystücke.

Schritte auf der Treppe.

Verzweifelt sah Mark sich im Zimmer um. Zwei Stöße von Zeitschriften. Ein kleiner Zinnteller mit dem Bild eines sommerlichen Picknicks auf der Rückseite. Das Eisenbett.

Mark hinkte zum Eisenbett und hob ein Ende hoch. Und ein ferner Gott, der vielleicht gesehen hatte, wie wacker Mark sich bisher selbst geholfen hatte, half ein wenig weiter.

Als Mark ein Bein losgeschraubt hatte und es in der Hand hielt, waren die Schritte vor der Tür angelangt.

Als die Tür aufging, stand Mark mit erhobenem Eisenfuß dahinter – wie ein hölzerner Indianer mit dem Tomahawk.

»Junger Herr, ich bin gekommen, um –«

Straker sah den Strick auf dem Boden und erstarrte, vielleicht eine ganze Sekunde zu lang, von Staunen überwältigt. Er war auf halbem Weg ins Zimmer.

Für Mark schienen die Ereignisse in Zeitlupentempo abzurollen. Er schien nicht eine knappe Sekunde, sondern minutenlang Zeit zu haben, um auf das Stück Glatze zu zielen, das hinter der Tür sichtbar wurde.

Mit beiden Händen ließ er das Eisen herabfallen, nicht so fest er konnte – etwas von seiner Kraft sparte er für ein besseres Ziel. Das Eisen traf Straker oberhalb der Schläfe. Erstaunlich viel Blut quoll ihm aus der Kopfwunde.

Strakers Körper taumelte rückwärts ins Zimmer. Sein Gesicht war zu einer fürchterlichen Grimasse verzerrt. Mark schlug nochmals zu. Diesmal traf das Eisenrohr Strakers kahlen Kopf knapp über der Stirn, und wieder quoll Blut hervor.

Wie ein Sack fiel Straker zu Boden; von seinen Augen sah man nur noch das Weiße.

Mark beobachtete das Fallen des Körpers, und seine Augen traten hervor und waren weit aufgerissen. Die Spitze des Eisenbettbeins war blutverschmiert. Dunkler sah das aus als das Blut, das Mark aus den Filmen kannte. Es anzustarren machte ihn krank. Als er jedoch auf Straker blickte, fühlte er nichts.

Ich habe ihn getötet, dachte Mark. Und dann: *Gut so. Gut.*

Strakers Hand aber umfaßte Marks Knöchel.

Mark fuhr zusammen und versuchte, seinen Fuß zu befreien. Die Hand hielt ihn fest wie eine Stahlklammer, und jetzt sah ihn Straker mit kalten, hellen Augen an. Sein Gesicht glich einer blutverschmierten Maske. Vergeblich versuchte Mark, seinen Fuß wegzuziehen. Schließlich schlug Mark mit dem Eisenrohr auf Strakers Hand ein. Einmal, zweimal, dreimal. Es gab das häßliche Geräusch von knackenden Fingern; die Umklammerung lockerte sich. Mark riß sich mit einem Ruck los, der ihn durch die Tür bis auf den Gang taumeln ließ.

Strakers Kopf war wieder auf den Boden zurückgefallen, seine verstümmelte Hand öffnete und schloß sich in der Luft wie die zuckende Pfote eines Hundes, der von einer Hasenjagd träumt.

Das Eisenrohr fiel aus Marks gefühllosen Fingern, er drehte sich um und floh die Treppe hinab.

Die Vorhalle war dunkel, erfüllt von Schatten.

Mark ging in die Küche und warf einen irren Blick auf die geöffnete Kellertür. Die untergehende Sonne tauchte den Türpfosten in purpurnes Licht. Zwanzig Kilometer von hier entfernt beobachtete Ben Mears in einer Leichenhalle den Zeiger seiner Uhr, der von 19.01 auf 19.02 zuckte.

Mark wußte nichts davon, er wußte nur, daß nun die Zeit der

Vampire angebrochen war. In den Keller gehen und versuchen, Susan zu retten, hieß, sich mit Sicherheit in die Reihen der Untoten begeben.

Mark ging jedoch zur Kellertür und stieg drei Stufen hinab, bevor die Angst ihn wie mit eisernen Ketten zurückhielt und ihm kein Weitergehen erlaubte. Er weinte, und sein Körper zitterte, als hätte er Schüttelfrost.

»Susan!« schrie er. »Lauf!«

»M-Mark?« Ihre Stimme klang schwach und verwirrt. »Ich kann nichts sehen. Es ist dunkel –«

Plötzlich ein Geräusch wie ein Schuß, dann ein hohles, seelenloses Lachen.

Susan schrie ... ein Ton, der zu einem Wimmern wurde und verklang. Stille.

Und dann von unten her eine freundliche Stimme, der Stimme seines Vaters erstaunlich ähnlich: »Komm herunter, mein Junge. Ich bewundere dich.«

Die Macht dieser Stimme war so unwiderstehlich, daß Mark seine Angst schwinden fühlte. Er stieg tatsächlich noch eine Stufe hinab, bevor er sich wieder in der Hand hatte – und diese Anstrengung erforderte alle Kraft, die noch in ihm war.

»Komm herunter«, sagte die Stimme, jetzt von ganz nahe. Hinter der freundlichen Väterlichkeit lag ein stahlharter Befehl.

Mark rief hinunter: »Ich kenne deinen Namen! Barlow!«

Und floh.

Er floh die Einfahrt hinab (ähnlich wie vor langer Zeit der kleine Junge Benjamin Mears), er lief Brock Street entlang und weiter, weiter der Stadt und einer zweifelhaften Sicherheit entgegen.

Er betrat das Haus seiner Eltern durch die Küchentür und warf einen Blick ins Wohnzimmer, wo seine Mutter, das Telefonbuch im Schoß, telefonierte. Angst und Sorge standen in Großbuchstaben auf ihr Gesicht geschrieben.

Sie blickte auf, sah Mark, und wie eine große Welle kam Erleichterung über sie.

»–da ist er–«

Ohne die Antwort abzuwarten, legte sie den Hörer auf und ging ihm entgegen.

»Oh, Mark, wo warst du?«

»Ist er zu Hause?« rief sein Vater drohend aus der Werkstatt.

»Wo warst du?« Sie packte seine Schultern und schüttelte ihn.

»Ausgegangen«, sagte er schwach. »Ich fiel hin, als ich nach Hause rannte.«

Mehr gab es nicht zu sagen. Das wesentlichste Merkmal der Kindheit ist nicht das mühelose Ineinanderfließen von Traum und Wirklichkeit, sondern die Verfremdung. Für die dunklen Erlebnisse der Kindheit gibt es keine Worte. Ein kluges Kind erkennt das und nimmt die Folgen auf sich. Ein Kind, das die Kosten abwägt, ist kein Kind mehr.

Mark fügte hinzu: »Die Zeit ist mir weggelaufen. Sie –«

Dann kam sein Vater über ihn.

Irgendwann in der Dunkelheit, bevor es Montag wurde.

Kratzen am Fenster.

Mark erwachte blitzartig, ohne Dämmerzustand, ohne Halbschlaf, ohne Orientierungsschwierigkeiten. Die Absurditäten der Träume waren jenen der Realität sehr ähnlich geworden.

Das weiße Gesicht in der Dunkelheit draußen vor dem Fenster war Susan.

»Mark ... laß mich hinein.«

Er stieg aus dem Bett. Der Fußboden war kalt unter seinen nackten Füßen. Ihn fröstelte.

»Geh weg«, sagte er tonlos. Er sah, daß sie immer noch dieselbe Bluse und dieselben Jeans trug. Ob *ihre* Eltern sich Sorgen machen, dachte er. Ob sie die Polizei benachrichtigt haben?

»Es ist nicht so arg, Mark«, sagte Susan, und ihre Augen waren flach und kalt wie Obsidian. Sie lächelte, und ihre scharfen Zähne zeichneten sich gegen den blassen Gaumen ab. »Es ist wirklich hübsch. Laß mich ein, und ich will es dir zeigen. Ich werde dich küssen, Mark. Ich werde dich überall küssen, wie es deine Mutter nie getan hat.«

»Geh weg«, wiederholte er.

»Einer von uns bekommt dich früher oder später«, sagte sie. »Es gibt jetzt viele von uns. Laß es mich sein, Mark. Ich bin ... ich bin hungrig.« Sie versuchte ein Lächeln, doch es wurde eine Grimasse daraus, die seine Knochen frieren ließ.

Er hielt das Kreuz in die Höhe und preßte es ans Fenster.

Sie zischte, als habe man sie versengt, und ließ den Fensterrahmen los. Einen Augenblick lang hing sie in der Luft, während ihr Körper sich aufzulösen schien. Dann war sie fort. Aber nicht, bevor er den Ausdruck verzweifelten Unglücks auf ihrem Gesicht sehen konnte (oder zu sehen glaubte).

Die Nacht war wieder still.

Es gibt jetzt viele von uns.

Marks Gedanken wanderten zu den Eltern, die, keinerlei Gefahr ahnend, einen Stock tiefer schliefen. Furcht krampfte seine Eingeweide zusammen.

Etliche Leute wissen oder vermuten es, hatte sie gesagt.

Wer?

Der Schriftsteller natürlich. Ihr Freund. Mears hieß er. Er wohnte in Evas Pension. Schriftsteller wußten eine Menge. Er mußte etwas wissen. Und Mark mußte Mears erwischen, bevor Susan ihn erwischte –

Auf dem Weg zu seinem Bett blieb Mark stehen.

Wenn sie ihn nicht schon erwischt hatte!

13
Pater Callahan

An jenem Sonntag abend betrat Pater Callahan zögernd Matt Burkes Krankenzimmer. Matts Uhr zeigte ein Viertel vor neunzehn Uhr. Das Bett und der kleine Nachttisch Burkes waren mit Büchern übersät. Matt hatte Loretta Starcher zu Hause angerufen und sie nicht nur überredet, an einem Sonntag die Leihbibliothek aufzuschließen, sondern auch, ihm die Bücher persönlich zu bringen. Sie kam an der Spitze einer Prozession, die aus drei schwer beladenen Spitalsgehilfen bestand. Als Matt sich weigerte, eine Erklärung für seine seltsame Bücherauswahl abzugeben, zog Loretta gekränkt wieder ab.

Pater Callahan sah den Schullehrer neugierig an. Matt sah mitgenommen aus, aber nicht so erschöpft und elend, wie die meisten seiner Pfarrkinder, die er unter ähnlichen Umständen besucht hatte. Callahan hatte festgestellt, daß die erste Reaktion auf die Nachricht von Krebs, Herzinfarkt oder Versagen eines andern wichtigen Organs zumeist das Gefühl ist, man sei verraten und verkauft worden. Der Patient ist fassungslos, daß ein so enger Freund wie der eigene Körper ihn so schnöde im Stich lassen konnte. Als zweite Reaktion folgt sodann die Überlegung, daß ein Freund, der so jämmerlich versagt hat, überhaupt nichts wert sei. Und der letzte Gedanke dieser Kette ist die schreckliche Möglichkeit, daß der eigene Körper vielleicht gar kein Freund war, sondern ein Feind, der einzig und allein bestrebt ist, die überlegene Kraft, die ihn braucht und mißbraucht, eines Tages zu zerstören. Das Resultat dieser Krankenbettlogik bewirkt beim Patienten zumeist eine akute Depression. Zu den Symptomen gehören matte Blicke, tiefe Seufzer, langsame Bewegungen und manchmal auch Tränen beim Anblick des Priesters.

Matt Burke zeigte keines dieser Symptome. Er streckte die Hand zum Gruß aus, und Pater Callahan fand den Händedruck erstaunlich kräftig.

»Pater Callahan, wie schön, daß Sie gekommen sind.«

»Es ist mir eine Freude. Gute Lehrer sind Perlen von ungeahntem Wert.«

»Auch alte Agnostiker wie ich?«

»Diese ganz besonders«, erwiderte Pater Callahan. »Vielleicht habe ich Sie sogar in einem schwachen Augenblick angetroffen. Wie ich höre, gibt es erstaunlich wenig Atheisten in der Intensivstation.«

»Mich hat man jedoch schon entlassen.«

»Keine Sorge«, sagte Callahan, »eines Tages werden auch Sie ganz folgsam ein Vaterunser beten.«

»Das«, sagte Matt, »ist gar nicht so weit hergeholt, wie Sie meinen.«

Pater Callahan zog einen Stuhl ans Bett, und ein Stoß von Büchern rutschte in seinen Schoß. Während er sie zurücklegte, las er die Titel.

»›Dracula.‹ ›Draculas Gast.‹ ›Die Suche nach Dracula.‹ ›Die Naturgeschichte der Vampire.‹ ›Kürten, das Monster von Düsseldorf.‹ O du meine Güte; ist das die Pflichtlektüre für Patienten nach einer Herzattacke?«

Matt lächelte.

»Der Fall Kürten ist übrigens recht interessant«, sagte Callahan, »auf eine abstoßende Art allerdings.«

»Kennen Sie seine Geschichte?«

»Ja, als Student interessierte ich mich für diese Dinge. Soviel ich weiß, ermordete Kürten zuerst zwei seiner Spielkameraden, indem er sie ertränkte.«

»Ja«, sagte Matt, »und kurz darauf versuchte er, die Eltern eines Mädchens zu ermorden, das nicht mit ihm spazierengehen wollte. Später brannte er ihr Haus nieder. Aber das ist nicht der Teil seiner Karriere, der mich interessiert.«

»Nein, das dachte ich mir bei Durchsicht Ihrer Bücher. Kürten ermordete mehr als ein Dutzend Frauen. Wenn sie gerade ihre Periode hatten, trank er ihre Blutungen.«

Matt Burke nickte. »Weniger bekannt ist, daß er auch Tiere überfiel. Zum Beispiel köpfte er in einem Park von Düsseldorf zwei Schwäne und trank das Blut, das aus ihren Hälsen spritzte.«

»Hängt das alles mit der Angelegenheit zusammen, um derentwillen Sie mich herbaten?« fragte Callahan. »Mrs. Curless sagte, es gehe um etwas Wichtiges.«

»Ja, das stimmt.«

»Und worum geht es? Wenn Sie meine Neugierde wecken wollten, so ist Ihnen das voll und ganz gelungen.«

Matt sah den Pater ruhig an. »Ben Mears, ein guter Freund von mir, hätte Sie heute aufsuchen sollen; Ihre Haushälterin sagte mir, daß er sich nicht gerührt habe.«

»Nein, seit zwei Uhr habe ich keinen Menschen gesehen.«

»Ich konnte Mears nicht erreichen. Er verließ das Spital gemeinsam mit meinem Arzt Jimmy Cody. Auch ihn konnte ich nicht erreichen. Und ebensowenig Susan Norton, Bens Freundin. Sie verließ am frühen Nachmittag das Haus und versprach, um siebzehn Uhr wieder zurück zu sein. Ihre Eltern machen sich Sorgen.«

Callahan versetzte das einen Schlag. Er kannte Bill Norton ganz gut. Bill hatte ihn einmal aufgesucht, um mit ihm über Probleme zu sprechen, die er mit einigen katholischen Mitarbeitern hatte.

»Haben Sie irgendeinen Verdacht?«

»Darf ich eine Frage stellen?« sagte Matt. »Nehmen Sie diese Frage, bitte, ernst, und überlegen Sie gut, bevor Sie mir antworten. Haben Sie in letzter Zeit irgend etwas Außergewöhnliches in der Stadt bemerkt?«

Callahan hatte den Eindruck, daß dieser Mann sich sehr vorsichtig ausdrückte, um mit dem, was ihn beschäftigte, nicht zu schockieren. Nach den Buchtiteln zu schließen, mußte, was ihn beschäftigte, etwas eher Haarsträubendes sein.

»Vampire in Salem's Lot?« fragte der Pater.

Er überlegte, daß die Depression, die oft auf eine schwere Krankheit folgt, manchmal vermieden werden kann, wenn der Patient starkes Interesse an einer bestimmten Sache nimmt. Das Interesse kann in Verbindung mit einer harmlosen (oder nicht ganz harmlosen) Psychose stehen, die bereits vor dem Ausbruch der Krankheit vorhanden war.

Also faltete der Pater seine Hände und wartete.

Matt sagte: »Es ist sehr schwierig zu erklären. Und es wird noch schwieriger, wenn Sie glauben, daß ich an einem Krankenbettwahn leide.«

Etwas verwirrt, weil Matt seine Gedanken so präzis gelesen hatte, fiel es Callahan schwer, seine undurchdringliche Miene beizubehalten.

»Ganz im Gegenteil, Sie scheinen ganz logisch und klar zu denken«, sagte er.

Matt seufzte: »Wie Sie sehr gut wissen, sind Logik und Wahnvorstellungen nicht unvereinbar.« Er drehte sich im Bett um und ordnete die umherliegenden Bücher. »Wenn es einen Gott gibt, dann bestraft er mich jetzt für ein Leben, in dem ich ausschließlich an wissenschaftlich doppelt und dreifach bewiesene Tatsachen geglaubt habe. Jetzt bin ich zum zweitenmal an einem Tag gezwungen, wilde Behauptungen aufzustellen, für die ich auch nicht die Spur eines Beweises habe. Alles, was ich zur Verteidigung meiner guten Vernunft sagen kann, ist, daß meine Behauptungen ohne allzu große Schwierigkeiten bestätigt oder widerlegt werden können. Ich hoffe, Sie nehmen mich ernst genug, um das, was ich behaupte, auf die Probe zu stellen, bevor es zu spät ist.« Matt grinste. »*Bevor es zu spät ist.* Klingt melodramatisch, nicht wahr?«

»Das Leben ist voll von Melodramen«, bemerkte Callahan und dachte, daß er, wenn dem so war, in letzter Zeit eigentlich herzlich wenig davon bemerkt hatte.

»Darf ich Sie nochmals fragen, ob Sie an diesem Wochenende irgend etwas – *irgend etwas* – Außergewöhnliches bemerkt haben?«

Callahan überlegte die Frage. »Der Müllabfuhrplatz ist geschlossen«, sagte er schließlich, »aber ich bin trotzdem hineingefahren. Ich fahre meinen Abfall gerne selbst zur Müllhalde. Es ist so praktisch und auch ein Akt der Demut, so daß ich meine elitäre Vorstellung von fröhlicher Armut voll in die Tat umsetzen kann. Dud Rogers war übrigens auch nicht dort.«

»Sonst noch etwas?«

»Nun ja ... heute waren die Crocketts nicht in der Sonntagsmesse, und Mrs. Crockett versäumt die Messe eigentlich nie.«

»Noch etwas?«

»Die arme Mrs. Glick natürlich –«

Matt stützte sich auf einen Ellbogen. »Mrs. Glick? Was ist mir ihr los?«

»Sie ist tot.«

»Woran starb sie?«

»Pauline Dickens meint, es sei ein Herzanfall gewesen«, sagte Callahan zögernd.

»Ist heute noch jemand in Salem's Lot gestorben?« Normalerweise wäre dies eine törichte Frage gewesen, denn in einer kleinen Stadt wie Salem's Lot waren Todesfälle trotz der beachtlichen Zahl von älteren Leuten in der Bevölkerung nicht gar so häufig.

»Nein«, erwiderte Callahan langsam. »Aber in letzter Zeit war die Sterblichkeitsrate ungewöhnlich hoch, nicht? Mike Ryerson ... Floyd Tibbits ... das McDougall-Baby ...«

Matt nickte. Er sah müde aus. »Äußerst ungewöhnlich«, sagte er. »Ja, aber der Lauf der Dinge erreicht langsam jenen Punkt, an dem alles ans Tageslicht kommen wird. Wenige Nächte noch, und ich fürchte ... ich fürchte ...«

»Reden wir doch nicht länger um den Brei herum«, sagte Callahan.

»In Ordnung. Das ist ohnedies schon allzu lange geschehen, oder etwa nicht?«

Matt begann nun seine Geschichte zu erzählen und fügte Bens, Susans und Jimmys Beobachtungen hinzu. Als Matt geendet hatte, war der Schrecken dieses Abends für Ben und Jimmy vorüber. Susan Nortons Schrecken hatte soeben erst begonnen.

Als er geendet hatte, schwieg Matt einen Augenblick lang. Dann sagte er: »Das wäre es also. Bin ich verrückt?«

»Die Leute werden Sie vermutlich für verrückt halten, obwohl Sie Mr. Mears und Ihren eigenen Arzt überzeugt haben. Nein, ich halte Sie nicht für verrückt. Schließlich gehört es zu meinem Beruf, mich mit dem Übernatürlichen zu beschäftigen. Es ist sozusagen ... mein tägliches Brot.«

»Aber –«

»Lassen Sie mich eine Geschichte erzählen. Ich verbürge mich nicht für ihre Richtigkeit, aber ich verbürge mich dafür, daß ich sie für wahr halte. Sie betrifft einen guten Freund, Pater Bissonette, der eine Zeitlang an der sogenannten Zinnküste in Cornwall Pfarrer war. Vor etwa fünf Jahren schrieb er mir, daß er in einen abgelegenen Winkel seiner Pfarrgemeinde gerufen worden sei, um für ein junges Mädchen, das dahingegangen war, die Totenmesse zu lesen. Der Sarg des Mädchens war mit wilden Rosen angefüllt, was Ray doch eher ungewöhnlich vorkam. Ganz absurd aber fand er, daß man in den Mund des jungen Mädchens Knoblauch und wilden Thymian gestopft hatte.«

»Aber das ist doch ...«

»Der traditionelle Schutz gegen das Wiederauferstehen der Untoten, richtig. Als Ray sich erkundigte, sagte ihm der Vater des Mädchens ganz sachlich, daß das Mädchen von einem Inkubus getötet worden sei. Wissen Sie, was ein Inkubus ist?«

»Ein sexueller Vampir.«

»Das junge Mädchen war mit einem Mann namens Bannock verlobt, der ein großes rotes Muttermal am Hals hatte. Zwei Wochen vor der geplanten Hochzeit wurde er auf dem Wege zur Arbeit von einem Auto überfahren. Zwei Jahre später verlobte sich das Mädchen mit einem andern jungen Mann. Kurz vor der Hochzeit löste sie ganz plötzlich diese Verlobung. Sie sagte ihren Eltern und Freunden, daß John Bannock sie in der Nacht aufgesucht habe; und daß sie ihren Bräutigam mit John betrogen habe. Ray zufolge war der Bräutigam mehr wegen des Geisteszustandes seiner Braut besorgt als wegen des nächtlichen Besuchs eines Dämons. Dessenungeachtet siechte das Mädchen dahin, starb und wurde kirchlich begraben.

Das allein aber war nicht der Anlaß für Rays Brief, vielmehr ein Ereignis, das sich drei Monate nach dem Tod des Mädchens zutrug. Während eines morgendlichen Spaziergangs sah Ray einen jungen Mann mit einem roten Muttermal am Hals bei dem Grab des Mädchens stehen. Da Ray zufällig eine Polaroidkamera bei sich hatte, machte er einige Aufnahmen von dem jungen Mann. Als er diese Bilder im Dorf herumzeigte, lösten sie die erstaunlichsten Reaktionen aus. Eine alte Frau fiel in Ohnmacht, die Mutter des toten Mädchens begann laut zu beten.

Als Ray am nächsten Morgen aufstand, war die Gestalt des jungen Mannes jedoch zur Gänze aus den Bildern verschwunden; alles, was blieb, waren Ansichten des leeren Friedhofes.«

»Und das glauben Sie?«

»O ja. Und ich vermute, die meisten Leute würden es glauben. Der Mann von der Straße steht dem Übernatürlichen nicht halb so skeptisch gegenüber, wie mancher Schriftsteller zu glauben pflegt. Die meisten Schriftsteller, die sich mit diesem Thema beschäftigen, stehen in Wirklichkeit allem, was mit Gespenstern und Dämonen zu tun hat, viel engstirniger gegenüber als der einfache Mann von der Straße. Lovecraft war Atheist. Edgar Allen Poe war etwas wie ein halbherziger Transzendentialist. Und Hawthorne war im üblichen Sinn religiös.«

»Sie verstehen erstaunlich viel von diesem Thema«, sagte Matt.

Der Priester zuckte mit den Achseln. »Als Knabe habe ich mich sehr für Okkultes und parapsychologische Phänomene interessiert«, sagte er, »und als ich älter wurde, hat meine Berufung zum Priester dieses Interesse eher ermuntert als lahmgelegt.« Er seufzte. »Aber kürzlich habe ich begonnen, mir selbst harte Fragen über die Natur des Bösen in der Welt zu stellen.« Mit einem gequälten Lächeln fügte er hinzu: »Das hat mir einiges an dem ganzen Spaß verdorben.«

»Dann würden Sie also ... bereit sein, einige Dinge für mich herauszufinden? Und Sie hätten nichts dagegen, ein wenig Weihwasser und eine Hostie mitzunehmen?«

»Damit betreten Sie ein heikles Terrain«, sagte Pater Callahan sehr ernst.

»Warum?«

»Ich werde mich nicht weigern, eine unkonsekrierte Hostie mitzunehmen«, sagte Callahan, »und wenn Sie sich an einen progressistischen Kaplan gewendet hätten, wäre der vielleicht ohne die geringsten Gewissensbisse bereit gewesen, den Leib des Herrn zu mißbrauchen.« Er lächelte bitter. »Die Progressisten sehen in den Sakramenten nur noch Symbolhandlungen. Ein progressistischer Priester würde Sie zwar für verrückt halten, aber wenn es Sie beruhigt, ein wenig Weihwasser zu verspritzen, würde er das mit dem größten Vergnügen tun. Ich kann das nicht. Ich habe die Priesterweihe empfangen, und ich glaube an den Auftrag der Kirche, die hinter mir steht. Die Kirche ist mehr als eine spirituelle Pfadfindergruppe. Die Kirche ist eine Kraft ... und man setzt eine Kraft nicht leichtfertig in Bewegung.« Callahan runzelte die Stirn. »Verstehen Sie das, Matt? Es ist lebenswichtig, daß Sie das begreifen.«

»Ich verstehe es.«

»Wie Sie vielleicht wissen, hat der Begriff des Bösen in unserem Jahrhundert eine radikale Veränderung erfahren. Wissen Sie, wodurch sie ausgelöst wurde?«

»Vermutlich durch Freud.«

»Sehr gut. Als die katholische Kirche in das zwanzigste Jahrhundert eintrat, begann sie sich unter anderem auch mit einem neuen Begriff auseinanderzusetzen: mit dem Bösen, das nur noch mit kleinem b geschrieben wird, mit dem Unterbewußtsein, mit einem kollektiven gigantischen *Es* – laut Freud.«

»Sicherlich eine Idee, die beeindruckender ist als alle Dämonen und Teufel", sagte Matt.

»Natürlich. Eindrucksvoll und gnadenlos.«

Matt sagte mit Betonung: »Und das verabscheuen Sie, nicht wahr?«

»Ja«, erwiderte Callahan ruhig. »Damit ist, glaube ich, alles gesagt. Was soll ich für Sie tun?«

Matt sagte es ihm.

Callahan überdachte es und meinte: »Sind Sie sich darüber im klaren, daß das dem widerspricht, was ich soeben über das kleine b sagte?«

»Ich glaube, es ist eine Gelegenheit für mich, *Ihre* Kirche, wie sie von Ihnen verstanden wird, auf die Probe zu stellen.«

Callahan holte tief Atem. »Gut, ich stimme zu. Unter einer Bedingung.«

»Und das ist?«

»Daß alle, die an dieser kleinen Expedition teilnehmen, zuerst in Mr. Strakers Laden gehen. Mr. Mears sollte mit ihm offen über alles sprechen. Dann können wir Strakers Reaktion beobachten.«

Matt zögerte. »Damit wäre er gewarnt.«

Callahan schüttelte den Kopf. »Ich glaube, die Warnung würde nichts ausmachen, wenn wir drei – Mr. Mears, Dr. Cody und ich – auf jeden Fall unseren Plan ausführen.«

»Gut«, sagte Matt, »vorausgesetzt, daß Ben und Jimmy ebenfalls einverstanden sind.«

Callahan seufzte. »Sind Sie gekränkt, wenn ich Ihnen sage: ich hoffe, daß alles nur Hirngespinste von Ihnen sind? Ich hoffe, daß Straker uns auslacht?«

»Nicht im geringsten.«

»Ich hoffe es sehr. Ich habe in mehr eingewilligt, als Sie ahnen. Es macht mir Angst.«

»Ich habe auch Angst«, sagte Matt leise.

Doch als er nach St. Andrew zurückging, fühlte Pater Callahan sich nicht mehr ängstlich, sondern fröhlich und fast verjüngt. Zum erstenmal seit Jahren war er nüchtern und sehnte sich nicht nach einem Drink.

Er rief Eva Millers Pension an. »Hallo? Mrs. Miller? Kann ich mit Mr. Mears sprechen? ... Er ist nicht da. Ja, ich verstehe ... Nein, keine Nachricht. Ich rufe morgen wieder an. Auf Wiedersehen.«

Er legte den Hörer auf und ging zum Fenster.

War Mears irgendwo dort draußen und trank in einem Gasthaus ein Glas Bier, oder war es möglich, daß das, was der Schullehrer gesagt hatte, Wahrheit war?

Wenn dem so wäre ... wenn dem so wäre ...

Callahan hielt es im Haus nicht länger aus. Er ging auf die rückwärtige Veranda, atmete die frische Oktoberluft ein und schaute in die Dunkelheit hinaus.

Vielleicht war das alles gar nicht die Schuld Freuds. Vielleicht hatte es zu einem großen Teil auch mit der Erfindung des elektrischen Lichts zu tun, das die Schatten im menschlichen Gehirn viel endgültiger ausgelöscht hatte, als es ein Pfahl durch das Herz – oder auch weniger Grauenhaftes imstande war.

Das Böse nahm weiterhin seinen Lauf, aber es hatte sich das kalte, seelenlose Licht der Neonleuchten auf den Parkplätzen und die Billionen von Hundertwattbirnen zu eigen gemacht. Den Generälen war die Planung von Luftangriffen außer Kontrolle geraten, wie einem Kind, das mit einer Seifenkiste ohne Bremspedal bergab fährt. *Ich habe nur Befehle ausgeführt.* Ja, das war die Patentantwort. Alle waren Soldaten, die nur ausführten, was im Tagesbefehl stand. Aber wo kamen diese Befehle denn letztlich her? *Bring mich zu deinem Führer!* Aber wo amtiert denn der? *Ich habe nur Befehle befolgt. Ich bin vom Volk gewählt worden.* Aber wer hat das Volk gewählt?

Irgend etwas flatterte über seinem Kopf, und Callahan wurde aus seinen wirren Überlegungen gerissen. Ein Vogel? Eine Fledermaus? Vorbei. Es hatte nichts zu bedeuten.

Callahan lauschte der Stadt und hörte nichts als das Summen der Telephondrähte.

Kein Laut; kein Licht, außer den Neonlichtern vor der Kirche, unter denen Fred Astaire niemals getanzt hatte, und dem müden Aufblinken der gelben Verkehrsampel an der Kreuzung von Brock Street und Jointer Avenue. Kein Baby schrie.

Seine fröhliche Erregung war verschwunden. Angst überkam ihn, aber es war keine Angst um sein Leben oder seine Ehre, keine Angst, die Haushälterin könnte seine Neigung zum Alkohol entdecken. Es war eine Angst, wie er sie niemals gekannt hatte, nicht einmal in den quälenden Tagen seiner Adoleszenz.

Die Angst, die er empfand, galt seiner unsterblichen Seele.

DRITTER TEIL
DIE VERLASSENE STADT

14
Jerusalem's Lot (IV)

Aus einem alten Bauernkalender:
Sonnenuntergang Sonntag, den 5. Oktober 1975, um 19.02 Uhr. Sonnenaufgang Montag, den 6. Oktober 1975, um 6.49 Uhr. Die Periode der Dunkelheit betrug für Jerusalem's Lot elf Stunden siebenundvierzig Minuten. Es war Neumond. Der Tagesspruch des Bauernkalenders lautete: »Scheint die Sonn' nur kurze Zeit, ist die Ernte nicht mehr weit.«
Von der Wetterstation in Portland:
Höchste Temperatur während der Dunkelheit, gemessen um 19.05 Uhr: 22 Grad Celsius. Tiefste Temperatur, gemessen um 4.06 Uhr: 13 Grad Celsius. Leicht wolkig, keine Niederschläge. Nordwestwind, 8 bis 15 Kilometer pro Stunde.
Aus dem Tagesprotokoll der Polizeistation von Cumberland:
Nichts.

Niemand erklärte Jerusalem's Lot an jenem Morgen des 6. Oktober für tot. Niemand wußte, daß die Stadt tot war. Wie die kürzlich verstorbenen Personen, behielt sie den Anschein des Lebens.
Ruthie Crockett, die das ganze Wochenende blaß und krank im Bett verbracht hatte, starb am Montag morgen. Ihre Mutter lag unten im Keller zwischen den Stellagen mit Marmeladetöpfen und hatte eine Leinenplache über ihren Körper gebreitet; Larry Crockett, der sehr spät erwachte, nahm an, seine Tochter sei zur Schule gegangen. Er beschloß, an diesem Morgen nicht ins Büro zu gehen. Er fühlte sich schwach und zerschlagen. Vermutlich Grippe. Das Licht tat seinen Augen weh. Er stand auf, um die Jalousien herabzulassen, und stieß einen kurzen Schmerzenslaut aus, als das Sonnenlicht direkt auf seinen Arm

fiel. Er würde ein neues Fenster einsetzen müssen, wenn er sich wieder besser fühlte. Mit beschädigtem Fensterglas sollte man nicht spaßen. An irgendeinem schönen Sonnentag kam man dann nach Hause, sah sein Haus brennen, und diese Typen von der Versicherung sprachen von Selbstentzündung und zahlten nicht. Wenn er sich besser fühlte, würde dafür noch immer Zeit genug sein. Er überlegte, ob er sich eine Tasse Kaffee machen sollte, und fühlte sich flau im Magen. Einen Augenblick lang wunderte er sich über die Abwesenheit seiner Frau, dann vergaß er sie. Er legte sich wieder ins Bett, befühlte eine komische kleine Wunde unter dem Kinn, die vermutlich vom Rasieren stammte, zog die Decke über seine blassen Wangen und schlief ein.

Seine Tochter schlief unterdessen in der Dunkelheit einer ausgedienten Gefriertruhe aus Email, gleich neben Dud Rogers. In der nächtlichen Welt ihrer neuen Existenz fand sie Duds Annäherungsversuche inmitten der aufgetürmten Müllhaufen als sehr angenehm.

Loretta Starcher, die städtische Bibliothekarin, war ebenfalls verschwunden, aber es gab in ihrem einsamen altjüngferlichen Leben niemanden, der es bemerkte.

Auch das Verschwinden von Virgil Rathbrun fiel niemandem auf. Franklin Boddin erwachte gegen neun Uhr in ihrer gemeinsamen Hütte, bemerkte den leeren Strohsack, dachte sich nichts dabei und versuchte, aus dem Bett zu kriechen, um eine Bierflasche zu suchen. Mit Füßen wie aus Gummi und mit einem schmerzenden Kopf fiel er auf die Bettstatt zurück. Scheiße, dachte er schläfrig, was haben wir gestern abend nur aufgeführt?

Eva Miller vermißte Weasel Craig, aber sie war zu sehr damit beschäftigt, ihren Mietern das Frühstück zu servieren, als daß sie sich den Kopf darüber zerbrochen hätte. Dann war sie damit beschäftigt, das Geschirr von Grover Verrill und diesem Taugenichts von Sylvester abzuspülen, die beide beharrlich die Tafel »Jeder wird gebeten, sein Geschirr selber zu waschen« ignorierten.

Doch als Evas Tag ruhiger wurde und die Routinearbeit begann, vermißte sie Weasel wieder. Am Montag wurde der Müll abgeholt, und Weasel pflegte die großen grünen Säcke mit dem Abfall auf den Gehsteig zu stellen, wo Royal Snow sie dann abholte. Heute standen die grünen Säcke immer noch auf der Treppe.

Eva ging zu Weasels Zimmer und klopfte leise an: »Ed?«

Keine Antwort. An einem andern Tag hätte sie angenommen,

daß er betrunken sei, und hätte eben die Säcke selbst vor das Haus gestellt, aber an diesem Morgen fühlte sie eine vage Beunruhigung, öffnete die Tür und steckte den Kopf hinein. »Ed?« rief sie leise.

Das Zimmer war leer. Das Fenster am Bettende stand offen und die Vorhänge flatterten in der leichten Brise hin und her. Das Bett war verdrückt, und automatisch begannen Evas Hände, es zu glätten. Als sie hinüber zur anderen Seite ging, zertrat sie etwas mit ihrem rechten Pantoffel. Sie blickte hinab und sah, daß es Weasels hornbesetzter Spiegel war, der zerbrochen war. Mit ärgerlicher Miene hob sie ihn auf und nahm ihn in die Hand. Es war der Spiegel seiner Mutter, und er hatte das Angebot eines Antiquitätenhändlers, ihm dafür zehn Dollar zu bezahlen, ausgeschlagen. Und das bereits, nachdem er mit dem Trinken begonnen hatte. Sie holte die Kehrichtschaufel aus der Diele und kehrte das Glas sorgfältig mit langsamen und nachdenklichen Bewegungen darauf. Sie wußte, daß Weasel nüchtern gewesen war, als er letzte Nacht zu Bett ging, und daß er nach neun Uhr nirgendwo Bier bekommen konnte, es sei denn, es hätte ihn jemand zu Dell's mitgenommen.

Sie warf die Scherben des zerbrochenen Spiegels in Weasels Papierkorb und sah eine Sekunde lang, wie sie sich selbst tausendfach darin spiegelte. Dann stöberte sie im Papierkorb, fand aber keine leeren Flaschen. Überdies war es nicht Weasels Art, im geheimen zu trinken.

Schon gut. Irgendwann würde er auftauchen.

Aber eine vage Besorgnis blieb. Ohne es sich einzugestehen, wußte sie plötzlich wieder zutiefst, daß sie mehr für Weasel empfand als nur Freundschaft.

»Mrs. Miller?«

Sie schrak aus ihren Gedanken auf und musterte den Fremdling in ihrer Küche. Der Fremdling war ein kleiner Junge in ordentlichen Schnürsamthosen und einem sauberen blauen T-Shirt. *Er sieht aus, als wäre er von seinem Fahrrad gefallen.* Er kam ihr bekannt vor, aber wer er war, wußte sie nicht genau.

»Wohnt Mr. Ben Mears hier?«

Eva wollte den Jungen fragen, warum er nicht in der Schule sei, besann sich jedoch anders. Sein Ausdruck war ernst, todernst. Unter seinen Augen lagen dunkle Schatten.

»Mr. Mears schläft.«

»Darf ich auf ihn warten?«

Homer McCaslin war von Greens Bestattungsinstitut geradewegs zum Nortonhaus in der Brook Street gefahren. Als Homer dort ankam, war es elf Uhr und Mrs. Norton in Tränen aufgelöst. Bill Norton gab sich äußerlich ruhig, doch rauchte er eine Zigarette nach der andern.

McCaslin willigte ein, die Beschreibung des Mädchens durchzugeben und eine Fahndung einzuleiten. Ja, man werde in allen Krankenhäusern der Gegend fragen, das gehöre zur Routine (ebenso wie in der Leichenhalle). Insgeheim vermutete er, daß das Mädchen sein Elternhaus in einem Anfall von Ärger verlassen habe. Die Mutter gab zu, daß es Streit gegeben und das Mädchen die Absicht geäußert habe, auszuziehen.

Dessenungeachtet fuhr McCaslin auf den Straßen der Umgebung umher, und kurz nach Mitternacht fielen seine Scheinwerfer auf ein Auto, das am Waldrand geparkt war.

Er blieb stehen und stieg aus. Es war ein etwa zwei Jahre alter kleiner Chevy. McCaslin zog sein großes Notizbuch aus der Tasche und verglich die Nummer mit jener, die Mrs. Norton ihm angegeben hatte. Ja, es war dieselbe. Das machte die Sache ernster. Er legte die Hand auf die Motorhaube. Kühl. Das Auto mußte schon längere Zeit hier stehen.

»Sheriff?«

Eine helle, sorglose Stimme, wie Glockengeläute. Warum griff seine Hand nach der Pistole?

Er wandte sich um und sah das Norton-Mädchen Hand in Hand mit einem Fremden auf sich zukommen. Susan sah unglaublich schön aus. Ihr Begleiter war ein junger Mann mit schwarzem Haar, das er streng aus der Stirn gekämmt trug. McCaslin richtete die Taschenlampe auf sein Gesicht und hatte das seltsame Gefühl, daß der Lichtstrahl einfach hindurchfalle, ohne das Gesicht zu beleuchten. Obwohl die beiden Gestalten gingen, hinterließen sie in dem weichen Erdreich keine Spuren. McCaslin verspürte Furcht, und seine Nerven signalisierten eine Warnung. Seine Hand schloß sich fester um den Revolver ... und lockerte sich. Er schaltete die Taschenlampe ab und wartete untätig.

»Sheriff«, sagte Susan. Jetzt war ihre Stimme warm und zärtlich.

»Wie freundlich, daß Sie gekommen sind«, sagte der Fremde.

Sie fielen über McCaslin her.

Etwas später stattete Susan ihrer Mutter einen kurzen Besuch ab, ohne viel Schaden anzurichten; wie ein Blutegel, der sich vollgesaugt hat, war sie im Augenblick zufrieden. Jedenfalls hatte man sie eingeladen, und von nun an konnte sie kommen und gehen, wie es ihr gefiel. Heute nacht würde sie wieder Hunger verspüren ... jede Nacht.

Charles Griffen hatte seine Frau an diesem Montag morgen kurz nach fünf Uhr geweckt. Sein langes Gesicht war von Bitterkeit und Zorn gezeichnet. Draußen warteten die Kühe mit prallen Eutern darauf, gemolken zu werden. Er faßte die Arbeit einer Nacht in fünf Worten zusammen: »Diese verdammten Jungen sind davongelaufen.«

Aber sie waren gar nicht davongelaufen. Danny Glick hatte Jack Griffen gefunden und sich auf ihn gestürzt; Jack war daraufhin ins Zimmer seines Bruders Hal gegangen und hatte seinem Ärger über die Schule, die Lehrbücher und seinen unnachgiebigen Vater ein Ende gesetzt. Nun lagen sie beide mitten im Heuhaufen der oberen Scheune, mit Spreu in den Haaren, und kleine Pollenstäubchen tanzten in ihren dunklen und trockenen Nasenlöchern. Eine verirrte Maus huschte über ihre Gesichter.

Jetzt lag das Land in Helligkeit getaucht, und alle bösen Dinge schliefen. Es war ein schöner Herbsttag geworden, kühl und klar und voll von Sonnenlicht. Im großen und ganzen würde die Stadt (die nicht wußte, daß sie tot war) wie üblich zu arbeiten beginnen, ohne zu ahnen, was sich des Nachts zugetragen hatte. Nach dem alten Bauernkalender würde die Sonne um Punkt 19.00 Uhr untergehen.

Es ging auf Allerseelen zu, und die Tage wurden kürzer.

Als Ben um Viertel vor neun Uhr die Treppe herunterkam, sagte Eva aus der Küche: »Auf der Veranda wartet jemand auf Sie.«

Er nickte und ging, in der Erwartung, Susan oder Sheriff McCaslin anzutreffen, in Pantoffeln zur Tür. Der Besucher war aber ein magerer kleiner Junge, der auf den Stufen zur Veranda saß und über die Stadt hinaus schaute, die langsam zu ihren montäglichen Aktivitäten erwachte.

»Hallo?« sagte Ben, und der Knabe wandte sich rasch um.

Sie blickten einander nur einen Augenblick lang an, aber für Ben schien sich dieser Augenblick seltsam zu dehnen, und ein Gefühl der Unwirklichkeit überkam ihn. Körperlich erinnerte ihn der Junge an Bens eigene Knabenzeit, aber es war mehr als das. Ben vermeinte, eine Last zu spüren, die sich auf ihn herabsenkte, als sei dieses Zusammentreffen viel mehr als nur ein Zufall. Ben dachte an seine erste Begegnung mit Susan im Park und an das Gespräch mit ihr, das ihm trotz der Oberflächlichkeit bedeutungsschwer erschienen war.

Vielleicht fühlte der Junge etwas Ähnliches, denn seine Augen weiteten sich ein wenig und seine Hand suchte das Geländer der Veranda, als wolle er sich stützen.

»Sie sind Mr. Mears«, sagte der Junge.

»Ja, aber ich kenne dich nicht.«

»Ich heiße Mark Petrie«, sagte der Junge. »Ich bringe Ihnen schlechte Nachrichten.«

Das wußte ich, dachte Ben und versuchte, sich im Geist gegen das Kommende zu wappnen – und als es kam, war er dennoch wehrlos.

»Susan Norton gehört zu *jenen*«, sagte der Junge. »Barlow hat sie im Marstenhaus erwischt. Aber ich habe Straker getötet. Zumindest glaube ich das.«

Ben versuchte zu sprechen, brachte jedoch kein Wort hervor.

Der Junge nickte. »Vielleicht können wir Ihr Auto nehmen und die Dinge besprechen. Ich möchte nicht, daß man mich sieht. Erstens schwänze ich Schule, und zweitens sind meine Eltern bös auf mich.«

Ben sagte etwas – er wußte nicht, was. Nach dem Motorradunfall, der Miranda das Leben gekostet hatte, war er benommen gewesen, war aber unverletzt aufgestanden; der Lastwagenfahrer war zu ihm gekommen und hatte ihm die Hand auf die Schulter gelegt. Er war ein großer, kahlköpfiger Mann, der eine Füllfeder in der Tasche seines weißen Hemds stecken hatte, auf deren Hülse, in Goldbuchstaben eingraviert, »Frank's Mobil Sta« zu lesen war, der Rest war unter der Brusttasche versteckt, aber Ben hatte scharfsinnigerweise erkannt, daß die fehlenden Buchstaben »tion« bedeuten mußten. Der Lastwagenfahrer hatte irgend etwas gesagt. Ben erinnerte sich nicht, was, und hatte versucht, Ben wegzuführen. Er sah einen von Mirandas Schuhen mit ihren flachen Absätzen neben den riesigen Hinterrädern des Lastwagens liegen, und als er auf den Fahrer losgehen wollte, sagte dieser: *Ich hab' es nicht gewollt.* Und Ben, der bis auf einen Kratzer an der Unterseite der linken Hand unverletzt geblieben war, schaute den Mann dumpf an, als wolle er ihm erzählen, daß alles, was sich vor fünf Minuten zugetragen hatte, nicht geschehen sei, daß der Unfall sich in einer völlig anderen Welt abgespielt habe. Eine Menge Menschen sammelte sich an, sie kamen aus einem Schnapsladen an der Ecke und aus der kleinen Milchbar gegenüber. Damals hatte Ben etwas Ähnliches empfunden wie jetzt. Er hatte einige Schritte gemacht, hatte sich vornüber gebeugt und –

»Ich glaube, ich muß erbrechen«, sagte Ben.

Er ging hinter den Citroën und hielt sich am Türgriff fest. Als er die Augen schloß, kam Dunkelheit über ihn, in der Dunkelheit glaubte er Susans Gesicht zu sehen; sie lächelte und sah ihn mit ihren schönen tiefen Augen an. Es kam ihm in den Sinn, daß der Junge vielleicht log oder verwirrt oder überhaupt ein wenig geistig gestört war, doch der Gedanke brachte ihm keine Hoffnung. Der Junge war nicht von dieser Art. Ben wandte sich um, sah dem Jungen ins Gesicht und fand darin Besorgnis – sonst nichts.

»Komm«, sagte Ben.

Der Junge stieg ein, und sie fuhren fort. Mit gerunzelten Brauen schaute ihnen Eva Miller aus dem Küchenfenster nach. Etwas Schlimmes war im Anzug. Sie fühlte es wie damals, an jenem Tag, an dem ihr Mann starb.

Sie stand auf und rief Loretta Starcher an. Das Telefon klingelte und klingelte, bis Eva den Hörer auflegte. Wo konnte Loretta sein? Jedenfalls nicht in der Bibliothek, die war Montag geschlossen.

Nachdenklich starrte Eva auf das Telefon. Sie spürte, daß sich eine Katastrophe vorbereitete. Vielleicht etwas so Schreckliches wie das große Feuer im Jahre 1951.

Schließlich rief sie Mabel Werts an, die erfüllt war von dem neuesten Klatsch und begierig, mehr zu hören. Seit Jahren hatte die Stadt kein solches Wochenende erlebt.

Ben fuhr ziellos herum, während Mark seine Geschichte erzählte. Er erzählte sie gut, angefangen mit der Nacht, in der Danny Glick an sein Fenster gekommen war, bis zu seiner nächtlichen Besucherin von heute morgen.

»Bist du sicher, daß es Susan war?« fragte Ben.

Mark Petrie nickte.

Ben machte kehrt und fuhr die Jointer Avenue zurück.

»Wohin fahren Sie? Zum –«

»Nein. Noch nicht.«

Ben hielt unvermittelt an, und sie stiegen aus. Sie waren langsam die Brooks Road am Fuß des Marstenhügels entlanggefahren. Es war die Waldstraße, an der Homer McCaslin Susans Wagen gefunden hatte. Ben und Mark sahen etwas Metallisches in der Sonne aufglänzen. Wortlos gingen sie die von Gras überwachsene Straße weiter. Irgendwo zwitscherte ein Vogel.

Der Wagen war bald gefunden.

Ben zögerte, blieb stehen. Wieder spürte er seinen Magen revoltieren. Der Schweiß auf seinen Armen war kalt.

»Geh nachsehen«, sagte er.

Mark lief zum Auto und beugte sich durchs Fenster beim Fahrersitz. »Die Schlüssel stecken«, rief er zurück.

Ben ging auf den Wagen zu, und sein Fuß stieß an etwas Hartes. Im Straßenstaub lag ein Revolver. Ben bückte sich und betrachtete die Waffe. Sie sah nach einem Polizeirevolver aus.

»Wem gehört der Revolver?« fragte Mark. Er hielt Susans Schlüssel in der Hand.

»Weiß nicht.« Ben sicherte die Waffe und steckte sie ein.

Mark gab ihm die Autoschlüssel, und wie im Traum ging Ben auf das Auto zu. Seine Hände zitterten, und er mußte zweimal ansetzen, bevor er den Kofferraum aufsperren konnte.

Gemeinsam sahen Ben und Mark hinein. Ein Reserverad, ein Wagenheber, sonst nichts. Ben atmete tief aus.

»Und jetzt?« fragte Mark.

Einen Augenblick lang war Ben unfähig, zu antworten. Als er seine Stimme wieder unter Kontrolle hatte, sagte er: »Wir werden einen Freund von mir aufsuchen, der im Spital liegt. Matt Burke. Er hat sich mit Vampiren beschäftigt.«

Die Dringlichkeit in den Augen des Jungen war nicht gewichen. »Glaubst du mir jetzt?«

»Ja«, sagte Ben. Der Klang des Wortes schien es zu bestätigen und ihm Gewicht zu verleihen. »Ja, ich glaube dir.«

»Mr. Burke ist von der Oberschule, nicht wahr? Weiß er davon?«

»Ja. Und auch der Arzt.«

»Doktor Cody?«

»Ja.«

Während sie sprachen, blickten beide auf das Auto, als wäre es das Relikt irgendeines dunklen verlorenen Rennens, ein Wrack, das sie in dem sonnenbeschienenen Wald gefunden hatten. Der Kofferraum klaffte wie ein offener Mund, und Ben schlug ihn zu; der dumpfe Ton fand ein Echo in Bens Herz.

»Und wenn wir mit Burke gesprochen haben«, sagte Ben, »gehen wir zum Marstenhaus und erledigen den Hurensohn, der das getan hat.«

Mark sah Ben bewegungslos an. »Das wird nicht so einfach sein, wie du denkst. Susan wird auch dort sein. Sie gehört jetzt *ihm*.«

»Er wird den Tag verwünschen, an dem er Salem's Lot betreten hat«, sagte Ben leise. »Komm.«

Um halb zehn Uhr kamen sie ins Spital. Jimmy Cody war bei Matt. Er sah Ben ernst an, dann wanderten seine Augen erstaunt zu Mark Petrie.

»Ich habe schlechte Nachrichten für dich, Ben. Sue Norton ist verschwunden.«

»Sie ist ein Vampir«, sagte Ben tonlos.

»Bist du dessen sicher?« fragte Jimmy scharf.

Ben wies mit dem Finger auf Mark Petrie und stellte ihn vor. »Mark hatte in der Samstagnacht einen Besuch von Danny Glick. Alles andere wird er euch selbst erzählen.«

Mark erzählte vom Anfang bis zum Ende, so wie er vorher Ben seine Geschichte erzählt hatte.

Als Mark geendet hatte, sagte Matt: »Ben, ich kann mit Worten nicht ausdrücken, wie leid du mir tust.«

»Wenn du willst, kann ich dir etwas verschreiben«, sagte Jimmy.

»Ich weiß, was für eine Medizin ich brauche, Jimmy. Heute noch werde ich mit diesem Barlow abrechnen. Jetzt. Bevor es dunkel wird.«

»Gut«, sagte Jimmy. »Ich habe alle meine Besuche abgesagt. Und ich habe im Büro des Sheriffs angerufen. McCaslin ist ebenfalls verschwunden.«

»Vielleicht ist das die Erklärung«, sagte Ben, nahm den Revolver aus der Tasche und legte ihn auf Matts Nachttisch. Die Waffe sah seltsam und fehl am Platze aus in dem Krankenzimmer.

»Woher hast du ihn?« fragte Jimmy.

»Ich fand ihn bei Susans Auto.«

»Dann kann ich das weitere erraten. Nachdem McCaslin uns verlassen hatte, ging er zu den Nortons. Er hörte, daß man Susan vermisse, und erhielt die Autonummer ihres Wagens. Er fuhr auf der Suche nach Susan durch die abgelegenen Straßen und –«

Stille. Niemand mußte etwas hinzufügen.

»Der Müllabfuhrplatz ist immer noch geschlossen. Eine Menge alter Leute hat sich bereits darüber beklagt. Seit einer Woche hat kein Mensch mehr Dud Rogers gesehen.«

Sie sahen einander düster an.

»Ich sprach gestern abend mit Pater Callahan«, sagte Matt. »Er ist bereit, mitzukommen, vorausgesetzt, daß ihr beide und natürlich auch Mark zuerst zu dem neuen Geschäft geht und mit Straker sprecht.«

»Ich glaube nicht, daß Straker heute mit irgend jemandem sprechen wird«, sagte Mark ruhig.

»Was haben Sie über die beiden herausgefunden?« Jimmy wandte sich an Matt. »Irgend etwas Brauchbares?«

»Nun, ich glaube, ich habe das Puzzle ein wenig weitergebracht. Straker ist vermutlich der menschliche Wachhund und Leibwächter dieses Wesens. Er muß schon lange vor Barlows Erscheinen in der Stadt gewesen sein. Es galt, bestimmte Riten auszuführen, um den dunklen Götzen zu besänftigen. Wissen Sie, sogar Barlow hat nämlich einen Herrn.« Matt sah ernst um sich. »Ich vermute, man wird niemals eine Spur von Ralphie Glick finden. Er war sozusagen Barlows Eintrittskarte. Straker raubte Ralphie und brachte ihn als Opfer dar.«

»Hurensohn«, sagte Jimmy von weit her.

»Und Danny Glick?« fragte Ben.

»Ihn durfte Straker ausbluten«, sagte Matt. »Ein Geschenk seines Herrn. Das erste Blut für den treuen Diener. Später hat Barlow dieses Geschäft selbst besorgt. Straker leistete seinem Herrn jedoch noch einen weiteren Dienst, bevor Barlow ankam. Weiß einer von euch, was?«

Einen Augenblick lang herrschte Stille, dann sagte Mark ganz deutlich: »Der Hund, der auf dem Friedhofsgitter gefunden wurde.«

»Was?« sagte Jimmy. »Warum? Warum tat er das?«

»Die weißen Augen«, sagte Mark und blickte Matt fragend an, der einigermaßen erstaunt nickte.

»Die ganze letzte Nacht habe ich über diesen Büchern gebrütet, ohne zu wissen, daß wir in unserer Mitte einen Fachmann haben.« Der Junge wurde rot. »Was Mark sagt, ist völlig richtig. Laut den verschiedensten Büchern über Brauchtum und übersinnliche Erscheinungen ist es eine der Möglichkeiten, einen Vampir zu verjagen, ›weiße Engelsaugen‹ über die echten Augen eines Hundes zu malen. Wins Hund war ganz schwarz, mit Ausnahme von zwei weißen Flecken – Win nannte sie seine Scheinwerfer – über den Augen. Win ließ den Hund in der Nacht frei herumlaufen. Straker muß den Hund entdeckt und getötet haben; dann spießte er ihn auf das Friedhofsgitter.«

»Und wie steht es mit Barlow?« fragte Jimmy. »Wie kam er in unsere Stadt?«

Matt zuckte die Achseln. »Ich habe keine Ahnung. Vermutlich ist er alt, sehr alt, so sagen die Legenden. Er mag Dutzende oder Tausende Male seinen Namen gewechselt haben. Er mag in jedem Land der Welt geboren worden sein, obwohl ich annehme, daß er aus Rumänien oder Ungarn stammt. Eigentlich ist es unwichtig, wie er in diese Stadt kam ... ich wäre allerdings nicht überrascht, wenn Larry Crockett seine Hände mit im Spiel gehabt hätte. Jedenfalls ist Barlow jetzt hier. Das ist das einzig wirklich Wichtige. – Ihr habt nun Folgendes zu tun: Nehmt einen Pfahl mit, wenn ihr geht. Und einen Revolver, falls Straker noch am Leben sein sollte. Den Revolver von McCaslin zum Beispiel. Der Pfahl muß in das Herz des Vampirs eindringen, sonst kann er wieder auferstehen. Das könnten *Sie* kontrollieren, Jimmy. Wenn ihr ihn gepfählt habt, müßt ihr ihm den Kopf abschlagen, den Mund mit Knoblauch vollstopfen und das Gesicht im Sarg nach unten kehren. In den meisten Vampirerzählungen zerfällt der gepfählte Vampir sofort zu Staub. Vielleicht stimmt das in Wahrheit nicht so ganz. Wenn es nicht der Fall ist, müßt ihr den Sarg in fließendes Wasser werfen. Ich würde den Royal River vorschlagen. Noch Fragen?«

Es gab keine.

»Gut. Jeder von euch muß ein wenig Weihwasser und eine unkonsekrierte Hostie bei sich haben. Und jeder muß bei Pater Callahan die Beichte ablegen, bevor er geht.«

»Ich glaube, keiner von uns ist katholisch«, sagte Ben.

»Ich schon«, meinte Jimmy, »aber nicht praktizierend.«

»Dessenungeachtet werdet ihr alle beichten und dabei vor allem: bereuen. Dann seid ihr rein, von Christi Blut reingewaschen.«

»Einverstanden«, sagte Ben.

»Ben, haben Sie mit Susan geschlafen? Verzeihen Sie, aber –«

»Ja«, sagte er.

»Dann müssen Sie den Pfahl zuerst in Barlows, dann in Susans Herz stoßen. Sie sind der einzige in dieser Gruppe, der persönlich verletzt wurde. Sie werden sozusagen als Susans

Mann agieren. Und Sie dürfen nicht schwach werden. Denn Sie müssen Susan erlösen.«

»Gut«, wiederholte Ben.

»Und vor allem« – Matts Blick schweifte über die Gruppe – »*dürft ihr nicht in Barlows Augen schauen!* Wenn ihr es tut, seid ihr verloren. Denkt an Floyd Tibbits. Daher ist es gefährlich, einen Revolver zu haben. Jimmy, Sie nehmen den Revolver und bleiben ein wenig zurück. Wenn Sie Barlow oder Susan untersuchen müssen, geben Sie Mark den Revolver.«

»Verstanden«, sagte Jimmy.

»Vergeßt nicht, Knoblauch zu kaufen. Und, wenn möglich, Rosen. Ist das kleine Blumengeschäft in Cumberland noch offen, Jimmy?«

»Ich glaube schon.«

»Für jeden eine weiße Rose. Bindet die Rose um den Hals oder steckt sie ins Haar. Und nochmals – seht nicht in Barlows Augen! Ich könnte euch noch stundenlang erzählen, aber es ist besser, wenn ihr geht. Es ist bereits zehn Uhr, und Pater Callahan mag sich anders besinnen. Alle meine Wünsche und Gebete gehen mit euch. Für einen alten Agnostiker wie mich ist Beten gar nicht so einfach. Aber mir scheint, ich bin kein so überzeugter Agnostiker mehr. War es Carlyle, der sagte: Wenn ein Mensch Gott aus seinem Herzen verdrängt, dann nimmt der Satan den leeren Platz ein?«

Niemand antwortete, und Matt seufzte. »Jimmy, ich möchte mir Ihren Hals genauer ansehen.«

Jimmy ging zu Matts Bett und hob das Kinn. Die Bißwunde schien gut zu verheilen.

»Schmerzen? Ein Jucken?« fragte Matt.

»Nichts.«

»Sie haben großes Glück gehabt«, sagte Matt, sah Jimmy ernst an und lehnte sich ins Bett zurück; sein Gesicht sah erschöpft aus, die Augen waren tief eingesunken. »Ich werde die Pille nehmen, die Ben abgelehnt hat.«

»Ich sage es der Schwester.«

»Während ihr an die Arbeit geht, werde ich schlafen«, sagte Matt. »Später ist da noch etwas ... aber im Augenblick wollen wir es gut sein lassen.« Sein Blick fiel auf Mark. »Du hast gestern etwas Bemerkenswertes vollbracht, mein Junge. Töricht und tollkühn, aber bemerkenswert.«

»*Sie* mußte dafür bezahlen«, sagte Mark ruhig und faltete die Hände. Sie zitterten.

»Ja, und vielleicht wirst auch du bezahlen müssen. Vielleicht muß das jeder von euch. Unterschätzt Barlow nicht. Und jetzt möchte ich schlafen. Ich habe fast die ganze Nacht hindurch gelesen. Ruft mich sofort an, wenn die Arbeit getan ist.«

Sie gingen hinaus. In der Halle schaute Ben Jimmy an und sagte: »Hat er dich an jemanden erinnert?«

»Ja«, sagte Jimmy. »An Doktor Van Helsing aus Bram Stokers Dracula-Roman.«

Um Viertel nach zehn Uhr ging Eva Miller in den Keller, um für Mrs. Norton, die laut Mabel Werts zu Bett lag, zwei Gläser eingelegte Maiskörner zu holen. Eva war fast den ganzen September in der rauchigen Küche gestanden und hatte sich mit Einkochen herumgeplagt, Gemüse blanchiert und eingelegt, selbstgemachte Marmelade in Gläser abgefüllt und diese mit Paraffinstöpseln verschlossen. Jetzt hatte sie wohl schon mehr als zweihundert Einmachgläser fein säuberlich auf ihre funkelnagelneuen Regale geschlichtet – Einkochen war eine ihrer Leidenschaften. Gegen Ende des Jahres, wenn der Herbst in den Winter überging und die Weihnachtsferien nahten, wollte sie Corned beef machen.

Der Gestank überfiel Eva in dem Augenblick, in dem sie die Kellertür öffnete.

»Pfui Teufel«, murmelte Eva und ging vorsichtig hinunter, als steige sie in verschmutztes Wasser. Ihr Mann hatte den Keller selbst gebaut und Spalten in den Fels gehauen, um den Keller gut zu kühlen. Hin und wieder kroch zwar eine Bisamratte oder ein Nerz durch die Spalten und verendete dann im Keller. Das war es, was geschehen sein mußte, obwohl Eva noch nie dort unten einen so starken Verwesungsgeruch verspürt hatte.

Sie holte die zwei Gläser, ging die Wand entlang und schaute in jede Ecke. Der große Keller war viel ordentlicher, seit Larry Crocketts Gehilfen ihr vor zwei Jahren einen Werkzeugschuppen gebaut hatten.

Evas Blick fiel auf die kleine Tür, die hinunter zum Rübenkeller führte. Nein, da hinunter wollte sie heute nicht gehen. Außerdem waren die Wände dieses Kellers aus solidem Beton. Unmöglich, daß sich ein Tier dorthin verirrt haben konnte.

Doch der Geruch blieb.

»Ed?« rief sie plötzlich aus einem unerklärlichen Grund. Der hohle Klang ihrer Stimme erschreckte sie.

Das Wort erstarb in dem schwach erleuchteten Keller. Warum hatte sie gerufen? Was, um Himmels willen, sollte Ed Craig hier unten tun?

Sie blieb noch einen Augenblick lang und blickte rundum. Der Gestank war furchtbar, einfach furchtbar.

Mit einem letzten Blick auf die Tür zum Rübenkeller ging Eva wieder hinaus.

Pater Callahan hörte ihren Bericht an; als die drei geendet hatten, war es kurz nach halb zwölf. Sie saßen in dem kühlen, geräumigen Wohnzimmer des Pfarrhauses, und die Sonne fiel in breiten Strahlen durch die großen Fenster. Pater Callahan beobachtete die Motten, die in den Lichtbündeln tanzten, und dachte an eine Karikatur, die er irgendwo gesehen hatte. Eine Putzfrau mit einem Besen schaut erstaunt auf den Boden; sie hat die Hälfte ihres Schattens weggekehrt. So ähnlich kam der Pater sich vor. Binnen vierundzwanzig Stunden war er zum zweitenmal mit einer absoluten Unmöglichkeit konfrontiert – jetzt wurde diese Unmöglichkeit jedoch von einem Schriftsteller, einem offenbar vernünftigen kleinen Jungen und von einem allgemein geschätzten Arzt bestätigt. Und doch blieb eine Unmöglichkeit eine Unmöglichkeit. Man kann seinen eigenen Schatten nicht wegkehren. Aber etwas Ähnliches war geschehen.

»Das alles wäre einfacher zu akzeptieren, wenn ihr wenigstens ein Gewitter oder einen Stromausfall arrangiert hättet«, sagte er.

»Es ist alles wahr«, sagte Jimmy. »Ich versichere es Ihnen.«

Pater Callahan stand auf und zog etwas aus Jimmys schwarzer Tasche – zwei Baseballschläger mit zugespitzten Enden. Der Pater nahm einen der Schläger in die Hand und sagte: »Nur einen Augenblick bitte, Mrs. Smith. Es wird gar nicht wehtun.«

Niemand lachte.

»Ihr seid alle sehr überzeugend«, sagte Callahan. »Und ich muß etwas hinzufügen, das ihr vermutlich noch nicht wißt. In der Auslage des Möbelgeschäftes Barlow & Straker liegt eine Tafel: *Bis auf weiteres geschlossen.*«

»Sie müssen zugeben, daß das gut mit dem übereinstimmt, was Mark erzählte«, sagte Ben.

»Vielleicht. Vielleicht ist es auch nur Zufall. Ich möchte noch einmal fragen: Seid ihr überzeugt, daß ich, ein Diener der Kirche, da hineingezogen werden muß?«

»Ja«, erwiderte Ben. »Aber wenn es sein muß, tun wir es auch ohne Sie. Und wenn es darauf ankommt, gehe ich auch ganz allein.«

»Das wird nicht nötig sein«, sagte Pater Callahan und stand auf. »Folgen Sie mir zur Kirche, meine Herren, und ich werde Ihr Sündenbekenntnis anhören.«

Unbeholfen kniete sich Ben in die muffige Dunkelheit des Beichtstuhles. Eine Folge von surrealen Bildern zog an seinem inneren Auge vorüber: Susan im Park; Mrs. Glick, mit aufgerissenem Mund vor dem Kruzifix zurückschreckend; Floyd Tibbits, wie eine Vogelscheuche angezogen, sich auf ihn stürzend; Mark Petrie, sich ins Fenster von Susans Auto beugend. Zum ersten und einzigen Mal kam ihm die Möglichkeit in den Sinn, das alles könnte ein Traum sein, und sein erschöpfter Verstand klammerte sich begierig an diesen Gedanken.

Sein Blick fiel auf etwas in der Ecke des Beichtstuhls, und er hob es neugierig auf. Es war eine leere Kaugummischachtel, die vielleicht einem Jungen aus der Tasche geglitten war. Die Wirklichkeit war unbestreitbar. Der Karton war wirklich. Er fühlte ihn zwischen seinen Fingern. Aus dem Traum wurde Realität.

Das vergitterte Fensterchen öffnete sich. Ben sah hin, konnte jedoch nichts erkennen.

»Was soll ich tun?« fragte er ins Nichts.

»Sag: ›Segne mich, Vater, denn ich habe gesündigt.‹«

»Segne mich, Vater, denn ich habe gesündigt«, sagte Ben; seine Stimme klang seltsam und fremd in dem engen Raum.

»Nenne mir deine Sünden.«

»Alle?« fragte Ben entsetzt.

»Nur die wesentlichen«, sagte Callahan.

Ben hielt sich die Zehn Gebote als Wegweiser vor Augen und begann zu erzählen. Es wurde allmählich einfacher, während er sprach. Zum erstenmal in seinem Leben fühlte er den langsamen Rhythmus der Jahrhunderte und sah sein Leben als einen winzigen Funken. Er fühlte das, wie kein Katholik, seit frühester Kindheit an die Beichte gewöhnt, es fühlen kann.

Als er heraustrat, fuhr er sich mit der Hand über den Hals; er war schweißgebadet.

»Sie sind noch nicht fertig«, sagte Callahan.

Wortlos ging Ben zurück. Callahan gab ihm Ratschläge, dann

zehn Vaterunser und zehn Ave Maria als Buße und murmelte schließlich eine Formel.

»Das Ave Maria kenne ich nicht«, sagte Ben.

»Ich werde Ihnen ein Bildchen mit dem Gebet geben«, sagte die Stimme hinter dem Gitter. »Sie können das Gebet lesen, während wir nach Cumberland fahren.«

Ben zögerte einen Augenblick lang. »Matt hatte recht, als er sagte, es werde schwieriger werden, als wir dächten, und ehe das vorüber sei, würden wir Blut schwitzen.«

»Ja?« sagte Callahan – höflich oder zweifelnd? Ben wußte es nicht.

Es war kurz vor dreizehn Uhr, als sie in Jimmy Codys großen Buick einstiegen und losfuhren. Keiner sprach. Pater Callahan trug eine Albe und eine violette Stola. Er hatte jedem ein Fläschchen mit Weihwasser gegeben und jeden mit dem Zeichen des Kreuzes gesegnet.

Zuerst fuhren sie zu Jimmys Ordination in Cumberland. Jimmy ließ den Motor laufen, während er hineinging. Als er zurückkam, trug er ein weites Sportjackett, das McCaslins Revolver verbarg. In der rechten Hand hielt er einen großen Hammer.

Ben sah den Hammer fasziniert an, und auch Mark und Callahan starrten auf das Werkzeug. Der Hammer hatte einen blauen Stahlkopf und einen Gummigriff.

»Häßlich, nicht wahr?« bemerkte Jimmy.

Ben sah sich den Hammer für Susan benutzen, sah sich den Pfahl zwischen ihre Brüste schlagen, und sein Magen drehte sich langsam zur Seite, wie ein Flugzeug, das über den Flügel rollt.

»Ja«, sagte er und befeuchtete seine Lippen. »Er ist sehr häßlich.«

Sie fuhren zum Supermarkt, und Ben und Jimmy kauften den gesamten vorhandenen Knoblauch auf – zwölf Schachteln der weißlichgrauen Zwiebeln. Das Mädchen an der Kasse hob die Brauen und bemerkte: »Froh bin ich, daß ich heute abend nicht mit euch ausgehen muß!«

»Ich frage mich, warum Knoblauch *jenen* etwas anhaben soll«, sagte Ben. »Ein alter Fluch, aber was soll's –?«

»Vielleicht eine Allergie", meinte Jimmy.

»Allergie?«

»Ja, vermutlich hat Dr. Cody recht«, sagte Callahan. »Vielleicht ist es tatsächlich eine Allergie ... falls es überhaupt wirkt. Noch haben wir ja keinen Beweis dafür.«

»Für einen Geistlichen ist das ein seltsamer Gedankengang«, sagte Mark.

»Warum? Wenn ich die Existenz von Vampiren annehmen soll (und das muß ich anscheinend im Augenblick), muß ich Vampire dann auch als Kreaturen außerhalb der Naturgesetze sehen? Bis zu einem gewissen Grad, ja. Die Legende sagt, daß Vampire in einem Spiegel nicht sichtbar sind, daß sie sich in Fledermäuse, Wölfe oder Vögel verwandeln können, daß sie ihren Körper zusammenziehen und durch die kleinsten Ritzen schlüpfen. Aber die Legende sagt auch, daß Vampire sehen und hören und sprechen ... und ganz gewiß auch schmecken können. Vielleicht kennen sie auch Unbehagen, Schmerz –«

»Und Liebe?« fragte Ben, starr geradeaus schauend.

»Nein«, antwortete Jimmy. »Ich nehme an, Liebe ist jenseits von ihnen.« Er fuhr auf den kleinen Parkplatz neben einem Blumengeschäft.

Eine Glocke über der Tür bimmelte, als sie eintraten.

»Hallo.« Ein stattlicher Mann mit einer großen Schürze kam auf sie zu.

Ben hatte gerade begonnen, zu erklären, was sie wollten, als der Mann den Kopf schüttelte und ihn unterbrach.

»Sie kommen leider zu spät. Am vergangenen Freitag kam ein Kunde und kaufte alle Rosen, die ich hatte – rote, weiße, gelbe. Vor Mittwoch bekomme ich keine neuen. Wenn sie welche bestellen wollen –«

»Wie sah der Mann aus?«

»Sehr beeindruckend«, sagte der Verkäufer. »Groß und kahlköpfig. Stechende Augen. Rauchte ausländische Zigaretten. Schleppte alle Blumen zu einem sehr alten Auto, ich glaube, es war ein Dodge –«

»Packard«, sagte Ben. »Ein schwarzer Packard.«

»Dann kennen Sie ihn also?«

»Sozusagen.«

Wieder im Auto, besprachen sie die Angelegenheit.

»Es gibt ein Geschäft in Falmouth –« begann Pater Callahan zögernd.

»Nein!« rief Ben. »Nein!« Seine beinahe hysterische Ablehnung ließ alle aufblicken. »Und wenn wir nach Falmouth kommen und feststellen, daß Straker auch dort gewesen ist? Er hat uns erwartet. *Er führt uns an der Nase herum!*«

»Ben, seien Sie vernünftig! Glauben Sie nicht, wir sollten –«

»Erinnert ihr euch nicht, was Matt sagte? ›Ihr dürft nicht glauben, daß er, weil er das Tageslicht scheut, euch nicht trotzdem schaden kann.‹ Sieh auf die Uhr, Jimmy.«

»Zwei Uhr fünfzehn«, sagte Jimmy langsam und blickte zum Himmel, als mißtraue er dem Zifferblatt.

»Er ist uns zuvorgekommen«, sagte Ben. »Er war uns schon immer einige Schritte voraus. Dachten wir denn – konnten wir überhaupt daran denken, daß *er* von uns keine Notiz nehmen würde? Daß *er* niemals die Möglichkeit eines Widerstandes, der ihn aufdecken wollte, einkalkuliert hat? Wir müssen *jetzt* gehen, bevor wir den Rest des Tages damit vergeuden, uns zu unterhalten, wieviel Engel auf einem Stecknadelkopf tanzen können.«

»Ich glaube, Ben hat recht«, sagte Callahan ruhig. »Wir sollten aufhören, zu reden, und sollten losfahren.«

Cody näherte sich dem Marstenhaus von der Brooks Road her, und Pater Callahan, der es jetzt unter einem neuen Winkel sah, dachte: Ja, es überschattet die Stadt tatsächlich wie ein bedrohliches Götzenbild. Merkwürdig, daß ich das bisher nicht bemerkt habe. Man mußte sich so richtig erhaben fühlen, hier oben auf dem Hügel, über der Kreuzung von Jointer Avenue und Brock Street. Von hier hatte man eine Aussicht in einem Winkel von beinahe 360 Grad über die ganze Stadt. Es war ein gewaltiger und unheimlicher Ort, und mit seinen geschlossenen Fensterläden vermittelte er ein unbehagliches Gefühl der Verlorenheit. Das Haus glich einem sarkophagähnlichen Monolithen, einer Inkarnation der Finsternis. Und es war ein Ort, an dem Mord und Selbstmord stattfanden, das heißt, es stand auf entweihtem Boden.

Cody bog in die Einfahrt ein. Der Packard stand vor der Garage, und als Jimmy den Motor abstellte, zog er McCaslins Revolver.

Callahan spürte sofort, wie die Atmosphäre des Ortes von ihm Besitz ergriff. Er zog ein Kruzifix hiervor – es hatte seiner Mutter gehört – und hing es neben sein eigenes um den Hals. In den herbstlichen Bäumen sang kein Vogel. Das lange Gras schien trockener zu sein und dürrer, als es die Jahreszeit bedingte; auch die Erde sah grau und verbraucht aus.

Die Stufen, die zur Vorhalle hinaufführten, waren abgebröckelt, und auf einer Säule der Vorhalle konnte man einen helleren Fleck sehen, von dem erst kürzlich ein »Betreten verboten«-Schild entfernt worden war. Ein neues Schloß funkelte blechern unter dem verrosteten alten Riegel am Haustor.

»Vielleicht ein Fenster, wie Mark –« begann Jimmy zögernd.

»Nein«, sagte Ben. »Geradenwegs durch die Eingangstür. Wenn es nicht anders geht, schlagen wir sie ein.«

»Ich glaube nicht, daß das nötig sein wird«, sagte Callahan, und seine Stimme schien ihm nicht zu gehören. Als sie ausstiegen, führte Callahan sie an. Ein Eifer – der alte Eifer, den er verschwunden geglaubt hatte – packte ihn, als sie sich der Tür näherten. Das Haus schien sich über sie zu beugen, und aus jeder Pore des abbröckelnden Verputzes strömte das Böse. Aber er zögerte nicht. Jeder Gedanke an einen Aufschub war verschwunden.

Ohne sich bewußt zu sein, was er tat, schlug er mit dem Kruzifix gegen die Tür.

Ein Lichtstrahl, ein scharfer Geruch nach Ozon, ein knarrendes Geräusch, als würden die Bretter selbst aufschreien. Das Oberlicht über der Tür explodierte, und im gleichen Augenblick spuckte das große Erkerfenster zur Linken sein Glas auf den Rasen. Jimmy schrie auf. Das neue Yale-Schloß lag, zu einer unkenntlichen Masse geschmolzen, auf dem Boden. Mark beugte sich nieder, um es aufzuheben, und zuckte zusammen.

»Heiß«, sagte er.

Zitternd wich Callahan von der Tür zurück und blickte auf das Kreuz in seiner Hand. »Das ist zweifellos das Merkwürdigste, was ich je erlebt habe«, sagte er.

Ben stieß die Türe auf und ließ Callahan als ersten eintreten. In der Halle blickte Ben Mark fragend an.

»Der Keller«, sagte Mark. »Man geht durch die Küche. Straker ist im ersten Stock. Aber –« Er hielt zögernd inne. »Etwas hat sich verändert. Was es ist, weiß ich nicht. Aber etwas ist anders, als es war.«

Sie gingen zuerst hinauf, und obwohl Ben die Gruppe nicht anführte, fühlte er das Prickeln eines sehr alten Schreckens, als sie sich der Tür am Ende des Ganges näherten. Jetzt würde er, beinahe auf den Tag genau einen Monat nach seiner Ankunft, zum zweitenmal in seinem Leben dieses Zimmer sehen. Als

Callahan die Tür aufstieß, sah Ben nach oben ... spürte den Schrei in sich aufsteigen und konnte ihn nicht zurückhalten. Einen schrillen, hysterischen Schrei.

Es war jedoch nicht Hubert Marsten, der von dem Balken hing.

Es war Straker; man hatte ihn wie ein Schwein im Schlachthaus mit dem Kopf nach unten aufgehängt. An seinem Hals klaffte eine Wunde. Seine glasigen Augen starrten sie an.

Man hatte ihn ausgeblutet.

»Lieber Gott«, sagte Pater Callahan, »oh, du lieber Gott!«

Strakers Füße waren zusammengebunden und an einem Balken festgeknüpft. Ben dachte vage, daß ein Mann ungeheure Kräfte besitzen müsse, um Straker so weit hinaufzuheben, daß seine baumelnden Hände den Boden nicht berührten.

Jimmy griff an Strakers Stirn und befühlte seine Hand. »Er ist seit etwa achtzehn Stunden tot«, sagte Jimmy. Schaudernd ließ er die tote Hand wieder fallen.

»Das hat Barlow getan«, sagte Mark. Ohne mit einer Wimper zu zucken, betrachtete er Strakers Leichnam.

»Aber warum so? Warum verkehrt?« fragte Jimmy.

»Das ist ein uralter Brauch«, sagte Pater Callahan. »Man hängt den Leichnam eines Feindes oder eines Verräters so, daß dessen Kopf zur Erde zeigt.«

Ben sprach, und seine Stimme klang alt und verstaubt: »*Er* lenkt uns immer noch ab. Er verfügt über tausend Ränke. Gehen wir.«

Sie folgten Ben hinunter in die Küche. Einen Augenblick lang sahen sie einander an, dann die Kellertür, die nach unten führte.

Als der Priester die Tür öffnete, spürte Mark wieder den fauligen, verrotteten Geruch in seiner Nase – aber auch dieser Geruch war anders. Nicht mehr so stark. Nicht so bösartig.

Jimmy hatte eine Taschenlampe hervorgezogen, und ihr Strahl fiel auf den Boden, strich über die Wände, fiel auf eine große Kiste und dann auf einen Tisch.

»Dort«, sagte er. »Dort, auf dem Tisch!«

Auf dem Tisch lag ein sauberer weißer Briefumschlag.

»Das ist ein Trick«, sagte Pater Callahan. »Lieber nicht anrühren.«

»Nein«, meldete sich Mark. Er empfand Erleichterung und zugleich Enttäuschung. »*Er* ist nicht da. *Er* ist fort. Der Brief ist für uns.«

Ben trat vor und nahm das Kuvert. Er drehte es zweimal um – im Licht der Taschenlampe konnte Mark sehen, daß Bens Finger zitterten, während sie das Kuvert aufrissen.

In dem Kuvert war ein mit einer spinnwebartigen Handschrift eng beschriebener Bogen Papier. Gemeinsam lasen sie im Schein der Taschenlampe die Nachricht, Mark etwas langsamer als die andern.

4. Oktober

Meine lieben jungen Freunde,

Wie reizend von Euch, hierher zu kommen!

Ich habe nie etwas gegen Gesellschaft einzuwenden. In meinem langen und einsamen Leben war Gesellschaft immer eine große Freude für mich. Mit größtem Vergnügen hätte ich Euch persönlich willkommen geheißen. Da ich jedoch vermutete, daß Ihr kommen würdet, solange es noch hell ist, zog ich es vor, nicht zu Hause zu sein.

Ich habe ein kleines Pfand meiner Zuneigung zurückgelassen: jemand, der einem von Euch sehr nahe steht, nimmt jetzt den Platz ein, an dem ich meine Tage verbrachte, bis ich entdeckte, daß ein anderer Ort vorteilhafter wäre. Die junge Dame ist sehr bezaubernd, Mr. Mears – zum Anbeißen, wenn ich so sagen darf. Ich kann sie nicht mehr brauchen und überlasse sie daher Ihnen, um – wie drückt man das in Ihrer Sprache aus? – für das Hauptereignis in Stimmung zu kommen. Um Ihren Appetit anzuregen, sozusagen.

Master Petrie, Du hast mir den treuesten und klügsten Diener geraubt, den ich jemals hatte. Du hast mich indirekt veranlaßt, an seiner Vernichtung teilzunehmen; mich veranlaßt, meinem Hunger freien Lauf zu lassen. Ich freue mich darauf, mit Dir abzurechnen. Zuerst Deine Eltern. Heute nacht ... oder morgen nacht ... oder später. Dann Du. Du aber wirst meiner Kirche als kastrierter Ministrant beitreten.

Uns Sie, Pater Callahan – hat man Sie überredet, mitzukommen? Das dachte ich mir. Ich habe Sie eine ganze Weile hindurch beobachtet, seit ich in Jerusalem's Lot bin ... wie ein guter Schachspieler die Züge des Gegners studiert, nicht wahr? Die Kirche ist jedoch nicht meine älteste Feindin. Ich war alt, als sie noch jung war und ihre Mitglieder sich in den Katakomben

Roms verbargen. Meine Riten waren alt, als die Riten Ihrer Kirche noch nicht geboren waren. Aber ich unterschätze niemanden. Ich habe länger gelebt als Ihr. Ich bin nicht die Schlange, sondern der Vater der Schlangen.

Meine lieben guten Freunde – Mr. Mears, Mr. Cody, Master Petrie, Pater Callahan – genießt Euren Besuch bei mir. Der Médoc ist ausgezeichnet und wurde von dem letzten Besitzer des Hauses eigens für mich besorgt. Bitte, seid meine Gäste, wenn Ihr nach getaner Arbeit noch Lust auf Wein verspürt. Bald werden wir einander persönlich kennenlernen, und dann werde ich jedem von Euch meine Glückwünsche aussprechen.

Bis dahin,

Barlow.

Zitternd ließ Ben den Brief auf den Tisch fallen. Er blickte die anderen an. Mark stand mit geballten Fäusten da, sein Mund war verzerrt, als hätte er in etwas Fauliges gebissen; Jimmys jungenhaftes Gesicht war fahl und gealtert; Pater Callahans Augen sprühten.

Jeder von ihnen sah ihn an.

»Gehen wir«, sagte er.

Gemeinsam gingen sie tiefer in den Keller.

Parkins Gillespie stand auf der Treppe des Ziegelgebäudes, das die Stadtverwaltung beherbergte, und schaute durch sein Fernglas, als Nolly Gardener aus dem Streifenwagen ausstieg.

»Was gibt's Neues, Park?« fragte Nolly.

Wortlos übergab ihm Parkins das Fernglas und wies mit dem Daumen auf das Marstenhaus.

Nolly sah den alten Packard vor dem Eingang und daneben einen neuen Buick. Er senkte das Glas. »Das ist Dr. Codys Wagen, nicht?«

»Ja, ich glaube.« Parkins steckte eine Pall Mall zwischen die Lippen.

»Noch nie habe ich dort oben ein anderes Auto als den Packard gesehen.«

»Stimmt«, sagte Parkins nachdenklich.

»Glaubst du, wir sollten hinauffahren und nachsehen?« Nolly sagte das mit wenig Begeisterung.

»Nein«, sagte Parkins, »ich glaube, wir mischen uns da nicht ein.« Er zog seine silberne Uhr aus der Tasche; genau 15 Uhr 41. Er verglich seine Uhr mit der Rathausuhr.

»Wie ist das denn nur alles gekommen mit Floyd Tibbits und dem McDougall-Baby?« fragte Nolly.

»Ich weiß es nicht.«

»Hm«, sagte Nolly, der im Augenblick nicht wußte, was er sagen sollte. Parkins war immer schon verschlossen gewesen, aber das war ein neuer Rekord. Nolly schaute noch einmal durch das Fernglas: keine Veränderung.

»Die Stadt ist recht ruhig heute«, bemerkte Nolly.

»Ja«, erwiderte Parkins. Seine blaßblauen Augen blickten zum Park hinüber. Straße und Park waren verlassen. Auffallend wenig Mütter, die ihre Kinder spazieren führten. Auffallend wenig Passanten.

Als letzten Ausweg versuchte es Nolly mit einem Gesprächsthema, das Parkins niemals ablehnte: mit dem Wetter. »Wolken ziehen auf«, sagte Nolly. »Vielleicht kommt Regen.«

Parkins studierte den Himmel. »Ja«, sagte er und warf den Zigarettenstummel weg.

»Park, geht es dir nicht gut?«

»Nein«, sagte Park.

»Was, zum Teufel, ist mit dir los?«

»Ich glaube«, sagte Gillespie, »daß ich eine Scheißangst hab'.«

»Was?« stotterte Nolly. »Wovor?«

»Weiß nicht«, sagte Parkins und griff wieder nach dem Fernglas. Während Nolly sprachlos neben ihm stand, begann Parkins von neuem das Marstenhaus zu betrachten.

Jetzt waren sie im ehemaligen Weinkeller. Überall standen kleine und große verstaubte Fässer herum. Hubert Marsten mußte wohl ein Schnapsbrenner gewesen sein, dachte Ben. Eine Wand wurde von einem kreuzförmig angelegten Weinregal eingenommen, und mehrere alte Flaschen lugten aus den sechseckigen Öffnungen hervor. Einige von ihnen waren zersprungen, und dort, wo einmal Champagner auf den feinen Gaumen irgendeines Kenners wartete, hatte nun die Spinne ihr Netz gezogen. Andere Weine hatten sich offensichtlich in Essig verwandelt, was an dem scharfen Geruch zu erkennen war, der die Luft erfüllte und sich mit einer Ahnung langsamer Fäulnis vermischte.

»Nein«, sagte Ben ganz ruhig, wie man eine Tatsache mitteilt, »ich kann nicht.«

»Sie müssen«, sagte Pater Callahan. »Ich will nicht behaupten, daß es leicht ist. Aber Sie müssen es tun.«

»Ich *kann nicht*«, schrie Ben, und die Kellerwände warfen das Echo seiner Worte zurück.

In der Mitte des Raumes lag Susan Norton auf einem erhöhten Podium, still und bewegungslos. Ein weißes Leinentuch bedeckte sie von den Schultern bis zu den Füßen. Niemand hatte ein Wort hervorgebracht, als sie Susan sahen. Erstaunen hatte ihnen die Sprache geraubt.

Im Leben war Susan ein fröhliches Mädchen gewesen, nicht eben schön zu nennen, aber hübsch. Jetzt war sie schön. Von einer dunklen Schönheit.

Der Tod hatte sie nicht gezeichnet. Ihre Wangen waren rosig, die Lippen leuchtend rot, ihre langen Wimpern warfen Schatten auf die milchweiße Haut. Aber es war eine kalte, fremde Schönheit, und etwas in ihrem Gesicht erinnerte Jimmy an jene jungen Mädchen in Saigon, die nachts in den dunklen Alleen vor den Soldaten knieten.

Callahan trat einen Schritt vor und legte seine Finger auf Susans linke Brust. »Hier«, sagte er, »das Herz.«

»Nein«, wiederholte Ben. »Ich kann es nicht.«

»Seien Sie ihr Liebhaber«, flüsterte Pater Callahan. »Seien Sie ihr Gatte. Sie werden sie nicht verletzen, Ben, Sie werden sie befreien. Der einzige, der da verletzt wird, sind Sie selbst.«

Ben sah Callahan ausdruckslos an. Mark hatte den Pfahl aus Jimmys schwarzer Tasche genommen und hielt ihn wortlos hin. Ben schien es, als müßte er die Hand meilenweit ausstrecken.

Vielleicht, wenn ich nicht denke, während ich es tue –

Aber es war unmöglich, nicht daran zu denken. Und plötzlich fiel ihm eine Zeile aus Stokers ›Dracula‹ ein, jener amüsanten Schauergeschichte, die ihn nun nicht mehr im geringsten amüsierte. Es war, was Van Helsing zu Arthur Holmwood sagte, als Arthur sich mit derselben schrecklichen Pflicht konfrontiert sah: *Wir müssen einen bitteren Weg gehen, bevor wir ein süßes Ende erreichen.*

Würde es jemals ein »süßes Ende« geben?

»Nehmt den Pfahl weg«, stöhnte er. »Zwingt mich nicht, das zu tun –«

Keine Antwort.

Er fühlte, wie kalter Schweiß über seinen Augenbrauen, aus seiner Wange und seinen Händen hervorbrach. Der Pfahl war noch vor vier Stunden ein einfacher Baseballschläger gewesen.

Ben hob den Pfahl und preßte ihn oberhalb des letzten Blusenknopfes an Susans Brust. Die Spitze rötete ihre Haut, und Ben spürte, wie sein Mundwinkel unkontrollierbar zu zucken begann.

»Sie ist nicht tot«, sagte er. Seine Stimme war heiser und rauh. Es war seine letzte Verteidigungslinie.

»Nein«, sagte Jimmy unerbittlich. »Sie ist untot, Ben.«

Er hatte es ihnen vorgeführt; hatte den Blutdruckmesser um ihren starren Arm gelegt und gepumpt. Der Zähler hatte 00/00 angezeigt. Er hatte das Stethoskop auf ihre Brust gelegt, und jeder von ihnen hatte hören können, wie still es in ihrem Inneren war.

Etwas wurde Ben in die andere Hand gedrückt – noch Jahre später wußte er nicht, wer ihm den Hammer gereicht hatte. Den großen Hammer mit dem Gummigriff. Der Kopf schimmerte im Licht der Taschenlampe.

»Machen Sie es rasch«, sagte Callahan, »und gehen Sie ans Tageslicht. Alles andere tun wir.«

»Gott, vergib mir«, flüsterte Ben.

Er hob den Hammer und schlug zu.

Der Hammer traf geradewegs auf die Spitze des Pfahles, und das gallertartige Vibrieren, das sich über den ganzen Leichnam zog, sollte ihn von nun an für immer in seinen Träumen verfolgen.

Weit und blau öffneten sich Susans Augen; aus der Wunde spritzte Blut, erstaunlich viel Blut. Es floß über Bens Hände, bespritzte sein Hemd, seine Wangen.

Susan krümmte und wand sich, ihre Hände flatterten in der Luft wie Vögel, die Beine trommelten auf das Holz der Plattform. Aus dem aufgerissenen Mund sprudelte das Blut hervor, und darunter sah man die erschreckend großen, wolfsähnlichen Fänge.

Der Hammer hob sich und fiel nieder, hob sich und fiel nieder ...

Bens Gehirn war von den Schreien großer, schwarzer Krähen erfüllt. Seine Hände waren blutigrot, der Pfahl war blutigrot, der erbarmungslos niederfallende Hammer war blutigrot. Das Licht der Taschenlampe ließ Jimmys Hände phosphoreszieren und blitzte über Susans verzerrtes, schmerzgepeinigtes Gesicht. Ihre Zähne bissen sich durch das Fleisch ihrer Lippen und rissen diese in Fetzen. Blut spritzte über das Laken aus frischem Leinen, das Jimmy vorsichtig zurückgeschlagen hatte, und bedeckte es mit einem Muster, das aussah wie ein indonesischer Batikdruck.

Und dann plötzlich krümmte sich Susans Rücken wie ein Bogen, der Mund öffnete sich mehr und mehr, bis es schien, als ob der Kiefer brechen wollte. Aus der Wunde schoß ein Strahl dunklen Blutes – Herzblut. Der Schrei, der sich ihrer Kehle entrang, kam aus den tiefsten Tiefen, aus der letzten Dunkelheit einer menschlichen Seele. Noch einmal kam ein Schwall Blut aus Mund und Nase ... und etwas anderes noch. In dem schwachen Licht war es nur die Andeutung, der Schatten von etwas. Es verschmolz mit der Dunkelheit und war fort.

Susan fiel zurück, der Mund entspannte sich, schloß sich. Einen Augenblick lang flatterten die Augenlider, und Ben sah oder glaubte noch einmal jene Susan zu sehen, die er im Park, ein Buch lesend, getroffen hatte.

Es war vorüber.

Ben trat zurück, ließ den Hammer fallen und streckte die Hände aus wie ein verstörter Dirigent, dessen Orchester außer Rand und Band geraten ist.

Callahan legte eine Hand auf seine Schulter. »Ben –«

Ben floh.

Er stolperte die Treppe hinauf, fiel, kroch dem Licht entgegen. Die Schrecken der Kindheit und des erwachsenen Mannes waren eins geworden. Wenn er zurücksähe, würde er Hubie Marsten (oder vielleicht Straker) sehen, mit einem Grinsen auf dem aufgedunsenen grünlichen Gesicht, den Strick tief im Hals eingegraben – Ben stieß einen schwachen Schrei aus.

Von weither hörte er Callahan rufen: »Nein, laßt ihn gehen –«

Ben taumelte durch die Küche zur Tür, fiel zwei Stufen hinab und lag im Gras. Mühsam richtete er sich auf und warf einen Blick zurück.

Nichts.

Das Haus lag ruhig da, das Böse war gegangen. Jetzt war es nichts als ein Haus.

In der großen Stille des von Unkraut überwucherten Hinterhofes stand Ben Mears, den Kopf zurückgeworfen, und holte tief Atem.

Im Herbst senkt sich die Nacht auf besondere Weise über Lot.

Die Sonne verliert ihren Einfluß auf die Luft, die kalt wird und somit daran erinnert, daß der Winter herannaht. Es wird ein langer Winter sein. Dünne Wolken bilden sich, und die Schatten werden länger. Sie haben nicht die Kraft der Schatten des Sommers; es gibt keine Blätter mehr an den Bäumen, oder gewaltige Wolken am Himmel, die breite und kräftige Schatten werfen. Dürr und mittelmäßig sind die Schatten, die sich wie mit Zähnen im Erdboden festbeißen.

Wenn sich die Sonne dem Horizont nähert, vertieft sich ihr freundliches Gelb und beginnt zu kränkeln, bis es als entflammtes Orange herabglänzt. Dann entfaltet sich ein mehrfarbiges Glühen, ein Gewebe aus Wolken, das abwechselnd rot, orange, zinnober oder purpurn leuchtet. Manchmal reißen die Wolken in große, langsam dahinziehende Fetzen auseinander und lassen Strahlen des Sonnenlichts hindurch, Strahlen, die den vergangenen Sommer zu einer bitteren Nostalgie machen.

Es ist achtzehn Uhr, die Zeit des Abendbrotes. Mabel Werts setzt sich zu einer Hühnerbrust und einer Tasse Tee, das Telefon in Griffweite. Bei Eva versammeln sich die Pensionäre; zu Corned beef aus der Büchse, zum Fernseh-Dinner, Spaghetti oder aufgewärmten Hamburgern. Eva sitzt im ersten Zimmer und spielt verärgert mit Grover Verrill Rummy. Niemand kann sich erinnern, sie jemals so nervös und so kurz angebunden erlebt zu haben. Aber sie wissen alle, was mit ihr los ist, auch wenn sie selbst es nicht weiß.

Mr. und Mrs. Petrie sitzen in der Küche, essen belegte Brote und versuchen, aus dem Anruf klug zu werden, den sie soeben von einem katholischen Geistlichen erhalten haben: »Ihr Sohn ist bei mir. Es geht ihm gut. Ich bringe ihn bald nach Hause. Adieu.« Die Petries überlegen, ob sie Parkins Gillespie verständigen sollen, beschließen aber, lieber noch eine Weile zu warten.

Delbert Markey, der Besitzer von Dell's, arbeitet sich methodisch durch fünf Hamburger, die er eigenhändig am Grill zubereitet hat. Er ißt sie mit Senf und einem Berg von Zwiebeln und wird sich dann die ganze Nacht darüber beklagen, daß seine Verdauung ihn zugrunderichte. Pater Callahans Haushälterin, Rhoda Curless, ißt nicht. Sie macht sich Sorgen um den Pater, der irgendwo unterwegs ist.

Harriet Durham ißt mit ihrer Familie Schweinskoteletts.

Carl Smith, seit 1957 Witwer, sitzt vor einer gekochten Kartoffel und einer Flasche Bier. Die Familie Derek Boddins verzehrt gekochten Schinken mit Karfiol. *Pfui Teufel,* sagt Richie

Boddin, der geschlagene Rauferkönig, *Karfiol.* Du ißt das auf, oder ich werde dir den Hintern versohlen, sagt Derek. Auch er haßt nämlich Karfiol.

Reggie und Bonnie Sawyer verzehren ein Stück Roastbeef mit Pommes Chips und einen Schokoladepudding zum Nachtessen. Das ist Reggies Lieblingsmenu. Bonnie, deren blaue Flecken allmählich verschwinden, serviert mit niedergeschlagenen Augen. Reggie ißt mit ernster Konzentration und spült die Mahlzeit mit drei Flaschen Bier hinunter. Bonnie ißt stehend, weil ihr das Sitzen immer noch weh tut. Sie hat nicht viel Appetit, ißt aber dennoch, damit es Reggie nicht auffällt und damit er keine Bemerkungen macht. Nachdem er sie in jener Nacht windelweich geschlagen hatte, warf er alle ihre Medikamente in die Toilette und vergewaltigte sie. Seither vergewaltigte er sie jede Nacht.

Ein Viertel vor neunzehn Uhr sind die meisten Mahlzeiten vertilgt, die meisten Zigaretten und Pfeifen geraucht, die meisten Tische abgeräumt. Geschirr wird gewaschen, Kinder werden ins Bett gesteckt oder vor den Fernsehschirm geschickt.

Gegen neunzehn Uhr wird der Horizont im Westen zu einer orangeroten Linie, als türmten sich Hochofenfeuer am Rand der Welt. Im Osten sind bereits die ersten Sterne aufgegangen. In dieser Jahreszeit sind sie hart und mitleidslos, kein Trost für Liebende. Sie leuchten in schöner Gleichgültigkeit.

Für die Kleinen ist es Zeit zum Schlafengehen. Eltern lächeln über die Bitten, noch aufbleiben zu dürfen oder das Licht brennen zu lassen; gutmütig öffnen sie Schranktüren, um zu beweisen, daß niemand dahinter ist.

Und überall um sie herum erhebt sich auf dunklen Schwingen das nächtliche Grauen. Die Zeit der Vampire ist angebrochen.

Matt döste vor sich hin, als Jimmy und Ben hereinkamen. Fast augenblicklich war Matt wach, und seine Hand schloß sich enger um das Kreuz, das er in der Rechten hielt.

Sein Blick ging zu Jimmy, dann zu Ben ... und blieb haften.

»Was ist geschehen?«

Jimmy berichtete. Ben schwieg.

»Ihre Leiche?«

»Callahan legte sie mit dem Gesicht nach unten in eine Kiste, die im Keller stand; vielleicht war es dieselbe, in der Barlow in die Stadt kam. Vor einer Stunde warfen wir sie, mit Steinen beschwert, in den Royal River. Wir nahmen Strakers Auto. Wenn es jemand an der Brücke stehen sieht, wird man es mit ihm in Verbindung bringen.«

»Gut gemacht. Wo ist Callahan? Und der Junge?«

»Sie sind zu Marks Haus gegangen. Seine Eltern müssen informiert werden. Barlow hat seine Drohung ausdrücklich gegen sie gerichtet.«

»Werden sie den beiden glauben?«

»Wenn nicht, wird Mark seinen Vater veranlassen, hier anzurufen.«

Matt nickte. Er sah sehr erschöpft aus.

»Ben«, sagte er, »kommen Sie her. Setzen Sie sich auf mein Bett.«

Folgsam, mit leerem, verstörtem Gesicht, kam Ben zu ihm. Er setzte sich und faltete die Hände im Schoß. Seine Augen waren wie von Zigaretten gebrannte Löcher.

»Für dich gibt es keinen Trost«, sagte Matt. Er nahm Bens Hand in die seinen. Ben ließ es widerstandslos geschehen. »Das macht nichts. Die Zeit wird dich trösten. Susan ruht in Frieden.«

»Er hat uns alle zum Narren gehalten«, sagte Ben leise. »Jimmy, gib ihm den Brief.«

Jimmy reichte Matt das Kuvert. Matt las den engbeschriebenen Bogen, dann sagte er: »Ja. So ist er. Sein Ego ist noch größer, als ich dachte. Es macht mich schaudern.«

»Er ließ sie zum Spaß zurück«, flüsterte Ben. »*Er* war bereits lange fort. Ihn zu bekämpfen, heißt den Wind bekämpfen. Wir müssen ihm wie kleine Käfer vorkommen. Kleine Käfer, die zu seiner Unterhaltung hin- und hereilen.«

Jimmy wollte etwas sagen, doch Matt schüttelte den Kopf.

»Das stimmt keineswegs«, sagte er. »Hätte Barlow Susan mitnehmen können, so hätte er es getan. Niemals würde er zum Spaß einen seiner Untoten hergeben, da es ja so wenige gibt! Überleg einmal, was ihr ihm angetan habt, Ben. Ihr habt seinen Freund Straker getötet. Nach seinen eigenen Worten habt ihr ihn sogar gezwungen, an dem Mord teilzuhaben, weil er seinen Hunger nicht bezähmen konnte. Wie schrecklich muß es für ihn gewesen sein, aus einem traumlosen Schlaf zu erwachen und festzustellen, daß ein kleiner unbewaffneter Junge dieses furchtbare Wesen vernichtet hat.«

Mit einigen Mühen setzte Matt sich im Bett auf. Ben hatte sich ihm zugewandt, und zum erstenmal, seit ihn die andern im

Hinterhof des Marstenhauses gefunden hatten, zeigte sein Blick ein wenig Interesse.

»Vielleicht ist das noch gar nicht der größte Sieg«, überlegte Matt. »Ihr habt ihn aus dem Hause getrieben, das er sich ausgesucht hatte. Jimmy sagt, daß Pater Callahan den Keller mit Weihwasser besprengt und die Türen mit unkonsekrierten Hostien versiegelt habe. Wenn Barlow zurückkehrte, müßte er sterben ... *und das weiß er.*«

»Aber er ist uns entkommen«, sagte Ben. »Das ist das Wesentliche.«

»Er ist entkommen«, wiederholte Matt leise. »Und wo schläft er heute? Im Kofferraum eines Autos? Im Keller eines seiner Opfer? Wo immer er schläft – glaubst du, es gefällt ihm? Glaubst du, er fühlt sich in Sicherheit?«

Ben antwortete nicht.

»Morgen werdet ihr die Jagd beginnen«, sagte Matt und umfaßte Bens Hand fester. »Nicht nur auf Barlow, sondern auch auf alle kleinen Fische – und nach der heutigen Nacht wird es sehr viel mehr kleine Fische geben. *Ihr* Hunger ist niemals gestillt. Sie werden saugen, bis sie sich vollgesogen haben. Die Nächte gehören ihm und ihnen, aber bei Tag werdet ihr ihn jagen und jagen, bis er Angst bekommt und flieht, oder bis ihr ihn schreiend und gepfählt ans Sonnenlicht schleift!«

Bei diesen Worten hob Ben den Kopf. Sein Gesicht wurde von einem beinahe beängstigenden Leben erfüllt. Jetzt lag ein kleines Lächeln auf seinen Lippen. »Ja, das ist gut«, flüsterte er. »Aber schon heute nacht, nicht erst morgen. Jetzt gleich –«

Matts Hand faßte mit erstaunlicher Kraft nach Bens Schulter. »Nicht heute nacht. Diese Nacht werden wir gemeinsam verbringen – du und Jimmy und Pater Callahan und Mark und Marks Eltern. *Er* weiß jetzt ... er hat Angst. Nur ein Wahnsinniger oder ein Heiliger könnte es wagen, sich Barlow zu nähern, wenn er wach ist.« Matt schloß die Augen und sagte leise: »Ich glaube, ich beginne ihn zu kennen. Er ist Jahrhunderte alt und ausnehmend klug. Er ist jedoch, wie sein Brief zeigt, auch egozentrisch. Warum auch nicht? Sein Ego ist wie eine Perle gewachsen, Schicht um Schicht, bis es gewaltig und giftig wurde. Er ist voll von Stolz. Und seine Gier nach Rache muß ungeheuerlich sein; man wird vor ihr zittern, vielleicht aber kann man sie auch nutzen.«

Matt öffnete die Augen und blickte die beiden anderen feierlich an. Das Kreuz hochhaltend, sagte er: »Das wird ihn zurückhalten; andere jedoch, deren er sich bedienen kann, wie er sich Floyd Tibbits' bedient hat, würde es vielleicht nicht aufhalten. Ich glaube, er wird versuchen, einige von uns heute nacht zu eliminieren ... einige von uns oder uns alle.«

Er sah Jimmy an.

»Ich fürchte, es war nicht klug, Mark und Pater Callahan zu Marks Eltern zu schicken. Man hätte sie von hier aus anrufen und herbitten können. Jetzt sind wir getrennt ... und ich mache mir ganz besondere Sorgen um den Jungen. Ihr solltet dort anrufen ... sogleich anrufen.«

»Gut.« Jimmy stand auf.

Matt sah Ben an. »Und du bleibst bei uns? Und kämpfst mit uns?«

»Ja«, sagte Ben heiser. »Ja.«

Jimmy verließ das Zimmer und ging zur Stationsschwester, um zu telefonieren. Er wählte rasch und lauschte mit wachsendem Entsetzen, als aus dem Hörer statt des gewohnten Summtons das Zeichen einer gestörten Leitung kam.

»Er hat sie erwischt«, sagte Jimmy.

Beim Klang seiner Stimme blickte die Stationsschwester auf, und sein Gesichtsausdruck erschreckte sie.

Henry Petrie war ein gebildeter Mann. Er hatte den Doktor der Betriebswissenschaften gemacht und arbeitete in der Verwaltung einer Versicherungsgesellschaft. Die Abenteuerlust hatte Mark nicht von seinem Vater geerbt; in dessen Welt war alles völlig logisch und bis zur äußersten Präzision technisiert. Er war Mitglied der Demokratischen Partei, hatte 1972 aber dennoch Nixon gewählt, nicht weil er den Republikaner Nixon für ehrlich hielt – Petrie hatte seiner Frau oft genug gesagt, Nixon sei »ein raffinierter kleiner Greißler« –, sondern weil Nixons Gegenspieler McGovern die Wirtschaft des Landes zweifellos ruiniert hätte. Er hatte die Kulturrevolution der Sechzigerjahre mit gleichgültiger Toleranz beobachtet, weil er meinte, die mangelnde finanzielle Basis werde den Unfug ohnehin bald zum Erlöschen bringen. Seine Liebe zu Frau und Sohn war nicht esoterisch, sondern solid und unerschütterlich. Er war ein nüchterner Mann, voll des Vertrauens zu sich selbst, zu den Gesetzen der Naturwissenschaft, der Nationalökonomie und (mit gewissen Einschränkungen) zu jenen der Soziologie.

Während er eine Tasse Kaffee trank, hörte er sich die Geschichte an, die sein Sohn und der Geistliche zu erzählen hatten, und stellte Fragen, wenn der Bericht unklar oder verworren wurde. Es hatte den Anschein, als würde er um so ruhiger, je grotesker die Geschichte klang und je mehr seine Frau June in Erregung geriet. Als Mark und Callahan geendet hatten, war es kurz vor neunzehn Uhr. Mit drei wohlüberlegten Silben sprach Henry Petrie sein Urteil.

»Unmöglich.«

Mark seufzte, blickte Callahan an und sagte: »Wie ich es vorausgesagt habe.«

»Henry, meinst du nicht, wir –«

»Warte.«

Dieses eine Wort und seine wie zufällig erhobene Hand brachten sie sofort zum Schweigen. Sie setzte sich und legte den Arm um Mark, wobei sie ihn sanft von Pater Callahan wegzog. Der Junge ließ es geschehen.

Henry Petrie blickte Callahan freundlich an. »Versuchen wir diese Wahnvorstellung, oder was immer es sein mag, wie zwei vernünftige Menschen zu analysieren.«

»Das könnte sich als unmöglich erweisen«, erwiderte Callahan ebenso freundlich, »aber sicherlich werden wir es versuchen. Wir sind hier, weil Barlows Drohungen ganz besonders Ihnen und Ihrer Frau galten.«

»Haben Sie tatsächlich heute nachmittag einen Pfahl durch den Körper des Mädchens getrieben?«

»Nicht ich, Mr. Mears.«

»Ist die Leiche immer noch dort?«

»Wir haben sie in den Fluß geworfen.«

»Wenn das wahr ist«, sagte Petrie, »dann haben Sie meinen Sohn in ein Verbrechen involviert. Sind Sie sich dessen bewußt?«

»Ja. Es war notwendig. Wenn Sie Matt Burke im Spital anrufen würden –«

»Ach, ich bin sicher, daß Ihr Zeuge alles bestätigen wird«, sagte Petrie und hatte immer noch dieses leise, enervierende Lächeln. »Das gehört mit zu den faszinierenden Aspekten dieses Wahnsinns. Darf ich den Brief sehen, den Barlow zurückließ?«

Callahan fluchte insgeheim. »Den hat Doktor Cody.« Dann fügte der Pater hinzu: »Wir sollten wirklich zum Cumberland-Spital fahren. Wenn Sie mit –«

Petrie schüttelte den Kopf.

»Unterhalten wir uns lieber noch ein wenig. Ich bin, wie

gesagt, sicher, daß Ihre Zeugen verläßlich sind. Doktor Cody ist unser Hausarzt, und wir haben ihn alle sehr gern. Ich habe ebenso gehört, daß Matthew Burke eine absolut integre Persönlichkeit ist ... zumindest als Lehrer.«

»Und trotzdem?« fragte Callahan.

»Lassen Sie mich es so ausdrücken. Würden Sie es glauben, wenn Ihnen ein Dutzend verläßlicher Zeugen erzählte, daß ein gigantischer Marienkäfer durch den Stadtpark gekrochen sei und laut gesungen habe: ›Alles neu macht der Mai‹?«

»Wenn ich von der Verläßlichkeit der Zeugen völlig überzeugt und ganz sicher wäre, daß sie keinen Scherz machen, dann wäre ich vermutlich geneigt, ihnen zu glauben.«

Mit dem gleichen mokanten Lächeln sagte Petrie: »Sehen Sie, das ist der Punkt, in dem wir uns unterscheiden.«

Er stand auf, und sein Lächeln verschwand. »Ich gebe zu, daß Ihre Geschichte beunruhigend ist. Sie haben meinen Sohn in etwas Verrücktes, wahrscheinlich sogar Gefährliches hineingezogen. Wenn Sie Pech haben, werden Sie sich vor Gericht dafür verantworten müssen. Ich werde Ihre Gewährsleute anrufen, und dann wollen wir zu Mr. Burke ins Spital gehen und die Angelegenheit weiter besprechen.«

»Wie gütig von Ihnen, von Ihren Prinzipien abzuweichen«, sagte Callahan trocken.

Petrie ging ins Wohnzimmer, um zu telefonieren. Kein Summton war zu hören; die Leitung war still und tot. Petrie schüttelte den Hörer. Kein Ton. Er legte den Hörer zurück und ging wieder in die Küche.

»Unser Telefon scheint gestört zu sein«, sagte er.

Der Blick angsterfüllten Verstehens, den Callahan mit seinem Sohn wechselte, irritierte Petrie.

»Ich kann Ihnen versichern«, sagte er, etwas schärfer als beabsichtigt, »daß der Telefondienst von Salem's Lot keine Vampire braucht, um gestört zu sein.«

Das Licht ging aus.

Jimmy lief in Matts Zimmer zurück.

»Petries Telefon funktioniert nicht. Ich fürchte, *er* ist dort. Zum Teufel, warum waren wir so *dumm* –«

Ben stand auf. Matts Gesicht schien zu verfallen. »Seht ihr, wie er arbeitet?« murmelte er. »Wie perfekt? Wenn wir doch nur noch eine Stunde Tageslicht hätten ...«

»Wir müssen unbedingt hingehen«, sagte Jimmy.

»Nein! Das dürft ihr nicht. Um euer und mein Leben zu schützen, dürft ihr nicht hingehen.«

»Aber sie –«

»Sie sind jetzt auf sich selbst angewiesen. Was immer geschieht oder bereits geschehen ist – ihr könnt es nicht mehr verhindern!«

Matt zuckte die Achseln, nahm seine ganze Kraft zusammen und sagte eindringlich: »Sein Ego ist groß, und sein Stolz ist groß. Vielleicht sind das Schwächen, die wir nutzen können. Aber auch sein Verstand ist groß, und wir müssen ihn respektieren. Begreift ihr nicht, daß er seine Pläne mit den Petries auch hätte ausführen können, ohne die Telefonverbindung zu unterbrechen? Er tat es, damit ihr davon wißt. Er versteht etwas von Kräften, und er weiß, daß man leichter siegt, wenn die gegnerischen Kräfte gespalten und verwirrt sind. Wenn ihr jetzt zu Petries Haus fahrt, ist unsere Gruppe in drei Teile zerfallen. Ich bin allein und bettlägerig; trotz Kruzifix und Beschwörungsformeln eine leichte Beute. Er muß nur einen seiner Beinahe-Untoten herschicken und mich mit einem Messer oder einer Schußwaffe töten lassen. Dann bleibt nur mehr ihr beide, Jimmy und du, Ben, die durch die Nacht dem Verhängnis entgegenrasen. Damit ist Salem's Lot in seiner Hand. Versteht ihr?«

Ben sprach zuerst. »Ja.«

Matt ließ sich zurückfallen. »Ich spreche nicht aus Angst um mein Leben, Ben. Das mußt du mir glauben. Nicht einmal aus Angst um euer Leben. Ich bange um die Stadt. Ganz gleich, was geschieht, jemand muß übrig bleiben, um morgen den Kampf mit ihm aufzunehmen.«

»Ja. Und mich bekommt er erst, wenn ich Susan gerächt habe.«

Stille senkte sich herab.

Jimmy Cody brach das Schweigen. »Vielleicht können sie sich retten«, sagte er nachdenklich. »Ich glaube, er unterschätzt Pater Callahan, und ich weiß bestimmt, daß er den Jungen unterschätzt. Der Junge hat einen hellen Kopf.«

»Wir wollen hoffen«, sagte Matt und schloß die Augen.

Das lange Warten begann.

Das Kreuz seiner Mutter hoch über dem Kopf haltend, stand Pater Callahan auf der einen Seite der geräumigen Küche, Barlow auf der andern. Zwischen ihnen, inmitten von Glasscherben, lagen Henry und June Petrie auf dem Boden.

Callahan war wie betäubt. Alles war so rasch geschehen, daß er es immer noch kaum fassen konnte. Einen Augenblick vorher hatte er die Angelegenheit ganz vernünftig mit Petrie diskutiert, im nächsten Augenblick war jener Wahnsinn hereingebrochen, dessen Existenz Marks Vater so hartnäckig geleugnet hatte.

Callahan versuchte zu rekonstruieren, was geschehen war.

Petrie war zurückgekommen und hatte gesagt, das Telefon sei gestört. Einen Augenblick später ging das Licht aus. June Petrie schrie. Ein Stuhl fiel um. Eine Sekunde lang irrten sie alle in der Dunkelheit umher. Dann zerbrach das Fenster über dem Spültisch und die Scherben fielen auf die Anrichte und den Boden.

In der Küche bewegte sich ein Schatten. Callahan griff nach dem Kreuz an seinem Hals, und kaum hatte er es berührt, als der Raum von einem überirdischen Licht erhellt wurde.

Callahan sah Mark, der versuchte, seine Mutter ins Wohnzimmer zu ziehen. Henry Petrie stand neben ihnen, den Mund vor Staunen über diese unlogische Invasion weit aufgerissen. Und hinter ihnen ein weißes, grinsendes Gesicht, lange, scharfe Eckzähne, rot umränderte Augen. Barlow packte Henry Petries Kopf mit der einen, Junes Kopf mit der andern Hand (Callahan konnte gerade noch sehen, wie lang und sensibel diese bleichen Finger waren – wie die Finger eines Konzertpianisten) und schlug die beiden Schädel krachend aneinander. Wie Steine fielen beide zu Boden, und damit hatte Barlow seine erste Drohung wahrgemacht.

Mark stieß einen hohen, gellenden Schrei aus und stürzte sich, ohne zu überlegen, auf Barlow.

»Das wäre erledigt«, sagte Barlow freundlich und hielt Mark fest.

Mit erhobenem Kreuz ging Callahan auf Barlow zu.

»Im Namen Gottes –« begann er.

Bei der Nennung Gottes schrie Barlow auf, als hätte ihn ein Peitschenhieb getroffen, und sein Mund verzog sich zu einer Grimasse. Die Muskelstränge an seinem Hals traten reliefartig hervor. »Nicht näher!« sagte er. »Nicht näher, Schamane! Oder ich trenne diesem Jungen die Schlagader durch!«

Während er sprach, hob sich seine Oberlippe über die langen, nadelähnlichen Zähne, und als er zu Ende war, schnellte sein Kopf mit der Geschwindigkeit einer raubgierigen Viper nach unten und verfehlte Marks Fleisch nur um wenige Zentimeter.

Callahan blieb stehen.

»Zurück«, befahl Barlow und grinste jetzt wieder. »Du bleibst auf deiner Seite und ich auf meiner, verstanden?«

Immer noch das Kreuz emporhaltend, wich Callahan langsam zurück. Die dem Kruzifix innewohnende Leuchtkraft ließ es förmlich vibrieren, strömte zugleich aber auch durch Callahans Arm, bis dessen Muskeln zuckten.

Callahan und Barlow starrten einander an.

»Endlich«, sagte Barlow lächelnd. Sein Gesicht war kräftig und intelligent und auf eine seltsame, unheimliche Art anziehend, geradezu weiblich. Wo hatte Callahan jemals zuvor ein derartiges Gesicht gesehen? Und nun kam es auf ihn zu, in diesem Moment des ärgsten Schreckens, den er je erlebt hatte.

»Was nun?« sagte Callahan; seine Stimme schien nicht ihm zu gehören. Er blickte auf Barlows Finger, jene langen, sensiblen Finger, die den Hals des Knaben umfaßt hielten.

»Das wird sich zeigen. Was geben Sie mir für dieses Häufchen Elend?« Plötzlich riß er Marks Arm in dessen Rücken hoch, offenbar in der Hoffnung, die Frage durch einen Schmerzensschrei des Jungen zu unterstreichen. Mark gab jedoch keinen Laut von sich.

»Du wirst schreien«, flüsterte Barlow, und seine Lippen verzerrten sich zu einer Fratze des Hasses. »Du wirst schreien, bis dein Hals platzt!«

»Hören Sie auf«, rief Callahan.

»Soll ich?« Der Haß war aus seinem Gesicht verschwunden. Ein dunkles, betörendes Lächeln trat an seine Stelle. »Soll ich dem Jungen eine Gnadenfrist geben? Ihn für eine andere Nacht aufsparen?«

»Ja!«

Leise, beinahe schmeichelnd sagte Barlow: »Dann werden Sie Ihr Kreuz wegwerfen, und wir werden einander gleichberechtigt gegenüberstehen – schwarz gegen weiß.«

»Ja«, sagte Callahan, weniger bestimmt.

»Dann tun Sie es!« Barlow schürzte erwartungsvoll die Lippen. Seine Stirn glänzte in dem geheimnisvollen Licht, das den Raum erfüllte.

»Ich soll darauf vertrauen, daß Sie den Jungen auslassen? Da wäre es klüger, sich eine Viper an die Brust zu legen und darauf zu vertrauen, daß sie nicht beißt.«

»Aber ich vertraue Ihnen ... schauen Sie her!«

Er ließ Mark los und trat zurück.

Ungläubig stand Mark einen Augenblick lang da, dann lief er, ohne sich umzusehen, zu seinen Eltern.

»Lauf, Mark!« schrie Callahan. »Lauf!«

Mark blickte den Pater mit großen dunklen Augen an. »Ich glaube, sie sind tot –«

»*Lauf!*«

Mark richtete sich auf. Er drehte sich um und sah Barlow an.

»Bald, kleiner Bruder«, sagte Barlow beinahe gütig. »Sehr bald werden du und ich –«

Mark spuckte ihm ins Gesicht.

Barlows Atem stockte. Seine Züge verfinsterten sich in wilder Raserei, welche die Miene, die er zuvor gezeigt hatte, als das entlarvte, was sie in Wirklichkeit war: als Schauspielerei. Einen Augenblick lang sah Callahan den Wahnsinn in Barlows Augen. Dieser Abgrund war schwärzer als die Seele eines Mörders.

»*Du hast mich angespuckt*«, flüsterte Barlow. Sein ganzer Körper zitterte vor Wut. Er ging auf Mark zu.

»*Zurück!*« rief Callahan und hielt ihm das Kreuz entgegen.

Barlow schrie auf und schlug die Hände vors Gesicht. Das Kreuz flammte in unnatürlich blendender Helligkeit auf, und das war der Augenblick, in dem Callahan hätte Barlow vertreiben können, hätte er sich näher an ihn herangewagt.

»Ich werde Sie töten«, sagte Mark.

Und verschwand.

Barlow schien zu wachsen. Er trug einen dunklen Anzug mit einer tadellos geknüpften Krawatte. Für Callahan schien er ein Teil der Dunkelheit zu sein, die ihn umgab. Wie Kohlen glühten die Augen in ihren Höhlen.

»Dann erfülle deinen Teil des Vertrages, Schamane.«

»Ich bin geweihter *Priester!*« rief Callahan.

Barlow machte eine kleine spöttische Verbeugung. »Priester«, sagte er. Das Wort klang trocken und tot in seinem Mund.

Callahan war unschlüssig. Warum das Kreuz wegwerfen? Barlow vertreiben, eine Nacht Ruhe gewinnen und morgen –

Etwas in seinem Inneren aber warnte ihn. Die Herausforderung des Vampirs abzulehnen hieß etwas riskieren, das viel ernster war als alles, was er erwartet hatte. Wenn er nicht wagte, das Kreuz fortzuwerfen, so hieß das, zugeben ... was zugeben? Wenn die Dinge nur nicht so rasch gingen, wenn er nur Zeit zu überlegen hätte –

Die Leuchtkraft des Kruzifixes wurde schwächer.

Mit aufgerissenen Augen sah es Callahan. Angst sprang ihn an. Barlow kam mit einem beinahe wollüstigen Lächeln auf ihn zu.

»Nicht in meine Nähe«, sagte Callahan heiser und trat einen Schritt zurück. »Das befehle ich.«

Barlow lachte ihn aus.

Das Leuchten des Kreuzes verursachte einen dünnen Widerschein mit kreuzförmigem Umriß. Die Schatten nahmen aber nochmals vom Gesicht des Vampirs Besitz und brachten seine fremdartigen Züge unterhalb der kantigen Backenknochen deutlich zur Geltung.

Callahan wich weiter zurück und stieß an den Küchentisch.

»Kein Platz für einen Rückzug«, murmelte Barlow bedauernd. Seine dunklen Augen waren voll teuflischer Heiterkeit. »Traurig, wenn der Glaube eines Menschen versagt. Ach ja ...«

Das Kreuz zitterte in Callahans Hand, und plötzlich verschwand sein letzter Funken Licht. Jetzt war es nur noch ein Stück Gips, das seine Mutter in einem Souvenirladen gekauft hatte.

In der Dunkelheit streckte Barlow die Hand aus und nahm das Kreuz aus Callahans Fingern. Callahan stieß einen verzweifelten Schrei aus. Das nächste Geräusch sollte den Pater sein Leben lang verfolgen: das trockene Knacken, als Barlow die beiden Arme des Kreuzes abbrach.

»Verdammt«, schrie Callahan.

»Für derlei Melodramen ist es zu spät«, sagte Barlow aus der Dunkelheit. Seine Stimme klang beinahe mitleidsvoll. »Das alles ist nicht mehr notwendig. Ohne Glauben ist das Kreuz ein Stück Holz. Hätten Sie das Kreuz weggeworfen, hätten sie ein zweitesmal gewonnen. Eigentlich hätte ich das erwartet. Es ist schon lange her, daß ich einen Gegner von Format getroffen habe. Der Junge ist zehnmal mehr wert als du, halber Priester.«

Hände von erstaunlicher Stärke griffen plötzlich aus der Dunkelheit nach Callahans Schultern.

»Jetzt würdest du, glaube ich, das Vergessen willkommenheißen. Für die Untoten gibt es keine Erinnerung; nur den Hunger und das Bedürfnis, dem Gebieter zu dienen. Ich könnte dich mir zunutze machen. Ich könnte dich zu deinen Freunden schicken. Aber muß ich das denn? Wenn du sie nicht mehr führen kannst, werden sie nicht mehr viel vermögen. Der Junge wird ihnen alles erzählen. Und in dieser Stunde ist auch noch jemand anderer zu ihnen unterwegs. Für dich aber gibt es eine passende Strafe, halber Priester.«

Callahan erinnerte sich an Matts Worte: *Manche Dinge sind schlimmer als der Tod.*

Er versuchte, sich loszureißen, aber die Hände hielten ihn fest. Dann ließ eine Hand ihn los. Callahan spürte, wie ein Stück Stoff sich über seine bloße Haut schob, dann hörte er ein kratzendes Geräusch.

Die Hände bewegten sich auf seinen Hals zu.

»Komm, halber Priester. Lerne die wahre Religion. Nimm *meine* Kommunion.«

Wie eine furchtbare Flut überkam Callahan das Verstehen.

»Nein! Nicht ... nicht –«

Doch die Hände waren miteidslos. Callahans Kopf wurde nach vorne gezogen, nach vorne, nach vorne.

»Jetzt, Priester«, flüsterte Barlow.

Callahans Mund wurde auf den Hals des Vampirs gepreßt, auf das übelriechende Fleisch, dort, wo eine offene Vene pulsierte. Callahan hielt den Atem an, warf verzweifelt den Kopf hin und her, verschmierte das Blut auf Wangen und Kinn wie eine Kriegsbemalung.

Dann trank er.

Ohne die Schlüssel abzuziehen, stieg Ann Norton aus dem Auto und ging auf das Spital zu. Dunkle Wolken hatten die Sterne verdeckt; bald würde es regnen. Ann sah nicht zu den Wolken auf, sie sah geradeaus.

Diese Frau sah sehr anders aus als die Dame, die Ben Mears an jenem ersten Abend kennengelernt hatte, an dem Susan ihn zum Abendbrot einlud. Jene Dame nämlich war von mittlerer Größe gewesen, gekleidet in ein grünes Wollkleid, das nicht gerade nach übermäßigem Reichtum, aber doch nach materiellem Wohlstand aussah. Sie war zwar nicht schön gewesen, aber gepflegt und angenehm anzusehen.

Diese Frau, die auf das Spital zuging, trug Pantoffeln, und ihre Beine waren nackt. Über das Nachthemd hatte sie einen zerrissenen gelben Morgenrock geworfen, und der Wind blies ihr die Haare in Strähnen über das Gesicht. Ihre Haut war kalkig weiß, und dunkelbraune Ringe lagen unter ihren Augen.

Sie hatte Susan vor Ben Mears und seinen Freunden gewarnt, hatte sie vor dem Mann gewarnt, der sie nun ermordet hatte. Matt Burke hatte Mears angestiftet. Ja, die beiden steckten unter einer Decke. O ja, sie wußte das. *Er* hatte es ihr gesagt.

Den ganzen Tag über war sie krank gewesen, krank und schläfrig und beinahe nicht imstande, aufzustehen. Als sie nach dem Mittagessen in einen schweren Schlaf versank und während ihr Mann außer Haus war, um Fragen für eine blödsinnige Abgängigkeitsanzeige zu beantworten, war *er* im Traum zu ihr gekommen. Sein Gesicht war schön und arrogant und gebieterisch. Sein voller faszinierender Mund verbarg seltsam aufregende Zähne. Und seine Augen waren rot und hypnotisierend. Wenn *er* einen mit diesen Augen ansah, konnte man nicht fortschauen ... und wollte es auch nicht.

Er hatte ihr alles gesagt und auch gesagt, was sie tun mußte, um wieder mit ihrer Tochter vereint zu sein – und mit *ihm*. Er war es, dem sie zu Gefallen sein wollte. Er würde ihr die Dinge geben, nach denen sie verlangte ...

Sie hatte den Revolver ihres Mannes in der Tasche.

Sie betrat das Spital. Wer immer sie aufhalten wollte, würde aus dem Weg geräumt werden. Der erste Schuß aber durfte erst in Burkes Zimmer fallen. Das hatte *er* ihr befohlen. Wenn man sie fing, bevor sie den Auftrag ausgeführt hatte, dann würde *er* nicht mehr zu ihr kommen, dann würde sie nicht mehr seine brennenden Küsse empfangen.

Ein junges Mädchen saß in der Rezeption, mit weißer Mütze und in Uniform. Das Mädchen löste im Dämmerschein der Lampe über ihrem Pult ein Kreuzworträtsel. Ein Spitalbediensteter ging gerade die Halle entlang und wandte Ann den Rücken zu.

Mit einem höflichen Lächeln blickte die diensthabende Schwester auf, als sie Anns Schritte hörte. Das Lächeln verschwand, als sie die hohlwangige Frau im Morgenrock sah. Deren Augen waren zugleich leer und glänzend, als wäre sie ein Spielzeug, das jemand aufgezogen und in Bewegung gesetzt hatte.

»Wenn Sie bitte –«

Ann Norton nahm den Revolver aus der Tasche, richtete ihn auf den Kopf der Schwester und sagte: »Drehen Sie sich um.«

Langsam stand die Schwester auf und drehte sich um. Soeben wollte Ann Norton den Revolver mit aller Kraft auf den Kopf der Schwester niedersausen lassen.

Genau in dieser Sekunde wurden ihr die Füße weggezogen.

Der Revolver flog in hohem Bogen auf den Fußboden.

Die Frau in dem zerfetzten Morgenmantel kroch ihm nach wie eine Krabbe, und der verblüffte Mann hinter ihr versuchte, die Waffe ebenfalls zu erreichen. Als der Mann sah, daß die Frau ihm zuvorkommen würde, stieß er den Revolver quer über den Spannteppich.

»Hilfe«, rief der Mann. »Hilfe!«

Ann Norton schaute über ihre Schulter zurück und zischte ihn an, wobei sich ihr Gesicht zu einer haßerfüllten Fratze verzog.

Ein Krankenpfleger kam herbeigelaufen. In fassungslosem Erstaunen starrte er auf das Bild, das sich ihm bot, dann hob er den Revolver auf, der fast zu seinen Füßen lag.

»Um Himmels willen«, sagte er, »das Ding da ist ja geladen –«

Die Frau warf sich auf ihn. Ihre Hände, zu Klauen gekrümmt, krallten sich in das Gesicht des Pflegers und hinterließen auf Stirn und Wangen rote Striemen. Den Revolver hielt er außerhalb ihrer Reichweite. Sie war noch immer begierig, ihn doch noch zu erhaschen.

Der verblüffte Mann packte sie von hinten. Später sollte er erzählen, daß es gewesen sei, als greife er nach einem Sack voll von Schlangen. Der Körper unter dem Morgenrock fühlte sich heiß und abstoßend an.

Während die Frau versuchte, sich zu befreien, versetzte ihr der Krankenpfleger einen Kinnhaken. Sie fiel zu Boden.

Krankenpfleger und verblüffter Mann sahen einander an.

»Was ist das für eine Art von Spital?« fragte der verblüffte Mann.

»Wenn ich das nur wüßte«, sagte der Krankenpfleger. »Was, zum Teufel, ist geschehen?«

»Ich wollte meine Schwester besuchen, die hier liegt. Da kommt ein Junge auf mich zu und sagt, soeben sei eine Frau mit einem Revolver hereingekommen. Und –«

»Was für ein Junge?«

Der verblüffte Mann, der nur seine Schwester besuchen wollte, sah sich um. Die Halle war voll von Leuten, aber alle waren sie erwachsen.

»Jetzt sehe ich ihn nicht mehr. Aber er war hier. Ist der Revolver geladen?«

»Ohne Zweifel«, sagte der Krankenpfleger.

»Was ist das hier für eine Art von Spital?« fragte der verblüffte Mann nochmals.

Sie hatten zwei Krankenschwestern an der Tür vorüberlaufen gesehen und von unten einen undeutlichen Schrei gehört. Ben sah Jimmy an, und Jimmy zuckte unmerklich die Achseln. Matt döste mit offenem Mund.

Ben schloß die Tür und löschte das Licht. Jimmy hockte an Matts Bettende. Als sie vor der Tür zögernde Schritte hörten, stand Ben bereit. Als jemand die Tür öffnete und den Kopf hereinsteckte, packte ihn Ben in einem halben Nelson und hielt ihm das Kruzifix vor das Gesicht.

»Lassen Sie mich los!«

Einen Augenblick später machte jemand Licht. Matt saß im Bett und blinzelte Mark Petrie an, der sich in Bens Armen wand.

Jimmy erhob sich und lief durch das Zimmer. Er schien den Jungen umarmen zu wollen, zögerte aber. »Heb das Kinn.«

Mark zeigte ihnen seinen unverletzten Hals.

Jimmy entspannte sich. »Junge, Junge, noch nie im Leben war ich so froh, jemanden zu sehen. Wo ist Pater Callahan?«

»Ich weiß nicht«, sagte Mark düster. »Barlow fing mich ... tötete meine Eltern. Sie sind tot. Meine Eltern sind tot. Dann packte Barlow mich und sagte Pater Callahan, daß er mich freilassen werde, wenn Pater Callahan verspreche, das Kreuz wegzuwerfen. Der versprach es, und ich rannte. Doch bevor ich rannte, spuckte ich Barlow an. Ich spuckte ihn an, und ich werde ihn töten.«

Er bewegte sich dem Ausgang zu. Seine Stirn und seine Wange waren zerkratzt. Er war durch den Wald gelaufen, entlang dem Pfad, auf dem Danny Glick und sein Bruder vor so langer Zeit in Schwierigkeiten geraten waren. Marks Hosen waren infolge der Flucht quer durch den Fluß bis an die Knie durchnäßt. Er war per Autostop gekommen, konnte sich aber nicht mehr erinnern, wer ihn mitgenommen hatte. Das Autoradio war gelaufen, soviel wußte er noch.

»Armer Junge«, sagte Matt leise. »Armer tapferer Junge.«

Marks starres Gesicht zerfiel; seine Augen schlossen sich, sein Mund zuckte. »Meine Mutter, meine Mutter –«

Er taumelte wie ein Blinder, und Ben fing ihn in seinen Armen auf, hielt ihn und wiegte ihn sanft, während die Tränen zu fließen begannen.

Pater Callahan hatte keine Ahnung, wie lang er in der Dunkelheit marschiert war. Er stolperte in die Stadt zurück, entlang der Jointer Avenue, ohne daran zu denken, daß er sein Auto in Petries Einfahrt hatte stehen lassen. Manchmal trieb es Callahan auf die Mitte der Fahrbahn zu, manchmal taumelte er am Rand des Gehsteiges. Einmal fuhr ein Auto geradewegs auf ihn zu, mit großen runden Scheinwerferlichtern; es hupte und wich erst in der letzten Sekunde aus, wobei die Reifen auf dem Asphalt quietschten. Dann fiel Callahan in einen Graben. Als er bei der Verkehrsampel angekommen war, begann es zu regnen.

Niemand war auf der Straße, der ihn bemerkt hätte; Salem's Lot hatte sich während der Nacht eingeschlossen, heute noch fester als üblich. Das Restaurant war leer, und bei Spencer's saß Miss Cougan neben der Kasse und las im kalten Licht der Neonröhren eine religiöse Zeitschrift. Draußen war eine rote Leuchtschrift zu lesen: BUS.

Sie hatten Angst, vermutete der Pater. Sie hatten auch allen Grund dazu. Irgendein Teil in ihrem Innern hatte die Gefahr wahrgenommen, und heute waren in Lot auch jene Türen verschlossen, die seit Jahren nicht versperrt worden waren ... wenn überhaupt jemals.

Die Straßen waren menschenleer. Er war allein und hatte nichts zu fürchten. Das war komisch. Er lachte laut, und es klang wie ein wildes, irres Schluchzen. Ihn würde kein Vampir anfallen. Andere vielleicht, aber nicht ihn. Der Gebieter hatte ihn gezeichnet, und er würde frei umherwandern, bis der Gebieter ihn als sein Eigentum anfordern würde.

Die Kirche von St. Andrew ragte vor Callahan auf.

Er zögerte, dann ging er den Pfad entlang. Er wollte beten. Wenn nötig, wollte er die ganze Nacht hindurch beten. Eine Chance, mein Gott. Mein ganzes Leben will ich Buße tun. Nur ... eine Chance!

Callahan stolperte die breiten Treppen hinauf, sein Gewand

war verschmutzt und zerfetzt, sein Mund mit Barlows Blut verschmiert.

Als er das Tor berührte, flammte ein bläuliches Licht auf und er wurde zurückgeworfen. Schmerz bohrte sich in seinen Rücken, seinen Kopf, seinen Körper; er fiel kopfüber die Treppe hinab auf den Weg.

Zitternd lag er im Regen. Er hob die Hand; sie war versengt.

»Unrein«, murmelte er. »Unrein, unrein, oh, mein Gott!«

Die Arme um die Schultern gelegt, stand er fröstelnd da. Hinter ihm ragte die Kirche auf. Ihm war ihr Tor verschlossen.

Mark Petrie saß auf Matts Bett, genau an der Stelle, die Ben eingenommen hatte, als er mit Jimmy hereingekommen war. Matt hatte Marks Tränen mit den Hemdärmeln abgewischt, und obwohl Marks Augen geschwollen und blutunterlaufen waren, schien er sich nun unter Kontrolle zu haben.

»Du weißt, daß Salem's Lot in furchtbarer Gefahr ist, nicht wahr?« fragte ihn Matt.

Mark nickte.

»Eben jetzt kriechen *seine* Untoten in der Stadt umher«, sagte Matt ernst. »Sie holen sich andere. Heute nacht werden sie nicht alle bekommen – aber morgen liegt eine furchtbare Arbeit vor euch.«

»Matt, ich möchte, daß Sie ein wenig schlafen«, sagte Jimmy. »Wir bleiben hier, machen Sie sich keine Sorgen. Sie sehen schlecht aus. Das alles war eine schreckliche Belastung für Sie –«

»Meine Heimatstadt zerfällt vor meinen Augen, und Sie wollen, daß ich schlafe?«

Jimmy sagte hartnäckig: »Wenn Sie am Schluß noch dabei sein wollen, sollten Sie ein wenig Kraft aufsparen. Das sage ich Ihnen als Ihr Arzt, verdammt noch mal.«

»Gut, in einer Minute.« Matt blickte im Kreis umher. »Morgen müßt ihr drei zu Marks Haus zurückgehen. Ihr werdet Pfähle machen. Viele Pfähle.«

Die Bedeutung dämmerte ihnen.

»Wie viele?« fragte Ben leise.

»Ich würde sagen, ihr braucht mindestens hundert. Fünfhundert wären besser.«

»Das ist unmöglich«, sagte Jimmy. »Es kann nicht so viele von ihnen geben.«

»Die Untoten sind durstig«, sagte Matt schlicht. »Es ist gut, vorbereitet zu sein. Ihr werdet gemeinsam gehen. Und euch nicht trennen, nicht einmal bei Tag. Es wird wie bei einer großen Straßenreinigung sein. Man beginnt an dem einen Ende und muß sich bis zum anderen vorarbeiten.«

»Niemals werden wir imstande sein, alle zu finden«, wandte Ben ein. »Auch nicht, wenn wir im Morgengrauen beginnen und bis zum Abend arbeiten.«

»Ihr müßt euer Bestes tun, Ben. Vielleicht werden euch einige Leute helfen.« Matt seufzte. »Wir müssen annehmen, daß Pater Callahan für uns verloren ist. Das ist schlimm. Doch ihr müßt trotzdem weitermachen. Und seid vorsichtig. Wenn ihr eingesperrt werdet, würde das *seinen* Zwecken überaus dienlich sein. Bedenkt auch noch etwas: Es ist durchaus möglich, daß einige von uns oder wir alle überleben – nur, um wegen Mordes angeklagt zu werden.«

Matt sah jeden von ihnen prüfend an. Was er in ihren Gesichtern las, schien ihn zufriedenzustellen, denn er wandte sich Mark zu.

»Du weißt, was eure wichtigste Aufgabe ist?«

»Ja«, sagte Mark. »Barlow muß getötet werden.«

Matt lächelte dünn. »Richtig, aber zuerst müssen wir ihn finden. Hast du heute nacht irgend etwas bemerkt, gesehen, gehört, gerochen, das uns helfen könnte? Denk scharf nach, bevor du antwortest. Du weißt besser als wir alle, wie wichtig es ist!«

Mark dachte nach. Ben hatte noch niemanden einen Befehl so wörtlich nehmen gesehen. Mark stützte das Kinn in die Hand und schloß die Augen. Er schien sich jedes kleinste Detail der nächtlichen Begegnung wieder ins Gedächtnis zu rufen.

Endlich öffnete er die Augen, blickte um sich und schüttelte den Kopf. »Nichts.«

Matts Gesicht wurde länger, aber er gab nicht auf. »Vielleicht ein Blatt an seinem Mantel? Schmutz an seinen Schuhen? Ein Faden an seinem Anzug?«

Plötzlich weiteten sich Marks Augen.

»Blaue Kreide«, sagte Mark. »Als er die Arme um meinen Hals legte, konnte ich seine Hand sehen. Auf zwei Fingern waren blaue Kreideflecken.«

»Blaue Kreide«, wiederholte Matt nachdenklich.

»Eine Schule«, sagte Ben, »das muß eine Schule sein.«

»Nicht die Oberschule«, sagte Matt. »Wir benützen nur weiße und gelbe Kreide. Seit Jahren habe ich sie auf meinen Anzügen und unter meinen Fingernägeln.«

»Und im Zeichenunterricht?« fragte Ben.

»Nein, bei uns an der Oberschule wird nur Federzeichnen unterrichtet. Man braucht dazu Tinte, keine Kreide. Mark, bist du sicher, daß –«

»Kreide«, sagte er und nickte noch einmal.

»Ich glaube, daß einige der Lehrer in den technischen Fächern Farbkreide verwenden, aber wo könnte man sich in der Oberschule verstecken? Sie haben es ja gesehen, alles ist ebenerdig und dazwischen ist überall Glas. Die Magazine werden den ganzen Tag über benützt. Das gilt auch für den Heizraum.«

»Und auf der Hinterbühne im Theatersaal?«

Matt zuckte mit den Achseln. »Die wäre dunkel genug. Aber wenn Mrs. Rodin meine Klasse für das Schultheater übernimmt, wird die Bühne wieder sehr oft verwendet. Es wäre ein schreckliches Risiko für ihn.«

»Und wie steht es mit den Volksschulen?« fragte Jimmy. »Dort gibt es doch Zeichenunterricht, und ich wette, daß hin und wieder bunte Kreiden verwendet werden.«

Matt sagte: »Die Stanley-Street-Schule ist ein modernes Gebäude, einstöckig, mit vielen Glasfenstern, um die Sonne hereinzulassen. Nicht die Art von Gebäuden, die unser Mann frequentieren würde. Ein altes Gebäude, verwinkelt, dunkel, das wäre etwas für ihn –«

»Wie die Brock-Street-Schule«, sagte Mark.

»Ja.« Matt sah Ben an. »Die Brock-Street-Schule ist ein Holzhaus, dreistöckig und unterkellert, ungefähr gleichzeitig mit dem Marstenhaus erbaut. Es hat einmal viel Gerede gegeben, als die Schulbehörde ein Darlehen mit der Begründung beantragte, die Schule sei feuergefährdet. Das Darlehen wurde bewilligt, weil zwei oder drei Jahre zuvor ein Schulhaus in New Hampshire in Flammen aufgegangen war.«

»Ich erinnere mich«, murmelte Jimmy. »In Copp's Ferry, stimmt's?«

»Ja, drei Kinder verbrannten.«

»Ja, ich kann mich erinnern«, murmelte Jimmy.

»Wird das Gebäude noch benützt?« fragte Ben.

»Nur das Erdgeschoß.«

»Gibt es einen Platz, wo Barlow sich verstecken könnte?«

»Ich nehme an«, sagte Matt zögernd. »Im ersten und im zweiten Stockwerk sind ausschließlich Klassenzimmer. Man hat die

Fenster mit Brettern vernagelt, weil die Kinder immer wieder Steine hineinwarfen.«

»Dann muß er dort sein«, sagte Ben.

»Es klingt wahrscheinlich«, gab Matt zu; und jetzt sah er furchtbar müde aus. »Aber es erscheint mir zu einfach.«

»Blaue Kreide«, murmelte Jimmy. Seine Augen wanderten weit fort.

»Ich weiß nicht«, sagte Matt, und es klang zerstreut. »Ich weiß es einfach nicht.«

Jimmy öffnete seine schwarze Tasche und nahm eine kleine Flasche mit Pillen heraus. »Zwei davon mit einem Glas Wasser. Sofort.«

»Nein. Es gibt noch so viel zu überdenken. Es gibt zuviel –«

»Zuviel, als daß wir es uns leisten könnten, Sie zu verlieren«, sagte Ben bestimmt. »Wenn Pater Callahan tatsächlich fortgegangen ist, dann sind Sie der Wichtigste von uns. Bitte folgen Sie Jimmy.«

Mark brachte ein Glas Wasser aus dem Badezimmer, und Matt gab widerwillig nach.

Es war ein Viertel nach zweiundzwanzig Uhr. Im Zimmer wurde es still.

Ben dachte, daß Matt beängstigend alt und verbraucht aussehe. Matts weißes Haar schien dünner, vertrockneter, und die Sorgen eines ganzen Lebens schienen sich seinem Gesicht binnen weniger Tage eingeprägt zu haben. In einer Weise, dachte Ben, war es ja besser für ihn, wenn diese ganze große Aufregung schließlich nur in einer traumhaften, dunklen und phantastischen Form auf ihn zukam. Sein ganzes Leben hatte ihn darauf vorbereitet, einem Symbol des Bösen zu begegnen, das im Licht der Leselampe zu Tage trat und in der Morgendämmerung wieder verschwand.

»Ich mache mir Sorgen um ihn«, sagte Jimmy leise.

»Ich glaube, sein Anfall sei nur leicht gewesen«, sagte Ben. »Nicht wirklich ein Infarkt.«

»Es war eine kurze Okklusion. Aber die nächste wird nicht so harmlos sein. Wenn diese Sache dann nicht vorüber ist, wird sie ihn ins Grab bringen.« Er nahm Matts Hand und griff vorsichtig nach dem Puls.

»Das«, sagte er, »wäre eine Tragödie.«

Sie blieben an seinem Bett, schliefen und hielten abwechselnd Wache. Matt schlief die ganze Nacht durch, und Barlow erschien nicht. Er hatte anderes zu tun.

Miss Coogan las gerade eine Geschichte mit dem Titel ›Ich versuchte, unser Baby zu erwürgen‹, als die Tür aufging und der erste Kunde dieses Abends eintrat.

Sie hatte noch nie erlebt, daß so wenig Betrieb war. Nicht einmal Ruthie Crockett und ihre Freundinnen waren auf ein Glas Soda hereingekommen, nicht daß Miss Coogan *diese* Bande etwa vermißt hätte – und Loretta Starcher hatte die ›New York Times‹ nicht abgeholt. Loretta war der einzige Mensch in Salem's Lot, der die ›Times‹ regelmäßig las. Tags darauf pflegte sie das Blatt dann im Lesesaal aufzulegen.

Mr. Labree war auch noch nicht zum Abendessen gekommen, aber das war nichts Ungewöhnliches. Mr. Labree war Witwer und besaß ein großes Haus bei der Schule, und Miss Coogan wußte sehr gut, daß er zum Abendessen nicht nach Hause ging. Er ging zu Dell's und aß Hamburger, zu denen er Bier trank. Wenn er bis dreiundzwanzig Uhr nicht zu Hause war (und jetzt war es schon ein Viertel nach), pflegte sie die Schlüssel aus der Kasse zu nehmen und abzusperren. Es wäre heute nicht das erste Mal gewesen.

Manchmal vermißte sie das Gedränge, das es immer nach der Abendvorstellung um diese Zeit gegeben hatte, bevor man das alte Nordica-Kino abgerissen hatte. Da waren Leute gewesen, die Eiscreme-Soda-Frappés oder Malzbonbons wollten, Teenager, die sich ein Stelldichein gaben und Händchen haltend über ihre Hausaufgaben diskutierten. Es hatte viel Arbeit gegeben, war aber auch *wohltuend* gewesen. Diese Kinder hatten nichts gemein gehabt mit Ruthie Crockett und ihrer Bande, mit Wesen, die kichernd mit ihren Brüsten wippten und Jeans trugen, die eng genug waren, um die Umrisse ihrer Höschen hervortreten zu lassen – falls sie überhaupt Höschen anhatten. Miss Coogans wirkliche Gefühle gegenüber früheren Kunden (die sie, obwohl sie es vergessen hatte, nicht weniger gestört hatten) waren von Nostalgie umnebelt, und sie schaute neugierig auf, als die Tür aufging, als ob es ein Junge aus der Klasse von 1964 gewesen wäre mit seinen Mädchen, die hereinkamen, um Schokoladebonbons mit Nüssen zu kaufen.

Der Eintretende war ein Mann, den Miss Coogan kannte, aber im Augenblick wußte sie nicht, wer es war. Als er seinen Koffer zum Ladentisch trug, erkannte sie ihn an seinem Gang oder vielleicht an einer Kopfbewegung.

»Pater Callahan!« rief sie und konnte ihre Überraschung nicht verbergen. Sie hatte ihn noch nie ohne Soutane gesehen.

Jetzt trug er einfache dunkle Hosen und ein blaues Hemd, wie ein Arbeiter, der aus seinem Betrieb kam.

Plötzlich packte Miss Coogan Angst. Die Kleider, die der Pater trug, waren sauber, und sein Haar war ordentlich gekämmt, aber etwas war in seinem Gesicht, etwas –

Sie erinnerte sich plötzlich an den Tag, an dem sie aus dem Spital gekommen war, nachdem dort ihre Mutter an den Folgen eines Schlaganfalls gestorben war. Als sie es ihrem Bruder erzählte, hatte dieser ähnlich ausgesehen wie Pater Callahan jetzt. Callahans Gesicht hatte einen verstörten, umnachteten Ausdruck, und seine Augen waren glasig. Die Haut um seinen Mund war rot und entzündet, als hätte er sie lange mit einem rauhen Tuch gerieben.

»Ich möchte eine Fahrkarte für den Autobus«, sagte er.

Das ist es also, dachte Miss Coogan. Jemand ist gestorben, und man hat ihn soeben davon verständigt.

»Natürlich«, sagte sie. »Wo –«

»Welches ist der erste Bus?«

»Wohin?«

»Ganz gleich, wohin«, sagte er und warf ihre Theorie über den Haufen.

»Nun, ja ... ich weiß nicht ... ich werde gleich nachsehen ...« Sie zog den Fahrplan heraus und begann ihn verwirrt zu studieren.

»Es gibt einen Bus um elf Uhr zehn, der Verbindung nach Portland, Boston, Hartford und New York hat.«

»Den nehme ich«, sagte er. »Was kostet es?«

»Wie lang, ich meine wie weit?« Jetzt war sie völlig verstört.

»Bis zum Ende«, sagte er hohl und lächelte. Noch nie hatte sie ein so furchtbares Lächeln gesehen, und sie schreckte davor zurück. *Wenn er mich anrührt*, dachte sie, *dann schreie ich.*

»Das – das wäre bis New York«, sagte sie. »Neunundzwanzig Dollar und siebzig Cents.«

Er hatte Schwierigkeiten, seine Brieftasche herauszuziehen, und sie sah, daß eine Hand bandagiert war. Er legte ihr zweiundzwanzig Dollar auf den Tisch, und sie stieß einen ganzen Stoß ungestempelter Fahrkarten auf den Boden, als sie eine davon nehmen wollte. Nachdem sie alle Fahrkarten wieder aufgelesen hatte, legte Callahan noch fünf Dollar und einen ganzen Berg Kleingeld vor sie hin.

Sie schrieb die Karte, so schnell sie konnte, aus, aber nichts konnte jetzt schnell genug geschehen. Sie fühlte seinen sterbenden Blick auf sich ruhen. Sie stempelte die Fahrkarte und schob sie unter dem Schalter durch, so daß sie seine Hand nicht zu berühren brauchte.

»Sie müssen draußen warten, Pater Callahan. Ich muß in fünf Minuten schließen.« Sie schob die Scheine und das Kleingeld in die Lade, ohne auch nur zu versuchen, das Geld zu zählen.

»Das ist gut«, sagte er. Er stopfte die Fahrkarte in seine Brusttasche. Ohne sie zu überprüfen, sagte er: »Und Gott machte an Kain ein Zeichen, damit ihn niemand töte, der ihn fände. Kain aber ging von dem Angesicht Gottes hinweg und ließ sich als Flüchtling auf Erden, östlich von Eden nieder. – Das ist die Heilige Schrift, Miss Coogan. Die härteste Stelle in der Bibel.«

»Wirklich?« sagte sie. »Ich fürchte, Sie müssen jetzt hinausgehen, Pater Callahan. Ich ... Mr. Labree wird in einer Minute zurück sein, und er mag es nicht ... er mag es nicht, wenn ich ... ich ...«

»Natürlich«, sagte Callahan und wandte sich zum Gehen. Dann sah er sie nochmals an. »Sie wohnen in Falmouth, nicht wahr, Miss Coogan?«

»Ja –«

»Haben Sie ein Auto?«

»Natürlich. Ich muß Sie aber wirklich bitten, draußen zu warten.«

»Fahren Sie heute abend so bald als möglich nach Hause, Miss Coogan. Verschließen Sie die Wagentüren, und bleiben Sie unter keinen Umständen stehen, wenn jemand Sie aufhalten will. Wer immer es auch sei. Auch dann nicht, wenn Sie ihn kennen.«

»Ich nehme niemals jemanden im Auto mit«, erwiderte Miss Coogan steif.

»Und wenn Sie zu Hause angekommen sind, dann kehren Sie nicht wieder nach Jerusalem's Lot zurück«, fuhr Callahan fort. Er starrte sie an. »Es steht schlecht um Jerusalem's Lot.«

Sie sagte schwach: »Ich weiß nicht, wovon Sie sprechen, aber Sie müssen draußen auf den Bus warten.«

»Ja, natürlich.«

Er ging hinaus.

Auf einmal bemerkte sie, wie still der Drugstore war, wie völlig ausgestorben. Und war es möglich, daß niemand – niemand – seit Einbruch der Dunkelheit zu ihr hereingekommen war, außer Pater Callahan? Ja, so war es. *Niemand.*

Es steht schlecht um Jerusalem's Lot.
Sie löschte die Lichter.

Über Lot lag noch immer Dunkelheit.

Zehn Minuten vor Mitternacht wurde Charlie Rhodes von einem langen, beständigen Hupen geweckt. Er erwachte in seinem Bett und setzte sich auf.

Sein Bus!

Und gleich darauf:

Diese verdammten kleinen Bastarde!

Die Kinder hatten derlei schon früher versucht. Er kannte sie, diese elenden kleinen Schlangen. Sie hatten schon einmal versucht, ihm die Luft aus den Reifen zu lassen. Er hatte nicht gesehen, wer es versucht hatte, aber er hatte damals eine verdammt gute Idee gehabt. Er war zu diesem Hasenfuß von einem Schuldirektor gegangen und hatte berichtet, daß es Mike Philbrook und Audie James gewesen seien. Wer hätte es denn sonst sein sollen?

Sind Sie sicher, daß es die beiden waren, Rhodes?

Ich sagte es doch gerade, oder?

Und da blieb dann diesem Schlappschwanz gar nichts anderes übrig; er *mußte* sie von der Schule weisen. Dann hatte ihn dieser Hundesohn eine Woche später in sein Büro zitiert.

Rhodes, wir haben heute Andy Garvey vom Unterricht suspendiert.

Ja? Überrascht mich nicht. Was hat er denn getan?

Bob Thomas hat ihn ertappt, als er die Luft aus den Busreifen ließ. Und der Direktor hatte Charlie Rhodes mit einem langen und kühlen Blick gemessen.

Gut, was sollte es, wenn es Garvey gewesen war und nicht Philbrook und James? Sie steckten doch alle unter einer Decke, sie waren doch alle Ungeziefer, sie alle verdienten, durch die Mangel gedreht zu werden.

Nun dröhnte von draußen der ohrenbetäubende Lärm der Hupe, und die Batterie wurde schwächer.

»Ihr Hurensöhne«, flüsterte Rhodes und glitt aus dem Bett. Ohne Licht zu machen, schlüpfte er in seine Hosen. Das Licht würde diesen Abschaum vertreiben, und das wollte er nicht.

Einmal hatte jemand Kuhmist auf den Fahrersitz gelegt, und Rhodes hatte auch schon eine Vermutung, wer das gewesen sein dürfte. Man konnte es in ihren Augen lesen. Er hatte das im

Krieg gelernt. Für die Sache mit dem Kuhmist hatte er sich auf seine Weise gerächt. Er hatte so einen kleinen Hurensohn sieben Kilometer vor seinem Zuhause an drei aufeinanderfolgenden Tagen aus dem Bus geworfen. Schließlich war der Kerl ratlos und weinend zu ihm gekommen.

Ich habe doch nichts getan, Mr. Rhodes. Warum werfen Sie mich hinaus?

Kuhmist auf meinen Fahrersitz legen, das nennst du nichts getan?

Nein, das war nicht ich. Ich schwöre Ihnen, ich war's nicht!

Ja, so mußte man mit ihnen umgehen. Sie konnten ihre eigene Mutter belügen, mit strahlendem Lächeln, und wahrscheinlich taten sie es auch. Zweimal warf er den Kleinen noch hinaus, und dann gestand der, bei Gott. Charlie warf ihn dann noch einmal hinaus zur Besserung sozusagen – und dann machte ihn Dave Felsen in der Werkstatt darauf aufmerksam, daß es besser für ihn sei, wenn er sich eine Weile mäßige.

Rhodes griff nach seinem Hemd und nach einem alten Tennisschläger, der in der Ecke stand. Wahrhaftig, irgendeinen Hintern würde er heute noch versohlen!

Er ging zur Hintertür hinaus und schlich sich um das Haus herum, bis dorthin, wo er den gelben, großen Bus geparkt hatte. Er fühlte sich stark und war wild entschlossen. Das war ein Angriff aus dem Hinterhalt, wie bei der Armee!

Hinter einem Oleanderbusch hielt er inne und beobachtete den Bus. Ja, er konnte sie sehen, eine ganze Bande, dunkle Schatten hinter den finsteren Glasfenstern. Er fühlte, wie sein Haß auf diese Bande immer glühender wurde, er umklammerte das Tennisracket fester, bis es in seiner Hand vibrierte wie eine angeschlagene Stimmgabel. Sie hatten – sechs, sieben, acht – acht Fenster von *seinem* Bus eingeschlagen.

Er schlüpfte nach hinten und schlich sich die lange, gelbe Front entlang bis zur Vordertür. Sie war offen. Er streckte sich, und sprang mit einem Satz die Stufen hinauf.

»Bleibt, wo ihr seid! Kleiner, nimm die Finger von dieser gottverdammten Hupe, oder ich werde –«

Der Junge, der auf dem Fahrersitz thronte und mit beiden Händen auf die Hupe drückte, drehte sich um und lächelte ihn irr und selig an. Charlie fühlte einen unangenehmen Druck in der Magengrube. Es war Richie Boddin. Er war weiß – weiß wie Papier – bis auf die kleinen schwarzen Kohlen, die seine Augen waren, bis auf seine rubinroten Lippen.

Und seine Zähne –
Charlie Rhodes schaute in das Wageninnere.
War das Mike Philbrook? Audie James? Allmächtiger Gott, dort hinten waren die Griffen-Jungen! Hal und Jack saßen nahe der Hinterbank und hatten Stroh im Haar. *Aber sie werden nicht mit meinem Bus fahren!* Mary Kate Greigson und Brent Tenney saßen nebeneinander. Sie trug ein Nachthemd, er Blue jeans und ein Hemd aus Flanell, das er verkehrt angezogen hatte.

Und Danny Glick. Aber der war ja tot! Seit Wochen tot!

»Ihr«, sagte Rhodes mit starren Lippen. »Ihr Kinder –«

Der Tennisschläger glitt ihm aus der Hand. Er hörte ein Zischen und Poltern, als Richie Boddin, der immer noch irr und selig lächelte, an dem Chromhebel herumwerkte, der die Falttüre schloß. Sie kamen alle hinter ihren Sitzen hervor, alle.

»Nein«, sagte Rhodes und versuchte zu lächeln. »Kinder... Versteht ihr denn nicht? Ich bin's. Charlie Rhodes. Ihr... ihr...« Er grinste sie verständnislos an, schüttelte den Kopf und streckte seine Hände aus, um ihnen zu zeigen, daß es doch nur die Hände des alten Charlie Rhodes waren, untadelig, und er ließ sich zurückdrängen, bis sein Rücken gegen die große, getönte Fläche der Windschutzscheibe gepreßt wurde.

»Tut es nicht«, sagte er leise.

Sie kamen auf ihn zu und grinsten.

»Bitte, tut es nicht!«

Dann fielen sie über ihn her.

Ann Norton starb, während der Lift vom Erdgeschoß des Spitals in den ersten Stock fuhr. Einmal zitterte sie, und aus ihrem Mundwinkel tropfte ein wenig Blut.

»O. k.«, sagte der Krankenpfleger. »Man kann die Sirene wieder abstellen!

Eva Miller träumte.

Es war ein seltsamer Traum, kein wirklicher Alptraum. Die große Feuersbrunst des Jahres 1951 loderte unter einem mitleidslosen Himmel, dessen fahles Blau sich über dem Horizont in ein gnadenloses, flirrendes Weiß verwandelte. Die Sonne glühte wie eine polierte Kupfermünze. Der beißende Gestank des Rauches war überall; jedes Geschäftsleben hatte aufgehört, die Leute standen auf den Straßen und sahen nach Südwesten, zum Moor hin, und nach Nordwesten, über die Wälder. Der Rauch war den ganzen Vormittag hindurch nicht gewichen, aber nun, am Nachmittag, konnte man die Feuerschwaden hinter Griffens grünem Heideland hervorzüngeln sehen. Die ständige Brise, die den Flammen gestattet hatte, sich auszubreiten, brachte nun weiße Asche heran, die sich über die Stadt senkte wie Schnee im Sommer.

Ralph lebte und versuchte die Sägemühle zu retten. Doch es war alles verwirrt, denn Ed Craig war bei ihr, und in Wahrheit hatte sie Ed doch erst im Herbst des Jahres 1954 kennengelernt.

Sie beobachtete das Feuer vom Fenster ihres Schlafzimmers im ersten Stockwerk aus, und sie war nackt. Hände umfaßten sie von hinten, rauhe braune Hände, und sie wußte, daß es Ed war, obwohl sie sein Spiegelbild nicht im Glas des Fensters sehen konnte.

Ed, versuchte sie zu sagen. *Nicht jetzt. Es ist zu früh. Erst in neun Jahren.*

Aber seine Hände waren beharrlich, strichen über ihre Hüften, spielten mit ihrem Nabel, umfaßten wissend ihre Brüste.

Sie versuchte ihm zu erklären, daß sie am Fenster stünden und daß jedermann sie von der Straße aus sehen könne, aber die Worte wollten nicht kommen. Und dann waren seine Lippen auf ihren Armen, auf ihrer Schulter, saugten sich mit lustvoller Beharrlichkeit an ihrem Hals fest. Sie spürte seine Zähne, spürte das Beißen und Saugen und versuchte wieder, zu protestieren. *Mach mir keinen Fleck, Ralph würde es bemerken* –

Aber es war unmöglich, sich aufzulehnen, und sie wollte es auch gar nicht mehr. Es war ihr auch gleichgültig, wer sie so sah – nackt und schamlos.

Ihr Blick wanderte träumerisch zu dem großen Feuer, während seine Zähne ihren Hals bearbeiteten, und der Rauch war sehr schwarz, so schwarz wie die Nacht. In der Dunkelheit schien sie ein Gesicht zu sehen – eine Adlernase, tiefliegende, brennende Augen, volle sinnliche Lippen. Schwarzes Haar, das nach hinten gekämmt war.

»Die Kommode«, sagte eine Stimme von fern, und sie wußte, es war *seine*. »Die Kommode auf dem Dachboden. Die wird gut passen, glaube ich. Und dann werden wir die Treppe blockieren. Man soll auf alles vorbereitet sein.«

Die Stimme verklang. Die Flammen verloschen.

Dann wurde es Nacht, und die Stadt war verschwunden, aber

noch immer tobte das Feuer. Vage dachte sie, daß dieser Traum süß und lang sei, aber auch bitter und ohne Licht, wie Lethe, der Fluß des Vergessens.

Eds Stimme. »Komm, Liebling. Steh auf. Wir müssen tun, was er sagt.«

»Ed? *Ed?*«

Sein Gesicht war über ihr, seltsam leer und von furchtbarer Blässe. Doch sie liebte ihn ... liebte ihn mehr als je zuvor. Sie sehnte sich nach seinem Kuß.

»Komm, Eva.«

»Ist das ein Traum, Ed?«

»Nein ... kein Traum.«

Einen Augenblick lang fürchtete sie sich, dann verging die Angst. Statt dessen kam das Wissen. Und mit dem Wissen kam der Hunger.

Sie schaute in den Spiegel und sah nur ihr Schlafzimmer, und das war still und leer. Die Tür zum Dachboden war verschlossen, aber das machte nichts aus. Jetzt brauchten sie keine Schlüssel mehr.

Wie Schatten schlüpften sie zwischen der Tür und den Pfosten hindurch.

Parkins Gillespie schlurfte von seinem Büroschreibtisch zur Kaffeemaschine; er sah aus wie ein sehr kranker, sehr abgemagerter Affe. Hinter ihm lag, wie ein Zifferblatt gelegt, eine Patience. Während der Nacht hatte er verschiedene Schreie gehört und einmal rasche Schritte. Er war nicht hinausgegangen, um nachzusehen. Der Gedanke an das, was dort draußen vor sich ging, hatte tiefe Spuren in seinem Gesicht hinterlassen. Um den Hals trug er ein Christusmonogramm und ein Christophorus-Medaillon. Warum Parkins diese Dinge trug, wußte er nicht genau, aber er empfand sie als tröstlich. Wenn er diese Nacht irgendwie überlebte, wollte er am Morgen seinen Sheriffstern mitsamt dem Schlüsselbund auf den Tisch legen und sehr weit fortgehen.

Mabel Werts saß an ihrem Küchentisch; vor ihr stand eine Tasse mit kaltem Kaffee. Zum erstenmal seit Jahren waren die Jalousien heruntergelassen, und auf ihrem Fernglas steckten die Linsenkappen. Zum erstenmal seit sechzig Jahren wollte sie nichts sehen und nichts hören. Die Nacht war erfüllt mit tödlichem Geschwätz, von dem sie nichts wissen wollte.

Bill Norton war auf dem Weg zum Cumberland-Spital; man hatte ihn angerufen, als seine Frau noch am Leben war. Sein Gesicht war unbeweglich, wie aus Holz geschnitzt. Die Scheibenwischer klickten hin und her; es regnete jetzt stärker. Bill versuchte, an nichts zu denken.

Es gab andere in der Stadt, die schliefen und unberührt herumgingen. Die meisten Unberührten waren Einzelpersonen ohne Verwandte oder engere Freunde in der Stadt. Viele der Unberührten ahnten nicht, daß etwas geschehen war.

Diejenigen aber, die noch wach waren, hatten alle Lichter brennen, und wenn jemand durch die Stadt fuhr (und einige Autos fuhren hindurch, Richtung Portland, oder weiter nach Süden), so mochte er angesichts dieses kleinen Orts stutzig werden, daß in der Grabesstille des Morgens einige Wohnungen so hell erleuchtet waren. Ein solcher Autofahrer mochte vom Gas steigen, um Ausschau nach einem Feuer oder einem Unfall zu halten, gab aber, nachdem er nichts dergleichen bemerkt hatte, wieder Gas.

Eines aber war seltsam: Niemand von denen, die wach waren, wußte die Wahrheit. Vielleicht hegten manche eine Vermutung, aber ihr Verdacht war vage und ungeformt. Dennoch hatten sie alle in Laden oder alten Truhen nach religiösen Symbolen gekramt. Sie taten das, ohne viel zu denken, wie ein Mann am Lenkrad seines Wagens manchmal singt, ohne es zu wissen. Sie gingen langsam von Zimmer zu Zimmer, als seien ihre Körper zerbrechlich geworden, und sie drehten alle Lichter an. Sie sahen nicht zum Fenster hinaus.

Das vor allem: Sie sahen nicht zum Fenster hinaus.

Ganz gleich, wie furchtbar das Unbekannte sein mochte, es gab etwas, das schlimmer war: den Gorgonen ins Gesicht schauen zu müssen.

Der Lärm bohrte sich in seinen Schlaf wie ein Nagel, der in hartes Eichenholz getrieben wird. Zuerst glaubte Reggie Sawyer, daß er von einer Tischlerei träume; im Schattenland zwischen Schlaf und Erwachen sah er sich mit seinem Vater Bretter an die Hütte nageln, die sie vor Jahren am Bryant-Pond errichtet hatten.

Das Bild wurde von der undeutlichen Vorstellung überlagert, daß er gar nicht träume, sondern tatsächlich ein Hämmern höre. Dann war er wach, und die Schläge fielen auf die Haustür – mit der Regelmäßigkeit eines Metronoms schlug jemand auf das Holz ein.

Zuerst fiel Reggies Blick auf Bonnie, die tief unter der Decke vergraben neben ihm lag. Dann auf die Uhr; es war ein Viertel nach vier Uhr.

Reggie stand auf und schloß die Schlafzimmertür hinter sich. Den Kopf zur Seite gebeugt, schaute er verwundert auf die Eingangstür. Niemand pflegte um vier Uhr morgens anzuklopfen. Wenn jemand aus der Familie krank war, rief man an.

Er war 1968 sieben Monate lang in Vietnam gewesen, ein hartes Jahr war das für die amerikanischen Soldaten dort, und er hatte gesehen, wie man kämpft. In jenen Tagen wachte man so schnell auf, wie man mit den Fingern schnippt oder ein Licht anklickt; vor einer Minute schlief man noch wie ein Maultier, und in der nächsten war man bereits wach in der Dunkelheit. Diese Gewohnheit hatte sich erst verloren, als er mit dem Schiff zurück in die Staaten gefahren war, und er war darauf stolz gewesen, auch wenn er nie davon sprach. Bei Gott, er war keine Maschine. Knopf drücken und Johnny wacht auf, Knopf drücken und Johnny tötet.

Aber jetzt, ohne Vorwarnung, fiel die ganze Dumpfheit und Verschlafenheit der Nacht von ihm ab, wie eine Schlangenhaut, und er war kühl und wachsam.

Reggie ging ins Wohnzimmer, nahm sein Gewehr vom Ständer und spannte den Hahn. Das Hämmern an der Tür ging weiter, ohne Rhythmus, aber regelmäßig.

»Herein«, rief Reggie Sawyer.

Die Schläge hörten auf.

Eine lange Pause, dann drehte jemand den Türknopf. Corey Bryant stand in der Tür.

Einen Augenblick lang spürte Reggie seinen Herzschlag aussetzen. Bryant trug die selben Kleider wie damals, als Reggie ihn auf die Straße geworfen hatte. Jetzt waren sie schmutzig und zerlumpt. An Hose und Hemd klebten Blätter. Ein Schmutzstreifen betonte die Blässe seines Gesichtes.

»Bleib stehen«, sagte Reggie und hob das Gewehr. »Diesmal ist es geladen.«

Aber Corey Bryant trottete weiter; seine trüben Augen fixierten Reggie mit einem Ausdruck, der schlimmer war als haßerfüllt. Coreys Zunge kam hervor und fuhr über die Lippen. In seinem Gang lag etwas Erbarmungsloses. Endgültiges. Es gab keinen Befehl, der ihm Einhalt gebieten, kein Flehen, das ihn aufhalten hätte können.

»Noch einen Schritt, und du hast eine Kugel in deinem Scheißkopf.« Die Worte kamen hart und trocken. Dieser Kerl war mehr als betrunken. Er war verrückt. Reggie wußte mit plötzlicher Sicherheit, daß er ihn erschießen mußte.

»Stopp«, sagte er nochmals, beinahe gleichgültig.

Corey Bryant blieb nicht stehen. Seine schweren Schritte dröhnten auf dem Fußboden.

Hinter ihnen schrie Bonnie auf.

Reggie drückte ab.

In dem schmalen Vorraum klang der Schuß wie ein Donnerschlag. Der Geruch von verbranntem Pulver erfüllte die Luft. Coreys geschwärztes Hemd war nicht durchlöchert, es zerfiel. Doch als es von seinen Schultern glitt, zeigten weder Brust noch Magen eine Wunde. Reggie glaubte zu sehen, daß das Fleisch gar kein wirkliches Fleisch war, eher etwas so Insubstantielles wie ein hauchdünner Schleier.

Das Gewehr wurde ihm aus der Hand geschlagen und er selbst mit unglaublicher Kraft an die Wand geschleudert. Seine Beine versagten den Dienst, und er fiel betäubt zu Boden. Bryant ging an ihm vorbei auf Bonnie zu. Sie kauerte an der Tür; ihre Augen waren auf Bryant geheftet, und Reggie konnte die Begierde in ihnen erkennen.

Corey sah über die Schulter zurück und grinste Reggie an; es war ein riesiges, leeres Grinsen – wie gebleichte Rinderschädel in der Wüste den Reisenden angrinsen. Bonnie streckte die Arme aus. Über ihr Gesicht huschten Schrecken und Lust wie Licht und Schatten.

»Liebling«, sagte sie.

Reggie schrie.

»Hallo«, rief der Busfahrer. »Das ist Hartford, Mann.«

Callahan schaute aus dem großen polarisierten Fenster auf die fremde Landschaft hinaus.

»Ich weiß«, sagte er.

»Hier halten wir zwanzig Minuten. Wollen Sie nicht aussteigen und ein Sandwich essen?«

Callahan suchte mit seiner bandagierten Hand nach der Brieftasche und ließ sie beinahe fallen. Merkwürdig, die verbrannte Hand schien nicht mehr weh zu tun; sie war lediglich gefühllos.

Es wäre besser gewesen, Schmerzen zu haben. Schmerz war wenigstens etwas Wirkliches. Er spürte den Geschmack des Todes in seinem Mund, einen mehligen Geschmack wie von einem faulen Apfel. War das alles? Ja. Es war schlimm genug.

Er hielt dem Fahrer eine Zwanzig-Dollar-Note hin. »Können Sie mir eine Flasche holen?«

»Mister, die Vorschriften –«

»Das Wechselgeld gehört natürlich Ihnen. Eine halbe Flasche wäre fein.«

»Ich will keine Betrunkenen in meinem Bus. In zwei Stunden sind wir in New York. Dort bekommen Sie, was Sie wollen. Alles.«

Ich glaube, da irrst du dich, mein Freund, dachte Callahan. Nochmals sah er in seiner Brieftasche nach. Er besaß noch eine Zehn-Dollar-Note, zwei Fünfer und einen Einzeldollar. Er legte den Zehner zu dem Zwanziger.

»Eine halbe Flasche wäre gut«, sagte er. »Und Sie behalten das Wechselgeld.«

Der Fahrer schaute von den dreißig Dollar zu den dunklen, tiefliegenden Augen auf, und einen schrecklichen Augenblick lang dachte er, er spreche mit einem Totenschädel, mit einem Schädel, der vergessen hatte, wie man lächelt.

»Dreißig Dollar für eine halbe Flasche? Mister, Sie sind närrisch.« Aber er nahm das Geld.

Etwas Billiges, dachte Callahan. Etwas, das Zunge und Hals verbrennt. Etwas, das diesen süßlichen Geschmack wegnimmt ... oder ihn zumindest verbessert, bis Callahan einen Platz gefunden haben würde, wo er ernstlich trinken konnte. Trinken und trinken und trinken –

Er dachte, daß er jetzt zusammenbrechen und weinen würde. Aber er hatte keine Tränen. Er fühlte sich ganz ausgedörrt, ganz leer. Es gab nur ... diesen Geschmack.

Beeil dich, Fahrer.

Wieder schaute Callahan aus dem Fenster. Auf der andern Straßenseite saß ein kleiner Junge auf der Verandatreppe und hielt die Arme vor dem Gesicht verschränkt. Callahan beobachtete ihn, bis der Bus weiterfuhr. Aber der Junge rührte sich nicht.

Ben spürte eine Hand auf seinem Arm und erwachte langsam. Nahe seinem Ohr sagte Mark: »Guten Morgen.«

Ben öffnete die Augen, blinzelte und sah zum Fenster hinaus, auf die Welt. Die Dämmerung hatte sich durch einen monotonen Herbstregen gekämpft, der weder stark noch schwach war. Die Bäume an der Nordseite des Spitals waren jetzt halb entblättert, und die schwarzen Äste zeichneten sich gegen den grauen Himmel ab wie riesige Buchstaben eines unbekannten Alphabets. Die Route Nummer 30, die aus der Stadt gegen Osten führte, glänzte wie ein Seehundfell – die Rücklichter eines vorbeifahrenden Autos hinterließen einen unheimlichen roten Lichtschimmer auf dem Asphalt.

Ben stand auf und blickte um sich. Matt schlief; seine Brust hob und senkte sich, sein Atem ging flach, aber regelmäßig. Jimmy schlief in dem einzigen Lehnstuhl des Zimmers.

»Zeit aufzubrechen, nicht?« fragte Mark.

Ben nickte. Er dachte an den vor ihm liegenden Tag, und ihn schauderte. Die einzige Möglichkeit, diesen Tag zu überstehen, war, nicht mehr als zehn Minuten vorauszudenken. Ben sah den Jungen an, und der eiskalte Eifer, der in Marks Gesicht lag, bereitete ihm Übelkeit. Er ging zu Jimmy und schüttelte ihn wach.

Jimmy schlug in seinem Stuhl um sich wie ein Schwimmer, der aus großen Tiefen emportaucht. Sein Gesicht zuckte, seine Augen öffneten sich und waren einen Augenblick lang von namenlosem Entsetzen erfüllt.

Dann kam das Erkennen, und sein Körper entspannte sich.

Mark nickte verständnisvoll.

Jimmy sah zum Fenster hinaus und sagte: »Tageslicht«, wie ein Geizhals *Geld* sagt. Er ging zu Matt und fühlte dessen Puls.

»Wie geht es ihm?« fragte Mark.

»Ich glaube, etwas besser als gestern abend«, sagte Jimmy. »Ben, ich möchte, daß wir den Personallift nehmen. Je weniger wir riskieren, desto besser.«

»Können wir Mr. Burke allein lassen?« fragte Mark.

»Ich hoffe«, sagte Ben. »Wir müssen auf seine Klugheit vertrauen. Nichts wäre Barlow lieber, als daß wir noch einen Tag hier verbrächten.«

Auf Zehenspitzen gingen sie den Gang entlang zum Personallift. Einer der Köche sah auf und winkte: »Hallo, Doktor.« Sonst bemerkte sie niemand.

»Wohin zuerst?« fragte Jimmy. »Zur Brock Street-Schule?«

»Nein«, erwiderte Ben. »Dort sind am Vormittag zu viele Menschen. Wann gehen die Kleinen nach Hause, Mark?«

»Gegen zwei Uhr.«

»Da bleibt uns noch eine Menge Tageslicht«, sagte Ben. »Zuerst zu Marks Haus. Die Pfähle.«

Als sie sich der Stadt näherten, formte sich in Jimmys Buick eine beinahe greifbare Wolke der Furcht.

»Es steht schlecht«, sagte Jimmy. Sein Jungengesicht sah blaß, angstvoll und ärgerlich aus. »Mein Gott, man kann es beinahe riechen.«

Tatsächlich, dachte Ben, es ist, als wehe Grabesluft.

Route 12 war beinahe leer. Sie fuhren an Win Purintons Milchwagen vorüber, der verlassen am Straßenrand stand. Der Motor lief, und Jimmy stellte ihn ab, nachdem er ins Wageninnere geschaut hatte. »Purinton ist nicht da; der Motor muß lange auf Stand gelaufen sein. Fast kein Benzin mehr.«

Doch als sie in die Stadt kamen, sagte Jimmy, fast lächerlich erleichtert: »Schaut, Crossen's ist offen.«

Milt stand vor dem Laden und zog eine Plastikplache über den Zeitungsständer. Neben ihm stand Lester Silvius in einer gelben Windjacke.

»Sonst sehe ich keinen von ihnen«, sagte Ben.

Milt blickte zu ihnen hinauf und zitterte, und Ben war es, als sähe er Zeichen von Überanstrengung auf den Gesichtern der beiden Männer.

Foremans Bestattungsanstalt war immer noch geschlossen. Auch bei Spencer's war alles dunkel. Jimmy parkte seinen Buick vor dem neuen Geschäft. Über der Auslage stand in einfachen Goldbuchstaben: »Barlow & Straker. Elegante Möbel.« An der Tür klebte ein Zettel: »Bis auf weiteres geschlossen.«

»Warum bleiben wir hier stehen?« erkundigte sich Mark.

»Weil es immerhin möglich wäre, daß er sich hier versteckt hält«, sagte Jimmy. »Es ist so naheliegend, daß er vielleicht denkt, wir könnten es übersehen. Überdies machen die Leute vom Zoll auf Kisten, die sie geprüft haben, ein Zeichen – mit Kreide.«

Sie gingen zum Hintereingang, und Jimmy stieß seinen von einem Regenmantel geschützten Ellenbogen durch die Glastür.

Ben steckte den Kopf in den Schauraum, aber dort gab es kein Versteck.

»Kommt hierher!« rief Jimmy heiser.

Jimmy und Mark standen vor einer langen Kiste, die Jimmy

mit einem Hammer ein wenig geöffnet hatte. Man konnte eine blasse Hand und einen dunklen Ärmel erkennen.

Ohne nachzudenken, stürzte sich Ben auf die Kiste.

»Ben«, sagte Jimmy, »du wirst deine Hände verletzten. Du –«

Er hörte nicht. Ohne auf Nägel und Späne zu achten, riß Ben Brett um Brett auf. Jetzt hatten sie ihn, diese schleimige Nachtkreatur, und Ben würde ihm einen Pfahl ins Herz hämmern, wie er es mit Susan hatte tun müssen –

Ben brach ein weiteres Brett auf und blickte in das tote, fahle Gesicht von Mike Ryerson.

Einen Augenblick lang herrschte tiefes Schweigen.

»Was tun wir jetzt?« fragte Jimmy.

»Gehen wir lieber zuerst zu Marks Haus«, sagte Ben. Tiefe Enttäuschung schwang in seiner Stimme. »Wir haben noch nicht einmal Pfähle.«

Sie gingen um das Gebäude herum, froh, wieder an der frischen Luft zu sein, und Jimmy fuhr den Buick die Jointer Avenue hinauf und in das Villenviertel der Stadt, gleich hinter dem ärmlichen Geschäftsviertel. Früher als ihnen lieb war, erreichten sie Marks Haus.

Pater Callahans altes Auto stand hinter Henry Petries Pinto. Mark hielt den Atem an und sah weg. Aus seinem Gesicht war alle Farbe gewichen.

»Ich kann nicht hineingehen«, murmelte er. »Verzeiht. Ich werde im Auto warten.«

»Kein Grund, sich zu entschuldigen, Mark«, sagte Jimmy. Ben zögerte einen Augenblick lang, dann legte er eine Hand auf Marks Schulter. »Kannst du allein bleiben?«

»Natürlich.« Marks Kinn zitterte, und seine Augen blickten leer. Plötzlich wandte er sich zu Ben um. Aus den Augen war die Leere verschwunden, jetzt waren sie nur schmerzerfüllt und quollen über von Tränen. »Deck sie zu, bitte! Deck sie bitte zu.«

»Ja, gewiß«, versprach Ben.

»Es ist besser so«, sagte Mark. »Mein Vater ... er wäre ein sehr erfolgreicher Vampir geworden. Mit der Zeit vielleicht so gut wie Barlow. Was immer mein Vater versuchte, machte er gut. Vielleicht zu gut.«

»Versuch, nicht zuviel nachzudenken«, sagte Ben und haßte die Lahmheit seiner Worte. Mark nickte Ben zu und lächelte schwach.

»Der Holzstoß ist hinter dem Haus«, sagte er. »Wenn du die Drehbank im Keller benutzt, geht es schneller.«

»Gut«, sagte Ben. »Und sei vernünftig, Mark.«

Aber der Junge schaute weg und wischte die Tränen aus den Augen.

»Callahan ist nicht hier«, sagte Jimmy. Sie hatten das ganze Haus durchsucht.

Ben zwang sich, zu sagen: »Barlow muß ihn erwischt haben.«

Ben betrachtete das zerbrochene Kreuz in seiner Hand. Gestern hing es um Callahans Hals. Es war die einzige Spur, die sie gefunden hatten; es lag neben den Leichen der Petries.

»Komm«, sagte Jimmy. »Wir müssen sie zudecken. Ich habe es versprochen.«

Sie nahmen den Überwurf von der Couch im Wohnzimmer und deckten die beiden zu. Ben versuchte, weder zu schauen noch zu denken, aber es war unmöglich. Als sie fertig waren, fiel eine Hand – an den lackierten Nägeln erkannte Ben, daß es June Petries Hand war – unter der fröhlich gemusterten Decke hervor, und er schob sie mit dem Fuß zurück. Sein Magen wollte revoltieren. Die Umrisse der Körper unter der Decke waren erkennbar, und Ben dachte an die Soldaten in Vietnam, die ihre schreckliche Last in schwarzen Gummisäcken getragen hatten, die eine absurde Ähnlichkeit mit Golftaschen hatten.

Jeder beladen mit einem Armvoll Eschenhölzer, gingen sie in den Keller.

Der Keller war Henry Petries Reich gewesen und er spiegelte perfekt Henrys Persönlichkeit wider: drei Neonröhren hingen ordentlich in einer Reihe über der Hobelmaschine, einer Säge, einer Drehbank und einer Schleifmaschine. Ben sah, daß Henry an einem Vogelhaus gebastelt hatte, wahrscheinlich, um es vor dem Frühjahr im Hinterhof aufzuhängen. Der Plan, nach dem er gearbeitet hatte, lag fein säuberlich ausgebreitet und war an jeder Ecke mit Gewichten beschwert. Henry hatte eine sehr genaue, wenn auch nicht sehr einfallsreiche Arbeit geliefert, und nun sollte sie nie mehr fertig werden. Der Boden war sauber gekehrt, aber ein angenehmer Geruch nach Sägespänen hing in der Luft.

»Das wird nicht gehen«, sagte Jimmy unvermittelt.

»Ich weiß es«, sagte Ben.

»Der Holzstoß«, stöhnte Jimmy und ließ das Holz mit einem gewaltigen Krachen aus seinen Armen fallen. Er lachte hysterisch.

»Jimmy –«

Sein Lachen machte Bens Versuch, leise zu sprechen, zunichte. »Wir werden hinausgehen und dieser Landplage mit einem Stapel Holz aus Henry Petries Vermächtnis ein Ende bereiten. Wie wär's denn mit etlichen Stuhlbeinen oder Baseballschlägern?«

»Jimmy, was können wir denn sonst tun?«

Jimmy sah Ben an und erlangte mit sichtbarer Anstrengung die Kontrolle über sich selbst wieder. »Zum Beispiel eine Schatzsuche«, sagte er. »Gehen wir fünfzig Meter in den nördlichen Teil von Griffens Heideland hinein und schauen wir unter dem großen Felsen nach. Wir können die Stadt ja verlassen. Wir können es.«

»Willst du aufgeben?« fragte Ben.

»Nein, aber es geht nicht nur um heute, Ben. Es wird Wochen dauern, bevor wir sie alle haben, wenn es überhaupt gelingt. Kannst du das aushalten? Kannst du das, was du Susan getan hast, tausendmal wiederholen? Sie schreiend aus ihren Schränken und Löchern ziehen, nur um einen Pfahl durch ihre Brust zu rammen? Kannst du das bis November durchhalten, ohne den Verstand zu verlieren?«

Ben dachte nach und prallte gegen eine Wand völligen Nichtbegreifens.

»Ich weiß es nicht«, sagte er.

»Und wie ist das mit dem Jungen? Glaubst du, er hält das aus? Er wird reif fürs Narrenhaus werden. Und Matt wird sterben. Das kann ich dir garantieren. Und was tun wir, wenn die Polizei sich dafür zu interessieren beginnt, was in Salem's Lot geschieht? Was sagen wir ihnen? ›Entschuldigen Sie, ich muß noch rasch diesen Blutsauger pfählen –!‹ Was meinst du, Ben?«

»Woher soll ich das wissen, verdammt noch mal. Hat einer von uns denn Gelegenheit gehabt, ruhig zu überlegen?«

Gleichzeitig bemerkten sie, daß sie einander gegenüberstanden und einander anschrien. »He«, sagte Jimmy. »He.« Ben senkte den Blick. »Entschuldige.«

»Nein, es war meine Schuld. Wir stehen unter Streß ... was Barlow vermutlich als Endspiel bezeichnen würde.« Jimmy fuhr mit der Hand durch sein karottenfarbenes Haar und sah ziellos umher. Sein Blick fiel auf einen schwarzen Fettstift.

»Vielleicht ist das der beste Weg«, sagte er.

»Was?«

»Du bleibst hier, Ben, und machst die Pfähle. Du bist die Produktionsabteilung, Mark und ich übernehmen die Forschung. Wir werden durch die Stadt gehen und *sie* suchen. Wir werden *sie* finden, wie wir Mike gefunden haben. Und werden die Stellen mit dem Fettstift bezeichnen. Morgen kommen dann die Pfähle.«

»Warum du und nicht ich?«

»Weil ich die Stadt kenne und die Stadt mich kennt – wie ich meinen Vater kannte. Wer jetzt in Lot noch am Leben ist, versteckt sich in seinem Haus. Wenn du anklopfst, werden sie nicht antworten. Wenn ich es tue, werden die meisten von ihnen dennoch öffnen. Ich kenne einige Verstecke. Ich weiß, in welchen Verschlägen sich die Landstreicher draußen im Moor aufhalten, und auch die Wege, die von den Liebespärchen bevorzugt werden, sind mir bekannt. Kannst du eine Drehbank bedienen?«

»Ja«, sagte Ben.

Natürlich hatte Jimmy recht. Doch die Erleichterung, die er bei dem Gedanken verspürte, nicht auf die Suche nach *ihnen* gehen zu müssen, machte ihn schuldbewußt.

»O. k. Fang an. Es ist schon nach zwölf.«

Ben wandte sich der Drehbank zu. »Wenn du eine halbe Stunde wartest, kann ich dir ein halbes Dutzend Pfähle mitgeben.«

Jimmy schwieg einen Augenblick lang. »Ach, ich denke morgen ... morgen wäre ...«

»Gut«, sagte Ben. »Aber warum kommt ihr nicht gegen drei Uhr zurück? Dann könnten wir gemeinsam die Schule durchsuchen.«

»In Ordnung.«

Jimmy ging zur Treppe. Etwas – ein vager Gedanke – ließ ihn sich umdrehen. Er sah Ben im Licht der drei hellen Lampen, die ordentlich in einer Reihe hingen, an der Drehbank stehen.

Etwas ... jetzt war es weg.

Ben stellte die Drehbank ab und sah Jimmy fragend an.

»Als ich mich auf der Treppe umwandte und dich sah, hat etwas geklickt. Jetzt ist es fort.«

»Wichtig?«

»Ich weiß nicht recht.« Jimmy stieg die Treppe hinauf, blieb aber nochmals stehen, um zurückzuschauen. Das seiner Erinnerung entglittene Bild war irgendwie vertraut, aber er konnte es nicht wieder festnageln. Er ging durch die Küche zum Auto. Der Regen war zu einem leichten Nieseln geworden.

Roy McDougalls Auto stand vor der Tür. Das war an einem Werktag ungewöhnlich und ließ Jimmy das Schlimmste befürchten.

Die Türglocke funktionierte nicht, und Jimmy klopfte. Weder bei McDougall noch im Nachbarhaus rührte sich etwas.

Mark holte einen Hammer aus dem Auto, und sie schlugen die Glastür ein. Die Innentür war unverschlossen.

Der Geruch, der ihnen entgegenschlug, war nicht so intensiv wie im Marstenhaus, aber ebenso widerlich – ein Geruch nach Fäulnis und Verwesung.

»Sie müssen irgendwo hier sein«, sagte Mark.

Methodisch durchsuchten Mark und Jimmy jedes Zimmer, öffneten jeden Schrank. Jimmy glaubte etwas im Schlafzimmer gefunden zu haben, doch es war nur ein Haufen schmutziger Kleider.

Sie gingen um das Haus herum und fanden eine kleine Tür mit einem alten Vorhängeschloß. Nach fünf festen Hammerschlägen war es zerbrochen, und als Jimmy die Tür aufstieß, traf sie der Gestank wie eine Sturzwelle. Ein nasser, fauliger Gestank. Jimmy erinnerte sich, wie er als Knabe mit seinen Kameraden auf dem Fahrrad während der Osterferien hinausgefahren war, um Pfandflaschen einzusammeln, die der geschmolzene Schnee wieder freigegeben hatte. In einer Orangensaftflasche sah er eine kleine, verweste Feldmaus, die vom süßen Geruch angezogen worden war und dann nicht mehr herausgefunden hatte. Nachdem er den Gestank wahrgenommen hatte, war er davongelaufen, um sich zu übergeben. Dieser Gestank war ebenso intensiv wie jener heute – widerwärtig süßlich und auch wieder säuerlich infolge der Verwesung, und alles miteinander gärte wie verrückt. Er fühlte, wie ihm übel wurde.

»Sie sind hier«, sagte Mark.

Jimmy konnte drei Paar Füße erkennen – wie von Leichen, die aufgereiht auf einem Schlachtfeld liegen. Ein Paar Füße trug Stiefel, das nächste gehäkelte Pantoffeln, und das dritte – winzigkleine Füße – war nackt.

Eine Familienszene, dachte Jimmy wirr. Das Baby, dachte er. Was sollen wir mit dem Baby tun?«

Er machte mit seinem Fettstift ein Zeichen an die Tür und hob das zerbrochene Schloß auf. »Gehen wir weiter«, sagte er.

»Warte«, sagte Mark. »Ich möchte einen von ihnen hervorziehen.«

»Hervorziehen ... warum?«

»Vielleicht tötet sie das Tageslicht«, sagte Mark. »Vielleicht müssen wir das mit den Pfählen gar nicht tun.«

Jimmy verspürte Hoffnung. »Gut. Welchen?«

»Nicht das Baby«, sagte Mark sofort. »Den Mann. Nimm einen Fuß.«

»In Ordnung«, sagte Jimmy. Sein Mund war staubtrocken, und wenn er schlucken wollte, würgte es ihn in der Kehle.

Mark legte sich auf den Bauch, packte Roy McDougalls Arbeitsstiefel und zog. Gemeinsam brachten sie Roy ans Tageslicht.

Was nun folgte, war beinahe unerträglich. Sobald das Licht ihn traf, begann Roy sich zu bewegen. Aus seinen Poren drang Feuchtigkeit, und die Haut verfärbte sich gelblich. Seine Füße schlugen langsam und schwer auf die nassen Blätter, die Arme fuhren ziellos umher. Die Oberlippe schob sich aufwärts und ließ Eckzähne erkennen, die jenen eines großen Hundes glichen.

Roy drehte sich um und begann langsam zurückzukriechen. Als er seinen alten Ruheplatz erreicht hatte, lag er wieder still. Die Absonderung von Feuchtigkeit hörte auf.

»Mach die Tür zu«, sagte Mark mit erstickter Stimme. »Bitte, mach zu.«

Jimmy schloß die Tür. Das Bild von McDougalls Körper, der sich durch die nassen, verrotteten Blätter kämpfte wie eine verwundete Schlange, würde für immer in seinem Gedächtnis bleiben – auch wenn er hundert Jahre alt werden sollte.

Zitternd standen sie im Regen und sahen einander an. »Die nächste Tür?« fragte Mark.

»Ja. Vermutlich sind dort die ersten Opfer der McDougalls.«

Unter der Türglocke stand: Evans. Der arbeitete als Mechaniker in der Autowerkstatt von Sears, in Gate Falls. Er war vor einigen Jahren wegen einer Zyste oder irgend etwas dieser Art in Behandlung gewesen. Diesmal funktionierte die Glocke, aber niemand öffnete. Sie fanden Mrs. Evans im Bett. Die beiden Kinder lagen nebeneinander in einem anderen Zimmer. Dave Evans zu finden dauerte etwas länger. Er hatte sich oberhalb der Garage in einem noch unfertigen Lagerraum verborgen.

Jimmy markierte die Eingangs- und die Garagentür. »Wir machen Fortschritte«, sagte er. »Wieder vier.«

Schüchtern fragte Mark: »Kannst du ein wenig warten? Ich möchte mir die Hände waschen.«

»Natürlich«, sagte Jimmy, »ich auch. Den Evans macht es nichts mehr aus, wenn wir ihr Badezimmer benützen.«

Sie gingen ins Haus, und Jimmy setzte sich ins Wohnzimmer. Er hörte Mark den Wasserhahn im Badezimmer aufdrehen.

Unter dem Schirm, den seine geschlossenen Augen jetzt bildeten, sah er den Tisch des Leichenbestatters, sah das Tuch, das Marjorie Glick bedeckte, als ihr Körper sich plötzlich zu bewegen begann, sah, wie ihre Hand herausfiel, wie sich die Spitze ihres Fußes hervorschob.

Er öffnete die Augen.

Dieses Trailer-Haus war in besserem Zustand als jenes der McDougalls, sauberer, gepflegter.

Jimmy hatte Mrs. Evans nie kennengelernt, aber sie mußte eine gute Hausfrau gewesen sein. In einer Ecke waren die Spielsachen der toten Kinder säuberlich aufgereiht. Ein Dreirad, etliche kleine Plastiklastwagen, eine kleine Benzinstation, ein kleiner Billardtisch.

Jimmy wandte den Blick ab und sah plötzlich wieder hin.

Blaue Kreide.

Drei helle Lichter in einer Reihe.

Männer, die um einen grünen Tisch herumstehen und sich Spuren blauer Kreide von den Fingerspitzen wischen ...

»Mark«, rief er und setzte sich kerzengerade auf. »Mark!«

Ohne Hemd kam Mark herbeigerannt, um nachzusehen, was los sei.

Gegen vierzehn Uhr dreißig bekam Matt den Besuch eines ehemaligen Schülers. Matt konnte sich nicht mehr erinnern, ob er Herbert oder Harold hieß.

Matt, der gerade ein Buch mit dem Titel ›Unheimliches Verschwinden‹ gelesen hatte, als Herbert oder Harold eintrat, begrüßte die Unterbrechung. Er wartete darauf, daß jeden Augenblick das Telefon läute, obwohl er wußte, daß die anderen die Brock-Street-Schule sicherheitshalber nicht nach fünfzehn Uhr betreten würden. Er wollte unbedingt wissen, was mit Pater Callahan geschehen war. Und der Tag schien mit alarmierender Geschwindigkeit zu vergehen – Matt hatte immer gehört, daß die Zeit im Spital nur langsam verstreiche. Er fühlte sich müde und umnebelt. Schließlich war er ein alter Mann geworden.

Matt begann Herbert oder Harold von der Stadt Momson in Vermont zu erzählen, deren Geschichte er eben gelesen hatte.

»Alle Leute verschwanden«, sagte Matt. Herbert-Harold hörte mit schlecht verhehlter Langeweile zu. »Nichts als eine Stadt im Hügelland von Vermont. 1920 hatte die Volkszählung ergeben, daß nur 320 Menschen dort wohnten. Im August 1923 machte sich eine Frau in New York Sorgen, weil sie schon seit Monaten nichts von ihrer Schwester gehört hatte. Sie fuhr mit ihrem Mann nach Momson; sie waren die ersten, die dann die Geschichte in die Zeitungen brachten, obwohl ich überzeugt bin, daß die Bewohner der Umgebung bereits seit längerem von den verschwundenen Leuten wußten. Die Schwester der Frau war fort und desgleichen alle andern Einwohner der Stadt. Häuser und Höfe waren intakt, in einem Haus stand das Abendbrot auf dem Tisch. Die Geschichte erregte damals beträchtliches Aufsehen. Ich glaube nicht, daß ich dort unbedingt hätte über Nacht bleiben wollen. Der Autor meines Buches behauptet, daß die Bewohner der benachbarten Orte seltsame Geschichten erzählten ... über alle möglichen Arten von Kobolden und Phantomen. Einige der weiter draußen liegenden Anwesen hatten Drudensterne und große Kreuze auf die Türen gemalt, und das blieb so bis heute. Schau, da ist eine Fotografie von der Kolonialwarenhandlung, der Tankstelle und dem Lebensmittelladen – was in Momson so als City galt. Was, glaubst du, hat sich hier abgespielt?«

Herbert oder Harold blickte höflich auf das Foto. Nichts als eine kleine Stadt mit wenigen Geschäften und etlichen Häusern. Einige Dächer waren eingesunken, wahrscheinlich infolge der Last des Winterschnees. Es hätte jede beliebige amerikanische Kleinstadt sein können. Wenn man durch eine von ihnen fuhr, so würde man nicht feststellen können, ob irgend jemand nach zwanzig Uhr noch munter war, wenn man den Gehsteig entlang streifte. Der alte Mann war offenbar schon senil geworden. Herbert oder Harold dachte an seine alte Tante, die in den letzten drei Lebensjahren davon überzeugt gewesen war, daß ihre Tochter den Wellensittich getötet und ihn ihr zum Essen vorgesetzt habe. Alte Leute werden eben mitunter komisch.

»Sehr interessant«, sagte Herbert-Harold. »Aber ich glaube nicht... Mr. Burke? Mr. Burke, was ist los? Sind Sie... Schwester! Schwester!«

Matts Augen waren starr geworden. Mit einer Hand griff er nach der Bettdecke, die andere preßte er an die Brust. Sein Gesicht war sehr blaß geworden.

Zu bald, dachte er. Nein, zu bald –

Der Schmerz überfiel ihn in Wellen, trieb ihn hinab in die Dunkelheit.

Herbert oder Harold lief aus dem Zimmer. Auf dem Gang traf er die herbeieilende Schwester.

»Er ist Mr. Burke«, sagte Herbert oder Harold. Er hielt immer noch das Buch mit dem Bild von Momson in der Hand.

Die Schwester nickte und betrat das Krankenzimmer. Matts Kopf hing halb aus dem Bett; seine Augen waren geschlossen.

»Ist er –?« fragte Herbert oder Harold scheu. Es war eine eindeutige Frage.

»Ja, ich glaube«, sagte die Schwester und drückte gleichzeitig auf einen Knopf. »Sie müssen jetzt gehen.«

Jetzt, da alles klar war, war sie wieder beruhigt, und es tat ihr leid, daß sie den Lunch nur zur Hälfte hatte essen können.

»In Salem's Lot gibt es aber keine Billardzimmer«, sagte Mark. »Das nächste ist drüben in Gates Fall. Meinst du, daß er dort ist?«

»Nein«, erwiderte Jimmy. »Ganz gewiß nicht. Aber es gibt Leute, die zu Hause einen Billardtisch haben.«

»Ja, das weiß ich.«

»Und da ist noch etwas«, sagte Jimmy. »Ich bin schon ganz nahe.«

Er lehnte sich zurück, schloß die Augen und bedeckte sie mit den Händen. Da war etwas anderes, und irgendwie war es mit Plastik verbunden. Warum Plastik? Es gab Plastik-Spielsachen, Plastikteller, Plastikhüllen, um ein Boot zuzudecken, wenn es Winter wurde –

Und plötzlich stieg das Bild eines Billardtisches vor ihm auf der mit einer großen Plastikhülle bedeckt war, und eine Stimme sagte: *Eigentlich sollte ich ihn verkaufen, bevor der Filz schimmelt – Ed Craig sagt, er könnte schimmelig werden –, aber der Tisch hat Ralph gehört ...*

Jimmy öffnete die Augen. »Ich weiß, wo er ist«, sagte er. »Ich weiß, wo Barlow ist. Er ist im Keller von Eva Millers Pension.« Und das stimmte auch; Jimmy wußte mit absoluter Sicherheit, daß dem so war.

Marks Augen leuchteten auf. »Gehen wir hin.«

»Warte.«

Jimmy ging zum Telefon, fand Evas Nummer und wählte rasch. Keine Antwort. Er ließ es klingeln und klingeln. Angsterfüllt legte er den Hörer zurück. Bei Eva wohnten mindestens zehn Leute, die meisten von ihnen waren ältere Männer. Es war immer jemand im Haus gewesen. Bis heute.

Jimmy sah auf die Uhr. Es war ein Viertel nach fünfzehn Uhr, und die Zeit rannte, rannte.

»Gehen wir«, sagte er.

»Und was ist mit Ben?«

Jimmy sagte hart: »Wir können ihn nicht erreichen. Das Telefon in eurem Haus ist kaputt. Wenn wir geradewegs zu Eva gehen und wenn sich herausstellt, daß wir uns geirrt haben, bleibt immer noch genügend Tageslicht. Haben wir aber recht, dann holen wir Ben und erledigen den verdammten Schweinehund.«

»Ich zieh' nur rasch mein Hemd an«, sagte Mark und lief ins Badezimmer.

Bens Citroën stand noch auf Evas Parkplatz; auf dem Dach lagen nasse Blätter, die von den Ulmen herabgefallen waren. Der Wind war stärker geworden, aber es hatte aufgehört zu regnen. Die Tafel *Bei Eva. Zimmer* schaukelte im grauen Nachmittagslicht hin und her. Über dem Haus lag eine unheimliche Stille, als warte es auf irgend etwas. Wie das Marstenhaus. Jimmy fragte sich, ob jemand hier Selbstmord begangen habe. Eva würde es wissen, aber Eva würde nichts erzählen ... jetzt nicht mehr.

»Bist du sicher, daß wir Ben nicht holen sollen?«

»Später. Komm jetzt.«

Sie stiegen aus und gingen auf die Veranda zu. Der Wind riß an ihren Kleidern und zauste ihre Haare.

»Riechst du es?« fragte Jimmy.
»Ja, stärker als bisher.«
»Wirst du durchhalten?«
»Ja«, sagte Mark mit Bestimmtheit. »Und du?«
»Ich hoffe zu Gott«, sagte Jimmy.
Die Tür war nicht verschlossen. Als sie Evas peinlich saubere Küche betraten, schlug ihnen der Gestank entgegen. Wie eine offene Senkgrube, wie jahrhundertealter Moder.

Jimmy dachte an sein Gespräch mit Eva – es war vier Jahre her, kurz nachdem er seine Praxis eröffnet hatte. Eva war zu einer Untersuchung gekommen. Sein Vater hatte sie jahrelang als Patientin betreut, und als Jimmy des Vaters Stelle übernommen hatte, war sie, ohne Schwierigkeiten zu machen, zu ihm hinübergewechselt. Sie hatten von Ralph gesprochen, der seit zwölf Jahren tot war, und Eva hatte ihm erzählt, daß sie immer noch da und dort Dinge von Ralph finde. Und natürlich gab es den großen Billardtisch im Keller. Sie sagte, daß sie ihn eigentlich verkaufen sollte; er nahm zuviel von dem Platz ein, den sie gut für anderes brauchen könne. Aber der Tisch hatte Ralph gehört und sie könne sich nicht entschließen...

Jetzt gingen Jimmy und Mark durch die Küche zur Kellertür; Jimmy öffnete sie. Der Geruch wurde beinahe unerträglich. Jimmy drückte auf den Lichtschalter. Vergebens. Daran hatte *er* natürlich gedacht.

»Sieh dich um«, sagte er zu Mark. »Eva hat zweifellos eine Taschenlampe oder Kerzen.«

Mark suchte in den Schubladen. Er bemerkte, daß der Messerständer leer war, dachte sich jedoch nichts dabei. Sein Herz klopfte mit schmerzhafter Langsamkeit, wie eine gedämpfte Trommel. Er wußte, daß er die äußerste Grenze seiner Belastbarkeit erreicht hatte. Sein Geist schien nicht mehr zu denken, sondern nur noch zu reagieren. Er glaubte, im äußersten Augenwinkel eine Bewegung wahrzunehmen. Als er sich dann umdrehte, sah er nichts. Ein Kriegsveteran hätte die Symptome erkannt; es war der Beginn einer Kriegsneurose.

Mark ging in den Vorraum und durchsuchte eine Kommode. In der dritten Lade fand er eine Taschenlampe. »Ich habe eine, Ji –«

Ein knarrender Lärm, gefolgt von einem dumpfen Fall.
Die Kellertür stand offen.
Die Schreie begannen.

Als Mark wieder Evas Küche betrat, war es zwanzig Minuten vor siebzehn Uhr. Marks Augen waren eingesunken, sein T-Shirt blutverschmiert. Plötzlich kreischte er auf.

Der Ton brach aus seinem Magen hervor, quoll durch den Hals, durch den aufgerissenen Mund. Mark schrie und schrie, bis der Wahnsinn allmählich wieder aus seinem Gehirn schwand. Mark kreischte immer noch, bis seine Stimmbänder schmerzten. Und auch als er die Angst, das Grauen, die ohnmächtige Wut herausgebrüllt hatte, blieb der furchtbare Druck – das Wissen um Barlows Gegenwart, um das Schrecknis irgendwo dort unten. Die Dunkelheit kam rasch.

Mark trat auf die Veranda hinaus und atmete in tiefen Zügen die kühle Luft ein. Er mußte zu Ben. Aber eine seltsame Lethargie schien seine Beine zu Blei zu machen. Was hatte das alles noch für einen Sinn? Barlow würde gewinnen. Auf ihn Jagd zu machen war Irrsinn gewesen. Und jetzt hatte Jimmy dafür zahlen müssen, ebenso wie Susan und Pater Callahan.

Mark riß sich zusammen. *Nein. Nein. Nein.*

Mit zitternden Knien stieg er in Jimmys Buick ein.

Ben holen. Noch einen Versuch machen.

Marks Beine waren zu kurz, um die Pedale zu erreichen. Er verstellte den Sitz und startete. Der Motor heulte auf. Er stieg aufs Gas, und der Wagen machte einen Sprung. Fuß auf die Bremse. Mark wurde gegen das Lenkrad geworfen. Die Hupe ertönte.

Ich kann ihn nicht fahren!

Er vermeinte, seinen Vater zu hören, der mit seiner pedantisch genauen Stimme sagte: Wenn du fahren lernst, mußt du sehr vorsichtig sein, Mark. Die meisten Autofahrer sind Amateure. Und viele dieser Amateure sind Selbstmörder. Aus diesem Grund mußt du *besonders* vorsichtig sein. Benutze das Gaspedal, als ob es ein rohes Ei wäre. Wenn du ein Auto mit Automatik fährst, darfst du den linken Fuß überhaupt nicht benützen. Nur den rechten.

Mark nahm den Fuß von der Bremse weg, und das Auto kroch die Einfahrt entlang, vollführte einen großen unkontrollierten Bogen, fuhr über den Randstein und steuerte dem Haus der Petries zu. Mark mußte den Hals recken, um über das Lenkrad zu sehen. Mit der Rechten stellte er das Radio auf höchste Lautstärke. Er weinte.

Ben ging stadtwärts die Jointer Avenue hinunter, als Jimmys Buick auf ihn zukam. Er winkte, der Wagen fuhr zur Seite, ein Vorderrad streifte den Randstein, dann blieb er stehen.

Über das Pfählemachen hatte Ben die Zeit vergessen, und als er endlich auf die Uhr sah, war es bereits zehn Minuten nach sechzehn Uhr. Er nahm mehrere Pfähle, steckte sie in den Gürtel und ging hinauf, um zu telefonieren. Er hatte die Hand auf den Hörer gelegt, als ihm einfiel, daß das Telefon nicht funktionierte.

Jetzt war er zutiefst beunruhigt; er lief hinaus, sah in die Autos Callahans und Petries, aber in keinem von beiden steckten Schlüssel. So hatte er sich denn zu Fuß aufgemacht und ständig nach Jimmys Buick Ausschau gehalten.

Jetzt lief Ben zum Führersitz. Hinter dem Lenkrad saß Mark Petrie – allein. Er stierte Ben mit glasigen Augen an. Seine Lippen bewegten sich, aber es kam kein Wort hervor.

»Was ist los? Wo ist Jimmy?«

»Jimmy ist tot«, sagte Mark leise. »Barlow hat wieder einmal vorausgedacht. Er befindet sich irgendwo im Keller von Mrs. Millers Pension. Jimmy auch. Ich ging hinunter, um ihm zu helfen, und konnte nicht mehr heraus. Schließlich fand ich ein Brett und kroch hinauf, aber zuerst dachte ich, ich würde dort unten gefangen sein ... bis zum S-S-Sonnenuntergang ... «

»Was ist geschehen? Wovon sprichst du überhaupt?«

»Jimmy erriet, was die blaue Kreide bedeutete. Blaue Kreide. Billardtische. Im Keller von Mrs. Miller steht ein Billardtisch, der ihrem Mann gehört hat. Jimmy rief in der Pension an, und als er keine Antwort bekam, fuhren wir hin.«

Mark hob sein tränenloses Gesicht zu Ben auf.

»Er sagte, ich möge eine Taschenlampe suchen, denn der Lichtschalter im Keller funktionierte nicht. Also suchte ich ... ich bemerkte, daß alle Messer in dem Ständer über dem Spültisch fehlten, aber ich dachte mir nichts dabei. Damit habe ich Jimmy getötet. Ja. Es ist alles meine Schuld. Alles meine Schuld –«

Ben schüttelte ihn. »Hör auf, Mark. Hör auf!«

Mark legte die Hände vor den Mund, als wolle er sein hysterisches Geplapper zurückhalten. Er starrte Ben an.

»Ich fand eine Taschenlampe. Im selben Augenblick fiel Jimmy und begann zu schreien. Er – ich wäre auch hinuntergefallen, aber er hat mich gewarnt. Seine letzten Worte waren: »*Paß auf, Mark.*«

»Und warum?«

»Barlow und die andern nahmen kurzerhand die Treppe weg«, sagte Mark mit toter Stimme. »Sägten sie nach der zweiten Stufe ab. Ließen aber das Geländer, damit es aussehen sollte, als ob ... als ob ...« Mark schüttelte den Kopf. »Im Dunkeln dachte Jimmy, die Treppe sei noch da, verstehst du?«

»Ja«, sagte Ben. Er verstand. Ihm wurde übel. »Und die Messer?«

»Steckten alle unten im Boden«, flüsterte Mark. »Sie hatten die Klingen verkehrt ins Holz gestoßen und die Griffe vorher abgeschlagen, so daß die Klingen nach oben wiesen.«

»Mein Gott«, sagte Ben hilflos. »Oh, mein Gott.« Er packte Mark an den Schultern. »Bist du ganz sicher, daß Jimmy tot ist?«

»Ja. Er ... er wurde an vielen Stellen durchbohrt. Das Blut ...«

Ben sah auf die Uhr. Zehn Minuten nach siebzehn Uhr.

»Wir fahren in die Stadt. Telefonieren mit Matt. Dann sprechen wir mit Parkins Gillespie. Wir erledigen Barlow, bevor es dunkel wird. Wir müssen.«

Mark lächelte ein kleines verzweifeltes Lächeln. »Das sagte Jimmy auch. Aber *er* schlägt uns immer wieder.«

Ben sah auf den kleinen Jungen herab und tat etwas Häßliches.

»Du hast Angst«, sagte er.

»Ich *habe* Angst«, sagte Mark. »Du nicht auch?«

»Ja, ich hab' Angst«, sagte Ben. »Aber ich koche auch vor Wut. Ich habe ein Mädchen verloren, das ich sehr gern hatte. Ich glaube, ich habe sie geliebt. Wir beide haben Jimmy verloren. Du hast Vater und Mutter verloren. Sie liegen in eurem Wohnzimmer unter dem Überwurf der Couch.« Ben zwang sich zu einer letzten Brutalität. »Willst du zurückgehen und schauen?«

Mark wich vor Ben zurück, das Gesicht von Schmerz und Entsetzen verzerrt.

»Ich möchte dich bei mir haben«, sagte Ben milder. Er verspürte Ekel vor sich selbst und kam sich vor wie ein Fußballcoach vor dem großen Spiel. »Ich werde ihn umbringen, und ich will dich bei mir haben. Ich brauche dich.« Es war die nackte Wahrheit.

»O. k.«, sagte Mark und blickte zu Boden.

»Reiß dich zusammen«, sagte Ben.
Mark sah Ben hoffnungsleer an. »Ich will es versuchen.«

Sonnys Tankstelle an der Jointer Avenue war offen. Sonny James kam heraus, um sie persönlich zu bedienen. Sonny war ein kleiner, gnomenhafter Mann, dessen ohnedies spärliches Haar so kurz geschnitten war, daß seine rosa Kopfhaut durchschimmerte.

»Hallo, Mr. Mears, wie geht's? Wo ist Ihr Citroën?«

»Nicht in Ordnung, Sonny. Wo ist Pete?« Pete Cook war Sonnys Gehilfe.

»Ist heute nicht erschienen. Macht nichts. Wenig zu tun. Die Stadt scheint richtiggehend tot zu sein.«

Ben verspürte ein dunkles, hysterisches Lachen in sich aufsteigen.

»Volltanken, bitte«, sagte er. »Kann ich Ihr Telefon benützen?«

»Natürlich. Hallo, Mark! Keine Schule?«

»Ich mache einen Ausflug mit Mr. Mears. Ich hatte Nasenbluten.«

»Ich habe es fast erraten. Mein Bruder litt auch daran. Es ist ein Zeichen von zu hohem Blutdruck, mein Freund.« Er ging um Jimmys Wagen herum und schraubte den Tank auf.

Ben ging hinein und telefonierte.

»Ich möchte mit Mr. Burke sprechen. Zimmer 402.«

Die Stimme zögerte, und Ben wollte fragen, ob man denn Matts Zimmer gewechselt habe, als die Stimme sagte: »Wer spricht, bitte?«

»Benjamin Mears.« Die Möglichkeit, daß Matt tot sein könnte, legte sich plötzlich wie ein großer Schatten über Ben. Konnte das sein? Nein – das wäre zuviel. »Wie geht es ihm?«

»Sind Sie ein Verwandter?«

»Nein, ein guter Freund.«

»Mr. Burke ist heute nachmittag um 15.07 Uhr gestorben, Mr. Mears. Wenn Sie einen Augenblick warten wollen, werde ich nachsehen, ob Dr. Cody bereits gekommen ist. Vielleicht könnte er ...«

Die Stimme sprach weiter, aber Ben hörte nichts mehr, obwohl er den Hörer an sein Ohr gepreßt hielt. Die Erkenntnis, wie sehr er sich darauf verlassen hatte, daß Matt ihnen helfen würde, mit diesem Alptraum fertig zu werden, legte sich wie ein schweres Gewicht auf ihn. Matt war tot. Herzversagen. Es war, als habe nun Gott selbst sein Antlitz von ihnen abgewandt.

Nur noch Mark und ich.

Susan, Jimmy, Pater Callahan, Matt. Alle dahin.

Ben legte den Hörer zurück und ging hinaus. Es war zehn Minuten nach siebzehn Uhr. Im Westen hellten sich die Wolken auf.

»Kostet genau drei Dollar«, sagte Sonny freundlich.

Ben gab ihm drei Scheine. »Ich muß fahren, Sonny. Ich bin in Schwierigkeiten.«

Sonny sah betrübt drein. »Tut mir leid, das zu hören, Mr. Mears. Schlechte Nachrichten vom Verlag?«

»Das kann man wohl sagen.« Ben setzte sich hinter das Lenkrad und fuhr auf die Landstraße hinaus. Sonny blickte ihm nach.

»Matt ist tot, nicht wahr?« fragte Mark.

»Ja. Herzversagen. Woher weißt du es?«

»Dein Gesicht. Ich habe dein Gesicht gesehen.«

Es war ein Viertel nach siebzehn Uhr.

Parkins Gillespie stand auf der kleinen gedeckten Veranda der Stadtverwaltung, rauchte eine Pall Mall und betrachtete den Himmel im Westen. Nur widerwillig wandte er seine Aufmerksamkeit Ben Mears und Mark Petrie zu. Parkins Gesicht sah traurig und alt aus wie ein Glas Wasser, das man in einem billigen Kaffeehaus bekommt.

»Wie geht es, Inspektor?« fragte Ben.

»Mittelmäßig«, erwiderte Parkins. »Hab' Sie hin- und herfahren gesehen. Es sah aus, als sei der kleine Junge selbst ein Stück gefahren, stimmt's?«

»Inspektor«, sagte Ben, »wir wollten Ihnen mitteilen, was sich hier abgespielt hat.«

Ohne einen von ihnen anzusehen, sagte Gillespie ruhig: »Ich will es nicht hören.«

Sie sahen ihn fassungslos an.

»Nolly ist heute nicht erschienen«, sagte Parkins, immer noch in dem gleichen beiläufigen Ton. »Ich glaube, er wird nicht mehr kommen. Er rief gestern spätabends an und sagte, er habe Homer McCaslins Wagen entdeckt. Er hat dann nicht mehr zurückgerufen.« Langsam und traurig griff Parkins in seine Hemdtasche und holte eine neue Zigarette hervor. Nachdenklich rollte er sie zwischen Daumen und Zeigefinger. »Diese verdammten Dinger werden mich noch umbringen«, sagte er.

Ben versuchte es noch einmal. »Gillespie, hören Sie, der Mann, der das Marstenhaus gemietet hat – er heißt Barlow. In diesem Augenblick befindet er sich im Keller von Eva Millers Pension.«

»Tatsächlich?« sagte Parkins ohne besonderes Erstaunen. »Er ist ein Vampir, nicht wahr? Wie in den Comics vor zwanzig Jahren.«

Ben antwortete nicht. Mehr und mehr überkam ihn das Gefühl, in einem furchtbaren Alptraum zu leben, in dem ein unsichtbares Räderwerk knapp unter der Oberfläche der Dinge unaufhörlich weiterlief.

»Ich verlasse die Stadt«, sagte Parkins. »Und habe bereits mein ganzes Zeug im Kofferraum verstaut. Gewehr und Sheriffstern liegen auf der Stellage. Ich habe die Nase voll und fahre zu meiner Schwester in Kittery. Ich nehme an, daß das weit genug weg ist.«

Ben hörte sich sagen: »Sie feiger Scheißkerl. Diese Stadt ist noch am Leben, und Sie laufen einfach davon.«

»Sie ist nicht am Leben«, sagte Parkins und zündete seine Zigarette an. »Deshalb kam *er* hierher. Die Stadt ist so tot wie er. Schon seit zwanzig Jahren ist sie es, oder länger. Und mit dem ganzen Land ist es nicht anders. Letzthin waren Nolly und ich in Falmouth, im Kino. In dem einen Film hab' ich mehr Blut und mehr Tote gesehen als in zwei Jahren Koreakrieg. Die Kinder haben dabei Popcorn gefressen und waren begeistert.« Er deutete vage auf die Stadt. »Vielleicht freut es sie, Vampire zu sein. Mich nicht. Heute nacht wird Nolly versuchen, mich zu holen. Ich fahre fort von hier.«

Ben sah ihn hilflos an.

»Wenn ihr beide mitfahren wollt?« fragte Parkins. »Diese Stadt wird ohne uns auskommen ... eine Weile jedenfalls. Und später ist alles gleichgültig.«

Ja, dachte Ben. *Warum nicht?*

Mark gab die Antwort. »Weil er schlecht ist, durch und durch schlecht. Das ist alles.«

»Tatsächlich?« sagte Parkins und sog an seiner Zigarette. »Also, in Ordnung.« Er blickte zur Oberschule hinauf. »Scheißtag heute in Lot. Busse haben Verspätung, Kinder sind krank, und wenn man wo anruft, hebt niemand ab. Der diensttuende Beamte rief mich an, und ich habe ihn beruhigt. Er ist ein lustiger kleiner Glatzkopf, der glaubt, daß er weiß, was er tut. Gut, die Lehrer sind wenigstens da. Sie kommen von außerhalb, in den meisten Fällen. Aber sie können sich ja nicht selbst unterrichten.«

Ben dachte an Matt und sagte: »Nicht alle von ihnen kommen von außerhalb.«

»Macht auch nichts«, sagte Parkins. Sein Blick fiel auf die Pfähle in Bens Gürtel. »Sie wollen dem Kerl mit einem von diesen Dingern da den Garaus machen?«

»Ja.«

»Ihr könnt mein Gewehr haben, wenn ihr wollt. Nolly ist gerne damit herumgelaufen. Vermutlich wird er einen guten Vampir abgeben, sobald er gelernt hat, worum es geht.«

Mark sah Parkins mit wachsendem Entsetzen an; Ben wußte, daß er den Jungen von hier wegbringen mußte.

»Komm«, sagte er zu Mark. »Mit dem ist nichts mehr anzufangen.«

»Sie sagen es«, meinte Parkins. Seine hellen, von kleinen Falten umrahmten Augen schauten über die Stadt. »Es ist ruhig. Ich habe Mabel Werts gesehen, die durch ihre Brillen aus dem Fenster gesehen hat, aber ich glaube nicht, daß es viel zu sehen geben wird, heute. Morgen tut sich dann wieder mehr, vielleicht.«

Sie gingen zum Auto zurück. Es war beinahe siebzehn Uhr dreißig.

Ein Viertel vor achtzehn Uhr hielten sie vor der Kirche von St. Andrew. Ben nahm Jimmys Tasche vom Rücksitz, öffnete sie, fand ein paar Ampullen und schüttete ihren Inhalt aus.

»Was tust du?«

»Wir werden Weihwasser in die Ampullen füllen«, sagte Ben. »Komm.«

Sie gingen die Stufen zur Kirche hinauf, und Mark öffnete das Tor. »Schau her«, sagte er und wies auf die Klinke.

Die Klinke war geschwärzt und ein wenig verformt, so, als wäre eine elektrische Ladung hindurchgegangen.

»Verstehst du das?« fragte Ben.

»Nein. Nein, aber ...« Mark schüttelte den Kopf und schob einen halb geformten Gedanken beiseite. Das Innere der Kirche war kühl und grau.

Die zwei Kirchenstuhlreihen waren durch den breiten Chorgang in der Mitte voneinander getrennt und waren flankiert von zwei Engelskulpturen, die dem Hereinkommenden Weihwasser darboten. Ihre stillen und gütigen Gesichter beugten sich hinab, als wollten sie ihre Spiegelung im Weihwasser betrachten.

Ben zog die Ampullen hervor und deutete auf das Weihwasserbecken. »Wasch dein Gesicht und deine Hände«, sagte er.

Sie tauchten die Hände in das stille Wasser und spritzten es über ihre Gesichter, wie sich ein soeben erwachter Mensch kaltes Wasser ins Gesicht spritzt, um dem Tag begegnen zu können.

Ben füllte die erste Ampulle, als eine schrille Stimme rief: »He, was tut ihr da?«

Es war Rhoda Curless, Pater Callahans Haushälterin, die in der ersten Reihe der Kirchenstühle gesessen und einen Rosenkranz zwischen den Fingern gedreht hatte. Sie trug ein schwarzes Kleid, unter dem der Unterrock ein wenig hervorschaute. Ihr Haar war zerrauft; sie hatte es wohl nur mit den Fingern frisiert.

»Wo ist Pater Callahan? Was tun Sie hier?« Ihre Stimme war dünn und ein wenig hysterisch.

»Wer sind Sie?« fragte Ben.

»Mrs. Curless. Ich bin Pater Callahans Haushälterin. Wo ist Pater Callahan?«

»Pater Callahan ist fortgegangen«, sagte Ben sanft.

»Oh.« Sie schloß die Augen. »Spürte er dem nach, was diese Stadt krank macht?«

»Ja«, erwiderte Ben.

»Ich wußte es«, sagte sie. »Ich hätte nicht erst zu fragen brauchen. Er war ein strenger, guter Mann der Kirche. Es hat immer solche gegeben, die sagten, daß er niemals Manns genug sein werde, um in Pater Bergerons Fußstapfen zu treten. Aber er war Manns genug. Und mehr als nur das – wie sich jetzt herausgestellt hat.«

Sie riß die Augen auf und schaute die beiden an. Eine Träne lief ihr die Wange herab. »Er kommt nicht mehr zurück, nicht wahr?«

»Ich weiß es nicht«, sagte Ben.

»Die Leute haben immer darüber gesprochen, daß er getrunken hat«, sagte sie, als hätte sie nichts gehört. »Gab es denn jemals einen irischen Priester, der etwas wert war und der nicht zur Flasche gegriffen hätte? Keine von diesen bigotten Betschwestern konnte ihm auch nur das Wasser reichen. Er war besser als sie alle.« Ihre Stimme hallte im Gewölbe wider und verwandelte sich in ein heiseres, beinahe bedrohliches Schreien. »Er war ein *Mann Gottes*!«

Ben und Mark hörten ihr, ohne zu antworten und ohne Überraschung zu. Nichts konnte sie an diesem alptraumhaften Tag noch überraschen. Sie sahen sich nicht mehr länger als Männer der Tat, als Rächer, als Retter; der heutige Tag hatte sie ausgelaugt. Sie waren froh, daß sie noch lebten.

»War er gesund und stark, als Sie ihn das letzte Mal sahen?« wollte sie wissen.

»Ja«, sagte Mark und dachte an Callahan, wie er in der Küche seiner Mutter stand und das Kreuz hochhielt.

»Und tun Sie jetzt seine Arbeit?«

»Ja«, sagte Mark wieder.

»Dann tut eure Pflicht«, sagte sie barsch. »Worauf wartet ihr?« In ihrem schwarzen Kleid ging sie durch den Mittelgang zum Altar, ein einsamer Trauergast bei einem Begräbnis, das nicht stattgefunden hatte.

Und wieder bei Eva. Es war zehn Minuten nach achtzehn Uhr. Über den Tannen im Westen hing eine blutrote Sonne.

Ben parkte das Auto und blickte verwundert zu seinem Zimmer auf. Der Vorhang war nicht zugezogen, er konnte seine Schreibmaschine sehen und daneben, unter dem gläsernen Briefbeschwerer, die Stöße seines Manuskripts. Es wunderte ihn, daß er all diese Dinge von hier aus noch sehen konnte, ganz deutlich, als ob alles in der Welt gesund, normal und in Ordnung wäre.

Er sah auch die Veranda. Die Schaukelstühle, in denen er und Susan die ersten Küsse getauscht hatten, standen nebeneinander. Die Küchentüre stand offen, wie Mark sie zurückgelassen hatte.

»Ich kann nicht«, murmelte Mark. »Ich kann einfach nicht.«

Seine Augen waren hell und weit. Er hatte die Knie hinaufgezogen und kauerte auf dem Sitz.

»Wir müssen beisammenbleiben«, sagte Ben. Er gab Mark zwei Ampullen mit Weihwasser.

»Los«, sagte Ben. Er hatte keine Argumente mehr. »Los.«

»Nein.«

»Mark?«

»Nein.«

»Mark, ich brauche dich. Wir zwei, du und ich, wir sind die einzigen, die es noch gibt.«

»Ich habe genug getan!« schrie Mark. »Mehr kann ich nicht tun. *Verstehst du nicht, daß ich ihn nicht ansehen kann?*«

»Mark, wir müssen beisammenbleiben. Weißt du das nicht?«

Mark nahm die Ampullen und hielt sie an die Brust. »Junge«, murmelte er. »Junge, Junge.« Dann sah er Ben an und nickte. »O. k.«, sagte er.

»Wo ist der Hammer?« fragte Ben, als sie ausstiegen.

»Jimmy hatte ihn.«

»O. k.«

Sie gingen die Stufen hinauf und in die Küche. Der Geruch des Todes legte sich auf sie mit dem Gewicht von Granit. Die Kellertür stand offen.

»Ich habe Angst«, sagte Mark schaudernd.

»Natürlich. Wo ist die Taschenlampe?«

»Im Keller. Ich ließ sie liegen, als...«

»O. k.« Sie standen vor der Treppe. Im Licht der untergehenden Sonne sah sie intakt aus, wie Mark gesagt hatte. »Folg mir«, sagte Ben.

Ben dachte leichthin: *Ich gehe in meinen Tod.*

Der Gedanke kam ihm ganz spontan, ohne Angst oder Bedauern. Alle Emotionen waren ihm in der um sich greifenden Atmosphäre des Bösen, das von diesem Ort Besitz ergriffen hatte, erloschen. Während er das Brett hinunterkroch, fühlte er nichts anderes als eine unnatürliche, eisige Ruhe. Er sah, daß seine Hände leuchteten. Das wunderte ihn nicht einmal.

Jimmy hatte McCaslins Revolver bei sich, und der sollte in seiner Jackentasche bleiben. Wenn die Sonne unterging, bevor sie Barlow erledigt hatten, konnte er ihn ziehen... zuerst den Jungen, dann sich selbst. Nicht gut; aber immer noch besser, als *Barlows* Tod zu sterben.

Ben ließ sich auf den Kellerboden fallen und half Mark hinunter. Die Augen des Jungen wanderten zu der dunklen Gestalt auf dem Boden und wieder fort.

»Ich kann nicht hinsehen«, sagte Mark heiser.

Mark wandte sich ab, und Ben kniete nieder. Er räumte einige der tödlichen Bretter weg; die Messerklingen glitzerten wie Drachenzähne. Liebevoll drehte Ben Jimmy auf den Rücken.

»Oh, Jimmy«, versuchte er zu sagen; die Worte brachen auf und bluteten in seinem Hals. Er bettete Jimmy in den linken Arm und zog mit der Rechten Barlows Klingen aus dem Toten. Es waren ihrer sechs; Jimmy hatte stark geblutet.

Auf einem Regal fand Ben ordentlich zusammengelegte Möbelbezüge und breitete einen davon über Jimmys Leiche. Taschenlampe, Hammer und Revolver nahm er an sich.

Er knipste die Lampe an und sah umher. Nichts. Er leuchtete unter den Billardtisch. Nichts. Nichts hinter dem Ofen. Nur Regale voll von Einmachgläsern, und ein Werkzeugkasten.

»Wo ist er?« murmelte Ben. Er sah auf die Uhr; die Zeiger zeigten 18 Uhr 23. Wann war Sonnenuntergang? Ben konnte sich nicht erinnern. Sicherlich nicht später als 18 Uhr 55. Es blieb ihnen eine knappe halbe Stunde Zeit.

»Wo ist er?« schrie Ben. »Ich *fühle* ihn, aber wo ist er?«

»Dort!« rief Mark und zeigte mit leuchtender Hand. »Was ist das?«

Ben richtete die Taschenlampe auf eine walisische Truhe. »Die ist nicht groß genug«, sagte er zu Mark. »Und sie steht unmittelbar an der Wand.«

»Sehen wir nach, was dahinter ist.«

Ben zuckte die Achseln. Sie gingen zur Truhe, und jeder stellte sich auf eine Seite. Bens Erregung wuchs. War hier die Aura, oder die Atmosphäre, oder wie immer man es nannte, nicht wesentlich stärker?

Ben blickte auf die offene Küchentür. Das Licht war nun schon etwas dämmriger. Es hatte seinen goldenen Ton verloren.

»Sie ist zu schwer für mich«, keuchte Mark.

»Wir werden sie stürzen«, sagte Ben.

Mark stemmte die Schulter gegen das Holz. Seine Augen blickten wild aus dem leuchtenden Gesicht. »O. k.«

Gemeinsam warfen sie ihr Gewicht gegen die Truhe, und diese kippte mit einem lauten Krach um; in ihrem Innern zerbrach Eva Millers Hochzeitsservice.

»Ich wußte es!« rief Mark triumphierend.

Dort, wo die Truhe gestanden war, kam eine kleine Tür zum Vorschein. Davor hing ein neues Yale-Schloß.

Zwei harte Hammerschläge überzeugten Ben, daß das Schloß nicht nachgeben würde. »Verdammt noch mal«, fluchte er leise. Bittere Enttäuschung machte sich in ihm breit. Jetzt, am Ende, durch so etwas aufgehalten zu werden, durch ein Schloß für fünf Dollar!

Wenn es sein mußte, würde er sich mit den Zähnen durch das Holz beißen.

Er schaute sich um. Der Strahl seiner Taschenlampe fiel auf einen Werkzeugständer neben der Treppe. An Stahlhaken hing eine Axt.

Ben lief hinüber, packte das Werkzeug und schüttete das Weihwasser aus einer Ampulle über das Axtblatt. Das begann sofort zu leuchten. Und als seine Hände den hölzernen Schaft umklammerten, fühlte es sich unglaublich gut an, unglaublich *richtig*. Er hielt den Schaft noch einen Augenblick lang fest und blickte auf das leuchtende Axtblatt. Irgendein sonderbarer Impuls zwang ihn, seine Stirn damit zu berühren. Ein Gefühl der Sicherheit ergriff ihn, ein Gefühl, das Recht auf seiner Seite zu haben, ein Gefühl der Klarheit. Das erste Mal seit Wochen spürte er, daß er nicht länger durch Nebel des Glaubens oder Nicht-Glaubens tastete, wenn er sich jetzt mit einem Gegner maß, dessen Körper unwirklich war.

Das Axtblatt glänzte noch heller.

»Los!« flehte Mark. »Rasch! Bitte!«

Ben Mears stellte sich breitbeinig hin, holte aus und ließ die Axt in einem großen Bogen herabsausen. Das Blatt biß in das Holz und versank bis zum Schaft. Späne flogen.

Ben zog die Axt heraus und schlug wieder zu ... wieder und wieder. Beim fünften Schlag krachte die Axt durch das Holz ins Leere. Mit einer Schnelligkeit, die an Raserei grenzte, erweiterte Ben die Öffnung.

Verblüfft starrte Mark ihn an. Das kalte blaue Feuer war den Axtstiel entlanggekrochen und hatte sich über Bens Arme verteilt, bis es aussah, als arbeite er in einer Feuersäule.

Ben holte zum letzten Schlag aus und warf dann die Axt fort. Er hielt seine Hände vor die Augen. Sie sprühten Feuer.

Er streckte sie Mark entgegen, und der Junge wich zurück.

»Ich hab' dich lieb«, sagte Ben.

Ihre Hände fanden einander.

Der Rübenkeller war klein wie eine Zelle und leer, abgesehen von etlichen verstaubten Flaschen, einem Korb mit sehr alten Kartoffeln – und den Leichen. Barlows Sarg stand an der Wand wie der Sarkophag einer Mumie, und sein Wappen glänzte in dem Licht, das die beiden mit sich trugen, wie ein Elmsfeuer.

Vor dem Sarg lagen die Leichen von Menschen, mit denen

Ben gelebt und das Brot geteilt hatte: Eva Miller und neben ihr Weasel Craig; Mabe Mullican vom letzten Zimmer im zweiten Stock; Vinnie Upshaw; Grover Verrill.

Ben und Mark stiegen über die Leichen hinweg und standen vor dem Sarg. Ben schaute auf die Uhr. Es war 18 Uhr 40.

»Wir werden ihn hinaus zu Jimmy tragen«, sagte er.

»Er muß eine Tonne wiegen«, erwiderte Mark.

»Es wird, es muß gehen.« Ben griff nach einer Ecke des Sarges. Der ließ sich ganz leicht bewegen. Das Holz jedoch widersetzte sich der Berührung und vermittelte ein unangenehmes, kribbelndes Gefühl. Es war mit den Jahren glatt und steinhart geworden. Das Holz schien keine Poren und keine Kerben zu haben. Aber der Sarg ließ sich leicht schieben. Man benötigte nur eine Hand dazu.

Ben gab ihm einen Stoß und spürte, wie das schwere Gewicht von unsichtbaren Gegengewichten aufgehoben wurde.

»Faß an«, sagte er zu Mark.

Ohne Anstrengung hob Mark die andere Seite in die Höhe. Verwunderung breitete sich über seinem Gesicht aus. »Ich glaube, ich könnte ihn mit einem Finger heben.«

»Vermutlich. Endlich neigt sich die Waage zu unseren Gunsten. Aber wir müssen uns beeilen.«

Sie trugen den Sarg durch die eingeschlagene Tür. Es bestand allerdings die Gefahr, daß er an seiner gewölbtesten Stelle in der Tür stecken bleiben könnte, aber Mark zog seinen Kopf ein und schob. Der Sarg ging, wenn auch unter gewaltigem Ächzen im Holz, hindurch.

»Hier ist er, Jimmy«, sagte Ben. »Hier ist der Hurensohn.«

Wieder schaute Ben auf die Uhr. 18 Uhr 45. Das Licht, das durch die Küchentür fiel, war grau.

»Jetzt?« fragte Mark.

Über den Sarg hinweg sahen sie einander an.

»Ja.«

Mark stellte sich neben Ben, beide beugten sich über die Siegel und Schlösser des Sarges. Sie berührten die Schlösser, und diese öffneten sich. Ben hob den Deckel.

Vor ihnen lag Barlow mit geöffneten Augen.

Jetzt war er ein junger Mann mit schwarzem, glänzendem Haar. Seine Haut war lebendig, seine geröteten Wangen hatten die Farbe von Wein. Über seine vollen Lippen ragten, wie Elfenbein, kräftige weiße Zähne mit gelben Streifen.

»Er –« begann Mark. Der Satz wurde niemals vollendet.

Barlows Augen bewegten sich hin und her in den Höhlen, füllten sich mit gräßlichem Leben und höchstem Triumph. Sie ließen Mark nicht los, und Mark starrte in diese Augen. Sein Blick wurde leer und fern.

»Sieh ihn nicht an!« schrie Ben, aber es war zu spät.

Er stieß den Jungen fort. Der Junge wimmerte, und dann stürzte er sich auf Ben. Ben taumelte zurück. Einen Augenblick später hatte Mark Homer McCaslins Revolver in der Hand.

»Mark! Nicht –«

Aber der Junge hörte Ben nicht mehr. Marks Wimmern war das Wimmern eines sehr kleinen gefangenen Tieres. Er hielt mit beiden Händen den Revolver fest.

»Mark!« schrie Ben. »Mark, wach auf. Um Himmels willen –«

Der Revolver ging los. Ben spürte den Schuß an seiner Schläfe vorbeipfeifen. Er packte Mark und versetzte ihm einen Fußtritt. Mark taumelte zurück, der Revolver fiel zu Boden. Wimmernd sprang der Junge nach der Waffe, und Ben schlug ihm mit aller Kraft ins Gesicht. Mark ging in die Knie, Ben stieß den Revolver weg. Mark versuchte, der Waffe nachzukriechen, und Ben schlug nochmals zu.

Mit einem müden Seufzer brach Mark zusammen.

Alle Kraft hatte Ben verlassen. Alle Sicherheit. Jetzt war er nur mehr Ben Mears, und er hatte Angst.

Das Licht, das durch die Küchentür fiel, wurde matt und rötlich. Bens Uhr zeigte 18 Uhr 51.

Eine gewaltige Kraft schien sich seines Kopfes zu bemächtigen und befahl ihm, den rosigen Parasiten in dem Sarg neben ihm anzuschauen.

Schau, und sieh mich an. Sieh Barlow an, der Jahrhunderte durchlebte, wie du eine Stunde am Kamin mit einem Buch durchlebt hast. Schau, und sieh das gewaltige Geschöpf der Nacht, das du mit deinem elenden kleinen Stock vernichten wolltest. Schau mich an, Schreiberling. Ich habe Menschenleben geschrieben, und Blut war meine Tinte. Sieh mich an und verzweifle!

Jimmy, ich kann es nicht. Es ist zu spät, er ist zu stark für mich –

18 Uhr 53.

Mark stöhnte, auf dem Boden liegend. »Mutti? Mutti, wo bist du? Mein Kopf tut mir weh ... es ist dunkel ...«

Kastriert wird er mir dienen ...!

Ben zog einen der Pfähle aus dem Gürtel und ließ ihn fallen.

Elend und verzweifelt schrie Ben auf. Draußen hatte die Sonne Jerusalem's Lot verlassen. Die letzten Strahlen fielen auf das Marstenhaus.

Wo war der Hammer? *Wo, zum Teufel, war der Hammer?*

Bei der Kellertür. Ben hatte das Schloß mit dem Hammer geöffnet.

Er wankte durch den Keller und hob den Hammer auf.

Mark hatte sich halb aufgerichtet; sein Mund war ein blutendes Loch. Er fuhr mit der Hand darüber und schaute verwirrt auf das Blut. »Mutti!« rief er. »Wo ist meine Mutter?«

18 Uhr 55.

Ben lief durch den beinahe dunklen Keller, in der Linken einen Pfahl, in der Rechten den Hammer.

Ein schallendes triumphierendes Lachen ertönte. Barlow setzte sich in seinem Sarg auf. Seine Augen fingen Bens Blick auf, und dieser spürte jede Willenskraft schwinden.

Mit einem wilden, irren Schrei hob er den Pfahl hoch und stieß ihn in Barlows Brust.

Barlow brüllte auf. Es war das Heulen eines verwundeten Wolfes. Er fiel in den Sarg zurück. Seine Hände, zu Klauen geformt, fuhren durch die Luft.

Ben ließ den Hammer auf den Pfahl fallen, und wieder schrie Barlow auf. Eine seiner Hände, kalt wie das Grab, faßten nach Bens Hand, die den Pfahl umklammert hielt.

Ben starrte auf das haßerfüllte Gesicht hinab.

»Laß mich aus!« brüllte Barlow.

»Hier, du Schweinehund«, schluchzte Ben. »Hier und hier.«

Wieder und wieder schlug er zu. Blut spritzte, quoll aus Barlows Nase. Sein Körper begann sich im Sarg zu winden wie der Leib eines aufgespießten Fisches. Hände krallten sich in Bens Wangen und hinterließen tiefe Kratzwunden auf seiner Haut.

»Laß mich aus –«

Noch einmal schlug der Hammer zu. Das Blut, das aus Barlows Brust quoll, wurde schwarz.

Dann vollzog sich die Auflösung.

Sie kam in Sekundenschnelle und doch langsam genug, um in Alpträumen wieder und wiederzukehren – in furchtbarem Zeitlupentempo.

Barlows Haut färbte sich gelblich, warf Blasen wie ein altes Segeltuch. Die Augen sanken ein. Wie Federnbüschel fiel das schlohweiße Haar aus. Der Körper in dem dunklen Anzug schrumpfte zusammen. Die Fingernägel wurden schwarz und verschwanden, bis nur noch beringte Knochen übrigblieben. Durch das Leinenhemd quoll Staub, der nackte Kiefer öffnete sich zu einem tonlosen letzten Schrei. Aber es war unmöglich, den Blick von Barlows letzter Metamorphose abzuwenden. Sie war faszinierend.

Alle Arten von Gestank drangen da in die Nase und verschwanden auch gleich wieder: Gasgeruch, der Geruch verfaulten Fleisches, ein Modergeruch wie in Bibliotheken, chemische Dünste, dann wieder gar nichts. Die fleischlosen Fingerknöchel, die in einem letzten Protest zitterten, zerfielen und blätterten ab wie die Holzhülle von einem gespitzten Bleistift. Die Nasenhöhle wurde weiter und verschmolz mit der Mundhöhle. Die leeren Augen verschwammen in einem irrealen Ausdruck von Überraschung und Schrecken und lösten sich schließlich auf. Der ganze Schädel zerfiel zu Asche. Die Kleider lagen am Ende flach da, als ob sie für die Reinigung bestimmt wären.

Und dennoch war Barlows hartnäckiges Dasein auf dieser Welt noch nicht zu Ende. Sogar in den kleinsten Staubkörnern am Boden des Sarges lebte das Böse weiter.

Dann plötzlich spürte Ben etwas an sich vorbeifegen, das wie ein starker Wind war und ihn schaudern machte. Im gleichen Augenblick explodierte jedes Fenster von Eva Millers Pension.

»Paß auf, Ben!« schrie Mark. »Paß auf!«

Blitzschnell drehte Ben sich um und sah sie aus dem Rübenkeller kommen – Eva, Weasel, Mabe, Grover und die andern. Ihre Zeit war gekommen.

Das Echo von Marks Schreien füllte Bens Ohren wie große Feuerglocken. Er packte den Jungen an den Schultern.

»*Das Weihwasser!*« schrie er in Marks qualvoll verzerrtes Gesicht. »*Sie können uns nicht berühren!*«

Marks Schreie wurden zu leisem Gejammer.

»Kletter das Brett hinauf«, befahl Ben. »Los!« Er mußte den Jungen auf das Brett schieben. Als er sicher war, daß Mark hinaufkroch, drehte er sich um und blickte sie an, die Untoten.

Apathisch standen sie in etwa fünf Metern Entfernung und starrten ihn mit einem kalten Haß an, der nicht menschlich war.

»Du hast den Herrn getötet«, sagte Eva, und beinahe vermeinte er Schmerz in ihrer Stimme zu hören. »Wie konntest du den Herrn töten?«

»Ich kehre wieder«, sagte Ben zu ihr. »Ich töte euch alle.«

Er kletterte das Brett hinauf. Es knarrte unter seinem Gewicht, aber es hielt stand. Oben angekommen, warf Ben einen

Blick zurück. Jetzt standen sie alle um den Sarg und starrten schweigend hinein. Sie erinnerten ihn an die Leute, die sich nach dem Unfall mit dem Möbelwagen um Mirandas Leiche geschart hatten.

Er sah sich nach Mark um. Das Gesicht auf dem Boden, lag der neben der Verandatür.

Ben sagte sich, daß Mark nur ohnmächtig sei, sonst nichts. Das mochte stimmen. Marks Puls war kräftig und regelmäßig. Ben nahm ihn in die Arme und trug ihn zum Citroën.

Er setzte sich hinter das Lenkrad und startete den Motor. Die verzögerte Reaktion traf ihn wie ein körperlicher Schlag. Er unterdrückte einen Schrei.

Jetzt waren sie auf den Straßen, die wandernden Toten.

Auf der Jointer Avenue bog Ben links ab und verließ Salem's Lot.

15
Ben und Mark

Von Zeit zu Zeit erwachte Mark ein wenig; das gleichmäßige Brummen des Citroën brachte ihn zurück, aber ohne Gedanken und ohne Erinnerung. Schließlich aber blickte er aus dem Fenster, und die Angst packte ihn mit rauhen Händen. Es war dunkel. Die Bäume längs der Straße waren verschwommene Schatten, und die Autos, die an ihnen vorüberfuhren, hatten die Scheinwerfer aufgeblendet. Ein Stöhnen brach aus Marks Innerem, und er faßte nach seinem Hals, wo noch immer das Kruzifix hing.

»Beruhige dich doch«, sagte Ben. »Die Stadt liegt hinter uns. Etwa dreißig Kilometer.«

Der Junge griff über Ben hinweg und schloß die Sicherung der Wagentür neben dem Führersitz. Dann die Sicherung der Tür auf seiner Seite. Er wünschte, das Nichtwissen möge wiederkehren. Das Nichtwissen war angenehm. Ein sanftes Nichts ohne böse Bilder.

Das regelmäßige Summen des Motors war beruhigend. Angenehm. Mark schloß die Augen.

»Mark?«

Besser nicht antworten.

»Mark, geht es dir gut?«

»– Mark –«

Weit weg. Das war gut. Das sanfte Nichts kehrte zurück, und Schatten umhüllten ihn.

Kurz nach der Grenze von New Hampshire hielt Ben vor einem Motel an und trug sich als »Ben Cody und Sohn« ein. Mit emporgehaltenem Kreuz betrat Mark das Zimmer. Seine Augen flogen von einer Seite des Raums auf die andere, wie kleine gefangene Tiere. Er hielt das Kruzifix hoch, bis Ben die Tür verschlossen und sein eigenes Kreuz an die Klinke gehängt hatte. Im Zimmer stand ein Farbfernseher, und Ben schaltete ihn ein. Zwei afrikanische Staaten befanden sich im Kriegszustand. Der Präsident hatte eine Verkühlung, aber es gab keinen Grund zur Besorgnis. In Los Angeles hatte ein Verrückter vierzehn Menschen erschossen.

Salem's Lot schlief; in den dunklen Straßen streiften die Vampire umher. Manche von ihnen hatten die Schatten des Todes so weit abgestreift, daß sie eine Art von primitiver Schlauheit besaßen. Lawrence Crockett etwa rief Royal Snow an und lud ihn ins Büro zu einer Kartenpartie ein. Als Royal Snow kam, stürzten sich Lawrence und seine Frau auf ihn. Glynis Mayberry rief Mabel Werts an, sagte, sie habe Angst und ob Mabel nicht bei ihr übernachten wolle. Mabel nahm die Einladung begeistert an. Als sie zehn Minuten später die Tür öffnete, stand Glynis splitternackt vor ihr, hielt eine Handtasche im Arm und bleckte sie mit riesigen Eckzähnen an. Mabel hatte gerade noch Zeit, zu schreien. Aber nur einmal. Als Delbert Markey kurz nach zwanzig Uhr aus seinem verlassenen Lokal kam, traten Carl Foreman und Homer McCaslin aus der Dunkelheit und sagten, sie seien auf einen Drink gekommen. Kurz nach der Sperrstunde wurde Milt Crossen in seinem Laden von mehreren Kunden und guten Freunden besucht...

Die Touristen, die auf der Route 12 vorbeifuhren, sahen nichts von Salem's Lot außer einem Straßenzeichen mit Geschwindigkeitsbegrenzung. Nach der Stadt beschleunigten sie wieder auf sechzig Meilen und dachten vermutlich: Was für eine tote Kleinstadt!

Die Stadt hütete ihre Geheimnisse, und das Marstenhaus brütete über ihr wie ein entthronter König.

Am nächsten Morgen fuhr Ben zurück und ließ Mark im Hotelzimmer. Vor einer Eisenwarenhandlung in Westbrook hielt Ben an und kaufte eine Schaufel und eine Hacke.

Salem's Lot war still; aus dem dunklen Himmel fiel noch kein Regen. Nur wenige Autos fuhren auf der Straße. Spencer's war offen, aber das Excellent-Café war geschlossen, die grünen Rolläden heruntergezogen, die Speisekarte aus dem Fenster entfernt, die Tafel, auf der einst die Menus angeschrieben gewesen waren, gelöscht.

Die leeren Straßen ließen Ben erschauern, und ein Bild drängte sich plötzlich in seine Gedanken, ein altes Rock'n' Roll-Album mit dem Bild eines Transvestiten auf dem Cover. Ein seltsam maskulines Gesicht, blutrot angemalt mit Rouge und Schminke; Titel: ›Sie kamen nur des Nachts.‹

Ben ging zuerst zu Evas Pension, stieg in den zweiten Stock hinauf und öffnete die Tür seines Zimmers. Alles war, wie er es verlassen hatte. Unter dem Schreibtisch stand ein leerer Metallpapierkorb. Er schob ihn in die Mitte des Zimmers.

Dann warf er sein Manuskript hinein und zündete es an. Es schmeckte den Flammen, und sie krochen eifrig über die Seiten. Weißer Rauch quoll aus dem Papierkorb, und gedankenlos öffnete Ben das Fenster.

Er fand den Briefbeschwerer – die Glaskugel, die ihn seit seiner Kindheit begleitet hatte. Er schüttelte sie, wie er es als Junge getan hatte, und der uralte Trick funktionierte. Durch die Scheeflocken konnte man ein kleines Lebkuchenhaus sehen und einen Pfad, der zur Tür führte. Die Lebkuchenfensterläden waren geschlossen, aber ein Junge mit Phantasie konnte sich vorstellen, daß ein Fensterladen von einer langen weißen Hand geöffnet werde und ein blasses Gesicht herausschaue; es grinste dich mit langen Zähnen an und lud dich in dieses Haus jenseits der Welt ein, in ein Phantasieland mit falschem Schnee, wo die Zeit ein Mythos ist. Jetzt wieder schaute ihn das Gesicht an, blaß und hungrig, ein Gesicht, das niemals mehr das Tageslicht oder einen blauen Himmel sehen würde.

Es war sein eigenes Gesicht.

Ben warf den Briefbeschwerer in eine Ecke, und er zerbrach. Ben ging, ohne abzuwarten, was herausschlüpfen könnte.

Er ging in den Keller, um Jimmys Leiche zu holen. Barlows Sarg stand, wo er in der vergangenen Nacht gestanden war, leer ... und doch nicht ganz leer. Der Pfahl lag drin und noch etwas anderes. Zähne. Barlows Zähne – sie waren alles, was von ihm übriggeblieben war. Ben hob sie auf – und sie drehten sich in seiner Hand wie kleine weiße Tiere. Sie versuchten zueinander zu kommen und zu beißen.

Mit einem angewiderten Schrei warf Ben sie fort. Sie zerbrachen.

»Gott«, flüsterte Ben und rieb die Hände an seinem Hemd ab. »Oh, mein Gott, laß dies das Ende sein. Laß dies sein Ende sein.«

Irgendwie gelang es ihm, Jimmy aus dem Haus zu tragen und in den Kofferraum des Buick zu legen. Ben fuhr zum Petriehaus und verbrachte den Vormittag und den halben Nachmittag damit, auf einer Waldlichtung hinter dem Haus ein großes Grab zu schaufeln. Er legte Jimmys Leichnam hinein und neben ihn die Petries, die immer noch in den Überwurf gehüllt waren.

Um 14 Uhr 30 begann er, das Grab zuzuschaufeln. Er schaufelte rascher und rascher, als das Licht langsam vom bewölkten Himmel verschwand. Schweiß, der nicht allein von der Anstrengung kam, sammelte sich auf seiner Haut.

Um sechzehn Uhr war das Loch zugeschüttet. In Jimmys Wagen fuhr Ben zur Stadt zurück. Der kleine Park, in dem er Susan Norton getroffen hatte, lag einsam und verlassen. In der Stadtverwaltung waren die Jalousien heruntergelassen. Im Fenster von Larry Crocketts Versicherungsbüro hing eine Tafel »Komme gleich«. Der leise Regen war das einzige Geräusch ringsum.

Als er zu Evas Pension kam, sah er sich zum letzten Mal um. Nichts rührte sich. Die Stadt war tot. Plötzlich wußte er das mit der gleichen Gewißheit, mit der er gewußt hatte, daß Miranda tot war, als er ihren Schuh auf der Straße liegen sah.

Er weinte.

Er weinte immer noch, als er an der großen Tafel vorbeifuhr: *»Sie verlassen jetzt Jerusalem's Lot, eine angenehme kleine Stadt. Kehren Sie bald wieder!«*

Er bog in die Überlandstraße ein. Das Marstenhaus war von den Bäumen verdeckt. Er fuhr nach Süden – zu Mark, zu seinem Leben.

Epilog

Aus Ben Mears Notizbuch (Ausschnitte aus dem ›Portland-Press-Herald‹), 19. November 1975:

Jerusalem's Lot. Charles Pritchett und seine Familie, die vor einem Monat in Jerusalem's Lot eine Farm gekauft haben, ziehen wieder aus, weil man – so Charles und Amanda Pritchett – in der Nacht »seltsame Geräusche« höre. Die Farm gehörte früher Charles Griffen, der sie, wie Pritchett sagt, zu einem Spottpreis verkauft habe.

4. Januar 1976: Jerusalem's Lot. In der kleinen Stadt Jerusalem's Lot im südlichen Maine ereignete sich gestern nacht oder heute morgen ein bizarrer Autounfall. Aus den Bremsspuren schließt die Polizei, daß das Auto mit überhöhter Geschwindigkeit fuhr, von der Straße abkam und gegen einen Hochspannungsmast prallte. Das Auto ist ein totales Wrack; obwohl man auf dem Vordersitz und dem Armaturenbrett Blutspuren festgestellt hat, wurden die Wageninsassen bis jetzt nicht gefunden. Das Auto gehörte einem Mr. Phillips aus Scarborough. Nach Aussage der Nachbarn wollten Phillips und seine Familie Verwandte in Yarmouth besuchen. Die Polizei vermutet, daß Phillips, seine Frau und die zwei Kinder nach dem Unfall unter Schock standen, davonliefen und sich verirrten.

14. Februar 1976: Cumberland. Mrs. Fiona Coggins, eine Witwe, die allein in der Smith Road lebt, wurde heute von ihrer Nichte als vermißt gemeldet. Die Polizei ist bemüht ...

20. Mai 1976: Portland. Die Wildhüter wurden angewiesen, nach einem Rudel wilder Hunde Ausschau zu halten, das sich angeblich im Gebiet von Jerusalem's Lot herumtreibt. In den letzten Monaten wurden mehrere gerissene Schafe aufgefunden, manche mit aufgeschlitzten Bäuchen. Der Wildhüter Uptor Pruitt meinte dazu: »Wie bekannt, hat sich die Situation im südlichen Maine sehr verschlechtert ...«

4. Juni 1976: Cumberland. Mrs. Elaine Tremont, eine Witwe, die ein kleines Haus in Cumberland County Village besitzt, wurde heute frühmorgens mit einer Herzattacke in das Cumberland-Spital eingeliefert. Sie sagte einem Reporter dieser Zeitung, daß sie, während sie fernsah, ein kratzendes Geräusch am Fenster gehört habe. Als sie aufsah, habe sie ein Gesicht ange-

starrt. »Es grinste«, sagte Mrs. Tremont. »Es war entsetzlich. Nie in meinem Leben bin ich so erschrocken...«

Der große Mann und der Junge kamen um die Septembermitte nach Portland und blieben drei Wochen lang in einem kleinen Motel. An Hitze waren die beiden gewöhnt, aber nach dem trokkenen Klima von Los Zapatos empfanden sie die hohe Luftfeuchtigkeit als unangenehm. Sie schwammen oft im Schwimmbad des Motels und beobachteten oft den Himmel. Der Mann kaufte jeden Tag eine Zeitung; jetzt war der ›Herald‹ nicht von Hundeurin beschmutzt. Am neunten Tag ihres Aufenthaltes in Portland verschwand in Falmouth ein Mann. Sein Hund wurde tot im Hof aufgefunden. Die Polizei stellte Nachforschungen an.

Am 6. Oktober stand der große Mann frühmorgens auf. Die meisten Touristen waren bereits nach Hause gefahren. Sie hatten Dollars und Abfall hinterlassen; jetzt konnten die Einheimischen ungestört die schönste Jahreszeit genießen.

An diesem Morgen aber lag etwas Neues in der Luft. Der Himmel war sehr klar und die Luft war kühl. Über Nacht schien der Spätsommer vergangen zu sein.

Der Junge kam zu dem Mann.

»Heute«, sagte der Mann.

Als sie Salem's Lot erreichten, war es beinahe Mittag. Sie fuhren langsam durch die Stadt, und Ben fühlte die alte Angst, die sich über ihn legte wie ein auf dem Dachboden gefundener Mantel, der eng geworden ist, aber immer noch paßt. Mark saß ganz steif neben ihm. In der Hand hielt er eine Phiole mit Weihwasser.

Mit der Angst kamen die Erinnerungen.

Spencers Lokal hieß jetzt »La Verdière«, doch auch das hatte nicht geholfen; die geschlossenen Fenster waren nackt und schmutzig. Die Tafel der Busstation war verschwunden. Auf einer Straßenseite konnte man immer noch das Schild »Barlow & Straker – Elegante Möbel« sehen, aber die Goldbuchstaben waren angelaufen und schauten auf leere Gehsteige herab. Ben dachte an Mike Ryerson und fragte sich, ob der noch immer in seiner Kiste im Hinterzimmer lag. Der Gedanke ließ Bens Mund austrocknen.

Er schaute zum Marstenhaus hinauf. Die Fensterläden waren geschlossen. Feindselig starrten sie auf die Stadt herab. Jetzt war das Haus harmlos, aber nach Einbruch der Dunkelheit?

Die unkonsekrierten Hostien, mit denen Pater Callahan alle Türen versiegelt hatte, mochte der Regen längst abgewaschen haben. Wenn *sie* es wollten, konnte das Haus wieder *ihnen* gehören – ein Schrein über der sterbenden Stadt. Trafen sie sich dort oben? Wanderten sie blaß und fahl in den dunklen Gängen umher?

Mark sah die Häuser an. Viele hatten die Läden heruntergelassen, bei anderen konnte man durch nackte Fenster in leere Zimmer sehen.

»Sie sind in den Häusern«, sagte Mark gepreßt. »In allen diesen Häusern. In Betten und Schränken und Kellern. Unter den Fußböden. Versteckt.«

Ben und Mark ließen die Stadt hinter sich. Ben bog in die Brocks Road ein und fuhr am Marstenhaus vorüber.

Mark zeigte auf etwas: Durch das Gras lief jetzt ein Pfad, ein ausgetretener Weg. Er führte von der Straße zum Tor des Hauses.

In der Nähe von Harmony Hill hielt Ben an. Sie stiegen aus und gingen gemeinsam zum Wald hinüber. Das trockene Unterholz knackte unter ihren Füßen.

»Hier soll es angefangen haben«, sagte Ben. »Damals, im Jahre 1951. Der Wind kam vom Westen. Man glaubt, daß jemand eine Zigarette fallen ließ. Eine einzige Zigarette. Und niemand konnte das Feuer aufhalten.«

Er nahm ein Paket Pall Mall aus der Tasche, sah gedankenverloren die Marke an – in hoc signo vinces – und zündete eine Zigarette an.

»Sie haben ihre Verstecke«, sagte er. »Aber sie könnten sie verlieren. Viele könnten getötet werden ... oder vernichtet. Das ist ein besseres Wort. Aber nicht alle. Begreifst du?«

»Ja«, sagte Mark.

»Sie sind nicht sehr klug. Wenn sie ihre Verstecke verlieren, werden sie keine besseren finden. Leute, die bereit wären, die zunächst liegenden Plätze abzusuchen, könnten Erfolg haben. Wenn der erste Schnee fällt, könnte vielleicht alles vorüber sein. Oder es hört niemals auf. Es gibt keine Gewißheit. Aber ohne ... etwas ... das sie aufscheucht ... vertreibt ... gibt es überhaupt keine Chance.«

»Ja.«

Ben stand auf. »Wir müssen es tun.«

Er warf die glimmende Zigarette auf einen Haufen toter Blätter. Eine dünne weiße Rauchsäule stieg auf, wurde vom Wind gepackt. Zehn Meter weiter war ein großer Holzhaufen.

Gebannt beobachteten Ben und Mark den Rauch.

Der Rauch wurde dunkler. Die ersten Flammen züngelten. Aus dem Holzstoß kam ein leises Prasseln, als die Zweige Feuer fingen.

»Heute nacht werden sie keine Schafe reißen«, sagte Ben leise. »Heute werden sie auf der Flucht sein. Und morgen –«

»Du und ich«, sagte Mark und ballte die Faust. Sein Gesicht war nicht mehr blaß; es glühte, und seine Augen leuchteten.

Sie gingen zur Straße zurück und fuhren fort.

Langsam breitete sich das Feuer aus, angefacht vom Herbstwind, der aus dem Westen blies.

Oktober 1972
bis Juni 1975